당신의 여자가
되고 싶어요

:
:

당신의 여자가 되고 싶어요 2

초판 1쇄 찍은 날 | 2017년 01월 19일
초판 1쇄 펴낸 날 | 2017년 02월 03일

지은이 | 별규
펴낸이 | 서경석

편 집 책 임 | 조윤희
편   집 | 이은주
           최고은

펴 낸 곳 | 도서출판 청어람
등록번호 | 제387-1999-000006호
등록일자 | 1999. 5. 31
어람번호 | 제11-0049호

주소 | 경기도 부천시 부일로 483번길 40 서경B/D 3F (우) 14640
전화 | 032-656-4452 팩스 | 032-656-4453
http://www.chungeoram.com
E—mail | chungeorambook@daum.net

ⓒ 별규, 2017

ISBN 979-11-04-91100-2 04810
ISBN 979-11-04-91098-2 (SET)

vol. 2

I want to be your girl

당신의 여자가
되고 싶어요

별규 장편소설
○ ○ ○

도서출판
청어람

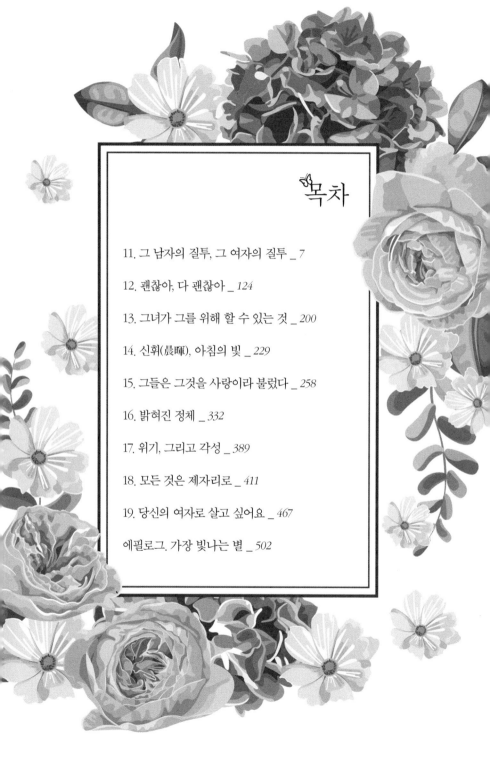

목차

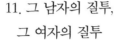

11. 그 남자의 질투,
그 여자의 질투

하윤은 버스에서 내려 아파트를 향해 걸어가는 도중에 신휘의 전화를 받았다.

"응, 오빠."

[타.]

밑도 끝도 없는 말에 하윤의 고개가 갸우뚱 기울어진 순간, 자동차 경적 소리가 들려왔다. 차도로 고개를 돌려보니 익숙한 밴 한 대가 서 있었다. 반색하며 밴을 향해 달려간 하윤이 열린 문 사이로 폴짝 뛰어 오르자, 밴은 아파트 주차장 입구를 향해 출발했다.

"언니! 오빠!"

며칠 만에 만난 성국과 민아에게 격하게 반가움을 표시한 하윤은 마지막으로 신휘를 돌아보았다.

"스케줄 일찍 끝났나 보네?"

"어, 오늘 오전 수업밖에 없는 날인가?"

"응."

주차장에 차가 멈추자, 하윤은 성국과 민아를 번갈아 바라보며 말했다.

"아직 점심 안 드셨으면 같이 올라가요. 식사하고 가세요."

"나도 그러고 싶다만 지금 바로 가봐야 해. 오빠 내려 드리고 네쥬 들어가야 하거든. 성국이가 데려다주기로 했어."

"네쥬요?"

하윤의 눈이 반짝반짝 빛나기 시작했다.

"오빠 협찬 건으로 홍보부랑 의논할 게 있어서."

"언니! 저도 따라가면 안 돼요?"

협찬 과정이 내심 궁금했던 하윤이 이런 기회를 놓칠 리 없었다. 오늘도 그녀의 왕성한 호기심은 팔딱팔딱 살아 숨 쉬고 있었다.

"그러든지."

"오예!"

두 여자의 대화에 신휘가 불쑥 끼어들었다.

"나도 같이 가."

하윤, 민아, 성국의 시선이 동시에 신휘에게 쏠렸다. 그중 대표로 민아가 물었다.

"오빠가 거길 왜 가시게요?"

"하윤이가 간……."

"오빠는 안 돼요."

민아는 더 들을 필요도 없다는 듯 그의 말허리를 잘랐다.

"난 왜 안 되는데?"

민아도 되고, 하윤도 되는데 정작 협찬 당사자인 자신은 왜 안 된다는 건지 신휘는 이해할 수 없었다.

"협찬 받으러 가는데 오빠가 같이 가면 모양 빠지잖아요. 오빠는 신비주의! 고고함의 상징!"

당신의 여자가 되고 싶어요

민아의 정색에 신휘는 더 우겨보지 못하고 입을 다물어야만 했다. 신휘를 지하 주차장에 덩그러니 내려놓은 밴은 하윤을 태운 채 유유히 사라졌다.

네쥬 홍보부 직원들과 회의실에서 미팅을 마치고 나오던 하윤은 아는 얼굴을 발견하고 저도 모르게 반사적으로 외쳤다.

"오빠!"

그녀가 부른 건 복도를 지나가고 있던, 정우였다.

"어? 하윤아!"

그는 패션쇼 날과는 달리 클래식한 블랙 슈트를 입고 있었다. 그날처럼 자유분방한 이미지도 잘 어울렸지만, 깔끔하고 지적인 이미지도 전혀 위화감이 느껴지지 않았다.

"여긴 어쩐 일……."

"안녕하세요, 본부장님."

중간에 끼어든 홍보부 직원의 인사말로 인해 하윤은 뒷말을 삼켜야만 했다. 회사 내에서 홍보부 직원에게 본부장이라는 호칭으로 불린 사람이 그 회사의 본부장이 아닐 확률이 희박하다는 건 삼척동자도 무난히 도출해 낼 수 있는 결론이었다.

"저희 기획본부장님이세요."

직원의 소개에, 민아가 정우에게 인사를 건넸다.

"안녕하세요. 한올 엔터테인먼트 소속 장민아입니다."

하윤도 쭈뼛거리며 꾸벅 고개를 숙였다.

"서, 성하윤입니다……."

방금 전 해맑게 오빠라고 부른 당사자가 뜬금없이 처음 본 사람인 것처럼 굴고 있는 어색한 상황이었다. 정우는 애써 웃음을 참고 민아를 향해 점잖게 대꾸했다.

"손정우입니다. 문신휘 씨 협찬 관련해서 오셨나 보네요."

그는 민아와 몇 마디 형식적인 대화를 나누고 자리를 벗어났고, 민아와 하윤은 직원들과 헤어져 엘리베이터로 향했다.

"기획본부장이랑은 어떻게 아는 사이야?"

참고 있던 궁금증이 터져 버린 민아가 하윤의 옆에 바짝 붙어 걸으며 속닥거렸다.

"저 고1 때까지 옆집에 살았던 오빠예요. 신휘 오빠랑 같은 중, 고등학교 나왔고요."

"와! 정말?"

"근데 별로 안 친했어요."

하윤은 차마 신휘가 정우를 싫어한다고 말할 수 없었기에 최대한 돌려 말했다.

"두 달 전에 프랑스 본사에서 왔다는 훈남 본부장 엄청 궁금했는데 오늘 드디어 봤네."

"정우 오빠 얘기예요?"

하윤의 눈이 동그래졌다.

"응, 이쪽에 소문 쫙 돌았어. 그 나이에 능력 인정받은 것도 대단한데 외모도 출중하다고."

"오호……."

정우의 유명세에 하윤은 괜히 제 어깨가 으쓱해졌다.

"근데 참 신기하다."

"뭐가요?"

"네 주위엔 어쩜 이렇게 훈남 천지지? 평생 가야 한두 명 알고 지낼 수 있을까 말까 한 최고의 남자들이 무더기로 있어."

동의하듯 하윤이 배시시 웃었다. 그중 울트라 캡숑 훈남은 단연 신휘 오빠지. 그를 생각하며 히죽거리고 있던 하윤의 귀로 민아의 비통한 목소리가 흘러들었다.

"넌 전생에 나라를 구했고 난 우주를 팔아먹었나 봐. 집에 들어가면 배 나온 오징어가 맨날 밥 달라는 말밖에 안 해. 어휴…….'"

스물세 살에 결혼해서 벌써 사 년 차 주부인 민아는 한숨을 푹 내쉬며 마침 도착한 엘리베이터로 걸어 들어갔다. 그 뒤를 따르려던 하윤은 누군가 어깨를 붙잡는 바람에 멈춰 설 수밖에 없었다. 깜짝 놀라 뒤를 돌아보니, 정우가 서 있었다.

"지금 바빠?"

정우는 물어놓고서 하윤이 대답할 기회도 주지 않고 엘리베이터 안의 민아에게 말했다.

"하윤이 제가 좀 데려가도 되죠?"

민아는 순간적으로 신휘의 얼굴을 떠올렸지만, 그렇다고 안 된다고 할 수도 없는 노릇이라 고개를 끄덕일 수밖에 없었다.

"먼저 간다."

정우는 민아를 태운 엘리베이터가 1층을 향해 내려가자마자 다시 엘리베이터 호출 버튼을 눌렀다.

"뭐야. 어차피 내려갈 거면 민아 언니랑 같이 타고 내려가지."

"싫은데? 둘만 탈 건데?"

능청스럽게 웃는 정우를 바라보며 하윤도 피식 웃음을 터뜨렸다.

"밥 먹을까, 차 마실까?"

"밥."

하윤이 망설임 없이 대답했다.

"뭐 먹을래? 아직도 취향은 여전해?"

"취향?"

"너 무슨 음식 좋아하는지 물어보면 맨날 하던 말 있었잖아."

"그게 뭔데……?"

하윤은 정작 자신과 관련된 일을 정우에게 묻고 있었다.

"탄수화물."

"아!"

빵, 과자, 떡, 면 등만 탄수화물인 줄 알고 있었던 시절, 하윤은 누가 물으면 무조건 탄수화물이 좋다고 대답하곤 했었다. 과일도 탄수화물인 걸 알았을 때의 충격은 아기가 엄마 배꼽에서 나오는 게 아니라는 사실을 알았을 때의 충격과 맞먹는 정도였다.

"아직도 탄수화물 홀릭이야?"

정우는 격하게 고개를 끄덕이는 하윤을 흐뭇하게 바라보았다.

"그럼 이 근처에 파스타 잘하는 집 있는데 거기 갈까?"

"응!"

하윤에게 그는 오랜만에 만났음에도 어제 만난 사람과도 같은 편안함과 친숙함을 주는 사람이었다.

파스타 전문점으로 이동한 두 사람은 자리를 잡고 앉았다. 정우는 빨려 들어갈 듯 메뉴판을 보고 있는 하윤을 향해 빙글빙글 웃었다.

"뭘 고민하는 척하고 그래. 빨간 거 아니야?"

어린 시절의 하윤에게 파스타는 빨간 것과 하얀 것으로 양분되었고, 그는 그중 빨간 것만 먹었던 그녀의 식성을 기억하고 있었다.

"아니거든? 나 요새는 하얀 것도 먹거든?"

강하게 반발한 하윤이 메뉴판을 탁 덮으며 덧붙였다.

"그래도 오늘은 빨간 게 당긴다. 난 토마토파스타!"

"그럼 나도 빨간 거."

주문을 마친 정우가 식전 빵을 뜯어 먹는 하윤을 섭섭한 표정으로 바라보며 물었다.

"그날은 왜 그냥 갔어? 기다리라니까."

"오빠, 내 말 잘 들어봐."

하윤이 정색하자, 당황한 정우는 입을 닫고 그녀의 말에 귀를 기울였다.

"그날 오빠가 나한테 그 자리에서 기다리라고 한 건 말이야. 윤기가 좔좔 흐르면서 뜨거운 김이 모락모락 올라오고 있는 치느님과 기포가 탱글탱글 살아 있으면서 보기만 해도 시원한, 치느님의 영혼의 동반자 맥주를 눈앞에 두고 지켜보기만 하라는 것과 같은 의미야. 어떻게 일분일초가 아까운 사람에게 기다리라고 할 수가 있어?"

반사적으로 치킨과 맥주를 떠올리며 입맛을 다시던 정우가 정신을 차리고 고개를 절레절레 저었다.

"여전하구나."

"뭐가?"

"쓸데없는 말, 정성 들여 하는 거."

눈에 힘을 팍 주고 정우를 노려보던 하윤이 그를 거만하게 훑어보며 빈정거렸다.

"출근할 때는 땡땡이 이런 거 안 입나 보네?"

"그때는 특별한 날이었으니까 좀 튀게 입은 거지."

"특별한 날이라서 튀게 입은 거 맞아? 오빠, 옛날에는 평소에도 완전 튀게 입었잖아. 신휘 오빠랑 둘이 쌍벽을 이루는 패션 이단아였으면서, 뭐."

"신휘랑 세트로 묶이는 거 되게 기분 나쁜데?"

말도 안 되는 소리라는 듯 정우가 미간을 찌푸리자, 하윤이 실소를 터뜨렸다.

"홋! 웃기시네. 둘 다 고만고만했거든? 두 사람 인기는 교복이 다 했지."

인정하고 싶지는 않지만 인정할 수밖에 없는 말이라, 정우는 그녀의 날카로운 시선을 외면하며 딴청을 부렸다.

"오빠 아직도 옷 사러 가면 마네킹이 입고 있는 거 고대로 달라고 해?"

움찔하는 정우를 보며 하윤이 알 만하다는 표정을 지었다.

"기획본부장이면 하는 일이 뭐야? 설마 디자인 쪽은 아니지?"

"난 그쪽이랑은 상관없어. 마케팅 관련 기획하는 거야."

"다행이네. 오빠가 디자인에 관여하는 순간 네쥬는 사업 포기하는 거나 마찬가지지."

"원래 패션업계는 파격적인 시도로 성장하는 거야."

정우는 그녀의 독설에도 아랑곳하지 않고 넉살 좋게 느물거렸다.

"파격 시도하다 파국 맞는다."

두 사람의 대화는 파스타가 도착하면서 잠시 끊겼다. 서빙을 마친 직원이 사라지자, 정우가 제 취향을 자랑하듯 떠벌렸다.

"내 패션 철칙이 있거든?"

'패션 철칙씩이나. 대단한 패셔니스타 나셨네……'

하윤은 입안을 가득 채운 면발 때문에 말은 하지 못하고 속으로만 구시렁거렸다.

"하루에 하나씩 포인트 컬러를 주는 거지."

하윤의 눈이 빠르게 정우를 훑었지만, 포인트가 될 만한 색상을 찾지 못했다. 그의 복장은 그레이 계열의 셔츠를 제외하고는 전부 블랙이었다.

"오늘은 어디 포인트를 준 건데?"

"있어, 저기……"

하윤은 은근한 그의 목소리에 내심 당황했다.

'패, 팬티인가……'

그녀의 생각을 읽은 정우가 웃음을 터뜨렸다.

"속옷 아니야."

"누, 누가 뭐래……?"

다리를 꼬고 앉아 있던 정우가 갑자기 하윤을 향해 발을 뻗더니 바지를 휙 끌어 올렸다.

"오늘의 포인트는 여기."

그녀의 시선이 정우의 양말로 향했다. 블랙 슈트 안에 숨어 있던, 물방울무늬가 들어간 초록색 양말이 눈에 들어왔다.

"오빠 병 있어?"

"병? 무슨 병?"

"땡땡이 집착증."

공교롭게도 두 번 연속 물방울무늬를 목격한 하윤의 의심이 깊어지고 있었다.

하윤은 계산을 하고 있는 정우의 뒷모습을 물끄러미 바라보았다. 아무리 몇 년을 이웃으로 살았다고는 해도, 오랜만에 만나서 이렇게까지 스스럼없을 수 있다는 것이 신기했다. 예전부터 두 사람은 죽이 잘 맞았다. 그것이 신휘가 정우를 싫어하는 유일한 이유였다.

"어디로 가?"

정우가 밖으로 걸어 나오며 물었다.

"집. 신휘 오빠 기다려."

"에잇! 오늘 대체 그 이름을 몇 번을 듣는지 모르겠네."

정우는 하윤으로부터 신휘와의 달라진 관계와 방학 동안의 아르바이트, 오늘 민아를 따라오게 된 사정 등을 전해 들었다.

"뭐 타고 가게? 데려다줄까?"

"그럼 고맙고."

정우는 예의상 해본 말을 하윤이 덥석 물자 당황했다. 오늘 회의가 몇 시에 있더라……. 그의 눈이 바삐 돌아가는 것을 본 하윤이 깔깔거리며 웃었다.

"요 앞에서 버스 탈 거니까 거기까지 데려다 달라고. 뭘 쫄고 그래."

그제야 농담이라는 것을 깨달은 그가 멋쩍게 따라 웃었다. 정우와 함께 버스 정류장을 향해 걷던 하윤은 머리카락에 닿는 낯선 손길에 흠칫 놀랐다.

"머리 많이 길었네?"

정우가 살며시 그러쥐고 있던 하윤의 머리카락을 놓아주며 말을 이었다.

"중학교 1학년 때였나……. 너 갑자기 쇼트커트에 꽂혀서 그 길었던 머리 싹둑 잘랐잖아. 신휘가 사내놈 같다고 해서 울고불고 난리 났었지."

"그랬었지……."

하윤의 표정이 떨떠름해졌다. '사내놈' 트라우마로 인해 그 이후로 짧은 머리는 두 번 다시 시도한 적이 없었다. 지금은 많이 달라졌지만, 그때만 해도 신휘는 무뚝뚝한 편이었고, 반대로 정우는 자상했다.

"그때 오빠는 예쁘다고 해줬던 거 기억난다. 어차피 자르고 온 거 이상해도 오빠처럼 그냥 예쁘다고 해주면 좀 좋아? 하여튼 쓸데없이 솔직해 가지고……."

"안 예쁜데 예쁘다고 빈말한 거 아니었어. 넌 뭘 해도 예뻐."

정우의 칭찬에 기분 좋아진 하윤이 배시시 웃었다.

"그때 다시는 머리 짧게 안 자른다고 다짐하더니 잘 기르고 있었네?"

"오빠는 어떻게 그런 걸 다 기억해? 정작 나도 까먹은 걸?"

하윤은 자신의 취향, 했던 말, 세세한 것들까지 기억하고 있는 그가 신기하다 못해 이상할 정도였다.

"잊고 싶지 않았나 보지, 뭐……."

정우는 의미심장한 말을 흘리고 빙그레 웃었다.

🦋

　우연은 상당히 자주 일어나고, 확신은 함부로 하는 것이 아니라는 걸 하윤은 오늘에서야 절감했다. 신휘와 정우가 만날 일은 결코 없을 거라고 장담한 지 며칠 지나지도 않아서 두 사람의 만남이 극적으로 이루어졌다. 그것도 전혀 마음의 준비를 할 수 없었던 사적인 자리에서.

　신휘와 하윤이 오랜만에 단둘이서 저녁을 먹고 나오는 길이었다.

　"하윤아."

　식당 주차장에 들어서자마자 누군가 알은체를 해왔다. 신휘는 하윤의 이름을 부른 남자가 누구인지 한눈에 알아보았다.

　'손정우?'

　신휘의 눈이 가늘어진 반면, 하윤의 눈은 커졌다.

　"오빠가 여긴 왜 있어?"

　정우가 피식 웃음을 터뜨렸다.

　"왜 있냐니, 밥 먹으러 왔지."

　일행을 먼저 보내는 그를 보면서 하윤은 속이 타들어갔다.

　'제발 오빠도 같이 가라고!'

　하지만 그녀가 그토록 바라지 않던 일은 현실이 되고야 말았다. 결국, 두 남자는 시선을 마주하고 섰다.

　"문 배우님, 오랜만에 보네요."

　"손 본부장님 얘기는 우리 하윤이한테 들었습니다."

　정우의 도발을 신휘가 여유롭게 받아쳤다.

　'이 남자들, 지금 뭐 하는 거지?'

　하윤은 안절부절못하던 것도 잊은 채 어이없다는 얼굴로 두 남자를 번갈아 쳐다보았다.

"그런데 문 배우님께서는 뭔가 탐탁지 않아 하시는 것 같네요?"

"아니요. 전혀 그렇지 않은데요, 손 본부장님?"

"표정은 그렇지 않지가 않은데요?"

"그럼 춤이라도 출까요?"

"추시겠다면 굳이 말릴 생각은 없습니다."

점입가경이었다. 누가 더 유치한지 내기하는 중이라고 해도 믿을 수 있을 만큼, 두 사람은 유치함의 절정을 보여주고 있었다. 말꼬리를 잡는 기술이 가히 초딩을 방불케 했다. 아니, 초딩들이 들으면 기분 나빠할 수준이었다. 어디까지 가는지 말없이 지켜보고 있던 하윤은 주변 사람들의 시선에 정신이 번쩍 들었다.

'이런……'

주차장에 들어오고 나가는 손님들이 세 사람을 한 번씩 쳐다보고 지나갔다. 아예 근처에 자리를 잡고 서서 지켜보는 사람도 있었다. 신휘는 모자를 깊게 눌러쓰고 있었지만, 모자로 숨겨질 만한 얼굴이 아니었다.

"그만 가자. 정우 오빠 바쁠 텐데……"

하윤은 사람들의 시선을 의식하며 입술만 달싹였다.

"나 하나도 안 바쁜데? 퇴근하면 일 안 하는 게 내 철칙이야."

'철칙도 어지간히 많네.'

눈을 흘기고 있는 하윤을 아랑곳하지 않고, 정우가 천진난만한 얼굴로 제안했다.

"오랜만에 만났는데 얘기나 좀 하자."

얘기라니!

"오빠가 안 바쁘면 우리가 바빠!"

다급하게 끼어든 하윤을 신휘와 정우가 이상하다는 듯 바라보았다.

"음하하하! 우, 우리 바쁘지 않나……?"

"잠깐 얘기할 시간은 될 거 같은데?"

어색하게 웃고 있던 하윤은 신휘의 입에서 나온 청천벽력 같은 말에 기겁했다. 둘이 얘기 같은 거 하고 그러는 거 아니야!

"차는 여기 잠깐 두고 근처 카페라도 갈까?"

정우가 기다렸다는 듯 말을 받았다.

"그러든가."

유치한 말장난을 끝낸 두 남자는 드디어 정상적인 대화를 주고받았다. 하윤은 끌려가듯 그들의 뒤를 따르며 간절히 기도했다.

'제발 내 거짓말이 뽀록나는 일이 없기를. 옴마니밧메훔. 아멘. 인샬라……'

세 사람은 근처 카페로 자리를 옮겼다. 하윤은 말없이 시선을 주고받고 있는 두 남자의 불꽃 튀는 신경전 때문에 감전사하기 일보 직전이었다.

'현재 얘기만 해. 아니면 건설적인 미래에 관한 것도 좋고. 제발 과거는 들추지 마……'

하윤의 바람에도 불구하고 그들은 그럴 생각이 조금도 없어 보였다. 신휘가 먼저 과거 이야기로 포문을 열었다.

"유학을 프랑스로 갔었나 보네?"

"어, 돌아온 지 몇 달 안 됐어."

유학 가는 놈이 뻔뻔스럽게 열여덟 살밖에 안 되는 애한테 사귀자고 해? 신휘는 벌컥 화가 치밀어 올랐다. 그냥 넘어가려고 했지만 넘어갈 수가 없었다.

"그럼 유학 가 있는 동안 하윤이한테 기다려 달라는 거였냐?"

안 돼! 하윤이 그토록 피하고 싶었던 이야기가 시작되고야 말았다.

"기다려? 뭘?"

정우가 멀뚱한 표정으로 되물었다.

"유학 가기 전에 하윤이한테 사귀자고 했었다면서?"

"내, 내가……?"

당황한 정우의 시선이 하윤에게로 향했다. 금시초문이라는 그의 표정에서 뭔가 이상함을 감지한 신휘도 고개를 돌려 하윤을 바라보았다.

두 남자의 시선을 한 몸에 받은 하윤은 그대로 굳어버렸다. 아무리 독보적인 뻔뻔함을 갖추었다고는 해도 이번 건은 꽤나 부끄럽고 민망하지 않을 수 없었다. 하지만 아무리 머리를 굴려봐도 상황을 모면할 방법이 생각나지 않았다. 그래서 그녀는 가장 본인다운 대응을 하기로 했다.

이실직고.

"내가 오빠 좀 팔았어. 쏘리……."

하윤은 정우를 향해 최대한 순진무구한 표정을 지어 보였다. 정확한 사정을 알 수는 없어도 그녀가 뭔가 일을 벌였음을 눈치챈 정우는 웃음을 꾹 참으며 개의치 말라는 듯 어깨를 으쓱해 보였다.

'아싸! 정우 오빠는 통과!'

다음으로 하윤의 시선이 향한 곳은 신휘였다.

"내가 오빠 좀 속였어. 쏘리……."

그렇게 그녀의 거짓말은 사 년 만에 들통이 나고 말았다.

세 사람은 하윤이 고해성사를 마치자마자 카페를 나와 레스토랑 주차장으로 돌아왔다.

'대체 이럴 거면 카페는 왜 간 거야?'

고래 싸움에 새우 등 터진 격으로, 하윤은 자신만 너덜너덜해지고 끝이 나버린 상황이 내심 억울했다. 그러나 그것도 잠시였을 뿐, 어느새 그녀의 신경은 온통 신휘에게 쏠려 있었다.

'화난 것 같지는 않은데…….'

그가 무슨 생각을 하고 있는지 도통 알 수가 없어 답답해하고 있던 하윤의 귀에 생전 처음 들어보는 말이 날아들었다.

"Au revoir!"

"무슨 뜻이야?"

하윤이 아는 불어라고는 '봉주르'와 '쥬뗌므' 외에는 거의 없었다.

"다시 만나자, 뭐 그런 뜻?"

"아!"

"다시 만나자, 하윤아. 다음번에는 둘이서."

정우는 일부러 '둘이서'를 강조했고, 신휘는 당연히 그냥 지나치지 않았다.

"하윤이가 너랑 둘이서 왜 만나는데?"

"볼일이 있을지도 모르잖아?"

"없을걸?"

"그럼 내가 만들지, 뭐."

한 치도 물러섬 없는 유치한 싸움이 다시 시작될 기미를 보이자, 하윤은 신휘의 옷자락을 다급하게 잡아끌었다.

"그만 가자."

정우에게는 손을 흔들며 안녕을 고했다.

"오빠, 잘 가."

하윤은 아직 승부를 못 봤다는 듯 자리를 쉽사리 떠나지 못하는 신휘를 운전석에 밀어 넣다시피 태우고 얼른 조수석에 올라탔다.

레스토랑이 집에서 멀지 않은 곳에 있었기 때문에 두 사람은 금세 아파트 주차장에 도착했다. 신휘는 오는 내내 골똘한 생각에 빠져 침묵을 지켰고, 하윤은 뭐라고 말을 해야 할까 고민하느라 아무 말도 하지 않았다. 그가 주차를 마침과 동시에 운전석을 향해 몸을 돌린 하윤이 기어들어 가는 목소리로 입을 열었다.

"잘못했어."

어차피 맞을 매, 빨리 맞는 쪽을 택한 것이었다.

"뭐가?"

"오빠한테 거짓말한 거……."

하윤은 애꿎은 손가락을 꼼지락거리며 웅얼거렸다.

"처음부터 거짓말을 하려고 한 건 아닌데 내 미친 순발력이 공교롭게
도 그때 딱 발동이 걸려서……."

"잘했어."

"……응?"

신휘는 믿을 수 없다는 듯 조심스레 되묻는 그녀에게 다시 한 번 말
했다.

"거짓말한 거 잘했다고."

잘한 게 없는데 잘했다니, 하윤은 이게 무슨 말인가 싶었다. 혼내지
않고 교화시키려는 건가?

"고마워."

거짓말을 한 사람에게 잘했다, 고맙다라니……. 그녀에게는 이런 식
의 심리적 압박과 핍박이 더 가시방석이었다. 이제는 신휘가 빈정거리는
건가 하는 생각마저 들었다.

"그냥 한번 시원하게 혼내고 끝내. 준비됐어."

하윤이 각오했다는 듯 당찬 표정으로 눈에 힘을 주었다.

"진짜 잘했고 진짜 고마운데 뭘 혼내래."

신휘는 어리둥절한 표정을 짓고 있는 그녀의 앞머리를 흩뜨리며 다정
하게 눈을 맞췄다.

"네가 사 년 전 그날 손정우와 사귀겠다는 말을 하지 않았다면 어떻
게 됐을까 생각해 봤어. 내 결심에는 그 자식이 결정적이었으니까. 네
미친 순발력이 가장 잘한 일 같다."

그제야 그의 침묵이 화가 나서가 아니라는 사실을 알게 된 하윤의 입가에 엷은 미소가 걸렸다.

"고마워. 진심이야."

하윤은 달콤한 그의 목소리가 귓가에 살랑거리자, 참지 못하고 운전석을 향해 돌진했다. 갑자기 훅 하고 들어온 얼굴에 당황한 신휘가 움찔한 사이, 하윤은 그의 입술에 가볍게 도장을 찍고 뒤로 물러났다.

"난 순발력뿐만 아니라, 민첩성도 최고지."

눈웃음을 치고 있는 하윤에게 팔을 뻗은 신휘는 그녀의 뒷머리를 끌어당기며 허스키한 목소리로 속삭였다.

"난 심폐 지구력이 좋아."

신휘의 따뜻한 입술이 제 입술에 와 닿자, 하윤은 스르르 눈을 감았다. 맞닿은 입술 사이로 뜨거운 숨결이 밀려들었다.

신휘의 심폐 지구력 확인을 마친 하윤은 홍조 띤 얼굴로 조수석 선바이저를 내렸다. 그리고 헝클어진 머리를 손가락으로 빗어 내리며 종알거렸다.

"이제 정우 오빠에 대한 오해도 풀렸으니까 다시 만나게 되면 너무 까칠하게 굴지 마. 정우 오빠한테 내가 미안해 죽겠어."

"봐서."

"봐서는 뭘 봐서야. 오빠가 정우 오빠 싫어했던 거 내가 뻥쳐서 그런 거잖아. 정우 오빠가 나한테 사귀자고 하지 않았다는 거 알았으면 됐지."

신휘는 모르는 소리 하지도 말라는 말이 목 끝까지 차올랐지만, 그냥 입을 다물어 버렸다.

'사귀자는 말을 안 했다고 너한테 있던 관심이 없던 게 되는 건 아니지.'

신휘가 정우를 싫어하기 시작했던 건 그가 하윤을 남다른 눈으로 바라본다는 사실을 알게 된 이후부터였다. 그리고 오늘도, 정우의 시선은 하윤에게 오래 머물고 있었다.

"으허어! 시원하다!"

하윤은 냉장고에서 갓 꺼내온 마스크 팩을 얼굴에 붙이면서 요란한 신음을 토해냈다. 그녀가 제 피부에게 가뭄에 콩 나듯 선사하는 최소한의 배려였다.

시트를 얼굴에 꼼꼼히 밀착시켜 주고 침대에 드러눕자마자, 기다렸다는 듯 휴대폰이 울리기 시작했다.

"우씨…… 누구야……."

손을 뻗어서 잡을 수 있는 곳에 휴대폰이 없다는 건, 왜 꼭 눕고 나서야 알게 되는 걸까? 진지하게 고민을 하면서 뭉그적뭉그적 몸을 일으킨 하윤은 책상 앞으로 걸어가 휴대폰을 집어 들었다. 발신자를 확인한 그녀의 고개가 갸우뚱 기울어졌다.

"정우 오빠네?"

거짓말이 들통난 이후, 처음으로 연락이 온 것이었다. 아니, 번호만 주고받았을 뿐 정우와의 전화 통화 자체가 처음이었다.

"여보세요?"

[하윤아, 집이 어디야?]

난데없는 질문에 당황한 하윤에게 정우가 대답을 재촉했다.

[도곡동 어디라고?]

"그건 왜?"

[왜겠어? 들르려는 거지.]

"우리 집엘 오겠다고? 지금?"

밤 10시가 넘은 시간이었다.

[집 앞으로 갈 테니까 잠깐 나와.]

헐! 이 막무가내 좀 보소?

"오긴 어딜 와. 나 이제 잘 거야."

[잠깐 뭐 전해주기만 하면 돼. 나 지금 도곡역 근처야.]

"전해줄 게 뭔데?"

귀가 솔깃해진 하윤의 목소리가 한결 부드러워졌다.

[이태원에 볼일이 있어서 갔는데 네 생각이 나더라고. 그래서 갸또 들러서 초코케이크 좀 샀어.]

"초코케이크?"

그것도 케이크의 성지로 불리는 이태원 갸또의 초코케이크라니! 떠올린 순간 반사적으로 입안에 침이 고였다. 하윤은 한 자리에서 혼자 한 판을 다 먹어 치울 만큼 초코케이크 마니아였다.

"여기가 어디냐면……."

뭐에 홀린 듯 아파트 이름을 가르쳐 주고 전화를 끊은 그녀는 마스크 시트를 떼어냈다. 버릴까 하다가 붙이자마자 떼어낸 게 아까워 원래 들어 있던 봉투에 잘 밀어 넣었다.

"내려갔다 와서 다시 붙여야지."

발걸음도 가볍게 현관으로 걸어가 슬리퍼를 신은 하윤은 뭔가 거슬리는 느낌에 고개를 돌렸다. 전신 거울에 비친 제 추레한 모습이 눈에 들어왔다. 앞머리가 마스크 시트에 달라붙지 말라고 꽂아놓은 실핀이 화룡점정을 이루고 있었다.

"음……."

정우에게 딱히 잘 보이고 싶은 마음은 없었지만, 이건 사람에 대한 최소한의 예의 문제였다. 하윤은 일단 핀을 빼보았다. 하지만 이미 자리

잡아버린 머리카락은 수습되지 않았다.

"으음……."

거울을 노려보며 고민해 본들, 방법은 하나뿐이었다. 수습이 안 되면 숨겨라! 하윤은 옷에 달린 모자를 뒤집어쓰고서 모자의 양쪽 끈을 잡아당겨 조였다. 이내 머리카락 한 올의 탈출도 허용하지 않는 완벽한 은폐가 이루어졌다.

"오케이!"

검은 모자와 하얀 얼굴의 조화가 '가오나시'를 연상시키는 줄도 모르고 만족스럽게 집을 나선 그녀는 엘리베이터를 호출했다. 지하에서부터 올라와 21층에 도착한 엘리베이터 안에는 뜻밖에도 신휘가 타고 있었다. 내리깐 눈꺼풀과 자연스럽게 흐트러진 머리, 벽에 기대어 서 있는 모습에는 피곤한 기색이 역력했다. 그런데 그 모습이 묘하게 섹시했다. 무슨 생각을 하고 있었는지 한 박자 늦게 시선을 들어 올린 신휘가 깜짝 놀라며 엘리베이터에서 내렸다.

"왜 나와 있어? 나 기다린 거야?"

"아니, 잠깐 아래 내려갔다 올 일이 있어서."

"아래 어디?"

"정우 오빠가 들른다고 해서 잠깐……."

점점 구겨지는 그의 표정을 보며 하윤이 말끝을 흐렸다.

"정우가 여길 왜 와?"

"뭐 줄 게 있다고……."

"뭔데?"

"……초코케이크."

"초코케이크?"

하윤은 미간을 찌푸리는 신휘의 눈치를 살피며 우물쭈물 말을 이었다.

"그게, 지난번에 만났을 때 초코케이크 좋아한다는 말이 어쩌다 나왔는데 그걸 기억하고 있었나 봐. 이태원 간 김에 샀다고 주러 온대서……."

떡볶이로 유혹하던 다은을 떼어낸 지 얼마 되지도 않았는데 이번엔 초코케이크라니……. 신휘는 이미 닫혀 버린 엘리베이터 문을 도로 열고 먼저 안으로 걸어 들어가며 말했다.

"같이 내려가."

"오빠 피곤해 보여. 나 바로 들어올 테니까 먼저 들어가 있어."

"얼른 타."

소용없는 권유였음을 깨달은 하윤은 그의 뒤를 따라 엘리베이터에 올라탔다.

두 사람이 1층 로비에 내렸을 때 정우는 이미 도착해 있었다.

"오빠!"

하윤의 외침에 고개를 돌린 정우는 신휘를 보고서 대놓고 싫은 티를 냈다.

"넌 왜 따라 내려왔냐?"

신휘가 까칠하게 되받아쳤다.

"그러는 넌 여기까지 왜 온 건데?"

"언제까지 우연에 기댈 수는 없으니까."

정우의 의미심장한 대답에 신휘의 눈썹이 꿈틀거렸다.

"뭐?"

"인연이 되려면 뭐라도 해야지."

"뭘 해도 너랑 하윤이가 인연이 될 일은 없을 텐데?"

가소롭다는 듯 실소를 흘리는 신휘를 보며 정우가 여유롭게 미소 지었다.

"너는 하윤이랑 지내온 절대적인 시간 때문에 유리한 위치에 있는 거지, 진짜 인연은 나일지도 모르잖아?"

"우리가 오래 알아온 게 전부라고 생각한다면 그건 네 정신 승리고. 넌 평생 하윤이랑 같이 있어도 어림없을걸? 나랑 하윤이는 태어날 때부터 우리만의 뭔가가 있었거든."

'이 유치 뽕짝 말싸움은 뭐지? 이러다 전생까지 갈 기세네?'

하윤의 예상대로 정우가 빈정거리며 말을 받았다.

"그건 네 생각이고. 아무래도 하윤이랑 나는 전생에 심상치 않은 인연이었던 게 분명해. 그렇지 않고서야 몇 년 만에 그 사람 많은 데서 우연히 만날 수 있었겠어?"

하윤은 두 사람의 대화를 조용히 듣고만 있었다.

'설마 소울메이트까지 나오는 건 아니겠지?'

하윤의 예상은 이번에도 빗나가지 않았다.

"하윤이랑 나랑은 소울메이……."

"둘 다 제발 나잇값 좀 하자."

더는 듣고 있을 수가 없었던 하윤이 신휘의 말을 잘랐다. 그러고는 한심하다는 듯 신휘와 정우를 번갈아 흘겨보았다.

어려서부터 알던 사이라 그런지, 따로 볼 때는 남자답고 어른스러운 두 사람이 만나기만 하면 초딩 모드로 돌변했다. 책상 한가운데 금을 그어놓고 '넘어오는 거 다 내 거' 하는 것 같았다. 대한민국을 대표하는 톱스타 문신휘와 프랑스 명품 브랜드 네쥬의 한국 지사 기획본부장 손정우가 말싸움이라니, 보지 않고는 쉽게 믿어지지 않는 광경이었다.

"빨리 나 줄 거 주고 가."

하윤은 당당하게 정우를 향해 손을 내밀었다. 그제야 여기까지 온 목적을 기억해 낸 정우가 들고 있던 케이크 상자를 넘겨주었다.

"맛있게 먹어. 다음에 또 사줄게."

신휘가 한 소리 하려는 순간, 하윤이 냉큼 끼어들었다.

"고마워, 오빠. 잘 가."

하윤은 황급히 신휘의 등을 밀며 엘리베이터 쪽으로 방향을 틀었다.

집으로 돌아온 하윤은 케이크를 접시에 담아서 신휘의 방으로 가져갔다. 조금 전 씻고 나와서 방으로 들어가는 소리를 들었는데 그의 손에는 어느새 대본이 들려 있었다. 방해하지 말고 얼른 나가야겠다는 생각에 문가에 서서 물었다.

"케이크 먹을래?"

"아니."

하윤은 신휘의 얼굴에서 '손정우가 사온 건 절대 먹지 않는다'라는 의지를 읽었다. 그녀도 예의상 물어본 것일 뿐, 원래 단것을 좋아하지 않는 그가 먹을 거라고는 생각하지 않았다.

그런데 그때, 신휘에게 누군가 전화를 걸어왔다. 문을 닫고 나가려던 하윤은 그의 입에서 나온 이름을 듣자마자 제자리에 우뚝 멈춰 섰다.

"그래, 혜민아."

이혜민, 그녀는 인기 절정의 여배우이자, 신휘가 제대 후 해외 올 로케이션으로 찍은 영화 '토트'의 여주인공이었다. 또한, 신휘와 가장 친한 친구인 배우 현욱과 연인 사이기도 했다.

신휘와 혜민, 현욱이 데뷔 동기로서 막역한 사이라는 건 잘 알지만, 하윤으로서는 신휘와 가장 친한 여자임과 동시에 대한민국에서 가장 예쁘다는 말까지 듣는 혜민이 신경 쓰이지 않을 수 없었다.

'좋아. 내가 엿들어주지.'

귀를 쫑긋 세운 하윤은 은근슬쩍 침대로 다가가 신휘의 옆에 붙어 앉았다.

"어디야?"

어딘 건 왜 물어? 신휘의 다정한 말투에 하윤의 미간이 찌푸려졌다.

"인천 공항? 지금 도착한 거야? 몸은 어때?"

몸 상태는 왜 물어? 미간에 이어 콧잔등에도 주름이 잡혔다.

"밥 좀 잘 먹고 다녀라, 인마."

무심하게 내뱉는 이런 말들이 얼마나 여자의 마음을 요동치게 하는지 알긴 아는지……. 신휘가 전화를 끊었을 때 하윤의 얼굴에 생길 수 있는 주름은 다 생겨 있었다.

"갑자기 왜 이렇게 늙었지?"

그의 농담에 화들짝 놀란 하윤이 찡그리고 있었던 제 얼굴을 마사지하듯 문질렀다.

'안 되지, 안 돼. 그나마 내가 나은 건 어린 것밖에 없는데…….'

그녀는 늙어 보이기까지 하면 혜민을 상대로 우위를 점할 수 있는 건 아무것도 없다는 절박함에 사로잡혀 있었다.

"이혜민 씨?"

하윤은 신휘와 혜민의 통화를 처음부터 끝까지 다 들어놓고서 모르는 척 물었다.

"오빠 친구한테 이혜민 씨가 뭐야. 언니라고 불러."

언니라고 부르면 왠지 한 수 접고 들어가는 것만 같아 괜한 오기가 생긴 하윤이 어림도 없다는 듯 콧방귀를 뀌었다.

"흥! 오빠 친구지만 내 언니는 아니잖아. 방금 전화, 이혜민 씨냐고."

"어, 지금 막 인천 공항에 도착했대."

"오자마자 뭐가 급해서 오빠한테 전화했는데?"

하윤의 목소리는 상당히 퉁명스러웠다. 이렇다 할 용건도 없이 한국에 도착하자마자 전화를 했다는 건 그만큼 가까운 사이라는 의미였고, 혜민에게 신휘가 그런 존재라는 게 마음에 들지 않았기 때문이었다.

"글쎄, 전화할 사람이 없었나 보지? 현욱이랑은 아무 때나 통화할 수가 없으니까 나한테 한 거 아닐까?"

현욱은 신휘보다 일 년 늦게 입대해 현재 군 복무 중이었다. 하윤은 전화를 받은 죄밖에 없는 그를 다그칠 일이 아니라는 것을 깨닫고 질문을 바꿨다.

"어디 갔다 오는 건데?"

"미국. 친한 친구가 거기 있어서 작품 끝나면 종종 다녀오고 그래. 이번 영화 찍으면서 몸이 많이 안 좋아져서 요양차 갔다가 개봉 날짜 잡혀서 귀국한 거야."

하윤은 자신이 물어놓고서 신휘가 혜민의 대변인이 된 듯 줄줄이 설명을 하니 그것도 못마땅했다.

"쳇!"

복잡 미묘한 여자의 심리를 전혀 가늠하지 못한 신휘는 갑자기 성질을 내고 나가 버린 하윤의 뒷모습을 멍하니 바라볼 수밖에 없었다.

제 방으로 돌아온 하윤은 봉투 안에 넣어두었던 마스크 시트를 꺼내어 다시 얼굴에 붙이며 중얼거렸다.

"오늘부터 관리 들어간다."

❦

성국으로부터 도착했다는 전화를 받고 방을 나선 신휘는 맞은편 방문을 열었다. 방에 아무도 없다는 걸 확인하고 곧장 부엌으로 향한 그의 시야에 커피를 내리고 있는 하윤의 뒷모습이 들어왔다. 머리를 틀어 올려 시원하게 드러난 그녀의 하얀 목덜미가 눈길을 잡아끌었다. 그는 소리 없이 다가가 뒤에서 하윤을 부드럽게 끌어안았다. 가녀린 몸이 품 안에 쏙 들어왔다.

순간적으로 움찔하는가 싶던 하윤이 이내 신휘에게 몸을 기대며 물었다.

"지금 나가?"

"어, 근데 나가기 싫다."

하윤을 돌려세운 신휘는 바지 주머니에서 뭔가를 꺼내어 내밀었다. 한눈에 그게 영화 표임을 알아본 그녀의 눈이 휘둥그레졌다.

"우와! 이거 내가 보고 싶다고 한……."

반색하던 하윤이 돌연 고개를 팩 돌렸다.

"됐어. 안 볼래."

예상치 못한 반응이라 신휘는 어리둥절했다.

"왜?"

"혼자 볼 만큼 보고 싶은 건 아니었어."

영화 표 한 장 덜렁 쥐어주는 센스하고는……. 누가 돈 없어서 못 보나? 누가 같이 볼 사람 없어서 못 보나? 하윤은 제 마음을 몰라주는 그가 야속했다.

"그리고 이거 시간 뭔데? 밤 11시 영화 보고 집에 몇 시에 들어오라고?"

"내가 아무렴 그 시간에 너 혼자 영화 보고 오라고 표를 줬을까?"

"……그럼?"

신휘가 반대쪽 바지 주머니에서 똑같은 영화 표 한 장을 꺼내서 팔랑팔랑 흔들었다.

"내 거는 여기."

"어? 오빠랑 같이 보는 거야? 오늘 밤 촬영 없어?"

하윤의 얼굴이 금세 환한 미소로 물들었다.

"없어. 너 먼저 들어가 있으면 나는 영화 시작하고 들어갈게."

"이게 오빠랑 얼마 만에 보는 영화야? 오빠 군대 가기 전에 본 게 마지막이었지? 벌써 이 년도 넘었다."

신휘는 얼굴이 알려진 자신 때문에 데이트다운 데이트 한 번 하지 못하는 하윤이 안쓰러웠다.

"영화도 보고, 드라이브도 하고, 맛있는 것도 먹고 들어오자."

웃고 있었지만, 그의 눈빛에는 그녀에 대한 미안함이 묻어 나오고 있었다.

하윤은 열려 있던 창휘의 방문 사이로 빼꼼 고개를 들이밀었다.

"오빠, 나 나가."

변론 자료를 정리하고 있던 그가 노트북으로 시간을 확인하고 고개를 돌렸다.

"벌써? 아직 8시밖에 안 됐는데?"

"그냥 슬슬 나가볼까 하고."

"11시 영화라면서? 너무 일찍 나가는 거 아니야?"

"엉덩이가 들썩거려서 못 앉아 있겠어. 영화관 건물에 구경할 거 많아. 옷 구경도 하고, 오랜만에 서점도 한번 가보게."

"영화 생전 처음 보는 사람처럼 신났네. 그렇게 좋아?"

안경을 벗으며 피식 웃는 창휘를 보며 하윤이 헤벌쭉 웃었다. 늘 딱딱하고 무표정한 그의 얼굴에 드물게 미소가 걸릴 때마다 눈이 정화되는 느낌이었다.

"완전 좋아! 갔다 올게!"

하윤은 싱글벙글 웃으며 집을 나섰다.

영화관이 있는 복합 쇼핑몰에 도착한 그녀는 지하 1층부터 샅샅이 돌기 시작했다. 지하에 있는 서점에 들러 지성인이 된 듯한 기분을 만끽한 다음, 옷 가게를 구경하면서 최신 패션 트렌드를 살폈다. 화장품 가게에 들러 립글로스도 하나 사고, 오락실에서 유일하게 할 줄 아는 게임인 테트리스와 인형 뽑기를 하면서 시간을 때웠다. 그렇게 한 층, 한 층 전진한 끝에 영화 상영 시작 30여 분을 남기고 10층 영화관에 도착한 하윤은 매점으로 가서 팝콘 두 통과 콜라 한 잔을 주문했다. 손이 모자라

팝콘 두 통을 모아서 가슴에 안고 한 손에는 콜라를 든 채로 매표소에서 한 층 더 올라가 상영관 앞 의자에 자리를 잡고 앉았다.

한숨 돌리고 가방에서 휴대폰을 꺼내어 보니 신휘로부터 전화가 여러 번 와 있었다. 깜짝 놀란 하윤은 다급하게 그에게 전화를 걸었다.

[왜 이렇게 통화가 안 돼? 걱정했잖아.]

"진동으로 해놔서 전화 온 줄 몰랐어."

[지금 어디야?]

"상영관 앞 의자에 앉아 있어. 곧 들어갈 거야."

[하윤아······.]

하윤은 말끝을 늘이는 그의 목소리에서 불길한 기운을 감지했다.

"일 생겼어? 못 와······?"

[갑자기 추가 촬영이 생겼어. 그래서 연락했는데 네가 전화를 안 받아서······.]

새삼스러운 일은 아니었다. 함께 있다가도 갑작스러운 스케줄이 생기면 보내줘야 했고, 촬영이나 행사가 길어지면 끝날 때까지 마냥 기다려야 했다. 오늘도 그의 잘못이 아니라는 걸 알기에 짜증을 낼 수도 없었다.

"아, 그렇구나······."

[미안. 영화는 다음에 다시 예매해서 보자. 얼른 집에 들어가.]

"알았어. 고생해, 오빠."

맥이 쭉 빠졌지만, 하윤은 최대한 담담한 척 대답을 하고 전화를 끊었다. 하지만 그냥 이대로 돌아갈 생각은 없었다. 말이 다음이지 사실 기약 없는 약속임을 잘 알고 있기 때문이었다. 혼자라도 보고 가겠다고 말해봐야 신휘가 미안해할 것 같아서 알았다고 안심시킨 것뿐이었다.

하윤은 팝콘과 콜라를 주섬주섬 챙겨 들고 상영관 입장이 시작된 줄에 가서 섰다.

당신의 여자가 되고 싶어요

영화가 끝나고 상영관을 나온 하윤은 쓰레기를 쓰레기통에 신경질적으로 던져 넣으며 혼잣말로 투덜거렸다.

"아, 영화 더럽게 기네."

영화는 두 시간 넘게 앉아 있었던 것이 아까울 정도로, 상당히 지루했다.

"몇 시나 됐나……."

"1시 20분."

가방에서 휴대폰을 꺼내려던 하윤은 귓전에서 들려온 남자의 목소리에 화들짝 놀라 고개를 휙 돌렸다.

"악!"

"컥!"

머리와 머리가 격렬하게 맞부딪쳤고, 서로의 입에서 고통에 찬 신음이 터져 나왔다. 눈물을 찔끔 흘리며 상대방을 확인한 하윤이 깜짝 놀라 소리쳤다.

"오빠!"

이마를 문지르고 서 있는 남자는 정우였다.

"여기서 뭐 해? 혹시 나 따라온 거야?"

하윤이 의심스럽다는 눈초리로 그를 위아래로 훑었다.

"네가 여기 있는 줄 어떻게 알고 따라와. 영화 보러 온 거지."

"그, 그렇지……?"

생사람을 잡았다는 생각에 머쓱해진 하윤이 어색하게 웃었다.

"나랑 같은 취미가 있는 줄 몰랐네."

"같은 취미 뭐?"

"혼자 영화 보러 다니는 취미."

"그런 취미 없거든요? 혼자 영화 본 거 오늘이 처음이거든요? 신휘 오빠랑 보기로 했던 건데 갑자기 추가 촬영 잡히는 바람에 못 온 거야."

정우는 자신을 엮지 말라는 듯 딱 잘라 선을 긋는 하윤의 말을 못 들은 척, 넉살 좋게 웃었다.

"이렇게 자꾸만 우연히 만나는 걸 보면 우린 운명이야, 운명."

하윤은 얼마 전엔 인연이며 전생 어쩌고 하더니 이제 운명 타령을 하고 있는 그를 어처구니없다는 듯 바라보며 심드렁하게 받아쳤다.

"무슨 운명씩이나. 과한 의미 부여라고 보는데?"

"이 정도면 운명이지. 이 시간에, 이 영화관에서, 이 영화를, 같이 봤다는 거잖아, 우리가."

"그래, 우리가."

먹고 떨어지라는 듯 무심하기 이를 데 없는 맞장구였지만, '우리'라는 표현이 썩 마음에 들었던 정우의 입가에 만족스러운 미소가 걸렸다.

"오빠, 이 근처 살아?"

하윤은 무음으로 해놓고 가방에 넣어두었던 휴대폰을 꺼내 들며 건성건성 물었다.

"어, 안 멀⋯⋯."

"오빠, 잠깐만. 나 전화 좀."

다은이 보내온 메시지를 뒤늦게 확인한 하윤이 정우의 대답을 도중에 자르고 다은의 번호로 전화를 걸었다.

"긴급 속보가 뭔데?"

[너 신휘 오빠랑 영화 본다며? 11시 영화라고 하지 않았어?]

하윤은 영화관에 오는 길에 심심하다며 전화를 걸어온 다은에게, 신휘와 영화를 본다는 말을 했었다.

"응, 그게 왜?"

[너랑 영화 보고 있어야 할 시간에 왜 오빠가 내 눈앞에 있나 해서.]

"추가 촬영 잡혔다며? 촬영 중이니까 네 눈앞에 있었겠지. 그게 뭐가

긴급 속보야."

[나 오늘 신휘 오빠랑 붙는 신 없다고 아까 말 안 했나? 오빠 추가 촬영 생겼대?]

"응, 그래서 못 왔어. 촬영장 아니면 넌 오빠를 어디서 본 건데?"

[술집. 나 소속사 식구들하고 회식 왔는데 여기서 오빠 봤어. 너랑 영화 본다는 사람이 왜 영화관에 안 있고 여기 있나 해서.]

"촬영 끝나고 뒤풀이 갔나 보네. 난 또 무슨 큰일이라도 난 줄……."

[뒤풀이 아니야. 이혜민 때문에 온 거 같던데?]

헛웃음을 치던 하윤은 다은의 말에 그대로 굳어버렸다. 묘한 긴장감이 등줄기를 훑고 지나갔다.

"……지금 오빠랑 이혜민 씨 같이 있어?"

[아니, 오빠는 한 30분 전쯤 왔다가 술 취한 이혜민 데리고 바로 갔어. 화장실 가다가 우연히 봤는데 아는 척하기가 뭐하더라고. 그래서 그냥 먼발치에서 보기만 하고 무슨 일인가 싶어서 너한테 연락한 거야.]

"성국 오빠는?"

[없던데? 신휘 오빠밖에 못 봤어.]

"뭔가 사정이 있었겠지."

하윤은 태연한 척하며 전화를 끊었다. 하지만 신경이 쓰이지 않을 리가 없었다.

'오빠가 거길 왜 갔지?'

우두커니 서서 다은의 말을 곱씹고 있던 그녀는 정우가 부르는 소리에 가까스로 정신을 차렸다.

"하윤아."

"……응?"

하윤을 걱정스럽게 바라보고 있던 정우는 그녀가 고개를 돌리자 아무 일도 없었다는 듯 씩 웃었다.

"우리 술이나 한잔 할래?"

새벽 1시가 넘은 시간과 혼란스러운 감정 사이에서 잠시 망설이던 하윤은 결심한 듯 고개를 끄덕였다.

"하자, 술."

영화관에서 나온 두 사람은 근처에 있는 술집으로 향했다. 자리에 앉자마자 메뉴판을 건네주러 다가온 직원에게 하윤이 조심스레 물었다.

"혹시 휴대폰 충전 좀 부탁드려도 될까요?"

배터리가 간당간당했던 그녀의 휴대폰은 다은과의 통화 후 장렬히 사망한 상태였다.

"네, 주세요."

휴대폰을 받아 든 직원이 주문을 받고 자리를 벗어나자, 정우가 입을 열었다.

"늦게 들어간다고 집에 연락 안 해도 돼? 전화하려면 내 거 써."

하윤은 주머니에 있던 휴대폰을 꺼내어 내미는 정우에게 단호하게 손을 내저었다.

"아니야. 괜찮아."

지금까지 연락이 없는 걸 보면 신휘는 아직 집에 들어가지 않았음이 확실하고, 약속이 깨졌다는 걸 알 리 없는 창휘는 신휘와 데이트 중이라고 알고 있을 거였다. 은휘는 가게에 있어서 아무것도 모를 테니, 결국 늦게 들어간다고 연락해야 할 사람이 딱히 없었다. 신휘보다 늦게 들어가서 그를 걱정시키고 싶다는 게 지금 하윤의 솔직한 심정이었다.

다은에게 뭔가 사정이 있었을 거라고 한 말은 진심이었다. 추가 촬영은 분명 있었을 거고, 그 이후는 예상치 못한 돌발 상황이었을 거라고 짐작하고 있었다. 신휘가 거짓말을 했을 거라고는 생각지 않았다. 믿고 안 믿고의 문제가 아니라 그냥 기분이 나쁠 뿐이었다. 술 취한 여자를 왜 데리러 갔는지 불쾌했고 심술이 났다.

"오! 신휘한테 짜증 내는 거야, 지금?"

"짜증은 무슨."

하윤은 신기한 광경이라는 듯 웃고 있는 정우를 보며 일부러 입꼬리를 추어올렸다. 하지만 정우는 그녀의 노력에도 아랑곳하지 않고 눈을 가늘게 뜨며 중얼거렸다.

"아, 짜증이 아니라 부어 있는 거구나……."

정곡을 찔린 하윤은 은근슬쩍 입술을 내밀며 볼을 홀쭉하게 만들었다. 부어 있지 않다는 걸 보여주기 위한 몸부림이었다.

"이혜민이 배우 이혜민 말하는 거 맞지?"

정우는 터져 나가려는 웃음을 애써 참으며 말을 돌렸다. 어차피 다은과의 전화 통화를 고스란히 들킨 마당에 숨겨봐야 소용없다고 판단한 하윤이 순순히 고개를 끄덕였다.

"그 여자 때문에 너 바람맞은 거야?"

"그런 거 아니라고. 다른 건 다 들었으면서 뭔가 사정이 있었을 거라고 한 말만 못 들은 거야?"

하지만 정우는 하윤의 말을 듣는 둥 마는 둥 하며 그녀가 기함할 질문을 던졌다.

"그 여자가 네 라이벌이야?"

"라이벌은 무슨! 애인 있는 사람이거든?"

발끈한 하윤이 그를 잡아먹을 듯이 노려보며 쏘아붙였다.

"결혼하고도 갈라서는 판에 애인은 언제든지 헤어질 수 있……."

정우는 하윤의 위협적인 시선을 버티지 못하고 뒷말을 삼켰다. 마침 주문했던 술과 안주를 가지고 온 직원 덕분에 분위기가 전환되었다.

"맛있겠다. 얼른 먹자."

하윤은 정우가 제 앞으로 밀어준 접시를 도로 그의 앞으로 밀었다.

"안주는 오빠가 먹어. 난 배불러서 술이나 마실래."

"저녁 늦게 먹었어? 그래도 지금 출출할 시간인데?"

정우가 하윤의 잔에 술을 따라주며 물었다.

"팝콘 두 통에 콜라까지 먹었더니 배가 터질 것 같아."

"팝콘 두 통? 아무리 좋아해도 두 통이나 먹혀? 게다가 콜라까지?"

하윤은 경이롭다는 눈빛을 보내는 그를 바라보며 고개를 절레절레 저었다.

"좋아하는 건 맞는데 두 통을 한꺼번에 먹을 만큼 좋아하지는 않아. 캐러멜팝콘은 내 거, 그냥 팝콘은 신휘 오빠 걸로 샀지. 오빠는 캐러멜 싫어하거든. 근데 오빠가 못 온다니 어떡해? 내가 먹는 수밖에."

정우는 '경이'에 이어 '경악'했다.

"버리면 되지, 그걸 왜 다 먹었어?"

큰일 날 소리 한다는 듯, 하윤의 표정이 엄숙해졌다.

"안 돼. 음식 버리는 거 아니라고 배웠어."

"누구한테?"

"우리 오빠들."

모르는 사람들은 하윤의 명랑하고 쾌활한 성격만 보고 삼 형제에게 오냐오냐 예쁨만 받고 자랐을 거라고 생각하지만, 실상은 그렇지 않았다. 그들은 하윤이 부모님을 일찍 여의고 가정교육을 제대로 받지 못했다는 말을 듣게 될까 봐 일부러 더 엄격하게 가르쳤다. 잘못한 건 따끔하게 혼을 냈고, 잘한 건 아낌없이 칭찬해 주었다. 그래서 하윤은 밝지만 천박하지 않고, 유쾌하지만 경박스럽지 않은 성격으로 자라날 수 있었다.

"나라면 다르게 가르쳤을 텐데."

"어떻게?"

"배 속에 버리는 거 아니라고."

"난 이미 늦었어. 나중에 오빠 자식 낳으면 그렇게 가르쳐."

무심한 하윤과 반대로 정우의 표정은 심각했다.

"너랑 나랑 성향이 너무 다르다. 우리가 결혼해서 아이를 낳으면 누구 방식을 가르쳐야 하지?"

"걱정도 팔자네. 절대 일어날 리 없는 일을 왜 쓸데없이 고민해?"

하윤은 성질 낼 가치도 없다는 듯 건성으로 대꾸했다.

"절대 없어? 아주 조금도 없어?"

"응, 없어. 우주먼지만큼도 없어."

"너무하네……."

잠시 투덜거리는가 싶던 정우는 곧 장난기 가득한 미소를 매단 채 잔을 들어 올렸다.

"우주먼지에 밀려 버린 나를 위해 짠 한번 해주라."

하윤이 인심 쓴다는 표정으로 그의 잔에 제 잔을 가볍게 부딪쳐 주었다.

"하윤아, 넌 신휘 어디가 그렇게 좋아?"

"어디가 안 좋은지를 물어봐."

그녀의 당찬 요구에 정우는 순순히 질문을 바꿨다.

"그래, 어디가 안 좋아?"

"안 좋은 거 없어. 다 좋아."

배시시 웃으며 대답하던 하윤의 얼굴이 갑자기 확 구겨졌다.

"오늘만 빼고……."

정우는 입술을 삐죽거리는 하윤을 가만히 응시하고 있다가 다시 물었다.

"신휘가 언제부터 좋았어?"

"음, 언제부터였지……?"

열심히 기억을 더듬어보았지만, 그녀는 결국 답을 찾지 못하고 말을 돌렸다.

"언제부터가 뭐가 중요해? 언제까지가 중요하지."

"언제까지 좋을 건데?"

"죽을 때까지."

헤헤거리던 하윤이 난데없이 손바닥을 마주치며 눈을 동그랗게 떴다.

"아! 오빠가 그렇게 물어보니까 언제부터였는지 생각났다."

"언제부터였는데?"

"태어났을 때부터."

본인의 대답이 마음에 든 하윤의 얼굴에는 뿌듯한 미소가 걸린 반면, 정우의 표정은 떨떠름하기 그지없었다.

정우가 따라주는 술을 넙죽넙죽 받아 마시던 하윤의 눈은 어느새 흐릿하게 풀려 있었다.

하윤은 자신과 신휘의 특별한 관계에 대해 일일이 설명할 필요가 없는 정우가 편했다. 어느새 신휘에게 삐친 마음도 풀린 데다가, 투덜거리면서도 제 이야기에 귀를 기울여 주는 정우 덕분에 그녀는 누구에게도 해본 적 없는 이야기를 털어놓고 있었다.

"신휘 오빠는 있지…… 내가 힘들 때…… 아플 때…… 눈을 뜨면 있어주는 사람이야……."

부모님을 잃은 교통사고를 떠올린 하윤이 먹먹한 얼굴로 시선을 내리깔았다.

사고 후 눈을 떴을 때, 신휘가 있었다. 외할아버지 집에서 정신을 놓았다가 깨어났을 때 가장 먼저 보인 것도 그였다. 당시의 기억은 세월이 지나도 희미해지지 않고 하윤의 뇌리에 여전히 생생하게 남아 있었다.

"그래서 나도 오빠가 힘들 때, 아플 때…… 옆에 있어주고 싶어……."

신휘는 텅 빈 하윤의 방을 보고 당혹감을 감추지 못했다. 당연히 자고 있을 거라고 생각했기에 자는 얼굴이라도 잠깐 보려고 들어왔건만 주인 없는 방 안은 썰렁한 공기만 가득했다.

"아직도 안 들어오고 어디 있는 거야……."

다급하게 전화를 걸어보았지만, 하윤의 휴대폰은 꺼져 있었다. 새벽 2시 반. 걱정이 배가되고 두려움이 엄습하는 시간이었다.

"설마……."

아직도 영화관에 있을 리 없다고 생각하면서도 그의 다리는 이미 현관으로 달려 나가고 있었다. 지금 바로 떠오르는 건 거기뿐이었으니, 허탕을 치더라도 가보는 수밖에 없었다.

테이블에 쓰러져 잠들어 있는 하윤을 난감한 얼굴로 바라보던 직원이 고개를 돌려 정우에게 휴대폰을 내밀었다.

"죄송합니다. 너무 바빠서 아까 충전 맡기신 휴대폰을 갖다 드리는 걸 깜빡하고 있었어요."

"아, 감사합니다."

정우는 직원이 주고 간 하윤의 휴대폰을 내려다보며 신휘에게 전화를 해줄까 말까 잠시 고민했다.

"어쩌지……?"

자신을 원수 보듯 하는 신휘에게 그런 아량을 베풀어줄 필요가 없다는 생각이 들기도 했지만, 그냥 모른 척할 수가 없었다. 하윤이 연락도 없이 집에 들어가지 않은 데다가 휴대폰도 꺼져 있으니 신휘가 지금 얼마나 애를 태우고 있을지 짐작이 되고도 남았기 때문이었다. 정우는 일단 신휘에게 걱정하지 말고 있으라는 전화를 해준 다음에 하윤을 데려다주기로 마음을 정했다.

"난 왜 이렇게 착한 거야……."

스스로를 대견해하며 휴대폰 전원을 켠 그는 주소록에서 'ㅁ'을 찾아

내려갔다. 예상대로 '문신휘'는 없었다. 유력한 후보인 '신휘 오빠'를 찾으러 'ㅅ'으로 향했지만, 이번에도 없었다.

"그냥 '오빠'로 저장해 놨나?"

'ㅇ'에 도착하니, 비슷한 이름들이 연속으로 저장되어 있었다.

"오라방, 오라버니, 오꽈……."

정우는 침착하게 추리에 돌입했다. 우선 하트가 붙어 있는 '오꽈'가 신휘임은 무난히 도출해 낼 수 있었다. 나머지 두 개가 헷갈렸지만, 예전부터 하윤이 창휘보다는 은휘와 티격태격하며 지내왔다는 걸 알기에 창휘가 '오라버니', 은휘가 '오라방'이라는 결론을 내리기 어렵지 않았다.

키득거리며 웃고 있는 그의 손에서 하윤의 휴대폰이 울리기 시작했다. 발신자는 '오꽈♡'였다.

신휘는 운전을 하면서 다시 한 번 하윤에게 전화를 걸었다. 크게 기대하고 건 것은 아니었는데 전화기가 꺼져 있다는 기계음 대신 통화 연결음이 나왔다.

"하아……."

신휘는 크게 심호흡을 하며 조마조마했던 마음을 간신히 진정시켰다. 그러나 진정됐다고 생각한 건 착각일 뿐이었다. 차분하게 말하려던 생각과는 달리 통화가 연결되자마자 튀어 나간 그의 말은 잔뜩 날이 서 있었다.

"지금 어디야."

그리고 날카롭게 곤두선 신경을 더욱 자극하는 이름.

[나다, 정우.]

"손정우?"

신휘는 내 여자의 전화를 다른 남자가 대신 받는다는 게 얼마나 불쾌한 일인지 오늘 제대로 실감했다. 예전에 재영이 하윤의 전화를 대신 받았을 때와는 비교도 되지 않을 만큼 분노가 치밀었다.

[그래, 나라고.]

"하윤이랑 같이 있어?"

[같이 있으니까 내가 하윤이 전화를 받았겠지?]

두 사람이 새벽 2시에 같이 있어야 하는 이유가 뭔지, 신휘는 이해할 수도 없었고 이해하고 싶지도 않았다. 핸들을 움켜쥔 그의 손등 혈관이 당장에라도 터질 것처럼 부풀어 올랐다.

"하윤이 바꿔."

[지금 자.]

신휘는 숨이 턱 막히고 정신이 아득해졌다.

"……잔다고?"

[술집이야. 술을 좀 많이 마셨어.]

지옥 문턱에서 빠져나온 기분이었다.

"거기 어디야?"

[내가 데려다줄게. 지금 나갈…….]

신휘는 머리카락이 쭈뼛 설 만큼 살기 어린 어조로 정우의 말을 잘랐다.

"내가 간다고. 어딘지나 말해."

술에 취해 자고 있다는 하윤을 데려다주려면 안거나, 업거나, 그 어떤 식으로든 신체 접촉이 불가피하다는 건 불 보듯 뻔했다. 신휘는 그렇게 놔둘 생각이 추호도 없었다.

신휘는 채 10분도 걸리지 않아서 정우를 다그쳐 알아낸 곳에 도착했다. 그는 이미 영화관을 향해 출발한 상태였고, 두 사람이 함께 있다는 술집이 영화관 바로 옆이었기 때문이었다. 거의 다 온 것 같아 속도를 줄이고 간판을 훑던 그의 시야에, 술집 앞 화단 턱에 나란히 앉아 있는 정우와 하윤의 모습이 잡혔다. 하윤이 정우의 어깨에 머리를 기대고 있는 것을 보자마자, 신휘의 미간이 확 구겨졌다. 그는 갓길에 차를 세우고 두 사람에게로 달려갔다.

"날아왔냐? 빨리도 왔네."

신휘는 이기죽대는 정우를 갈아 마실 듯한 눈으로 노려보고서 하윤의 머리를 그의 어깨에서 떼어냈다.

"하윤이 제 발로 걸어 나왔고, 잠깐 정신 차리는가 싶더니 앉자마자 또 잠든 것뿐이야. 넘어질 것 같아서 인명 구조 차원에서 어깨 빌려준 것뿐이니까 그렇게 날 세울 거 없어."

정우의 해명에도 신휘의 냉담한 표정은 풀리지 않았다. 그는 정우의 말에 아무런 대꾸도 없이, 하윤의 머리를 한 손으로 받치고서 다른 한 손으로는 그녀의 뺨을 토닥거렸다.

"일어나 봐."

"으, 음…… 오빠……?"

신휘는 눈을 게슴츠레하게 뜨고 있는 하윤을 향해 상체를 기울였다.

"잡아."

하윤은 비몽사몽간에도 익숙하게 그의 목에 팔을 감았다. 신휘가 그녀의 허리를 한쪽 팔로 탄탄하게 받치고 허리를 펴자, 하윤은 자연스럽게 그에 의해 들어 올려졌다.

"지금 이 시각에 왜 둘이 같이 있는 건데?"

다시 눈을 감은 하윤을 안고 있는 부드러운 손길과 달리 신휘의 목소리는 얼음장처럼 차가웠다.

"하윤이가 취해서."

"누가 그걸 몰라서 물어? 왜 둘이 같이 있는 거냐고."

무슨 상황인지 알 길 없는 신휘는 두 사람이 함께 있다는 사실이 못내 짜증스러웠다.

"너한테 바람맞고 혼자 영화 보고 나오는 하윤이랑 영화관에서 우연히 만났다. 그래서 술 한잔한 건데, 왜? 안 되냐?"

"어, 안 돼."

너무나 단호한 대답에 정우가 할 말을 잃은 사이, 신휘는 흐느적거리는 하윤을 품에서 떼어내어 앞으로 안아 들었다. 성큼성큼 걸어가 차 앞에 멈춰 선 신휘가 차 문을 열기 위해 하윤을 고쳐 안는 순간, 뒤에서 불쑥 나타난 정우의 손이 조수석 문을 열어주었다.

"쌕쌕, 잘도 자네."

하윤은 정우의 말대로 주변 환경에 전혀 구애받지 않고 고른 숨소리를 내며 잠들어 있었다. 그녀를 조수석에 태우고 안전띠를 매준 신휘는 정우에게 눈도 돌리지 않고 운전석으로 향했다.

제 침대 위에서 눈을 뜬 하윤은 초점 없는 눈으로 천장을 응시하며 중얼거렸다.

"술을 끊어야 해⋯⋯."

통째로 잘려 나간 듯한 일곱 시간의 기억을 되살리기 위해 숙취로 지끈거리는 머리를 굴려보았다. 극도로 정신을 집중한 끝에 띄엄띄엄 기억이 나기 시작했다.

과제를 하느라 잠을 못 자서 피곤하기도 했고, 짧은 시간 동안 많은 양의 술을 마신 탓에 다른 날보다 빨리 취해 버렸다. 테이블에 쓰러져 자고 있다가 어느 순간엔가 눈이 떠졌고, 화장실에 다녀와 보니 정우가 계산을 끝마치고 기다리고 있었다. 그와 함께 밖으로 나가서 어딘가 앉았다는 것과 신휘의 얼굴을 본 것까지가 하윤이 기억해 낸 전부였다.

"아아⋯⋯."

빙글 뒤돌아 누워 베개에 얼굴을 묻은 채 동동거리던 그녀가 갑자기 심각한 표정으로 일어나 앉았다. 술을 많이 마신 탓에 목이 타들어가는 것 같았다. 우선 살고 봐야겠다는, 생존을 향한 본능에 이끌려 방을 나간 하윤은 문이 닫혀 있는 신휘의 방을 흘끔 바라보았다.

'나갔나……? 자나……?'

매도 먼저 맞는 게 낫다는 말은 하윤이 가장 싫어하는 말이었다. 최대한 미룰 만큼 미룬 후에 맞아야 때리는 사람이 기운도 빠지고 시들해진다는 생각에서였다. 평소의 지론을 다시 한 번 마음속으로 되새긴 그녀는 그의 방문을 열어보고 싶은 충동을 억누르고 부엌을 향해 까치발로 살금살금 걸어갔다. 그리고 냉장고에서 탄산수를 꺼내어 꿀꺽꿀꺽 마셨다.

"캬……."

탄산수는 골이 띵할 정도로 시원했다. 몸에 남아 있던 알코올이 순식간에 증발한 듯한 기분에 사로잡힌 하윤의 얼굴에 만족스러운 미소가 드리워진 순간, 그녀의 손에 들려 있던 탄산수 병이 사라졌다.

"헉!"

깜짝 놀라 뒤를 돌아본 하윤은 잔뜩 인상을 찌푸리고 있는 신휘의 얼굴을 마주하고 움찔했다. 그는 아무 말 없이 반쯤 남아 있던 탄산수를 벌컥벌컥 들이켰다. 하윤의 시선이 거칠게 움직이는 신휘의 목울대로 향했다. 평소에는 마냥 섹시하게만 보였던 목울대가 오늘은 상당히 위협적이게 느껴졌다. 병을 말끔히 비운 신휘는 그제야 하윤을 바라보았다.

"성하윤."

하윤은 그의 짙게 가라앉은 눈빛과 낮게 깔린 목소리를 통해 쉽게 넘어갈 수 없으리라는 걸 직감했다. 만취하게 된 원인 제공을 한 당사자가 화를 내니 내심 억울했지만, 집까지 어떻게 왔는지도 모를 만큼 취한 건 부인할 수 없는 사실이기에 입이 두 개라도 할 말이 없었다. 그래서 처음부터 모든 것을 내려놓고 납작 엎드리기로 했다.

"술 끊을게!"

하윤에게 있어서 이보다 더한 반성은 없었음에도, 그의 분노를 잠재우기에는 역부족이었다. 신휘는 하윤이 혼자서 청승맞게 영화를 본 것도, 정우와 단둘이 술을 마신 것도, 술에 취해 인사불성이 된 것도…… 모든 행동이 마음에 들지 않았다.

"다음에 다시 보자고 했잖아. 알았다고 대답해 놓고 왜 말 안 들어?"

"오빠 언제 또 시간 날지 모르니까……. 지난번에도 똑같은 말 해놓고 결국 못 봤잖아……."

신휘는 하윤의 볼멘소리에 잠시 멈칫했지만 굳은 표정을 풀지 않았다.

"그 늦은 시간에 정우랑 술 마시면서 나한테 연락해야 한다는 생각은 안 들었어?"

애써 참고 있던 분노가 울컥 치밀어 오른 하윤이 싸늘하게 받아쳤다.

"내 연락 기다리기는 했어?"

"뭐라고?"

"난 오빠가 술 취한 이혜민 씨 챙기느라 바쁠까 봐 연락 안 했지."

빈정거리는 그녀의 말에 순간적으로 당황한 신휘가 이내 미간을 찌푸리며 물었다.

"어떻게 알았어?"

"어떻게 안 게 중요한 게 아니잖아. 오빠는 이혜민 씨 데리러 가면서 나한테 연락했어? 오빠도 안 하면서 난 왜 해야 하는 건데?"

"혜민이는 친구고, 정우는 남자잖아."

"그렇게 치면 나한테는 이혜민 씨가 여자고, 정우 오빠는 오빠야."

하윤은 한마디도 지지 않았다. 그가 미안해하길 바란 건 아니었지만, 이렇게까지 당당하게 나오는 건 도저히 참을 수가 없었다.

신휘는 파르르 떨고 있는 하윤을 바라보며 차분하게 입을 열었다.

"누구한테 무슨 얘기를 어떻게 들었는지 모르겠지만 해명할게."

"……."

"추가 촬영 끝나고 집에 오는 길에 혜민이한테 연락이 왔어. 많이 취했는데 데리러 와줄 수 없겠느냐고. 난 네가 당연히 곧장 집에 돌아왔을 거라고 생각했고, 자고 있을까 봐 연락 안 했던 거야. 그런데 집에 와 보니까 네가 없더라. 어디 있는지는 모르지, 전화기는 꺼져 있지……. 내가 얼마나 걱정했는지 알기나 해?"

신휘의 해명은 하윤을 완벽히 이해시켰고, 곧이어 별것도 아닌 일에 괜히 속을 끓였다는 후회가 들게 했다. 치솟았던 분노가 어느새 봄눈 녹듯 스르르 사라져 버렸다. 신휘는 찌푸리고 있던 하윤의 얼굴이 서서히 펴지는 것을 보며 다짐하듯 덧붙였다.

"다음에 또 이런 일 생기면 무조건 연락하고 갈게."

거의 다 펴졌던 그녀의 미간에 주름이 다시 잡혔다. 사실 하윤은 신휘가 연락을 하지 않았다는 것보다 혜민을 데리러 갔다는 것에 기분이 나빴던 것이었다. 하지만 핀트가 어긋난 그의 말을 정정해 주지는 못했다. 다른 여자도 아니고, 십여 년을 알아온 친구인 데다가 애인까지 있는 혜민을 상대로 질투하는 모습을 보이기가 왠지 민망했기 때문이었다.

정우에 대한 질투로 격앙되어 있던 신휘는 본인이 큰소리칠 처지가 아니라는 것을 뒤늦게 깨닫고, 하윤을 제 품으로 당겨 안으며 나직이 말했다.

"어제 약속 못 지켜서 미안해."

"일부러 그런 거 아니잖아. 일 때문인데, 뭐……."

"영화 혼자 보게 한 것도 미안해."

하윤은 속 좁게 굴었던 자신이 부끄러워져 목소리가 점점 작아졌다.

"내가 맘대로 혼자 본 건데 오빠가 왜……."

"잘못은 다 내가 해놓고 화내서 미안해."

"나도 잘못한 거 많아."

"언제나 너만 기다리게 해서 미안해……."

"나도 다 미안해……."

두 사람은 한참 동안 손길로, 체온으로, 심장 소리로 서로의 진심을 전했다.

신휘에 대한 섭섭함을 말끔히 날려 버린 하윤의 목소리에는 애정이 듬뿍 담겨 있었다.

"몇 시에 나가?"

"11시. 오늘 감독님이랑 투자사, 제작사 임원들이랑 점심 먹기로 했어. 지금 몇 시지?"

"10시 반."

그래도 30분은 같이 있을 수 있다는 생각에 하윤의 얼굴에 미소가 번지려는 찰나, 신휘의 방에서 휴대폰 벨소리가 들려왔다.

"전화 좀 받고 올게."

하윤은 잠시 뒤 나갈 채비를 마치고 방에서 나온 신휘를 보고 당황했다.

"11시에 나간다며?"

"지금 나가야 할 것 같아."

"갑자기 왜?"

"잠깐 들러야 할 데가 생겼어."

"어디?"

"혜민이네."

하윤의 표정이 급격히 굳었다.

"……거긴 왜?"

"혜민이 매니저가 급한 일이 생겨서 지방 내려갔대. 오늘 혜민이도 나오는 자리인데 좀 태우고 가달라고 하네."

신휘와 하윤은 연인이 되기 전부터 누구보다 특별하고 가까운 사이였다. 그렇다고는 해도 서로가 어떤 사람을 만나고 무슨 일을 하는지까지 시시콜콜 알 수는 없는 노릇이었다. 예전의 하윤이라면 신휘가 스케줄이 있다고 나가면 그런가 보다, 하고 말았을 거였다. 그런데 이제 그의 일, 그가 만나는 사람들에 대해서 속속들이 알게 되니 신경 쓰이는 게 한둘이 아니었다. 특히 혜민의 존재가 그랬다. 지금까지는 모르고 있었던 것일 뿐, 이런 일이 처음이 아니었을 거라고 생각하니 심기가 불편했다. 혜민이 부르면 달려가고, 집까지 데려다주는 것들이 신휘에게는 대수롭지 않은 일이었지만 하윤에게는 꺼림칙할 수밖에 없었다.

"회사에 연락해서 다른 사람 부르면 되지, 왜 오빠보고 오래?"

화해한 지 몇 분 되지도 않았는데 또 언성을 높이고 싶지 않았던 하윤은 최대한 차분하게 물었다.

"어차피 같은 스케줄, 같이 움직이자는 거지. 내가 조금만 돌아가면 되니까."

"그럼 식사 끝나고도 오빠가 데려다줘야겠네?"

"아니, 지금 매니저 서울 올라오는 중이라고 바로 그쪽으로 온대. 난 데리고 가기만 하면 돼."

"공주야? 환자야?"

신휘가 무슨 말인지 알아듣지 못하고 고개를 갸웃거리자 하윤이 코웃음을 치며 말을 이었다.

"공주라서 직접 운전 못 해? 아니면 환자라서 거동이 불편해? 나라면 누구 부를 시간에 혼자 후딱 가겠네."

하윤의 빈정거림을 신휘는 진지하게 받았다.

"운전은 안 배워서 못 하고, 준 환자에 가까워. 몸이 많이 약해서 걸핏하면 쓰러지는 데다가 성격도 많이 여려."

'그렇게 말하면 내가 할 말이 없잖아!'

하윤은 겉으로 보기엔 가냘파 보여도 체력도 끝내주고, 긍정적이고 낙천적인 성격이라 쉽게 상처받지도 않았다. 혜민과는 어디 하나 비슷한 구석도 없었다. 그녀는 얼른 머리를 굴려 다른 핑곗거리를 찾았다.

"성국 오빠 오는 길 아니야? 오빠 지금 나가면 성국 오빠는?"

"성국이 안 와. 오후에 촬영장으로 바로 오라고 했어."

"왜?"

"요 며칠 장염이 도져서 힘들어 했거든. 어제 추가 촬영에, 계획에도 없던 혜민이까지 데려다주느라 집에 늦게 들어가게 해서 미안하더라고. 그래서 오늘은 천천히 나오라고 했어. 점심 약속인데 몸도 안 좋은 사람, 차에서 기다리게 하는 것도 싫고."

갑자기 하윤의 안색이 밝아졌다.

"어제 이혜민 씨 데리러 갈 때 성국 오빠도 같이 간 거야?"

"어."

"성국 오빠 없었다던데?"

"내가 아까 깜빡하고 그냥 넘어갔는데, 대체 어디서 누가 뭘 보고 전한 거야?"

신휘가 눈썹을 찡그리며 불만을 표했지만, 하윤은 가뜩이나 그에게 밉보인 다은을 노출할 생각이 전혀 없었다.

"그것까지는 오빠가 알 거 없고, 술집에서 오빠 혼자 이혜민 씨 데리고 나가는 거 본 사람이 있어."

"성국이는 술집 앞에서 차 대기시켜 놓고 기다리고 있었어. 어차피 바로 갈 건데 주차하기 번거로워서. 혜민이 데려다주고, 나 내려주고 갔어."

하윤은 어제 혜민을 그가 혼자서 데려다준 게 아니라는 걸 알게 되니 그나마 기분이 나아졌다.

"더 물어볼 거 없어? 이제 나가도 돼?"

"그러든가……."

잘 갔다 오라는 말을 하지 않은 건 하윤의 마지막 자존심이었다.

신휘가 나가고 얼마 지나지 않아 다은에게서 전화가 걸려왔다. 하윤은 심심하다며 놀러 오겠다는 그녀의 고집을 꺾지 못했고, 다은은 30분도 채 걸리지 않아 도착했다.

"들어와."

하윤의 뒤를 따라 들어선 다은이 집 안을 두리번거리며 중얼거렸다.

"이런 걸 일석이조라고 하는 거구나……."

"뭔 소리야?"

"난 분명 내 친구 집에 놀러 왔는데 베일에 싸여 있는 톱스타의 집 구경도 덩달아 하게 됐으니까."

하윤이 시큰둥한 표정으로 부엌으로 향하며 물었다.

"뭐 마실래?"

"아니, 다이어트 중이야."

"난 아이스크림 먹을 거야. 달달한 걸로 이 개떡 같은 기분을 달래줘야겠어."

그런데 그때, 현관에서 비밀번호를 누르는 소리가 들려왔다.

"잠깐만."

현관으로 달려 나간 하윤은 창휘와 함께 돌아왔다.

"우리 첫째 오빠."

의자에서 벌떡 일어난 다은이 수줍게 고개를 숙였다.

"안녕하세요……."

"처음 보는 얼굴이네. 하윤이 친구라고?"

"네……."

"하던 얘기 계속해. 안 챙긴 서류가 있어서 가지러 들어온 거야."

창휘가 방으로 들어간 직후, 자다 일어난 기색이 역력한 은휘가 방에서 나왔다. 그를 흘긋 돌아본 하윤이 건성으로 알은체를 했다.

"일어났어?"

"아니, 더 잘 거야."

은휘는 화장실로 가려다가 다은의 존재를 알아채고 걸음을 멈췄다.

"누구?"

"내 친구. 놀러 왔어."

창휘에 이어 은휘까지 요새 꽤 유명세를 타고 있는 다은을 알아보지 못했다. 두 사람 모두 TV를 보는 일이 극히 드물었을 뿐만 아니라, 보더라도 창휘는 뉴스, 은휘는 스포츠 관련 프로그램만 시청했기 때문이었다.

"우리 둘째 오빠."

하윤의 소개에 다은이 눈웃음을 치며 다소곳하게 인사를 건넸다.

"안녕하세요, 오빠."

"그래, 놀다 가라."

은휘는 고개를 가볍게 끄덕여 주고는 화장실로 사라졌다. 둘만 남게 되자, 다은이 호들갑을 떨며 발을 동동 굴렀다.

"대박! 신휘 오빠랑 맞먹는 비주얼이 한집에 둘이나 더 있어. 맨날 저런 얼굴들 보고 살면 밥 안 먹어도 배부르겠다."

"아닌데? 밥 먹어야 배부른데?"

무심하게 대꾸한 하윤은 냉동실에서 아이스크림을 꺼내 와 식탁에 앉았다. 달고, 차갑고, 부드러운 아이스크림을 한 숟가락 크게 떠서 입에 넣으니 꿀꿀했던 기분이 한결 나아졌다.

"기분이 왜 개떡 같아?"

하윤은 다은에게 어제 일부터 시작해서 신휘가 혜민의 전화를 받고 나간 이야기까지 소상히 털어놓았다.

"나도 어제 신휘 오빠가 이혜민 데리고 가는 거 보고 빡 돌던데 넌 더 하겠지."

사실 다은은 놀러 왔다기보다는 어제 자신이 전한 말 때문에 하윤이 신경 쓰고 속상하고 있을까 봐 걱정스러운 마음에 찾아온 것이었다. 어제는 하윤이 알아야 한다는 생각밖에 없었지만, 시간이 지나고 나니 괜한 말을 전했나 싶기도 했던 것이다.

"오빠랑 친한 거 뻔히 알고, 현욱 오빠랑 사귀는 사이라는 것까지 아는데 대놓고 싫은 티를 낼 수가 없잖아. 의부증 환자 같아 보일까 봐 내색도 못 하겠어. 그래서 더 속이 터져."

"무슨 심정인지 알 것 같다. 많고 많은 여자 중에 왜 하필 이혜민이냐. 미모는 넘사벽에 들리는 말로는 성격도 착한……."

하윤의 어깨가 축 처지는 것을 본 다은은 아차 싶어 얼른 말을 돌렸다.

"……지 아닌지는 모르는 거지. 왜 있잖아? 남자들이 예쁘면 착하다고 하는 말. 그런 걸지도 몰라."

억지로 끼워다 맞춘 다은의 위로에 하윤의 눈썹이 꿈틀거렸다.

"그딴 위로 필요 없거든?"

"……그래서 앞으로 어쩔 건데?"

"어쩌긴 뭘 어째. 그냥 그렇다는 거지……."

이 찌뿌듯하고 개운하지 않은 기분을 어떻게 하면 털어낼 수 있을지, 가장 궁금한 사람은 하윤이었다.

🦋

신휘는 제대 후에 독일과 체코 등지에서 찍었던 영화 '토트(Tod)'가 후반 작업을 마치고 개봉을 앞두면서 더욱 바빠졌다. 막바지로 치닫는 드라마 촬영에, 영화 홍보를 위한 각종 매체와의 인터뷰까지 더해지면서 하윤은 그의 얼굴을 보기가 힘들어졌다. 신휘는 집에 못 들어오는 날이 많았을뿐더러 들어오더라도 곧바로 곯아떨어지기 일쑤였다.

"못 올 것 같다더니 어떻게 왔어?"

하윤은 삼 일 만에 들어온 그의 뒤를 따라 방으로 졸래졸래 들어갔다.

"죽을 것 같아서."

까칠한 얼굴과 충혈된 눈동자가 신휘의 피로도를 여실히 보여주고 있었다. 웬만해서는 힘들다는 소리를 하지 않는 그가 얼마나 힘들면 죽을 것 같다는 말까지 하나 싶어, 하윤의 얼굴에 수심이 어렸다.

"얼른 자."

나가려고 몸을 돌리는 그녀의 팔을 신휘가 다급하게 붙잡았다.

"어디 가는데?"

"얼른 자라고. 죽을 것 같다며."

나가야 한다는 일념으로 가득 찬 하윤이 팔을 빼려고 바르작거리자, 신휘의 손에 힘이 들어갔다.

"누가 잠 못 자서 죽을 것 같대?"

"그럼?"

"너 며칠 못 봤더니 죽을 것 같아서 들어온 건데, 나 그냥 죽으라는 거야?"

"아……."

그제야 말뜻을 알아들은 하윤이 눈꼬리를 접어 웃으며 신휘의 허리를 와락 끌어안았다.

"죽으면 안 되지. 내가 살려줄게."

하윤은 빈틈없이 착 달라붙어 그의 맨가슴에 뺨을 비비적거렸다. 강아지처럼 귀여운 행동이었지만, 지금 신휘에게는 그것조차도 자극적이라 태연하게 받아넘길 여유가 없었다. 그의 온몸에 힘이 들어간 것을 느낀 그녀도 그제야 묘한 분위기를 감지했다. 야릇한 공기가 두 사람을 에워싼 순간, 갑자기 신휘가 몸을 뒤로 뺐다.

"나 좀 씻고 올게. 여기 그대로 있어."

그는 하윤을 뒤로하고 황급히 방을 빠져나갔다.

차가운 물로 샤워를 마치고 평정심을 되찾은 신휘가 방으로 돌아왔을 때, 하윤은 그 자리에 없었다.

"또 사라졌어……."

볼멘소리를 중얼거리며 하윤의 방으로 간 신휘는 자려고 누운 그녀를 일으켜 세웠다.

"왜 여기 있어? 내 방에 있으라니까."

그는 하윤을 제 방으로 데려가 침대에 억지로 눕히고 그 옆에 따라 누웠다.

"나 잠들 때까지 가지 마. 옆에 있어."

그답지 않은 어리광에 픽 웃음을 터뜨린 하윤은 신휘를 마주 보고 모로 누웠다. 그리고 느리게 깜빡이는 그의 눈꺼풀을 감겨주었다.

"알았으니까 얼른 자."

"내일 시사회 올 거지?"

"당연히 가야지."

"시사회 끝나면 스케줄 없어. 내일은 오래 보자……."

피곤에 지친 신휘는 그 말을 끝으로 잠이 들었다. 하윤은 한참 동안 그의 조각 같은 얼굴을 들여다보고 있다가 방으로 돌아갔다.

시사회가 열리는 영화관에 도착한 하윤은 혜민을 보고 감탄했다. 허리까지 늘어진 검은색 생머리에 백옥 같은 피부, 섬세하게 그린 듯한 이목구비……. 여주인공으로서 신휘와 포토 월에 나란히 서 있는 그녀는 화면으로 봐도 예뻐 보였지만 실물이 더 예뻤다. 한없이 여성스럽고 보호 본능을 후벼 파는 스타일이었다. 말투는 조용조용 나긋했고, 행동거지는 차분하고 우아했다. 신이 그녀를 만드실 때 여성성을 모조리 때려 부어 만든 것 같았다.

'아이 콘택트 하지 말라고!'

하윤은 신휘와 혜민이 눈을 맞출 때마다 속이 부글부글 끓었다. 두 사람의 완벽한 '케미'가 못마땅했다.

'쳇! 오빠는 나랑 더 잘 어울려!'

하윤은 누가 뭐라고 한 것도 아닌데 혼자 판단하고, 혼자 반박하며 툴툴거리다가 민아의 전화에 정신을 차렸다.

"네, 언니. 저 지금 막 도착했어요. 어디요?"

민아가 알려준 13층에 도착한 하윤은 신휘의 이름이 적힌 방의 문을 열고 안으로 들어갔다. 그런데 안은 텅 비어 있었다.

"다들 어디 갔지?"

전화를 해볼까 하다가 조금 기다려 보기로 하고 의자로 걸어가던 그녀의 등 뒤에서 문이 열리는 소리가 들렸다. 하윤은 반가운 마음에 뒤돌아섰다가 뜻밖의 인물과 마주하고 당황했다. 눈앞에 서 있는 사람은 혜민이었다.

당황한 건 혜민도 마찬가지였다. 아무도 없는 신휘의 대기실에 멀뚱히 서 있는 낯선 여자의 존재에 깜짝 놀란 그녀는 경계심 가득한 눈빛으로 입을 열었다.

"누구…… 세요?"

예의상 누구냐고 묻긴 했지만, 혜민은 이미 하윤을 대기실에 몰래 숨어든 광팬쯤으로 생각하고 있었다.

"아, 저는……."

하윤은 자신을 뭐라고 소개해야 할지 몰라 난처했다. '성하윤'이라고 말해봐야 혜민이 알 리 없을 테고, 아르바이트는 이미 끝났으니 '코디 알바'라고 하기도 뭐했으며, '동생'이라고 하고 싶지는 않았다. 그렇다고 '애인'이라고 할 수도 없는 노릇이었다. 죄지은 사람처럼 우물쭈물하고 있던 하윤을 구해준 건 신휘였다.

"거기 서서 뭐 해?"

대기실로 들어선 그는 멀찍이 떨어져 마주 보고 서 있는 하윤과 혜민을 번갈아 쳐다보고 하윤에게 먼저 웃어 보였다.

"왔어?"

이어서 혜민에게 눈을 돌린 신휘가 고개를 갸웃거렸다.

"넌 왜 여기 있어?"

"감독님 도착하셨다길래 같이 인사하러 가자고……."

"우리가 무슨 초딩이냐, 같이 가게? 나 지금 인사하고 오는 길이야."

"……갔다 왔구나."

신휘는 무안해진 혜민이 얼굴을 붉히고 있는 줄도 모르고 태연하게 말을 넘겼다.

"둘이 인사했어?"

하윤이 의심스러운 인물이 아니라는 것은 알았지만, 인사까지 나눠야 할 사이인가 싶었던 혜민이 의아한 표정으로 되물었다.

"누군데……?"

"하윤이."

"하윤이……?"

신휘의 말을 따라 하던 혜민의 표정이 갑자기 밝아졌다.

"아, 하윤이!"

혜민이 환한 미소로 하윤을 바라보았다.

"반가워. 신휘한테 얘기 많이 들었어."

하윤은 자기보다 나이가 많은 사람이 허락 없이 말을 놓는 것에 대해

거부감을 느끼는 편이 아니었다. 그런데 혜민의 반말은 기분이 나빴다. 자신을 귀엽다는 듯 바라보고 있는 혜민의 시선도 마음에 들지 않았다. 하지만 이 모든 것이 질투라는 감정에서 비롯된 열등감임을 알기에 내색하지 않고 예의 바르게 고개를 숙였다.

"안녕하세요."

신휘와 혜민은 오랜 시간 알아온 만큼 서로의 가정사를 웬만큼 알고 있었지만, 혜민은 가끔 말만 들었지 하윤의 얼굴을 본 건 오늘이 처음이었다. 신휘의 유별난 동생 사랑을 잘 알고 있던 혜민은 하윤과의 만남이 신기했을 뿐만 아니라, 왠지 하윤이 제 동생이 된 것만 같은 기분이 들었다. 갑자기 예전 기억이 떠오른 혜민이 미간을 찡그리며 신휘에게 물었다.

"소도 때려잡을 거라며?"

"……소?"

혜민은 어리둥절한 표정을 짓고 있는 신휘를 향해 곱게 눈을 흘겼다.

"네가 한 말이잖아. 하윤이 소도 때려잡을 거라고."

혜민의 말이 끝나기 무섭게 고개를 휙 돌린 하윤까지 자신을 노골적으로 노려보자, 당황한 신휘가 두 여자의 시선을 피하며 얼버무렸다.

"내, 내가……?"

"응, 네가 한 말이야."

여신이라고 불리는 혜민 앞에서 소도 때려잡을 거라는 말을 들은 하윤은 입바람으로 앞머리를 훅 불어 넘기고 천천히 말문을 열었다.

"오빠."

신휘는 일단 못 들은 척 가만히 있었다.

"오빠?"

하는 수 없이 고개를 돌린 그는 눈에서 불꽃이 일고 있는 하윤을 보고 움찔했다.

"오빠가 밖에 나가서 내 얘기를 그렇게 하고 다니는 줄 몰랐네? 혹시 철근도 씹어 먹는다는 말은 안 했어?"

"음, 기억은 안 나지만 내가 정말 그렇게 말했다면…… 진짜로 소도 때려잡는다는 말이 아니라, 그럴 만한 패기가 넘친다는 말이었겠지……."

"그 말이나, 그 말이나."

혜민은 쭈뼛거리면서 어설픈 변명을 하고 있는 신휘를 어이없다는 얼굴로 바라보았다.

"넌 대체 하윤이 어딜 보고 그런 말을 한 거야?"

그동안 그녀가 신휘에게 들은 말로 그려온 하윤의 이미지는 선머슴 기질이 다분한 성격에 중성적이거나 보이시한 생김새였다. 그러나 눈앞에 서 있는 하윤은 작은 얼굴, 가는 팔다리, 투명한 피부까지 천생 여자였다.

"그, 글쎄……?"

"문신휘가 지금 동생 눈치 보고 있는 거야?"

혜민이 놀리듯 묻자 신휘가 심각한 표정으로 고개를 가로저었다.

"아닌데?"

"아니긴, 너 지금 하윤이 눈치 보고 있잖아."

신휘는 혜민의 말에 대꾸하지 않고 삐쳐 있는 하윤에게 성큼 다가갔다. 그러고는 하윤의 손바닥과 제 손바닥을 마주 대고서 크기를 재는 시늉을 하며 너스레를 떨기 시작했다.

"이렇게 고사리 같은 손으로 소를 어떻게 때려잡아. 말도 안 되지."

"그 말도 안 되는 말을 한 사람이 누구더라?"

"……누구지?"

신휘가 능청스럽게 웃으며 하윤의 손바닥에 입을 맞췄다. 그 모습을 보고 있던 혜민의 눈이 커졌다. 오빠들은 여동생에게 저런 스킨십까지 하는 건가? 내가 오빠가 없어서 모르는 건가? 온갖 생각들이 머릿속을 빠르게 스치고 지나갔다. 그녀의 혼란스러운 심경을 알아차린 신휘가 다급하게 해명에 나섰다.

"이혜민, 그런 눈으로 보지 마. 동생한테 한 거 아니니까."

한동안 말을 잇지 못하다가 간신히 정신을 차린 혜민이 말문을 열었다.

"……동생한테 한 게 아니면?"

"하윤이가 동생이 아니라면 뭐겠어?"

"……."

"여자지."

멍하니 서 있던 혜민의 뇌리에, 얼마 전에 보도된 기사가 번쩍 떠올랐다.

"혹시 얼마 전에 났던 스캔들……."

"맞아. 하윤이 얘기야."

신휘에게 분명하게 확인을 받았건만 혜민은 얼떨떨하기만 했다. 그녀가 아는 한, 그동안 신휘는 여자에게 관심을 가져본 적이 없었다. 아니땐 굴뚝에 연기 나듯 간혹 스캔들 기사가 터지기는 했지만 늘 사실이 아니었다. 그래서 혜민은 미국에서 그의 스캔들 기사를 보고도 굳이 물어볼 필요성을 느끼지 못했다. 당연히 아니라고 생각했기에 이 상황을 받아들이기가 힘들었다. 왠지 제 것을 누군가에게 뺏긴 듯한 기분까지 들었다.

"나 감독님한테 가봐야겠다……."

얼빠진 사람처럼 신휘의 대기실을 빠져나온 혜민은 제 대기실로 돌아왔다. 소파에 털썩 주저앉는 그녀에게 매니저 정숙이 걱정스러운 얼굴로 다가왔다.

"왜 그래? 또 어지러워?"

아직 충격에서 벗어나지 못한 혜민이 초점 없는 눈으로 입술을 힘없이 달싹였다.

"신휘, 여자친구 생겼대……."

"어머! 정말? 누군데? 누구랑 사귄대? 설마 정다은은 아니지?"

입에 모터를 단 듯 쉴 새 없이 질문을 던지며 호들갑을 떨어대는 정숙과 달리 혜민은 무겁게 가라앉아 있었다.

"하윤이래……."

"하윤이? 그게 누군데? 신인이야?"

정숙이 고개를 갸우뚱거리며 눈알을 굴리자, 혜민이 다시 입을 열었다.

"신휘 동생……."

삼 개월간 해외 촬영을 하면서 신휘와 술자리를 여러 번 같이했던 정숙도 하윤의 이야기를 들은 적이 있었다.

"아! 그 피 한 방울 안 섞인 동생?"

혜민에게 따로 들어 두 사람의 관계에 대해 알고 있던 정숙이 그럴 줄 알았다는 표정으로 말을 이었다.

"내 그럴 줄 알았다. 남녀는 한집에 살다 보면 정분이 나기 마련이라니까. 그나저나 천하의 문신휘를 채간 걔는 무슨 복이냐. 예쁜가? 예쁘겠지?"

"지금 신휘 대기실에 같이 있어. 보고 오는 길이야."

"정말? 어때? 예뻐?"

혜민은 제 입으로 인정하고 싶지 않아서 아무 대답도 하지 않았다.

"신휘가 여자친구 생겼다니까 아쉬워? 그래서 기운이 쭉 빠진 거야?"

"내 기분이 왜 이런지 모르겠어……."

"왜긴 왜야. 원래 동네 총각이 장가간다고 해도 기분이 싱숭생숭한 법이라잖아. 그런데 하물며 신휘가 여자가 생겼다는데 아무렇지 않을 수 없지."

지금까지 신휘에게 사적으로 가장 가까운 여자는 자신이라고 자부하고 있었던 혜민은 허탈하고 서운한 감정을 떨쳐 버릴 수가 없었다.

신휘의 대기실을 나온 하윤은 시사회가 진행될 상영관으로 향했다. 이미 입장이 시작되었는지 안으로 들어가는 인파가 눈에 띄었다. 자리에 멈춰 서서 성국에게 받아두었던 티켓을 꺼내 들던 그녀의 귀로 익숙한 목소리가 흘러들었다.

"여기 서서 뭐 해?"

귓가에 느껴지는 숨결에 화들짝 놀란 하윤이 돌아보니 정우가 빙글빙글 웃으며 서 있었다.

"오빠는 왜 맨날 뒤에서 나타나? 사람 놀라게."

"그러게. 왜 내 눈엔 네 뒷모습만 보이는 걸까? 뒤에서 너를 지켜주라는 의미인가?"

"또 시작이다, 과도한 의미 부여."

"정확한 의미 해석이라고 해주라."

"됐고, 한 번만 더 변태처럼 귀에다 속삭이면 신고할 거야."

강한 눈빛으로 쏘아보고서 갈 길을 가려던 하윤이 멈칫하며 다시 정우를 바라보았다.

"근데 여기 왜 있어?"

"너랑 같은 이유가 아닐까?"

"시사회 보러 온 거야?"

"신휘네 회사에서 초대장 보냈던데?"

"오빠한테 왜? 아……."

하윤은 질문을 하다가 스스로 답을 찾았다.

"이런 거 관심 없는데 왠지 오늘은 오고 싶더라고. 아마도 너 때문이었나 보다."

정우는 상대할 가치도 없다는 듯 무심하게 걸음을 옮기는 하윤의 뒤를 다급하게 쫓았다.

"같이 가."

상영관으로 들어온 두 사람은 무대가 가장 잘 보이는 자리에 나란히 앉았다. 일반 관객들은 지정된 좌석에 앉아야 했지만, 특별히 초대받은 사람들은 앞의 몇 줄을 아예 비워놓은 덕분에 원하는 자리에 앉을 수 있었다.

"토트가 무슨 뜻이야?"

정우가 하윤에게 몸을 기울이며 속삭였다.

"독일어로 죽음이라는 뜻이래. 포스터에도 떡하니 나와 있는데 그 정도는 좀 알고 오는 게 예의 아니야?"

"신휘한테는 예의 안 차려도 돼."

단호하게 대답한 그는 하윤의 매서운 눈초리를 외면하며 주위를 돌아보았다. 좌석은 거의 다 찬 상태였고, 상영관 안은 곧 무대 인사를 볼 수 있다는 기대감으로 가득 찬 관객들의 열기로 후끈 달아올라 있었다. 그때 하윤의 귀에 뒷자리의 여자 둘이 나누는 대화가 들려왔다.

"예고편 봤어? 신휘 오빠, 진짜 대박! 야성미 폭발! 존잘!"

"그 가슴에 안기면 기분이 어떨까?"

'죽이지.'

하윤은 흐뭇하게 웃으며 속으로 대답했다.

"이혜민도 완전 예쁘던데? 영화를 찍는 건지, 화보를 찍는 건지 모르겠더라."

귀를 쫑긋 세우고 있던 하윤이 정우에게 슬쩍 물었다.

"오빠가 보기에 이혜민 씨 어때?"

신휘와 동갑내기이자, 같은 남자인 정우의 생각이 궁금했다.

"뭐가 어때?"

"예뻐?"

"당연한 걸 뭘 물어? 예쁘지."

고민의 흔적도 찾아볼 수 없을 만큼 신속한 그의 대답에 하윤의 표정이 뚱해졌다.

"……많이?"

"어, 많이."

"젠장…… 역시 내 눈에만 예쁜 게 아니었어."

취향의 다양성에 기대를 걸어보았지만 역시 헛된 바람일 뿐이었다. 취향을 뛰어넘는 공통분모는 분명 존재했다.

"눈 달린 사람 중에 이혜민 안 예쁘다고 할 사람이 있을까?"

"알았으니까 확인 사살 안 해도 돼."

하윤이 새초롬하게 받아쳤다.

"물어보니까 대답한 건데 왜 나한테 화내는 거 같지?"

"오빠한테 화내는 거 아니야. 질투와 열등감으로 똘똘 뭉친 일반인의 한탄이라고 생각해 줘."

"……."

"눈 달린 사람이라면 모두가 예쁘다고 할 얼굴 보고 나서 내 얼굴 보면 비교되겠지? 평소보다 못생겨 보일까?"

그제야 무슨 말인지 알아들은 정우가 위로하듯 하윤의 어깨를 가볍게 토닥였다.

"사람이 어떻게 매일 평지만 걷겠어. 가끔은 오르막길도 걷고, 비포장도로도……."

정우는 왠지 모를 싸한 기분에 말을 멈추고 하윤을 흘끔 곁눈질로 바라보았다. 그녀의 눈빛은 감히 마주칠 수 없을 만큼 이글이글 불타오르고 있었다.

"지금 그 비유는 뭐지? 내가 오르막길이고 비포장도로야?"

하윤이 허리를 곧추세우고 벌컥 성질을 내자, 정우가 그녀의 입을 얼른 손바닥으로 틀어막았다.

"조용히 좀 하자, 하윤아. 이 오빠 쪽팔린다."

두 사람은 신휘가 자신들의 모습을 지켜보고 있다는 사실을 모르고 있었다.

시사회가 시작되기 10분 전, 감독과 배우들은 상영관으로 이동을 시작했다. 그 가운데서 신휘와 나란히 걷고 있던 혜민이 그를 조용히 불렀다.

"신휘야."

"어?"

"스케줄 남았어?"

"아니, 이게 끝이야."

공적인 스케줄은 끝났지만, 사적인 스케줄은 이제부터 시작이었다. 하윤과 근사한 곳에서 저녁 식사를 하고 교외로 드라이브를 할 계획을 머릿속으로 되새기는 신휘의 얼굴에 흐뭇한 미소가 떠올랐다.

"잘됐다. 그럼 같이 저녁 먹자. 나도 이게 끝……."

"다음에."

신휘가 혜민의 말허리를 잘랐다.

"……왜? 스케줄 없다며?"

"하윤이랑 데이트하기로 했어."

"나 오늘 아니면 언제 또 시간 날지 모르는데……."

혜민은 그녀 특유의 애절한 눈빛으로 신휘를 바라보았다.

"그래도 오늘은 안 돼."

뭐든지 자신을 배려해 주고 맞춰주던 그가 고려해 볼 여지도 없다는 듯 단호하게 나오자, 그녀는 눈물이 핑 돌았다. 모두가 떠받들어 주는 삶에 젖어 있던 혜민에게 이런 거절은 익숙한 것이 아니었다. 혜민이 어떤 표정을 짓고 있는 줄도 모르고 무심하게 제 갈 길을 가고 있던 신휘에게 성국이 다가와 말을 전했다.

"형, 대표님이 잠깐 통화 좀 했으면 하시는데요."

"지금?"

신휘가 성국과 함께 옆쪽으로 빠지자, 혜민은 걸음을 재촉해 앞서가던 감독에게 다가갔다.

"감독님!"

입장을 대기하며 무대 뒤쪽 벽에 기대어 서 있던 신휘의 눈이 관객석을 천천히 훑었다.

'어디 있나⋯⋯.'

앞쪽 중앙쯤에 앉아 있던 하윤을 발견한 그의 얼굴에 미소가 번지려다 순식간에 사라졌다. 하윤이 옆자리에 앉은 정우와 도란도란 이야기를 나누고 있는 모습이 보였기 때문이었다.

'손정우가 왜⋯⋯.'

신휘는 그가 왜 여기 있는지 순간적으로 고민했다. 그러나 이내, 회사에서 협찬사인 네쥬에 초대장을 보냈다는 걸 짐작할 수 있었다. 하윤이 정우를 실없는 동네 오빠쯤으로 보고 있다면, 신휘의 눈에는 그가 제 여자 옆에서 얼쩡대는 놈으로밖에 보이지 않았다. 결론적으로 정우는 두 사람 모두에게 사회적 지위에 걸맞지 않은 대접을 받고 있는 셈이었다.

'떨어져!'

신휘는 서로에게 고개를 기울이고 무슨 말인가를 끊임없이 나누고 있는 두 사람을 이글거리는 눈빛으로 쏘아보았다. 그런데 그 순간, 정우가 하윤의 어깨를 두드리는 모습이 눈에 들어왔다. 저도 모르게 한 걸음 앞으로 나간 신휘의 팔을 혜민이 잡아끌었다.

"어디 가? 아직 아니야."

정신을 차리고 다시 뒤로 한 걸음 물러난 그는 곧바로 육성으로 분노를 표출했다.

"저 자식이……."

정우가 하윤의 얼굴에 손을 가져다 댄 순간이었다. 실상은 시끄럽게 떠드는 그녀의 입을 틀어막은 것일 뿐이었지만, 무슨 상황인지 알 길 없는 신휘에게는 두 사람의 모습이 그저 친근하게 보일 뿐이었다. 일부러 약속을 잡고 만나는 게 아니라는 것을 알면서도, 정우와 함께 있는 하윤의 모습을 보는 게 언짢고 불쾌했다. 두 사람을 노려보고 있던 그는 사회를 맡은 개그맨의 멘트에 정신을 차렸다.

"자, 그럼 토트의 주역들을 이 자리에 모셔보겠습니다."

관객들의 박수 소리에 이어 입장하라는 스태프의 수신호가 떨어지자, 신휘는 언제 인상을 쓰고 있었나 싶게 말끔한 얼굴로 무대로 걸어 들어갔다.

감독을 비롯한 배우들의 간단한 인사와 작품 소개가 이어지고, 마이크가 신휘에게 넘어갔다. 사회자가 먼저 운을 뗐다.

"이번 영화에 자동차 추격신이며 액션신이 많아 고생하셨다고 들었습니다."

"각오하고 시작한 영화라 견딜 만했습니다. 감독님께서 왕창 굴려줄 테니까 각오하라고 아예 처음부터 못을 박으셨거든요. 말만 그렇게 하신 거겠지 했는데 정말 왕창 굴려주셨습니다."

신휘의 대답에 객석에서 웃음이 터져 나왔다.

"저는 괜찮았는데 가뜩이나 몸도 약한 혜민 씨가 고생이 많았죠. 혜민 씨한테는 힘든 거 하나도 없다고 구슬려서 출연시키시더니 막상 촬영 들어가니까 안면 몰수하시던데요?"

신휘가 옆에 서 있던 혜민을 바라보며 씩 웃자, 그녀도 눈웃음으로 화답했다.

두 사람의 다정한 모습에 하윤은 저도 모르게 팔걸이를 부서져라 움켜잡았다.

"워, 워…… 진정하고."

정우가 하윤의 손등을 토닥거리며 달래는 사이, 사회자가 혜민에게 물었다.

"삼 개월이나 타국에서 촬영을 하다 보면 외롭기도 하고, 힘든 일이 많으셨을 것 같은데 어떠셨나요?"

"신휘 씨 아니었으면 못 버텼을 거예요. 촬영 마치고 신휘 씨랑 술 한잔씩 하는 게 낙이었거든요."

기자들의 얼굴에 흥미롭다는 표정이 떠오르자, 신휘가 슬쩍 끼어들었다.

"기자님들 눈이 동시에 반짝거리셔서 부연 설명을 안 하고 넘어갈 수가 없네요. 저랑 단둘이 마셨다는 게 아니고 감독님을 비롯한 여러 스태프분들과 함께였습니다."

혜민과 현욱이 연인이라는 사실은 측근들만 아는 비밀이었다. 오히려 친한 사이임을 숨기지 않고 당당하게 드러내는 신휘와 혜민의 관계를 의심하는 시선이 많았다. 두 사람을 엮어 기사를 뽑아보려고 궁리하던 기자들의 얼굴에는 실망의 빛이 떠올랐지만, 하윤의 안색은 급격히 밝아졌다. 다시 사회자의 말이 이어졌다.

"두 분, 같은 해 데뷔 동기시죠?"

"네, 둘 다 열여덟 살에 같은 영화로 데뷔했고 이번이 함께하는 두 번째 작품입니다."

"혜민 씨가 첫사랑 같은 여자 연예인 1위 자리를 몇 년째 굳건히 지키고 계시는데, 혹시 신휘 씨 첫사랑이 혜민 씨가 아닐까 생각하시는 분들이 많습니다. 궁금해하시는 분들께 한 말씀 해주신다면요?"

"혜민 씨만큼 첫사랑이라는 수식어가 잘 어울리는 사람이 없죠."

혜민이 신휘를 슬쩍 올려다보았다. 영화 홍보를 위한 몰아가기 질문임을 알면서도 왠지 모를 기대감에 가슴이 뛰었다.

한 박자 쉰 신휘가 어깨를 으쓱하며 장난스럽게 웃었다.

"만인의 첫사랑인데 굳이 저한테까지 첫사랑이어야 할 이유는 없지 않을까요?"

혜민은 어떤 대답이 나올지 뻔히 알면서 일말의 기대를 했던 자신이 한심했다. 그녀가 카메라 앞이라는 것도 잊은 채 씁쓸한 표정을 짓고 있는 사이, 사회자와 신휘의 질의응답은 계속되었다.

"그럼 신휘 씨 첫사랑은 어떤 분이셨나요?"

"음, 제 첫사랑은……."

신휘는 말끝을 늘이며 객석 어딘가로 시선을 돌렸다.

"혜민 씨랑 정반대 이미지예요. 씩씩하고 용감하죠."

"하죠? '했죠'가 아니라 '하죠'라고 하셨습니다, 방금."

신휘의 시선이 하윤에게 잠시 머물다가 짓궂게 말꼬리를 잡고 늘어지는 사회자에게로 옮겨갔다. 말실수가 아니었기에, 신휘는 당황하지 않고 여유롭게 되물었다.

"제가 그랬나요?"

"네, 분명 그러셨어요."

"그럼 그게 맞겠죠."

그는 모호한 말과 의미심장한 미소만을 남기고 감독에게 마이크를 넘겼다. 신휘의 말을 한마디도 놓칠 수 없다는 듯 집중해서 듣고 있던 하윤은 감독이 말을 시작하자 정우를 콕콕 찌르며 소곤거렸다.

"오빠, 들었어?"

"뭘?"

"내가 첫사랑이래."

"……."

정우의 침묵이 무슨 말을 하기 위한 전조인지 직감한 하윤이 얼른 선수를 쳤다.

"씩씩하고 용감한 거 나야."

혹시 몰라 한 번 더 강조했다.

"진짜 나야."

정우가 하윤을 향해 머리를 기울인 채로 속삭였다.

"당연히 너겠지. 난 첫사랑한테 씩씩하고 용감하다고 하는 거 처음 듣는다. 그 이미지에 맞아떨어지는 사람, 너 빼고 찾기 힘들어."

하윤은 신휘에게 자신은 씩씩하고 용감하며 소도 때려잡을 것 같은 이미지라는 것을 오늘에서야 확실히 알게 되었다. 기왕이면 지성과 미모에 관련된 수식어를 갖고 싶긴 했지만, 그것까지는 욕심내지 않기로 했다. '첫사랑'이라는 단어가 주는 만족감은 모든 불만을 잠재울 만큼이나 컸다.

"신선하잖아? 난 차별화된 이미지로 승부하겠어."

하윤은 정우가 딴지를 걸까 봐 더 이상의 반박은 사양한다는 의지를 강하게 내비치고 잽싸게 무대로 눈을 돌렸다.

시사회가 끝이 나고 스태프들과 함께 상영관을 빠져나오는 신휘에게 감독이 싱글싱글 웃으며 다가왔다.

"신휘 씨, 오랜만에 술 한잔하자."

"감독님, 오늘은 좀 곤란해요."

"스케줄 없다면서?"

반사적으로 혜민에게 눈을 돌린 신휘는 모른 척 시선을 피하는 그녀가 범인임을 확신했다.

"선약이 있어요."

하지만 감독은 그의 선약 따위에 연연하지 않았다.

"주연배우 빠진 회식이 무슨 의미가 있어. 무슨 약속인지 몰라도 미뤄. 이렇게 다 같이 모이기가 어디 쉬워? 오늘 혜민 씨가 쏜다는데 같이 가."

신휘는 계획에 없었던 회식의 주모자가 혜민이라는 사실을 알아차렸다. 하지만 그녀가 자신과 하윤의 데이트를 방해하려고 일부러 감독을 움직였다는 사실까지는 알지 못했다.

"다음에 제가 쏠 테니까 오늘만 봐주세요."

"어허! 이렇게 나 실망하게 할 거야? 신휘 씨 안 가면 나도 안 가. 회식 없었던 걸로 해."

짐짓 화가 난 척 큰소리를 치고 가버린 감독 때문에 난처해진 신휘는 스태프들의 간절한 표정을 보고 결심을 굳혔다. 그들은 오랜만의 회식을 무산시키지 말아달라는 염원이 담긴 얼굴을 하고 있었다. 작게 한숨을 내뱉은 신휘는 성국에게 손을 내밀었다.

"내 휴대폰."

엘리베이터 두 대가 상영관에서 한꺼번에 쏟아져 나온 인파를 실어 나르기 위해 쉴 새 없이 왕복 운행을 하면서 인산인해를 이루던 주위는 어느새 한적해졌다. 콩나물시루 같은 엘리베이터에 타고 싶지 않아 정우와 함께 한쪽 구석으로 비켜 서 있던 하윤은 그제야 엘리베이터 앞으로 걸어와 섰다.

"신휘랑 지하 주차장에서 만나기로 했다고?"

"응, 내가 오빠 차 가지고 와서 근처에 세워놨거든. 거기까지 성국 오빠가 태워다 주면 그다음은 우리끼리 데이트."

생각만으로도 좋아서 혼자 낄낄거리던 하윤이 갑자기 웃음을 뚝 멈추고 정우를 돌아보았다.

"오빠는 어디로 가?"

"너랑 같은 데."

하윤의 눈초리가 가늘어지자, 정우가 억울하다는 표정으로 고개를 저었다.

"나도 차 가지고 왔어. 너 따라가는 거 아니야."

"주차장까지만 같이 가는 거지?"

"데이트하는 데까지 쫓아갈까 봐? 내가 스토커냐?"

"응, 그럴까 봐. 오빠 좀 그래 보여."

"……."

"전화 왔네?"

하윤은 하도 기가 막혀 말문이 막혀 버린 그를 아랑곳하지 않고 신휘에게서 걸려온 전화를 받았다.

"오빠, 어디야?"

[너는 어딘데?]

"엘리베이터 기다려."

[하윤아, 진짜 미안한데…….]

하윤은 더 듣지 않아도 어떤 뒷말이 나올지 짐작할 수 있었다.

[먼저 집에 들어가 있을래?]

그녀의 짐작대로였다.

"스케줄 잡혔어?"

[아니, 스케줄이 아니라…… 회식이 생겼어.]

"회식? 좀 전까지만 해도 그런 얘기 없었잖아."

[감독님께서 갑자기 제안하신 거라서…….]

"그래서 가겠다고? 회식 정도는 빠져도 되잖아."

하윤이 뾰족하게 쏘아붙였다. 갑자기 스케줄이 생긴 거라면 아무리

속이 상해도 두말없이 알았다고 했을 테지만 이건 경우가 달랐다. 하윤은 일도 아니고 고작 회식에 참석하기 위해 약속을 깨려는 그가 야속했다.

[감독님이 막무가내로 밀어붙이셔서 더 버틸 수가 없었어. 주연배우가 참석 안 하는 회식이 무슨 의미가 있느냐고 호통을 치셔서······.]

감독에게 왜 갑자기 회식을 잡은 거냐고 호통을 치고 싶은 건 오히려 하윤이었다. 그 감독에게 독불장군이라는 별명이 왜 붙었는지 이제야 알 것 같았다.

[진짜 미안······.]

하윤은 미안해서 어쩔 줄 몰라 하는 그가 무슨 죄가 있나 싶었다. 끌려가는 것이나 다름없는 신휘에게 징징대 봐야 그의 마음만 무겁게 할 뿐이라는 걸 잘 알고 있었다.

"알았어······."

의기소침하게 전화를 끊은 하윤에게 정우가 고개를 들이밀었다.

"뭐야? 또 바람맞은 거야?"

그의 입으로 들으니 더 울컥해진 하윤은 고개를 힘없이 떨구고 바닥을 응시했다.

"신기하다. 어떻게 나랑 있을 때마다 바람을 맞지?"

대꾸할 말이 없어 발끝으로 벽을 톡톡 차고 있는 하윤에게 정우가 물었다.

"회식 잡혔대?"

"응."

"그럼 이혜민도 가겠네?"

하윤이 미간을 찌푸리며 정우를 째려보았다.

"오빠는 아주 나쁜 버릇이 있어."

"나쁜 버릇?"

"상대방이 다 아는 거 굳이 확인 사살하는 버릇."

정우는 세모로 뜬 하윤의 눈을 슬쩍 피하며 그녀의 어깨 너머로 시선을 옮겼다. 그리고 어느 한 곳에 시선을 고정한 채로 말했다.

"그럼 모르고 있는 건 알려줘도 돼?"

"뭔데?"

또 무슨 말을 하려는 건가 싶어 까칠하게 되묻는 하윤에게 그가 담담하게 답했다.

"저기 신휘 있다."

뒤로 돌아 정우의 시선이 닿아 있는 복도 끝을 바라본 하윤의 얼굴이 확 구겨졌다. 혜민이 신휘의 팔짱을 낀 채 환하게 웃고 있었다.

"딴 여자랑 팔짱을 끼셨다 이거지……?"

바람맞은 것에 대한 분노에 기름을 부은 형국이었다. 묘한 승부욕이 끓어오른 하윤은 신휘에게 눈을 떼지 않고 입술만 달싹였다.

"오빠, 팔 좀 빌리자."

"얼마든지."

그녀의 꿍꿍이를 눈치챈 정우가 망설임 없이 승낙하자, 하윤은 신휘에게 보라는 듯 정우의 팔에 팔짱을 꼈다.

신휘는 하윤의 힘 빠진 목소리가 자꾸만 마음에 걸렸다. 자의는 아니었지만, 자꾸만 약속을 지키지 못하는 일이 반복되니 미안하다는 말도 염치가 없을 정도였다. 다른 생각에 빠져 있느라 혜민이 팔짱을 꼈다는 것도 알아차리지 못하고 있던 그는 감독의 우렁찬 목소리에 정신이 들었다.

"널린 게 술집인데 자리 하나 못 잡고 뭐 하는 거야? 언제까지 여기서 있으라고?"

그들은 막내 스태프들이 회식 장소를 찾기 위해 여기저기 전화를 돌리는 동안 복도에서 대기하는 중이었다. 당연히 곧바로 이동할 수 있을 줄 알고 대기실을 나왔건만 장소 섭외는 생각보다 쉽지 않았다. 쓸데없이 판을 키우기 좋아하는 감독이 올 수 있는 모든 스태프들과 배우들까지 부르라고 지시한 덕분에 상당히 넓은 장소가 필요했기 때문이었다. 회식이 취소되었으면 좋겠다고 생각하며 고개를 돌리던 신휘는 그제야 하윤과 정우를 알아보았다. 그는 버젓이 팔짱까지 끼고 있는 두 사람을 보며 제 눈을 의심했다.

'지금 뭐 하는 거지……?'

눈이 마주쳤지만, 하윤은 거리낄 게 없다는 표정으로 팔짱을 풀지 않았다. 무슨 상황인지는 몰라도 그대로 지켜볼 수만은 없다는 생각으로 몸을 돌리려던 신휘는 누군가 팔을 잡아끄는 느낌에 멈칫했다.

"신휘야, 왜 그래?"

그제야 혜민의 팔이 제 팔에 감겨 있다는 걸 알게 된 신휘는 하윤의 뚱한 눈빛이 무엇을 의미하는지, 왜 보란 듯이 정우의 팔짱을 끼고 있던 건지 알아차렸다. 일단 하윤의 행동이 자신에 대한 복수였다는 사실에 안도한 그는 혜민이 무안하지 않도록 자연스럽게 팔을 빼내며 감독에게 말했다.

"감독님, 잠시만요."

신휘는 고개를 갸웃거리는 이들을 뒤로하고 엘리베이터를 향해 빠르게 걸었다. 그런데 그때, 하윤이 도착한 엘리베이터에 몸을 싣는 것이 보였다. 그녀는 여전히 정우와 팔짱을 낀 채였다. 다급하게 달려갔지만 간발의 차이로 엘리베이터는 떠나 버렸고, 그는 닫힌 엘리베이터 문을 허망하게 바라볼 수밖에 없었다.

엘리베이터 문이 완전히 닫히자, 하윤은 팔짱을 풀고 정우에게서 반걸음 떨어져 섰다.

당신의 여자가 되고 싶어요

"고마워, 오빠. 유용하게 잘 썼어."

"내 팔이 유용했다니 다행이다."

"아, 이제 속이 좀 풀리네."

통쾌한 미소를 짓는 하윤에게 정우가 물었다.

"그럼 이제 뭐 할 거야?"

그 순간, 하윤의 손에 들려 있던 휴대폰에서 진동이 울리기 시작했다. 발신자를 확인한 그녀는 '끊기' 버튼을 누르며 천연덕스럽게 대답했다.

"일단 신휘 오빠 전화를 안 받을 거야."

정우는 웃음을 꾹 참으며 다시 물었다.

"그다음은?"

"집에 가야지."

"차 어디에 세워놨는데? 데려다줄게."

"별로 안 멀어. 걸어가도 되는 거리야."

하윤은 바깥 공기를 쐬면서 기분 전환을 할 참이었다. 겉으로는 태연한 척하고 있지만, 그깟 소소한 복수를 했다고 단숨에 나아질 정도의 기분이 아니었다.

"지금 밖에 사람 엄청 많을걸? 사람들한테 치이지 말고 내 차 타고 가."

"그래서 걷겠다는 거야. 오랜만에 사람들 북적대는 곳 걷고 싶어서."

"그래? 그럼 나도 사람 구경 좀 하자."

1층에 도착한 엘리베이터의 문이 열리자, 정우는 하윤의 등을 떠밀어 밖으로 내보내고 뒤따라 내렸다.

"오빠 차는 어쩌고?"

"이따 도로 와서 가져가면 되지 뭐가 대수라고. 나 운동 부족이야, 운동해야 돼."

하윤이 가늘게 뜬 눈으로 그를 못마땅하게 훑어보며 구시렁거렸다.

"어디 가서 그런 소리 하면 몰매 맞아."

셔츠 위로도 느껴지는 그의 근육 잡힌 몸은 운동을 하지 않고는 나올 수 없는 것이었다.

"인위적인 운동 말고 일상에서 하는 운동 말이야. 헬스장 지겨워."

너스레를 떨며 밀어대는 정우 때문에 얼떨결에 건물 밖까지 밀려 나간 하윤은 보도를 가득 메운 인파를 보고 멈칫했다.

"사람 진짜 많네……."

"……서울 사는 사람들, 다 강남으로 총출동한 거 같은 기분인데?"

정우가 입을 떡 벌린 채 말을 받았다.

"생전 안 나오던 나나 오빠도 한몫하고 있네……."

중얼거리면서 사람들 틈에 끼어들던 하윤을 정우가 황급히 잡아당겼다.

"조심해."

뒤에서 치고 나오던 행인과 부딪칠 뻔한 그녀는 정우 덕분에 아슬아슬하게 충돌을 피해놓고, 그에게 고마워하기는커녕 입을 삐죽거렸다.

"이런 거 신휘 오빠랑 해보고 싶었는데……."

"이런 거?"

"같이 걸으면서 사람들과 부딪칠까 봐 막아주는 거."

"아쉬운 대로 방금 내가 해준 걸로 만족해 보는 건 어때?"

하윤은 뉘 집 개가 짖어대냐는 듯 대꾸도 하지 않고, 허공에 대고 탄식을 토해냈다.

"아…… 오빠랑 이렇게 사람 많은 데서 같이 걸어보고 싶다……."

"유명인이랑 만나는 거 쉽지 않지?"

장난기를 싹 거둔 정우의 질문에 하윤이 담담하게 대답했다.

"쉽지는 않지. 사람들 많은 데서 데이트하는 건 꿈도 못 꾸고, 어디

가서 내 남친이 누구다 대놓고 말도 못 하고……."

두 사람은 시끄럽고 정신없는 거리와는 어울리지 않는, 진지한 대화를 나누며 걷기 시작했다.

"평범한 사람 만나서 남들이 다 하는 보통의 연애를 해보고 싶다는 생각은 안 해봤어?"

"아니, 난 보통의 연애를 꿈꾸지 않아."

하윤은 앞만 보며 걷다가, 잠시 말을 끊고 정우를 돌아보며 덧붙였다.

"지금 특별한 연애를 하고 있으니까."

"……."

"사실 딱 한 번 생각해 본 적은 있었어. 평범한 사람을 만나면 어떨까가 아니라, 오빠가 평범한 사람이면 어땠을까 하는 생각. 근데 그런 생각, 하면 뭐해? 이미 오빠는 평범한 사람이 아닌데. 불가능한 일에 연연할 만큼 난 미련하지 않아."

정우는 철없는 어린아이 같다가도 결정적인 순간 어른스러워지곤 하는 하윤이 신기했다. 그리고 그게 하윤의 매력이라는 사실을 인정하지 않을 수 없었다.

"남들 다 하는 거 못 해도 괜찮아. 난 남들이 못 갖는 마성의 남자를 가졌거든."

어깨를 으쓱거리는 하윤에게 그가 조금 전 기억을 상기시켜 주었다.

"너 지금 신휘한테 열 받아 있는 상태야. 그런 극찬, 하면 안 되는 타이밍일 텐데?"

"아, 맞다!"

신휘와 혜민이 팔짱을 끼고 있었던 모습을 떠올린 하윤이 세모눈을 뜨며 두 주먹을 불끈 쥐었다.

"마성의 남자는 개뿔……."

"큭……."

정우는 언제 의젓한 모습을 보였나 싶게 돌변해 버린 그녀를 바라보며 실소를 터뜨렸다.

엘리베이터 앞에서 하윤을 놓친 신휘는 곧바로 전화를 걸었다. 그러나 그녀는 전화를 받지 않았고, 문자에도 답이 없었다.

어쩔 수 없이 술집까지 가긴 했지만, 그는 회식을 즐길 기분이 아니었다. 머릿속이 온통 하윤의 생각으로 꽉 차 있어 옆에서 무슨 말을 하는지도 귀에 들어오지 않았다.

2차를 가자는 감독과 스태프들의 제안을 가까스로 거절하고 집으로 돌아온 신휘는 하윤의 방으로 직행했다. 그리고 방문을 벌컥 열어젖히자마자 움찔하며 그 자리에 멈춰 섰다. 하윤이 옷을 갈아입고 있었던 것이다. 입으려던 건지 벗으려던 건지는 몰라도, 티셔츠가 목 언저리에 걸려 있고 그 아래는 속옷 바람이었다.

신휘 못지않게 당황한 하윤도 난데없는 불청객의 난입에 이러지도, 저러지도 못하고 그대로 얼어버렸다.

"아, 쫌!"

정신을 차린 하윤이 허둥지둥 옷을 끌어 내리며 빽 소리를 지르자, 신휘는 멋쩍게 시선을 돌리며 괜한 헛기침을 해댔다.

"흠……."

"노크 안 해?"

빨갛게 달아오른 얼굴로 새침하게 쏘아붙이는 하윤에게 신휘가 짐짓 무심한 어조로 대꾸했다.

"너도 내 방 들어올 때 노크 안 하잖아. 네가 이 집에 노크하고 들어가는 방이 있던가?"

"가끔은 한다, 뭐……."

섹시하다 못해 퇴폐적이기까지 한 수영복을 입고서 유혹할 때는 언제고, 고작 옷 갈아입는 걸 들켰다고 어쩔 줄 몰라 하는 그녀가 귀여워 신휘의 입꼬리가 올라갔다. 하지만 이내 웃을 때가 아니라는 걸 깨달았다. 지금은 정우와 어울리지 말라는 경고가 필요한 시점이었다.

하윤을 향해 성큼성큼 걸어간 신휘는 그녀의 어깨를 눌러 침대에 앉히고 위에서 내려다보며 말했다.

"설마 지금 집에 들어온 거야? 여태 손정우랑 같이 있었어?"

위협적인 분위기를 조성하려는 의도로 일부러 취한 자세였지만, 하윤은 전혀 기죽지 않고 오히려 눈을 치켜뜨며 코웃음을 쳤다.

"그렇다면?"

정우와는 차를 주차해 둔 곳까지 같이 걸어갔을 뿐이었다. 옷을 갈아입고 있었던 건 지금 집에 들어왔기 때문이 아니라 아이스크림을 먹다가 옷에 흘렸기 때문이었다. 하지만 그녀는 이런 사정을 그에게 시시콜콜 설명해 줄 생각이 없었다.

"그 자식이랑 지금까지 뭐 했는데?"

남이 하면 불륜이요, 내가 하면 로맨스라더니 지금이 딱 그 상황이었다. 하윤은 신휘가 오해하게 내버려 두고 싶기도 했지만, 억울한 마음이 더 커서 그냥 넘어갈 수가 없었다.

"하긴 뭘 해? 곧장 집에 와서 계속 집에 있었거든?"

그제야 신휘의 미간 주름이 살짝 펴졌다.

"일부러 작정하고 만나는 것도 아니고 우연히 마주치는 걸 나보고 어쩌라고? 막 정색하면서 가까이 오지 말라고 해?"

"팔짱 낀 것도 우연이야?"

하윤은 그의 질책하는 듯한 어조에 부아가 치밀어 올랐다.

"오빠랑 이혜민 씨도 아주 다정하게 팔짱 끼고 있던데 왜 나한테만 뭐라 그래?"

"그래서 나 보라고 일부러 그런 거야?"

"그래! 일부러 그랬다, 왜! 내가 뭘 그렇게 잘못했는데? 오빠도 이혜민 씨랑 같이 있다가 왔잖아! 나는 정우 오빠랑 같이 있으면 안 되고, 오빠는 되는 건 무슨 경운데? 너무 불공평하다고 생각하지 않아?"

하윤의 입에서 참고 참았던 말이 봇물 터지듯 쏟아져 나왔다. 끼어들 타이밍을 잡지 못하고 있던 신휘는 하윤이 잠시 숨을 고르는 사이 차분하게 말문을 열었다.

"딴생각하느라 혜민이가 나한테 팔짱 낀 거 몰랐어. 그리고 누가 들으면 나 지금 혜민이랑 단둘이 있다가 온 줄 알겠다. 나 회식 갔다 온 거잖아. 내가 혜민이랑 같이 있다가 와서 화난 거야?"

"아니야!"

하윤이 버럭 소리를 질렀다. 화났다는 말보다 더 확실한 긍정의 의미였다.

"맞는데 왜 아니래."

"아니라고!"

씩씩거리며 끝까지 부인하는 그녀를 물끄러미 내려다보던 신휘는 하윤의 옆에 앉았다.

"네가 왜 혜민이를 신경 쓰는지 모르겠다. 현욱이랑 혜민이 사이 모르는 것도 아니고, 나랑 혜민이랑 벌써 십 년 넘게 친구로 지내온 거 잘 알잖아."

"그냥 짜증 나. 거슬려······."

들릴 듯 말 듯 한 목소리로 웅얼거리는 그녀에게 신휘가 달래듯 물었다.

"뭐가 짜증 나고, 뭐가 거슬리는데?"

"너무 예쁘잖아. 예쁘면 성질이라도 개차반이든가······. 착하기까지 하다며?"

하윤은 코를 훌쩍거리며 그렁그렁한 눈망울로 그를 바라보았다.

"나랑 자꾸 비교하게 된단 말이야. 우아하고 분위기 있고, 여성미와 성숙미의 끝판왕이잖아. 첫사랑 같은 여자. 완전 아련아련. 근데 왜 몸매까지 좋은 거냐고……."

아련만 하든가, 아찔만 하든가. 하윤은 둘 다를 놓치지 않는 혜민이 부러웠다. 자신이 갖지 못한 것에 대한 동경, 지금 하윤이 혜민에게 느끼고 있는 감정이었다.

"그에 비하면 난 변방의 찌끄레기 같단 말이야."

신휘는 순간적으로 할 말을 잃었다.

'변방의 찌끄레기……'

하윤의 자기 비하가 어이가 없으면서도 한편으로는 그마저도 그녀답게, 엉뚱하고 참신하다는 생각이 동시에 들었다.

"거울 안 봐?"

"거울이나 보고 정신 차리라는 말이야, 지금?"

하윤이 발끈하며 대들자, 신휘는 두 손으로 그녀의 볼을 꾹 눌러 찌그러뜨렸다.

"이렇게 해도 예쁘고."

이번에는 위아래로 늘렸다가 빙글빙글 돌렸다가 찰흙 만지듯 요리조리 비틀었다.

"이렇게 해도 예쁜데, 대체 무슨 소리를 하는 건지 모르겠네."

신휘의 손등을 찰싹 때리고 그의 손에서 빠져나온 하윤이 얼얼해진 얼굴을 어루만지며 투덜거렸다.

"오빠 눈에만 예쁜 건 아니고?"

그녀는 독설가 천지인 주변 환경의 영향으로 인해 본인의 외모에 대해 제대로 자각하지 못하는 경향이 있었다.

"내 눈에만 예뻐 보이면 되지, 또 누구한테 예뻐 보이고 싶은데?"

"눈 달린 모든 생명체에게!"

하윤은 결코 이루어질 수 없는 원대한 포부를 입에 올렸다가, 그의 떨떠름한 표정을 목도하고 잽싸게 화제를 돌렸다.

"근데 오빠가 아까 말한 첫사랑, 나 맞아?"

"당연한 걸 뭘 물어?"

"콕 집어서 내 이름을 말한 것도 아닌데 내가 어떻게 알아? 씩씩하고 용감한 첫사랑이 나라는 등식이 성립하지 않을 수도 있는 거잖아."

확신이 없어서가 아니라 확인을 받고 싶을 뿐이었다.

"지금까지 여자로 보인 사람이 너뿐인데 당연히 네가 첫사랑이지. 넌 내 첫사랑이자, 첫 여자이고, 첫 부인……."

"첫 부인? 왜, 둘째 부인도 얻으시게?"

신휘는 뾰로통한 얼굴로 흘겨보는 하윤의 앞머리를 흐뜨리며 덧붙였다.

"아무튼, 처음은 다 너야."

만족스러운 답을 들은 그녀의 얼굴에 웃음꽃이 배시시 피어나려는 순간, 신휘의 바지 주머니 안에 들어 있던 휴대폰에서 문자 수신음이 들려왔다. 휴대폰을 꺼내어 메시지를 확인한 그의 안색이 돌변했다.

"왜? 누군데?"

액정을 흘끔 들여다본 하윤의 얼굴이 딱딱하게 굳었다.

〈신휘야, 나 너무 우울해. 지금 집으로 좀 와줄 수 있어?〉

다급하게 전화를 걸어보았지만, 혜민의 휴대폰은 꺼져 있었다.

"느낌이 안 좋아. 가봐야겠어."

초조한 얼굴로 자리에서 벌떡 일어나는 신휘를 보며 하윤이 싸늘하게 입을 열었다.

"무슨 느낌이 어떻게 안 좋은데?"

조금 전까지 함께 있었으면서 집으로 오라는 혜민이나, 그녀의 문자에 이토록 불안해하는 신휘나 아무리 좋게 이해해 보려 해도 이해할 수가 없었다.

하윤의 심상치 않은 분위기를 감지한 신휘가 도로 자리에 앉았다.

"혜민이가 우울증이 좀 심해. 삼 년 전쯤 현욱이 화보 촬영으로 한국에 없었을 때, 비슷한 문자를 받은 적이 있었어. 스케줄이 너무 빡빡해서 못 갔는데 다음 날 혜민이가 병원에 입원했다는 걸 알게 됐어."

"입원? 왜?"

"수면제 과다 복용."

그가 안절부절못하는 이유를 알게 되었어도 하윤의 굳은 표정은 풀리지 않았다. 한 사람의 생사가 달려 있을지도 모르는 일에 갈잖은 질투를 내세워 야박하게 군다고 해도 할 말이 없었지만, 신휘를 보내고 싶지 않았다. 하지만 가지 말라고 우길 수만도 없었다.

"내가 싫다고 하면…… 안 된다고 하면…… 안 갈 거야?"

유치하고 속 좁은 질문이라고 할지라도, 하윤은 그렇게라도 확인받고 싶었다.

몇 초 고민한 끝에 신휘가 대답했다.

"안 가. 네가 가지 말라고 하면 안 갈게."

하윤은 만약 혜민에게 무슨 일이라도 생긴다면 그가 그 죄책감을 오롯이 떠안게 되리라는 것과 그의 말이 입에 발린 말이 아니라는 것을 알기에 더는 신휘를 잡을 수 없었다.

"마음대로 해……."

지금 하윤이 할 수 있는 최선의 말이었다.

신휘는 금방 다녀오겠다는 말을 남기고 황급히 집을 나섰다. 가지 말라고 잡지도 못하고, 그렇다고 시원하게 보내주지도 못한 하윤은 찜찜한 기분으로 침대에 누워 몸을 웅크렸다. 한참을 멍하니 생각에 잠겨 있던 그녀는 휴대폰 진동에 정신이 들었다. 발신자는 정우였다.

"응, 오빠."

[잘 들어갔어?]

"아까 아까 잘 들어왔어. 집에 온 지 두 시간도 넘었어."

[나 매너 짱이지? 여자의 안전 귀가까지 섬세하게 챙기는 남자 드물
어.]

그의 잘난 척을 시큰둥하게 듣고 있던 하윤이 갑자기 벌떡 일어나 앉
으며 목소리를 높였다.

"오빠, 나 뭐 하나만 물어보자!"

[물어봐.]

"어떤 여자가 임자 있는 남자한테 집으로 좀 와달래. 그런데 임자 있
는 남자가 여자친구가 두 눈을 시퍼렇게 뜨고 있는데 가겠다는 거야. 여
자친구가 내가 싫다고 하면 안 갈 거야? 라고 물었어. 오빠라면 뭐라고
대답할 거야?"

[임자 있는 남자는 신휘겠고, 어떤 여자는 설마 이혜민?]

"뭐라고 대답할 거냐고."

하윤이 대답을 재촉하자, 정우는 생각할 필요도 없다는 듯 곧바로
대답했다.

[안 간다고 해야지. 원하는 대답이 그거잖아. 답정너.]

"그리고?"

[그리고 뭐?]

"그게 다야?"

하윤이 뭔가를 더 원하는 뉘앙스를 풍기자 눈치 빠른 정우가 덧붙였
다.

[그리고 진짜 안 갈 거야.]

"그거거든! 오빠가 뭘 좀 아는구나?"

반색하며 물개 박수를 치던 하윤의 인상이 급격히 구겨졌다.

"마음대로 하란다고 정말 훌랑 가냐……?"

[마음대로 하라고 했어? 솔직하게 가지 말라고 하지, 마음에도 없는 말은 왜 했는데? 착한 척한 거야? 너랑 신휘 사이에 아직도 이미지 관리할 게 남아 있어?]

깐족거리는 정우 때문에 발끈한 그녀가 버럭 성질을 부렸다.

"여태까지 너무 안 해서 이제 좀 하려는 거다, 왜!"

[신휘처럼 여자의 섬세한 감정을 간파하는 센스가 딸리는 놈들한테는 원하는 걸 정확하게 말해야 하는 거야. 마음대로 하라고 하면 진짜 마음대로 한다고.]

"나쁜 놈……."

당황한 정우가 조심스럽게 물었다.

[나한테 한 말…… 아니지?]

"문신휘 나쁜 놈."

하윤이 태어나서 처음으로 신휘에게 한 욕이었다.

[그렇지, 문신휘는 아주 나쁜 놈…….]

"내가 욕해도 다른 사람은 안 돼."

[이 무슨 이기적인 행태지?]

누나만 둘인 정우는 공감과 호응을 중요시하는 여자의 성향을 잘 알고 있었다. 그래서 기분 좀 나아지라고 맞장구를 쳐 준 것뿐인데, 정작 하윤이 정색하고 나서니 어이가 없었다. 이어진 그녀의 말은 더 기가 막혔다.

"나 지금 기분 완전 별로야. 봐줘."

[봐달라는 말도 넌 참 당당하게 한다.]

하윤의 당당함은 때와 장소는 기본이요, 대상과 기분을 가리지 않았다.

신휘는 혜민의 아파트로 급하게 차를 몰았다. 그녀에게 벌써 불상사가 생긴 건 아닐까 조바심이 났다. 아파트에 도착한 그는 차량 차단기 앞에서 호출 버튼을 눌렀다.

'회사에서 집 비번을 알고 있나? 119에 신고를 해야 하나?'

신휘의 머릿속에는 혜민이 문을 열어주지 못하는 상황일 때, 가장 먼저 무엇을 해야 하는지에 대한 생각뿐이었다. 그러나 그는 곧 그것이 고민할 필요가 없는 문제였음을 깨달았다. 혜민의 밝은 목소리가 스피커를 통해 흘러나왔기 때문이었다.

[왔어?]

혜민은 갑자기 몸이 안 좋아졌다는 핑계를 대고 집으로 돌아왔다. 회식을 추진한 이유가 신휘 때문이었는데 그가 가버리고 나니 더 이상 남아 있어야 할 의미가 없었다.

"문신휘도 질투라는 걸 하네……."

그녀는 신휘가 질투를 할 줄 아는 남자라는 걸 오늘 처음 알았다. 지금까지 그가 질투하는 모습은 상상도 해본 적이 없었다. 회식 자리에서 내내 딴생각으로 가득했던 신휘의 얼굴을 떠올린 혜민은 왠지 모르게 짜증이 치솟았다.

사실 그녀는 처음부터 연인인 현욱 못지않게 신휘가 좋았다. 두 사람이 동시에 고백을 해왔다면 누구를 선택했을지 확신하지 못할 정도로, 어디에 내놓아도 빠지지 않는 두 남자를 다 놓치고 싶지 않았다. 한 남자는 연인으로서, 또 한 남자는 친구로서 가장 가까이에 두고 싶었다. 그래서 혜민은 신휘가 한 여자의 남자가 아닌 만인의 연인으로 남아주길 바랐다. 여자에게 관심이 없는 신휘를 보며 어느 순간부터 마음을 놓고 있었는데, 갑자기 뒤통수를 맞은 기분이었다. 그와의 관계에 균열이 일어난 것만 같았다.

앞에 놓인 와인잔을 물끄러미 바라보고 있던 혜민은 휴대폰을 집어 들어 신휘에게 문자를 보냈다. 문신휘에게 이혜민은 어떤 존재인지…… 알고 싶었다.

"빨리 왔네?"

신휘는 태연하게 문을 열어주는 혜민을 보자 저절로 인상이 찌푸려 졌다.

"오라며?"

"화났어?"

"문자 보내놓고 전화는 왜 꺼버리는데? 걱정했잖아."

"걱정했어?"

"당연한 거 아니야?"

혜민은 그가 퉁명스럽게 내뱉는 말도 서운하지 않았다. 아직도 자신이 부르면 한달음에 달려와 준다는 사실을 확인받은 것만으로도 충분했다.

"들어와."

몸을 돌려 거실로 걸어가는 그녀의 얼굴에 은은한 미소가 감돌고 있었다.

혜민의 뒤를 따른 신휘는 식탁 위에 놓여 있던 와인병을 보자마자 인상을 썼다.

"아까도 많이 마시던데 또 마시고 있었어?"

"나랑 술 한잔하자. 혼자 마시기 심심해."

"나 바로 가야 해. 무슨 일 있는 줄 알고 걱정돼서 와본 거야."

신휘는 혜민의 괜한 투정이었던 걸로 결론 내렸다. 아무 일도 없으니 다행이라고 생각하면서도, 여기까지 허겁지겁 달려와야 했다는 사실이 매우 언짢았다.

"그러지 말고 좀 있다가 가."

"갈게. 쉬어라."

건조한 말과 함께 뒤돌아선 신휘의 귀에 다급한 발걸음 소리가 들려왔다. 곧이어 뒤에서 와락 덮쳐 오는 여체에 그의 두 다리가 멈칫했다.

"신휘야, 나랑 좀 있어주면 안 돼?"

"……."

"나 너무 외로워. 현욱이도 옆에 없고……."

혜민이 신휘의 등에 얼굴을 묻은 채로 울먹거렸다. 유난히 외로움을 많이 타는 그녀는 현욱이 입대한 뒤로 신휘에게 더 의지하기 시작했다. 삼 개월의 해외 촬영을 통해 현욱에 대한 마음은 작아진 반면, 신휘에 대한 마음은 걷잡을 수 없이 커졌다. 눈에서 멀어지면 마음에서 멀어진다는 말을 실감하고 있던 와중에 신휘에게 여자가 생겼다는 걸 알게 되니 왠지 더 초조해졌던 것이다.

신휘는 제 허리를 감고 있는 혜민의 손을 풀고 돌아섰다. 그리고 촉촉이 젖은 눈을 하고 있는 그녀에게 차분히 말했다.

"네 옆에 있고 싶어도 있을 수 없는 현욱이 마음은 어떨지 생각해 봐."

"지금 내가 외롭고 힘들어 죽겠는데 그것까지 생각해야 하는 거야? 나 그런 거 몰라. 나는 내가 부르면 언제라도 달려와 줄 수 있는 사람이 필요해. 내가 손 뻗으면 만질 수 있는 사람…… 지금 너처럼……."

그는 갑작스러운 혜민의 행동이 당황스러웠고, 이런 대화가 너무나 껄끄러웠다.

"많이 취한 것 같네. 못 들은 걸로 할게."

"취해서 하는 말 아니야."

"그만해. 너랑 이런 말을 하는 것만으로도 현욱이랑 하윤이한테 죄짓는 기분이니까."

신휘의 싸늘한 말투에 상처받은 혜민이 그에게 따지듯이 말했다.

"내가 아끼는 너무 놀라서 말 못 했는데 말 나온 김에 하자. 넌 어떻게 하윤이를 여자로 볼 수가 있어? 같이 살아온 세월이 얼만데?"

신휘가 잔뜩 찌푸린 얼굴로 받아쳤다.

"같이 오래 살았으면 여자로 보면 안 되는 거야? 우린 엄연히 남이고 사랑할 수 있는 사이야."

"그래도 동생으로 이십 년 넘게 본 애를……."

"이혜민, 억지 부리지 마. 네가 왜 이러는지 정말 모르겠다."

"징그럽고 불결해."

홧김에 튀어 나간 말에 자신도 놀란 혜민은 신휘의 두 눈에 일렁이는 분노에 그대로 얼어붙었다.

"말 가려서 해. 너한테 그런 말 들어야 할 이유 없어."

"……"

"그동안 현욱이 부탁도 있고 해서 더 신경 쓰려고 노력했는데, 내가 괜한 짓을 한 것 같다."

혜민은 냉랭한 그의 표정과 목소리에 사색이 되었다. 이러려고 그를 부른 건 아니었다. 그저 가려는 신휘를 잡아야 한다는 절박함에 그동안 가슴속 깊이 담아두었던 진심이 터져 나온 것이었고, 그의 입에서 하윤의 이름이 나오자 저도 모르게 욱한 것뿐이었다.

"앞으로 이런 식으로 부르지 마라. 불러도 이제 안 와."

"시, 신휘야……."

신휘는 바들바들 떨고 있는 그녀를 보면서도 조금도 동요하지 않았다.

"간다."

그는 혜민의 아파트를 나오자마자 곧바로 하윤에게 전화를 걸었다. 하지만 단조로운 신호음만 이어질 뿐 그녀는 전화를 받지 않았다. 두 번, 세 번 걸어보아도 마찬가지였다. 혜민에 대한 걱정 때문에 흘려 보고 넘겼던 하윤의 시무룩한 얼굴과 축 처진 어깨, 눈물이 그렁그렁한 눈망울이 떠올랐다. 차로 향하는 그의 걸음이 점점 빨라졌다.

신휘는 하윤이 일부러 전화를 안 받는 것일 뿐, 집에 없을 거라는 생각은 하지 못했다. 그런데 집에 돌아와 보니 하윤의 방은 텅 비어 있었다. 12시가 넘은 시간에 어디를 간 건지, 불안하고 걱정스러웠다. 집에는 아무도 없어서 하윤이 언제 나갔는지 알려줄 사람이 없었다. 그녀가 전화를 받지 않으니 어디에 있는지 알 방법도 없었다. 혹시 지혜와 함께 있나 싶어서 전화를 걸어보려는데 하윤으로부터 문자가 도착했다.

〈나 좀 늦어.〉

신휘는 메시지를 보자마자 하윤에게 전화를 걸었다. 하지만 그녀가 전화를 받을 생각이 없다는 사실만 확인할 수 있었다. 어디냐고 문자를 보내보아도 답이 없었다. 그는 기다리는 것밖에는 할 수 있는 게 아무것도 없었다.

하윤이 집에 도착한 건 새벽 3시가 다 되어서였다. 전화 통화를 하면서 방문을 연 그녀는 제 침대에 걸터앉아 있는 신휘를 보고 움찔했다. 그러나 이내 표정 관리를 하며 담담하게 통화를 이어 나갔다.

"응, 지금 막 방에 들어왔어. 피곤하겠네. 고생해, 오빠."

신휘의 눈썹이 꿈틀거리는 것을 보면서 전화를 끊은 하윤은 책상으로 걸어가 가방을 내려놓으며 무심한 어조로 물었다.

"왜 여기 있어?"

신휘는 자리에서 일어나 하윤에게 다가갔다.

"방금 누구랑 통화한 거야?"

그가 하윤을 기다리는 동안 가장 궁금했던 건 어디를 다녀온 건지였다. 그런데 이제 '오빠'라는 존재의 정체가 더 알고 싶어졌다.

"나 옷 갈아입을 건데 좀 나가줄래?"

하윤이 질문에 대답하지 않고 말을 돌리자, 신휘는 마음이 조급해졌다. 그녀의 어깨를 잡아 돌려세운 그가 다시 물었다.

"설마 정우야?"

신휘는 하윤이 자기가 혜민에게 달려간 것에 대한 복수로 정우를 만나고 온 것일지도 모르겠다고 생각했다. 불과 몇 시간 전만 해도 팔짱에 팔짱으로 갚아준 그녀였기에, 그가 그렇게 생각하는 것도 무리는 아니었다.

"맞다면?"

"성하윤!"

하윤은 언성을 높이는 신휘에게 무표정한 얼굴로 물었다.

"내가 오빠라고 부를 수 있는 사람이 정우 오빠뿐이야?"

그가 순간적으로 말문이 막힌 사이, 하윤이 말을 이었다.

"은휘 오빠 가게에서 오는 길이야."

"……거긴 왜?"

"알바 둘이 연락도 없이 잠수 탔대. 바빠 죽겠다길래 도와주고 왔어."

"형은?"

신휘는 왜 하윤이 혼자 들어온 건지 의아했다. 조금 전 현관에서 들린 건 그녀의 발소리뿐이었다.

"마감하고 있는데 친구 아버지가 돌아가셨다는 전화가 왔어. 나 택시 태워주고 오빠는 바로 장례식장으로 갔고. 엘리베이터 내리는데 잘 도착했냐고 전화 온 거야."

무슨 상황인지 알게 되었지만, 그는 여전히 하윤의 행동이 못마땅했다.

"전화는 왜 안 받아? 늦는다고 문자 하나 보내면 내가 걱정 안 할 줄 알았어?"

"아니, 걱정할 줄 알았어."

"뭐?"

벌컥 화를 내는 신휘에게 하윤도 지지 않고 쏘아붙였다.

"걱정하라고 일부러 그랬어. 그 정도는 해도 되잖아. 오빠도 나 속상하게 했으면서 그 정도도 못 해?"

하윤의 두 눈에 눈물이 차오르자, 신휘는 오늘도 제 잘못을 잊고 하윤을 다그쳤다는 것을 깨달았다.

"하아…… 내가 자꾸 왜 이러는지 모르겠다……."

깊은 한숨을 내쉰 신휘는 하윤의 얼굴을 두 손으로 감싸고 눈을 맞추며 말했다.

"해도 돼, 네가 하라는 거 다 할게. 미안해."

하윤은 신휘의 사과를 받고도 분이 풀리지 않았다. 본인이 한 행동은 생각지도 않고 적반하장으로 나온 것도 어이가 없는 마당에 갑작스럽게 돌변해서 사과를 하는 건 또 뭔가 싶었다.

"놔!"

신휘의 손에서 벗어나기 위해 버둥거리던 그녀는 헛수고라는 것을 깨닫고 아예 눈을 감아버렸다. 그가 꼴도 보기 싫었다. 보자 보자 하니까 보자기로 보이고, 가만가만 있으니까 가마니로 보이나! 고릿적 유행어를 속으로 구시렁대던 하윤은 제 입술에 와 닿는 익숙한 감촉에 눈을 번쩍 떴다.

'흥! 누가 키스해 달라고 눈 감았대? 어림도 없지!'

하윤은 입술을 앙다물고 버텼다. 하지만 신휘는 집요하게 그녀의 입술을 어르고 달래며 제발 열어달라고, 너의 숨결을 느끼게 해달라고 끊임없이 졸랐다. 계속되는 그의 유혹에 하윤은 어느새 짜증과 분노가 의식의 저편으로 사라져 버렸다. 신휘는 정신이 몽롱해진 그녀의 입술이 살짝 벌어진 틈을 놓치지 않고 부드럽게 파고들었다. 그렇게 시작된 두 사람의 입맞춤은 어느 때보다도 길고 깊게 이어졌다. 하윤의 호흡이 가빠졌다는 것을 알아차린 신휘는 입술을 떼고 뒤로 물러났다. 그리고 그녀를 품에 안고 등을 쓸어주며 나직이 속삭였다.

"앞으로 다시는 안 그럴게. 진짜 미안……."

🦋

며칠 뒤, 스케줄을 마치고 집으로 돌아가는 신휘에게 모르는 번호로 전화가 걸려왔다. 그는 받을까 말까 잠시 고민하다가 통화 버튼을 눌렀다.

[나야.]

신휘는 정우의 목소리라는 걸 대번에 알아들었으면서도 곱게 알은체를 하고 싶지 않았다.

"나가 누군데?"

[손정우.]

"왜?"

[지금 어디냐? 촬영 중이냐?]

"집에 들어가는 중이다."

[잘됐네. 술이나 한잔하자.]

"나 피곤한데?"

[나도 지금까지 회사에 있었어. 혼자 피곤한 척하지 말고.]

신휘는 앞으로 모르는 번호는 받지 않겠다고 굳게 결심했다.

실내 포장마차에 마주 앉아 신휘의 잔에 소주를 채워주던 정우가 투덜거렸다.

"내가 집 근처로 와줬는데 고마워하지는 못할망정 그 썩은 표정은 뭐냐?"

"보자고 한 사람이 오는 거지, 어디서 생색이야."

말은 그렇게 하면서도 신휘는 본인의 잔에 술을 따르려 하는 정우의 손에서 소주병을 빼앗아 술을 따라주었다. 정우가 하윤의 옆에서 알짱대는 건 여전히 싫었지만, 그래도 집적거리지는 않는다는 걸 알고 나니 크게 적개심이 들지는 않았다.

두 개의 소주잔이 강하게 부딪쳤다 떨어졌다. 두 사람은 툴툴거리면서도 할 건 다 하고 있었다.

"우리 고등학교 때는 그래도 좀 친했던 것 같은데 나만의 착각이냐?"

"친했다기보다는 나쁘지 않았지."

신휘는 한 번쯤 수긍해 주면 큰일이라도 날 것처럼 어김없이 삐딱선을 탔다.

"그래, 네 말마따나 나쁘지 않았다고 치고. 우리 사이, 왜 나빠졌냐?"

"네가 하윤이한테 흑심을 품어서."

"……."

"그때 하윤이가 초등학생이었지, 아마?"

신휘가 '초' 자를 유독 강조해서 발음하자, 당황한 정우가 어색하게 웃었다.

"하하! 너도 알잖아. 하윤이가 성장이 빨라서 그때 다 큰 거. 지금이나 그때나 별로 달라진 거 없다니까?"

"그래도 초등학생인 건 변함없는데?"

신휘의 짙은 눈썹이 위아래로 격하게 움직였다.

"하윤이가 그때도 예뻤잖냐……."

"너 같은 놈 잡아 처넣으라고 아청법이 있는 거야."

정우는 신경질적으로 다리를 꼬고 앉는 신휘를 보며 얼른 화제를 돌렸다.

"결혼할 거라며?"

"하윤이가 그래?"

"아니면 내가 너희들 결혼 소식을 어디서 듣겠냐."

"알았으면 곧 결혼할 여자 옆에서 얼씬거리지 말라고."

신휘는 하윤이 정우에게 결혼한다는 말을 했다는 사실에 갑자기 기분이 좋아졌다.

"나 임자 있는 여자한테 들이댈 만큼 개념 없지 않아."

"있다니 다행이네. 난 또 없는 줄 알았지?"

"그냥 너희들이 신기해서 지켜본 것뿐이야. 물론 살짝 놀리고 싶은 마음도 있었고."

거기까지만 했어도 될 것을 정우는 굳이 하지 않아도 될 말을 덧붙였다.

"솔직히 말하면 하윤이한테 전혀 마음이 없었던 건 아니었어. 지금이라도 네가 물러나 준다면 하윤이는 내가……."

"죽고 싶지?"

신휘가 험악하게 눈을 부릅뜨자, 정우가 너털웃음을 터뜨렸다.

"그냥 해본 말이다, 이 자식아. 아무튼, 하윤이 일이라면 미친놈처럼 달려든다니까."

머쓱해진 신휘가 소주를 입에 털어 넣자, 정우가 빈 잔에 술을 채워 주며 물었다.

"하윤이 어디가 그렇게 좋냐?"

하윤에게 했던 질문과 같은 것이었다.

신휘는 곰곰이 생각에 잠겼다. 특별히 생각해 본 적 없던 것이라 곧바로 대답이 나오지 않았다. 어디가 좋을까? 나는 하윤이의 어디가 좋은 걸까……?

"음, 얼굴?"

고심 끝에 나온 신휘의 대답에 정우는 당황했다. 그러나 그게 끝이 아니었다.

"몸매?"

얼굴과 몸매가 좋다니. 예상 밖의 대답이었다.

"성격?"

신휘의 말을 그제야 이해한 정우의 얼굴이 구겨졌다.

"얼굴, 몸매, 성격…… 너 지금 뭐 하냐?"

"'다'라고 하면 성의 없어 보일까 봐 구체적으로 말한 거잖아."

"그래, 그나마 세 부분으로 나눠줘서 엄청 성의 있어 보인다."

신휘는 정우의 핀잔에도 아랑곳하지 않고 피식 웃으며 어깨를 으쓱거렸다.

"뭐라고 달리 말할 방법이 없는 걸 어쩌냐. 다 좋은데."

정우의 눈에 비친 신휘는 정말로 행복해 보였다.

"이제 결혼할 여자라는 것도 알았으니 개인적인 연락과 만남은 자제해 주길 바란다."

"그냥 오빠로 편하게 지내는 것도 안 되냐? 하윤이 같은 똘똘한 여동생 진짜 갖고 싶은데."

"얻다 대고 갖고 싶어. 이걸 확 그냥!"

정우는 집어 들던 술병을 위협적으로 내뻗는 신휘를 피해 얼른 상체를 뒤로 기울였다.

"하윤이 주위에 널린 게 오빠야. 너까지 오빠 노릇 할 필요 없어."

술병을 도로 거둬들여 제 잔과 정우의 잔에 나란히 술을 따른 신휘는 술잔을 들어 올려 앞으로 내밀었다.

"치사한 놈……."

정우가 구시렁거리며 제 잔을 그의 잔에 쨍하고 부딪쳤다.

"난 너랑 달라서 상당히 너그러운 사람이야. 내가 기획본부장의 지위를 남용하여 협찬 빵빵하게 해주마. 결혼 축하의 의미로."

정우의 우스갯소리에 신휘가 거만한 미소로 대응했다.

"내가 입어주는 걸 고마워해야지."

"네가 우리 회사를 너무 우습게 보는 거 같다만?"

"너야말로 날 좀 우습게 보는 거 같다? 나 네쥬 협찬 군이 필요 없는 사람인 거 모르지 않을 텐데 어디서 갑질을 하려고 시동을 걸지?"

신휘는 한 여자에게 빠져 정신 못 차리고 있는 남자에서, 어느새 시크하고 카리스마 넘치는 톱스타로 돌아와 있었다. 그의 출연 여부에 따라 수십, 수백 억의 투자가 성사되거나 무산되고, 심지어 회사 주가까지 요동친다는 사실을 잠시 잊고 있었던 정우는 얌전히 찌그러지기로 했다.

🦋

신휘는 그를 배웅하기 위해 현관 앞까지 따라 나온 하윤에게 물었다.

"오늘 수업 없는 날이지? 집에 있을 거야?"

그는 수강 신청을 마친 그녀가 금요일 하루를 비웠다며 승리의 미소를 짓던 모습을 기억하고 있었다.

"아니, 이따 오후에 나가려고."

"어디?"

"홍대."

"갑자기 홍대는 왜? 약속 있어?"

"패션드로잉 수업 과제 땜에. 청춘이라는 테마로 디자인 제출해야 하는데 백지상태야. 뭐라도 떠오를까 싶어서 한번 나가볼까 하고. 젊음의 거리잖아."

하윤이 재잘재잘 말을 이었다.

"내가 어제 인터넷으로 사전 답사를 했는데 데이트 코스로 되게 좋더라. 오빠랑 같이 가볼 기회 없을 테니까 나 혼자서라도 기분 좀 내고 올게."

그녀는 데이트 코스에 혼자 가서 기분을 내겠다는, 처량하기 이를 데 없는 말을 하면서도 씩씩했다. 신휘는 그래서 더 미안했다.

"그래도 혼자 가지는 말지. 지혜나 태훈이랑 같이 가면 어때?"

"둘 다 수업 있는 날이야. 그리고 오빠랑 데이트하는 거 아니면 그것들은 의미 없어."

신휘도 하윤과 다른 연인들처럼 팔짱을 끼고 걸으면서 소소한 군것질을 하고, 사람 구경도 하는 일상적이고 평범한 데이트를 해보고 싶었다. 그들은 고작 데이트라고 해봐야 밥을 먹거나 드라이브를 하는 게 전부였고, 거의 집에만 있게 되니 그것도 어쩌다 한 번 있는 일이었다. 가끔은 이런 상황들이 그에게도 답답하고 숨이 막힐 때가 있는데, 투정 부리지 않고 무던히 지내주는 하윤이 신휘는 기특하고 고마웠다.

"허지혜 독설에, 변태훈 잡설에, 아이디어가 떠오르려다가도 쏙 들어갈걸?"

신휘가 구시렁대느라 주름진 그녀의 이마에 가볍게 입을 맞추며 말했다.

"같이 못 가줘서 미안."

점심을 먹고 밀린 빨래까지 해치운 뒤 느지막이 집에서 나선 하윤은 5시가 넘어서야 홍대입구역에 도착했다. 근처 카페에 들어가 커피를 사 들고 나오는 길에 신휘의 전화를 받은 그녀는 평소와 다름없는 일상적인 통화를 끝내고 천천히 걷기 시작했다. 주말이 아니라서 한가할 것이라는 예상과 달리 생각보다 많은 인파가 눈에 띄었다. 가판대에 늘어서 있는 액세서리와 패션 소품들을 구경하며 걷다 보니 금세 목적지인 홍대 어린이공원에 도착했다. 원래 명칭인 어린이공원보다 홍대 놀이터로 더 많이 불리는 그곳엔, 거리의 악사라 불리는 버스커들이 공연 준비를 위한 악기 점검에 한창이었다.

"오예!"

날을 잘 잡아 나왔다는 생각에 신이 난 하윤은 벤치에 앉아서 주변을 둘러보았다. 개성 가득한 그라피티들이 시선을 사로잡았다. 꼼꼼히 훑어보고 감상을 끝낸 그녀가 다음으로 관심을 보인 건 미끄럼틀이었다.

"놀이터에 왔으면 미끄럼틀 정도는 타줘야 예의 아니겠어?"

하윤은 언제 마지막으로 탔는지조차 까마득한 기억을 더듬으며 자리에서 일어났다. 그리고 바로 옆에서 공연 준비를 하거나 말거나, 혼자서 신나게 미끄럼틀을 타는 뻔뻔스러운 작태를 보여주었다. 그녀는 언제 어디서나 혼자서도 잘 노는 스타일이었다.

신휘의 촬영은 예상보다 빨리 끝이 났다. 거의 매 신에 등장하는 다른 출연 배우가 현장에서 몸살감기로 쓰러져 더는 촬영을 이어 나갈 수 없었기 때문이었다. 어차피 오늘 찍지 못한 분량만큼 몰아서 찍어야 했으니, 스케줄 조절이며 모든 것이 완전히 꼬여 버린 스태프와 배우들에게는 한숨이 절로 나올 사태였다. 하지만 신휘에게 지금 그런 건 그다지 중요한 문제가 아니었다. 생각지도 못한 이 귀한 시간을 그냥 허비할 수가 없었던 그는 빠른 걸음으로 밴을 향해 걸으며 성국에게 물었다.

"다음 스케줄까지 시간 좀 있지?"

"네, 인터뷰가 7시니까…… 한 시간 반쯤 비어요."

"장소가 어디라고?"

"삼청동이요."

밴에 오른 신휘는 자리에 앉자마자 휴대폰을 꺼내어 단축 번호 1번을 눌렀다. 신호가 몇 번 간 뒤에 하윤이 경쾌한 목소리로 전화를 받았다.

[오빠!]

"어디야? 도착했어?"

조금 전 그녀로부터 지하철을 탔다는 문자를 받았던 그는 하윤이 지금쯤 홍대에 도착했을 거라는 제 짐작을 확인하기 위해 전화를 걸어본 것이었다.

[응, 지금 막 도착했어.]

"그냥 목적지 없이 여기저기 돌아다니는 거야?"

[슬슬 구경하면서 홍대 놀이터라는 데 가보려고. 공연이 매일 있는 게 아니라고는 하던데 일단 가보긴 할 거야. 했으면 좋겠다.]

"그래, 잘 놀고 있어."

[오빠도 촬영 잘해.]

원하는 대답을 얻어내고 전화를 끊은 신휘는 운전석에 앉은 성국에게 말했다.

"일단 집으로 가자."

"집이요? 집은 왜요?"

"가봐야 할 데가 있어. 나 집에 내려주고 너랑 민아는 시간 맞춰서 삼청동으로 와. 나도 그쪽으로 바로 갈게."

성국은 고개를 갸웃거리면서도 더는 묻지 않고 시동을 걸었다.

아파트 주차장에 도착한 밴은 신휘를 내려주고 다시 출발했다. 신휘는 제 차가 주차된 곳이 아닌 다른 쪽으로 걸음을 옮겼다. 그가 한참을 걸어가 멈춘 곳에는 매끈하게 잘 빠진 오토바이가 위용을 뽐내며 서 있었다.

"잘 있었어, 레오?"

당신의 여자가 되고 싶어요

오토바이를 툭툭 치는 신휘의 손길이 꽤나 다정했다. 독일에서 돌아온 직후 샀지만 몇 번 타보지 못한, 흑표범을 연상시키는 이미지에서 착안해 '레오파드'를 줄여 '레오'라는 이름까지 지어준 오토바이였다. 스케줄을 소화하느라 바빴고, 스케줄이 없는 날엔 하윤과 함께 지낼 시간도 모자란 형편이었으니 라이딩은 꿈도 못 꾸던 처지였다. 그런데 오늘 생각지도 않게 레오를 써먹을 데가 온 것이었다.

신휘는 오토바이에 와이어록으로 묶어두었던 헬멧을 풀어 머리에 쓰고 시동을 걸었다. 허락된 한 시간 반 중 집까지 오느라 20분을 소비했다. 홍대까지 가는 데에 대충 30분을 잡고, 홍대에서 삼청동까지 가는데 20분을 잡으면 하윤과 함께 있을 시간이 고작 20여 분밖에 없다는 결론이 나왔다. 마음이 급해진 그는 한 마리의 흑표범처럼 날쌔게 주차장을 빠져나갔다.

동심으로 돌아가 미끄럼틀 투어를 마친 하윤은 제자리로 돌아와 앉았다. 칼로리를 소모한 만큼 채워주어야 한다는 생각을 하면서 가방에서 초코바를 꺼내어 비닐을 벗기고 있는데 눈앞이 갑자기 어두워졌다. 고개를 들어보니, 한 남자가 웃으며 서 있었다. 공연을 위해 앰프를 세팅 중이던 팀원 중 한 명이었다. 삭발을 하고 있어서 팀원 중에서도 단연 눈에 띄었기 때문에 한눈에 알아볼 수 있었다. 발끝이 서로 닿을 만큼 다가와 놓고, 남자는 아무 말도 하지 않았다.

'뭐, 뭐지? 내 초코바를 탐내는 건가?'

정적을 참지 못한 하윤이 불쑥 초코바를 내밀었다.

"드실래요?"

잠시 당황하는가 싶던 남자가 이내 씩 웃으며 초코바를 받아 들었다. 낯선 남자에게 넘긴 초코바를 아쉬움 가득한 눈으로 바라보던 하윤은 한 개 더 남아 있는 초코바를 찾기 위해 다시 가방을 뒤졌다.

"고마워요."

옆자리에 앉으며 하는 남자의 말에 하윤의 시선이 슬쩍 그에게로 향했다.

'보컬인가 보네.'

저음의 목소리가 상당히 독특하고 매력적이었다.

"혼자 오셨나 봐요?"

"아니요."

하윤은 남자의 흔해 빠진 작업용 멘트에 최대한 성의 없게 대꾸했다. 혼자 왔다고 곧이곧대로 말해봐야 쓸데없이 말만 길어질 뿐이라는 건 다년간의 경험으로 터득한 것이었다. 하지만 그는 하윤의 대답에 개의치 않았다.

"저희 공연 보고 가실 거죠?"

"글쎄요."

"꼭 보고 가세요."

보고 싶어요. 그러니까 제발 좀 가주세요. 하윤은 속으로 간절히 바랐다.

"공연 끝나고 뒤풀이 있는데 같이 안 가실래요?"

"제가 왜요?"

하윤이 눈을 동그랗게 뜨고 되묻자, 남자는 시선을 내리깔고 겸연쩍게 머리를 긁적였다.

"사실 그쪽이……."

"꺅!"

갑작스러운 그녀의 비명에 놀란 남자가 황급히 시선을 쳐들었다. 범상치 않은 블랙 헬멧이 그의 시야를 가득 채웠다.

신휘는 홍대 놀이터 근처에 오토바이를 세우고 하윤을 찾아 나섰다.

헬멧을 쓴 채로 당당히 걷고 있는 그를 이상한 눈초리로 흘끔거리면서도, 사람들은 헬멧의 짙은 선팅 때문에 그가 누구인지는 알아보지 못했다.

'종종 써먹어야겠는데?'

하윤과의 데이트를 위해서라면 미친놈 취급 따위 천 번이고, 만 번이고 감수할 수 있었다.

'저기 있네.'

어렵지 않게 발견한 하윤의 옆에는 어떤 남자가 붙어 앉아 있었다.

'저건 또 뭐야?'

신휘는 보폭을 넓혀 한달음에 하윤에게 다가갔다. 그녀는 남자를 향해 고개를 돌리고 있느라 신휘의 접근을 전혀 모르고 있었다.

"사실 그쪽이……."

남자의 뒷말은 끝까지 듣지 않아도 대신 말해줄 수 있을 만큼 뻔했다. '사실 그쪽이 마음에 들어요'라고 말하려던 거겠지. 전후 사정을 대번에 파악한 신휘가 인상을 찌푸리며 하윤의 머리에 손을 얹었다.

"꺅!"

화들짝 놀란 하윤이 소리를 지르며 고개를 돌렸다.

"오빠!"

신휘를 한눈에 알아보고 경계심 가득한 눈빛은 이내 사라졌지만, 하윤의 커진 눈은 여전히 그대로였다. 신휘의 등장에 당황한 남자는 옆으로 슬금슬금 엉덩이를 밀더니 은근슬쩍 내빼 버렸다. 남자의 뒷모습을 못마땅하게 바라본 신휘가 하윤의 옆에 앉았다.

"여긴 어떻게 왔어? 촬영은 어쩌고?"

"사정이 있어서 일찍 접었어."

신휘는 놀란 토끼 눈을 하고 있는 하윤의 손목을 잡고 제 눈높이로 끌어 올린 다음, 그녀가 차고 있던 손목시계로 시간을 확인했다.

"20분."

맥락 없는 그의 말에 하윤이 고개를 갸웃거렸다.

"뭐가?"

"7시부터 삼청동에서 인터뷰 있어. 우리가 같이 있을 수 있는 시간, 20분밖에 없으니까 얼른 데이트하자."

"나랑 데이트하려고 온 거야?"

"그럼 왜 왔겠어?"

하윤은 고작 20분 같이 있겠다고 여기까지 달려온 그에게 감동했다. 그러나 그 감동은 신휘가 머리에 쓰고 있는 헬멧을 인식하자마자 곧바로 사라졌다. 학교로 찾아왔을 때는 숯덩이 콘셉트더니, 이번엔 '졸라맨'이었다.

"일어나. 어디라도 가자."

"그러지 말고 그냥 여기 앉아 있으면 어때……?"

하윤이 조심스럽게 제안했다.

"젊음의 거리에 왔는데 역동적인 데이트를 즐겨야지. 여기 앉아서 뭐하게?"

"이제 공연도 시작할 거고……."

"아직 세팅 중이잖아. 조금만 돌고 오자."

"그, 그럴까……?"

뭉그적거리며 몸을 일으키는 하윤의 속내를 눈치챈 신휘가 불퉁하게 물었다.

"나랑 같이 다니기 부끄러워?"

하윤은 얼마 전에도 그가 비슷한 말을 했었다는 사실을 기억해 냈다. 보라의 생일 파티에 예고도 없이 나타나 '오빠가 부끄러워?'라고 했던 그날은 놀라고 당혹스러웠을 뿐 부끄럽지는 않았다. 어떻게 감히 그를 부끄러워할 수가 있단 말인가! 하지만 오늘은 달랐다. 부끄러웠다. 그것도 아주 많이, 진심으로, 격렬하게……. 졸라맨과 함께 다니는데 부끄럽지 않을 리가 없었다.

"아니, 그럴 리가!"

진심을 고이 접어 넣은 하윤은 최선을 다해 기쁜 표정을 지으며 신휘의 팔에 팔짱을 꼈다.

"자, 데이트하러 가볼까요?"

'미녀와 야수'가 아닌 '미녀와 졸라맨' 커플의 데이트가 시작되었다. 두 사람은 지나가는 사람들의 시선을 한 몸에 받으며 걸었다. 부끄러워 쭈뼛거리던 하윤도 금세 적응했다. 그녀는 북적이는 인파 속에서 신휘와 팔짱을 끼고 걸을 수 있다는 사실만으로도 넘치게 행복해서, 남의 눈을 의식할 겨를이 없었다.

"오빠, 우리 저거 먹자."

쪼르르 달려가 김이 모락모락 나는 계란빵을 사온 하윤은 조심조심 반을 갈랐다.

"그것 좀 열어봐."

하윤이 말한 '그것'은 헬멧 실드였다. 그러나 말해놓고 아차 싶어서 얼른 말을 바꿨다.

"아니다, 열지 말고 헬멧을 살짝 들어봐."

그나마 눈보다는 입이 노출되는 게 들킬 확률이 적다는 생각에서였다.

신휘는 한마디도 하지 않고 고분고분 헬멧을 들었다. 목소리만으로 정체를 들켜 버린 과거를 거울삼아 아예 목소리를 내지 않기로 한 것이었다.

그의 입에 계란빵 반쪽을 넣어준 하윤은 나머지 반을 제 입에 쏙 넣고 오물거렸다.

"맛있다."

"칠……."

무의식중에 칠칠치 못하다는 말이 나오려던 신휘는 급하게 입을 다물고 하윤의 입가에 묻은 노른자 조각을 떼어주었다.

"시간 다 돼가니까 이제 돌아가자."

두 사람은 손을 꼭 맞잡고 왔던 길을 그대로 따라 걷기 시작했다.

"아무래도 오늘 우리 기념일로 삼아야 할까 봐. 오빠랑 이렇게 사람 많은 곳을 아무런 제약 없이 걸을 수 있다는 거, 생각하면 할수록 신기하다."

신휘는 잡고 있던 손을 빼내어 그의 몫까지 열심히 재잘거리고 있는 하윤의 어깨를 둘러 감쌌다.

"오늘 와줘서 고마워. 잊지 못할 것 같아."

신휘의 손이 하윤의 팔을 위아래로 부드럽게 쓸었다.

"근데 나 진짜 괜찮아. 마음 쓸 필요 없어. 오빠 일이 불규칙하다는 거, 남들처럼 자유롭게 살 수 없다는 거 뻔히 다 아는데 뭐……. 모르고 시작했다고 해도 할 수 없는 건데, 모르고 시작한 것도 아니잖아?"

하윤은 고개를 들어 신휘를 향해 눈꼬리가 휠 정도로 활짝 웃어 보였다.

"다 알면서도 가끔 한 번씩은 짜증 내는 날도 있을 거야. 그건 오빠가 봐줘. 그냥 저러다 말겠지 이해하고 받아줘. 난 그거면 돼."

하윤은 신휘의 표정을 볼 수 없었지만, 그는 헬멧 안에서 따뜻한 미소를 짓고 있었다.

'우리 하윤이가 언제 이렇게 컸지?'

그녀는 매일, 매 순간 성장하고 있었다. 신휘는 그 모습을 바로 옆에서 지켜볼 수 있다는 게 흐뭇했고, 하윤이 자랑스러웠다.

그러나 이해심 많은 하윤이 잔소리 많은 하윤으로 바뀌는 건 그리 오래 걸리지 않았다. 그녀는 신휘가 타고 온 오토바이를 보자마자 팔짱을 딱 끼고서 매서운 눈초리로 다그치기 시작했다.

"웬 오토바이야? 어디서 빌렸어? 차는 어디 세워놓고 헬멧만 쓰고 온 줄 알았네?"

"내, 내 건데······?"

"오빠 거?"

하윤의 콧잔등에 주름이 잡히자, 신휘는 발끝으로 시선을 내리며 어물거렸다.

"도, 독일 갔다 와서 샀어······."

하윤이 알 만하다는 표정으로 신휘를 흘겨보았다.

"지금까지 말 안 하고 있었던 이유는 창휘 오빠겠고?"

은휘는 제대 후 오토바이를 사겠다고 선언했다가 창휘에게 한동안 심신이 피폐해질 만큼의 욕을 먹었다. 그 처참한 모습을 낱낱이 지켜본 신휘가 은휘의 전철을 밟고 싶지 않았음은 지극히 당연한 일이었다.

"나도 결사반대야. 나 과부 만들 일 있어?"

"살살 타면 하나도 안 위험해."

신휘가 사정하듯 하윤의 손을 꼭 그러쥐었다. 하지만 그녀는 흔들림 없는 얼굴로 또박또박 말을 이어 나갔다.

"교통사고라는 게 나만 방어 운전한다고 되는 게 아니라며? 그 말 한 사람, 오빠잖아. 근데 차보다 위험한 오토바이를 안 위험하다고 할 수 있어?"

"진짜 안 위험한데······."

볼멘소리를 중얼거리는 신휘에게 하윤이 되물었다.

"그래? 진짜 안 위험해?"

"진짜 안 위험해."

그녀는 고개를 연신 끄덕이며 맞장구치는 그를 보며 빙긋 웃었다.

"그럼 나도 배워서 같이 타자."

"넌 안 돼. 위험……."

반사적으로 튀어 나간 말에 뒤늦게 정신을 차린 신휘가 뒷말을 삼켰다.

"얘기 끝났지? 내일 당장 갖다 파세요."

"몇 번 타보지도 못했는데, 딱 한 달만 더 타고 팔면 안 될까?"

"음, 한 달?"

하윤이 고심하는 기색을 보이자, 신휘의 얼굴에 기대감이 어렸다.

"한 달 동안 같이 타자는 거지?"

쓸데없는 기대였다는 사실을 깨달은 그의 표정이 급격히 시무룩해졌다. 신휘는 고작 20분의 데이트 때문에 노출해 버린 레오를 쓸쓸히 떠나보내야만 했다.

🦋

신휘는 눈을 거의 감은 채로 방에서 나오는 하윤에게 다가갔다.

"눈 뜨고 다녀. 다쳐."

코앞에서 풍겨오는 향긋한 비누 향과 달콤한 목소리에 실눈을 뜬 하윤이 그를 바라보며 배시시 웃었다.

"굿모닝!"

"그래, 굿모닝이다."

신휘는 가뜩이나 헝클어져 있는 그녀의 머리를 작정하고 더 흐트러뜨리고는 제 방으로 들어갔다. 하윤이 그 뒤를 졸졸 쫓아가며 물었다.

"오늘 스케줄 많아?"

"드라마 촬영 끝나고 인터뷰, 저녁때는 화보 촬영."

"풀이네."

신휘는 제 침대로 풀썩 쓰러지며 투덜투덜거리는 하윤을 흘긋 바라보았다.

"학교 갈 준비 안 해? 오늘 오전 수업 있는 날이잖아."

"휴강됐어. 오늘 그 수업 하나밖에 없는 날이라 학교 안 가도 돼."

그녀는 언제 투덜거렸나 싶게 흐뭇한 얼굴로 이불에 얼굴을 비벼대고 있었다.

"그럼 준비해."

"무슨 준비?"

"오늘 하루 알바해. 일당 줄게."

"무슨 알바?"

호기심이 동한 하윤이 슬금슬금 일어나 앉았다.

"너 하던 거. 민아 보조."

수업이 없다는 그녀의 말에 신휘가 즉흥적으로 생각해 낸 것이었다.

"괜찮을까?"

하윤은 신나는 마음 반, 걱정스러운 마음 반이었다. 이제 좀 잠잠해졌는데 다시 분란을 일으키는 건 아닌가 싶기도 했다.

"이제 괜찮아."

열애 기사가 뜨고 한동안 주위를 맴돌던 기자들은 제풀에 지쳐 떨어져 나간 지 오래였다.

"아싸! 나 씻고 나올게."

콧노래를 흥얼거리며 방을 나서던 하윤이 돌연 걸음을 멈추고 뒤를 돌아보며 물었다.

"일당 얼마 줄 건데?"

일당을 원할 거라고는 생각지 못했기에 잠시 당황했지만, 신휘는 이내 의미심장한 미소를 지으며 대답했다.

"네가 골라. 키스 한 번, 십만 원."

하윤은 1초의 망설임도 없이 대답했다.

"십만 원."

신휘는 유유히 방을 빠져나가는 그녀의 뒷모습을 멍하니 바라볼 수밖에 없었다. 뭇 여성들을 수년째 '문신휘 앓이'에서 벗어나지 못하게 만들고 있는 그의 키스가 단돈 십만 원에 밀려 버린 순간이었다.

그날 저녁, 신휘 일행은 마지막 스케줄인 청바지 화보 촬영을 위해 스튜디오를 찾았다. 이제 일은 일이라고 넘길 수 있는 여유와 아량이 생긴 하윤은 섹시와 도발이라는 촬영 콘셉트를 듣고도 발끈하지 않았다.

그런데 스튜디오 안쪽 대기실로 걸어 들어오는 민아의 얼굴에 불만스러운 기색이 역력했다.

"여자 모델이 아직 안 왔대요. 신인 모델이라는데 시간 개념이 없네."

"곧 오겠죠."

하윤의 형식적인 대꾸에 성국이 걱정스러운 표정으로 입을 열었다.

"와야지. 오늘 못 찍으면 다시 스케줄 빼기도 힘들어."

"우선 우린 준비하고 있어요. 오빠, 윗옷 벗으세요. 젤 바르게."

민아의 말에 하윤이 불쑥 끼어들어 물었다.

"무슨 젤이요?"

"브론징 젤이라는 건데 살짝 태닝 효과 주려고."

튜브 형태의 브론징 젤을 집어 든 민아는 티셔츠를 벗고 있는 신휘를 한 번 보고서, 초롱초롱 눈을 빛내고 있는 하윤에게 시선을 옮겼다. 민아의 얼굴에 뜻 모를 미소가 번졌다.

"오빠, 스태프들 뭐 한 잔씩 먹이고 시작해요."

신휘는 준비를 하자더니 뜬금없는 말을 꺼내는 민아가 의아했지만, 촬영 전이든 후든 스태프들에게 간식을 돌리는 건 늘 해오던 일이라 별말 없이 성국을 불렀다.

"성국아, 나갔다 와라."

"네, 형."

걸음을 옮기려는 성국을 민아가 다급하게 멈춰 세웠다.

"잠깐 있어봐. 나랑 같이 가."

성국은 해야 할 일도 있는 그녀가 왜 굳이 같이 가자는 건지 알 수 없었다.

"누나도요?"

민아는 대답 대신 의자에 앉아 있던 하윤에게 다가가 그녀의 손에 젤을 쥐여주었다.

"하윤아, 이것 좀 바르고 있어."

"제가요?"

"잘 펴 발라야 해. 아주 꼼꼼하게."

하윤이 어리둥절해하는 사이, 민아는 당부의 말만 남긴 채 성국을 끌고 대기실을 나가 버렸다.

"흠......."

"크흠......."

그제야 민아의 의도를 알아챈 신휘와 하윤은 어색한 헛기침을 주고받았다. 잔 근육으로 뒤덮인 그의 상체를 힐끔 쳐다본 하윤이 마른침을 꿀꺽 삼키고서 말문을 뗐다.

"바, 발라볼까......?"

하윤은 일단 젤을 쭉 짜서 신휘의 가슴에 살살 문질렀다. 소심하게 손가락 끝으로 깔짝거리며 바르다 보니 영 속도가 나지 않았다. 그녀는 민망함을 무릅쓰고 손바닥 전체로 바르기 시작했다. 분위기는 더 묘해졌다. 사심 없는 이성 사이에서는 표피 간의 접촉에 불과할지 몰라도, 이미 폭발 직전의 사심을 가지고 있는 하윤에겐 애무나 다름없었다.

'오...... 느낌 묘한데......?'

하는 하윤도, 받는 신휘도 야릇하긴 매한가지였다. 그렇지만 신휘의 상태는 더 처절했다. 그는 눈을 감고서 속으로 군가를 부르기 시작했다.

'숨 막히는 고통도 뼈를 깎는 아픔도 승리의 순간까지 버티고 버려라.'

극한으로 치닫고 있는 욕구를 키스로 풀고 있는 것만으로도 극도의 인내심이 필요한 마당에 하윤의 손길은 너무나 자극적이었다. 신휘는 민아가 원망스러웠다. 그에게 이런 상황은 배려도, 도움도 아니었다. 단지 고문일 뿐이었다.

민아가 대기실로 돌아왔을 때, 하윤의 두 볼은 발그레했고 신휘는 부쩍 지쳐 보였다.

"꼼꼼히 잘 발랐네."

뜨거운 애정 행각이 있었음을 미루어 짐작한 민아는 두 사람만의 오붓한 시간을 만들어준 제 센스에 감탄했을 뿐, 신휘의 피로도가 높아진 원인이 무엇인지는 전혀 짐작도 하지 못하고 있었다.

"성국 오빠는요?"

"간식 돌리고 촬영 언제 시작할 수 있는지 물어보고 온대."

잠시 뒤 성국이 대기실로 들어섰다.

"형, 잠깐 나와보셔야 할 것 같아요."

가운을 걸치고 세트장으로 나간 신휘는 스태프와 심각한 얼굴로 이야기 중인 사진작가 기태에게 다가갔다.

"작가님."

"아, 신휘 씨."

"무슨 일 있어요?"

"이걸 어쩌죠? 여자 모델이 오는 길에 교통사고가 났대요."

"저런……."

"지금 급하게 대체할 모델 섭외 중이에요. 우선 신휘 씨 개인 컷 찍고, 여자 모델 섭외되면……."

말을 하면서 별생각 없이 신휘의 어깨 너머로 시선을 옮긴 기태가 갑자기 말을 끊고 걸음을 옮겼다. 모두의 눈이 기태를 따라 움직였다. 그가 멈춰 선 곳은 신휘의 뒤쪽에 서 있던 하윤의 앞이었다.

"모델 해본 경험 있어요?"

기태의 질문에 하윤이 얼떨결에 대답했다.

"아, 아니요……."

"그럼 오늘 합시다."

"……네?"

하윤의 눈이 휘둥그레졌다.

"느낌 좋은데? 비율도 좋고, 라인도 좋고……."

기태는 품평회에 나온 심사 위원처럼, 하윤을 머리부터 발끝까지 샅샅이 훑어보며 중얼거렸다.

"저 화보 같은 거 찍어본 적 없어요."

이미 결정을 끝낸 듯한 기태의 말과 행동에 당황한 하윤이 고개를 가로저으며 손사래를 쳤다. 하지만 기태는 아랑곳하지 않았다.

"처음 없는 사람이 어디 있어요? 오늘 스타트 끊으면 되지. 신휘 씨가 잘 리드해 줄 테니까 아무 걱정 하지 말고 그냥 따라가기만 하면 돼요."

"저 같은 일반인이……."

"어차피 오늘 섭외한 모델도 신인이었어요. 신휘 씨 돋보이게 해주는 역할로 충분해요."

막힘없는 기태의 언변에 하윤이 제대로 말도 못 하고 끌려가자, 더 이상 지켜볼 수만은 없다는 생각에 신휘가 나섰다.

"작가님, 이 친구 얼굴 공개되는 거 싫어해요."

'나보다 오빠가 더 싫은 거겠지.'

하윤은 어이가 없었지만, 제 생각도 그와 다르지 않았기에 일단 가만히 있었다.

"신휘 씨가 설득 좀 해봐요. 인지도 한 방에 업인데."

"인지도 같은 거 필요하지 않습니다."

신휘는 요지부동이었다. 하윤을 어디에도 내놓을 수 없다는 그의 생각은 확고했다.

잠시 뭔가를 고민하던 기태가 큰 결심을 했다는 표정으로 입을 열었다.

"그럼 얼굴 안 나오게 찍읍시다."

예상치 못한 제안에 신휘가 아무런 반박도 못 하는 사이, 기태의 눈이 하윤에게 향했다.

"정말 하기 싫어요? 생각해 봐요. 신휘 씨랑 커플 촬영이라니까? 게다가 내가 찍어준다는데? 다른 거 다 떠나서, 평생 잊지 못할 추억 하나 만든다고 생각하면 좋잖아요. 다른 사람은 알아보지 못하게 내가 잘 찍어줄게요."

그의 말은 잘난 척이 아니라 사실이었다. 기태는 너도나도 같이 작업하길 원하는, 업계 정상급 사진작가였다.

다시 신휘가 끼어들었다.

"글쎄, 안……."

"할게요."

신휘는 제 말을 끊고 들어온 하윤의 똑 부러진 대답에 눈을 부릅떴다. 그녀가 당연히 하지 않을 거라고 예상하고 있던 민아와 성국도 의아하긴 마찬가지였다. 기태만이 환한 미소로 하윤의 선택을 독려했다.

"잘 생각했어요. 우리 끝내주는 작품 하나 뽑아봅시다."

세트장 한쪽 의자에 앉아 있던 신휘의 시선이 하윤이 입을 의상을 챙겨 대기실로 들어가고 있는 스태프에게 향했다. 언뜻 보니 그다지 튀지 않는 블루 진에 화이트 민소매 티셔츠였다. 노출이 심한 의상을 입힐까 봐 은근히 걱정하고 있었던 그는 일단 안심했다.

그러나 그의 판단은 잘못된 것이었다. 신휘는 대기실에서 걸어 나오는 하윤을 보면서, 단순히 손에 들려 있을 때는 평범해 보이는 옷일지라도 누군가가 입었을 때는 사뭇 다른 느낌을 낼 수 있다는 것을 다시 한 번 깨달았다.

몸에 밀착된 청바지와 민소매 티셔츠는 하윤의 몸매를 완벽하게 표현해 주고 있었다. 부드럽게 떨어지는 가슴선과 매끄럽게 이어지는 허리와 골반의 선이 여성스러움을 제대로 발산하고 있었다. 노출이 없는데도 상당히 도발적이고 고혹적이었다. 신휘를 비롯한 수컷들의 시선이 하윤에게 붙어 떨어질 줄을 몰랐다.

"신휘 씨, 시작하죠."

기태의 목소리에 정신이 번쩍 든 그는 입고 있던 가운을 벗었다. 넓은 어깨와 군살 하나 찾아볼 수 없는 조각 같은 몸매에 이번엔 여자들의 시선이 집중되었다. 그중 제일 빛나는 눈으로 신휘를 바라보는 건 하윤이었다. 표정 관리고 뭐고 없었다. 입을 헤벌린 채 실실 웃음을 흘리고 있을 뿐이었다.

"매일 보는데 매일 멋져?"

민아가 신기하다는 표정으로 묻자, 하윤이 믿을 수 없는 말을 들었다는 얼굴로 되물었다.

"언니는 안 멋져요?"

"멋져, 멋진데…… 넌 이십 년 넘게 한집에서 살면서 매일 봤잖아. 그래도 안 질리고 멋지냐고."

"출구가 없어요, 출구가……."

하윤은 심각한 표정으로 고개를 가로저었다. 그러고는 다시 신휘에게 시선을 돌리며 덧붙였다.

"평생을 문신휘 덕후로 살래요."

기태는 신휘와 하윤에게 간단한 디렉션을 전달했다. 여러 번 작업을 하면서 신휘의 감각을 믿게 되었기에 많은 말을 할 필요가 없었다.

"기대 봐."

신휘는 하윤을 벽에 기대고 서게 했다. 그리고 그 앞에 바짝 다가가 그녀의 다리 사이로 제 다리를 밀어 넣었다. 몸과 몸이 맞닿은 야릇한 자세에 하윤의 얼굴이 발그레 달아올랐다.

찰칵찰칵.

하윤은 스튜디오 안에 울려 퍼지는 셔터 소리에 현실로 돌아왔다. 갑자기 심장박동이 빨라지기 시작했다.

'괜히 한다고 했어. 미쳤나 봐.'

겁도 없이 TV에 출연한 적도 있었지만, 그건 오롯이 자신이 책임지면 될 일이었기에 그다지 긴장이 되지는 않았다. 그런데 지금은 달랐다. 상업적인 목적으로 이루어지는 작업에 민폐가 될까 봐 불안했다. 하윤은 기태의 입에서 나온 '추억'이라는 말에 꽂혀 덥석 하겠다고 한 것이 뒤늦게 후회스러웠다.

신휘가 셔터 소리가 들릴 때마다 움찔거리며 놀라는 그녀의 귓가에 대고 속삭였다.

"긴장하지 말고 몸에 힘 빼."

하윤이 시선을 들어 신휘를 바라보았다. 그의 눈빛은 내가 곁에 있으니 아무 걱정도 하지 말라고 말하고 있었다. 미친 듯이 뛰던 심장이 그제야 제 속도를 찾았다.

"네가 할 거 없어. 다 내가 해."

신휘가 덧붙인 말에 하윤은 모든 긴장을 날려 버릴 수 있었다. 아무것도 생각하지 않기로 했다. 그저 그가 이끄는 대로, 하자는 대로 따라가며 몸을 맡겼다.

숨소리가 들릴 만큼 얼굴을 가까이 대거나 얼굴을 쓸어내릴 때, 살이 맞닿으며 아찔한 포즈가 나올 때마다 여자들은 본인이 하윤이 된 것처럼 감정 이입을 하며 얼굴을 붉혔다. 그들에게 하윤은 지금 이 순간, 세상에서 가장 부러운 여자였다.

"이제 누워볼까요?"

하윤은 옆쪽에 놓여 있던 소파가 앉는 용도로 준비된 것이 아니라는 사실을 비로소 알게 되었다. 신휘는 하윤을 소파에 눕히고 그녀의 위에서 양팔로 몸을 지지했다.

"고개 살짝 저쪽으로 틀어봐."

두 사람의 몸이 살짝 겹쳐짐과 동시에 그의 일렁이는 눈빛이 하윤에게 향했다.

"좋아, 그대로!"

신이 난 기태는 카메라와 한 몸이 되어 셔터를 눌렀다.

신휘의 얼굴이 천천히 아래로 내려오며 하윤의 목덜미에 그의 뜨거운 숨결이 닿았다.

"아, 좋다! 진짜 좋다!"

잘 어울릴 거라고 생각은 했지만 이렇게까지 잘 어울릴 줄은 미처 몰랐던 기태는 본인이 더 흥분해서 목청을 높였다. 두 사람은 그의 기대를 뛰어넘는 환상의 호흡을 보여주고 있었다.

카메라를 든 기태의 손이 떨릴 때가 되어서야 촬영이 끝났다. 혼신의 힘을 다한 그는 거의 탈진 직전이었다.

"자, 봅시다."

기태가 물 한 잔을 시원하게 들이켜고 모니터로 다가가 앉았다. 신휘와 하윤이 그 뒤에 나란히 섰다.

하윤은 모니터에 떠 있는 사진을 보며 감탄했다. 얼굴이 안 나오게 찍어주겠다는 기태의 말을 어디까지 믿어야 하나 걱정했는데 정말 누군지 알아볼 수 없었다. 정면 각, 앙각, 부감까지……. 카메라 앵글은 절묘했다. 거기에 신휘의 노련함도 한몫했다. 신휘는 제 얼굴로 하윤의 얼굴을 자연스럽게 가린다거나, 그녀의 작은 얼굴을 본인의 큰 손으로 거의 다 덮는 등의 '철벽 사수 스킬'을 선보였다. 언뜻 보이는 하윤의 턱선이나 콧날이 오히려 궁금증을 자아냈으며 신비로움을 불러일으키기까지 했다.

"사실 난 이 사진이 제일 마음에 들어요."

기태의 손가락이 가리키고 있는 사진은 신휘와 하윤이 코끝이 스칠 듯 얼굴을 마주하고 있는 사진이었다. 다른 사진들과 달리 하윤의 얼굴이 조금 드러나 있긴 했지만, 묘하게 농염하고 섹시한 분위기가 압권이었다.

'설마 메인 사진으로 쓰자고 우겨볼 참인가?'

하윤은 절대 안 된다는 대답을 준비하며 이어질 기태의 말을 기다렸다. 그러나 그는 하윤의 예상과 동떨어진 말을 꺼냈다.

"미공개로 하기엔 너무 아깝지만 이건 두 사람한테 내가 개인적으로 선물할게요. 추억으로."

그렇게 두 사람은 잊지 못할 추억을 사진으로 남겼다.

"수고했어요, 신휘 씨. 하윤 씨도."

"수고하셨습니다."

꾸벅 인사를 하는 하윤에게 기태가 물었다.

"지금 학생이라고 했죠?"

"네, 3학년입니다."

"학교 다니면서 틈틈이 모델 일 해보는 건 어때요? 소질 있어요."

신휘가 나서서 말을 자르려는데 하윤이 먼저 입을 열었다.

"오늘 촬영은 신휘 오빠가 잘 이끌어주시고 작가님께서 잘 찍어주신 덕분에 끝낼 수 있었어요. 좋게 봐주셔서 감사하지만 전 제 전공 공부, 열심히 하겠습니다."

더 설득해 볼 여지도 없이 선을 긋는 그녀의 대답에 기태는 잠깐 아쉬운 표정을 지었지만 이내 고개를 끄덕였다.

"뭘 해도 잘할 것 같은 느낌이 들어요. 응원할게요."

신휘는 하윤과 성국, 민아를 먼저 내보내고 기태에게 가까이 다가갔다. 그리고 비밀 이야기하듯 목소리를 낮추며 소곤거렸다.

"광고주한테 인센티브 더 요구하세요."

이번 촬영은 제대로 섭외가 들어왔다면 결코 성사될 리 없던 일이었다. 결혼 발표를 하고 나서 화보의 상대 모델이 실제 신휘와 결혼할 여자라는 게 알려지면 얼마나 큰 홍보 효과를 거둘 수 있을지는 불 보듯 뻔했다. 의도한 바는 아닐지라도, 오늘 기태의 선택은 업체에 막대한 이익을 가져다줄 것임이 틀림없었다.

"무슨 말인지 곧 알게 되실 거예요."

신휘는 어리둥절해하는 기태에게 의미심장한 말을 남기고 자리를 벗어났다.

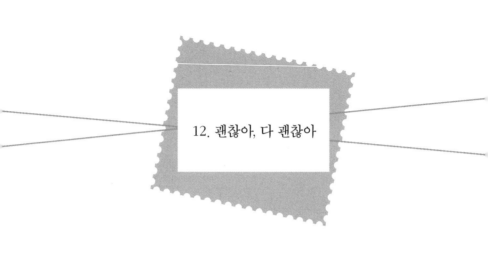

12. 괜찮아, 다 괜찮아

방송국 엘리베이터 안에서 드라마 국장을 만난 신휘는 국장실에 끌려 들어가서 한참을 붙들려 있다가, 스케줄 핑계를 대고 나서야 간신히 빠져나올 수 있었다. 근처 의자에 앉아 자판기 커피를 마시고 있던 성국과 민아가 그를 보고 자리에서 일어났다.

"현역 뛰실 때는 액션하고 컷만 하시더니 무슨 말이 이렇게 많아지셨는지……."

푸념 섞인 신휘의 말에 민아가 맞장구를 쳤다.

"나이 먹을수록 여성 호르몬이 늘어서 그래요. 저희 아빠만 해도 엄청 무뚝뚝한 경상도 남자였는데 이제 TV랑 대화도 하신다니까요?"

그녀의 수다를 들으며 엘리베이터를 향해 걷던 신휘가 화장실을 발견하고 걸음을 멈췄다.

"화장실 좀 들렀다 가자."

"저도요."

민아는 기다렸다는 듯 냉큼 여자 화장실로 들어갔고, 성국은 한쪽으로 비켜섰다.

"저는 여기 있을게요. 좀 전에 갔다 왔어요."

"그래."

혼자 남아 스케줄 표를 들여다보고 있던 성국은 누군가 다가와 옆에
서는 걸 느끼고 고개를 들었다.

'강영진?'

그는 건들거리며 웃고 있는 영진을 보고 반사적으로 차렷 자세를 취
했다.

"긴가민가했네. 야, 오랜만이다? 이 년 만인가?"

"안녕하십니까."

"너 아직도 이 바닥에서 어슬렁거리냐? 내가 말했잖아. 너처럼 굼뜨
고 대가리 나쁜 놈들은 이쪽 일 못 한다고."

"지금은 매니저 일을 하고 있습니다."

성국은 고등학교를 졸업하자마자 입대를 했고, 제대 후 곧바로 사설
경호업체에 취업했다. 두 달간의 교육을 마치고 처음 맡은 임무는 당시
잘나가던 남자 솔로 가수인 영진을 경호하는 일이었다. 미국 명문 대학
을 나와 젠틀한 이미지로 유명세를 탄 영진의 실상은 히스테리한 이중
인격자일 뿐이었다. 차 문을 빠릿빠릿하게 열지 않는다고 정강이를 걷어
차는 건 부지기수였고, 고졸이라는 학벌을 들먹이며 대놓고 성국을 멸
시했다. 그리고 성국은 한 달 만에 잘렸다. 성국이 차 문을 여는 것에
집착하는 건 그때의 트라우마 때문이었다.

"근데 너 이름이 뭐였지?"

"김성국입니다."

정말 기억을 못 하는 건지, 무시하고 싶어서 일부러 하는 행동인지
알 수는 없었지만, 어느 쪽이 되었든 성국에게는 별반 차이도 없었다.

"너 요새 누구랑 일하냐? 드라마국에 있는 걸 보면 배우?"

성국은 왠지 신휘에게 폐를 끼치는 것만 같아 그의 이름을 쉽게 입에 올릴 수가 없었다. 성국의 침묵을 제멋대로 해석한 영진이 빈정거리는 말투로 물었다.

"누군데? 네 주제에 잘나가는 스타는 어림도 없을 거고, 말하기도 쪽 팔린 완전 초짜냐?"

그 순간, 머뭇거리는 성국 대신 다른 목소리가 끼어들었다.

"저랑 같이 일합니다."

화장실에서 걸어 나오는 남자의 얼굴을 확인한 영진의 두 눈이 놀라움으로 커졌다.

'문신휘?'

신휘는 손을 씻으며 바깥에서 들려오는 대화에 귀를 기울였다. 성국과 영진의 대화가 이어질 때마다 그의 미간이 점점 찌푸려졌다. 물 묻은 휴지를 쓰레기통에 신경질적으로 던져 넣고 밖으로 나간 신휘는 키도 작고 덩치도 왜소한 남자가 누구인지 한눈에 알아볼 수 있었다.

"저랑 같이 일합니다."

"무, 문신휘 씨랑 일…… 하는구나……? 진작 말하지. 아하하!"

신휘가 무표정한 얼굴로 빤히 쳐다보고만 있자, 무안해진 영진이 웃음을 멈추고 공손하게 말했다.

"드라마 잘 보고 있습니다."

성국을 대하던 것과는 완전히 다른 모습이었다.

신휘는 이미 영진의 만행을 민아에게 들어서 알고 있기도 했고, 화장실 안에서 직접 듣기까지 했으니 예의 바른 척을 하고 있는 그가 가증스러울 수밖에 없었다. 사람을 가려 대하는 영진에게 짜증이 치밀어 올랐다. 하지만 성국이 미성년자도 아니고, 제삼자가 끼어들어 대신 화를 내줄 수도 없는 노릇이었다. 그래서 신휘는 연기를 시작해 보기로 했다.

콘셉트는 건방이 하늘을 찌르는 안하무인 톱스타로 정했다. 레디, 액션!

"실례지만 성함이 어떻게 되시죠?"

신휘가 시선을 내리깔며 물었다. 영진과의 키 차이 덕분에 만족스러운 그림이 나왔다.

찰나의 순간 표정이 구겨졌지만, 영진은 금세 표정 관리를 하고 답했다.

"강영진이라고 합니다."

비록 이 년이 채 안 되긴 했어도 폭발적인 인기를 구가했던 자신을 전혀 몰라보는 신휘에게 자존심이 상했지만, 이 바닥에서는 인기가 깡패였기에 기분 나쁜 내색을 할 수가 없었다. 서열을 정하는 데 나이나 경력 같은 건 전혀 중요치 않았다. 인기가 있으면 그뿐이었다. 연기 쪽을 기웃거리고 있는 영진으로서는 신휘와 언제 어떤 식으로 만나게 될지 모르기 때문에 더욱 조심해야만 했다.

"예전에 성국이랑 같이 일했습니다."

"아……."

신휘는 형식적인 리액션과 함께 관심 없다는 표정을 지어 보였다.

"성국이 잘 부탁드립니다. 답답하게 굴더라도 이해해 주시고요. 애가 말귀가 좀 어둡고 느려 터진 것만 빼면 착해요."

영진은 부탁인지 조롱인지 알 수 없는 말을 지껄이며 실실 웃었다.

성국이 발끈할 거라고 기대하지는 않았지만, 당연하다는 듯 고개까지 끄덕일 줄은 몰랐던 신휘는 복장이 터질 것 같았다. 성국은 외모는 투박하고 거칠었지만, 성격은 영락없는 순둥이였다. 여태껏 그가 화를 내거나 목소리를 높이는 걸 본 적이 없었다. 그래서 신휘는 자신이 악역을 맡기로 했다.

"지금 우리 성국이 말씀하시는 거 맞습니까? 한 번도 성국이 때문에 답답해 본 적이 없어서 다른 사람 얘긴 줄 알았네요. 저는 성국이 없으면 아무 일도 못 합니다."

"그, 그렇습니까……?"

신휘의 시선이 성국에게 옮겨갔다.

"너랑 예전에 같이 일했던 사람 중에 인성에 심각한 문제 있는 사이코 있었다고 민아가 그러던데, 이분이랑 다른 분이지?"

성국과 영진은 동시에 흠칫 놀랐다. 성국은 평소와 다른 신휘의 모습에 놀랐고, 영진은 설마 자신을 지칭하는 말은 아니겠지 하는 마음에 놀랐다.

"명문대 나온 가수라고 들은 것 같은데……. 누군지 미리미리 알려줘야 우연이라도 만나면 피해 가지. 넌 쓸데없이 입이 너무 무거워."

본인의 이야기임을 알아차린 영진은 움찔했다. 하지만 신휘는 그가 정신 차릴 시간을 주지 않았다.

"혹시 어떤 분야에서 활동하시죠?"

영진은 굳이 이 자리에서 '인성에 심각한 문제 있는 사이코'임이 밝혀지길 원치 않았다.

"지, 지금은 연기 쪽……."

"그럼 예전에는요?"

신휘의 집요한 질문에 영진이 주뼛거리며 대답했다.

"가수 활동을 잠깐……."

"성국아, 너 이분 말고 다른 가수랑 일한 적 있었어?"

성국은 끝장을 보려는 듯 말꼬리를 잡고 놓아주지 않는 신휘 때문에 난감하기 이를 데 없었다. 어쩔 줄 몰라 하는 성국에게 신휘는 굳이 대답을 요구했다.

"있었느냐고."

"아니요……."

"아, 그래……?"

드디어 대답을 끌어낸 신휘가 의미심장한 눈빛으로 영진을 바라보고 있던 그때, 민아가 화장실에서 나왔다. 신휘는 언제 빈정거렸나 싶게 차분한 어조로 영진에게 말을 건넸다.

"스케줄이 있어서 저희는 이만 가보겠습니다."

목적 달성을 했으니 더는 얼굴을 마주하고 있어야 할 필요가 없어진 신휘는 당혹감에 뻣뻣하게 굳어 있는 영진을 뒤로하고 몸을 돌렸다. 성국과 민아가 얼른 그에게 따라붙었다.

"형……"

등 뒤에서 들려오는 나지막한 성국의 목소리에 신휘가 담담하게 대꾸했다.

"오늘만 네 입 돼준 거야. 앞으로는 직접 해."

"네, 형……"

성국은 신휘가 거만하고 무례한 사람을 얼마나 싫어하는지 잘 알고 있었다. 그래서 자신을 위해 나서준 그의 행동이 더 고마웠다. 감동한 성국의 얼굴에 미소가 떠오른 순간, 신휘가 덧붙였다.

"참을 인이 세 번이면 호구란다. 할 말은 하고 살자, 성국아."

❦

이태원의 한 클럽 앞에 멈춰 선 밴에서 내린 신휘는 운전석에서 내려 달려온 성국을 못마땅하게 바라보았다.

"바로 가라니까."

"기다렸다가 모시고 갈게요."

"그럴 거 없어. 택시 타고 들어가면 돼."

"그래도……"

신휘는 이미 다 끝난 이야기를 다시 거론하는 성국에게 잘라 말했다.

"네가 기다리고 있으면 부담스러워서 술이 안 넘어간다고."

"네, 형⋯⋯."

"내일 보자."

클럽 입구에 서 있던 직원이 신휘를 알아보고 허리를 숙였다.

"이쪽으로 오시죠."

직원의 안내에 따라 안으로 들어간 신휘는 쩌렁쩌렁하게 울리는 음악 소리에 눈살을 찌푸렸다. 이런 시끄러운 곳은 그의 취향이 아니었다. 더 군다나 남자, 여자 할 것 없이 술에 취해 흐느적대고 있는 모습은 가히 보기 좋지 않았다.

계단을 올라 도착한 2층은 흥분과 열광으로 가득했던 1층과는 달리 차분했다. 직원이 복도를 따라 죽 이어져 있는 룸 중 한 곳의 문을 열고 옆으로 비켜서자, 신휘가 안으로 들어섰다. 그에게 모든 시선이 집중되었다.

"오! 신휘 왔네!"

오늘 모임의 주인공인 석현이 테이블 가운데에 앉아 신휘를 반겼다. 두 사람은 영화 몇 편을 같이 찍은 사이였다. 크게 친하지는 않았지만, 생일 파티에 꼭 와달라는 부탁을 거절할 수 없어 촬영을 마치고 잠시 들른 것이었다.

"이쪽으로 와, 이쪽으로."

석현이 제 옆을 가리키며 손짓했다. 신휘는 이미 와 있던 사람들과 인사를 하면서 그의 옆자리에 가서 앉았다.

"형, 생일 축하해요."

"와줘서 고맙다."

신휘는 싫어하는 사람만 아니라면 이런 친분 과시용 부름에 인색하게 굴지 않고 응하는 편이었다.

"자, 신휘도 왔으니까 다 같이 한잔합시다."

석현의 제안에 모두가 잔을 들었다. 아는 이들과의 인사와 모르는 이들의 소개가 이어지고, 신휘의 등장으로 들떴던 분위기도 차츰 평온을 되찾았다. 신휘와 석현은 그제야 둘만의 대화를 시작할 수 있었다.

"드라마 시청률 잘 나온다면서?"

"형 영화도 잘나가던데요?"

"너 같은 주연이랑 나 같은 조연이랑 같냐?"

두 사람은 한참 동안 드라마와 영화를 넘나들며 이야기를 나누었다. 석현에게 옆자리 후배가 말을 거는 틈을 타서 시간을 확인한 신휘는 도착한 지 두 시간이 다 되어가고 있다는 것을 알았다.

"그만 가볼게요. 내일 아침부터 촬영이 있어요."

"기왕 온 김에 조금만 더 있다가 가라."

석현이 사정하는 듯한 뉘앙스를 풍기자, 신휘는 어리둥절했다. 단순히 자리를 지켜달라는 의미는 아닌 걸로 보였다.

"사실은…… 누가 오시기로 했는데……."

"누구요?"

"널 만나고 싶어 하는 분이 계셔서……."

석현이 쭈뼛거리며 말끝을 늘였다.

"형, 다음에 제가 술 한잔 살게요."

숨은 의도가 있었다는 사실이 불쾌했지만, 분위기를 망치고 싶지 않았던 신휘는 석현의 만류를 부드럽게 뿌리치고 룸을 나섰다.

"신휘야, 그러지 말고……."

뒤따라 나와 신휘의 팔을 잡고 늘어지던 석현의 표정이 갑자기 밝아졌다.

"오셨다!"

신휘는 자신을 만나고 싶어 한다는 사람의 정체를 확인하기 위해 뒤로 돌았다. 우아한 컬이 들어간 단발머리에 화려한 색감의 화장과 옷차림을 한 여자가 걸어오고 있었다. 한눈에 보아도 귀부인 태가 나는 여자였다.

'EN미디어, 송연경 회장?'

비서로 보이는 여자와 경호원으로 보이는 남자를 대동하고 온 송 회장은 미디어 산업 분야에서 두각을 나타내고 있는 인물이었다. 일간지를 모태로 하여 성장한 EN미디어는 영화와 드라마의 제작과 투자에 과감한 지원을 아끼지 않으며, 최근 들어 방송과 연예 분야로의 사업 확장에 박차를 가하고 있는 기업이었다.

"회장님, 오셨습니까?"

석현이 득달같이 달려가서 넙죽 허리를 굽혔지만, 송 회장은 그를 본 체만체하며 신휘에게만 시선을 맞췄다.

"잘 지냈어요? 오랜만에 보네요."

날카롭게 위로 치솟아 있던 그녀의 눈꼬리가 살짝 휘었다. 마흔일곱의 나이로는 전혀 보이지 않는 외모였다.

"안녕하셨습니까."

시상식이나 행사장에서 마주쳐 형식적인 인사를 나눈 적은 있었지만, 이런 자리에서 만나게 된 건 처음이었다.

"왜 나와 있어요?"

"지금 가려던 참이었습니다."

"나 신휘 씨 보러 일부러 온 거예요. 잠깐 얘기 좀 하고 가세요."

부탁이 아니라 명령에 가까운 말이었다.

"그러시죠."

신휘와 송 회장은 자리를 옮겨, 비어 있는 룸으로 들어갔다. 비서와 경호원은 문밖에 남았다.

"바쁜 사람인 줄은 알고 있었지만, 얼굴 보기 정말 힘드네요. 비서실에서 여러 번 전화했는데 시간을 안 내줬다죠? 그래서 내가 직접 왔어요. 아쉬운 사람이 움직이는 법이니까."

"죄송합니다. 촬영 때문에 시간을 내기가 힘들었습니다."

회사나 성국을 통하지 않고 직접 개인 휴대폰으로 연락이 왔기 때문에, 신휘는 EN미디어에서 무슨 일로 연락을 했는지 짐작하고 있었다. 최근 업계를 들썩이고 있는 소문과 관련된 이야기가 나오리라는 걸 뻔히 알았기에 굳이 만나고 싶지 않았다. 그래서 촬영을 핑계로 거절해 왔건만, 송 회장이 직접 나설 줄은 생각지도 못한 일이었다.

"바로 본론으로 들어갈게요."

"네."

"들었을 거예요. EN이 정식으로 매니지먼트 사업에 진출한다는 소식."

역시 그의 짐작대로였다.

"신휘 씨가 필요해요."

"……."

"우리 쪽으로 와요. 신휘 씨 이름에 걸맞은 최고의 대우, 보장할게요."

송 회장은 신휘를 강렬한 눈빛으로 바라보며 덧붙였다.

"계약금 백 억. 지분 10%. 8:2."

눈이 번쩍 뜨일 만큼 파격적인 조건이었다. 그만큼 첫발을 내딛는 사업에 상징적인 인물이 필요했고, 외모, 연기력, 이미지, 평판까지 더할 나위 없이 완벽한 신휘보다 적합한 사람은 없었다.

"말씀은 감사하지만 힘들 것 같습니다."

신휘의 즉답에 송 회장이 미간을 찌푸렸다. 만나고 싶다는 제안에 응하지 않기에 영입이 쉽지는 않겠다고 생각했지만, 조건을 들으면 생각이 바뀔 거라고 확신했다. 그런데 그의 눈빛은 전혀 흔들림이 없었다.

"조건이 마음에 안 들면 말해요. 맞춰줄 수 있어요."

"괜찮습니다."

신휘가 딱 잘라 거절하자, 그녀의 말투가 싸늘해졌다.

"고민해 보는 척이라도 하는 게 예의 아닌가요?"

"고민해 보는 척이라도 하면 조 대표에게 예의가 아닐 것 같습니다."

표정을 싹 바꾼 송 회장이 부드러운 어조로 설득에 나섰다.

"조 대표와의 사적인 감정 때문에 더 큰 걸 놓치지 말아요. 십 년 동안 의리 지켰으면 신휘 씨 할 만큼 한 거예요. 계약서 쓰지 않고 일하는 거 알고 있어요. 그러니까……."

"회장님."

신휘가 그녀의 말을 끊고 끼어들었다.

"회장님께서는 제가 계약서를 쓰지 않는 이유가 뭐라고 생각하십니까?"

"……."

"언제든지 떠나기 위해서라고 생각하십니까?"

그런 이유가 아니라는 것쯤, 송 회장도 모르지 않았다.

"계약서를 쓸 필요가 없기 때문입니다."

"그럼 조 대표랑 같이 들어오세요. 조 대표한테는 부사장 자리 드리죠."

이미 내로라하는 경력의 인재 풀을 보유하고 있는 EN에 남수는 그다지 필요한 존재가 아니었다. 맨손으로 한울 엔터테인먼트를 지금의 위치까지 올려놓은 그의 능력에 의문을 품는 건 아니었지만, 굳이 한자리 주면서까지 모셔가고 싶지는 않았다. 송 회장으로서는 통 큰 양보나 다름없었다.

"그것도 어려울 것 같습니다."

인수 합병 제의가 있을 때마다 칼같이 자르던 남수를 옆에서 봐왔기 때문에 할 수 있는 대답이었다.

"내가 직접 나선 일이에요. 그런데 신휘 씨가 이렇게 나오면 내 입장이 난처해질 거라는 생각 안 해봤어요?"

웃고 있었지만, 그녀의 말은 냉랭했다.

"정말 후회하지 않겠어요?"

네가 날 이렇게 무시하고도 괜찮겠느냐는 경고였고, 협박이었다. 송회장은 마음만 먹으면 누구라도 전폭적인 지원과 언론 플레이를 통해 하루아침에 스타로 만들어줄 수 있었다. 그건 반대로, 정상에서 밑바닥으로 끌어내릴 수도 있다는 의미였다.

"그만 가보겠습니다."

신휘는 깍듯하게 인사를 하고 룸을 나갔다. 그의 뒷모습을 바라보는 송 회장의 얼굴에 섬뜩한 냉기가 감돌고 있었다.

신휘는 예고도 없이 촬영장을 찾아온 남수에게 너스레를 떨었다.

"대표님께서 여긴 어쩐 일로? 사기 진작 차원에서 방문하셨나? 근데 빈손으로 온 거야?"

"잠깐 얘기 좀 하자."

신휘는 그제야 남수의 낯빛이 어둡다는 사실을 알아차렸다.

두 사람은 근처 카페로 자리를 옮겼고, 신휘가 먼저 말문을 열었다.

"무슨 일인데?"

"너 어제 은밀하게 EN 송 회장 만났다며?"

"소식 빠르네. 어떻게 알았어?"

'은밀하게'라는 수식어에 기분이 상한 신휘가 빈정거리는 투로 물었다. 남수가 무슨 말을 하러 왔는지 짐작이 갔기에 말이 곱게 나가지 않았다.

"석현이 생일 참석했던 진영이가 너랑 송 회장이랑 단둘이 룸으로 들어가는 거 봤다더라."

우연한 만남이 은밀한 회동이 되어 있었다.

"맞아, 잠깐 얘기 좀 했어."

신휘의 태연한 대답에 남수의 얼굴이 딱딱하게 굳었다.

"너한테도 연락 올 거라고 예상했다. 보나 마나 조건은 대박일 거고?"

남수의 비꼬는 말에 신휘도 똑같이 받아쳤다.

"대박 정도가 아니던데?"

"그래서 오케이 했냐? 그런 거면 마음의 준비라도 하고 있게 미리 말은 해주라."

신휘는 무표정한 얼굴로 남수를 빤히 바라보았다. 그의 날카로운 눈빛에 위축된 남수가 마른침을 꿀꺽 삼키는 순간, 신휘의 굳게 닫혀 있던 입이 열렸다.

"형이랑 같이 일한 지 벌써 십 년이 넘었네. 세월 참 빠르다."

'정말 제안을 받아들인 건가?'

남수의 동공이 이리저리 요동쳤다.

"이제 각자의 길을 갈 때가 된 것 같다. 이럴 줄 알았으면 어제 송 회장 제안 받아들일걸, 괜히 딱 잘라 거절했네."

높낮이 없는 신휘의 무미건조한 말을 듣고 있던 남수의 얼굴에 점점 당황한 빛이 짙어졌다. 그가 무슨 말을 해야 할지 몰라 안절부절못하고 있는 사이, 신휘가 말을 이었다.

"우리가 순전히 비즈니스로만 엮인 사이라면 나 예전에 독립해서 나갔을 거야. 그런데 내가 형한테 모든 걸 일임하고 같이 일하는 건 형을 믿어서고, 형이 좋아서야. 그게 다였어. 근데 형이 날 못 믿는다니 이제 더 이상 같이 갈 이유가 없다."

남수가 제 얼굴에 거칠게 마른세수를 하며 한숨을 토해냈다.

"후……."

회사에서 신휘 다음으로 큰 비중을 차지하는 배우와의 재계약에 실패한 그는 요 며칠 신경이 곤두서 있는 상태였다. 그 배우가 EN으로 가려는 정황이 포착되어 심기가 불편한 마당에 신휘가 송 회장을 만났다는 말을 듣고 극도로 예민해졌던 것이다.

"널 못 믿어서 한 말이 아니라……."

"방금 형이 한 말 전부, 날 못 믿어서 한 말이야."

남수의 변명을 신휘가 단칼에 잘랐다.

"그쪽에서 얼마나 대단한 조건을 제시할지 뻔히 아는데 그럼 내가 안 불안하겠냐? 솔직히 나라면 바로 오케이 한다."

"그건 형이고."

남수는 신휘를 볼 면목이 없었다. 지금까지 보여준 의리만으로도 넘치게 고마웠고, 다른 곳으로 옮기겠다고 해도 배신자라고 욕할 수도 없는 처지였다. 그런데 오히려 적반하장으로 나왔으니 스스로 생각해도 어이가 없었다.

"미안하다……."

차마 시선을 맞추지도 못하고 웅얼거리는 남수에게 신휘가 퉁명스럽게 대꾸했다.

"그러시든가."

"사랑한다."

"이미 늦었어."

신휘는 넉살 좋게 웃고 있는 남수를 노려보며 자리에서 일어났다.

그로부터 며칠 후, 촬영장에 가는 길에 회사에 들른 신휘는 곧바로 대표실로 향했다.

"신휘야!"

책상에 앉아 있던 남수가 벌떡 일어나 한달음에 그에게 다가갔다.

"이렇게 이름을 막 부르시면 곤란하죠. 소속 배우를 존중해 주셨으면 좋겠는데요, 대표님?"

"아직도 삐쳐 있는 거야, 내 동생?"

삐친 티를 풀풀 날리며 소파에 앉던 신휘는 남수의 은근한 목소리에 흠칫 놀랐다. 하지만 그게 끝이 아니었다.

"형 보고 싶어서 왔어?"

"미친 거지? 용건 있어서 잠깐 들른 거야. 시간 없어."

꿋꿋한 남수의 애교에 정색한 신휘가 용건을 말했다.

"나 다음 주에 마지막 촬영인 거 알지?"

"그럼 내가 그것도 모르고 있겠냐? 그게 왜?"

"막방 나가고 며칠 안으로 기자 회견 잡아줘."

"기자 회견?"

"결혼 발표할 거야."

남수는 잠시 잊고 있던 신휘와 하윤의 결혼이 현실로 성큼 다가왔음을 깨달았다.

"그래, 날짜 좀 맞춰보자."

그때, 대표실 문이 벌컥 열리더니 홍보팀 직원이 급하게 뛰어들며 외쳤다.

"대표님!"

"왜?"

"기사 뜬 거 보세요, 빨리요!"

큰일이 터졌음을 직감한 남수가 책상으로 달려갔다. 모니터 화면에 고정된 그의 표정이 점점 흙빛이 되어가자, 신휘도 몸을 일으켜 책상으로 다가갔다.

"무슨 기산데 그래?"

"송 회장이 너 죽이겠다고 나섰다……."

남수의 눈빛이 잘게 떨리고 있었다. 그는 모니터 안으로 들어갈 기세로 상체를 기울이고서 기사를 소리 내어 읽었다.

"취재를 통해 배우 문신휘와 성 모 양이 십이 년 전부터 지금까지 한 집에서 동거를 해오고 있다는 사실을 확인했다. 또한, 익명을 요구한 그의 최측근은 두 사람의 교제 시기가 성 모 양이 미성년자일 때부터라고 전했다."

신휘는 얼토당토않은 기사 내용에 말없이 눈살을 찌푸렸다.

"미성년자일 때부터 좋아하시네! 그 최측근이 누군데? 나보다 더 최측근이 어디 있다고!"

모니터를 향해 벌컥 성질을 낸 남수가 다시 숨을 고르고 기사를 읽어 내려갔다.

"법적으로 문제 될 것은 없지만, 도의적인 면에서 비난을 피할 수 없을 것으로 보이며 적지 않은 이미지 실추가 예상된다. 이에 네티즌들은 원조교제? 뒷구멍으로 호박씨 등의 반응을 보이고 있다……."

남수는 주먹 쥔 손으로 책상을 내려쳤다.

"이게 기사야, 소설이야! 동거, 미성년자, 아주 자극적인 단어들만 골라서 싸질러 놨네. 창휘랑 은휘도 같이 사는 건 쏙 빼놓고. 누가 보면 너희 둘만 사는 줄 알겠다."

흥분한 남수가 쉴 새 없이 말을 쏟아냈다. 반면 신휘는 한마디도 하지 않고 그의 뒤편에 조용히 서 있을 뿐이었다.

"네티즌 반응이랍시고 제일 독한 멘트만 따서 실었네. 아니지, 자기들이 하고 싶은 말, 네티즌 반응인 척 써놓은 건지 알 게 뭐야? 참 치졸하다, 치졸해."

남수와는 딴 세상에 있는 듯, 표정에 변화가 없던 신휘가 드디어 입을 열었다.

"형, 나 갈게. 너무 지체했다."

남수는 문을 향해 성큼성큼 걸음을 옮기는 그를 다급하게 불렀다.

"신휘야!"

멈춰 선 신휘가 고개를 돌렸다.

"……괜찮냐?"

"난 괜찮으니까 형이나 정신 챙겨."

아예 예상 못 한 일은 아니었기에 신휘는 크게 동요하지 않았다. 송 회장의 제안을 거절할 때 어느 정도 각오한 바였다.

"촬영 잘해. 내가 어떻게든 수습해 볼게."

말하는 남수도, 듣는 신휘도 속으로는 같은 생각을 하고 있었다. 과연 수습이 가능할 것인가……?

"간다."

신휘는 이미 반쯤 넋이 나간 남수를 뒤로하고 대표실을 나섰다.

태블릿 PC의 액정을 가볍게 밀어 올리며 흡족한 미소를 짓고 있던 송 회장이 고개를 들어, 맞은편에 앉아 있던 여자를 바라보았다.

"윤경민 기자?"

"네, 회장님."

"기사 잘 뽑았네."

"감사합니다."

송 회장의 칭찬에 경민이 황송하다는 듯 고개를 숙였다.

"내용이 꽤 디테일 하던데? 소스는 어디서 받았어요?"

연예부에서 가장 독하고 집요하다는 평을 받는 경민에게 신휘의 뒤를 캐라고 지시했던 송 회장은 그녀의 기사가 썩 마음에 들었다. 꽤 큰 반향을 불러일으킬 만큼 자극적인 기사였다.

"문신휘가 워낙 평판이 좋아서 난감하던 참에, 최근에 앙심을 품은 사람이 둘이나 생겼다는 걸 알게 됐습니다. 그래서 그쪽을 집중 공략했습니다."

그 두 사람은 준모와 채희였다. 흥미로운 기삿거리를 주겠다는 준모의 연락을 받고 그를 만나러 나간 경민은 신휘와 하윤이 함께 찍힌 여러 장의 사진을 건네받았다. 그 사진들은 두 사람이 한집에 들어가는 장면을 주차장에서 포착한 것이었다. 그의 말에 의하면 입주민이 아니고는 아무나 드나들 수 없는 아파트라 여기저기 수소문한 끝에 지인의 도움으로 주차장에 잠입할 수 있었다고 했다. 반드시 크게 터뜨려 달라고 신신당부를 하던 준모의 모습을 떠올리고 있던 경민에게 송 회장이 물었다.

"후속 기사는?"

예상했던 질문을 받은 경민의 얼굴에 의미심장한 미소가 떠올랐다.

"아직 한 번도 알려진 적 없는 내용으로 준비하고 있습니다. 기사 작성 끝나는 대로 보고 올리겠습니다."

그녀의 머릿속에 며칠 전 채희와 나눴던 대화가 스치고 지나갔다.

"신휘 씨 고등학교 자퇴한 이유가 뭐야? 공부도 엄청 잘했다면서? 틀에 박힌 학교생활이 싫어서, 뭐 이런 거야?"
"아니, 그런 거 아니야."
"그럼 뭔데?"
"불미스러운 일이 좀 있었대."

생각에 잠겨 있던 경민의 귀에 송 회장의 나긋나긋한 목소리가 감겨 들었다.

"일 처리가 아주 마음에 드네요. 나가보세요."

송 회장의 눈에 들었음을 직감한 경민은 세상을 다 얻은 기분으로 회장실을 나갔다.

송 회장이 그제야 참았던 웃음을 터뜨렸다.

"그러니까 왜 까불어. 예뻐해 준다고 하면 감사합니다 해야지."

소파에서 일어나 창가로 걸어가던 그녀가 한쪽에 서 있던 비서에게 물었다.

"동거하는 여자가 몇 살이라고 했지?"

"스물두 살, 대학교 3학년입니다."

대답을 들은 송 회장의 얼굴에 냉랭한 미소가 걸렸다.

"남자들은 왜 하나같이 어린 여자를 좋아하는지 모르겠어."

"그런데 회장님, 정확히 말하면 문신휘 씨의 형 둘까지 네 식구가 함께 사는……."

"그게 뭐가 중요해?"

걸음을 멈춘 송 회장이 표독스러운 얼굴로 비서를 돌아보았다.

"그 집에 두 사람이 더 있다고 해서 문신휘가 여자랑 동거한다는 사실이 아닌 게 되는 거야?"

전임자가 출산 휴가로 자리를 비우게 되는 바람에 삼 개월 동안 송 회장을 수행하게 된 신입 비서는 그녀의 행태에 속으로 혀를 내둘렀다. 소문은 익히 들어서 알고 있었지만, 실제 모습은 소문에 댈 게 아니었다. 목적을 이루기 위해서라면 수단과 방법을 가리지 않았으며, 본인의 심기를 거스른 사람을 잔인하게 몰아붙이는 태도가 소름 끼치는 여자였다.

"두 사람이 실제로 사귄 건 얼마 되지 않았다고……."

"그것도 중요하지 않아. 문신휘를 밟아버리겠다는 내 의지가 중요한 거지."

비서는 그래도 최소한의 양심은 지켰다는 것을 위안 삼으며 그만 입을 다물기로 했다.

"언제쯤 연락이 오려나? 그래도 그 자존심에 오늘은 아닐 테고. 한 삼사 일은 버티려나? 아니지, 연타로 기사 막 터지면 내일이라도 한번 만나달라고 할 수도 있겠다."

송 회장은 기대에 들뜬 목소리로 깔깔거리며 웃어댔다.

"……문신휘 씨가 잘못했다고 하면 봐주실 겁니까?"

봐준다는 말이 어울린다고 생각하지는 않았지만, 비서는 대체할 말을 찾을 수가 없었다.

"양 비서는 날 너무 모르네. 난 상품 가치 없어진 거에 미련 갖고 그런 사람 아니야. 내가 고물상이야? 망가진 거 주워 쓰게?"

싸늘하게 말을 끝낸 송 회장이 이내 빙긋 웃으며 덧붙였다.

"그래도 살려달라고 기어들어 오면 짧게 끝내줄 수는 있지. 너덜너덜 해질 때까지 구르다가 죽느냐, 깔끔하게 죽느냐의 차이밖에 없어."

자신이 망가뜨려 놓고 고물상 운운하는 송 회장의 태도에 비서는 등골이 오싹해졌다.

"양 비서."

"네, 회장님."

"오늘이 처음이자 마지막이야."

"……네?"

"주제넘게 나서는 거 오늘만 봐주는 거라고. 내가 오늘 기분이 아주 좋거든."

목구멍이 포도청인 일개 월급쟁이에게 양심은 불필요한 것임을 잠시 잊고 있었던 비서는 이마가 땅에 닿도록 머리를 조아렸다.

"다시는 이런 일 없도록 하겠습니다, 회장님."

채희는 옥상 휴게실 한쪽 구석에 서서 경민에게 전화를 걸었다. 신호만 갈 뿐, 그녀는 전화를 받지 않았다.

"안 받아? 안 받는다 이거지?"

끈질기게 시도한 끝에 드디어 전화가 연결되었다.

"윤경민!"

[네, 황채희 실장님.]

황채희 실장님? 채희는 친구 하자면서 입안의 혀처럼 굴던 경민이 딴 사람이라도 된 것처럼 나오자 말문이 막혀 버렸다.

[회장님과 독대 중에 자꾸만 진동이 울려서 내가 얼마나 난감했는지 알아요?]

도리어 짜증을 내는 경민에게 채희가 크게 심호흡을 하고 물었다.

"윤경민 기자님, 기사 뭐예요?"

[뭐가요?]

채희는 무슨 말인지 뻔히 알면서 모르쇠로 나오는 경민 때문에 목덜 미가 뻣뻣해졌다. 기사를 보고 설마 했지만 이렇게까지 안면 몰수를 할 거라고는 상상도 하지 못했던 것이다.

EN미디어 연예부 윤경민 기자와는 신휘의 인터뷰 때문에 몇 번 만나 면서 알게 된 사이였다. 채희는 자신과 동갑인 데다가 시원시원한 성격 의 경민에게 호감을 가지고 있었지만, 개인적으로 연락을 주고받은 적 은 없었다. 그런데 며칠 전 갑자기 경민으로부터 술이나 한잔하자는 연 락이 왔고, 그날 술자리에서 했던 말들이 기사화된 것이었다. 그것도 '익 명을 요구한 그의 최측근'이라는 이름을 달고…….

"우리끼리 사적으로 하는 얘기라고 분명히 말했잖아요. 비밀 지켜주 겠다고 했잖아요."

[에이, 황 실장님. 선수끼리 왜 이래요. 기자 앞에서 한 말이 기사화 되지 않을 거라고 생각한 거예요, 설마?]

채희의 새빨간 입술 사이로 헛웃음이 터져 나왔다.

"처음부터 신휘 사생활 털어서 기사 쓸 작정으로 나한테 술 마시자고 했던 거였니? 일부러 접근한 거야?”

채희는 신휘에게 악감정이 남아 있긴 했지만 이런 결과를 바란 적은 결코 없었다. 경민이 그의 여자관계며 실제 성격 등 세간에 알려지지 않은 것들에 관해 묻기에 그저 술김에, 홧김에 저도 모르게 이야기한 것뿐이었다.

“쓰려면 사실만 쓰든가! 내가 언제 미성년자일 때부터 사귀었다고 했는데?”

채희가 분을 이기지 못하고 소리를 질렀다. 차라리 제 입으로 한 이야기만 보도되었다면 이 정도로 억울하지는 않았을 거였다.

[전 그렇게 들었는데요?]

경민의 비꼬는 듯한 말투에 휴대폰을 쥔 채희의 손이 파르르 떨렸다.

“……넌 기자 정신, 뭐 그런 거 없어?”

채희는 목소리를 높일 기운도 남아 있지 않아 나지막이 물었다.

[스무 살 때부터 같이 일한 동료이자 친구 얘기를 남한테 신나게 떠들던 네가 그런 얘기를 할 주제는 되니? 얘 진짜 어이없네?]

본색을 드러낸 경민의 조롱에 채희는 대꾸할 말이 없었다. 술김에 할 말, 못 할 말 가리지 못하고, 친구임을 강조하는 그녀의 사탕발림에 넘어간 자신이 한심할 뿐이었다.

[제가 좀 바빠서요. 그만 끊겠습니다.]

채희는 전화가 끊긴 휴대폰을 붙잡고 무너지듯 자리에 주저앉았다. 뭘 어떻게 해야 좋을지, 아무 생각도 나지 않았다. 그녀는 신휘에게 미안한 것보다도 남수가 알게 될까 봐 두려웠다. 그 순간, 초점 없는 눈으로 허공을 바라보고 있던 채희를 부르는 목소리가 있었다.

“누나.”

흠칫해서 돌아본 채희의 눈에 굳은 표정으로 서 있는 성국이 들어왔다.

"누나였어요?"

"성국아……."

"다른 사람도 아닌 누나가 어떻게 이러실 수가 있어요?"

그의 입에서 누군가를 질책하는 말이 나오는 걸 처음 들어본 채희는 입도 뻥긋할 수가 없었다.

"두 분 사이에 무슨 일이 있었는지는 정확히 모르지만 이러시는 건 아니죠. 지금 누나가 무슨 짓을 저지른 건지는 아세요? 누나한테 정말 많이 실망했습니다."

지금 성국은 할 말은 하고 살라던 신휘의 말을 충실히 따르는 중이었다. 신휘가 제 입이 되어주었던 것처럼, 이 자리에 없는 신휘 대신 그의 입이 되어주려는 것이었다.

창문에 붙어서 바깥의 동태를 살피던 민아의 볼멘소리가 적막한 밴 안을 울렸다.

"이건 뭐…… 물 반, 고기 반이 아니라 스태프 반, 기자 반이네……."

신휘 일행이 촬영장에 도착했을 때는 이미 기자들이 모여들어 문전 성시를 이루고 있었다. 그 후로도 계속 불어난 취재진으로 인해 촬영은 일시적으로 중단되었고, 그들은 밴 안으로 피신한 상태였다.

그때 누군가 창문을 똑똑 두드렸다.

"어? 감독님!"

문을 열어준 민아가 뒷자리로 옮겨가고, 밴에 탄 명 감독이 신휘의 옆자리에 앉았다.

"오늘 촬영 접어야겠다. 통제가 안 돼, 통제가. 일반인들이야 그렇다 치고, 알 만한 사람들이 더 협조를 안 해주네."

"죄송합니다, 감독님. 저 하나 때문에 많은 분들 불편하게 만들어서 면목이 없습니다."

"신휘 씨가 평소에 워낙 잘해서 다들 별 불만 없어. 불만이 뭐야, 모두 신휘 씨 걱정하느라 난리야. 강 작가도 야외신들 최대한 세트 촬영으로 바꿔주겠다고 열심히 대본 수정하고 있어. 그러니까 너무 신경 쓰지 말고, 오늘 하루 푹 쉬고 힘내서 내일 촬영 잘해보자고."

명 감독이 밴에서 내리자, 신휘는 무거운 한숨을 내쉬며 차창에 머리를 기댔다.

"하아……."

가능하다면 혼자 겪고, 혼자 헤쳐 나가고 싶었다. 수많은 사람이 자신 때문에 직간접적으로 영향을 받는 현 상황은 가뜩이나 답답한 그의 마음을 더욱 짓누르고 있었다.

❦

[오늘 학교 가지 마.]

학교로 향하던 버스 안에서 신휘의 전화를 받은 하윤은 곧바로 집으로 돌아왔다. 갑자기 터진 말도 안 되는 기사와 비난 일색의 댓글들, 정신없이 휘몰아치는 보도에 그녀는 어안이 벙벙했다. 오늘 하루, 대한민국에서 가장 많이 거론된 이름이 '문신휘'라는 생각이 들 정도였다. 창휘와 은휘도 걱정스러운 티를 내지는 않았지만, 전화를 걸어 그녀를 챙겼다.

그리고 늦은 오후, 지혜와 태훈이 집으로 찾아왔다.

"대체 이게 무슨 일이야."

"너 괜찮냐?"

두 사람의 걱정 어린 말에 하윤이 담담하게 코를 찡긋거렸다.

"황당하고, 어이없고, 기가 막히고, 아주 미치고 팔짝 뛰겠다만……

괜찮다."

"괜찮다는 거야……?"

"안 괜찮다는 거야……?"

지혜와 태훈이 한 마디씩 주고받으며 중얼거렸다.

"아파트 아래에 기자들 쫙 깔렸던데?"

"여기만이면 다행이게? 촬영장, 회사, 심지어 우리 과 사무실까지 찾아갔단다."

"학교에서도 방송국 차 몇 대 보긴 했는데 설마 취재 대상이 너였던 거냐?"

깜짝 놀라는 태훈에게, 하윤은 남의 일인 양 피식 웃으며 고개를 끄덕였다.

"그래, 설마 나라더라. 기자들이 나 찾고 있다고 좀 전에 보라한테 전화 왔어. 애들한테 나에 대해 캐묻고 다닌대."

지혜는 생각보다 훨씬 더 심각한 사태라는 것을 깨닫고 걱정스러운 표정으로 물었다.

"이제 학교는 어떡해?"

"어떡하긴, 당분간 못 가는 거지. 오빠가 밖에 나가지 말래."

하윤이 과장되게 어깨를 으쓱거렸다.

"근데 왜 갑자기 그런 기사가 뜬 거지? 신휘 형, 기자들 사이에서도 평판 좋다며. 완전 악의적인 기사던데?"

태훈의 질문에 하윤이 의아하다는 듯 되물었다.

"글쎄? 왜 그런 기사가 떴을까?"

"최측근은 누구래?"

지혜의 질문에 하윤이 고개를 갸웃거리며 되물었다.

"글쎄? 최측근이 누굴까?"

"우리한테 묻는 거야……?"

"넌 아는 게 뭐냐……."

황당하다는 표정으로 태훈과 지혜가 연달아 구시렁거렸다.

"나도 아무것도 모른다고. 나도 딱 너희들 아는 만큼만 안다고."

"오빠한테 어떻게 된 일이냐고 안 물어봤어?"

"학교 가는 길에 오빠한테 전화가 왔어. 기사 하나 떴다고, 학교 가지 말라더라고. 자세한 얘기는 집에 와서 해준다길래 알았다고 하고 돌아왔지. 그게 다야. 나도 그 이상은 몰라."

하윤의 태연한 대답에 태훈이 입을 떡 벌렸다.

"그게 다라고? 더 안 물어봤다고?"

"난 이런 일 있었으면 오빠한테 백 번쯤 전화했겠다."

지혜가 대단하다는 듯 바라보자, 하윤이 한숨을 폭 내쉬며 대꾸했다.

"지금 제일 정신없는 사람이 오빠일 텐데 전화해서 무슨 일이냐고 다그치냐, 그럼?"

"다그치라는 게 아니라 물어보라는 거지."

"이따 들어오면 얘기해 줄 텐데, 뭐."

"그래도 그렇지, 너 너무 천하태평이다?"

"그럼 대성통곡이라도 하리?"

말은 그렇게 했지만, 사실 속으로는 조바심이 나서 아무것도 손에 잡히지 않았다. 마음 같아서는 백 번도 넘게 통화 버튼을 누르고 싶었지만, 자신이 호들갑을 떨고 혼란스러워하면 정말 큰일이 될 것만 같아 이를 악물고 참는 중이었다.

"그럼 앞으로 뭐가 어떻게 되는 거야?"

태훈이 하윤에게 한 질문을 지혜가 받았다.

"어떻게 되긴 뭐가 어떻게 돼. 까라고 기사 던졌고, 열심히 까고 있고, 까다가 지치면 그만두겠지."

"어차피 법적으로나 도덕적으로 문제 될 거 없잖아. 대체 형이랑 하윤이가 뭘 잘못했냐?"

"법? 도덕? 사람들 그런 거에 관심 없어. 뭐 하나 꼬투리 잡을 거 생기면 달려들어서 물어뜯는 거야."

"근데 그렇게 거짓말로 기사 써도 되는 거냐?"

지혜가 갑자기 발끈하며 목에 핏대를 세웠다.

"그러니까! 기사 내용이 사실이면 억울하지나 않지. 당사자도 아닌 내가 다 억울하다. 저 미친년 꽃다발이 미성년자라는 핸디캡 때문에 기다린 세월이 이 년에, 오빠 군대 간 이 년을 또 기다렸는데! 스물두 살 돼서 간신히 시작한 저 불쌍한 걸 보고 뭐라고? 원조교제?"

늘 무심하게 독설만 날리던 지혜가 씩씩거리며 화를 내자, 태훈은 죄지은 사람처럼 움츠러들었다.

"내가 기사 쓴 것도 아닌데 너는 왜 나한테 그러냐, 무섭게……."

하윤은 소파 위에 다리를 끌어안고 앉아 자신이 하고 싶었던 말들을 대신 해주고 있는 지혜와 태훈을 물끄러미 바라보았다. 정작 본인들은 모르고 있었지만, 그녀는 두 사람을 통해 위로받고 있었다.

두 사람이 돌아가고 혼자 남게 된 하윤은 다시 초조함과 불안감이 밀려들기 시작했다.

"오빠한테 전화나 해볼까……."

휴대폰을 들었다 놨다 하면서 한참을 망설였지만, 하윤은 결국 전화를 걸지 못했다. 정신없고 혼란스러울 신휘에게 제 걱정까지 보태고 싶지 않았기 때문이었다.

우두커니 앉아서 그가 돌아오기만을 기다리고 있던 그녀는 공동 현관문에 출입한 세대원이 있다는 알림음을 듣자마자 현관 앞으로 달려나갔다. 마음 같아서는 엘리베이터 앞까지 나가고 싶었지만, 혹시 누가 밖에 있을까 봐 함부로 문을 열 수가 없었다.

고작 몇 분이 하윤에게는 몇 시간처럼 느껴졌다. 누가 온 건지 몰랐기에 기다리는 것이 더 초조했다. 잠시 후, 현관문이 열리고 모습을 드러낸 사람은 그토록 기다리던 신휘였다.

"오빠!"

"아이고, 우리 애기. 오빠 기다렸어요?"

신휘는 그녀를 끌어안고서 좌우로 흔들거리며 장난을 쳤다. 하윤은 신휘의 품에서 웃음기가 배인 그의 목소리를 가만히 듣고 있었다.

"밥은 먹었어?"

그제야 오늘 아침 커피 한 잔 마신 걸 빼면 아무것도 먹지 않았다는 것을 깨달은 하윤이 움찔하자, 신휘가 인상을 찡그리며 그녀를 떼어냈다.

"내가 굶지 말고 잘 챙겨 먹고 있으랬지?"

하윤은 걱정거리가 있거나 힘든 일이 있으면 먹을 것을 거의 입에 대지 않았고, 신휘는 그 사실을 누구보다 잘 알고 있었다.

"오빠는 뭐 좀 먹었어?"

하루 종일 아무것도 안 먹은 건 그도 마찬가지였다. 허를 찌르는 하윤의 질문에 신휘의 말문이 막혀 버린 순간, 현관 비밀번호를 누르는 소리가 들려왔다. 신휘와 하윤의 시선이 동시에 문으로 향했다.

"여기 서서 뭐 하냐?"

창휘가 안으로 들어서려다 멈칫하며 물었다. 그의 뒤에는 은휘가 서 있었다.

"어떻게 둘이 같이 들어와?"

"주차장에서 만났어."

창휘는 신휘의 질문에 답하며 들고 있던 봉지를 하윤에게 내밀었다. 봉지 안에서 솔솔 풍겨 나오는 치킨 냄새에 하윤의 눈이 동그래졌다.

"치킨이다!"

창휘가 별말 없이 안으로 들어가 버리자, 하윤의 시선이 은휘에게로 향했다. 그의 손에는 하윤이 가장 좋아하는 떡볶이 체인점 봉지가 들려 있었다.

"다행히 안 겹쳤다."

만족스러운 미소를 띤 은휘가 하윤에게 봉지를 건네주고 창휘의 뒤를 따랐다. 신휘는 그녀의 양손에 들려 있는 봉지를 번갈아 바라보며 탄식을 토해냈다.

"아, 나만 빈손으로 들어왔어……."

삼 형제가 옷을 갈아입고 부엌으로 나왔을 때, 하윤은 식탁 위에 창휘가 사온 치킨을 펼치고 있었다. 그녀의 눈에 가장 먼저 띈 사람은 은휘였다.

"오빠, 맥주 좀 꺼내와. 치킨에는 맥주지."

"내가 사온 떡볶이는 홀대하겠다 이거지?"

"내가 떡볶이 홀대하는 거 봤어? 다 먹을 거거든?"

대놓고 걱정하며 달래주지는 않았지만, 하윤은 세 사람이 어떤 마음인지 눈빛만 보아도 알 수 있었다. 그래서 그들에게는 더더욱, 심각한 모습을 보여주고 싶지 않았다.

"자, 이제 얘기해 봐."

모두 자리에 앉자, 하윤이 기다렸다는 듯 운을 뗐다.

"이제 막 앉았는데 숨 좀 돌리고 하면 안 될까?"

신휘는 장난스럽게 말했지만, 하윤은 그를 배려하지 못한 제 성급함을 자책하며 얼른 말을 돌렸다.

"생각해 보니까 배가 좀 고픈 것 같네. 우선 먹자."

네 사람은 여느 때와 다름없이 자연스러운 분위기 속에서 일상적인 이야기를 나누었다. 신휘가 먼저 말을 해주길 기다리며 맥주를 홀짝거리던 하윤은 쏟아지는 잠을 이기지 못하고 식탁에 엎드려 잠이 들어버렸다. 긴장이 풀린 데다가 술이 들어가니 몸이 노곤해졌던 것이다.

"눕히고 나와."

창휘의 말이 끝나기 무섭게 자리에서 일어난 신휘는 하윤을 조심스럽게 안아 들고 그녀의 방으로 향했다. 그가 돌아와 다시 자리에 앉자, 비로소 본격적인 이야기가 시작되었다. 창휘가 말문을 열었다.

"이유 없이 터진 기사는 아닌 것 같은데, 뭐 때문이야?"

"EN미디어가 이번에 새로 매니지먼트 사업을 시작해. 그쪽에서 영입 제안이 왔어."

"물론 거절했겠고?"

"어."

신휘가 담담하게 고개를 끄덕이자, 창휘와 은휘의 미간이 동시에 좁아졌다. 무슨 이유가 있을 거라고 생각은 했지만, 막상 이유를 듣고 나니 어이가 없었다.

"영입 제안 거절하면 다 이렇게 응징 들어가는 거냐, 그 바닥은?"

은휘가 신경질적으로 묻자, 신휘의 입에서 실소가 터져 나왔다.

"그럴 리가. 이것도 아무나 하는 거 아니야. 응징을 하고 싶어도 힘이 있어야 할 수 있는 거니까. 직접 나서서 공들였는데 자존심이 상하셨다 이거지, 회장님께서. 너 따위가 감히 날 물 먹여? 뭐 이런 거?"

"자존심 상했다고 이 정도로 나오나? 무섭다, 무서워."

"원래 자기 눈에 거슬리면 가차 없이 숨통을 끊어놓는 무서운 여자야."

"알고 있었으면서 뭘 믿고 거절했는데?"

"그럼 받아들여?"

되묻는 신휘의 말에 은휘가 입을 다물었다.

"남수 형 때문에 연기 시작했고, 지금까지 십 년을 함께해 왔어. 남수 형이 먼저 배신하지 않는 이상은 난 먼저 못 떠나."

말없이 두 사람의 대화를 듣고 있던 창휘가 불쑥 끼어들었다.

"남수 선배한테 부탁 좀 해야겠다. 먼저 배신 좀 해달라고."

"형 말이라면 들을 수도 있겠다. 부탁해."

농담을 주고받은 창휘와 신휘뿐만 아니라 은휘까지 동시에 웃음을 터뜨렸다. 세 사람은 그렇게 아무 일도 아닌 것처럼 웃다가, 다시 본론으로 돌아갔다.

"오는 길에 남수 선배랑 통화했다. 회사 법무팀에서 정정 보도 청구랑 허위 사실 유포에 의한 명예 훼손 검토 중이라며?"

"말 그대로 검토 중이야. 그냥 손 놓고 있을 수 없으니까 뭐라도 하는 거지, 소용없는 일이라는 거 남수 형도 알아. 그런 거 무서워할 사람들 아니야."

피식 웃으며 대답한 신휘는 모든 걸 해탈한 듯한 얼굴로 말을 이었다.

"큰 나무가 바람을 더 잘 맞는다잖아. 늘 각오하고 있었어. 남보다 큰 사랑을 받는 만큼, 무슨 일이 생기면 남보다 큰 비난을 받을 거라는 거."

늘 각오하고 있었다는 그의 말은 사실이었다. 하지만 각오와 현실은 엄연히 달랐다. 머릿속으로 생각했던 것과 현실로 맞닥뜨린 것의 괴리는 어마어마했다. 겪어보기 전에는 결코 알 수 없었던 것들이었다.

"사실과 다르다고 말해봐야 사람들은 믿지도 않아. 요새는 다들 사실무근이다, 오해다, 하면서 걸릴 때 걸리더라도 우선 발뺌부터 하고 보니까. 어차피 결혼 발표할 거였고, 하윤이가 어느 정도 노출되는 건 감수해야 하는 건데 차라리 하나하나 구체적으로 반박하는 게 어때?"

"아니, 좋은 일로 축하받는 거랑 이런 최악의 상황에서 구설수에 오르는 건 차원이 달라. 지금은 안 돼."

신휘는 은휘의 제안을 고려할 여지도 없다는 듯 단호하게 잘랐다. 그리고 나지막이 덧붙였다.

"너무 걱정하지 마. 금방 잠잠해질 거야."

형들에게 한 말임과 동시에 자신에게 한 말이기도 했다.

"그때까지 당분간 나가 있을까 해."

동거라는 말까지 기사화된 마당에 하윤과 한집에서 계속 지내는 건 비난의 빌미를 주는 것밖에 되지 않았다. 그녀를 지금보다 더한 진흙탕 속으로 끌어들이지 않기 위해서는 최대한 멀리 떨어뜨려 놓아야만 했다.

"어디로?"

은휘가 물었다.

"회사 오피스텔. 마침 지금 비어 있대. 호텔보다는 거기가 나을 것 같아서."

사실 오늘도 남수는 집에 들어가지 말라고 했지만, 신휘는 차마 그럴 수 없었다. 하윤이 얼마나 걱정을 하고 있을지 알기에 그녀의 얼굴을 보고 안심을 시킨 후에 나가고 싶었다.

"그러는 게 좋겠다."

창휘가 신휘의 결정에 동조했다. 은휘도 아무 말 없이 고개를 끄덕였다. 세 사람은 같은 마음으로 이 상황이 빨리 지나가기를, 그래서 하윤이 상처받는 일이 없기를 빌고 있었다.

창휘와 은휘가 각자의 방으로 들어가고, 신휘도 제 방 쪽으로 걸음을 옮겼다. 그러나 그가 연 방문은 하윤의 방이었다. 하윤은 침대 위에 모로 누워 자고 있었다. 문을 닫고 나가려던 신휘는 마음을 바꿔 그녀의 방으로 들어가 문을 닫았다. 그리고 침대로 다가가 하윤의 옆에 조심스레 누웠다.

'네가 아무것도 보지 않고, 아무것도 듣지 않았으면 좋겠다······.'

신휘는 그녀를 향해 쏟아지고 있는 더럽고 불결한 비난들이 너무나 괴로웠다. 자신을 향한 건 견딜 수 있었다. 대중의 관심으로 먹고사는 직업을 선택한 이상 감수해야만 하는 부분이라는 걸 진즉에 받아들였다. 하지만 하윤은 달랐다. 그는 그녀가 자신과 엮여 평생 듣지 않아도 될 말들을 듣고 있는 것이 못 견디게 마음이 아팠다. 할 수만 있다면 두 눈을 가려주고, 두 귀를 막아주고 싶었다. 하윤을 안타깝게 바라보고 있던 신휘의 눈에 그녀의 닫혀 있던 눈꺼풀이 스르르 열리는 게 보였다.

"오빠······."

신휘가 하윤을 그러안고 속삭였다.

"깨워서 미안. 다시 자."

하윤은 조용히 눈을 감았다. 규칙적으로 뛰고 있는 그의 심장 소리가 들려왔다. 익숙한 그의 체취가 코끝을 스치자, 뜨거운 것이 울컥 치밀어 올랐다. 온종일 불안하고 진정되지 않았던 마음이 눈물이 되어 흘러내렸다.

"울지 마."

신휘는 달래듯 하윤의 등을 위아래로 부드럽게 쓸어내렸다.

"울긴 왜 울어."

뜨거운 욕구가 내재된 스킨십이 아니었다. 따뜻한 위로가 담긴 손길이었다.

"괜찮아."

내게 하는 말일까, 오빠 자신에게 하는 말일까······? 하윤은 둘 다일 수도 있겠다고 생각했다.

"다 괜찮아······."

엄마, 아빠를 잃은 내게 오빠들이 가장 많이 해주었던 말······. 괜찮아, 다 괜찮아……. 가장 괜찮지 않은 순간에도 정말 괜찮은 것만 같았다. 그날 이후, 그 말은 하윤에게 주문과도 같은 말이 되었다. 오늘은 그에게 받은 위로를 돌려주어야 할 날이었다. 하윤은 신휘의 등을 토닥거리며 속삭였다.

"괜찮아…… 다 괜찮아……."

드레스 룸에 들어선 하윤은 커다란 트렁크 두 개를 가져와 활짝 열었다. 그리고 빠른 손놀림으로 이 옷, 저 옷을 골라 트렁크에 차곡차곡 개어 넣기 시작했다.

"빨주노초, 다 반출 금지."

신휘는 문가에 기대서서 그 모습을 물끄러미 바라보았다. 어젯밤 울다가 그의 품에서 다시 잠든 하윤은 원래의 밝은 모습으로 돌아와 있었다. 당분간 집을 나가 있겠다는 그의 말에도 토 달지 않고 곧바로 수긍했다. 하윤의 심정이 지금 어떨지 알기에 신휘는 더 마음이 아팠다. 일부러 씩씩한 척을 하고 있는 그녀 때문에 가슴이 저렸다.

"너무하네. 빨간색은 하나 넣자."

애쓰고 있는 하윤에게 지금 그가 해줄 수 있는 거라고는 최대한 아무렇지 않은 척하는 것뿐이었다.

"또 누구 눈을 썩게 하려고?"

"그럼 노란색은?"

"생각만 해도 정신까지 썩는 느낌이야."

"큭…… 그 정도야?"

신휘는 제 농담에 진저리를 치는 하윤을 보며 소리 내어 웃었다.

어느새 트렁크 두 개를 가득 채운 그녀가 거실 쪽을 향해 소리쳤다.

"성국 오빠!"

거실에서 대기 중이던 성국이 드레스 룸으로 들어와 하윤으로부터 트렁크를 넘겨받았다.

"먼저 내려가 있을게요, 형. 천천히 내려오세요."

성국은 트렁크를 양손에 하나씩 번쩍 집어 들고 밖으로 나갔다. 신휘와 하윤은 다시 둘만 남게 되었다. 신휘는 군데군데 비어 있는 행거를 쓸쓸한 눈으로 둘러보고 있는 하윤에게 다가가 그녀를 껴안았다.

"말 안 해도 돼."

하윤이 그의 품에서 선수를 쳤다. 뒤로 살짝 물러난 신휘가 의아하다는 표정으로 물었다.

"내가 무슨 말을 할 줄 알고?"

"밥 잘 먹고 있으라고 말할 거잖아."

정확히 그가 하려던 말이었다.

"잘 알고 있네. 밥 잘 먹고 있어."

"알았으니까 오빠도 밥 거르지 말고."

"간다. 오래 걸리지 않을 거야."

신휘는 마지막으로 하윤을 힘주어 안아주고 떨어지지 않는 발걸음을 돌렸다.

신휘의 말은 완벽하게 빗나갔다. 웬만한 이슈도 하루 이틀을 넘기기 어려운데, 그와 관련된 기사는 일주일이 넘도록 수그러들 기미조차 보이지 않았다. 몰려드는 취재진으로 인해 촬영이 불가능해진 드라마팀은 무기한 촬영 중단을 선언했고, 당분간 추이를 지켜보며 기존 촬영분과 스페셜 방송으로 대체하는 것으로 잠정 결정되었다. 이미지 훼손으로 인한 계약 위반 등을 거론하며 광고주들이 압박을 가해왔고, 계약을 코앞에 두었던 광고들은 모두 무산되었다.

"이 여자 진짜 독하네. 아주 끝장을 보자는 거지?"

EN미디어의 새로운 기사를 확인하며 혼잣말을 중얼거리던 남수가 의자를 거칠게 밀고 일어나며 버럭 화를 냈다.

"요즘 연예부 기자들은 쟤 기사 아니면 쓸 게 없대요?"

워낙 신휘의 유명세가 큰 것도 있었지만, EN미디어가 자극적인 기사들을 폭격 수준으로 쏟아내고 있으니 진정이 되려야 될 수가 없었다. 중소 규모 인터넷 신문사들은 너 나 할 것 없이 기사를 재생산했고, 신휘를 옹호해 주는 기사는 눈에 띄기도 전에 묻혀 버렸다.

"문신휘라는 이름 석 자, 제목에 박기만 해도 클릭 수가 미친 듯이 올라가는데 그런 떡밥을 왜 마다하겠어요."

한울 엔터테인먼트 대표실 소파에 신휘와 마주 앉아 있던 최 기자가 자조하듯 실소를 내뱉었다. 그는 신휘와 하운의 첫 열애 기사 제보자가 준모라는 사실을 확인해 주었던 기자였다.

"이야, 그래도 신휘 씨가 대단하긴 대단하네. 웬만한 사람 같았으면 하루 이틀이면 게임 끝인데 벌써 며칠째야, 이게? 이 정도로 밀어붙였는데 아직도 살아 있어."

최 기자가 박수까지 쳐 가며 너스레를 떨어대자, 신휘가 능청스럽게 웃으며 말을 받았다.

"저 지금 살아 있는 거 맞아요?"

칙칙한 분위기를 벗어나 보려고 한 말에 분위기는 더욱 우중충해졌다. 신휘는 최 기자와 남수의 그늘진 얼굴을 번갈아 바라보며 툴툴거렸다.

"최 기자님, 회심의 농담을 이렇게 받으실 거예요? 정말 이럴 거야, 형?"

어이없다는 얼굴로 다가온 남수가 신휘의 옆자리에 털썩 주저앉으며 구시렁거렸다.

"팔다리 다 잘리고 숨만 붙어 있어도 살아 있는 건 살아 있는 거지. 근데 이제 곧 죽을 거야. 그나마 실드 쳐 주던 팬들도 이제 안티로 돌아서고 있으니······."

"왜 안 그렇겠어요. 사실이 아니다, 딱 한 번 공식 입장 내놓고 끝. 말 같지도 않다고 길길이 날뛰든가 그것도 아니면 억울하다고 징징거리든가, 뭐라도 해야 실드를 쳐 주든 말든 할 텐데 이건 뭐······. 댓글에 소 잡아먹은 귀신이란 말도 나오던데요?"

최 기자의 말에 남수의 얼굴이 일그러졌다.

"누군들 입 없어서 가만있는 줄 알아요?"

"대표님도 참, 누가 뭐래요? 저도 답답하니까 해본 말이잖아요. 송 회장 스타일 아니까."

사실이 아니라는 소속사 차원의 공식 입장을 표명한 직후, EN미디어 에서는 기다렸다는 듯 후속 기사를 터뜨렸다. '비도덕적인 사생활 폭로' 에 이어 다음 단계는 '인성 흠집 내기'였다. 공항에서 팬들을 과하게 밀 치는 경호원을 본 신휘가 인상을 찌푸렸던 순간의 사진을 싣고서 마치 팬들을 향한 짜증 표출인 것처럼 교묘히 왜곡했다. 사소한 의견 충돌만 으로 오랜 시간 함께 일해온 측근을 하루아침에 해고한 인정 없는 냉혈 한으로 몰아가기도 했다. 그런데 문제는 그게 EN의 비장의 무기가 아니 라는 데에 있었다. 최 기자가 알아본 바에 의하면, 극비로 진행되고 있 는 큰 기삿거리가 한 가지 남아 있으며 터뜨릴 시기를 조율 중이라고 했 다.

"대표님, 작년 생각나세요? 송 회장이 제작하기로 한 영화에 이미지 안 맞는다고 출연 거절했다가 탈탈 털리고 강제 자숙 기간 가진 김유현. 아직도 복귀 못 하고 있잖아요."

남수는 당시를 회상하며 고개를 절레절레 저었다.

"동료 배우랑 좀 다툰 거 부풀리고 부풀려서 피해자를 완전 가해자 만드는데······ 사람 하나 매장하는 거 순간이었죠."

"반박 기사 뜰 때마다 새로운 후속 보도 미친 듯이 터뜨리는 거 보면서…… 우와, 제가 진짜 학을 뗐다니까요. 사건이랑 전혀 관계없는 십대 때 올린 글에, 사진에, 꼬투리 잡을 만한 건 죄다 들추고, 심지어 경미한 교통사고 냈던 것까지 까발려지고, 과거에 만났던 여자들 신상까지 나오고……. 저도 기자지만 저런 걸 어떻게 다 찾아냈나 존경스러울 정도였어요. 본인에서 끝났으면 그나마 다행이었을 텐데, 가족은 물론이고 주변 사람들까지……. 어휴…… 가만히 있는 게 그나마 덜 망가지는 길이긴 해요."

남수도 다 알고 있는 이야기였지만, 최 기자의 입으로 들으니 다시금 몸서리가 쳐졌다.

"군중 심리, 동조 현상, 뭐 이런 거 이용하는 데 EN 따라올 언론사가 있나요? 물량 공세로 때려 부으면서 댓글 작업 해대는데 누가 당해요. 여론은 따라갈 수밖에 없어요. 거기에 한번 방향만 잡으면 어지간해서는 바뀌지 않죠. 게다가 신휘 씨 올곧은 이미지가 이번 건에서는 제대로 발목 잡고 있고."

"으휴……."

답답하다는 듯 탄식을 토해내던 남수가 돌연 신휘에게 삿대질을 하며 쏘아붙였다.

"그러게 평소에 적당히 사고도 좀 치고 살지. 음주운전, 도박, 병역비리, 여자 문제, 할 수 있는 게 얼마나 많은데 하나를 안 해, 왜!"

방송 생활 십여 년 동안 구설에 휘말리지 않고 건강한 이미지로 각인되었던 신휘는 그 이미지 덕분에 더 여론의 뭇매를 맞고 있었다. 원래 이미지가 좋았던 만큼 실망도 크다며 네티즌들은 그를 물어뜯느라 혈안이 되어 있었다.

"그게 지금 소속사 대표 입에서 나올 말이야?"

"소속사 대표 조남수가 아니라, 자연인 조남수 입에서 나온 말이야."

자신도 어이없는 말이었다는 것을 깨달은 남수가 겸연쩍게 웃었다.

"원한다면 지금이라도 뭐 하나 골라서 해보고."

최 기자가 끼어들어 말을 보탰다.

"그나마 달고 있던 인공호흡기 본인 손으로 떼는 셈이지. 사망은 기본이고, 부관참시는 옵션으로 딸려갈 거야."

장난스럽게 말했지만, 그의 말은 진담이었다. 그만큼 신휘의 처지는 최악을 달리고 있었다. 시무룩하게 어깨를 늘어뜨리고 있는 남수와 그의 어깨를 어른스럽게 토닥여 주고 있는 신휘를 물끄러미 바라보고 있던 최 기자가 자리를 털고 일어났다.

"대표님, 갈게요. 신휘 씨, 나 간다."

"술 마시자고 오셔놓고 그냥 가시게요?"

신휘가 의아한 표정으로 최 기자를 올려다보며 물었다.

"갑자기 생각이 없어졌어. 나중에 하자."

최 기자는 여전히 의연함을 잃지 않고 있는 신휘와 마주 앉아 있기가 불편했다. 그를 벼랑 끝으로 내몬 장본인들과 동종 업계에 몸담고 있다는 사실이 부끄러웠다. 하지만 최 기자의 마음과는 달리 신휘는 제 상황을 걱정해 주고, 어떻게든지 도움을 주려는 그가 진심으로 고마웠다.

"와주셔서 고마워요, 최 기자님. 다음에 꼭 술 한잔해요."

최 기자가 대표실을 나가고 둘만 남게 되자, 남수는 신휘 옆에 바싹 붙어 앉으며 은근한 어조로 말을 꺼냈다.

"우리도 이러고만 있지 말고 이제 적극적으로 나서볼까? 너희 삼 형제랑 하윤이 얘기 예쁘게 만져서 미친 척 해명 기사 뿌려보는 거지."

"미친 척이 아니라 미친 걸로 보이는데?"

"그래, 미쳤다. 아무것도 안 하고 있으려니까 진짜 미치겠다고."

남수가 머리를 벅벅 긁으며 탄식했다.

"송 회장의 히든카드가 뭔지도 모르는 상황에서 섣불리 움직이면 안 된다고, 그쪽에서 더 세게 나올지도 모르니까 우선 추이를 지켜보자고 한 게 누구였지?"

"……나였지."

"사실 형이 안 했으면 내가 먼저 그러자고 했을 거야. 근데, 형…… 사실이 아니라고 말해봐야 소용도 없고, 이제 남은 건 구구절절 설명하는 것밖에 없잖아. 내가 하윤이 얘기, 만천하에 까발리고 동정표 구걸하길 원해? 한날한시에 양친 다 잃고 천애 고아가 돼서 같이 살게 된 거라고 말해? 불특정 다수가 형 인생사를 속속들이 알고 있다고 생각해 봐. 아무렇지 않겠어?"

내내 평정심을 잃지 않고 있던 신휘의 목소리에 울컥한 감정이 고스란히 드러나 있었다. 그래서 남수는 아무 말도 할 수가 없었다.

"이 상황 벗어나 보겠다고 하윤이 내놓고 싶지 않아……."

본인이 만신창이가 될지언정 하윤에게 조금이라도 상처가 될 만한 것들을 내버려 둘 그가 아님을 남수도 잘 알고 있었다.

"답답해서 해본 말이었어. 마음에 두지 마라."

남수는 신휘가 하윤을 어떻게 생각하는지 뻔히 알면서 괜한 말을 꺼냈다고 속으로 자책했다. 한참을 소파에 등을 기댄 채 축 늘어져 있던 남수가 갑자기 신휘에게 고개를 획 돌렸다.

"그럼 미담이라도 좀 풀까? 세이브 더 칠드런에 기부하는 거 한 번도 밝힌 적 없었잖아."

신휘는 말없이 남수를 응시했다.

"우선 그거부터 기사화하고, 홀트 아동복지회랑…… 또 뭐 있지? 그래! 지난달에 네가 수술시켜 준 소아암 어린이 얘기도 싣자."

희망을 발견한 사람처럼 격앙된 어조로 떠들던 남수가 갑자기 벌컥 성질을 냈다.

"에이씨! 넌 왜 죄다 애들 관련된 데다가 기부를 했냐! 지금 거의 소아성애자로 매도되고 있는 마당이라 뭐 하나 써먹을 게 없잖아!"

"형."

신휘의 차분한 목소리에 정신 나간 사람처럼 오락가락하던 남수는 바람 빠진 풍선처럼 피시식 가라앉으며 중얼거렸다.

"알아, 안다고……. 지금 기사화했다가는 역풍 맞는다는 거. 이럴 때 쓰려고 밑밥 깔고 있었느냐고 비아냥거리겠지."

"알면서 왜 그래."

남수는 빙그레 웃고 있는 신휘를 말없이 바라보고 있다가 자세를 고쳐 앉았다.

"신휘야……."

신휘는 그가 무슨 말을 하려는 건지 직감했다.

"보내줄 테니까 가라……."

힘겹게 말을 꺼내고 남수는 눈을 감았다. 사실 진작 했어야 할 말이었다. 제 욕심이 신휘를 망치고 있다는 죄책감이 들면서도, 남수는 차마 그를 보내줄 수가 없었다. 돈 때문만은 아니었다. 문신휘가 없는 한울 엔터테인먼트는 아니, 조남수는 껍데기만 남아버리는 것 같은 느낌이었다. 그래서 모른 척했다. 차라리 신휘가 자신을 원망하는 티라도 냈다면 조금은 마음이 편했을 텐데, 남수는 오히려 여덟 살이나 어린 그에게 위로를 받는 이 상황이 못 견딜 만큼 괴로웠다. 이 지경이 될 때까지 신휘를 붙잡고 있었던 자신에게 화가 났다. 최상의 조건으로 모셔간다고 할 때 보내줄 것을 괜한 고집을 부렸다는 사실이 이제 와 후회스러웠다.

'이제 정말 보내줘야지…….'

두 사람 사이에 무거운 정적이 흘렀다. 남수는 신휘가 아무 대답도 하지 않자 감았던 눈꺼풀을 슬그머니 들어 올렸다. 그가 눈을 뜨길 기다렸다는 듯 신휘의 말문이 열렸다.

"형이 잡고 있어서 못 가고 있다고 생각해?"

담담하고도 차분한 어조였다.

"가고 싶었으면 형이 잡아도 갔어. 쓸데없는 생각 하지 마. 내가 있고 싶어서 있는 거야. 형 때문 아니야."

남수는 코끝이 시큰해졌다.

"그리고 이미 늦었어."

"지금이라도 사정하면 받아주지 않을까?"

신휘의 미간에 깊게 주름이 잡히자, 남수가 얼른 말을 이었다.

"너한테 하라는 거 아니야. 사정은 내가 할 테니까 넌 그냥 가만히만 있으면 돼."

신휘가 천천히 고개를 끄덕였다.

"그럼 형이 사정해."

"그, 그래……."

빈말은 아니었지만, 신휘가 이렇게 쉽게 수긍할 줄은 몰랐던 남수는 당황하지 않을 수 없었다.

"형이 사정하고, 형이 들어가. 난 생각 없으니까."

그제야 신휘의 말을 알아들은 남수가 볼멘소리를 중얼거렸다.

"너 없는데 날 받아줄 리가 없잖아……."

"그럼 가만히 있든가."

"자존심 챙기다가 골로 간다, 인마."

신휘는 구시렁거리는 남수에게 현실을 직시하라는 의미로 덧붙였다.

"아직도 모르겠어? 받아주겠다고 해도 사양이지만, 그쪽에서 받아주지도 않아. 이건 자기 제안에 응하라는 협박이 아니야. 자기 제안을 거절한 데 대한 응징이지."

배우에게 연기력만큼 중요한 건 이미지였다. 그 사실을 누구보다 잘 아는 송 회장이 이렇게까지 나온다는 건 이제 와서 손을 내민다 한들 받아줄 리 없다는 의미나 다름없었다.

"거의 다 왔어. 끝까지 같이 가."

"이 물귀신 같은 놈……."

할 말이 없어 괜히 투덜거리는 남수에게 신휘는 남자도 반할 만한 미소를 지어 보였다. 그런데 갑자기 신휘의 얼굴에서 웃음기가 싹 사라졌다.

"주가 많이 떨어졌지?"

남수가 어이없다는 듯 헛웃음을 터뜨렸다.

"주가가 문제냐, 지금? 어차피 네가 회사 나갔어도 주가 폭락했을 거야. 이래도 저래도 떨어졌을 주가, 관심도 없어. 그리고 거의 다 네가 벌어다 준 거 모르냐? 이번 일로 다 까먹어도 억울할 것도 없다고. 이판사판이다. 그래, 어디 끝까지 가보자."

"이제 내가 아는 조남수 같네. 요 며칠 안 어울리게 쪼그라들어 있어서 보기 거북했거든?"

그의 말에 고무된 남수가 보란 듯이 어깨를 쫙 펴고 앉았다. 신휘는 평소의 여유롭고 호탕한 모습으로 돌아와 있는 남수를 보며 그제야 안심할 수 있었다.

"형, 나 그만 들어갈래. 피곤하다."

급격한 피로감을 느낀 신휘가 소파에서 몸을 일으키자, 남수가 눈을 치켜들며 물었다.

"나랑 술이나 한잔하지, 기다려 주는 사람도 없는 오피스텔에 뭐하러 벌써 들어가게?"

"기다려 주는 사람이 있는지 없는지 형이 어떻게 알아?"

"하윤이한테 이른다?"

"하윤이일지도 모르잖아. 이르긴 뭘 일러?"

"네가 지금 퍽이나 하윤이를 옆에 두겠다. 폭탄 껴안고 있으면서 어떻게 해서든지 하윤이라도 살려보겠다고 애쓰고 있는 거 내가 모르냐?"

"알아도 모르는 척 좀 해."

신휘는 그 말을 끝으로 대표실을 빠져나왔다. 그리고 나오자마자 반갑지 않은 얼굴과 맞닥뜨렸다. 채희였다.

"시, 신휘야……."

갑작스러운 만남에 당황한 그녀의 시선이 갈피를 잡지 못하고 요동쳤다. 신휘의 서늘한 목소리가 적막감이 감돌던 복도를 울렸다.

"오랜만이다."

신휘는 무표정한 얼굴로 채희를 바라보며 성국에게 들었던 말을 상기했다.

"최초 기사에 나왔던 최측근, 채희 누나예요."

성국은 채희가 고의로 제보한 것은 아니라는 말도 함께 전했다. 그녀가 제보를 했든 안 했든, 고의였든 실수였든 결과는 같았을 게 분명했다. 송 회장은 어떤 식으로든 지금과 같은 상황을 만들었으리라는 걸 신휘도 잘 알고 있었다. 하지만 채희를 향해 치밀어 오르는 분노는 쉽게 가라앉지 않았다.

"오, 오랜만이야……."

채희는 신휘의 냉기 가득한 눈빛을 받아내지 못하고 시선을 피하며 웅얼거렸다. 그녀는 신휘가 성국으로부터 모든 이야기를 전해 들었다는 것을 알 수 있었다. 윤 기자와의 전화 통화를 들켰을 때, 성국은 신휘에게 사실을 털어놓으라고 채희를 설득했다. 하지만 솔직하게 인정하고 사과할 용기가 나지 않았던 그녀는 스케줄을 펑크 내고 숨어버렸다. 걷잡을 수 없이 커지는 사태가 너무나 두려웠기에 남수 앞에도, 신휘 앞에도 나설 수가 없었다.

"저기……."

신휘는 무슨 말인가 하려고 머뭇거리는 채희를 그대로 지나쳤다. 그녀에게 화를 내봐야 달라지는 건 아무것도 없는 마당에 괜한 감정 소모를 하고 싶지 않았기 때문이었다. 지금 그는 화를 내는 것조차도 피곤했다.

채희는 멀어져 가는 신휘의 뒷모습을 우두커니 바라보고 있다가 등 뒤에서 들리는 오싹한 목소리에 정신을 차렸다.

"황채희."

화들짝 놀라 고개를 돌린 그녀는 남수를 보고 움찔했다.

"문신휘 최측근이라는 황채희 씨."

"……."

"일주일을 잠적하고 계시더니 어떻게 나오셨는지 모르겠네?"

채희는 이죽거리는 그를 보며 힘겹게 입을 뗐다.

"미, 미안해, 오빠……."

"미안해?"

남수의 얼굴이 제멋대로 일그러지자, 채희가 다급하게 말을 이었다.

"기사에 나온 얘기, 다 내가 한 말은 아니야."

"그래?"

채희는 이해해 줄 것 같은 뉘앙스를 풍기는 남수를 향해 고개를 세차게 끄덕였다.

"다는 아니고, 절반쯤은 네가 한 말이야?"

"……."

"내가 아직도 둘이 무슨 일로 틀어졌는지는 모른다만, 신휘가 기사에 나온 것처럼 사소한 의견 충돌만으로 널 자르진 않았을 거라는 건 안다. 분명 네가 신휘한테 큰 실수를 저질렀겠지."

처음에는 최측근이 누군지 알지 못했던 남수도 후속 보도에서 나온 내용을 통해 채희라는 것을 짐작했고, 그녀가 잠적하면서 확신했다.

"오빠는 잘 알지도 못하면서 어떻게 그렇게 막무가내로 신휘 편을 들수가 있어? 오빠 그 자리에 없었잖아. 우리가 무슨 일로 싸웠는지 모르잖아."

채희가 언성을 높였다. 자신이 잘못했다는 것을 알면서도 그가 몰아세우니 반발심이 생겼다. 해명할 시간도 주지 않는 그에게 화가 났다.

"그 자리에 없었어도 지금까지 봐온 시간이 있으니까. 내가 오해하는거고, 정말로 네가 억울하다면 그것도 그 정도밖에 믿음을 주지 못한네 탓이라는 생각은 안 들어? 피가 섞인 너보다 신휘에게 더 믿음이 가는 건 왜일까?"

"오빠까지 왜 이러는데! 나도 미치겠다고!"

남수는 복도가 떠나가라 소리를 지르는 그녀를 감정 없는 눈으로 바라보며 말했다.

"난 이미 한참 전에 미쳤는데?"

채희의 눈에 그제야 부스스한 남수의 모습이 들어왔다.

"내가 염치가 없어서 신휘 앞에서 고개를 못 들겠다. 나 때문에 넘어진 거, 네가 아주 제대로 밟아놨거든."

언제 흥분했나 싶게 돌변한 채희가 그의 팔에 매달렸다.

"해명 인터뷰라도 할까? 응, 오빠? 오빠가 하라는 거 다 할게."

남수는 사정하는 그녀를 빤히 보며 무거운 어조로 입을 열었다.

"아니, 아무것도 안 해도 돼."

"……."

"오늘부로 너 해고야."

"해, 고……?"

채희가 믿을 수 없다는 듯 말을 더듬자, 남수가 다시 한 번 강조했다.

"못 알아들었어? 너 완전히 잘렸다고."

남수는 대표실의 문을 쾅 닫고 들어가 버렸다. 그 반동으로 일어난 거센 바람이 채희의 두 뺨을 날카롭게 할퀴고 지나갔다.

성국은 채희를 지나쳐 1층으로 내려온 신휘를 보고 자리에서 벌떡 일어섰다.

"어디로 가시게요?"

"오피스텔."

성국이 앞장서 문을 열었고 신휘가 그 뒤를 따랐다. 성국의 몸에 가려져 앞의 상황이 잘 보이지 않았지만, 회사 앞이 아수라장인 것만큼은 확실히 알 수 있었다. 폭죽 터지듯 동시에 들려오는 카메라 셔터 소리와 무슨 말인지 들리지 않을 만큼 한꺼번에 쏟아져 들어오는 기자들의 질문 세례에 귀가 얼얼해졌다.

"밀지 마세요. 죄송합니다."

성국은 북새통 속에서도 정중한 부탁과 사과를 번갈아 하며 접근하는 기자들을 필사적으로 막았다. 회사에서 고용한 경호 인력도 같이 움직였지만, 차를 세워둔 곳까지 가는 것도 쉽지 않았다. 한 발, 한 발 힘겹게 나아가고 있던 성국은 뭔가가 날아오는 걸 느끼고 신휘를 대신해 몸으로 막았다. 그게 뭔지 확인할 겨를도 없었다. 퍽, 하는 소리와 함께 성국의 옆얼굴을 가격한 달걀이 깨져 바닥으로 흘러내렸다. 놀란 신휘의 얼굴이 보였지만, 성국은 개의치 않고 차 문을 열어 그를 차에 태웠다. 그리고 기자들을 헤치며 운전석에 오른 뒤 다급하게 주차장을 빠져나갔다.

"성국아."

나직한 신휘의 목소리에 성국이 룸미러로 그를 바라보았다.

"네, 형."

"잠깐 차 좀 세워봐."

"왜요?"

"얼굴은 닦고 가자."

"아!"

성국은 그제야 달걀을 맞았다는 사실을 기억해 냈다. 얼굴에서 흘러
내린 달걀이 그의 옷을 적시고 있었다. 그는 신호에 걸린 틈을 타서 물
티슈로 얼굴을 대강 문질렀다.

"닦았어요, 형."

신휘는 별거 아니라는 듯 웃고 있는 성국을 보며 아무 말도 할 수 없
었다. 그에게 미안한 마음과 더불어, 자신이 이런 일까지 겪어야 할 만
큼 잘못한 게 뭔가 싶었다. 신휘의 심경을 눈치챈 성국이 조심스레 말을
건넸다.

"사람들은 진실이 뭔지 모르잖아요. 인터넷에서 악플 다는 사람이 있
는가 하면 행동으로 옮기는 사람도 있고……. 너무 깊게 생각하지 마세
요."

신휘는 착잡한 표정으로 말없이 눈을 감았다. 운전 솜씨를 발휘하여
따라붙는 기자들을 떼어낸 성국은 오피스텔 현관 앞까지 신휘를 밀착
마크하고 난 다음에야 돌아갔다.

불도 켜지 않고 곧장 침실로 걸어간 신휘는 침대에 쓰러지듯 누웠다.
온기라고는 찾아볼 수 없는 이 낯설고 딱딱한 공간에 언제쯤 적응할 수
있을까 궁금했다. 아니, 적응하고 싶지 않았다. 그저 빨리 집으로 돌아
가고 싶은 마음뿐이었다. 그는 눈을 감은 채로 주머니에서 휴대폰을 꺼
내어 하윤에게 전화를 걸었다.

[오빠.]

청아한 목소리가 귓가를 간질였다. 뿌연 장막으로 뒤덮인 듯한 머릿
속이 맑아지는 기분이었다.

"뭐 하고 있었어?"

[그냥 있어.]

하윤은 정말 그냥 있었다. 아무것도 하지 않고 침대에 누워 천장만 바라보고 있는데 신휘에게 전화가 걸려온 것이었다.

[혼자 있어?]

"아니, 창휘 오빠 들어왔어."

[벌써?]

창휘가 8시도 안 된 시간에 집에 있는 건 꽤 드문 일이었으니, 신휘가 의아하게 묻는 것도 무리는 아니었다.

"요새 거의 매일 칼퇴근해. 일거리를 한 아름 싸와서 집에서 밤새는 게 문제지만."

일찍 들어오는 창휘와 늦게 나가는 은휘 덕분에 하윤은 혼자 있는 시간이 거의 없었다. 두 사람은 신휘가 없는 빈자리를 채워주기 위해 애쓰고 있었다.

[밥은?]

그 질문이 언제 나오려나 하며 기다리고 있던 하윤이 작게 웃음을 터뜨렸다. 식사 여부는 신휘가 전화를 할 때마다 한 번도 빼놓지 않고 물어보는 것이었다. 심지어 문자를 주고받으면서도 잊지 않았다.

"먹었어. 오빠는?"

[나 걱정하지 말고 너나 잘 챙겨 먹어. 오빠 글래머 좋아한다.]

하윤은 난데없는 그의 취향 고백에 헛웃음을 터뜨렸다.

"오빠가 언제부터 글래머 좋아했는데?"

[말을 안 했을 뿐이지 원래부터 좋아했어. 지금도 말랐는데 더 빠지면 안 돼. 밥 많이 먹고 포동포동하게 살 좀 찌워줘.]

그가 글래머 운운한 건 결국 밥 잘 먹으라는 이야기였다.

"큰일 날 소리 하고 있네. 나 빡세게 관리해서 완전 예뻐져야 하거든?"

[왜 예뻐져야 하는데?]

"몸으로 민 거냐는 욕이 하도 많아서 얼굴로 밀었다는 거 보여주려고."

하윤의 우스갯말에 신휘가 천연덕스럽게 장단을 맞췄다.

[그러니까 말이야. 난 아무것도 안 보고 딱 얼굴만 본 건데.]

"에이, 설마……. 몸매나 성격, 이런 것도 봤겠지."

신휘가 침묵을 지키자, 하윤은 어금니를 꽉 물고 협박에 가까운 말을 넌지시 건넸다.

"봤을 텐데? 안 보일 수가 없었을 텐데?"

[봤지. 얼굴, 몸매, 성격, 다 봤지.]

협박으로 얻어낸 대답임에도 불구하고 그녀의 입가에 흡족한 미소가 드리워졌다.

[하윤아.]

신휘의 목소리가 낮게 가라앉았다.

"응?"

[집에만 있기 답답하지?]

"아니? 놀고먹고 좋은데?"

하윤이 신나 죽겠다는 듯 밝은 목소리로 받아쳤다. 아무리 아무렇지 않은 척을 한들 그가 믿을 리 없다는 걸 알면서도, 지금 그녀가 할 수 있는 최선이었다.

[학교 때문에 큰일이다.]

"아직 일주일밖에 안 빠졌어. 그래봐야 한 과목에 한두 번 결석한 것뿐이야. 리포트나 과제로 때울 수도 있으니까 오빠는 그런 것까지 신경 안 써도 돼."

[그래도 신경이 쓰이네…….]

"나 성하윤이야. 우리 과 에이스! 과 톱!"

하윤의 호기로운 외침에 신휘가 오랜만에 소리 내어 웃었다. 지금 벌어지고 있는 일련의 사태들은 하윤이 연관되지 않았다면 절대 감수하지 않았을 것들이었다. 그가 십 년을 쌓아온 모든 것을 걸고 버티는 이유는 단 하나였다.

[사랑한다, 하윤아.]

그가 그녀를 사랑한다는 사실.

"오빠, 사랑해."

그리고 그녀가 그를 사랑한다는 사실, 그것뿐이었다.

하윤과 통화를 끝낸 신휘는 무거운 몸을 일으켜 부엌으로 향했다. 몸은 피곤한데 누워도 잠을 잘 수 없는 불면의 밤들이 계속되고 있었다. 그나마 술이라도 마셔야 조금이라도 잘 수 있었기에, 오늘도 어김없이 술의 힘을 빌려볼 참이었다. 그런데 냉장고에는 술이 한 병도 없었다. 부엌 여기저기 나뒹굴고 있는 빈 술병들만 눈에 띌 뿐이었다.

인상을 찌푸리고 서 있던 신휘가 갑자기 방으로 걸음을 옮겼다. 그러고는 하윤과의 통화 후 아무렇게나 던져 두었던 휴대폰을 집어 들어 정우에게 전화를 걸었다.

"어디야? 뭐 해?"

[회사고, 일한다.]

무뚝뚝한 질문에 건조한 대답이 돌아왔다.

"술 한잔 사라."

[떼돈 버는 놈이 어디 월급쟁이한테 술을 사래.]

"앞으로 못 벌지도 모르니까 안정적인 직장 가진 네가 사라."

[이게 협박이야, 자학이야……]

발끈해야 할 타이밍에 정우의 목소리가 작아지자, 신휘는 처량한 제 처지에 실소를 금치 못했다.

"지난번엔 내가 샀잖아. 이번엔 네가 사야 공평하지."

[포차 술값 계산한 걸로 지금 생색내는 거냐? 그때 얼마 나왔지? 이만 얼마 나왔지, 아마?]

"그건 돈 아니고?"

[쪼잔한 놈……. 산다, 사! 지금 어딘데?]

"회사 오피스텔에 나와 있다. 소주 몇 병 사들고 이쪽으로 넘어와."

정우는 전화를 끊고 30분도 채 되지 않아 도착했다.

"왜 갑자기 친한 척이야? 징그럽게."

정우가 불쑥 내민 비닐봉지를 받아 든 신휘가 심드렁하게 받아쳤다.

"친한 척한 적 없는데?"

봉지 안에는 소주 다섯 병에 오징어와 땅콩 등의 마른안주 몇 개가 들어 있었다.

"이게 친한 척 아니면 뭐냐? 우리가 언제부터 힘들 때 술 한잔 기울이면서 위로를 주고받는 사이였다고 날 여기까지 부른 거냐고."

"너 소주 셔틀이야."

"……뭐라고?"

"술이 없어서 너 부른 거라고. 때가 때이니만큼 내가 직접 사러 나가기는 궁상맞잖아."

"……."

정우는 멍하게 서 있다가, 들어오라는 말도 없이 사라져 버린 신휘의 뒤를 따랐다.

"앉아."

소주와 안주를 식탁 위에 꺼내놓은 신휘는 개수대에 쌓여 있던 유리컵 중 두 개를 물로 휘휘 헹군 다음 식탁으로 돌아와 앉았다. 정우가 제 앞에 놓인 컵을 바라보며 떨떠름하게 물었다.

"이 성의 없이 씻은, 아니, 물만 묻힌 걸 나 쓰라고 주는 거냐?"

"싫으면 병째 마시든가."

제 컵에다 소주를 반쯤 채운 신휘가 병을 내려놓으려고 하자, 정우가 황급히 컵을 내밀었다.

"병나발 취미 없다."

담담한 얼굴로 술을 따르는 신휘를 힐끔거리던 정우가 지나가는 말처럼 물었다.

"광고주들 압박은 괜찮냐?"

"본사 압박은 괜찮냐?"

신휘는 정우의 말을 그대로 따라 했다.

"뭐가?"

무슨 말인지 모르겠다는 얼굴로 시치미를 뚝 떼는 정우를 보며 신휘가 피식 웃었다.

"고맙다."

명품 브랜드 중에서도 유난히 이미지를 중시하는 네쥬가 모델 교체는 없다는 공식 입장을 밝혀준 덕분에 다른 업체들의 압박이 현저히 줄어들었다. 하지만 신휘는 마음이 좋지 않았다. 프랑스 본사에서 자신을 감싸주고 있는 한국 지사장과 기획본부장인 정우를 못마땅하게 여기고 있다는 사실을 알게 되었기 때문이었다.

"고맙긴 고마운데……"

웬일로 고맙다는 말을 하나 싶어 의아해하던 정우는 신휘가 덧붙인 말에 그럼 그렇지 하는 표정이 되었다.

"월급 받는 주제에 뭘 믿고 버텨, 버티길. 잘리기 전에 그만해."

신휘는 정우에게까지 폐를 끼치고 싶지 않았다.

"난 지사장님 서포트하는 것밖에 없어. 얼마나 적극적이신지…… 너 팬 하나 잘 됐더라."

농담처럼 말을 넘긴 정우는 은근슬쩍 화제를 돌렸다.

"요새 일 안 들어와서 아주 푹 쉬고 있겠다?"

"일 엄청 들어온다."

"아직 허세 떨 여유는 남았군."

"허세 아니고 사실인데?"

"사실이라고?"

신휘는 눈을 크게 뜨며 되묻는 정우를 향해 어깨를 으쓱해 보였다.

"예전에 거절했던 고수위 영화나 사채 광고, 뭐 그런 거 위주로."

"……."

"그것도 거절했을 때보다 더 나쁜 조건으로. 이건 진짜 기분 더럽단 말이지."

정우는 자조 섞인 미소를 짓고 있는 신휘를 말없이 바라보았다. 내내 담담한 척하고 있던 신휘의 눈빛에 허탈감이 짙게 배어나고 있었다.

다음 날 아침, 신휘는 침대에서 눈을 떴다. 지끈거리는 머리를 흔들며 방을 나선 그의 눈에 가장 먼저 들어온 건 소파에 웅크린 채로 잠들어 있는 정우였다. 식탁 위에는 그가 사들고 왔던 소주 다섯 병이 모두 빈 병이 되어 나뒹굴고 있었다.

"일어나."

정우는 미동도 하지 않았다.

"출근 안 해?"

신휘가 툭툭 건드리자, 그제야 정우의 눈이 게슴츠레 떠졌다.

"회사 가라고."

"……몇 신데?"

"8시 30분."

정우가 눈을 번쩍 떴다. 용수철 튕기듯 일어나 앉은 그는 소파에 걸

쳐 두었던 슈트 재킷을 집어 들고 현관으로 내달렸다. 그러나 곧바로 다시 되돌아왔다.

"내 휴대폰."

두리번거리며 휴대폰을 찾고 있는 정우에게 신휘가 퉁명스럽게 말했다.

"너 그대로 출근하면 외박했다고 광고하는 거랑 다를 바 없을 것 같은데?"

흐트러진 머리와 구겨진 옷차림은 영락없이 외박한 사람의 모습이었다.

"괜찮아. 누가 물어보면 유명 배우랑 뜨거운 밤을 보냈다고 솔직히 말하면 돼."

정우는 천연덕스러운 대답을 남기고 쏜살같이 집을 나가 버렸다. 그의 말은 엄연히 사실이었다. 신휘는 유명 배우였고, 두 사람은 함께 밤을 보냈음이 틀림없었다.

신휘는 철제문 손잡이에 덕지덕지 묻어 있는 기름때와 허름한 간판이 세월의 흔적을 고스란히 보여주고 있는 대폿집에 들어섰다. 드문드문 앉아 있는 나이 지긋한 손님 중 그를 주목하는 사람은 아무도 없었다. 허리가 굽은 할머니 사장이 알은체를 해왔을 뿐이었다.

"이게 누구여, 왜 이렇게 오랜만에 왔어."

"그러게요. 제가 좀 바빴어요. 건강하시죠?"

"그럼, 그럼."

신휘는 친근하게 그녀를 다독이고 가게 내부를 훑었다. 고작해야 낡은 테이블 몇 개뿐이라 시선을 돌리자마자 김 감독을 발견할 수 있었다. 김 감독은 신휘의 목소리를 들었으면서도 고개를 돌리지 않았다. 그의 성격을 워낙 잘 아는 신휘는 섭섭하지도 않았다. 신휘가 맞은편 의자에 앉자, 김 감독이 시선을 들어 그를 빤히 쳐다보았다.

"넌 너무 예의가 없어."

신휘가 입대 직전 찍은 영화로 국제영화제에서 상을 받으며 이름을 알린 김 감독은 현재 충무로에서 가장 영향력 있는 감독 중 한 사람이었다.

"얼굴 보자마자 디스부터 하시는 거예요?"

신휘가 방치된 채 타고 있는 돼지껍데기를 뒤집으며 툴툴거렸다.

"너 망하는 꼴 보자고 달려드는 사람 맥 빠지게 너무 멀쩡하잖아. 수염도 좀 기르고, 머리도 좀 감지 말고, 누가 봐도 폐인 모드로 다니라고."

"감독님이 뭘 모르시나 본데, 이 얼굴이 그렇게 쉽게 폐인이 되는 얼굴이 아니에요."

신휘의 진지한 표정과 말투에 김 감독은 할 말을 잃었다.

"아, 감독님은 이런 얼굴로 살아본 적이 없으셔서 모르시겠구나."

김 감독은 너스레를 떨고 있는 그를 본체만체하며, 앞에 놓인 술잔을 집어 들어 한입에 털어 넣었다.

"한잔해."

신휘는 김 감독이 내민 술잔을 받는 대신 그의 잔에 술을 따라주며 씩 웃었다.

"저 차 가지고 왔어요. 대리 부르기도 그렇고, 택시 타기도 좀 그래요."

"역시 넌 예의가 없는 놈이야. 술집 오면서 차 가지고 오는 건 대체 어디서 배워먹은 버르장머리냐?"

"감독님한테 배운 건데요?"

"……."

"술자리마다 차 가지고 오시는 것까지는 좋다 이거예요. 그럼 대리를 부르실 것이지, 꼭 누구 하나 찍어서 술 한 방울도 못 마시게 하고 집까지 운전시키는 분이시잖아요, 감독님이."

신휘는 멋쩍은 표정으로 잔을 비우는 김 감독을 장난기 가득한 눈으로 바라보고 있다가, 담담하게 입을 열었다.

"감독님, 죄송해요."

"죄송해야지, 어른을 놀리면 쓰나."

김 감독은 신휘가 무슨 말을 하려는 건지 뻔히 알면서 모른 척 말을 돌렸다. 그의 입으로 직접 들은 건 아니었지만, 김 감독의 위치쯤 되면 지금 상황이 어떻게 돌아가고 있는지 알 만큼 알고 있는 게 당연했다.

"저 때문에 영화까지 언론에 오르내려서 마음이 안 좋아요."

두 사람은 이번 사태가 있기 전에 차기작을 함께하기로 이야기가 끝난 상태였다. 계약서에 도장도 찍었고 그가 캐스팅되었다는 기사도 이미 보도되어, 벌써부터 내년 하반기 기대작으로 손꼽히고 있을 정도였다.

"크랭크인 전이라 그나마 다행이에요. 감독님 작품이니까 너도나도 하려고 들 테니 그것도 다행……."

"문신휘."

신휘의 말을 끊으며 끼어든 김 감독이 정색하며 눈살을 찌푸렸다.

"너 지금 뭐라는 거냐?"

"……."

"넌 지금까지 나를 은혜도 모르는 개자식으로 생각하고 있었냐?"

"감독님……."

신휘는 격앙된 김 감독의 기세에 당황했다. 그런 그를 빤히 보고 있던 김 감독이 한 톤 낮아진 어조로 말을 시작했다.

"우리가 처음 만난 게 십 년 전이었던가? 너는 열여덟, 나는 서른여섯

이었구나. 워낙 비중 없는 단역이라 데뷔작이라고 말하기도 그렇다만 어쨌든 너한테는 첫 영화였고, 나는 입봉 감독······."

김 감독은 추억을 회상하며 픽 웃음을 터뜨렸다.

"입봉작 장렬하게 말아먹고 나니까 누구 하나 연락이 없대? 다들 입봉작이 은퇴작이다 생각한 거지. 그때는 나도 그렇게 생각했으니까. 근데 넌 연락을 하더라? 어떤 날은 순댓국, 또 어떤 날은 설렁탕······. 메뉴도 골고루 돌려가면서 사들고 왔었지. 저놈은 대체 왜 온 건가 싶게 별말도 없이 먹기만 하고 휙 가버리고······. 기억 나냐?"

덩달아 예전 기억을 떠올린 신휘의 입가에도 미소가 걸렸다.

"감동하셨어요?"

장난스러운 그의 말을 김 감독이 일축했다.

"아니, 귀찮았어."

"······."

"이상하기도 했고."

"귀찮은 건 알겠는데 이상한 건 뭐예요?"

"돈도 못 버는 신인 주제에, 저 새끼는 제 앞가림이나 할 것이지 웬 오지랖인가 했지."

김 감독은 키득거리고 있는 신휘를 아랑곳하지 않고 말을 이었다.

"신용불량자로 살면서 뭔가 진행이 되려나 싶으면 엎어지고, 또 엎어지고······. 콱 빠져 죽어버리려고 한강 다리에 간 것만 수십 번이다. 그렇게 한 해, 두 해 지나면서 네가 사주는 게 언젠가부터 밥이 아니라 술이 됐지. 그때마다 네가 찔러주는 택시비를 가장한 용돈이······."

감정이 복받치는 듯, 김 감독은 잠시 말을 끊었다. 쉽게 말을 잇지 못하고 있는 그를 대신해 신휘가 입을 열었다.

"감독님 잘되면 덕 좀 볼까 해서 작업한 거였어요."

능청스럽게 웃고 있는 신휘를 보며 김 감독이 어이없다는 듯 실소를 흘렸다.

"작업을 팔 년 가까이 하는 미친놈도 있냐?"

그는 다시 평정심을 되찾고 하던 말을 계속했다.

"간신히 차기작 투자를 받을 기회가 생겼는데 투자자가 문신휘 데리고 오면 투자해 주겠대. 니미…… 통 크게 투자해 주는 것도 아니면서 바라는 건 더럽게 많았지. 네가 받는 개런티 맞춰줄 돈은 없는데 캐스팅은 해야겠고 환장하겠더라. 일단 불러내긴 했는데 차마 입이 안 떨어지는 거야. 그때 네가 뭐라고 했었는지 기억나냐?"

"글쎄요, 제가 뭐라고 했어요?"

김 감독은 고개를 갸웃거리는 신휘에게 당시 그가 했던 말을 똑같이 따라 했다.

"할게요."

"……."

"나는 영화의 영 자도 안 꺼냈는데, 내가 캐스팅 때문에 왔다는 걸 한눈에 알아본 거지."

기억난다, 그날……. 손바닥에 배어나는 땀을 연신 바지에 문질러 닦고, 잠시도 시선을 한곳에 고정하지 못하던 김 감독의 모습이 신휘의 뇌리를 스치고 지나갔다.

"내가 어렵게 개런티 얘기를 꺼내니까 네가 또 한마디 했지."

내가 또 뭐라고 했더라……. 기억을 더듬을 새도 없이, 김 감독이 신휘의 기억을 상기시켜 주었다.

"알아서 주세요."

신휘는 처음부터 김 감독이 마음에 들었다. 말이나 행동은 거칠고 투박해도 인간적이고 순수한 모습이 좋았다. 어차피 돈은 벌 만큼 벌었고, 돈을 벌기 위해 일을 했던 건 아니었다. 좋은 사람, 그리고 좋아하는 사람과 일하는 게 좋았다.

"당시에 네가 받던 개런티의 아마 절반 정도 줬을 거야. 물론 러닝개런티 조항도 없었고. 근데 불평 한마디 안 하더라."

추억에 젖어 있는 김 감독을 향해 신휘가 짓궂게 웃었다.

"감독님, 제가 속 쓰릴 얘기 하나 해드릴까요?"

"뭔데?"

"만약 그때 감독님이 노 개런티로 출연하라고 했어도 했을 거예요."

김 감독의 못생긴 얼굴이 잔뜩 구겨지며 더 못생겨졌다.

"니미…… 그걸 지금 말하냐?"

신휘가 먼저 웃음을 터뜨렸고, 그를 노려보던 김 감독이 이내 따라 웃었다. 한참을 껄껄거리며 웃던 김 감독은 언제 웃었나 싶게 정색하며 신휘를 바라보았다.

"그 영화로 상 받고, 나 이제 서로 투자하겠다고 난리 나는 감독이야."

"……"

"무슨 말인지 모르겠냐? 투자자들 눈치 안 보고 내가 쓰고 싶은 배우 써도 된다고. 그래서 난 너랑 같이 갈 거라고. 그리고 네가 범죄를 저질렀냐, 뭘 했냐? 무슨 미성년자 성매매 급으로 보도하고 지랄들이야."

역정을 내는 그에게 신휘가 진지하게 말했다.

"감독님 또 신용불량자 되실 수도 있어요."

"그럼 네가 그때처럼 술 사주면 되겠네."

"……"

"택시비도 잊으면 안 돼."

김 감독도 진지했다.

"……안 잊을게요."

아이러니하게도 신휘에게 지난 며칠은, 가장 힘든 시기임과 동시에 가장 행복한 시기이기도 했다. 바닥을 쳤을 때 등 돌리지 않고 곁에 있어주는 사람, 진정한 내 편, 내 사람들을 보았고, 그래서 그는 힘들긴 해도 외롭지는 않았다.

신휘는 웬일로 차를 가져오지 않은 김 감독을 택시에 태워 보내고, 제 차를 주차해 둔 곳으로 걸음을 옮겼다. 차에 도착해 문을 열려는데 바지 주머니에서 진동이 느껴졌다. 휴대폰을 꺼내어 보니 모르는 번호였다. 평소에도 모르는 번호는 거의 받지 않았을 뿐만 아니라, 지금과 같은 시기에는 더더욱 받을 이유가 없었던 신휘는 휴대폰을 조수석에 던져 두고 시동을 걸었다.

오피스텔 주차장에 도착해서야 문자가 와 있음을 알게 된 그의 얼굴이 싸늘하게 굳었다.

〈송연경입니다. 전화 주세요.〉

활자에 살심이 생긴 건 처음이었다. 그러나 이내, 의아함이 분노의 자리를 비집고 들어왔다. 대체 이 여자의 의중이 뭘까? 신휘의 손가락은 이미 통화 버튼을 누르고 있었다.

"문신휘입니다."

[언제쯤 연락이 올까 하고 기다렸어요. 결국 내가 먼저 했네요.]

나긋나긋 우아한 목소리였으나 신휘에게는 소름 끼치는 목소리, 그 이상도 그 이하도 아니었다. 그가 무슨 일로 연락했느냐고 묻기도 전에 송 회장이 먼저 용건을 꺼냈다.

[우리 한번 봐야 하지 않겠어요?]

신휘는 그녀가 어떤 얼굴을 하고 무슨 이야기를 하는지, 만나서 들어 보고 싶었다.

"그러시죠."

송 회장이 부른 곳은 철저하게 회원제로만 운영되는 레스토랑이었다.

신휘도 재벌이나 정부 고위 인사와 같은 상류층의 은밀한 회동이 이루어지는 장소라는 것만 들어 알고 있었을 뿐 와본 건 처음이었다. 그는 자신이 누구인지, 누구를 만나러 왔는지 말할 필요가 없었다.

"기다리고 계십니다."

신휘는 직원의 뒤를 따라 푹신하게 깔린 카펫 위를 걸으며 바깥으로 고개를 돌렸다. 서울의 화려한 야경이 통유리를 통해 한눈에 내려다보였다.

'하윤이가 보면 좋아하겠네.'

좋은 것을 보면 항상 그녀가 가장 먼저 떠올랐다. 자신을 벼랑 끝까지 내몬 장본인을 만나러 가는 순간에도 신휘는 하윤을 생각하고 있었다.

직원이 걸음을 멈추고 금박을 입힌 듯한, 육중한 손잡이를 돌려 문을 열었다. 신휘가 한 걸음 안으로 들어서자, 문 쪽을 바라보며 앉아 있던 송 회장이 예의 사근사근한 목소리로 그를 반겼다.

"어서 오세요."

등 뒤에서 문이 닫히는 소리가 들려왔다. 신휘는 한 공간에 송 회장과 둘만 남겨졌다는 사실에 숨이 막혀왔지만, 무표정으로 걸어가 그녀의 맞은편 의자에 앉았다.

"얼굴이 좀 상했네요."

송 회장이 안타깝다는 표정으로 신휘를 바라보았다. 그는 영입 제안을 위해 만났던 날보다 까칠해져 있었지만, 오히려 그 모습이 남성미와 섹시미를 돋보이게 해주고 있었다. 여전히 당당함을 잃지 않는 태도도 매력적이었다. 그래서 송 회장은 그가 아쉬웠다. 그리고 아까웠다. 어쩌면 좋은 관계로 지낼 수 있었을지도 모른다는 생각을 하고 있던 그녀에게 신휘가 엷은 미소로 화답했다.

"회장님은 더 좋아지신 것 같습니다."

"그래요? 신휘 씨한테 칭찬 들으니까 좋네요."

송 회장은 그와 마주 앉아 웃을 사이가 아니라는 것도 잊은 채 소녀처럼 입을 가리고 수줍게 웃었다.

"칭찬으로 들으셨다니 다행이네요. 살이 좀 찌신 것 같아서 드린 말씀이었는데."

송 회장의 얼굴에서 웃음기가 싹 사라졌다. 가뜩이나 나이를 먹으면서 군살이 붙고 체중 관리가 힘들어져 스트레스를 받고 있는데, 살찐 것 같다는 말까지 들으니 들떴던 기분이 한순간에 내려앉았다. 그녀가 냉랭하게 물었다.

"왜 이렇게 반응이 없어요?"

"무슨 반응을 원하셨습니까?"

"반격이든 사정이든 뭐라도 할 줄 알았는데 아무것도 안 하네? 이제 기다리는 것도 지루해서 말이에요. 너무 잠잠하니까 재미가 없잖아요. 꿈틀거려야 밟는 맛이 있는 법인데."

웃는 낯으로 섬뜩한 말을 하고 있는 송 회장을 바라보며 신휘는 어깨를 가볍게 올렸다 내렸다.

"회장님께 재미까지 드리고 싶지 않아서요."

그녀는 여유로운 그의 태도가 불쾌했지만 내색하지 않고 받아쳤다.

"그럼 성공했네요. 아주 재미없어요."

"그리고 또 한 가지 이유가 있습니다."

송 회장의 얼굴에 의문이 떠올랐다.

"회장님이 눈 밖에 난 사람을 어떻게 처리하시는지 알거든요. 그래서 가만히 있기로 했습니다."

"현명하네요. 난 나대는 것들 굉장히 싫어하는 성격이라……."

말끝을 늘이는가 싶던 송 회장이 빙그레 웃으며 말을 이었다.

"근데 이렇게 미적지근한 것도 안 좋아해요. 그래서 이제부터 재미는 내가 알아서 찾아볼까 해요."

신휘는 이제 본론이 나올 것임을 직감했다.

"나 참 인간적이죠? 여자는 내버려 두라고 지시했거든. 내가 마음먹었으면 금세 유명인으로 만들어줄 수도 있었는데 말이죠."

그럴까 봐 신휘는 더 가만히 있었다. 그녀의 심기를 건드리면 하윤의 신상이 인터넷에 도배될 것만 같아 두려웠다.

"감사하다는 말씀, 드려야 합니까?"

"물론이죠."

"감사합니다."

그는 다른 것을 다 떠나서 그 점 하나만큼은 송 회장에게 진심으로 고마웠다.

"그거 알아요? 아직 끝이 아니라는 거?"

"알고 있습니다. 언제 끝내시려나 기다리는 중입니다."

송 회장은 담담한 그의 대답에 짐짓 놀라는 표정을 지었다.

"어머? 뭐가 남았는지 알고 있는 거예요? 깜짝 놀라게 해주려고 아껴둔 건데 재미없네."

"실망하지 않으셔도 됩니다. 있다는 것만 알지 그게 뭔지는 모르니까요."

"그럼 다행이네요. 본인 얘긴데 뭐가 터질지 아직 모르는 기분이 어때요?"

"썩 좋지는 않습니다."

신휘는 그녀의 모든 질문에 더하지도 빼지도 않고 솔직하게 대답하고 있었다.

"뭔지 궁금하지 않아요?"

"궁금합니다. 뭡니까?"

"신휘 씨가 고등학교 자퇴한 이유."

이십팔 년을 살아오는 동안 구설에 오를 만한 일을 한 적이 거의 없었던 그는 송 회장이 아껴두고 있는 카드가 뭔지 어느 정도 짐작하고 있었다.

"스탠바이 중이에요. 내가 지시하는 즉시 보도될 거예요."

"회장님."

송 회장은 순간적으로 오싹해졌다. 그녀가 그의 메마른 눈빛과 건조한 어조에 기가 눌려 아무 말도 하지 못하고 있는 사이, 신휘의 입술이 다시 열렸다.

"제가 어떻게 하면 멈추시겠습니까?"

신휘는 어떤 식으로 자신과 하윤을 엮어 기사를 작성했을지 보지 않아도 알 수 있었다.

"난 내가 못 가지는 거라면 못 쓰게라도 만들어야 직성이 풀리는 성격이에요."

송 회장이 입꼬리를 말아 올리며 덧붙였다.

"은퇴하세요."

스크린과 브라운관을 통해 모습을 드러내는 이들에게는 사망 선고나 다름없는 것이었다.

"하겠습니다."

기다렸다는 듯한 신휘의 대답에 도리어 당황한 건 송 회장이었다. 뭐가 이렇게 쉬워? 그녀의 눈썹이 짜증스럽게 움직였다.

"설마 잠잠해지면 컴백하려는 건 아니죠?"

"그런 일 절대 없습니다. 다시는 돌아오지 않겠습니다."

위기를 모면하기 위해 하는 말이 아님이 느껴지기도 했고, 돌아온들 이런 식으로 불명예스럽게 은퇴를 한 이상 그가 설 자리는 없을 터였다. 송 회장이 싱긋 웃으며 쐐기를 박았다.

"말 나온 김에 내일까지 마무리 지어줬으면 하는데, 어때요?"

"알겠습니다."

"근데 나 신휘 씨한테 많이 실망했어요. 내 제안 거절할 때는 그렇게 당당하더니, 왜 이렇게 약하게 굴어요?"

비아냥거리는 말에도 신휘는 표정 하나 바뀌지 않았다.

"지킬 사람이 있어서 약해지는 것뿐입니다. 그 사람을 위해서라면 버리고 또 버리고, 굽히고 또 굽혀도 아무렇지 않으니까요."

"눈물겹네. 그만 가봐요."

송 회장이 미간을 찌푸리며 짜증스럽게 쏘아붙였다.

"가기 전에 한마디만 하고 가도 되겠습니까?"

"하세요."

"힘이란 건 제대로 쓸 수 있는 사람에게 주어져야 한다고 생각합니다. 사리 분별 못 하는 사람에게 주어진 힘만큼 무서운 게 없죠. 그렇지 않습니까, 송 회장님?"

예상치 못한 반격에 그녀는 말문이 막혀 버렸다.

"약속은 지키시는 분이라고 믿습니다."

파르르 떨고 있는 송 회장을 뒤로하고 밖으로 나온 신휘는 가장 하고 싶었던 말을 하고 나왔기에 그나마 속이 후련했다. 그는 그 길로 곧장 집으로 향했다. 썰렁한 오피스텔이 아닌, 하윤이 있는 진짜 집으로…….

신휘가 집에 도착한 건 자정이 넘어서였다. 하윤의 방으로 걸어가 조심스럽게 문을 연 그는 어둑한 방을 보고 잠시 실망했다. 하윤의 반짝이는 눈동자를 볼 수 없다면 아쉬운 대로 새근거리는 숨소리라도 들어야겠다는 생각을 하고 있던 신휘의 귀에 침대 쪽에서 바스락거리는 소리가 들려왔다. 곧이어 은은하지만 맑은 하윤의 목소리가 그의 귓전을 두드렸다.

"오…… 빠……?"

신휘가 어둠 속을 가로질러 침대로 다가갔을 때, 하윤은 어느새 일어나 앉아 있었다.

"어떻게 왔어?"

휴대폰이 온전히 전달해 주지 못한 그녀의 청량한 목소리가 지척에서 들리자 신휘의 입가에 저절로 미소가 걸렸다.

"보고 싶어서."

그의 말이 끝나기 무섭게 하윤이 두 팔을 벌렸다. 신휘가 그녀의 겨드랑이 아래로 두 팔을 밀어 넣었고, 하윤은 그의 목에 팔을 둘렀다. 신휘는 하윤을 안고, 그녀의 목덜미에 얼굴을 묻었다. 향긋한 체취가 경직된 근육을 이완시켜 주었다. 아무리 약을 먹어도 소용이 없던 두통이 잦아들었다. 오랜만에 느껴보는 편안하고 평화로운 시간이었다.

"하윤아."

신휘가 조용히 말문을 열었다.

"……응?"

왠지 모를 불안감을 느낀 하윤의 목소리가 떨리고 있었다.

"나 내일 기자 회견할 거야."

"기…… 자 회견……?"

그가 무슨 말을 하려는 건지 본능적으로 감지한 하윤은 가슴이 뛰고 온몸이 움츠러들었다.

"이 일 그만두려고."

"오빠……."

꿈틀거리며 몸을 빼려는 하윤을 신휘는 더 세게 안아 품에 가뒀다. 혹시라도 제 두 눈에 좌절이나 절망 등이 담겨 있다면, 하윤에게만은 들키고 싶지 않았다. 그녀만은 보지 않길 바랐다.

"힘들어서 그만두려는 거 아니야. 이 바닥 지겨워서 그만두려는 거야."

'거짓말. 힘들면서…… 힘들어하는 모습 보이면 내가 속상해할까 봐 혼자 견디려는 거면서…….'

알면서도 아무것도 해줄 수 없는 게 더 마음이 아팠던 하윤은 신휘를 있는 힘껏 끌어안았다.

"나 때려치워도 되지?"

하윤은 신휘를 향한 제 감정이 뭔지 몰라서 은휘와 도경에게 사랑에 관해 물어보았던 날을 떠올렸다. 설사 그가 모든 것을 다 잃게 된다고 해도 상관없다고 생각했던 그날, 그가 문신휘인 이상 성하윤은 변하지 않을 것임을 확신했다. 그리고 지금 이 순간, 그날 확인했던 제 마음은 거짓도, 가식도 아니었음을 더욱 분명히 깨달았다.

"그래도 내 옆에 있어줄 거지?"

대답이 없는 하윤에게 신휘가 재차 물었다. 그는 하윤이 자신을 떠날 리 없다는 것을 누구보다 잘 알고 있으면서도 그녀의 입으로 확답을 듣고 싶었다.

태연한 척하고는 있지만, 사실 지금 가장 불안한 건 신휘 자신이었다. 십 년을 걸어왔고 평생을 걸어갈 길이라고 생각했던 일을 하루아침에 포기한다는 게 쉽다면 거짓말이었다. 이런 상황까지 올 줄 알았더라면 남수에게 미안하더라도 송 회장의 제안을 수락할 걸 그랬다는 생각을 하기도 했다. 차라리 하윤과의 사연을 공개해 위기를 모면해 보면 어떨까 하는 생각도 안 해본 건 아니었다. 다시 그날로 돌아간다고 해도 같은 선택을 하겠지만, 막다른 길에 몰리니 이 생각 저 생각이 그를 괴롭혔다.

과연 이게 최선일까 치열하게 고민해 보았지만, 그의 결론은 하나였다. 신휘는 남수와의 의리를 저버릴 수 없었고, 하윤의 아픔을 이용할 수 없었다. 머릿속이 터져 버릴 만큼 복잡하고 숨 쉬기 힘들 만큼 답답했지만, 평생을 후회하며 사느니 지금의 고통을 감수하는 쪽을 택한 것이었다. 하지만 지금 신휘에게는 위로가 필요했다. 다른 누구도 아닌 하윤에게 위로받고 싶었다.

"난 오빠가 평생을 백수, 거지, 노숙자로 산다고 해도 오빠 옆에 있을 거야."

신휘가 웃음을 터뜨리자, 그의 가슴에 얼굴을 묻고 있던 하윤이 고개를 삐죽 치켜들며 물었다.

"왜 웃어? 나 지금 엄청 진지한데?"

"내가 설마 평생 백수, 거지, 노숙자로 살까."

"아니, 뭐 말이 그렇다는 거지……. 난 오빠가 제발 떨어지라고 사정해도 안 떨어져 나갈 거니까 그런 줄 알아."

하윤은 도로 신휘의 품에 꼼지락거리며 파고들었다.

"나 지금이라도 다시 공부해서 대학 갈까?"

장난스러운 그의 말에 하윤이 반색하며 목소리를 높였다.

"좋다! 이번 기회에 오빠 꿈이었던 의대 가는 거야! 나 오빠 도중에 자퇴한 거 두고두고 속상해. 아직도 이해가 안 된단 말이야."

하윤의 뒷머리를 쓰다듬던 신휘의 손이 순간 멈칫했다. 하지만 아무것도 눈치채지 못한 그녀는 종알거리느라 바빴다.

"오빠 메디컬 드라마 찍었을 때 입었던 흰 가운, 얼마나 멋있었는지 알아? 진짜 예술이었는데."

신휘가 은근슬쩍 말을 돌렸다.

"이 나이에 공부는 무슨 공부야. 우리 하윤이가 벌어다 주는 돈으로 알뜰살뜰 살림이나 해보는 것도 나쁘지 않겠다. 내가 은근히 살림에 소질이 있잖아."

하윤은 그에게 결혼하자는 말을 듣기 위해 고군분투하던 때 제 입으로 했던 말임을 기억해 냈다.

"나도 현모양처가 꿈이었잖아. 내가 은근히 살림에 소질이 있고……."

객관적으로 볼 때 살림에 소질이 있는 쪽은 하윤이 아닌 신휘였고, 그건 하윤 자신도 인정하는 바였기에 그가 놀리는 것임을 알면서도 반박할 수가 없었다.

"좋은 생각이야. 내가 나가서 돈 벌어올 테니까 오빠가 살림해. 아무 걱정 하지 마. 내가 먹여 살릴게."

"그래, 걱정 안 해."

신휘는 패기뿐인 하윤의 말에 위안을 받고 있는 자신이 신기했다.

'너만 내 옆에 있으면 난 그걸로 충분해.'

그녀의 존재 자체가 신휘에게는 가장 큰 안식처였다.

"오빠, 나 졸려."

신휘의 붉게 충혈된 눈자위를 보고 그동안 그가 잠을 제대로 자지 못했다는 사실을 눈치챈 하윤은 신휘를 잡아끌어 함께 침대에 누웠다. 그를 조금이라도 자게 하기 위한 거짓말이었다.

"그래, 자자. 코 자자."

신휘가 장난스럽게 웃으며 하윤의 목 아래에 팔을 넣어 바짝 당겨 안았다. 하윤은 자는 척, 아무 움직임 없이 가만히 있었다. 그녀의 뒷머리를 부드럽게 쓰다듬던 손길이 서서히 느려지더니 어느 순간 멈췄다. 거의 일주일 만에 술의 힘을 빌리지 않고 잠든 것이었다. 하윤은 자면서도 꽉 끌어안고 놔주지 않는 신휘 때문에 옴짝달싹 못 하고 그의 품에 갇혀 있어야만 했다.

'내가 오빠를 위해서 할 수 있는 것……'

신휘가 숨기려고 애쓴다 한들, 하윤은 돌아가는 사정을 모를 만큼 어리석지 않았다. 지금 유일하게 판세를 뒤엎을 수 있는 방법은 그와 자신의 이야기로 동정심을 자극하는 것뿐이라는 것을 잘 알고 있었다. 그녀는 처음부터 거의 애원하다시피 신휘를 설득했다.

"오빠, 나 괜찮아. 내 얘기 좀 알려지면 어때."
"내가 싫어. 너 절대 사람들 입에 오르내리게 안 해."

완강한 그의 고집을 꺾지 못한 하윤은 다른 방법을 찾아야만 했고, 아무리 고민해 보아도 자신이 할 수 있는 거라고는 한 가지뿐이었다. 그런데 그 방법이 과연 가능하기는 한 건지, 잘하는 일인지 확신이 서지 않았다. 그렇지만 이대로 가만히 있을 수 없다는 것만큼은 명백했다.

신휘가 눈을 뜬 건 어슴푸레 해가 떠오르는 새벽녘이었다. 하윤의 옆자리가 얼마나 아늑했던지, 그는 자는 내내 한 번도 깨지 않았다. 덕분에 몸이 한결 가벼워졌고 머리도 맑아졌다.

신휘는 제 품에서 웅크리고 잠들어 있는 하윤을 가만히 내려다보았다. 불편했을 법도 한데 그대로 안겨 있는 모습을 보니 그녀가 안쓰럽기도 하고 고맙기도 했다.

"금방 올게. 이번엔 진짜야."

하윤의 이마에 다정하게 입을 맞추며 속삭인 그는 그녀를 깨우지 않기 위해 조심스레 팔을 빼고 침대에서 내려갔다. 신휘가 발소리를 죽이고 방을 나가자마자 하윤의 눈이 스르르 떠졌다. 그의 생각과 달리 그녀는 자고 있지 않았다. 머릿속이 복잡해서 한숨도 자지 못했음에도 불구하고 자는 척을 하고 있었던 건 신휘의 마음을 무겁게 하고 싶지 않았기 때문이었다. 웃으면서 보내주어도 걱정할 그를 알기에, 가는 모습을 아예 보지 않는 게 최선이라고 생각했던 것이다.

몸을 일으키고 앉아 휴대폰을 집어 든 하윤은 남수의 번호를 찾아 전화를 걸었다. 전화를 걸기에는 아직 이른 시간이었지만 지금은 이런 저런 예의를 차릴 시간이 없었다. 긴 연결음 끝에 남수가 전화를 받았다.

[여보세요?]

듣기 거북할 만큼 쉰 목소리였다.

"오빠, 저 하윤이에요."

[그래, 하윤아. 네가 이 시간에 어쩐 일이야?]

"오늘 기자 회견한다면서요?"

[그렇게 됐다. 원래 계획대로라면 이번 주에 너희들 결혼 발표 기자 회견하려고 했었는데 어쩌다 은퇴 기자 회견이 돼버렸는지…….]

하윤은 남수의 말에 울컥하고 목이 메어왔지만 내색하지 않고 목소리를 가다듬었다.

"……기자 회견 몇 시예요?"

[3시.]

"지금 어디 계세요? 집이세요?"

[아니, 회사야.]

그는 며칠째 집에 들어가지 못하고 회사에서 지내고 있었다.

"저 좀 봐요. 제가 지금 그쪽으로 갈게요."

[무슨 일인지 모르겠지만 내가 오늘 처리할 일이 많은데…….]

완곡하게 거절하는 남수에게 하윤이 힘주어 말했다.

"꼭 보셔야 해요. 꼭이요."

하윤이 기다리고 있다는 카페에 들어선 남수는 곧장 2층으로 향했다. 창가 쪽 테이블에 앉아 손을 흔들고 있는 그녀의 모습이 보였다. 남수가 의자에 앉기 무섭게 하윤의 입이 열렸다.

"신휘 오빠는요?"

"내 방에. 아마 내가 회사 밖으로 나온 줄도 모르고 있을 거야."

"회사 앞에 기자들 있을 것 같기도 하고, 신휘 오빠 모르게 해야 할 말이라서 이리로 나오시라고 했어요."

"그건 잘했고, 왜 보자고 했어?"

"오빠, 많이 피곤해 보여요. 괜찮으세요?"

그는 초췌해 보일 뿐만 아니라 초조해 보였다. 수염은 언제 깎았는지 삐죽삐죽 지저분하게 올라와 있었고, 입고 있는 셔츠도 잔뜩 구겨져 있었다.

"괜찮아. 무슨 일로 보자고 했는지부터 들어보자."

남수는 하윤의 입에서 나올 말이 뭔지 전혀 감이 잡히지 않았다. 하지만 한 가지 확실한 건, 그녀는 사태의 심각성을 인지하지 못할 만큼 철이 없지는 않다는 것이었다. 그런 하윤이 이런 상황에서, 이런 시간에 따로 보자고 했을 때는 분명 중요한 일일 것임이 분명했다.

"먼저 오빠한테 물어보고 싶은 게 있어요."

"물어보고 싶은 게 뭔데?"

"지금 이 상황을 해결할 수 있는 방법이 뭐예요?"

단도직입적인 하윤의 질문에 남수는 가슴이 쿵 하고 뛰었다. 해결책을 제시한 것도 아니고 그저 질문 하나 한 것뿐인데 왜 기대감이 생기는 건지 모를 일이었다. 하지만 그 기대는 순식간에 사라졌다. 십 년 동안 이 바닥에서 잔뼈가 굵은 자신도, 매사에 신중하고 현명한 신휘도 해결하지 못한 현 상황을 하윤이 무슨 재주가 있어 해결할 수 있겠나 싶어서였다. 그는 잠시나마 허황된 기대를 품은 자신이 어이가 없었지만, 초롱초롱한 눈을 빛내며 대답을 기다리고 있는 하윤을 생각해서 답은 해주기로 했다.

"두 가지가 있어."

하윤이 마른침을 꿀꺽 삼켰다.

"하나는 시작한 사람이 끝내주는 거."

"······."

"이건 전혀 가능성 없는 얘기고······."

남수는 제 입으로 말해놓고도 웃음이 나왔다.

"아니지, 지금 다른 의미로 완전히 끝장내 주고 있기는 하네."

"다른 하나는요?"

하윤이 간절한 얼굴로 대답을 재촉했다.

"EN미디어보다 파급력 크고 신뢰도 높은 언론사가 나서주면 흐름이 바뀔지도 모르지."

"그게 어딘데요?

남수가 망설임 없이 단호한 어조로 대답했다.

"명신일보."

명신일보는 확고부동한 서열 1위의 언론사였다. 이를 모태로 종합 편성 채널인 MSC를 비롯한 다양한 매체를 통합하여 명신미디어가 출범했고, 이 종합 미디어 그룹은 현재 자타 공인 대한민국 언론의 중심이었다.

"EN이랑 명신을 두고 양대 언론사라고들 하지만 알 만한 사람은 다 알지, 명신의 저력을. 최근 몇 년 동안 반짝 치고 올라온 언론사랑 몇십 년을 왕좌에서 내려오지 않는 언론사, 비교하면 답 나오잖아? 명신이 움직이면 EN도 어쩌지 못해."

"명신일보······."

하윤이 그의 대답을 곱씹는 사이, 남수는 머리를 신경질적으로 흩뜨리며 한숨을 내쉬었다.

"근데 명신이 미쳤다고 나서주겠느냐고. 굳이 EN이랑 껄끄러워질 필요도 없거니와 우리 쪽이랑 아무 연결 고리도 없······."

"있어요."

그는 제 말을 자르며 끼어든 하윤을 멍하니 바라보며 되물었다.

"……어?"

어리둥절한 표정을 짓고 있는 남수를 향해 그녀는 정확한 발음으로 다시 한 번 더, 똑 부러지게 대답했다.

"명신과의 연결 고리, 있다고요."

하윤은 남수의 입을 통해 지금부터 시도해 보려는 계획의 실현 가능성을, 그리고 제 생각이 맞다는 것을 확인받았다. 그러니 이제 움직이는 일만 남은 것이었다.

"명신일보……."

남수는 회사로 돌아와서도 넋 나간 사람처럼 네 글자만 읊조리고 있었다. 하윤에게 들은 말이 아직도 다 믿어지지가 않았다. 하지만 그는 믿고 싶었다. 더는 기대볼 곳이 없었고, 더는 기다릴 시간이 없었다.

톡톡.

초점이 풀린 눈으로 멍하게 앉아 있던 그는 책상을 두드리는 소리에 화들짝 놀라 고개를 쳐들었다.

"왜 정신 나간 사람처럼 그러고 있어?"

신휘가 한쪽 손을 바지 주머니에 찔러 넣은 채로 서 있었다.

"……와, 왔어?"

"무슨 생각 하느라 사람 들어오는 것도 몰라?"

남수가 하윤과 헤어지고 회사에 돌아왔을 때 신휘는 없었다. 그는 봉수에게 마지막으로 헤어와 메이크업을 받고 오는 길이었다. 사람들 앞에 나서는 마지막 날, 가장 완벽한 모습을 보여주고 싶다는 그의 의지였다.

남수는 오늘따라 유난히 빛나는 신휘를 물끄러미 응시했다. 짙은 블랙 슈트에 깊고 그윽한 눈빛이 어우러져 탄성이 절로 나올 정도였다.

"형."

"……."

"형."

얼빠진 사람처럼, 신휘를 홀린 듯 바라보던 남수가 번뜩 정신을 차렸다.

"……어, 그래."

"나 없는 사이에 무슨 일 있었어?"

"일? 무슨 일?"

"내가 묻고 있잖아."

남수는 좁아진 신휘의 미간을 보고 아차 싶어 얼른 말을 돌렸다.

"생각보다 빨리 왔네?"

"봉수가 울먹거리잖아. 식겁해서 도망 나왔어."

키득거리는 신휘를 남수가 어이없다는 듯 바라보며 쏘아붙였다.

"대체 네 멘탈은 뭘로 만들어졌길래 오늘 같은 날 웃음이 나오는 거냐?"

"울상은 봉수가 지어주고, 죽을상은 형이 지어주니까 난 할 게 없잖아. 웃기라도 해야지."

"웃지 마. 누가 보면 충격이 커서 돌아버린 줄 알 거 아냐."

말은 그렇게 하면서도 남수는 새삼 신휘가 대단해 보였다. 모든 것을 내려놓는 날조차도 여유를 잃지 않는 그의 모습이 감탄스러웠다. 피붙이는 아니지만, 피붙이보다도 더 아끼고 좋아하는 신휘가 이대로 무너지는 것을 보고 싶지 않았다. 이 일이 자신과의 의리를 지키기 위해 시작된 것임을 알기에 지켜보고 있기가 더 힘들었다.

'하윤아, 제발…….'

하윤은 남수의 마지막 희망이었다.

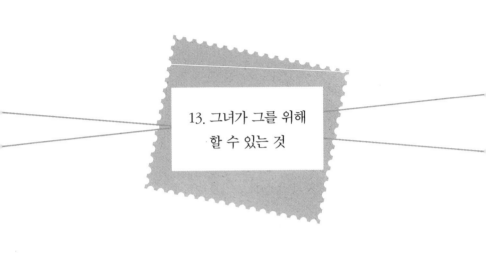

13. 그녀가 그를 위해
    할 수 있는 것

　남수와 헤어지고 곧장 상암동으로 달려온 하윤은 명신미디어 빌딩
앞에 서서 크게 숨을 골랐다.

　"후우……."

　하윤이 남수에게 말한 명신일보와의 연결 고리는 그녀의 외할아버지
인 지관명 회장이었다. 사실 외할아버지라고는 해도 십이 년 동안 형식
적인 안부 인사조차도 없이 살아왔으니 남보다 더 나을 것도 없는 사이
였다. 외할아버지의 싸늘한 얼굴을 떠올린 하윤은 벌써 입이 바싹바싹
마르고 심장이 벌렁거렸다. 다른 선택의 여지가 있다면 평생 보지 않고
살고 싶을 만큼, 외할아버지는 그녀에게 두려운 존재였다. 하윤은 외할
아버지에 대한 자신의 트라우마를 잘 알고 있는 신휘가 이번 일을 알게
된다면 그냥 내버려 둘 리 없다는 사실을 알기에 그를 설득할 생각조차
하지 않았다. 무조건 신휘 모르게 기자 회견 전에 해결해야 한다는 생
각뿐이었다.

　조금 전 남수와의 대화가 그녀의 머릿속을 스치고 지나갔다.

"오빠한테 저 명신일보 간다는 말 절대 하시면 안 돼요."

"왜?"

"얘기가 길어요. 아무튼, 오빠가 알면 못 가게 할 거예요."

"그럼 난 기자 회견을 미룰 수 있는 명분이 없어. 은퇴 발표하고 나면 게임 끝이야. 사태가 수습된다고 해도 본인 입으로 꺼낸 말, 결코 번복할 리 없는 놈인 거 너도 잘 알잖아."

심호흡으로 다시 한 번 마음을 다잡은 하윤은 1층 안내 데스크로 걸어갔다.

"회장님 좀 뵐 수 있을까요?"

"회장님께서는 지금 회사에 안 계십니다."

내방객 응대에 익숙한 여직원이 친절한 미소를 지으며 대답했다.

"안 계신다고요?"

이런 변수까지는 미처 예상치 못했던 하윤의 얼굴에 낭패감이 어렸다. 결과는 장담하지 못한다 할지라도 마음만 먹으면 할아버지를 만나는 건 문제가 없을 거라고 생각했기에 그녀는 지금 매우 당혹스러웠다.

"그럼 언제 돌아오세요? 아니, 지금 어디 계세요?"

기자 회견까지 세 시간도 채 남지 않은 상황에서 처음부터 일이 꼬여 버리자 하윤은 초조해졌다.

"죄송합니다. 알려 드릴 수 없습니다."

이제 어떻게 해야 하는지 아무리 고민해 보아도 뾰족한 방법이 떠오르지 않았다. 연락할 수 있는 수단이 없는 이상, 할 수 있는 건 아무것도 없었다. 하윤은 다시 간절한 눈빛으로 여직원을 바라보았다.

"전화라도 좀 해주시면 안 될까요? 꼭 드릴 말씀이 있는데……."

한일자로 굳게 다문 여직원의 입술은 안 된다는 말보다 더 확실한 대답이었다. 초점 없는 눈으로 멍하게 서 있던 하윤의 눈이 갑자기 커졌다.

"아! 그럼 사장님은 계세요?"

여직원의 눈가에 그나마 남아 있던 미소마저도 흔적 없이 사라졌다. 회장님에 이어 사장님까지 찾고 있는 하윤이 그녀의 눈에 정상으로 보일 리 없었다. 여직원의 시선이 보안 요원 쪽으로 향하자, 하윤은 데스크에 거의 매달린 자세로 절박하게 말했다.

"저 회장님 외손녀예요. 사장님 조카고요."

하윤이 처음부터 정체를 밝히지 않은 건, 지금까지 한 번도 알려진 적 없는 자신이 외손녀에 조카라고 떠들고 다니는 것이 외할아버지와 외삼촌에게 달가울 리 없다고 판단했기 때문이었다. 하지만 그녀는 이제 그런 것까지 신경 쓸 여유가 없었다. 하지만 여직원은 무슨 말이냐고 되묻지도 않고 곧바로 보안 요원을 불렀다.

"여기 좀 와주세요."

"무슨 일이십니까?"

하윤은 굳은 표정으로 다가오는 보안 요원을 보며 눈물이 나올 뻔했다. 이대로 아무도 만나지 못하고, 이야기 한번 꺼내보지 못하고 끝이라는 게 허탈할 뿐이었다. 다들 각자의 업무에 충실하고 있을 뿐이라는 걸 알면서도 야속한 마음을 숨길 수가 없었다.

"이분 좀 내보내 주세요."

여직원이 표정 하나 바꾸지 않고 모진 말을 내뱉자, 하윤은 다시 한 번 사정했다.

"제발 연락 한 번만 해봐 주세요."

그녀를 부르는 목소리가 들린 건 그 순간이었다.

"혹시 하윤이?"

반사적으로 고개를 돌린 하윤의 시야에, 누구나 한 번쯤 뒤돌아볼 만큼 수려한 외모와 훤칠한 키로 시선을 집중시키는 남자가 들어왔다. 주름 하나 없이 딱 떨어지는 슈트를 입은 그는 머리부터 발끝까지 빈틈이라고는 없어 보였으며, 냉철하고 차가운 분위기를 풍기고 있었다.

'누구지?'

하윤은 그가 제 이름을 부른 게 맞는지 의아했다. 분명 처음 보는 얼굴이었다. 고개를 갸웃거리던 그녀는 여직원과 보안 요원이 그에게 허리를 굽히는 것을 보며 얼떨결에 같이 고개를 숙였다. 하윤이 고개를 들었을 때, 그는 한 걸음 더 다가와 있었다.

"누구…… 세요……?"

"지학영."

어디서 들어본 이름인데? 눈알을 굴리며 골똘히 생각하던 하윤이 눈을 크게 뜨고 목청 높여 외쳤다.

"학영 오빠?"

회장 지관명, 사장 지상일 그리고 지학영. 그는 지상일 사장의 아들이자, 하윤의 사촌 오빠였다.

"오빠, 저 할아버지한테 좀 데려다주세요."

한 가닥 희망의 빛을 발견한 하윤은 다짜고짜 그의 팔을 잡고 매달렸다.

별다른 말 없이 제 차에 하윤을 태우고 성북동으로 출발한 학영은 조수석에 앉아 안절부절못하고 있는 하윤에게 담담한 어조로 물었다.

"문신휘 때문이지?"

그녀의 시선이 학영에게 향했다.

"……어떻게 아셨어요?"

아직 한마디도 꺼내지 않았는데, 하윤은 오늘 처음 본 그의 입에서 신휘의 이름이 나오는 게 의아했다.

"너랑 같이 사는 형제 중 한 명이 문신휘라는 건 예전부터 알고 있었고, 지금 돌아가는 사정도 아는데 네가 회사까지 온 이유를 짐작하지 못하는 게 더 이상하지."

"아……."

하윤이 멋쩍게 고개를 끄덕였다.

"요새 문신휘 덕 보는 사람이 참 많아."

덕 보는 사람? 하윤의 고개가 갸우뚱 기울어졌다. 그로 인해 손해를 보는 사람은 있어도 덕을 보는 사람이 있다는 말은 금시초문이었다.

"사고 친 정치인, 경제인 할 것 없이 문신휘 덕분에 묻어가고 있어. 더 크게 이슈화되어야 할 기사를 그 사람이 다 잡아먹고 있다고. 몇 달을 공들인 보도가 저 멀리 방치되는 충격과 공포를 경험하고 있지."

학영은 기복 없는 어조로 말했지만, 하윤은 핸들을 쥔 그의 손에 힘줄이 불끈 솟아오르는 것을 똑똑히 보았다.

"죄송해요……."

"네가 왜 죄송해?"

"왠지는 모르지만, 일단은 죄송해야 할 것 같아서……."

"그럴 거 없어."

학영의 말에 배시시 웃으며 고개를 슬쩍 치켜든 하윤은 차 안을 둘러보는 척하며 은근슬쩍 그를 훔쳐보았다. 십이 년 전 그는 미국에서 유학 중이었고, 하윤은 외숙모로부터 그의 이름만 들었을 뿐 얼굴을 본 건 오늘이 처음이었다. 그런데도 그의 정체를 의심하지 않은 건, 단지 안내 데스크 직원과 보안 요원이 그에게 깍듯한 태도를 보여서만은 아니었다. 지 회장과 지 사장을 복제해 놓은 듯한 냉소적인 분위기가 의심할 여지를 주지 않았기 때문이었다.

"대놓고 봐도 돼."

"흠, 흠……."

하윤은 민망함에 헛기침을 하면서도 학영의 말을 충실히 따랐다.

"할아버지랑 삼촌을 많이 닮으신 것 같아요."

그의 얼굴을 요리조리 살피고 나서 하윤이 내린 결론이었다.

"난 잘 모르겠는데 남들이 그러더라."

잘 모르겠다니? 아무리 중이 제 머리 못 깎는다지만 눈이 있다면 잘 모를 수가 없는 일이었다. 하윤은 잠시 당황했지만, 곧 고개를 끄덕이며 한 가지 중요한 사실을 덧붙였다.

"근데 많이 다르신 것 같아요."

"……."

"많이 닮았는데 많이 달라요."

하윤은 그래서 안심했다. 학영을 대하기가 아직 어렵기는 했지만, 두렵지는 않았다. 그를 언제 봤다고, 벌써 든든한 기분마저 드는지 모를 일이었다.

"아 참! 오빠는 절 어떻게 알아보셨어요? 제가 하는 말 들으신 거예요?"

"한국에 돌아와서 널 보러 간 적이 있었어."

학영은 하윤의 엄마이자 그의 고모가 집을 나가면서부터 왕래가 없었기 때문에 그때까지 하윤을 본 적이 없었지만, 그녀의 존재는 알고 있었다. 행복하게 잘 살고 있다면 모를까, 어린 나이에 모진 일을 겪은 하윤을 그냥 모른 척할 수가 없어서 소식을 듣자마자 찾아갔었다.

"정말요? 언제요?"

"너 고등학교 1학년 때였던가……. 고모가 그렇게 됐다는 것도, 네가 잠시 집에 왔다는 것도 한국에 돌아와서야 알게 됐거든."

학교 앞으로 찾아간 그는 하윤을 한눈에 알아보았다. 이렇게까지 닮을 수가 있나 싶을 만큼 고모와 똑같이 생긴 얼굴이었다.

"보러 오셨으면서 왜 아는 척 안 하셨어요?"

학영은 당시의 기억을 떠올렸다. 교문 앞엔 자신 말고도 하윤을 기다리는 사람이 또 한 명 있었다. 그녀를 보자마자 차에서 내리던, 모자를 깊게 눌러쓴 남자……. 얼핏 본 것만으로도 남다른 포스를 풍기고 있었기에 그가 문신휘임을 알아보는 건 어렵지 않았다.

"그냥. 좋아 보여서."

아니, 행복해 보여서. 학영은 하윤이 행복하지 않을 거라고 생각한 건 제 섣부른 짐작과 싸구려 동정이었다는 것을 그때 알았다. 부모님을 한꺼번에 잃었다는 사실은 당연히 슬프고 힘든 일이었겠지만, 그렇다고 그녀의 삶이 불행하지만은 않다는 것을 깨닫고 조용히 그 자리를 떠났다. 평온하고 안정적인 하윤의 일상을 방해하지 않기 위해서였다. 해맑게 웃으며 신휘에게 달려가던 그녀의 얼굴을 떠올리고 있던 학영에게 하윤이 맥락 없는 질문을 던졌다.

"혹시 기자세요?"

"그래."

"그래서 회사에 계셨구나. 어떤 쪽에 계시는 거예요? 정치? 경제? 사회? 문화?"

"특수보도팀."

아는 건 줄줄이 다 읊었건만, 그중 한 가지도 얻어걸리지 않아 머쓱해진 하윤이 어색하게 웃으며 다시 물었다.

"특수보도면 어떤 분야를 다루시는 건데요?"

"특정 분야에 국한되지 않아. 건들기 어렵거나 조용히 뒤져야 하는 것들 위주로 가리지 않고 다 하지."

"오! 비밀 임무를 띤 정예 요원 같은 건가 봐요?"

"……뭐, 그렇다고 볼 수 있겠다."

표현이 오그라들기는 했지만 틀린 말은 아니었기에 학영은 순순히 인정했다.

"할아버지는 회사에 안 나오세요?"

"일주일에 한두 번 간헐적으로 나오시고 대부분은 집에 계셔. 작년에 뇌졸중으로 쓰러지셨어."

"아, 몰랐어요……."

왠지 모를 죄책감에 하윤의 목소리가 작아졌다. 자칫하면 돌아가셨을지도 모른다고 생각하니 마음이 무거워졌다.

"올해나 내년쯤 완전히 일선에서 물러나실 계획이야. 지금까지 현역에 계신 것도 대단한 거지, 팔십을 바라보는 나이시니."

"외삼촌이 회사에 계셔서 다행이에요. 아 참, 그러고 보니까 외삼촌한테 인사를 못 드리고 왔네요."

"지금 인사가 문제가 아닐 텐데? 몇 시간 안 남았잖아?"

"어떻게 아세요?"

말하지 않아도 모든 것을 알고 있는 학영은 하윤에게 놀라움 그 자체였다.

"나 기자라니까. 입장 발표한다는 게 은퇴 발표지?"

"그건 또 어떻게 아셨어요?"

그에게는 대수롭지 않은, 당연히 유추 가능한 일들이었지만 그녀는 마냥 신기하고 감탄스러웠다.

"당연히 알 수 있는 거니까 어떻게 알았는지는 그만 묻고 내리자."

학영의 말이 끝남과 동시에 차가 멈춰 섰다.

"다 왔어요?"

넋을 놓고 있던 하윤이 창밖으로 다급하게 고개를 돌렸다. 어느새 목적지에 도착해 있었다. 십이 년 만에 다시 찾은 외할아버지의 집……. 그녀의 눈동자에 초조함과 두려움이 일렁이기 시작했다.

신휘는 소파에 깊숙이 몸을 묻고 앉아 딴생각에 빠져 있는 남수를 내려다보며 미간을 찌푸렸다.

"안 일어나?"

벌써 몇 번이나 똑같은 말을 반복했건만 남수는 듣지도 못하고 있었다. 신휘는 그가 눈만 뜨고 있을 뿐, 자고 있는 건 아닐까 하는 생각마저 들었다.

"안 일어날 거냐고."

신휘는 허리를 숙여 남수의 얼굴 앞에 제 얼굴을 디밀고서 더 큰 소리로 불렀다. 그제야 남수의 눈동자에 초점이 돌아왔다.

"어? 뭐, 뭐라고……?"

"같이 간다며?"

"어딜?"

"기자 회견장."

"아, 기자 회견장……."

남수는 그제야 신휘의 말을 알아듣고 벽시계를 올려다보았다. 시곗바늘은 오후 1시를 가리키고 있었다.

"아까부터 왜 그러는데?"

신휘가 못마땅하다는 듯 인상을 쓰며 물었다.

"내가 뭘?"

"나사 빠진 사람처럼 멍하니 있잖아. 아직도 못 받아들이겠어?"

그가 보기에 남수는 정신은 딴 데 두고 몸만 앉아 있는 사람 같았다. 신휘는 남수에게 제 은퇴가 청천벽력과도 같은 일이라는 것을 충분히 알고 있었다. 하지만 그가 이제 그만 받아들여 줬으면 싶었다.

"아니, 그런 게 아니라……."

지금 무슨 일이 벌어지고 있는지 알 리 없는 신휘에게는 남수가 현실을 부정하는 것으로밖에 보이지 않는 게 당연했다.

"그럼 뭔데?"

하윤이 희소식을 전해주길 기다리고 있다고 사실대로 말할 수 없었던 남수는 신휘의 시선을 피하며 딴청을 부렸다.

"안 일어날 거야? 지금 출발해야 돼."

신휘의 재촉에 남수가 단호하게 대답했다.

"어, 난 안 가."

학영의 뒤를 따라 마당으로 한 발 들어선 하윤은 심장이 오그라드는 기분이었다. 마치 열 살 때로 돌아간 것만 같았다. 위압감이 느껴지는 웅장한 철문과 고개를 잔뜩 뒤로 젖혀야 간신히 보이던 저택의 지붕, 완벽하게 정돈된 잔디와 나무들까지 당시와 똑같은 모습이었다. 달라진 건 자신이 성인이 되었다는 것, 그리고 지켜야 할 사람이 있다는 것뿐이었다.

"괜찮아?"

학영은 바닥에 발이 붙은 듯 꼼짝도 하지 않고 서 있는 하윤을 바라보며 걱정스럽게 물었다. 어머니를 통해서 하윤이 이 집에 있었던 삼 일 동안 얼마나 힘들어했는지, 할아버지와 아버지가 하윤에게 얼마나 쌀쌀맞게 대했는지 들었던 그는 그녀의 행동을 이해할 수 있었다.

"네, 괜찮아요……."

"그럼 들어가자."

마당을 가로질러 집 안으로 들어간 두 사람은 서재에서 나오던 정 실장과 마주쳤다. 그는 삼십 년 넘게 지 회장을 보필하고 있는 수족과도 같은 사람이었다. 하윤은 장례식장에서 보았던 정 실장을 기억하고 있었다. 오십대가 되었음에도, 여전히 눈빛이 형형하고 기골이 장대했다. 그녀에게 정 실장은 외할아버지와 외삼촌 못지않게 무서운 존재였다.

"할아버지 서재에 계십니까?"

정 실장은 쭈뼛거리고 있는 하윤에게서 시선을 떼고 학영에게 대답했다.

"네, 들어가 보십시오."

학영은 그에게 하윤을 인사시킬 겨를도 없이, 곧장 서재로 향했다. 노크를 하자, 안에서 들어오라는 허락이 떨어졌다. 서재 문을 연 그는 들어가지 않고 그 자리에서 입을 열었다.

"하윤이 왔습니다."

책상 앞에 앉아 있던 지 회장이 고개를 들었다. 그는 놀란 기색도, 당황한 기색도 보이지 않았다. 단지 꿰뚫어 보는 듯한 날카로운 시선으로 하윤을 바라볼 뿐이었다.

"들어가 봐."

굳어 있는 그녀의 등을 가볍게 밀어 서재 안으로 들여보낸 학영은 뒤에서 조용히 문을 닫았다. 그가 해줄 수 있는 건 여기까지였다. 이제부터는 할아버지와 하윤이 해결해야 할 문제였다.

"안…… 녕하셨어요……."

하윤은 용기를 내어 입술을 달싹였다. 하지만 차마 눈을 마주칠 용기까지는 없었기에 시선은 가지런히 모아 발끝에 두었다.

"무슨 일이냐."

까랑까랑한 목소리는 예나 지금이나 변함이 없다고 생각하며 시선을 들어 올린 그녀는 지 회장을 조심스레 바라보았다. 반백이었던 머리카락이 온통 하얗게 물들었다는 것만 빼면, 서릿발 같은 기세까지 예전 그대로였다. 하윤은 뒤돌아 나가고 싶은 마음을 꾹 눌러 참고 다시 말했다.

"하, 할아버지께 부탁…… 드릴 일이 있어서 왔어요……."

"십이 년 만에 찾아와서 한다는 말이 부탁이 있다고?"

"신휘 오……."

"들을 필요 없다. 돌아가라."

하윤이 다급하게 꺼낸 말은 지 회장에 의해 냉정하게 끊겼다. 할아버지를 처음 보았을 때 느꼈던 감정이 순식간에 그녀의 전신으로 퍼져 나갔다. 그의 온기 없는 싸늘한 눈빛이 당시의 느낌을 일깨워 주었다.

"할아버지……."

"돌아가라는 말, 못 들은 게냐?"

쉽게 도와줄 거라고 생각하지는 않았지만, 자초지종도 들어봐 주지 않을 거라고는 미처 예상하지 못했던 하윤은 벌벌 떨리는 손을 등 뒤로 돌려 맞잡았다.

"도와주세요……."

하지만 지 회장의 굳게 닫힌 입은 열릴 생각을 하지 않았다.

"할아버지…… 제발요……."

서재에는 살갗을 에는 듯한 차가운 정적만이 감돌았다. 하윤은 어떻게 해야 할아버지의 마음을 돌릴 수 있을지 필사적으로 생각했다. 하지만 할 수 있는 건 아무것도 없다는 결론밖에 나오지 않았다.

그때, 지 회장의 건조한 목소리가 서재 안을 울렸다.

"그 집에서 나와라."

"……!"

"그리고 문신휘와 다시는 만나지 마라."

사색이 되어버린 그녀는 숨 쉬는 것도 잊고 그대로 얼어버렸다.

"내 말에 따르겠다면 도와줄 수도 있다."

"할…… 아…… 버지……."

하윤은 파르르 떨리고 있는 목소리가 제 목소리가 맞는지 분간이 되지 않을 만큼 정신이 아득해졌다.

"아, 안…… 돼요. 싫어요……."

애원하듯 고개를 젓는 그녀를 보면서도 지 회장은 안색조차 달라지지 않았다.

"물론 강요하는 건 아니다. 은퇴한다고 세상이 무너지는 것도 아니니."

하윤은 할아버지가 자신이 왜 찾아왔는지, 뭘 도와달라는 건지 모두 알고 있다는 사실을 그제야 깨달았다. 흐릿했던 시야가 갑자기 또렷해지며, 마음이 차분히 가라앉았다. 이곳에 와 있는 이유를 되새긴 그녀는 냉정해질 수 있었다.

'할아버지 말씀이 맞아요. 은퇴한다고 세상이 무너지지는 않을 거예요. 하지만 오빠의 인생 한 부분은 무너지는 거잖아요. 전 그걸 보고 싶지가 않아요……. 볼 수가 없어요……'

지 회장을 물끄러미 바라보던 하윤은 마른 입술을 혀로 축이고 입을 열었다.

"할아버지께서 원하시는 대로 할게요. 오빠 도와주세요."

찰나의 순간, 지 회장의 눈빛에 이채가 떠올랐다 사라졌다.

"정말 그놈이랑 헤어지겠다는 말이냐?"

하윤은 망설임 없이 한 자 한 자 힘주어 대답했다.

"아니요."

"지금 나랑 장난하자는 거냐?"

지 회장의 눈가 주름이 분노로 움찔거렸다. 그런데 희한하게도 그녀는 그 모습이 표정 없는 얼굴보다, 감정 없는 목소리보다 덜 무섭게 느껴졌다.

"헤어질 수 없어요."

'이십이 년 전의 네 어미와 똑같은 말을 하는구나.'

여전히 표정 변화는 없었지만, 당차게 눈을 맞춰오는 하윤을 바라보는 지 회장의 눈동자에 서늘한 감정이 배어났다.

"하지만 만나지는 않을게요. 할아버지가 허락해 주실 때까지."

똑같은 말을 내뱉었지만, 결정적인 게 달랐다. 딸은 그 말을 끝으로 집을 나가 버렸지만, 손녀는 허락을 기다리겠다고 말하고 있었다.

"알고 있을 텐데? 은영이…… 네 어미 죽는 날까지, 아니, 난 지금까지도 허락하지 않았다. 그런 기대를 하고 있다면 지금 돌아가는 게 좋을 게다."

"허락해 주실 때까지 기다리겠습니다."

"안 만나겠다는 말을 내가 어찌 믿지?"

"오빠들한테 배웠어요. 지키지 못할 말은 하지 않는다."

하윤은 숨을 고르고 말을 이었다.

"할아버지 속이고 뒤로 만나거나 연락하는 일 없을 거예요. 못 믿으시겠다면 사람 붙이셔도 괜찮아요."

진의를 파악하듯 매서운 눈으로 그녀를 응시하던 지 회장이 천천히 입을 열었다.

"당장 급한 불부터 끄고 나면 어떻게 되겠지 생각한다면 오산이다. 살릴 수 있다면 언제든지 죽일 수 있다는 것도 명심해라."

하윤은 지금 '살릴 수 있다'는 다섯 글자 빼고 다른 말은 하나도 귀에 들어오지 않았다. 그 말이면 충분했다.

"감사합니다, 할아버지. 정말 감사……."

"그만 나가봐라. 학영이 들어오라고 하고."

연신 허리를 굽히며 기뻐하는 하윤에게 지 회장은 매정하게 잘라 말했다. 하지만 그녀는 무안해하는 기색도 없이 다시 한 번 허리를 깊게 숙이고 서재를 나갔다. 곧바로 학영이 들어오자, 지 회장은 이렇다 할 설명도 없이 지시를 내렸다.

"김 국장한테 연락해 놨다. 문신휘 건, 네가 맡아서 처리해라."

"하윤이가 찾아올 거라는 거, 알고 계셨어요?"

"……."

지 회장의 침묵은 학영에게 충분한 대답이 되었다. 명신일보라는 거대 언론사를 삼십 년 가까이 이끌어온 할아버지가 이런 일을 놓치고 계실 분이 아니라는 사실을 잠시 잊고 있었던 것이다. 그가 아는 할아버지는 아무것도 하지 않는 듯 보여도 모든 것을 알고 있는 분이었다.

"처리하겠습니다."

학영은 깍듯하게 고개를 숙이고 몸을 돌렸다.

서재 앞을 서성거리고 있던 하윤은 학영을 보자마자 반색하며 다가갔다.

"할아버지가 뭐라고 하세요?"

감사하다는 인사를 하고 나오긴 했지만, 할아버지가 뭘 어떻게 해줄 수 있는지, 과연 실효성이 있을지, 확실한 건 아무것도 없다는 사실을 깨달은 그녀는 다시 불안해지기 시작했다. 게다가 가장 큰 문제는 시간이 없다는 것이었다.

"나보고 처리하라고 하셨어."

"어떻게요?"

"신문사가 할 수 있는 게 뭐겠어? 기사지."

"아, 그렇지……."

하윤이 멋쩍게 웃었다. 조바심이 나니까 자꾸만 바보 같은 질문이 튀어나왔다.

"네 얘기가 아예 안 들어갈 수는 없어. 그래도 괜찮아?"

"당연히 괜찮죠. 막 쓰세요. 다 쓰세요. 사진까지 실으셔도 아무 상관 없어요. 제가 인터뷰라도 할……."

"그럴 필요까지는 없고."

정신없이 내뱉는 하윤의 말을 학영이 단칼에 잘랐다.

"문신휘가 너 노출되는 거 필사적으로 막았다는 거 뻔히 아는데 그 노력, 헛수고로 만들 수는 없지."

이미 그녀도 알고 있던 사실이었지만, 막상 다른 사람의 입을 통해 들으니 신휘에게 새삼 고맙고, 또 고마웠다.

"기사 나가면 분위기가 반전될 수 있을까요?"

"언론의 힘이 얼마나 대단한지 아직 모르는구나?"

"알아요……."

왜 모르겠어요. 멀쩡한 사람을 어떻게 무너뜨리는지 두 눈으로 똑똑히 지켜봤는걸요. 하윤은 차마 기자인 학영 앞에서 속마음을 다 말할 수 없어 뒷말은 마음속으로 간직했다.

"그럼 명신의 힘을 제대로 모르는 거고."

"명신의 힘……."

그의 말대로 하윤은 명신에 대해 아는 게 거의 없었다. 사실 별로 알고 싶지 않아 일부러 관심을 두지 않았다. 부모님이 돌아가신 뒤에도 적의를 적나라하게 드러냈던 할아버지에 대한 그녀 나름의 반항이었다.

"One who wants to wear the crown, bear the crown."

난데없는 영어에 당황한 하윤이 학영을 멀뚱히 바라보았다.

"무슨 뜻인지 알지?"

당연히 알 거라는 전제하에 물어본 그에게 차마 모른다는 말을 할 수가 없었던 그녀는 재빨리 방금 들은 말을 되새겼다.

'wear, crown, bear……. 영어는 아는 단어 몇 개로 대충 때려 맞추면 끝. 내가 스피킹은 후져도 리스닝은 나쁘지 않지. 훗! 해석 완료!'

하윤은 의기양양하게 해석의 결과를 내놓았다.

"왕관을 쓰려는 자, 그 무게를 견뎌라."

웃을 만한 상황이 아님에도 불구하고 그녀의 얼굴에는 도도한 미소가 떠올라 있었다.

"신뢰도 1위의 언론사라는 왕관을 쓰고 있다는 게 얼마나 부담스럽고 숨이 막히는 건지 모를 거야. 사소한 기사 한 줄도 아무렇게나 휘갈겨서 내보내면 안 되고, 사실관계에 조금이라도 오류가 있으면 다른 언론사보다 수십 배는 욕을 먹어. 그 기대치를 충족시키기 위해서 발로 뛰고, 또 뛰고, 또 뛰어야 돼."

하윤은 진지하고도 묵직한 학영의 말을 들으며 슬그머니 미소를 지웠다.

"대신 좋은 것도 있지. 명신이 내보내는 기사는 믿을 만하다고 사람들이 인정해 주거든."

"EN이 지금처럼 계속 밀어붙이면 어쩌죠?"

"지금 이렇게 판이 커진 건 전적으로 EN 보도 때문만은 아니야. 다른 언론사들이 받아쓰면서 눈덩이처럼 커진 거지. 우리가 움직이면 어느 쪽을 따라올 거라고 생각해?"

"……."

"보여줄게, 어떻게 판도가 바뀌는지."

하윤은 그의 눈빛에서 자부심과 자긍심을 보았다.

학영은 정확히 자신이 알아야 할 사실관계에 대해 몇 가지 질문을 했고, 하윤은 있는 그대로 답했다. 그리고 두 사람은 곧장 집을 나섰다.

"어디로 갈 거야? 집?"

"글쎄요……."

어디로 가야 할지 이제부터 생각해 볼 참이었다.

"가는 데까지 데려다주지는 못할 것 같고, 사거리까지 태워줄게."

"아니에요. 전 알아서 갈 수 있으니까 얼른 들어가세요."

"걸어가면 한참이야."

주위를 둘러보니, 누가 부촌 아니랄까 봐 담장 높은 집들만 눈에 들어왔다. 차도, 사람도 거의 찾아볼 수 없는 한적한 동네였다.

"특별히 할 일도 없는데요, 뭐. 천천히 가면 돼요."

"그래, 그럼."

운전석으로 향하다가 멈칫하며 되돌아온 학영이 슈트 안주머니에서 휴대폰을 꺼내어 하윤에게 내밀었다.

"번호."

하윤이 얼른 제 번호를 찍어 돌려주자, 그는 다시 운전석으로 걸음을 옮겼다.

"오빠, 잘 부탁드려요."

"걱정하지 말고 기다려."

무심한 말투였지만, 그녀에게는 그 어떤 말보다도 든든하게 느껴졌다. 멀어져 가는 학영의 차를 바라보고 서 있던 하윤도 천천히 걷기 시작했다.

'내가 할 수 있는 일은 끝났다. 이제 기다리는 일뿐⋯⋯.'

회사로 돌아가는 차 안에서 학영은 문화부 김 국장에게 전화를 걸었다. 기자 회견까지 남은 시간은 약 한 시간, 촉박한 시간을 일분일초도 허투루 쓸 수 없었다.

"국장님, 지학영입니다."

휴대폰 너머로 기다리고 있었다는 대답이 돌아왔다.

"아니요. 기사 작성은 제가 하겠습니다."

그는 기자가 된 이래로 연예인 관련 기사를 써본 적이 한 번도 없었다. 하지만 왠지 이번 건은 다른 사람의 손에 맡기고 싶지 않았다. 큰 눈망울 가득 신뢰를 보내던 하윤의 모습이 떠올랐기 때문이었다. 김 국장과의 통화를 마친 학영은 이번엔 다른 번호로 전화를 걸었다.

"조남수 대표님 되십니까? 저는 명신일보 지학영 기자입니다."

"오늘따라 희한하게 차가 하나도 안 막히네."

"그러게요."

신휘는 민아와 성국의 침울한 대화를 들으며 창밖으로 눈을 돌렸다. 익숙한 풍경을 통해 기자 회견장에 거의 다 와간다는 사실을 알 수 있었다. 제작 발표회나 기자 간담회 등으로 여러 번 갔던 곳에 은퇴를 말하기 위해 간다고 생각하니 기분이 묘했다. 한 치 앞도 내다볼 수 없는 게 인생이라더니 딱 그 짝이었다.

"큭……."

신휘의 입술 사이로 실소가 터져 나오자, 민아와 성국의 시선이 그에게 향했다.

"나 안 미쳤으니까 그렇게 볼 거 없어."

"오빠는 정말 국보급 멘탈이에요."

혀를 내두르며 감탄하던 민아가 갑자기 고개를 갸웃거리며 물었다.

"근데 하윤이랑은 통화 안 하세요?"

틈만 나면 하윤에게 전화를 거느라 바쁘던 신휘가 몇 시간째 휴대폰을 꺼내지도 않고 있으니, 민아로서는 의아할 수밖에 없었다.

"어제 잠을 못 자서 좀 자겠대. 그래서 방해 안 하는 중이야."

신휘는 한숨 자고 일어나 전화하겠다는 하윤의 문자를 받고, 목소리를 듣고 싶은 마음을 꾹 눌러 참고 있는 중이었다.

"잔다고요? 좀 전에 나랑 통화할 때는 밖……."

왜인지는 몰라도, 하윤이 신휘에게 잔다고 거짓말을 했다는 것을 깨달은 민아가 황급히 뒷말을 삼켰다.

"하윤이 안 자? 밖이래?"

신휘가 미간을 모으며 물었다.

"아…… 어……."

민아는 본의 아니게 오지랖을 떨다가 분란을 일으켰다는 생각에 난감해졌다. 이미 입 밖으로 나가 버린 말을 주워 담을 수는 없고, 뭔가 수습은 해야겠는데 아무리 머리를 굴려보아도 딱히 방법을 찾을 수가 없었다.

"연락한 게 몇 시였어?"

"두, 두 시간 전……."

신휘가 자겠다는 문자를 받은 건 세 시간 전이었다. 자다가 일어나서 어딜 나갔나? 왜 일어나서 연락을 안 했지? 연락할 시간이 없을 만큼 급한 일이 생겼나? 할아버지를 찾아가는 걸 그에게 들킬까 봐 염려스러웠던 하윤이 미리 잔다고 선수를 쳤다는 것을 알 리 없는 신휘는 오만 가지 생각이 다 들었다. 혼자 고민하느니 직접 물어보는 게 빠를 것 같아 전화를 걸어보았지만, 그녀는 음성 사서함까지 넘어가도록 전화를 받지 않았다.

"왜 안 받지……?"

다시 통화 버튼을 누르고 연결되길 기다리던 신휘는 하윤의 목소리 대신 성국의 목소리를 들었다.

"네, 대표님."

신휘는 운전석을 흘끔 쳐다보고 다시 휴대폰에 집중했다.

"네?"

성국의 외침이 차 안을 쩌렁쩌렁 울렸다.

"네, 알겠습니다."

성국이 말한 세 번의 '네'는 각각 담담, 놀람, 기쁨의 감정을 고스란히 담고 있었다. 전화를 끊은 그가 갑자기 핸들을 꺾으며 유턴을 하자, 신휘와 민아의 눈이 동시에 커졌다.

"어디 가?"

어리둥절하게 묻는 신휘에게 성국이 들뜬 목소리로 대답했다.

"대표님이 회사로 돌아오라고 하셨어요."

"다 와서 그게 무슨 소리야? 왜?"

성국은 어떻게 돌아가는 상황인지 몰라 당혹스러워하고 있는 신휘를 룸미러로 보며 씩 웃었다.

"기자 회견 취소됐대요."

"……취소?"

난데없이 취소라니……. 신휘는 내내 얼빠진 사람처럼 굴던 남수의 이상 행동이 이런 독단적인 행동을 위한 포석이었나 싶어 기가 막혔다. 싸늘한 표정으로 남수에게 전화를 걸려던 그를 막은 건 성국이었다.

"형, 기사 한번 찾아보세요. 뭔가 떴대요."

EN미디어 회장실에 마주 앉은 송 회장과 김 전무의 표정이 자못 심각했다.

"휴미디어 지분 확보, 어떻게 돼가고 있어요?"

가지런히 정리된 송 회장의 눈썹이 그녀의 기분을 대변하듯 신경질적으로 휘었다.

"인수 금액의 차이가 좀처럼 좁혀지지 않고 있습니다."

현재 EN미디어가 가장 중점을 두고 있는 분야는 열두 개의 케이블 방송 채널을 보유하고 있는 휴미디어의 지분을 확보해 콘텐츠 분야의 사업을 확장하는 일이었다. 송 회장이 신휘에게 영입을 제안했던 매니지먼트 사업도 그와 연계되어 진행 중인 주력 사업이었다. 송 회장은 쉬우리라고 생각지는 않았지만 그렇다고 불가능하리라고 생각지도 않았던 신휘의 영입이 실패로 돌아간 데 이어, 휴미디어의 지분 확보가 생각만큼 쉽게 풀리지 않아 신경이 극도로 날카로워져 있는 상태였다.

"SB투자은행이 인수전에 뛰어들고 난 후부터 휴미디어의 태도가 돌변했습니다. 버텨볼 모양입니다."

"우리랑 SB랑 주고받으면서 인수 금액 올려주길 바라고 있겠죠. 반드시 우리가 확보해야 해요."

"걱정하지 마십시오. SB도 사천 억이 넘어가는 인수 금액은 부담스러울 수밖에 없습니다. 결정적으로 SB가 굳이 그 금액으로 휴미디어를 인수할 메리트가 없습니다."

김 전무의 말에 송 회장의 표정이 조금 누그러졌다.

"다른 데 뺏기면 우리가 계획했던 것들 줄줄이 문제 생길 수 있어요, 아시죠?"

"잘 알고 있습니다."

소파 등받이에 몸을 기대고 편안하게 앉아 있는 송 회장과 달리 허리를 뻣뻣하게 세우고 정자세로 앉아 있던 김 전무가 고개를 깊게 숙였다. 그는 이 일을 성사시키지 못한다면 더 이상 회사에 남아 있을 수 없다는 것을 잘 알고 있었다. 이건 회사 차원에서뿐만 아니라, 김 전무 본인에게도 사활이 걸린 문제였다.

"몇백 억 아끼려다가 더 크게 손해 볼 수도 있다는 거 명심하시고, 그쪽이 원하는 대로 적당한 선에서 맞춰주세요."

"알겠습니다. 이번 주 안으로 마무리 짓도록 하겠습니다."

"나가보세요."

"네, 회장님."

원하는 금액에 맞춰주라는 허락까지 떨어졌으니 더 이상 문제 될 건 없었다. 김 전무는 젊은 여자의 배포에 감탄하며 한층 밝아진 얼굴로 회장실을 나섰다. 김 전무가 나감과 동시에 비서가 급한 발걸음으로 들어왔다. 비서의 손에는 태블릿 PC가 들려 있었다.

"방금 명신에서 올라온 기사입니다. 회장님께서 보셔야 할 것 같습니다."

의아한 얼굴로 태블릿 PC를 받아 든 송 회장이 화면에 떠 있는 기사를 읽어 내려갔다.

"어떻게 된 거야? 명신이 왜?"

명신일보는 연예부를 따로 독립시키지 않고 문화부에서 통합 관리할 만큼, 상대적으로 연예 분야보다는 정치, 경제, 사회 분야에 비중을 두는 신문사였다. 그런 명신이 신휘와 관련된 EN의 첫 보도를 하나도 남김없이 하나하나 꼬집어 반박하고 있었다. 이는 EN에게 전면전을 선언한 것이나 다름없었다.

"문신휘와 사귄다는 성하윤이라는 여자가…… 명신일보 지관명 회장의 외손녀라고 합니다."

송 회장이 믿을 수 없다는 표정으로 되물었다.

"외…… 손녀……?"

제대로 들은 게 맞는지 얼떨떨했다.

"지 회장한테 어떻게 외손녀가 있을 수 있어?"

딸이 있다는 말을 들은 적도 없는데 난데없이 외손녀라니……. 언론사 회장인 그녀가 믿을 수 없어 하는 것도 무리는 아니었다.

"슬하에 지상일 사장 외에 지은영이라는 딸이 있었답니다. 십이 년 전에 교통사고로 사망했는데, 그 딸이 낳은 아이가 성하윤입니다."

송 회장은 기가 막혀서 말도 나오지 않았다. 하필이면 문신휘의 여자가 명신일보 사람이라니, 그저 황당할 따름이었다. 그녀는 잠시 생각을 정리하고 입을 열었다.

"그래서 지금 상황은?"

"이미 명신 기사가 모든 포털 메인을 장악했고, 다른 언론사들의 옹호 기사도 속속 올라오고 있습니다. 네티즌 반응도 명신이 유도하는 대로 흘러가고 있습니다."

"기자 회견은?"

"취소됐답니다."

비서는 표독스러운 눈초리를 하고 있는 송 회장의 눈치를 살피며 조심스럽게 물었다.

"……어떻게 할까요?"

"더 이상 추가 보도는 없다고 전달해."

송 회장은 사업가였다. 개인적인 감정으로 명신일보와 전쟁을 치를 만큼 무모하지 않았다. 명신은 피해 가야 할 상대이지 맞설 상대가 아니라는 것, 현재 EN미디어와 명신일보의 세를 비교해 볼 때 붙어봐야 필패라는 것을 가장 잘 알고 있는 건 그녀였다.

"저…… 회장님……."

"또 뭔데?"

비서가 쭈뼛거리며 뜸을 들이자, 송 회장이 짜증스럽게 쏘아보았다. 그녀는 듣기 싫은 말이 나올 것을 직감했다.

"한울 엔터 측에서…… 정정 보도 요청이 들어왔습니다."

"정정 보도?"

비서는 분노의 화살이 자신에게 향할까 두려워 송 회장의 시선을 마주치지도 못하고 고개를 푹 숙였다.

"지금까지 찍소리도 못 하고 있더니, 명신을 업었다 이거지?"

송 회장은 짜증이 치밀었다. 그다지 놀라울 것도 없는 수순이었지만, 보란 듯이 정정 보도 요청을 해왔다는 말을 들으니 심사가 뒤틀렸다.

"어떻게…… 할까요……?"

"뭘 어떡해!"

송 회장이 매섭게 소리쳤다.

"정정 기사 내보내. 고작 문신휘 하나 밟겠다고 명신이랑 싸울 수는 없잖아?"

고작 문신휘 하나 밟겠다고 이 난리를 떤 당사자가 남의 일인 양 딴말을 하고 있는, 어처구니없는 상황이었다.

"그리고……."

"또 있어?"

한 음절, 한 음절을 끊어 말하는 송 회장의 섬뜩한 목소리에 움찔한 비서가 마른침을 삼키고 어렵게 입술을 달싹였다.

"최초 보도한 기자를 상대로 법적…… 대응도 고려 중이랍니다……."

일이 복잡해질 기미를 보이자 송 회장은 골이 지끈거리기 시작했다. 지금 깔끔하게 수습하지 않으면 골칫거리가 될 듯했다.

"복잡해지지 않게 윤 기자 입단속 해. 뒤는 봐줄 테니까 일 커지지 않게 혼자 안고 가라고 조용히 언질 주고."

"알겠습니다."

예상했던 지시를 받은 비서는 얼른 고개를 숙이고 회장실을 빠져나갔다.

"문신휘……."

그를 끝까지 밟아놓지 못했을뿐더러 명신이라는 부담스러운 짐까지 짊어지게 된 송 회장의 주먹 쥔 손이 분노로 파르르 떨리고 있었다.

하윤은 아무 생각 없이 걷고 또 걷다가, 작은 카페로 들어갔다. 자리를 잡고 앉아서 포털 사이트에 접속해 보았지만, 아직까지 달라진 건 아무것도 없었다.

'뭔가 달라질 수는 있는 걸까…….'

학영의 말을 믿지 못하는 건 아니었지만, 상황이 상황이니만큼 마냥 낙관적인 기대를 하고 있을 수만도 없었다. 하윤의 머릿속이 이런저런 생각들로 가득 차 있던 그때, 테이블 위에 놓아두었던 휴대폰에서 진동이 울리기 시작했다.

하윤은 신휘의 전화라는 것을 확인하고 화들짝 놀랐다. 자고 일어나 전화하겠다고 말해놓았기에 그에게서 먼저 전화가 걸려올 것이라고는 생각지 못하고 있었기 때문이었다. 받아야 하나, 말아야 하나 망설이던 그녀는 받지 않는 쪽으로 마음을 굳혔다. 아무것도 해결된 게 없는데 지금 전화를 받아봐야 거짓말을 했다는 것만 들키게 될 것 같아서였다.

하윤은 민아의 말실수로 이미 거짓말이 들통나 버렸다는 사실을 모르고 있었다.

전화는 연속으로 두 번이 더 걸려왔고, 그녀는 두 번 다 받지 않았다. 혹시 또 전화가 올까 싶어 아무것도 하지 못하고 휴대폰을 가만히 노려보고 있다가, 한참 만에 포털 사이트에 접속했다. 불과 몇 분 전까지만 해도 연예인들의 공항 패션, 여배우들의 아찔한 뒤태, 어젯밤 방송 관련 기사뿐이던 연예란이 신휘의 이름으로 도배가 되어 있었다. 하윤은 떨리는 손가락으로 그중 댓글 1위를 달리고 있는 메인 기사를 클릭했다.

「문신휘, 그에 관한 진실과 그의 진심.」

헤드라인만으로도 목이 멘 그녀는 숨을 깊게 들이마시고 기사를 읽어 내려갔다. EN미디어가 최초로 보도한 기사에서 언급되었던 '최측근'과의 전화 인터뷰를 통해 그동안의 모든 의혹을 낱낱이 해명하고 있었다. 최측근의 실명까지 공개함으로써 기사에 신빙성을 더하고 있었다.

'채희 언니가 왜……?'

최측근이 채희라는 건 알고 있었지만, 채희가 난데없이 왜 이런 인터뷰를 해주었는지는 이해가 가지 않았다. 하윤은 다시 기사에 집중했다. 채희는 신휘와 하윤이 사귀기 시작한 시점이 얼마 되지 않았다는 사실을 분명히 못 박았고, 자신이 큰 잘못을 저질러서 잘린 것이라고 밝혔다. 또한, 제 악의적인 행동으로 벌어진 모든 일을 진심으로 사과함과 동시에 하지도 않은 말을 지어낸 윤 기자에 대한 분노도 숨기지 않았다. 완벽한 해명이었고, 채희가 할 수 있는 최선이었다. 불순하게 비치던 그들의 동거도 창휘와 은휘의 존재를 언급하며 가족이라는 이미지로 탈바꿈했다. 기사의 말미에 이르자, 하윤은 코끝이 시큰해지고 뜨거운 것이 울컥 치밀어 올랐다.

「소속사 대표는 문신휘가 일체의 대응을 하지 않은 이유에 대해 사랑하는 사람을 보호하기 위한 그의 배려였다고 전했다. 그의 사랑은 침묵이었다.」

'그의 배려, 그의 사랑……'

하윤은 격해진 감정을 애써 진정시키고 포털 사이트 동향을 살폈다. 미리 준비해 두었던 것처럼 신휘에게 유리한 기사들이 쏟아져 나와, 최신 기사와 실시간 검색을 장악하고 있었다. 명신일보의 기사가 올라간 지 몇 분 되지도 않아 여론의 흐름이 완전히 뒤바뀌어 버린 것이었다.

'이게 명신의 힘이구나……'

하윤은 놀라우면서도 씁쓸했다. 언론 매체는 한 사람을 죽일 수도, 살릴 수도 있는 어마어마한 권력이었다. 그로 인해 죽을 뻔했고, 그 덕에 살 수 있었던 그녀는 웃어야 할지 울어야 할지 알 수가 없었다.

회사에 도착한 신휘는 이미 진을 치고 있는 기자들을 뚫고서 곧장 대표실로 향했다. 오는 동안 어느 정도 상황은 파악했지만 그래도 남수에게 정확한 내막을 들어야만 했다. 하윤에게는 남수와 이야기를 마치고 다시 전화를 걸어볼 생각이었다.

"하윤이가 명신에 찾아간 거야?"

남수는 신휘의 눈치를 살피며 고개를 주억거렸다.

"형이 시켰어?"

"무슨! 아니야! 난 하윤이가 명신이랑 관련 있는 줄도 몰랐어. 진짜야."

남수가 생사람 잡지 말라는 듯 펄쩍 뛰며 손사래를 쳤다.

"하윤이가 어떻게 하면 지금 상황을 해결할 수 있느냐고 묻길래 명신이 나서주면 가능할지도 모른다는 말밖에 안 했어. 물론 하윤이가 먼저 부탁하러 가겠다고 안 했으면 내가 제발 갔다 오라고 사정했을지도 모르지만…… 어쨌든 내가 등 떠민 건 아니야."

남수와 마찬가지로 신휘도 잠깐 명신을 떠올린 적이 있었다. 하지만 말 그대로 떠올린 것일 뿐, 하윤을 앞세워 도움받고 싶다는 생각을 한 적은 결코 없었다.

신휘는 아주 오래전 하윤에게 할아버지와 연락은 하고 지내는 게 어떻겠냐고 운을 떼본 적이 있었다. 그러나 그녀가 벌벌 떠는 것을 보고서 다시는 말을 꺼내지 않았다. 그런 하윤이 저 때문에 명신일보에 제 발로 찾아갔다니……. 가슴 한구석이 욱신거렸다.

"채희는 어떻게 된 거야?"

"어떻게 되긴 뭐가 어떻게 돼. 결자해지. 본인이 벌인 짓, 본인이 수습한 것뿐이야."

고심 끝에 다시 남수를 찾아온 채희가 인터뷰든 기자 회견이든 해명을 하겠다며 매달리고 있을 때 마침 학영에게서 전화가 걸려왔고, 그녀는 제 말을 실행에 옮겼다. 남수는 신휘에게 향했던 악플들이 이제 EN 미디어와 채희에게 향하고 있는 게 걱정스럽기도 했지만, 그건 채희가 감당해야 할 몫이라고 생각하기로 했다. 신휘의 안색이 어두워지자, 남수는 은근슬쩍 화제를 바꿨다.

"기사 좋더라. 구구절절한 얘기 하나도 없이, 부모님 돌아가시고 너희들 같이 살게 된 것만 짧게 언급하고 끝이던데? 가족사 끌어들여서 동정심 유발 모드로 안 가고, 두 사람 얘기로만 담백하게 잘 끌고 갔어."

특별히 흠잡을 데 없는 기사라는 사실에는 신휘도 동의했다.

"근데 어떻게 하윤이가 명신가 사람일 수가 있냐. 난 아직도 얼떨떨하다니까? 그나저나 송 회장 지금 어떤 면상을 하고 있을지 진짜 궁금하다. 옛말 틀린 거 하나 없어. 하늘이 무너져도 솟아날 구멍이 있다는 말, 나 이제 믿으면서 살기로 했다."

신휘는 흥분해서 주절대고 있는 남수를 내버려 두고 하윤에게 전화를 걸었다. 아까와 달리, 신호음이 몇 번 가지도 않았는데 곧장 연결되었다.

[오빠……?]

잔뜩 주눅이 든 목소리였다.

"지금 어디야?"

[카페.]

"카페 어디? 데리러 갈게."

[여기 성북동.]

신휘는 지 회장의 저택이 성북동이었다는 사실을 기억하고 있었다.

[이리로 올 거 없고 오피스텔에서 만나. 내가 그쪽으로 갈게.]

그의 생각에도 집 앞은 기자들이 진을 치고 있을 테니 그나마 아직 노출되지 않은 오피스텔이 나을 것 같았다. 나쁜 쪽으로든, 좋은 쪽으로든 하윤이 드러나는 상황은 되도록 피하고 싶었기에 신휘는 하윤의 제안에 순순히 응했다.

"그래, 거기서 보자."

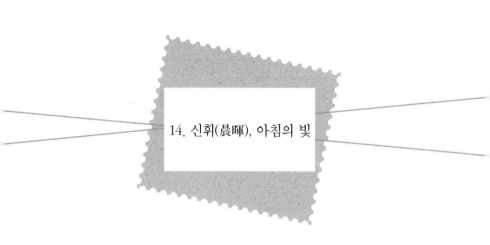

14. 신휘(晨暉), 아침의 빛

하윤은 신휘가 보내준 문자에 적힌 현관 비밀번호를 누르고 안으로 들어섰다. 거실 한가운데 멈춰 선 그녀는 주위를 천천히 둘러보았다. 소파와 TV, 식탁 등의 큰 가전과 가구만 구색 갖추듯 구비되어 있을 뿐, 전체적으로 휑하고 사람 사는 집 같지 않았다. 가장 힘든 시기에 혼자서 이곳에 있었을 신휘를 생각하니 가슴이 아렸다. 여기저기 널려 있는 술병들을 애써 외면하며 방으로 걸음을 옮긴 그녀의 입에서 볼멘소리가 새어 나왔다.

"여긴 어떻게 된 게 커튼도 없어……."

거실과 마찬가지로, 커튼이나 블라인드는 방에도 설치되어 있지 않았다. 이 집은 환하면 잠을 잘 못 자는 신휘에게 최악의 환경이나 다름없었다. 답답하다는 이유로 수면 안대를 싫어하는 그가 제대로 자지 못했으리라는 건 안 봐도 뻔했다. 신휘가 더는 이곳에 있지 않아도 된다는 사실로 속상한 마음을 달래며 거실로 나온 하윤에게 모르는 번호로부터 전화가 걸려왔다.

"누구지……?"

최근 들어 모르는 번호는 일절 받지 않고 있었지만, 이 전화는 왠지 받아야 할 것만 같은 기분이 들었다. 조심스럽게 통화 버튼을 누른 하윤은 상대방이 먼저 말하길 잠자코 기다렸다. 잠시 정적이 흐른 뒤에 들려온 건 무뚝뚝한 중년 남자의 목소리였다.

[정 실장입니다. 회장님 지시로 전화드렸습니다.]

"아, 네……."

[제게 모시러 가라고 하셨습니다. 늦어도 내일 오전까지는 들어오라고 하시니 언제 가면 좋을지 시간을 정해주십시오.]

"저 혼자 갈 수 있는데요……."

[제가 해야 할 일입니다.]

제 소심한 거절이 할아버지의 지엄한 분부에 통할 리가 없으리란 건 하윤도 짐작하고 있던 바였다.

"음, 그럼 내일 오전 10시까지 와주세요."

[알겠습니다.]

"저희 집 주소가……."

[알고 있습니다.]

머쓱해진 하윤이 입을 다물었다.

[내일 뵙겠습니다.]

전화를 끊고 난 그녀는 할아버지와의 약속이 제대로 실감 나기 시작했다.

'나 잘할 수 있을까……?'

심란함과 불안함 사이를 넘나들던 하윤의 귀에 현관 비밀번호를 누르는 소리가 들려왔다. 정신이 번쩍 든 그녀는 한달음에 현관으로 달려가 신휘의 가슴에 안겼다. 상체가 뒤로 휘청했지만, 그는 얼른 중심을 잡고 하윤을 힘껏 끌어안았다.

"벼르고 왔는데, 네가 이러면 혼낼 수가 없잖아."

신휘가 하윤의 머리에 입 맞추며 나지막이 속삭였다.

"혼내지 마……."

그는 칭얼거리는 하윤을 떼어내고서 짐짓 화난 척 인상을 찌푸렸다.

"넌 많이 혼나야 돼."

그 말의 의미를 알아듣고 눈이 동그래진 하윤의 입술 위로 신휘의 입술이 내려앉았다.

하윤이 오늘 하루 있었던 일을 이야기하는 동안 신휘는 별다른 반응을 보이지 않았다. 잘했다고 할 수도, 그렇다고 왜 그런 짓을 한 거냐고 야단을 칠 수도 없어 그저 듣고만 있었다. 하지만 고생했다, 애썼다고 말하듯 그녀의 머리를 끊임없이 쓰다듬어 주었다.

"회장님께서 별다른 말씀은 없으셨어?"

신휘는 지 회장이 순순히 하윤의 부탁을 들어주었다는 게 의아했다. 그래서 혹시라도 그녀가 상처받을 만한 말을 듣고 온 건 아닌지 걱정스러웠다.

이제 더는 미룰 수 없다는 것을 깨달은 하윤은 자세를 고쳐 앉았다.

"나 오빠한테 한 가지 말 안 한 게 있어."

"뭔데?"

신휘는 본능적으로 불길함을 감지했다.

"나 할아버지랑 약속했어."

"약속?"

"이번 일 수습해 주시는 대신 할아버지 집에 들어가기로."

"나랑 헤어지라고 하셨어?"

하윤은 입술 안쪽을 지그시 깨물며 어렵사리 대답했다.

"응……."

신휘의 짙은 갈색 눈동자가 빛을 잃고 탁하게 가라앉았다. 짐작한 대답이었지만, 그녀의 입으로 직접 듣고 나니 일순간 머릿속이 텅 비어버렸다.

"오빠……"

정신을 가다듬은 신휘는 하윤의 어깨를 잡고 시선을 맞췄다.

"내가 정말 이런 걸 원한다고 생각했어? 그래서 나랑 상의도 없이 그런 약속을 하고 온 거야?"

"아니, 오빠가 원하지 않을 거라는 거 알고 있었어. 아는데도 해야만 했어."

"하윤아!"

"잘못했어. 근데 이미 할아버지의 도움을 받았고 이제 되돌릴 수 없어."

"안 돼. 말도 안 되는 소리 하지 마. 되돌릴 수 없긴 왜 되돌릴 수가 없어? 내가 은퇴하면 끝나는 일이야."

하윤을 잃고 모든 걸 가질 수 있다고 해도, 신휘는 그녀 하나만 가지고 모든 걸 잃는 편을 택할 것이었다. 그에게 하윤은 그런 존재였고, 그런 의미였다.

"내가 이 일 그만두면 돼. 어려울 거 없어."

그는 다시 한 번 쐐기를 박았다. 어차피 마음먹었던 일이었고, 신휘에게 있어서는 그 어떤 것도 하윤과 동일 선상에 둘 만큼의 값어치는 없었다.

"내 말 좀 들어봐."

"들을 필요 없어. 너 아무 데도 못 가. 할아버지 내가 만나 뵐게. 만나 뵙고 내가 말씀드릴게."

하윤은 언제 어디서나 침착하고 여유가 넘치던 신휘가 불안해하는 모습을 보고 있기가 괴로웠다. 신휘에게 다가간 그녀는 그의 넓고 단단

한 가슴에 얼굴을 묻었다.

"나, 가야 해. 오빠 때문만은 아니야. 약속도 약속이지만 할아버지와의 어려운 관계도 풀고 싶어서 그래. 그러니까 나한테 조금만 시간을 줘. 할아버지가 오빠랑 헤어지라고 하셔도 내가 못 해. 나 오빠 없이 못사는 거 알잖아."

신휘는 하윤을 으스러지게 감싸 안았다.

"내가 허락받고 올게. 시간이 걸려도 꼭 그렇게 할게. 그러니까 기다려 줘. 내가 오빠한테 돌아올 때까지……."

하윤은 신휘의 품에서 빠져나와 바닥을 디디고 섰다. 그리고 작게 입술을 달싹였다.

"대신 오빠가 나 기다려 준다는 확신이 필요해……."

하윤은 손을 등 뒤로 돌려 입고 있던 원피스의 지퍼를 내렸다. 그녀의 의도를 알아차린 신휘가 자리에서 벌떡 몸을 일으켰다. 그 순간, 하윤이 입고 있던 원피스가 그녀의 발밑으로 스르륵 떨어져 내렸다. 하윤은 자신을 똑 닮은 순백색 속옷만 입은 채로 수줍게 서 있었다. 어슴푸레 해가 지고 있는 저녁, 빛과 어둠의 모호한 경계 속에서 그녀의 작은 몸이 파르르 떨리고 있었다.

"하윤아."

풍성한 속눈썹으로 눈망울을 감춘 채 시선을 피하고 있는 그녀에게 성큼 다가간 신휘는 하윤을 제 품에 가둬 버렸다.

"이러지 않아도 돼. 네가 이러지 않아도 오빠 너 믿어. 기다릴게."

하윤은 확신이 필요하다고 말했지만, 신휘는 그녀가 자신에게 확신을 주려는 것임을 모르지 않았다. 하윤의 마음이 고스란히 전해져, 마음이 먹먹해졌다.

"나 너 이렇게 안고 싶지 않아."

"오빠랑 내가 원하면 되는 거잖아. 다른 게 뭐가 더 필요해?"

부끄러워하면서도 물러서지 않는 그녀를 물끄러미 바라보고 있던 신휘가 천천히 입을 열었다.

"오늘은 멈추지 않아. 정말 괜찮겠어?"

하윤은 대답 대신, 그의 목을 감아 끌어당겼다. 숨과 숨이 닿기 직전 그녀의 입술 사이로 매혹적인 한마디가 흘러나왔다.

"사랑해……."

하윤은 거칠게 밀고 들어오는 그의 강렬한 키스에 다리가 풀려 몇 번이고 주저앉을 뻔했다. 그동안 참아왔던 것을 보상받기라도 하듯 쉴 새 없이 그녀를 몰아붙이던 신휘는 하윤이 제 옷을 부여잡고 간신히 매달려 있다는 것을 깨달았다. 그는 숨을 헐떡이는 그녀를 안아 들고서 방으로 들어가 침대 위에 조심스럽게 눕혔다. 방 안은 창이 난 방향의 차이로 그나마 거실보다는 어두웠지만, 서로의 모습을 보는 데 어려움은 없었다.

"오빠, 우리……."

조금 기다렸다가 해가 다 지고 나면 다시 시작하자고 하려던 하윤은 말을 다 마치지 못하고 입을 다물었다. 신휘가 입고 있던 티셔츠를 단숨에 벗어버렸기 때문이었다. 그의 탄탄한 근육질 몸을 보는 순간, 그녀의 심장은 튀어나올 것처럼 뛰기 시작했다.

침대로 올라온 신휘는 양팔로 하윤의 옆을 짚고 그녀를 내려다보았다. 하윤은 그의 뜨거운 시선을 차마 마주 보지 못하고 고개를 살짝 돌렸다.

"딥한 관계 운운하던 성하윤, 어디 갔어? 왜 이렇게 떨어?"

신휘는 바들바들 떨고 있는 그녀를 보며 피식 웃음을 터뜨렸다.

"추, 추워서 그래……."

그는 하윤을 그윽한 눈빛으로 바라보며 긴장으로 뻣뻣하게 굳어버린 그녀의 팔을 부드럽게 어루만졌다.

"금방 안 추워질 거야."

낯선 눈빛과 낯선 목소리…… 신휘가 멈출 생각이 없다는 걸 깨달은 하윤은 눈을 꼭 감았다. 신휘의 입술이 하윤의 입술에 닿았다. 잠시 그녀의 입술을 지분거리던 그의 입술이 이내 귓가로 옮겨갔다.

"오빠만 믿어. 내가 다 알아서 할게."

신휘는 하윤의 목덜미를 타고 내려가며 부드럽게 흔적을 남겼다.

"하아……"

하윤은 저도 모르게 달뜬 신음을 토해냈다. 그의 입술이 닿은 곳마다 뜨거운 열기가 피어올랐고 몸이 흐물흐물하게 녹아나는 것만 같았다. 두려웠지만 두렵지 않았다. 그와 함께이기에, 그녀는 아무것도 두렵지 않았다.

신휘는 그토록 원하고 또 원했던 그녀를 앞에 두고도 서두르지 않았다. 그는 하윤의 뇌리에 자신과 관련된 모든 첫 순간을 최고의 순간으로 각인시키고 싶었다. 하윤의 아찔한 나신과 향긋한 체취에 여러 번 자제력을 잃을 뻔했지만, 그는 여리고 또 여린 그녀를 끝까지 섬세하게 배려했다. 오롯이 남자와 여자로 마주한 밤, 두 사람은 밤새도록 달콤한 숨결을 나눴고 뜨거운 체온을 공유했다.

신휘는 팔로 머리를 받친 채 옆으로 누워, 하윤의 자는 얼굴을 물끄러미 바라보았다. 불과 몇 시간 전까지만 해도 숨 막히게 아찔했던 여자의 모습은 온데간데없이 사라지고, 그녀는 순진무구한 아이의 얼굴을 하고서 쌔근쌔근 단잠에 빠져 있었다. 만지면 묻어 나올 듯한 새하얀 목덜미와 어깨 곳곳에 새겨진 붉은 흔적들이 대비되어 묘하게 자극적이었다. 가녀리고 연약한 몸에 울긋불긋하게 남아 있는 열락의 자취들을 보고 있으려니, 아직 여운이 가시지 않은 기억들이 떠올라 다시금 피가 뜨거워졌다.

다른 생각을 하지 않으면 안 될 것 같아, 그는 그녀에게서 억지로 시선을 떼었다. 창문을 통해 따가운 햇살이 쏟아져 들어오고 있었다. 그 빛은 점점 영역을 넓혀가더니 얼마 지나지 않아 하윤의 얼굴 언저리까지 다다랐다. 내리쬐는 빛을 가려주기 위해 그가 살며시 손을 들어 올린 순간이었다.

"으, 음……."

옆으로 돌아누운 하윤이 팔을 들어 올리느라 활짝 열려 있던 신휘의 품속으로 꼬물거리며 파고들었다. 그의 맨가슴에 이마가 닿은 순간, 감겨 있던 하윤의 눈이 스르르 떠졌다. 무슨 상황인지 곧바로 인식되지 않았던 하윤은 눈가에 무겁게 내려앉아 있는 잠을 떨쳐 내기 위해 눈에 힘을 주었다. 서서히 시야가 환해지며 초점이 맞춰졌다. 희뿌옇던 머릿속도 안개가 걷히듯 밝아졌다. 뒤로 조금 물러나 시선을 들어 올린 그녀의 동공에 웃고 있는 신휘의 모습이 가득 들어찼다.

"잘 잤어?"

신휘가 흘러내린 그녀의 머리카락을 귀 뒤로 넘겨주며 묻자, 하윤이 엷게 웃으며 고개를 끄덕였다.

"괜찮아?"

그녀의 두 볼이 발그레 달아올랐다. 괜찮다고 해야 할지, 안 괜찮다고 해야 할지 알 수가 없었다. 팔다리는 노곤했고, 머릿속은 몽롱했지만, 마음만은 충만했다. 말로 설명할 수 없는 묘한 기분이었다. 하윤은 다시 눈을 들어 신휘를 바라보았다.

'신휘(晨暉), 아침의 빛.'

그는 그 뜻에 걸맞게 눈부신 미소와 따뜻한 눈길로 그녀의 아침을 열어주고 있었다.

신휘와 하윤은 서로 마주 보고 누워 평화롭고 여유로운 시간을 만끽했다. 두 사람은 지금까지의 악몽 같은 시간도, 앞으로 겪어야 할 가슴 아픈 시간도 생각하지 않았다. 지금 이 순간 함께 있을 수 있다는 사실만으로도 행복했다. 하지만 그 꿈같은 시간은 그리 오래가지 않았다. 하윤이 별생각 없이 꺼낸 말 때문이었다.

"나 사실 오빠 어디 문제 있는 줄 알았다?"

"문제? 무슨 문제?"

신휘가 무슨 뜻인지 알아듣지 못하고 의아한 표정으로 되물었다.

"왜 그런 거 있잖아. 남자로서 부실한…… 뭐 그런 거…….'

하윤의 조심스러운 고백에 그의 미간이 급격히 좁아졌다. 어디에 갖다 대도 '부실'이라는 단어는 치욕적일 수밖에 없었다. 그런데 다른 것도 아니고 남자로서 가장 치명적인 부분에 대한 오해를 받고 있었다니, 기가 막히고 어이가 없었다. 하지만 하윤이 너무 말간 얼굴을 하고 있었기에 대놓고 화를 낼 수도 없었다.

"왜 그렇게 생각했는데?"

신휘는 상한 자존심을 잘 다독이며 점잖게 물었다.

"신체 건강한 남자가 이십팔 년 동안 경험 한 번 없다는 게 말이 안 되잖아."

정조를 지키랄 때는 언제고, 저 말도 안 된다는 반응은 뭐란 말인가! 그는 티 나지 않게 주먹을 불끈 쥐며 속으로 분통을 터뜨렸다.

"스물다섯 살까지 동정을 유지하면 마법사가 된다는 말이 괜히 나왔겠어?"

"그럼 내가 다른 여자하고 막…… 그랬어야 했다는 거야?"

"당연히 아니지!"

하윤이 적반하장으로 목소리를 높였다.

"그럼 방금 한 말은 뭔데?"

"그래서 좋다고…….'

수줍게 시선을 피하는 그녀에게 신휘가 단도직입적으로 물었다.

"나 문제없는 건 확실해?"

그의 거침없는 질문에 뒤늦게 얼굴이 화끈 달아오른 하윤은 눈을 내리깐 채로 입술만 달싹거렸다.

"없는 것 같아……."

괜한 의심을 했다는 생각에, 신휘에게 조금 미안하기까지 했다.

"없으면 없는 거지, 없는 것 같은 건 뭔데?"

하윤은 신휘의 목소리가 불퉁해져 있다는 것도 모르고 기어들어 가는 목소리로 대답했다.

"비교 대상이 없잖아……."

하윤의 말이 틀린 건 아니었다.

'이거야 원, 어디 가서 경험해 보고 오라고 할 수도 없고…….'

상대평가는 절대 불가능하니, 앞으로 절대평가로라도 인정받는 수밖에 없어 보였다. 쓸데없는 결심을 하고 있던 신휘가 갑자기 그녀의 턱을 들어 올려 시선을 맞추며 물었다.

"내가 문제가 있다고 생각했으면서 아무렇지도 않았어?"

"뭐가?"

하윤이 고개를 갸웃거렸다.

"어떻게 문제 있는 남자랑 평생 살 생각을 했느냐고."

"난 오빠가 어디 문제가 있나 생각했다는 거지, 그래서 걱정이 됐다는 말이 아닌데?"

신휘는 그녀의 말똥말똥한 눈을 바라보며 눈썹을 찌푸렸다.

"걱정을 해야지, 왜 안 해?"

"그게 뭐가 중요해? 막말로 오빠가 고자라고 해도 난 상관없어."

그는 하윤의 씩씩하고 호방한 대답에 할 말을 잃었다.

'내가 상관있어…….'

마법사에 고자까지, 식겁할 만한 단어를 연거푸 들은 신휘는 갑자기 피곤이 엄습해 오는 기분이었다. 평정심을 되찾기 위해 숨을 크게 들이마시던 그의 귀에 하윤의 수줍은 목소리가 감겨들었다.

"난 그냥 오빠면 돼, 문신휘라는 남자면 돼……."

이런 널 어떻게 사랑하지 않을 수 있을까? 신휘는 하윤을 끌어당겨 품에 안고, 그녀의 등을 부드럽게 쓸어내리며 말했다.

"나도 그냥 너면 돼. 아무것도 필요 없어."

두 사람은 한참을 아무 말 없이 그대로 있었다. 서로의 심장박동을 느끼고, 서로의 체온을 느끼는 것만으로도 더 바랄 게 없이 행복했다. 하지만 하윤은 이제 그의 품에서 벗어나야 할 시간이라는 것을 깨달았다.

"씻어야겠다."

침대에서 몸을 일으키던 그녀는 아무것도 입지 않은 태초의 상태라는 사실을 뒤늦게 인지하고 멈칫하며 도로 누웠다.

"오빠, 거실에 있는 내 옷 좀 갖다 줘."

신휘가 몸을 일으키자 그의 상체를 반쯤 덮고 있던 이불이 스르르 흘러내리면서 탄실하게 자리 잡고 있는 근육들이 자태를 드러냈다.

'오오!'

혼자 보기 아까운 광경에 넋을 잃고 있던 하윤은 이상한 낌새를 감지하고 시선을 들었다. 신휘는 옷을 가져다주기는커녕 그 자리에 앉아 꼼짝도 하지 않고 있었다.

"뭐 해? 내 옷 안 갖다 줘?"

하윤이 어리둥절한 얼굴로 물었다.

"필요한 사람이 직접 갖고 와야지 누구한테 갖다 달래?"

"나보고 홀딱 벗고 거실까지 나가라는 거야, 지금?"

눈을 크게 뜨고 되묻는 그녀를 향해 신휘가 당당하게 고개를 끄덕였다.

"어, 그러라는 거야."

하윤의 얼굴이 떨떠름하게 굳었지만, 그는 전혀 개의치 않고 싱글벙글 웃었다.

"진짜 이럴 거야?"

"어, 이럴 거야."

아무리 모든 걸 다 본 사이라고는 해도, 하윤은 그에게 전라의 뒤태를 보여줄 생각이 추호도 없었다. 그래서 차선책으로 덮고 있던 이불을 끌어당겼다. 하지만 이불로 알몸을 사수하려던 그녀의 계획은 신휘에게 저지당하고 말았다. 그가 반대쪽 이불 끝을 덥석 부여잡고 버티기 시작한 것이다. 당황한 하윤이 더 힘을 주어 이불을 당겨보았지만, 신휘가 잡고 있는 이불은 꿈쩍도 하지 않았다.

"놔, 놓으라고……."

"안 돼. 나 추워."

하윤은 신휘의 뻔뻔한 거짓말이 기가 막혔다.

"춥기는 개뿔……."

낑낑거리며 헛된 시도를 반복한 끝에, 하윤은 차선책도 포기하기로 했다. 하는 수 없이 차차선책을 궁리하고 있는데 침대 아래에 떨어져 있던 신휘의 티셔츠가 눈에 들어왔다. 어젯밤 그가 벗어 던진 것이었다. 꿈틀거리며 침대 가장자리로 몸을 움직인 그녀는 팔을 쭉 뻗어 티셔츠를 낚아챘다.

"아싸!"

신휘는 이불 속에서 꼼지락거리며 티셔츠를 입고 있는 하윤을 보며 터져 나오려는 웃음을 꾹 눌러 참았다. 티셔츠를 다 입고 침대를 내려간 그녀는 두 손을 양쪽 골반 위에 척 올렸다. 그러고는 신휘를 내려다보며 호탕하게 웃어 젖혔다.

"음하하하! 자력구제라고 들어보셨나?"

하윤은 제 임기응변에 한껏 도취해 있느라 티셔츠가 흰색이라는 것도, 그래서 속살이 다 비치고 있다는 것도 모른 채 엉덩이를 살랑살랑 흔들며 방을 나갔다.

"후우⋯⋯."

신휘는 방에 홀로 남아 애국가에 군가, 만화 주제가까지 총동원하여 들끓는 열기를 가라앉혀야만 했다.

신휘는 침대에 누워 있으면서도 거실로 나간 하윤의 동선을 고스란히 파악할 수 있었다. 통통거리는 발소리와 화장실 문이 열렸다 닫히는 소리에 귀를 기울이고 있던 그의 고개가 갑자기 갸우뚱 기울어졌다. 화장실 문이 열리는 소리에 이어 그녀가 방으로 달려오는 소리가 들렸기 때문이었다.

"오빠!"

방문 사이로 고개를 빼꼼 들이민 하윤이 뽀로통하게 물었다.

"어떤 여자야?"

"여자?"

몸을 일으킨 신휘가 침대 아래로 발을 내리고 일어서자, 하윤이 움찔하며 눈을 크게 떴다. 그러나 부릅뜬 그녀의 눈은 그가 트레이닝 바지를 챙겨 입은 상태라는 걸 인식하자마자 곧바로 원상태로 돌아왔다.

"무슨 소리야?"

신휘는 어느새 그녀의 눈앞에 성큼 다가와 있었다.

"화장실에 칫솔이 두 갠데? 하나는 빨간색, 하나는 파란색."

하윤의 매끈한 이마에 주름이 잡히자, 신휘는 주름을 펴주기라도 하려는 것처럼 그녀의 이마를 살살 문지르며 말했다.

"빨간색은 처음부터 이 집에 있었던 거야. 내 것도 아닌데 버리기가 좀 그래서 그냥 뒀어. 파란색이 내 거."

하윤은 제 장난에 성심성의껏 대답해 주는 신휘를 보며 씩 웃었다. 그녀도 그의 칫솔이 파란색일 거라는 짐작은 하고 있었다. 신휘가 아닌 다른 사람이 쓰던 칫솔은 결코 쓰고 싶지 않았기 때문에 혹시나 하는 마음에 확인을 하러 온 것뿐이었다.

"이 집에 누가 마지막으로 있었다고 했지?"

조금 더 장난을 치고 싶어진 하윤이 은근하게 물었다.

"서민……."

반사적으로 대답을 하던 신휘는 황급히 뒷말을 삼켰다. 하지만 하윤은 두 글자만으로도 누구를 말하는지 대번에 알아들었다.

"오호, 서민혁……."

그는 한울 엔터 소속의 배우였다.

하윤의 얼굴에 능글맞은 미소가 걸리자, 신휘가 그녀의 이마를 콩 쥐어박으며 경고했다.

"내 거 써. 빨간색 젖어 있으면 한 대 더 맞는다?"

"쳇! 누가 뭐랬나?"

하윤의 특기 중 하나는 오리발 내밀기였다.

가야 하는 하윤도, 보내야 하는 신휘도 마음이 무겁기는 매한가지였다.

"오빠, 나 가."

"머리라도 마르면 가지."

직접 바래다주고 싶었지만 아직 화제의 중심에 서 있어서 그렇게 할 수도 없고, 이대로 보내고 싶지도 않았던 신휘가 애꿎은 핑계를 댔다.

"괜찮아. 가다 보면 금방 말라."

"좀 더 있다가 가면 안 돼?"

그의 애틋한 눈빛을 마주한 하윤이 빙긋 웃었다.

"10시까지 정 실장님이 집으로 데리러 오시기로 했어. 지금 가야 해."

신휘는 잘 가라는 말도, 가지 말라는 말도 할 수가 없었다. 그래서 그녀의 젖은 머리카락만 말없이 만지작거렸다.

"나 진짜 간다."

말과 달리, 하윤은 한 걸음 다가가 그를 살포시 감싸 안았다.

"내가 양심에 털만 났어도 오빠랑 확 도망가 버리는 건데. 오빠들이 약속 잘 지켜야 한다고 귀에 딱지가 앉을 만큼 세뇌를 시켜놔서 그러지도 못하잖아."

그녀의 농담에 신휘가 웃으며 맞장구를 쳤다.

"가끔은 양심에 털 나도 괜찮은데, 이대로 확 도망가 버릴까?"

"오빠 욕 먹이고 싶지 않아. 오빤 내 자존심이야. 언제나 옳고, 언제나 멋져야 해."

신휘는 하윤의 기대를 무너뜨리지 않기 위해서라도, 그리고 하윤의 자존심을 지켜주기 위해서라도 앞으로 더 올바르게, 더 멋지게 살겠다는 맹세를 가슴속 깊이 새겼다.

"나 전화 안 할 거야. 오빠도 하지 마. 내가 혹시 못 참고 전화해도 받지 말고. 지나가다가 우연히 마주쳐도 아는 척하지 말자. 나 할아버지랑 약속한 거 잘 지키고 당당히 허락받고 올게."

"내가 언젠가 말했었지? 언제나 너만 기다리게 해서 미안하다고. 이번엔 내가 기다릴게. 네가 돌아올 때까지……."

그의 진심 어린 고백을 들으며 배시시 웃고 있던 하윤이 갑자기 몸을 떼고 신휘를 올려다보았다.

"일만 열심히 하고 있어. 딴 년이랑 바람나면 죽는다?"

신휘는 활처럼 휜 눈으로 싱긋 웃는 그녀를 보며 웃음이 터져 버렸다.

"큭……."

그는 기쁘고 즐거울 때는 물론이거니와 가장 지치고 힘든 순간조차 하윤으로 인해 웃을 수 있었다. 신휘 자신이 평생 웃게 해주겠다고 다짐했던 꼬맹이가 도리어 그를 웃게 하고 있었다. 신휘는 죽는 날까지 하윤이 웃을 수 있게, 그래서 그녀로 인해 자신도 웃을 수 있게 할 수 있는 모든 것을 다 하리라고 다시 한 번 다짐했다.

"학교만 열심히 다녀. 딴 놈한테 한눈팔면 혼난다?"

짓궂은 미소를 짓는 그를 보며 하윤이 까르르 웃었다. 그녀를 마주 보며 신휘도 따라 웃었다. 그렇게 두 사람은 가장 밝은 모습으로 서로를 위해 잠시 이별을 고했다.

하윤은 현관문을 부술 듯이 열어젖히고 들어와 신고 있던 로퍼를 휙휙 벗어 던졌다. 버스에서 내리자마자 헐레벌떡 달려온 노력이 무색하게 시간은 이미 오전 9시 반을 넘기고 있었다. 원래 계획대로라면, 늦어도 9시까지 도착해서 짐을 챙기고 10시에 오기로 되어 있는 정 실장을 여유롭게 기다리는 것이었다. 하지만 오늘도 '여유'는 그녀에게 허락된 말이 아니었다.

거실에 들어선 하윤은 소음의 근원을 찾기 위해 방에서 나온 은휘와 딱 마주쳤다.

"외박하고 들어온 주제에 뭘 잘했다고 시끄럽게 굴어?"

그의 핀잔에 하윤이 입을 삐죽거리며 대들었다.

"문자 보냈잖아. 내가 말도 없이 외박했어?"

"문자로 통보만 하면 끝이야?"

"연락도 없이 안 들어온 것보다는 낫잖아? 감사하는 마음을 가져봐, 좀."

은휘는 대꾸할 가치도 없다는 듯 시큰둥하게 말을 돌렸다.

"어제 신휘도 안 들어온 거 알지? 대충 해결된 것 같은데, 이제 그만

집에 들어와도 되는 거 아닌가? 어제도 오피스텔에서 잤나 본데?"

"응, 오피스텔에서 잤어. 나……."

하윤은 반사적으로 '나랑 같이'라고 대답하려다가 급하게 뒷말을 삼켰다.

"……한테 전화 왔더라."

뒷말을 어영부영 마무리 짓고 입조심을 해야겠다는 다짐을 하고 있는 그녀를 보며 은휘가 눈을 가늘게 떴다.

"넌……."

식겁한 하윤이 득달같이 끼어들어 선수를 쳤다.

"보라네서 잤어!"

"보라? 지혜네서 자고 온다며?"

"……."

이런, 지혜라고 했던가……? 당황한 것도 잠시, 하윤은 보라로 밀고 나가기로 했다. 지금 말을 바꾸면 괜한 의심을 살지도 모른다는 생각에서였다.

"아닌데? 보라네서 잤는데?"

"아니야. 어제 네가 보낸 문자에는 분명……."

하윤은 은휘가 꺼내 든 휴대폰을 냉큼 낚아채서 그의 주머니에 도로 쏙 넣어주며 어색하게 웃었다.

"내 손가락이 어제 미쳤었나 보네. 보라를 지혜라고 잘못 친 거야. 오타야, 오타."

"하다 하다 손가락까지 미친 거야?"

가자미눈으로 은휘를 노려보던 하윤이 갑자기 눈을 동그랗게 떴다.

"아 참!"

그제야 그에게 해야 할 말이 떠오른 그녀는 은휘의 팔을 끌어다 소파에 앉히고 옆에 따라 앉았다.

"오빠한테 할 얘기 있어."

"뭔데?"

"나 당분간 어디 좀 가 있기로 했어."

하윤은 시간이 없는 관계로, 서론 없이 바로 본론으로 들어가 자초지종을 간단하게 설명했다. 그녀의 말이 다 끝날 때까지 무표정한 얼굴로 듣고만 있던 은휘가 단호하게 잘라 말했다.

"그냥 은퇴하라고 해."

"오빠!"

"네가 그 집을 얼마나 싫어하는지 아니까 하는 말이잖아. 신휘, 뭘 하더라도 제 밥벌이는 할 놈이야. 그러니까 그냥 은퇴시키자."

하윤은 그가 하는 말이 모두 자신을 걱정해서임을 잘 알고 있었다. 그래서 그에게 사정하듯 애교를 부렸다.

"나 금방 올 거라니까? 잠깐 할아버지네 놀러 갔다고 생각해, 응?"

"네 마음이 놀러 가는 마음이 아닌데 어떻게 놀러 갔다고 생각을 하라는 건데?"

"내가 어른이 되긴 됐나 봐. 옛날만큼 할아버지가 무섭지 않았어. 그때만큼 무서웠으면 나 아무리 신휘 오빠가 은퇴하는 거 싫었어도 할아버지네 가겠다는 말, 못 했을 거야."

그녀의 표정은 어느 때보다 진지했다.

"어른은 무슨, 내 눈엔 그때나 지금이나 똑같은데."

"나 이번 기회에 할아버지랑 가까워지고 싶어. 정말이야."

은휘는 더 이상 하윤을 말릴 수 없었다. 설득을 위한 거짓말이 다가 아님이 느껴졌기 때문이었다.

"그래서 언제 가는데? 설마 오늘 가는 거야?"

깜짝 놀라며 시계를 돌아본 그녀의 입에서 비명이 터져 나왔다.

"꺄! 10분밖에 안 남았어. 뭐부터 해야 하지?"

방금 전 아련했던 모습은 눈 씻고 찾아봐도 찾을 수 없었다.

"그래! 짐을 싸야지!"

우렁차게 외치며 소파에서 벌떡 일어난 하윤은 드레스 룸으로 달려갔다. 은휘는 한 편의 모노드라마를 본 듯한 기분으로 천천히 그녀의 뒤를 따랐다. 그가 드레스 룸에 들어섰을 때, 하윤은 트렁크를 열어놓고 손에 잡히는 옷들을 뭉텅이로 던져 넣고 있었다. 신휘가 오피스텔로 나갈 때 차곡차곡 챙겨주던 것과는 사뭇 대조적인 모습이었다.

"여름 다 갔는데 왜 여름옷들만 챙겨?"

여름옷을 품 안에 한 아름 안고 있던 하윤이 정지 화면처럼 그대로 굳었다.

"에라이!"

정지 상태가 풀린 그녀는 안고 있던 옷들은 구석에 던져 버리고, 이미 트렁크에 들어가 있는 것들은 통째로 쏟아버렸다.

"오빠가 이따가 좀 걸어줘."

은휘가 난장판이 된 광경을 뜨악한 얼굴로 보고 있는 사이, 하윤은 제 방 서랍에 들어 있는 옷들을 떠올리고 드레스 룸을 쌩하게 달려 나갔다. 잠시 후 돌아온 그녀의 두 손에는 옷이 잔뜩 들려 있었다. 하윤은 빵빵해진 트렁크를 끙끙거리며 닫고서 주위를 한 바퀴 둘러본 다음 흡족하게 웃었다.

"이 정도면 됐나?"

"되긴 뭐가 돼? 네 눈엔 이게 됐냐?"

하윤은 모르는 척, 안 보이는 척 눈을 내리깔고 트렁크를 세워 끌며 문을 향해 유유히 걸음을 옮겼다. 적당히 뻔뻔해야 잔소리라도 할 의욕이 생기는 법. 은휘는 그녀를 잠깐 째려보고는 트렁크를 뺏어 들고 앞장서 걸었다.

"이제 줘, 오빠."

현관 아래에 널브러져 있는 신발을 주섬주섬 끌어와 신은 하윤이 손을 뻗었다.

"빨리 나가기나 해."

"혼자 갈 수 있는데."

"알아."

은휘가 먼저 밖으로 나가자, 하윤도 더는 사양하지 않고 뒤따랐다. 엘리베이터를 타고 1층으로 내려가면서 은휘가 말했다.

"형한테 가면서 전화라도 한 통 해. 그래도 네가 직접 얘기하는 게 나을 것 같다."

"할아버지네 가는 길에 회사 앞에 잠깐 들를 거야. 얼굴 보고 얘기해야지."

하윤은 기특하다는 듯 머리를 토닥토닥 두드려 주는 그에게 눈을 찡긋거리며 방실방실 웃었다.

"매일 전화할게. 오빠한테는 매일 해도 돼."

은휘는 세상에서 가장 불편한 집으로 들어가야 하는 상황에서조차 발랄함을 잃지 않는 그녀가 귀엽기도 했고, 한편으로는 대견기도 했다.

"빨리 와라."

그가 할 수 있는 말은 그것뿐이었다.

데리러 오겠다는 성국을 만류하고 회사에 도착한 신휘는 곧장 대표실로 향했다.

"넌 어제 같은 날 그렇게 내빼고서 전화도 안 받더니 이제야 삐죽 얼굴 비치냐?"

남수는 신휘의 얼굴을 보자마자 기다렸다는 듯 섭섭함을 토로했다.

"내빼긴 누가?"

신휘가 못마땅한 표정으로 되묻자, 찔끔한 남수는 얼른 화제를 바꿨다.

"하윤이 만나러 간 거냐?"

"어."

"근데 뭔가 얼굴이 확 폈다? 네가 은퇴 안 하게 됐다고 하루아침에 룰루랄라 할 놈은 아니고, 뭐 좋은 일 있었냐?"

신휘는 남수가 뭘 알고 떠보는 건가 싶어, 그의 시선을 외면하며 어물쩍 말을 돌렸다.

"채희 그만두기로 했다며?"

대표실로 올라오면서 만난 소식통, 민아에게 전해 들은 말이었다.

"그러기로 했다."

신휘는 고개를 끄덕이는 남수에게 잘라 말했다.

"됐어, 그러지 마."

"뭘 그러지 마?"

"채희 자르고 나면 형 마음은 편하겠어? 나 이제 채희한테 억하심정 없으니까 안 그래도 된다고."

"처음에 자르겠다는 말을 꺼낸 건 나지만, 이제는 채희가 원해. 내가 잡아도 더는 있고 싶지 않대. 네 얼굴 볼 면목도 없고……."

"어차피 마주칠 일도 별로 없을 텐데 그럴 거 없다고 해."

"그동안 모아둔 돈으로 작게 개인 숍 내겠대. 그러라고 했어."

신휘는 이미 남수와 채희, 두 사람 모두 마음의 결정을 내린 것 같아 더는 만류하지 않기로 했다.

"오픈하면 내 이름으로 화환 하나 보내."

할 말을 마치고 소파에서 일어나는 신휘에게 남수가 물었다.

"2시부터잖아. 벌써 가게?"

신휘는 오늘 오후부터, 중단되었던 드라마 촬영을 재개하기로 명 감독과 이야기를 끝낸 상태였다.

"일찍 가서 감독님이랑 스태프들한테 인사 좀 하려고."

"아······."

겸연쩍게 머리를 긁적이고 있는 남수를 내려다보는 신휘의 미간이 좁아졌다.

"이제 면도 좀 하지? 옷도 좀 갈아입고. 삼십오 년 묵은 산적 같다."

"어제 술 마시느라 집에 못 들어가서 그래······."

남수가 지저분하게 자라 있는 턱수염을 쓰다듬으며 중얼거렸다.

"누가 술 마시느라 집에 들어가지 말래? 회사 얼굴인 대표가 그렇게 엉망진창으로 다닐 거야?"

"우리 회사 얼굴은 너잖아······."

"형한테 냄새나는 것 같다."

신휘는 남수의 볼멘소리를 무심한 독설로 일축하고 대표실을 나갔다. 그 길로 곧장 야외 촬영장으로 출발한 그는 도착하자마자 명 감독을 찾아갔다.

"감독님."

"일찍 왔네?"

카메라 위치를 상의하고 있던 명 감독이 고개를 돌리며 반갑게 웃었다.

"심려 끼쳐 드려서 죄송합니다."

"안 그래도 요새 컨디션이 별로였는데 푹 쉬고 좋았어. 강 작가도 후반부 대본을 이렇게 여유롭게 집필한 적은 처음이라고 좋아하던데?"

신휘는 그가 자신을 배려해 주는 말임을 잘 알고 있었다.

"오는 길에 작가님 작업실 들러서 인사드리고 왔어요."

"잘했네. 그동안 잠은 많이 자뒀어? 아마 이제부터 눈 감을 시간도 없을 거야. A팀, B팀 풀로 돌릴 거니까."

"C팀까지 꾸리셔도 됩니다."

신휘가 능청스럽게 받아치자, 명 감독은 호탕하게 웃었다.

"신휘 씨 덕분에 남은 4회 대박 나겠어. 본방, 재방, 광고 완판 됐다고 국장님은 입이 귀에 걸리셨더라."

신휘는 말없이 미소 지었다. 우여곡절은 많았지만 그래도 이제 제자리를 찾은 것 같아서 조금이나마 마음이 가벼워졌다.

"가서 스탠바이 하고 있어. 달려보자고."

스태프들이 촬영 준비를 하는 동안, 신휘는 선배 연기자를 시작으로 동료, 후배, 막내 스태프들까지 일일이 찾아다니며 사과했다. 겸손하고 진정성 있는 그의 행동은 모두에게 그가 어떻게 정상의 자리를 그토록 오랫동안 지키고 있는지에 대한 답이 되었다.

성북동에 도착한 하윤은 곧장 서재로 향했다.

"할아버지, 저 왔어요."

지 회장은 책상 앞에 앉은 채로 시선만 들어 올렸다. 돋보기안경 위로 서늘한 눈동자가 번뜩였다.

"나가봐라."

무미건조하긴 했지만, 시작이 나쁘지 않았다는 생각에 하윤의 움츠러들어 있던 어깨가 펴졌다.

'아무 말도 안 하실 수도 있는데 나름 긍정적인 사인이었어.'

제멋대로 의미를 부여하며 서재를 나온 하윤은 문 앞에 서 있던, 기품이 넘치는 중년 부인을 보고 반색했다.

"외숙모!"

"하윤아."

지 회장의 며느리이자, 학영의 어머니인 전상희 여사였다. 그녀는 이집에서 유일하게 인상, 목소리, 성격까지 따뜻한 사람이었다.

"어제는 내가 마침 집을 비웠을 때 왔다 갔더라."

"네, 인사도 못 드리고 가서 죄송해요."

"학영이한테 얘기 다 들었어. 잘 해결돼서 다행이다."

전 여사가 하윤의 어깨를 부드럽게 토닥였다.

"가끔 들여다보고 싶었는데 네가 원하지 않을까 봐 참았어. 섭섭했지?"

"섭섭하긴요, 외숙모 마음 알아요. 저야말로 그동안 한 번도 찾아뵙지 못해서 죄송해요……."

하윤은 몸 둘 바를 몰라 하며 고개를 푹 숙였다.

"다시 한 번 잘 지내보자, 하윤아."

전 여사의 다정한 말에 하윤이 고개를 들고 배시시 웃었다.

"2층 네 방 치워뒀어. 예전에 쓰던 방."

전 여사가 고작 삼 일 머물렀던 그 방을 '네 방'이라고 지칭하자, 하윤은 기분이 묘해졌다.

"올라가 볼게요."

하윤은 꾸벅 인사를 하고 몸을 돌려 계단을 올랐다. 한 발, 한 발, 발을 디딜 때마다 옛 기억이 새록새록 떠올랐다. 십이 년 전, 처음 이 계단을 밟았을 때는 모든 게 낯설고 두려웠다. 엄마도, 아빠도, 오빠들도 없었다. 내 편이 아무도 없는 암흑에 내동댕이쳐진 기분이었다. 하지만 지금은 달랐다. 낯설긴 했지만 두렵지는 않았다. 두렵지 않다고 생각하니 갑자기 용기가 불끈 솟아났다.

'이 집도 사람 사는 집인데 뭘 쫄고 그래! 쫄지 마!'

하윤은 스스로도 꽤나 자부심을 가지고 있는, 제 독보적인 적응력을 믿어보기로 했다. 어차피 있어야 한다면 있는 동안만큼은 즐겁게 지내고 싶었다. 외할아버지는 눈만 마주쳐도 오금이 저리고, 외삼촌은 아직 얼굴을 못 봤기 때문에 긴장을 풀 수 없지만, 다정한 외숙모와 든든한 사촌 오빠가 있으니 불가능하지만은 않을 것 같았다.

"하윤아, 거기 서서 뭐 하니?"

깜짝 놀라 고개를 돌려보니, 전 여사가 계단 아래에서 의아한 표정을 짓고 있었다. 그제야 하윤은 자신이 계단 중간에 우두커니 서 있다는 것을 깨달았다. 굳은 결심을 하며 머리를 바삐 움직이느라 정작 다리를 움직이지 않고 있었던 것이다.

"아하하하…… 아, 아무것도 안 해요."

하윤은 무안함을 웃음으로 넘기고 후다닥 계단을 뛰어올라 방으로 들어갔다. 핑크색으로 도배가 되어 있던 예전의 공주방은 화이트 톤의 모던하고 심플한 방으로 바뀌어 있었다. 방 안을 둘러보던 그녀의 눈에 정 실장이 올려다 주고 갔을 트렁크가 들어왔다.

"옷부터 정리해야겠다."

트렁크 안에 쑤셔 넣다시피 한 옷들을 하나씩 꺼낼 때마다 하윤의 얼굴이 눈에 띄게 일그러졌다.

"아놔……."

어쩜 이렇게 평소에 입지도 않는 옷 위주로 쓸어 담아올 수 있는지 신기할 따름이었다. 이럴 거면 대체 왜 드레스 룸을 홀랑 뒤집어놓고 왔는지 기가 막혔다. 그런데 그 순간, 절망적인 생각 하나가 하윤의 뇌리를 스치고 지나갔다.

"헉!"

옷도 옷이지만 신발이며 가방, 심지어 화장품까지 하나도 챙겨오지 않았다는 것을 깨달은 것이다. 당장 오늘 세수를 하고 나서 바를 게 아무것도 없었다.

"으으……."

건조함에 얼굴이 찢어져 죽을지도 모른다는 섬뜩한 상상을 하며 부르르 몸서리를 치고 있던 하윤의 귓가에 전 여사의 걱정스러운 목소리가 흘러들었다.

"하윤아, 괜찮니……?"

전 여사는 목소리 못지않게 수심이 가득한 얼굴을 하고 문가에 서 있었다. 그녀의 눈에는 하윤이 부모를 한꺼번에 잃고 낯선 집에 들어와 적응하지 못하던 열 살 아이일 때의 모습으로 보였다. 하윤의 입에서 새어 나온 신음이 악건성 피부를 가진 여자의 탄식이었음은 짐작도 하지 못하고 있었다.

"으하하! 괘, 괜찮아요……."

민망한 모습을 들키고 어색하게 웃고 있는 하윤을 안쓰럽게 바라보고 있던 전 여사가 조심스럽게 말을 꺼냈다.

"점심 먹으러 내려와. 네가 가서 아버님 모시고 나오면 어떨까 했는데…… 아직은 좀 어렵겠지?"

지 회장과 하윤의 사이에서 중간 역할을 하려던 전 여사는 서두르지 말아야겠다고 생각했다. 하윤에게도 적응할 시간이 필요할 것 같아서였다.

"제가 모시고 나올게요."

"무리하지 않아도 돼."

"무리하는 거 아니에요."

씩씩하게 대답한 하윤은 전 여사와 함께 1층으로 내려와 곧장 서재로 향했다.

"할아버지, 진지 드세요."

지 회장은 대답 없이 책상을 두 손으로 짚고서 천천히 몸을 일으켰다. 그리고 책상 옆에 세워두었던 지팡이를 손에 쥐고서 한 걸음씩 힘겹게 발을 떼었다. 그가 거동이 불편하다는 사실을 알게 된 하윤이 한달음에 달려갔다. 지 회장은 부축하려고 손을 뻗는 그녀에게 싸늘하게 말했다.

"됐다."

하윤은 주춤하며 얼른 팔을 거둬들였다. 한 발 한 발, 걸음을 내딛는 지 회장을 우두커니 서서 지켜보던 그녀는 왠지 모를 먹먹한 감정에 사로잡혔다. 천년만년 꼿꼿하게 서 있을 것만 같았던 할아버지가 어느새 지팡이에 의지해야 할 만큼 늙고 나약해졌다는 사실이 잘 실감 나지 않았다.

그녀가 어른이 될 동안 할아버지는 노인이 되어 있었다.

지 회장을 중심으로, 전 여사와 하윤이 마주 보며 식탁에 앉았다. 하윤은 숨 막힐 듯한 정적에 젓가락질도 마음 놓고 할 수가 없었다. 항상 대화가 끊이지 않는 식사 자리에 익숙해져 있었기에 이런 묵언에 적응하기 힘들었다. 젓가락이 그릇에 닿아 소리라도 나면 흠칫흠칫 놀라던 그녀는 저도 모르게 밥그릇의 가장자리를 피해서, 가운데에 구덩이를 파며 밥을 먹고 있었다.

"먹을 만하니?"

하윤은 침묵을 깨준 전 여사를 감격스러운 얼굴로 바라보며 고개를 끄덕였다.

"네, 맛있어요."

전 여사는 다행이라는 듯 미소를 지으며 다시 밥을 먹기 시작했다. 잠시 망설이던 하윤은 은근슬쩍 대화를 이어보기로 마음먹었다. 그녀의 타깃은 학영의 동생인 무영이었다.

"외숙모, 무영 오빠는 어디 있어요?"

"글쎄?"

글쎄라니……. 아들이 어디 있느냐는 질문에 대한 엄마의 대답이라기엔 썩 어울리지 않는다는 생각을 하고 있던 하윤에게 전 여사가 결정타를 날렸다.

"지난달에 아부다비라고 했는데 지금은 어디 있는지 모르겠네. 살아 있기는 한지 몰라?"

무심함이 여실히 드러나는 어조였다. 하윤은 마냥 살갑고 따뜻한 줄로만 알았던 그녀에게 의외의 모습이 있다는 사실에 당황했다.

'뭐, 뭐지? 이 범접할 수 없는 쿨함은……?'

다시 입술을 달싹이려는 하윤의 귓가에 지 회장의 지엄한 경고가 파고들었다.

"조용히 먹어라."

"네……."

야심 차게 시작한 그녀의 근황 토크는 질문 하나를 끝으로 막을 내려야만 했다.

식사를 마친 뒤 지 회장은 바로 서재로 들어가 버렸고, 전 여사는 하윤과 거실에 마주 앉았다.

"일주일 넘게 학교에 못 갔다면서?"

"네, 오늘은 원래 수업이 없는 날이었고, 이제 다음 주 월요일부터 나가려고요."

"괜찮겠어?"

하윤은 전 여사의 걱정이 뭔지 잘 알고 있었다.

"그럼요. 저, 그런 거 별로 신경 안 써요."

학교에 소문이 날 만큼 났을 테니 부담스러운 시선이 따라붙겠지만, 하윤은 크게 개의치 않았다. 볼 테면 봐라, 보다가 지치면 그만 보겠지, 이것이 그녀의 전법이었다.

하윤을 기특하다는 듯 바라보고 있던 전 여사가 화제를 바꿨다.

"내일 혹시 약속 있니?"

"아니요."

"그럼 외숙모랑 어디 좀 가자."

"어디요?"

"옷을 좀 사야 할 것 같아."

"아, 네……."

전 여사는 하윤이 자신의 쇼핑에 단순히 동행한다는 의미로 받아들였다는 사실을 눈치채고 그녀의 오해를 바로잡아 주었다.

"내 옷 말고, 네 옷."

"제 옷이요?"

하윤이 눈을 동그랗게 뜨고 되물었다.

"앞으로 모임에 참석해야 할 일이 종종 있을 거야. 격식을 갖춰야 하는 자리에 어울리는 옷 몇 가지 준비해 놔야 할 것 같아."

"모임이요? 제가요?"

"아버님께서 정식으로 데뷔시키실 모양이야, 명신가 사람으로."

하윤은 '명신가 사람'이라는 말이 주는 무게감에 일순간 숨이 턱 막혔다. 이 집에 들어온 것이 단순히 거주지가 바뀌었다는 것이 아니라, 명신가의 일원이 되었다는 의미임을 비로소 깨달았다.

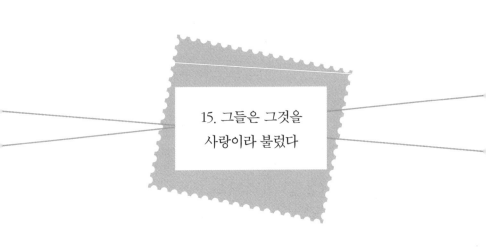

15. 그들은 그것을
사랑이라 불렀다

하윤의 첫 공식 일정은 '대한민국 미디어 포럼'이었다.

"아는 거 하나도 없고, 포럼 같은 거 참석해 본 적도 없는데……."

하윤은 이미 포럼이 개최되는 장소로 이동 중인 차 안에 있으면서도 여전히 현실 부정 중이었다. 뒷좌석에 나란히 앉아 있던 전 여사가 그녀를 다독여 주었다.

"네가 뭘 알아야 하는 자리 아니니까 걱정할 거 없어. 우린 그냥 아버님을 모시고 가는 것뿐이야."

지금 두 사람이 타고 있는 차는 바로 앞에서 달리고 있는 지 회장의 차를 뒤따르는 중이었다. 뇌졸중으로 쓰러진 이후 공식 행사에는 거의 참석하지 않고 있는 지 회장이 포럼 참석을 결정한 이유는 전적으로 하윤을 선보이기 위함이었다. 오늘은 그녀의 데뷔 무대나 다름없었다.

"오늘 아주 예쁘다."

전 여사는 흐뭇한 얼굴로 하윤을 바라보았다. 짙은 파란색의 더블 버튼 원피스를 입고, 굵은 웨이브를 준 머리카락을 늘어뜨린 하윤은 튀지 않으면서도 세련되고 우아한 매력이 돋보였다. 전 여사는 아들만 둘을 키우느라 전혀 느껴보지 못했던 딸 키우는 맛을 요 며칠 사이에 만끽하고 있었다.

EN미디어 송연경 회장은 포럼이 열리는 홀에 들어서자마자 반갑지 않은 소식을 전해 들었다.

"명신의 지 회장님께서 참석하셨답니다."

"지 회장이 직접 왔다고?"

최근 명신의 굵직한 행사는 모두 지 회장의 아들인 지상일 사장이 참석하고 있었기에 지 회장의 참석은 상당히 의외였다. 송 회장은 이번 일을 주도한 게 지 회장이 아니길 빌며, 울며 겨자 먹기로 그에게 인사를 하러 찾아갔다. 거동이 불편하다는 소문이 무색하게, 허리를 꼿꼿이 세우고 앉아 있는 지 회장은 전성기 때의 모습 그대로였다. 주위를 압도하는 그의 위용은 여전히 독보적이었다.

"회장님, 그간 안녕하셨습니까?"

"오랜만에 뵙습니다, 송 회장님."

"건강은 괜찮으시지요?"

"내일 당장 죽을 것 같지는 않습니다."

그녀가 뭐라고 받아쳐야 좋을지 몰라 주저하고 있는 사이, 지 회장이 선수를 쳤다.

"요새 많이 바쁘시다고 들었습니다."

"바쁘기만 하지 이렇다 할 성과가 없습니다."

"무슨 그런 겸양의 말씀을. EN이 얼마나 거침없는 확장세를 보이고 있는지 모르는 사람이 어디 있겠습니까."

송 회장의 얼굴에 보일 듯 말 듯 한 미소가 서렸다. 설사 형식적인 말일지라도, 그녀에게 있어서 지 회장의 입으로 직접 듣는 말은 어느 누구의 칭찬에도 비할 바가 아니었다.

"지금도 아주 잘하고 계시지만 송 회장님보다 삼십 년 넘게 더 산 사람으로서 한마디 하고 싶은 말이 있습니다."

"말씀해 주시면 감사히 듣겠습니다."

사실 지 회장은 그녀가 존경하는 언론인 중 단연 첫손가락으로 꼽는 인물이었다. 그런 존재가 해주는 말이 얼마나 뼈가 되고 살이 될지, 듣지 않아도 알 수 있었다. 송 회장은 진심으로 경청할 준비를 하고 그의 말을 기다렸다.

"앞으로 무슨 일을 벌이실 때는 최대한 가까이, 가능한 한 자세히 살펴보시길 바랍니다."

그녀는 왠지 모를 싸한 느낌에 아무 말도 할 수 없었다.

"잘 살펴보지 않으면 모를 수도 있습니다. 개인지 늑대인지, 고양이인지 호랑이인지 말입니다."

소름 끼칠 만큼 싸늘한 어조였다.

"언론사가 가져야 할 최대 덕목 아니겠습니까?"

명백한 조롱이었지만 그의 말을 인정할 수밖에 없었던 송 회장은 어금니를 악물고 최대한 담담하게 대답했다.

"……새겨듣겠습니다."

"송 회장님께 소개할 사람이 있습니다."

지 회장이 왼쪽으로 고개를 틀며 말을 돌렸다.

"제 외손녀입니다."

송 회장의 시선이 그의 옆자리에 앉아 있던 하윤에게로 향했다. 신휘의 뒷조사를 하면서 사진으로 본 적이 있었기에 하윤을 한눈에 알아볼 수 있었다. 이로써 모든 게 명확해졌다. 송 회장은 신휘의 구명을 주도한 사람이 지 회장이며, 공식적인 자리에 얼굴을 내밀지 않던 그가 하윤까지 대동하고 이 자리에 나타난 건 다시는 헛짓거리를 하지 말라는 경고의 메시지임을 간파했다.

"처음 뵙겠습니다. 성하윤입니다."

하윤은 그녀의 머리채를 휘어잡고 싶은 욕구를 잘 다독이며 자리에서 일어나 예의 바르게 인사를 건넸다.

"반가워요."

송 회장은 신휘가 제 심기를 거스르긴 했지만, 여전히 강단과 소신이 있는 멋진 남자라고 생각하고 있었다. 그런 그가 자신의 모든 것을 걸고 지키려 했던 여자를 눈앞에서 보고 있으려니, 왠지 모를 열패감이 차올랐다.

"그럼 다음에 또 뵙겠습니다, 회장님."

송 회장이 도망치듯 자리를 벗어나고 난 뒤, 하윤은 무슨 생각을 하고 있는지 전혀 알 수 없는 얼굴을 하고 있는 지 회장에게로 시선을 돌렸다. 그녀는 신휘를 나락으로 떨어뜨리려 했던 망할 여자에게 한 방 먹여준 할아버지가 처음으로 멋져 보였다. 옆에서 듣고 있는 것만으로도 모골이 송연해지는데, 당사자는 얼마나 더했을지 생각할수록 통쾌했다.

"감사합니다……."

하윤이 입술만 달싹여 아주 작게 중얼거렸다. 그녀는 지 회장의 미간 주름이 미세하게 펴졌다는 사실을 알지 못했다.

개회사, 축사, 강연 등의 공식 일정이 끝나고 만찬이 시작되었다. 지 회장은 인사를 나누는 이들에게 일일이 하윤을 소개했다. 갑자기 등장한 다 큰 외손녀의 존재에 모두가 놀랐지만, 그의 앞에서 대놓고 내색하지는 못했다. 얌전하게 방긋방긋 웃으며 인사를 하던 하윤은 지 회장이 국무총리와 이야기를 나누는 틈을 타서 전 여사에게 속삭였다.

"외숙모, 저 잠깐 화장실 좀 다녀올게요."

화장실로 향한 하윤은 볼일도 보고, 손도 씻고, 굳은 목을 이리저리 돌려가며 스트레칭까지 했다. 할 일을 다 마쳤지만 홀 안으로 돌아가고 싶지가 않았다. 잠시 망설이던 그녀는 홀이 아닌 반대편 테라스로 걸음을 옮겼다. 답답하고 딱딱한 분위기 속에 있다가 바깥 공기를 쐬니 날아갈 듯 기분이 좋아졌다. 시원한 바람이 달아오른 뺨을 식혀주자, 천국이 따로 없다는 생각까지 들 정도였다. 그러나 그 기분은 오래가지 않았다.

"우씨…… 비싼 구두는 신고 마라톤을 해도 안 아플 줄 알았더니 더럽게 아프네."

하윤은 한쪽 손으로 난간을 잡고 서서 물집이 잡힌 뒤꿈치를 들여다보며 입술을 삐죽거렸다. 남자의 목소리가 들린 건 바로 그때였다.

"도와드릴까요?"

고개를 돌린 그녀의 눈에 말끔한 슈트 차림의 남자가 들어왔다. 잘생기지도, 그렇다고 못생기지도 않은 외모에 크지도 작지도 않은 적당한 키……. 이렇다 할 특색을 찾아볼 수 없는 평범한 남자였다. 다만, 눈이 안 보일 정도로 웃고 있는 모습이 눈길을 끌었다.

'뭘 도와주겠다는 거지?'

고개를 갸우뚱 기울이고 있던 하윤은 남자의 시선이 제 발로 향하자, 제기 차는 자세로 치켜들고 있던 발을 얼른 내렸다.

"도와주실 게 없는데요."

"있을걸요?"

그가 하는 말을 알아듣지 못한 하윤의 고개가 옆으로 더 기울어졌다. 가까이 다가온 남자가 슈트 주머니에서 뭔가를 꺼내어 하윤에게 내밀었다. 그의 두 손가락 사이에 끼워져 있는 것은 일회용 반창고였다.

"이게 나름 도움이 될 것 같은데요?"

"오! 나름 도움이 아니라 대빵……."

저렴한 언사임을 자각한 하윤이 얼른 말을 바꿨다.

"대박……."

이것도 아닌 것 같은데…….

"매우 도움이 될 것 같아요."

드디어 만족스러운 단어를 찾은 그녀는 미소와 함께 반창고를 받아 들었다.

"제가 해드릴게요."

"……뭘요?"

"제가 붙여 드린다고요."

젠틀맨이 오버맨으로 전락한 순간이었다.

"아니에요. 제가 할 수 있어요."

하윤은 최대한 예의를 갖춰 거절의 의사를 표했다. 하지만 남자는 막 무가내였다.

"그러지 말고 발 좀 이쪽으로 내밀어봐요."

이 남자가 미쳤나, 왜 남의 발을 내밀래? 그녀는 처음 보는 남자가 발을 내밀어보라는데 덥석 내밀 만큼 경계심이 없는 여자가 아니었다.

"혼자 할…… 꺅!"

눈 깜짝할 사이에 무릎을 굽히고 앉은 남자가 하윤의 발목을 덥석 움켜잡았다. 그의 돌발 행동에 기겁한 하윤이 잡힌 발을 본능적으로 힘껏 뿌리쳤다. 남자는 그 반동을 이기지 못하고 뒤로 팅겨 나갔다.

"큽!"

"헉!"

볼썽사나운 자세로 엉덩방아를 찧은 남자와 본의 아니게 그를 내동댕이쳐 버린 하윤이 동시에 짧은 신음을 토해냈다. 언젠가 태훈이 재영에게 했던 말처럼, 그녀는 뛰어난 발재간을 가지고 있었다.

"괘, 괜찮으세요……?"

바닥에서 몸을 일으키는 남자의 눈치를 살피며 하윤이 조심스럽게 물었다. 그의 과한 행동은 불쾌했지만 나쁜 의도가 있었던 것 같지는 않았기에 조금 미안한 마음이 들었다.

"저는 괜찮은데……."

말끝을 흐린 남자가 바지 뒷주머니에서 휴대폰을 꺼내어 그녀의 눈앞에서 흔들어 보였다.

"얘가 안 괜찮은 것 같아요."

휴대폰은 그가 뒤로 넘어지면서 깔고 앉았는지 액정에 금이 가 있었다.

"어머, 걔는 왜 거기 있다가 봉변을 당했을까요?"

하윤은 왜 휴대폰을 바지 뒷주머니에 넣어두었냐는 말이 목구멍까지 차올랐지만, 차마 입 밖으로 꺼낼 수는 없어 최대한 돌려서 말했다. 거기에 나와는 무관한 일이라는 뉘앙스까지 듬뿍 실었다. 하지만 그는 무관한 일로 끝내고 싶어 하지 않는 눈치였다.

"어쩌죠……?"

남자의 모호한 태도에 하윤은 속이 타들어갔다.

'어쩌긴요! 댁의 엉덩이로 깔고 앉으셨으니 본인이 알아서 하셔야죠!'

비싸 보이는 슈트와 구두를 신고 있는 걸로 보아 휴대폰을 새 걸로 사달라고 우길 것 같지는 않다는 막연한 생각을 하면서도, 하윤은 혹시 몰라 선수를 치기로 했다.

"액정 수리비 드릴게요."

겨우 반창고 하나 받고 액정 수리비를 물어줘야 한다니 아까워 미칠 것 같았지만, 명신가 사람으로서 흠잡힐 만한 행동을 하면 안 된다는 생각으로 가득 차 있던 그녀에게는 선택의 여지가 없었다.

"그러실래요?"

'염병…… 사양 한 번을 안 하네…….'

표정 관리에 실패한 그녀의 얼굴이 티 나게 구겨졌다. 하윤은 싱글벙글 웃고 있는 남자를 보며 원래부터 금이 가 있던 휴대폰으로 돈을 뜯어내려는 사기꾼이 아닌가 하는 의심마저 들었다.

"얼마 드리면 될까요?"

"저야 모르죠. 서비스 센터에 가봐야 알 수 있지 않을까요?"

"그럼 수리하고 계좌 번호 알려주세요. 바로 이체할게요."

"휴대폰 번호 알려주세요."

하윤은 떨떠름하게 번호를 알려주고 테라스를 빠져나가며 나지막이 중얼거렸다.

"젠장……"

❧

신휘는 광고 계약 건으로 상의할 게 있다는 남수의 연락을 받고 회사에 잠시 들렀다. 그런데 남수는 그를 거들떠보지도 않고 TV를 보면서 구시렁대느라 바빴다.

"아, 고민되네……"

"빨리 얘기해. 나 촬영장 이동 중에 잠깐 들른 거야, 시간 없어."

신휘의 표정이 험악해지거나 말거나, 남수는 무아지경으로 혼잣말을 하고 있었다.

"이걸 봐야 돼, 말아야 돼……"

"무슨 소리야?"

"꼴 보기 싫은 사람이랑 반가운 사람이랑 같이 나오면 보는 게 맞냐, 끄는 게 맞냐?"

남수의 시선이 머물고 있는 TV로 눈을 돌린 신휘는 그제야 그의 말을 이해했다. 명신미디어 산하 종합 편성 채널인 MSC 뉴스에서 '대한민국 미디어 포럼'에 대해 방송하고 있었다. 오랜만에 공식 석상에 모습을 드러낸 지관명 회장에 포커스를 맞추다 보니 그의 옆에 있던 하윤도 저절로 부각되었고, 이어서 송 회장까지 화면에 등장했다.

"이거 어제 개최됐던 건데, 오늘 MSC에서 보여주네. 돌리다가 우연히 하윤이 보고 깜짝 놀랐다."

신휘가 조금 전 남수의 질문에 뒤늦게 답했다.

"보는 게 맞아."

신휘는 오로지 하윤에게만 초점을 맞췄다. 송 회장은 눈에 들어오지도 않았다. 그는 지 회장과 관련된 보도가 이어지는 동안 간간이 비치는 하윤의 모습을 눈도 깜빡하지 않고 지켜보았다.

다른 주제로 바뀌자, 남수가 TV를 끄며 중얼거렸다.

"역시 내 눈은 정확했어."

"뭐가?"

"내가 하윤이 화면발 잘 받을 거라고 했잖아. 죽이지 않냐?"

"실물은 안 죽이고?"

본인의 안목에 감탄하고 있던 남수는 태연한 신휘의 대답에 오만상을 찌푸렸다.

"널 죽이고 싶다. 하윤이 칭찬할 때는 그냥 좀 듣고 있을 수 없는 거냐? 꼭 팔불출처럼 나서야 하느냐고."

"사실을 말하는데 팔불출이라니."

여느 때보다 진지한 그의 얼굴을 떫은 표정으로 바라본 남수가 한숨을 푹 내쉬며 말을 돌렸다.

"그나저나 하윤이, 벌써부터 재벌가 자제 티가 팍팍 난다. 완전 고상해 보이는데? 청담동 며느리…… 는 아니고, 성북동 외손녀…… 아무튼 성북동 들어간 지 얼마나 됐다고 벌써 딴 세상 사람 같네."

신휘도 남수와 같은 생각을 하고 있었다. 자신이 알던 하윤이 아닌 것 같다는 생각과 더불어 그녀를 향한 그리움과 애틋함으로 가슴이 먹먹해졌다.

'딴 세상에 너무 오래 있지 말고 빨리 내 세상으로 돌아와……'

그가 바라는 건 오직 그것뿐이었다.

🦋

샤워를 마치고 2층 욕실에서 나오던 하윤의 귀에 어렴풋한 휴대폰 벨소리가 들려왔다. 머리를 감싼 수건을 부여잡고 방으로 달려 들어간 그녀는 침대 위에 놓여 있던 휴대폰을 집어 들었다. 발신자를 확인한 순간, 괜히 뛰었다는 허탈감에 짜증이 치밀어 올랐다.

"에라이!"

모르는 번호였다. 모르는 번호는 십중팔구 스팸 내지는 잘못 걸려온 전화였으니 받을 필요가 없다…… 라고 생각하던 하윤은 며칠 전 테라스에서 마주쳤던 '오버맨'을 떠올리며 통화 버튼을 눌렀다.

"여보세요."

[안녕하세요.]

아니나 다를까, 그의 목소리였다. 하윤은 빨리 주고 끝내 버리는 게 낫겠다는 판단하에 단도직입적으로 물었다.

"수리비 얼마 나왔어요?"

[잘 모르겠는데요?]

"……네?"

[새로 샀거든요.]

이 남자가 누굴 호구로 아나! 하윤이 발끈해서 쏘아붙이려는데 남자가 말을 이었다.

[수리비 대신 밥 먹어요. 내려오세요.]

"어딜 내려……."

말을 하다가 멈칫한 하윤은 뒤돌아서 빠른 걸음으로 방을 나갔다. 그리고 2층 계단 난간에 매달려 아래층을 내려다보았다. '오버맨'이 휴대폰을 귀에 댄 채로 반갑게 웃으며 손을 흔들고 있었다.

"뭐야, 왜 여기 있어……?"

[왜 여기 있는지는 내려오면 말해 드릴게요.]

"헉!"

저도 모르게 휴대폰에 대고 혼잣말을 중얼거렸다는 것을 깨달은 하윤은 당황한 나머지 전화를 끊어버렸다. 그리고는 황급히 난간에서 손을 떼며 뒤로 물러섰다.

"여긴 어떻게 왔지……?"

생각하면 할수록 어처구니가 없었다. 안 주겠다고 한 것도 아니고, 계좌 번호를 알려주면 이체해 주겠다고 분명히 말했는데도 집까지 찾아오다니 굉장히 불쾌하고 짜증스러웠다. 게다가 그가 집 주소를 어떻게 알았는지도 의문이었다.

"진짜 어이없네."

씩씩거리며 계단을 내려가던 하윤은 1층에서 들려온 남자의 웃음기 밴 목소리를 듣고 그 자리에 못 박힌 듯 멈춰 섰다.

"옷은 갈아입고 내려오세요."

하윤은 황급히 제 모습을 살폈다. 핫팬츠에 탱크톱, 머리를 둘둘 말고 있는 수건까지……. 너무나 자유분방한 행색이었다. 학영은 독립해서 나가 살고 있었고, 전 여사의 말에 의하면 무영은 행방이 묘연했으니 2층은 하윤의 독채나 마찬가지였다. 그래서 그녀는 2층 욕실과 제 방을 왔다 갔다 하는 정도는 옷차림에 주의를 기울이지 않고 지내는 중이었다.

"오, 쉣!"

하윤은 나지막이 욕설을 내뱉고 다시 방으로 뛰어들어 갔다.

그녀가 단정한 옷차림을 하고서 1층으로 내려왔을 때, 남자의 모습은 보이지 않았다.

"어디 갔지……?"

한 바퀴 빙그르르 돌며 눈이 닿는 곳을 샅샅이 훑어보았지만, 그는 어디에도 없었다.

"간 거야……?"

집까지 찾아온 것도 황당한데, 어느새 감쪽같이 사라지고 없는 건 더 황당했다. 이 집은 아무나 쉽게 드나들 수 있는 곳이 아니었다. 어떻게 수소문해서 집을 알았다고 해도, '휴대폰 수리비를 받으러 왔으니 문을 여시오'라는 말에 '어서 오시오'라고 반기며 집 안까지 들일 만큼 개방적이지도 않았다. 고개를 갸웃거리고 있던 하윤은 마침 서재에서 나오던 정 실장에게 쪼르르 달려갔다.

"정 실장님, 혹시 여기 있던 남자 못 보셨어요?"

"회장님과 말씀 중이십니다."

"나 참, 기가 막혀서……. 내가 그깟 몇 푼 떼먹을까 봐 할아버지랑 담판 지으러 온 거야?"

혼잣말로 성질을 내고 성난 발걸음으로 서재로 향하려는 그녀의 앞을 정 실장이 성큼 막아섰다.

"말씀 중이십니다."

가만히 있으라는 뜻임을 못 알아들은 건 아니었지만, 하윤은 느닷없는 불청객을 이대로 내버려 둘 수 없었다. 가뜩이나 눈칫밥 먹고 사는 처지에 이런 사소한 일로 할아버지에게 찍히고 싶지는 않았다.

"저랑 하면 되는 얘기예요."

정 실장은 옆으로 지나가려는 그녀의 앞을 다시 가로막았다.

"박 이사님 나오실 때까지 기다렸다가 따로 하시죠."

"……박 이사님이요?"

하윤은 정 실장이 남자를 너무나 자연스럽게 이사님이라고 부르는 것에 당황했고, 정 실장은 하윤의 어리둥절해하는 표정에 당황했다. 두 사람이 무슨 상황인지 몰라 멀뚱히 대치하고 있던 그때, 서재의 문이 열리면서 남자의 경쾌한 목소리가 정적을 갈랐다.

"하윤 씨."

만면에 미소를 가득 품고서 하윤을 바라보고 있는 남자의 정체는 세화건설 사주의 막내아들인 박찬주였다.

테이블을 사이에 두고 마주 앉은 하윤과 찬주의 표정은 극명한 대비를 보이고 있었다. 싱글벙글 웃고 있는 그와 달리 그녀의 표정은 뚱하기 그지없었다. 메뉴판에 적힌 금액을 본 하윤은 속으로 그를 향해 욕을 한 바가지 퍼부었다.

'얻어먹는 주제에 비싼 데 오는 망할 센스하고는……'

액정 수리비 대신 밥을 사라는 그의 말은 그냥 해본 말이 아니었다. 찬주는 정말로 밥을 사라고 당당히 요구했고, 이미 그로부터 자초지종을 전해 들은 지 회장은 나갔다가 오라며 권유를 가장한 명령을 내렸다. 그게 하윤이 연인과 함께 오면 딱 좋을 법한 분위기의 레스토랑에서, 신휘가 아닌 찬주와 함께 밥을 먹어야만 하는 이유였다.

제일 싼 메뉴가 뭔지 매의 눈으로 찾고 있는 그녀에게, 분위기 파악에 소질이 없는 찬주가 센스 없는 말을 건넸다.

"코스로 할까요?"

코스 같은 소리 하고 앉아 있네……. 하윤은 단품을 외치고 싶어 입이 근질근질했지만 억지로 고개를 끄덕여야만 했다.

"그러세요."

찬주가 다시 메뉴판으로 시선을 내리자, 그녀는 식겁했다.

'뭘 더 시키려고! 양심이 있으면 그만 덮으시지?'

하지만 그는 하윤의 속도 모르고 뒷목 잡을 말을 입에 올렸다.

"와인도 한잔할까요?"

와인 같은 소리 하고 앉아 있네…….

"아니요."

코스 요리까지가 한계였다. 와인은 결코 용납할 수 없었다. 지금까지의 그의 행동으로 미루어볼 때 개념 없이 비싼 와인을 주문할 수도 있을 것 같았다.

"하윤 씨 안 마시겠다고 하면……."

옳지. 나도 안 마실래요, 라고 말해. 어서! 하윤은 눈을 반짝이며 그의 뒷말을 기다렸다.

"혼자 마셔야겠네."

하윤의 얼굴이 일순간 똥 씹은 표정으로 변모했다.

"아, 나 차 가지고 왔구나."

다시 희망을 발견한 하윤이 찬주의 말에 얼른 한마디를 얹었다.

"대낮부터 술 마시기는 좀 그렇죠."

"하윤 씨가 그렇다면 그런 거죠. 그냥 식사만 해요."

"네."

하윤은 혹시 그가 마음을 바꿀까 싶어 냉큼 대답했다. 광고 한 편당 최소 십 억을 훌쩍 뛰어넘는 몸값을 자랑하는 신휘는 말할 것도 없거니와, 변호사인 창휘와 와인바 사장인 은휘도 상당한 경제력을 갖추고 있었다. 그럼에도 불구하고 세 사람은 그녀에게 용돈 이외에 다른 사치를 허락하지 않았기에 하윤의 경제관념도 또래 집단과 비슷한 수준이었다.

특히, 하윤은 와인 가격에 민감했다. 태훈의 아버지가 아끼는 와인을 지혜와 아무 생각 없이 따서 마신 사고를 치고 난 이후, 와인 가격이 얼마나 비쌀 수 있는지에 대한 개념을 장착했기 때문이었다.

직원을 불러 능숙하게 주문을 마친 찬주가 하윤을 바라보며 빙그레 웃었다.

"지 회장님과 돌아가신 우리 할아버지, 아주 막역한 사이였어요."

"아……."

"그런 의미에서 우리도 친하게 지내요."

그가 말한 '그런 의미'에 그다지 공감할 수는 없었지만, 하윤은 일단 예의 바르게 미소 지었다. 집안끼리 친분이 있다는 것까지 알게 되니 더욱더 아무 말이나 떠들 수가 없었다. 이제 책잡힐 행동을 하면 혼자만 욕먹고 끝날 것 같지가 않아 더 조심스러워졌다.

"휴대폰 얼마 주고 바꾸셨어요?"

갑작스러운 그녀의 질문에 찬주가 의아한 듯 되물었다.

"그건 왜요?"

"절반 제가 부담할게요. 공평하게 50 대 50."

하윤은 큰맘 먹고 통 큰 제안을 했다. 너그럽고 관대한 이미지 메이킹을 위한 투자였다.

"밥 사는 걸로 대신하기로 한 거잖아요."

"밥도 물론 살 거예요. 어쨌든 휴대폰 바꾸신 게 저 때문인데 모른 척할 수는 없죠."

이 정도면 돈 몇 푼 아끼려고 했다는 뒷말은 안 나오겠지? 그녀에게 있어서는 일생일대 최고의 과소비였다. '명신가 사람'이라는 외숙모의 말이 생각나지 않았다면 절대 하지 않았을 말이기도 했다.

"음, 별로 좋은 생각은 아닌데요? 하윤 씨가 그렇게 나오면 수리 안 하고 새로 사버린 내가 사기꾼 같잖아요."

오호, 생각보다 주제 파악은 좀 하는 스타일인데? 이 정도면 할 만큼 했고, 손 안 대고 코 푼 격이었다. 생색은 생색대로 내고, 돈은 돈대로 굳었으니 더할 나위 없이 만족스러운 결론이었다.

"박 이사님께서 그렇게 생각하신다니 더 우길 수가 없네요."

하윤의 가식적인 마무리 멘트를 듣고 있던 찬주가 불쑥 엉뚱한 말을 꺼냈다.

"오빠라고 불러요."

"네?"

그녀의 눈이 휘둥그레졌다.

"오빠 친구니까 오빠라고 불러도 되잖아요."

"오빠 친구요? 어떤 오빠요?"

찬주의 정확한 나이를 모르는 하윤은 그가 어떤 오빠의 친구인지 알 수 없었다.

"신휘랑 고등학교 동창이에요."

"정말요?"

신휘의 이름이 나오자, 하윤의 눈이 자동으로 초롱초롱 빛나기 시작했다.

"진헌고등학교 나왔어요. 신휘가 중간에 그만둬서 같이 졸업은 못 했지만 1, 2학년 때 같은 반이었죠."

"와! 진짜요?"

찬주는 바짝 털을 세우고 있는 도도한 고양이 같더니, 어느새 꼬리를 살랑살랑 흔드는 강아지가 되어 있는 그녀가 흥미로웠다.

"그러니까 오빠라고 불러, 하윤아."

은근슬쩍 호칭을 바꾸고 자연스럽게 말을 놓는 그에게 하윤이 부드럽지만 단호한 어조로 말했다.

"박 이사님이라고 부르는 게 편해요."

그녀는 허술해 보여도 철벽을 치는 재주가 있었다. 인상을 쓰는 법을 모르는 사람처럼 웃고만 있던 찬주의 미간이 찰나의 순간 좁아졌지만, 하윤은 미처 알아차리지 못했다.

"그래요. 하윤 씨 편한 대로 해요."

그의 얼굴에는 이미 평소와 다름없는 미소가 장착되어 있었다.

"계산했어요."

카운터로 향하던 하윤은 느닷없는 찬주의 말에 의아한 표정으로 그를 돌아보았다.

"드라마나 영화에 나오잖아요. 화장실 가는 척하면서 계산하기. 여자들은 이런 남자 좋아한다면서요?"

뜬금없이 나타나 밥 사달라고 조르고, 원하는 대로 밥 사고 끝내려고 했더니 몰래 계산해서 사람 황당하게 만드는 타입은 절대 하윤이 좋아하는 스타일이 아니었다. 차마 기대하고 있는 면상에 대고 아니라고 할 수가 없었던 그녀는 억지로 입꼬리를 올렸다 내리는 걸로 성의를 표시했다.

"잘 먹었습니다. 들어가세요."

레스토랑을 나오자마자 건넨 하윤의 인사에 찬주가 섭섭하다는 표정을 지었다.

"어딜 들어가요?"

"회사요."

"회사 안 들어가도 되는데."

"오늘 평일인데요. 게다가 아직 2시밖에 안 됐어요."

"내 출퇴근, 관리하는 사람 없어요. 하루 땡땡이쳐도 아무도 뭐라고 안 해요."

'누가 회장 아들 아니랄까 봐, 금수저로 밥 먹는 소리 하고 있네.'

속으로 구시렁대는 그녀에게 찬주가 물었다.

"지금 속으로 나 욕했죠?"

내가 지금 육성으로 떠들었나? 하윤 자신도 잠시 헷갈렸지만, 그녀의 입은 굳게 닫혀 있었다.

"하윤 씨 거짓말 되게 못해요. 얼굴에 다 쓰여 있는데?"

하윤은 집에 돌아가면 매 작품 '메소드' 연기를 보여준다는 찬사를 받아온 신휘에게 포커페이스 연기를 배워야겠다고 결심했다.

"모시고 나왔으니 모셔다드리는 것까지 해야 마음이 놓이겠지만, 하윤 씨한테 더 찍히기 전에 얼른 가야겠어요. 대낮이니까 위험하지 않겠죠?"

"……그럼요."

새벽 2시도 아니고 오후 2시에 받는 공주 대접은 좋기보다는 당혹스러운 것이었다.

"조심해서 들어가요."

여태껏 마냥 다정하고 섬세한 성격의 남자를 본 적이 없던 하윤은 찬주가 신기했다. 신휘는 본격적인 연애를 시작하면서 달라지긴 했지만 겉으로는 잘 표현하지 않는 무심남에 가까웠고, 창휘와 은휘도 크게 다르지 않았으며, 태훈은 고려조차 하고 싶지 않았다. 그나마 재영이 다정다감한 편이었지만 눈빛에서부터 꿀이 떨어지는 찬주에는 비할 바가 아니었다. 그는 말투도 나긋나긋했고, 매너가 몸에 밴 남자였다.

"안녕히 가세요."

인사를 건네는 하윤의 얼굴은 조금 전보다 편안해져 있었다. 그녀는 이제 찬주가 첫 만남만큼 부담스럽지는 않았다.

❧

봉수는 숍 안으로 들어서는 하윤을 보고 얼른 몸을 돌렸다.

"원장님."

등 뒤에서 들려오는 그녀의 목소리에 멈칫한 그는 하는 수 없이 다시 뒤로 돌았다. 하윤이 뚱한 표정으로 서 있었다.

"어머, 베이비!"

봉수의 허접한 연기에 하윤의 눈이 가늘어졌다.

"자꾸 이러시면 저 삐쳐요."

"내가 뭘……."

"너무 안 반가워하시는 거 아니에요?"

"나 오늘은 베이비랑 놀아줄 시간 없어. 왜 이렇게 자주 오는 거야?"

하윤은 성북동에 들어간 이후로 숍에 뻔질나게 드나들며 봉수에게 신휘의 일거수일투족을 꼬치꼬치 캐묻고 있었다. 민아와도 자주 연락을 하고는 있었지만, 그녀는 신휘와 함께 다니니 아무래도 제약이 있었다. 그래서 찾은 대안이 봉수였다.

"오빠는 왔다 갔어요?"

"오늘 안 와. 어제 종방연 하고 오늘은 오랜만에 집에서 쉰다던데?"

"오빠 얼굴은 어땠어요?"

"어떻긴 뭐가 어때. 우리 휘야 언제나 잘생겼지."

"아, 나도 잘생긴 우리 오빠 얼굴 보고 싶다……."

봉수는 시무룩하게 어깨를 늘어뜨리고 있는 하윤을 놀리듯 의기양양하게 턱을 치켜들었다.

"나는 우리 휘 얼굴 거의 매일 보는데."

"그게 지금 제 앞에서 할 말이에요?"

"베이비 아니면 누구 앞에서 해?"

강렬하게 쏘아보는 그녀의 시선을 피해 고개를 돌리던 봉수의 눈이 갑자기 튀어나올 듯이 커졌다.

"어머, 어머! 웬일이야!"

그가 발을 동동 구르며 호들갑을 떨자, 하윤도 덩달아 당황했다.

"왜요? 뭐요?"

"휘 왔어!"

"네?"

봉수의 시선이 멈춰 있는 곳을 돌아보니, 신휘가 숍 앞에 주차된 밴에서 내려 입구를 향해 걸어오고 있는 모습이 보였다.

"오늘 안 온다면서요!"

"안 온다고 했단 말이야!"

하윤은 다급하게 사방을 둘러보았다. 그런데 하필이면 막다른 구석이라 빠져나갈 구멍이 없었다. 2층으로 올라가든, 화장실로 몸을 피하든 우선 중앙으로 나가야 하는데 신휘와 마주치지 않고는 움직일 도리가 없었다. 혹시라도 할아버지가 알기라도 한다면 약속을 지키지 않고 몰래 만나왔다는 오해를 받아도 할 말이 없는 상황이었다. 사람을 붙여도 된다고 큰소리칠 때는 언제고, 하윤은 정말 누가 따라다니고 있는 건 아닌지 걱정스러웠다.

그 순간, 봉수가 커트보를 집어 들어 그녀의 머리 위로 던지며 소리쳤다.

"이걸로 빨리 얼굴 가려!"

얼떨결에 커트보를 받아 든 하윤은 조선 시대 쓰개치마처럼 얼굴 주변을 감쌌다.

"얼굴을 가려야지, 얼굴만 빼고 가리면 어떡해."

"얼굴까지 가리면 앞이 안 보이잖아요!"

하윤은 핀잔을 주는 봉수를 흘겨보면서 코와 입까지 가렸다.

"푸흡!"

눈만 빼꼼 내놓고 있는 그녀의 우스꽝스러운 모습에 봉수의 입에서 웃음이 터져 나왔다.

"지금 웃을 시간이 어디 있어요. 저 어떻게 해주셔야죠."

"뭘 어떻게 해줘?"

"그럼 여기 이렇게 서 있을깝쇼?"

하윤이 어금니를 꽉 깨물고 눈을 부라리자, 찔끔한 봉수가 주위를 두리번거렸다.

"……저쪽, 아니 이쪽으로 들어가."

그가 가리킨 곳은 미용 재료가 쌓여 있는 상자들 사이의 좁은 공간이었다.

"여길 어떻게 들어가요!"

"베이비는 날씬해서 들어갈 수 있어. 자, 도전!"

봉수는 하윤에게 도전해 보란 것도 참 많았다. 처음 만난 날은 반삭발에 도전하라더니, 오늘은 좁디좁은 공간에 숨으란다. 어차피 다른 방도가 없었던 하윤은 밉살스러운 봉수를 한번 흘겨보고서 상자 사이로 몸을 욱여넣었다. 가까스로 그녀가 몸을 숨김과 동시에 신휘가 숍 안으로 들어섰다.

"오늘 스케줄 없다며? 어떻게 왔어?"

봉수는 혹시나 싶어 하윤이 숨은 곳을 몸으로 가로막으며 신휘를 맞았다.

"갑자기 광고주 미팅이 잡혔어."

"그, 그래? 샴푸부터 하자. 윤 쌤. 우리 휘, 샴푸 좀."

신휘가 직원을 따라 샴푸실로 사라지자마자 몸을 돌린 봉수는 숨어 있던 하윤을 얼른 꺼내주었다.

"내 방에 가 있어."

하지만 그녀는 야릇한 미소를 짓고 있을 뿐 미동도 하지 않았다.

"뭐 해?"

봉수가 고개를 갸웃거리며 묻자, 하윤이 속눈썹을 예쁘게 깜빡거리며 입을 열었다.

"오빠 샴푸, 제가 할게요."

"안……."

안 된다는 말이 튀어 나가려다가 마음이 약해진 봉수는 뒷말을 삼키고 말을 돌렸다.

"……해본 적 있어?"

하윤은 커트보를 벗어 그에게 내밀며 씩 웃었다.

"당연히 없죠."

그녀가 무조건 지르고 보는 스타일이라는 건 신휘에게 들어 알고 있었지만, 막상 제 눈과 귀로 확인한 봉수는 더 당혹스러웠다.

"당연히 없으면서 무슨 자신감이야? 그거 아무나 하는 거 아니야. 안 해본 사람은 못 해."

"하면 하는 거지, 못 하는 게 어디 있어요."

"혹시라도 들키면 어떡하려고?"

"들키긴 왜 들켜요. 안 들켜요."

"……."

봉수는 하윤의 근거 없는 자신감을 꺾을 자신이 없어 가만히 입을 다물었다.

신휘는 늘 하던 대로 샴푸 의자에 앉아 눈을 감았다.

"수건 올려 드리겠습니다."

조심스럽게 그의 얼굴에 수건을 올려놓은 직원이 샴푸를 시작하려는 순간, 봉수가 샴푸실로 들어섰다.

"휘."

"왜?"

"오늘 커트 좀 할까?"

"그걸 왜 여기까지 따라와서 물어. 나가서 얘기해."

봉수의 등 뒤에 서 있던 하윤이 신휘의 타박에 머쓱해져 있는 그를 쿡쿡 찌르며 재촉했다.

"어? 아……."

그제야 본인이 해야 할 일을 상기한 봉수가 무슨 일인지 몰라 멀뚱히 서 있는 직원에게 손짓했다. 무슨 상황인지 알 리 없는 직원이 입술을 달싹이려 하자, 봉수와 하윤이 동시에 집게손가락을 입술에 대며 다급하게 도리질했다. 봉수는 어리둥절해하고 있는 직원의 팔을 잡아끌며 입으로는 너스레를 떨었다.

"그럼 나가 있을 테니까 샴푸 하고 나와, 휘."

봉수가 눈짓과 손짓으로 발소리를 내지 말라고 표현하며 직원을 데리고 사라지자, 샴푸실 안에는 신휘와 하윤만 남게 되었다. 신휘의 머리맡으로 살금살금 다가간 하윤은 일단 샤워기를 한 손에 쥐고 물을 틀었다. 그런데 그 순간, 퍽, 하는 소리와 함께 물이 터져 나왔다. 그녀가 샤워기의 수압이 높아서 물을 천천히 틀어야 한다는 사실을 알지 못했던 까닭이었다.

"트헙!"

곧바로 샤워기 머리를 틀어쥔 덕분에 큰 봉변은 막았지만, 신휘에게까지 튀어버린 물과 본능적으로 입 밖으로 튀어 나간 비명은 돌이킬 수 없었다. 시작도 해보기 전에 끝이 난 작전을 안타까워할 새도 없이, 하윤은 다음 행동을 결정하기 위해 머리를 바삐 굴려야만 했다.

'모른 척 튀어야 하나? 기왕 들킨 거 얼굴이라도 보고 갈까?'

양심에 떳떳하려면 들켰다 하더라도 그냥 나가야 한다는 걸 머리로는 알고 있었지만, 마음이 발을 떼지 못하게 묶어두고 있었다. 그때, 신휘의 차분한 목소리가 그녀의 귓전을 부드럽게 두드렸다.

"괜찮아요. 천천히 하세요."

'어머? 나 안 들킨 거야?'

하윤은 속으로 쾌재를 부르며 활짝 웃었다. 옷이 군데군데 젖을 만큼 물이 튀었으면 짜증을 낼 법도 한데, 오히려 안심하라는 듯한 어조로 달래주는 그의 배려에 감탄하며 다시 샤워기를 틀어쥔 그녀는 천천히 물을 틀었다. 하윤은 뜨거운 물을 좋아하지 않는 신휘의 취향에 맞춰 신중하게 온도 조절을 하고서 그의 머리카락에 조심조심 물을 묻혔다. 신휘가 가만히 있자 안심한 그녀는 본격적으로 샴푸를 시작했다.

"처음인데 아주 잘하네요."

칭찬에 고무된 하윤은 그의 말을 흘려듣고 더욱 신명 나게 손을 놀렸다. 하지만 순조로운 시작과 달리, 금세 난관에 부딪히고 말았다. 거품을 물로 헹궈 내려면 그의 뒷머리를 들어 올려야 하는데 요령이 없어서 쉽지가 않았던 것이다. 신휘는 낑낑대는 그녀를 위해 스스로 머리를 들어 올려 보조를 맞춰주었다. 어렵사리 샴푸를 끝내고 마른 수건으로 머리카락의 물기를 털고 있던 하윤에게 신휘가 나직한 목소리로 말했다.

"사랑하는 사람이 있어요."

하윤의 움직임이 그대로 멎었다.

"나중에 그 사람 머리를 직접 감겨줘 볼까 해요."

"……."

"얼마나 좋은 느낌인지 알려주고 싶어요."

하윤은 그제야 신휘가 제 존재를 알아차리고 있었음을 깨달았다.

'오빠…… 알고 있었어……?'

울컥한 감정을 힘겹게 내리누른 그녀는 마지막으로 그의 머리카락을 다정하게 쓸어보고는 조용히 걸음을 옮겨 밖으로 나갔다.

신휘는 작은 발소리가 사라지고 나서야 눈을 가리고 있던 수건을 치우고 의자에서 몸을 일으켜 앉았다. 그가 샴푸실 입구로 시선을 돌린 그때, 누군가 불쑥 들어왔다.

"선배님."

신휘의 소속사 후배이자, 회사 오피스텔에 있던 빨간색 칫솔의 주인인 서민혁이었다.

"선배님 오셨다길래 인사드리러 왔어요."

"어, 그래."

"근데요, 선배님……."

신휘에게 다가간 민혁이 목소리를 낮추며 소곤거렸다.

"방금 나간 직원이 뭐 실수했어요?"

"실수?"

"눈물 글썽거리면서 나가길래요. 선배님이 뭐라고 하신 거예요?"

그는 하윤이 당연히 숍의 직원이라고 생각하고 있었다.

"……그랬어?"

민혁은 매너 좋기로 유명한 신휘가 직원을 울렸다는 사실이 믿기지 않았다.

"뭘 잘못했는데요? 많이 뭐라고 하셨어요?"

"어, 뭐라고 했어……."

'왜 이렇게 기다리게 하느냐고, 언제쯤 돌아올 수 있는 거냐고…….'

그는 뒷말을 마음속으로 완성했다.

신휘는 숍에 들어서기 전, 봉수와 함께 있는 하윤을 보았다. 그는 그녀가 아무리 멀리 있어도 한눈에 알아볼 수 있었다. 그러나 알은척을 할 수는 없었다. 봉수와 함께 야단법석을 떨며 숨을 곳을 찾는 하윤의 수고를 허사로 만들고 싶지 않았기 때문이었다.

신휘는 샴푸실로 따라 들어와 쓸데없는 말을 떠들어대며 부산스럽게 구는 봉수 덕분에, 그들에게 무슨 꿍꿍이가 있다는 것을 눈치챘다. 그래서 당황하거나 거짓말을 할 때 나오는 봉수 특유의 말투를 알고 있었음에도 내색하지 않고 기다렸다. 물을 트는 소리와 잇따른 비명을 듣고서야 비로소 하윤의 계획을 알게 되었다. 직접 샴푸를 하겠다고 나선 그녀의 엉뚱함에 웃음이 터질 뻔했지만, 서툰 손놀림으로 열심히 꼼지락거리는 하윤이 안쓰러워 목 뒤가 뻣뻣해지도록 머리를 들어 올려주었다.

거기까지만 했어야 했다.

'끝까지 모르는 척할걸……'

신휘는 괜한 말을 꺼내어 하윤을 울렸다는 생각에 마음이 무거워졌다. 멍하니 앉아 그녀의 손이 닿았던 제 머리카락을 만지작거리고 있던 그는 민혁의 목소리에 정신을 차렸다.

"뭐라고 할 만하네요. 선배님 귀 옆에 거품 그대로 남아 있어요."

귓가에 손을 가져간 신휘는 미끄덩거리는 느낌에 한 번, 손에 묻어 나온 거품의 양에 또 한 번 당황했다. 처음인데 아주 잘한다고 했던 그의 말은 시급히 정정할 필요가 있었다.

비록 잠깐이었지만, 신휘와 같은 공간에서 같은 감정을 확인하고 돌아온 하윤의 얼굴에는 내내 미소가 떠나지 않았다.

"무슨 좋은 일 있니?"

식탁에 마주 앉은 전 여사의 질문에 얼른 마음을 진정시킨 하윤이 고개를 가로저었다.

"아니요……"

지 회장의 시선을 느낀 하윤은 시선을 내리깔고 입에 밥을 밀어 넣었다. 대놓고 만나고 온 건 아니었지만, 할아버지를 속였다는 생각에 마음이 편치 않았다. 들키지 않고 샴푸만 할 생각이었는데, 어쩌다 보니 양심에 걸리는 일을 벌이고야 만 것이다. 그녀는 이제부터 제대로 허락을 받는 날까지 기필코 어떤 일도 벌이지 않겠다고 다짐했다.

"세화건설 둘째 왔다 갔다며? 둘이 어떻게 아는 사이야?"

찬주가 찾아온 시간에 조찬 모임 참석으로 집에 없었던 전 여사는 자세한 내막을 모르고 있었다.

"지난주에 갔던 미디어 포럼에서 우연히 만났어요. 제 실수로 박 이사님 휴대폰 액정에 금이 갔는데 수리비 대신 밥 사라고 오셨더라고요."

"하윤이 너한테 관심 있나 보다, 그런 궁색한 핑계로 집까지 찾아온 걸 보면."

"그런 거 아니에요. 저랑 오빠 사이도 알고 있고, 응원한다고……."

별생각 없이 입에서 나오는 대로 떠들던 하윤은 지 회장의 존재를 인지하고 재빨리 뒷말을 삼켰다. 그러고는 아무 일도 없었던 것처럼 다시 젓가락질을 시작했다.

"예의 있게 행동해라."

시선을 슬쩍 들어 올린 하윤이 기어들어 가는 목소리로 물었다.

"……뭘요?"

"밥 한 끼 사는 게 뭐 어렵다고 박 이사 무안하게 면전에 대고 싫다는 말을 한 게냐. 그것도 네가 먼저 잘못했다면서."

하윤이 밥을 사라는 찬주의 제안을 거절하고 휴대폰 수리비를 주겠다고 하는 순간, 서재에서 나오며 그 말을 들은 지 회장이 살벌한 표정 하나로 그녀의 반항을 잠재웠던 것이다.

"주의하겠습니다……."

지 회장의 서릿발 같은 지적에 잔뜩 주눅이 든 하윤의 입에서 들릴 듯 말 듯 한 대답이 새어 나왔다. 그리고 더 이상 한마디도 오가지 않았다. 식사를 마친 뒤, 어깨를 축 늘어뜨린 하윤은 2층으로 올라갔고 전 여사는 서재로 향했다. 그녀는 지 회장이 즐겨 마시는 생강차를 책상 위에 내려놓으며 지나가듯 말을 꺼냈다.

"아버님은 세화건설 둘째가 마음에 드시나 봐요."

"누군들 딴따라보다야 낫겠지."

지 회장은 읽고 있던 책에서 눈을 떼지 않고 냉랭한 어조로 대꾸했다.

"아버님……."

지 회장이 그녀의 말을 막으며 선수를 쳤다.

"너도 명심해라. 난 절대 허락 안 한다."

그의 성정을 누구보다 잘 아는 전 여사는 조용히 서재를 나갔다.

「지금까지 아무런 움직임도 없던 명신미디어가 휴미디어 인수전에 참여하겠다는 의사를 표명했다. 현재 EN미디어가 적극적으로 인수 협상에 나서고 있는 가운데, 두 그룹의 대결 구도가 될 것으로 보인다.」

조간신문을 펼쳐 든 송 회장의 손이 분노로 부들부들 떨리고 있었다. 그녀의 지시에 따라 인수 금액을 크게 베팅한 EN미디어의 공세에 SB투자은행은 깨끗이 손을 털고 인수전에서 빠졌다. 이제 다 된 밥이라고 생각하고 있던 상황에서 명신미디어가 난데없이 복병으로 등장한 것이었다.

신문을 확 구겨 옆으로 내팽개친 송 회장은 맞은편 소파에 엉덩이만 간신히 걸치고 앉아 안절부절못하고 있는 김 전무를 노려보았다.

"이제 사인만 남았다고 하지 않았나요?"

살기 띤 그녀의 눈빛에 김 전무는 얼른 시선을 내리고 우물거리며 대답했다.

"그게…… 어제까지는 분명…….."

"무슨 수를 써서라도 해결하세요. 절대 명신에게 뺏기면 안 됩니다."

"알겠습니다, 회장님."

김 전무가 도망치듯 회장실을 나가고, 송 회장은 폭발할 것 같은 분노를 참아내느라 두 주먹을 꽉 움켜쥐었다.

"이 늙은 영감탱이가 감히 내 뒤통수를 쳐……?"

그녀는 한쪽에 장승처럼 서 있던 비서를 돌아보며 지시를 내렸다.

"휴미디어 노 회장이랑 연결 좀 해봐. 내가 직접 만나보는 게 낫겠어."

회장실을 나간 비서는 잠시 후 실망스러운 소식을 가지고 돌아왔다.

"노 회장님과 연락이 닿지 않습니다. 아무래도 일부러 피하고 있는 것 같습니다."

"감히 나를 피해……?"

분을 이기지 못한 송 회장의 온몸이 부들부들 떨리고 있었다.

다음 날 새벽, 자고 있던 송 회장을 깨운 건 김 전무의 전화였다. 그녀는 전화를 받기도 전에, 불길한 예감으로 오싹 소름이 돋았다. 이른 아침과 늦은 밤에 걸려오는 전화는 기쁜 소식을 전해준 적이 단 한 번도 없었다. 오늘도 예외는 아니었다.

[어젯밤 늦게 열린 이사회에서 휴미디어와 명신미디어가 인수 협상을 마무리 지었답니다. 경영권을 포함한 51.5% 지분에, 인수 금액은 사천 팔백오십이 억이라고 합니다.]

"……얼마요?"

사천팔백 억을 제시했던 EN미디어를 제치고 고작 오십이 억 차이로 명신미디어에 지분을 넘겼다는 건 인수 금액이 문제가 아니라는 말이나 다름없었다. 그뿐만 아니라, 아무리 물밑 작업이 있었다고는 해도 이렇게 속전속결로 끝난 건 매우 이례적인 일이었다.

[지관명 회장이 직접 나선 게 결정적이었던 것 같습니다.]

송 회장은 더 이상 아무 말도 듣고 싶지 않아 그대로 전화를 끊어버렸다. 자존심 때문에 시작한 일로 인해 너무나 많은 것들이 꼬여 버렸다. 하지만 자초한 일이라 누구를 원망할 수도 없었다. 그녀는 이제 분노를 넘어서 허탈한 심정이었다.

"앞으로 무슨 일을 벌이실 때는 최대한 가까이, 가능한 한 자세히 살펴보시길 바랍니다."

송 회장은 빛 한 점 없는 어두운 방 안에 덩그러니 앉아 지 회장의 말을 끊임없이 되새겼다.

하윤은 거실 소파에 앉아 책을 읽고 있는 전 여사에게 다가가 넌지시 말을 건넸다.

"외숙모."

"그래, 하윤아."

"외숙모한테 여쭤보고 싶은 게 있는데요."

"앉아."

전 여사가 읽고 있던 책을 덮으며 눈짓을 하자, 소파에 냉큼 앉은 하윤이 다짜고짜 본론을 꺼냈다.

"방금 명신이 EN에서 공들이던 휴미디어 지분을 인수했다는 기사를 봤어요. 이게 뭘 의미하는 건지 좀 가르쳐 주세요."

전 여사는 명신가 안주인으로서 내조 잘하고 살림 잘하는 고상한 귀부인일 뿐만 아니라, 우리나라에서 가장 좋은 대학을 나와 경영학 박사 학위까지 취득한 인재였다. 그 사실을 알기에, 하윤은 그녀가 제 궁금증에 명확한 답변을 해주리라 기대하고 있었다.

"아버님이 송 회장에게 한 방 먹이셨다는 의미?"

전 여사가 간단명료하게 정의했다. 그리고 우아한 미소를 지으며 덧붙였다.

"내 식구 건드리는 거 절대 용납 안 하시는 분이야. 모르고 시작했든 아니든 그런 것까지 사정 봐주실 분이 아니거든."

"그럼 저 때문에 필요도 없는 지분 인수하시느라 돈 쓰신 거예요?"

하윤의 낯빛이 어두워졌다.

"그렇지는 않아. 생각보다 조금 빨리, 조금 다른 쪽으로 추진하게 됐을 뿐이지 우리한테도 득 되는 사업이야. 아무리 송 회장 때문에 심기가 불편하셨어도 아버님이 어떤 분이신데, 그 큰돈을 그냥 막 쓰셨겠어? 네가 걱정해야 할 문제 아니야."

"아, 다행이다. 전 또 헛돈 쓰신 줄 알고……."

하윤이 안도의 한숨을 내쉬었다. 기사에 나온 사천팔백오십이 억이란 숫자를 본 순간부터 내내 찝찝했던 마음이 이제야 개운해졌다.

"그럼 송 회장, 신휘 오빠 건드린 거 후회하고 있을까요?"

"모르긴 몰라도 네가 생각하고 있는 것보다 훨씬 더 많이 하고 있을 걸?"

"저 좀 좋아해도 되죠?"

전 여사는 입꼬리를 씰룩거리는 하윤을 보며 흔쾌히 고개를 끄덕였다.

"물론이지. 많이 좋아해도 돼."

"크크크……."

차마 박장대소를 할 수는 없어 입을 가리고 최대한 자제했지만, 손가락 사이로 새어 나간 웃음까지 막을 수는 없었다. 그동안 쌓였던 체증이 한꺼번에 내려가면서, 이런 게 복수의 묘미구나 싶을 만큼 속이 시원해졌다. 하윤은 덩달아 웃음이 터진 전 여사와 함께 인과응보의 통쾌함을 만끽했다.

잠시 뒤, 외출 준비를 마치고 1층으로 내려온 하윤은 현관 앞에서 정 실장과 마주쳤다.

"올라가려던 참이었습니다."

"저한테 무슨 하실 말씀이라도……."

"잠깐 나와보시죠."

정 실장은 삼 형제와는 달리 하윤의 보폭 같은 건 고려해 주지 않았고, 그의 뒤를 뛰다시피 따라붙은 그녀는 대문을 나선 뒤에야 멈춰 설 수 있었다. 집 앞에는 만방에 번쩍번쩍한 광채를 흩뿌리고 있는 화이트 세단 한 대가 고결한 자태를 뽐내며 서 있었다.

"회장님께서 지시하셨습니다."

지시라는 말은 거부하면 안 된다는 뜻이었다.

"운전은 잘하신다고 알고 있습니다."

하윤은 잘하지 않으면 큰일 날 것만 같은 기분을 느끼며 정 실장이 내민 차 키를 받아 들었다. 운전석에 올라 차 안을 쓱 둘러보았지만, 별다른 감흥이 느껴지지 않았다. 신휘의 것과 같은 차종이라 새 차임에도 불구하고 낯설지 않다는 것, 그게 다였다.

"음, 이름이나 붙여줄까……?"

마땅한 이름을 고심하던 그녀의 머릿속에 불현듯 어린 시절 옆집에서 키우던 하얀 털의 '비숑 프리제'가 떠올랐다. 하윤은 시트와 룸미러 각도를 능숙하게 조절하고 목적지를 향해 출발하며 외쳤다.

"가자, 비숑!"

그렇게 고가의 세단은 졸지에 견종과 동급이 되어버렸다.

로펌 건물 지하 주차장에 주차를 하고 차에서 내린 하윤은 엘리베이터를 향해 걸으며 창휘에게 전화를 걸었다.

"오빠, 나 지금 지하 주차장에 도착했어. 1층에서 기다릴게."

1층 로비에서 기다린 지 오 분여 만에, 엘리베이터에서 내려 걸어오는 창휘의 모습이 그녀의 시야에 들어왔다.

"변호사야, 모델이야……."

하윤이 슈트 홍보 모델을 방불케 하는 그의 우월한 옷맵시에 감탄하고 있는 사이, 어느새 눈앞에 다가온 창휘가 흡족한 미소를 지어 보였다.

"시간 딱 맞춰 왔네."

"당연하지. 누굴 만나러 오는데 감히 늦겠어?"

시간 개념 없는 사람을 거의 병적으로 혐오하는 그를 만나러 오면서 늦는다는 건 있을 수 없는 일이었다. 천재지변이나 사고 등의 불가피한 사유라면 몰라도, 단순히 차가 막혔다거나 어쩌다 보니 늦었다는 변명은 그에게 통하지 않았다. 만약 그랬다면 밥 먹으러 왔다가 욕만 바가지로 먹고 가는 사태를 자초하는 것이나 다름없었다.

"다른 사람 만날 때는 시간 안 지키고?"

"하도 오빠한테 세뇌를 당하고 살아서 늦고 싶어도 늦어지지가 않네요."

하윤은 주위 여자들의 부러움 가득한 시선을 한 몸에 받으며 보란 듯이 창휘의 팔짱을 꼈다. 유명인인 신휘와는 밖에서 결코 하지 못하는 행동들을 창휘와 은휘를 통해 대리만족하고 있는 것이었다.

"아 참, 아까 전화로 지하 주차장이라고 했지?"

버스나 지하철을 타고 왔다면 지하 주차장으로 들어올 이유가 없었기에 창휘는 하윤이 뭘 타고 왔는지 궁금했다. 하윤은 대답 대신 주머니에서 차 키를 꺼내어 그의 눈앞에 불쑥 들이밀었다.

"짜잔!"

"차 생겼어?"

"응, 오빠 차보다 훨씬 비싼 거야."

차 키에는 독일제 유명 브랜드 로고가 못 보려야 못 볼 수 없을 만큼 큼직하게 박혀 있었다. 창휘는 말은 자랑처럼 하면서도 그다지 기뻐 보이지 않는 그녀를 보며 평소답지 않게 너스레를 떨었다.

"이렇게 비싼 차 끌고 다니는 사람이 월급쟁이 뜯어먹으러 온 거야,

지금?"

하윤이 작게 한숨을 내쉬며 어깨를 늘어뜨렸다.

"차도 사주시고 옷도 사주시는데, 용돈은 안 주신단 말이야……."

창휘는 내심 당황했다. 용돈은 매달 15일, 하윤의 계좌로 자동 이체가 되고 있었기 때문에 특별히 따로 챙겨야 한다는 생각을 하지 못했기 때문이었다.

"돈 떨어졌으면 진작 말을 하지."

그는 재벌가에 입성한 그녀가 이전보다 돈 쓸 데가 많아졌을 거라는 생각을 미리 하지 못한 제 무심함을 자책하며, 슈트 안주머니에서 휴대폰을 꺼내 들었다.

"내가 지금 바로 이체……."

"아, 진짜 무슨 말을 못 하겠네. 왜 자꾸 농담을 다큐로 받아."

하윤은 창휘의 손에 들린 휴대폰을 급히 뺏어 들었다.

점심을 먹으러 온 직장인들로 북적이는 설렁탕집에 들어선 창휘와 하윤은 빈자리가 날 때까지 기다렸다가 간신히 자리에 앉았다. 기다리는 동안 벽에 걸린 메뉴판을 봐두었던 그녀는 의자에 앉자마자 메뉴를 선택했다.

"난 도가니탕."

"설렁탕집에 가면 설렁탕을 시키는 거고, 감자탕집에 가면 감자탕을 시키는 거야."

"오빠 말이 맞아. 그러면 난……."

고개를 끄덕이며 메뉴판을 다시 한 번 돌아본 하윤이 단호하게 말했다.

"도가니탕."

"역시 가르친 보람이 있어."

창휘가 뿌듯한 표정을 짓자, 하윤은 별거 아니라는 듯 어깨를 으쓱하며 그가 평소에 주입한 말을 읊조렸다.

"다른 사람이 하는 말을 무시하지는 않되, 본인의 소신은 지켜라."

만족스러운 눈빛을 주고받는 두 사람에게 직원이 다가왔다.

"주문하시겠습니까?"

"도가니탕 둘이요."

주문을 받은 직원이 자리를 벗어나자, 창휘는 눈을 가늘게 뜨고 있는 하윤에게 조금 전 그녀가 했던 것처럼 어깨를 으쓱해 보였다.

"나도 오늘은 도가니탕이 먹고 싶네."

하윤은 그를 곱게 흘겨보고서 식사 준비를 하기 시작했다. 그녀가 냅킨 위에 수저를 가지런히 올려놓는 동안 창휘는 컵에 물을 따랐다. 철저한 분담하에 두 사람은 각자 할 일을 마치고 잠시 끊겼던 대화를 재개했다.

"신휘, 드라마 촬영 끝났어. 살인적인 스케줄이라는 말이 딱 맞더라. 저러다 죽는 거 아닌가 했는데 다행히 죽지는 않았네."

그다운 농담에 하윤이 키득거리며 웃었다.

"신휘 오빠 근황, 오빠보다 내가 더 잘 알고 있을 텐데? 지금 잡혀 있는 광고만 다섯 개라 이번 주는 광고 촬영으로 정신없을 거고, 다음 주에는 화보 촬영차 발리 출국, 돌아오자마자 김 감독님 영화 크랭크인."

창휘는 신휘의 스케줄을 줄줄 읊고 있는 그녀를 황당하다는 듯 바라보았다.

"대체 누구랑 내통하면 그렇게 자세히 알 수 있는 건데? 남수 선배? 성국이? 민아 씨?"

"세 사람 다. 촘촘한 인맥 관리가 빚어낸 완벽한 동선 파악이라고 할 수 있지."

직원이 주문한 음식을 가져오면서 자연스레 대화의 주제가 바뀌었다.

"어제 은휘한테 갔었다면서?"

하윤은 가장 큰 도가니 한 점을 집어 창휘의 뚝배기에 넣어주며 고개를 끄덕였다.

"이래도 되는 거야?"

"뭐가?"

"네가 지금 은휘나 나 만나고 다니는 거 회장님께서 원하시는 그림이 아니지 않나?"

"할아버지가 집에서 나오래서 나왔고, 신휘 오빠 만나지 말래서 안 만나고 있고, 오빠들 만나지 말라는 말씀은 안 하셨으니까 안 될 거 없잖아?"

그녀는 당찬 표정으로 창휘의 말을 조목조목 반박했다. 거리낄 게 없다는 투로 말했지만, 사실 하윤도 삼 형제 모두에게 괘씸한 마음을 갖고 있는 할아버지가 언제 창휘와 은휘까지 만나지 말라고 할지 몰라 불안했다. 지금까지는 신휘만 타깃이었지만, 그 불똥이 언제 창휘와 은휘에게로 옮겨갈지 모르니 안심할 수 없었다. 하지만 하윤은 내색하지 않고 오히려 밝은 어조로 말을 돌렸다.

"오빠, 안 잊어버렸지? 다음 주 내 첫 전시회."

"누가 들으면 개인 전시회인 줄 알겠다."

창휘의 코웃음에 그녀가 샐쭉한 얼굴로 투덜거렸다.

"개인이든 단체든 전시회는 전시회지, 뭐."

졸업 패션쇼 준비로 바쁜 4학년과 아직 작품을 완성할 역량이 부족한 1, 2학년을 제외한 3학년만 참가하는 전시회였다. 규모는 작아도 전통과 격식을 갖추었을 뿐만 아니라, 의상디자인학과에 입학한 이래 공식적으로 첫 작품을 선보이는 자리였기에 그녀를 비롯한 3학년들에게는 의미가 남달랐다.

"은휘 오빠랑 꼭 와야 해."

하윤은 신휘를 부를 수 없는 아쉬움을 달래려는 듯 재차 강조했다.

식사를 마친 두 사람은 식당 앞에서 헤어졌다. 창휘는 회사로, 하윤은 학교로 향했다. 동기들과 전시회 브로슈어 제작에 관한 의논을 마친 건 저녁 시간이 다 되어서였다. 밥이나 먹고 헤어지자는 보라의 제안에 자리에서 일어나려던 하윤에게 모르는 번호로 전화가 걸려왔다.

"누구지? 아! 인쇄소 사장님인가 보다!"

브로슈어 제작 단가를 문의해 놓고 답을 기다리고 있었던 그녀는 반색하며 전화를 받았다. 그런데 발신자는 생각지도 않은 찬주였다.

[하윤 씨, 우리 저녁 먹어요.]

하윤은 그의 번호를 저장해 두지 않은 것을 후회하며 퉁명스럽게 물었다.

"혹시 지난번에 못 산 밥, 사라는 거예요?"

[아니요. 내가 살게요.]

누가 사는지와 상관없이, 하윤에게는 그와 저녁을 먹어야 할 이유가 없었다.

"박 이사님, 저 지금……."

찬주가 그녀의 말을 끊고 끼어들었다.

[안 된다고 하면 치사하게 굴 거예요.]

"뭘 치사하게 구실 건데요?"

[지 회장님께서 지난번에 말씀하셨잖아요. 종종 만나서 밥도 먹고 차도 마시라고.]

하윤은 예의 있게 행동하라고 엄포를 놓던 할아버지의 서릿발 같았던 목소리를 떠올렸다.

[같이 저녁 먹을 사람이 없어서 그래요. 불쌍한 놈하고 밥 한 끼 먹어 줘요.]

찬주는 어느새 측은한 이미지로 돌변해 있었다. 그가 협박을 하든 사정을 하든, 하윤은 지 회장의 엄명만으로도 찬주의 말을 거절할 수 없었다.

찬주가 약속 장소인 프렌치 레스토랑에 도착했을 때 하윤은 이미 자리에 앉아 있었다.

"빨리 온다고 왔는데 하윤 씨가 먼저 와 있었네요. 미안해요."

"저도 방금 왔어요."

하윤은 오늘을 끝으로, 더는 그와 개인적으로 만나지 않을 생각이었다. 이 자리는 할아버지의 말을 거역할 수 없어서 하는 수 없이 나왔지만, 앞으로는 그가 아무 때나 불러내지 못하도록 매우 바쁘다고 확실히 못을 박을 참이었다.

"어디서 오는 길이에요?"

자연스럽게 이야기를 꺼낼 기회임을 직감한 그녀가 찬주의 질문에 냉큼 대답했다.

"학교에서요."

"지금 8시가 다 됐는데 여태 학교에 있었던 거예요?"

"제가 요새 전시회 준비 때문에 바빠요. 그래서……."

"전시회요? 우와!"

눈코 뜰 새 없이 바빠서 앞으로는 불러도 나올 수 없을 것 같다는 말까지 해야 하는데, 찬주가 도중에 끼어드는 바람에 가장 중요한 부분을 통째로 날려 버린 하윤의 눈썹이 불만스럽게 꿈틀거렸다.

"하윤 씨 진짜 대단한데요?"

"별로 대단한 거 아니에요. 3학년만 참가하는 미니 전시회인데요, 뭐."

"미니건 미키건 전시회는 전시회잖아요."

설마 웃어줘야 하는 건가……? 하윤은 그딴 조크를 남발하면 안 된다는 본보기를 보여줄 필요가 있다는 생각에 웃어주지 않았다.

"에이, 좀 웃어주지. 하윤 씨 은근히 인색한 거 알아요?"

"박 이사님은 대놓고 치사하시죠."

그녀의 빈정거림에 찬주가 시무룩한 얼굴로 시선을 내렸다.

"미안해요……. 반성하고 있어요……."

하윤은 할아버지를 들먹인 그의 행동이 못마땅하긴 했지만, 막상 그가 눈앞에서 죄지은 사람처럼 구니 더는 뭐라고 할 수가 없었다.

"아까부터 직원이 여기만 지켜보고 있어요. 얼른 주문해요."

"그럴까요?"

반색한 찬주가 밝은 표정으로 메뉴판을 뒤적였다.

"여기 오리다리콩피가 맛있는데, 어때요?"

'콩피'가 뭔지는 몰라도 맛있다는 그의 말을 믿어보기로 한 하윤이 고개를 끄덕였다.

"좋아요."

찬주는 직원을 불러 주문을 마치고 하윤을 바라보며 씩 웃었다.

"하윤 씨, 우리 신휘랑 셋이 밥 한번 먹어요."

"네……."

"말 나온 김에 이번 주 주말 어때요?"

대충 넘어가 주면 좋으련만, 하윤은 굳이 대답을 들으려 하는 그가 못마땅했다.

"요새 오빠가 좀 바빠요. 나중에요."

얼렁뚱땅 넘겨보려는 그녀의 시도가 무색하게 찬주는 아예 대놓고 물었다.

"혹시 두 사람 헤어졌어요?"

기분이 확 상한 하윤이 굳은 표정으로 답했다.

"아니요."

"그럼 싸웠어요?"

하윤은 인상을 찌푸린 채로 집요하게 캐묻는 찬주에게 반문했다.

"아니요. 왜 그렇게 생각하시는데요?"

"내 느낌인지는 모르겠는데 두 사람, 안 만나고 있는 것 같아서요. 두 사람 얘기 한창 떠들썩하게 보도될 때야 그렇다고 쳐도 이제 좋게 해결됐는데 왜……."

"잠깐 사정이 있어서 안 만나는 건 맞아요. 근데 헤어지거나 싸운 건 아니에요."

하윤이 그의 말을 자르며 날 선 어조로 받아쳤다.

"기분 나빴다면 미안해요. 난 그냥 둘 사이에 무슨 일이 있는 건지 궁금해서……."

찬주가 어쩔 줄 몰라 하자, 하윤은 지나치게 발끈했다는 생각에 그에게 조금 미안해졌다.

"안 만나지만 매일 봐요."

"……?"

"매일 오빠 나오는 작품 돌려 봐요. 밝은 오빠 보고 싶을 때는 로코 보고, 와일드한 오빠 보고 싶을 때는 액션 보고……. 오빠가 배우라서 좋아요. 그날그날 기분에 따라 골라 보는 재미가 있거든요."

"신휘를 많이 좋아하시나 봐요."

"아주 많이요."

찬주가 엷게 미소 짓는 그녀와 시선을 맞추며 빙긋 웃었다.

"부럽네요, 두 사람."

"박 이사님은 만나는 분 없으세요?"

"지금은 없어요. 만나는 사람이 있을 때도 누군가를 그렇게까지 좋아해 본 적은 없었던 것 같아요, 첫사랑 이후로는."

"첫사랑이요?"

첫사랑, 호기심을 자극하는 주제였다. 하윤의 반짝거리는 눈동자에 담긴 의미를 알아챈 찬주가 이야기를 시작했다.

"그 친구를 처음 본 건 고등학교 입학식 날이었어요. 숨이 멎는다는 표현을 이럴 때 쓰는 거구나 할 정도로 첫눈에 반했죠. 얼굴만 봐도 웃음이 났고, 옆에만 있어도 머릿속이 하얘질 만큼 정신 못 차리게 좋았어요."

"그분하고 잘 안 되셨나 봐요."

하윤은 어딘지 모르게 쓸쓸해 보이는 그의 미소를 보고 결말을 짐작했다.

"잘되긴 잘됐었죠, 얼마 못 갔지만……."

"……."

"일 년 가까이 쫓아다녔더니 겨울방학에 결국 내 마음을 받아줬어요. 그런데 2학년 올라가고 몇 달 지나지 않았는데 헤어지자더군요. 나는 하도 따라다녀서 받아준 거고, 정말 좋아하는 사람이 생겼대요. 대신 죽어도 좋을 만큼 그 사람이 좋다길래 보내줬어요."

하윤은 괜히 안 좋은 기억을 들춘 것 같아 찬주에게 미안해졌다. 하지만 그는 말을 멈추지 않았다.

"얼마 후에 그 친구가 고백하는 모습을 우연히 봤어요. 여지도 남기지 않고 가차 없이 차이던 것까지……. 날 찬 여자가 다른 남자한테 차이는 모습을 보면 고소할 것 같죠?"

찬주는 제가 묻고 제가 답했다.

"아니요, 치욕적이었어요. 내 순정이 짓밟힌 것 같은 느낌이랄까? 그날 이후로 그 친구는 학교를 안 나왔고, 유학 갔다는 소식만 전해 들었어요."

하윤은 찬주의 눈에 순간적으로 떠오른 증오의 감정을 똑똑히 본 듯

하였다.

"그분이 좋아했다는 남자가 많이 미웠겠어요."

"죽이고 싶었어요. 죽일 수만 있었으면 죽였을지도 몰라요."

찬주의 섬뜩한 목소리와 눈빛에 놀란 하윤이 움찔했다. 그가 한 말이 농담처럼 들리지 않았다. 그녀가 겁먹었다는 것을 눈치챈 찬주가 분위기를 풀기 위해 과장되게 웃었다.

"다행인지 불행인지, 나는 신휘처럼 몸이 먼저 나가는 타입이 아니에요."

"신휘 오빠가 어딜 봐서요? 몸이 먼저 나가는 게 아니라 생각을 먼저 하는 타입이죠."

신휘는 누구보다 차분하고 이성적인 성격이었다. 그건 그를 조금만 겪어보면 누구나 한목소리로 인정하는 것이었다. 하지만 찬주는 그녀의 말이 의외라는 듯 눈을 크게 떴다.

"생각을 먼저 한다면, 사람을 그 정도로 못 때릴 텐데요?"

"때려요? 누가요? 신휘 오빠가요?"

하윤은 신휘가 누군가를 때렸다는 말을 한 번도 들은 적이 없었다. 그래서 찬주의 말이 전혀 이해되지 않았다.

"지금 나한테 묻는 거예요? 신휘, 폭력 사건으로 자퇴했잖아요."

폭력 사건……. 믿을 수 없는 말을 들은 하윤의 입이 얼어붙었다.

찬주는 더 이상의 언급을 피했고, 하윤은 그 길로 곧장 은휘의 와인 바로 향했다. 어제에 이어 오늘도 뜬금없이 들이닥친 그녀를 보며 은휘가 실소를 터뜨렸다.

"아주 출근 도장을 찍……."

"오빠, 나랑 얘기 좀 해."

심상치 않은 하윤의 기색에 그의 표정이 금세 진지해졌다.

"무슨 일이야?"

"오빠한테 물어볼 게 있어."

"뭔데?"

"신휘 오빠 자퇴한 이유."

은휘가 입을 열지 않자, 하윤이 다시 물었다.

"신휘 오빠가 폭력 사건으로 자퇴했다는 말이 사실이야?"

"내가 말해줄게."

마침 은휘와 함께 있었던 도경이 끼어들었다. 세 사람은 일단 룸으로 자리를 옮겼다. 하윤은 여전히 입을 닫고 있는 은휘에게서 시선을 거두고 그와 나란히 앉아 있는 도경을 바라보았다.

"말해줘, 언니."

도경보다 은휘가 먼저 말문을 열었다.

"이제 와서 그걸 왜 알려고 하는지 모르겠다. 여기까지만 해."

은휘와 도경이 알고 있다면 창휘가 모를 리 없었고, 그렇다면 왜 자신만 몰라야 하는 건지 하윤은 이해가 되지 않았다.

"대체 왜 나만 몰라야 하는 건데?"

"신휘가 원하지 않으니까."

"난 꼭 들어야겠어. 이 일에 대해 알고 있는 사람을 알아. 이 자리에서 못 듣고 가면 그 사람한테 물어볼 거야."

하윤의 의지는 확고했다. 더는 숨길 수 없다는 걸 깨달은 은휘는 체념한 듯 등받이에 몸을 기댔다. 그제야 두 사람의 대화에 빠져 있던 도경이 나섰다.

"신휘가 자퇴한 이유에 대해 넌 어떻게 알고 있어?"

"적성에 안 맞는다고, 학교가 답답하다고……."

아직 본론은 시작도 하지 않았는데 실체를 알 수 없는 불안감이 하윤의 심장을 옥죄어오고 있었다.

"그건 너를 위한 이유였어."

하윤은 심장이 쿵 하고 떨어져 내리는 느낌에 그대로 굳어버렸다.

"같은 반에 사이 안 좋은 놈들이 몇 있었대. 아니, 사이가 안 좋았다기보다는 신휘한테 자격지심을 가진 찌질한 놈들이라고 해야겠다. 하루는 그놈들이 작정하고 시비를 걸었다나 봐."

도경은 잠시 말을 끊고 하윤의 표정을 살핀 다음, 조심스럽게 말을 이었다.

"여자애 하나 끼고 살면서 삼 형제가 어쩌고저쩌고, 입에 담기도 더러운 말들……."

하윤은 저도 모르게 손이 덜덜 떨려 두 손을 맞잡았다. 피가 안 통할 만큼 꽉 쥐고 있었지만 떨림은 멈추지 않았다.

"그 세 놈, 반쯤 죽여놓고 경찰서에서 조사를 받았어. 내가 그때 마침 은휘랑 같이 있었거든. 경찰서라는 연락받고 얼떨결에 나도 따라가게 됐는데, 신휘가 달려온 창휘 오빠랑 은휘한테 그러더라. 후회 안 한다고, 같은 상황이 또 벌어진다고 해도 똑같이 할 거라고……."

손에서 시작한 떨림이 하윤의 전신으로 퍼져 나갔다. 그러나 한마디도 허투루 들을 수 없었던 그녀는 도경의 말에 집중하기 위해 아득해지는 정신을 필사적으로 붙들었다.

"그쪽 부모들이 고소하겠다고 난리가 났고, 창휘 오빠는 명예 훼손으로 고소하겠다고 맞섰지. 자기 자식들이 먼저 상소리 입에 올리고 도발한 거 알게 되면서 조금 수그러들기는 했는데, 신휘가 학교를 계속 다니는 건 절대 용납할 수 없다고 버텼어. 학교 측에서도 퇴학보다는 자퇴가 낫지 않겠느냐고 신휘를 설득했고, 결국 자퇴로 마무리 짓게 된 거야."

도경의 입에서 나온 말들은 모두 처음 듣는 것들이었다. 성적도 늘 최상위권이었던 신휘가 자퇴하겠다고 했을 때, 하윤은 농담인 줄 알았다. 아니면 공부가 힘들어 그냥 한번 해보는 투정 정도로 생각했다. 진심이라는 걸 알게 됐을 때도 크게 걱정하지 않았다. 창휘와 은휘가 말도 안 된다고 말리면 고집을 꺾을 줄 알았기 때문이었다. 하지만 예상과는 달리 두 사람은 별말 없이 수긍했고, 이미 모든 게 결정된 후였기에 하윤이 할 수 있는 건 아무것도 없었다. 미친 거냐고 몇 번 소리 지른 것밖에는…….

"하윤아."

멍하게 당시를 회상하던 하윤은 도경의 목소리에 다시 현실로 돌아왔다.

"죄책감 가질 필요 없어. 이럴까 봐 신휘도 네가 모르길 바랐던 거야. 그놈들이 널 끌어들이지 않았다면 신휘가 그만큼 이성을 잃지는 않았겠지만, 냉정하게 말해서 어디서 개가 짖나 하고 넘어갈 수도 있는 일을 크게 키운 건 신휘야. 너는 신휘에게 그런 존재였다는 거, 그것만 기억하면 돼."

하윤이 초점 없는 눈으로 혼잣말을 중얼거렸다.

"검정고시라도 보지……. 그래서 오빠 원하던 공부 하지……."

한마디도 하지 않고 있던 은휘가 처음으로 입을 열었다.

"그 일로 많이 지쳤던 모양이야. 학교 그만두고 한동안 아무것도 하고 싶지 않아 했던 거 너도 기억하지?"

하윤은 눈물이 가득 고인 눈으로 고개를 주억거렸다.

"그때 남수 형이 영화 오디션 한번 보자고 제안했고, 기분 전환 삼아 보러 갔다가 지금까지 오게 된 거야."

어렸을 때부터 늘 의대를 가고 싶어 했고 갈 실력도 충분했던 그의 인생이, 그의 미래가, 하루아침에 바뀌어 버린 것이나 다름없었다. 하윤은 원래의 꿈과 다른 인생을 살아가고 있는 신휘가 지금 행복한지 아닌지를 떠나, 자신으로 인해 많은 걸 포기해야만 했다는 것 자체로 마음이 아팠다. 콧날이 아릿해지고, 눈가가 뜨거워졌다.

"기왕 말 꺼낸 김에 내가 들은 거 한 가지 더 알려줄게. 신휘가 은퇴하려고 결심한 가장 결정적인 이유."

도경이 그 사실을 알고 있는 건, 신휘가 남수에게만 한 말이 창휘와 은휘를 거쳐 그녀에게까지 이르렀기 때문이었다.

"차도경."

은휘가 인상을 찌푸리며 도경을 돌아보았다.

"영원한 비밀은 없어. 쉬쉬해 봤자 언젠가 밝혀진다는 거 아직도 모르겠어? 오늘처럼 다른 데서 듣고 오는 것보다 지금 듣는 게 낫다고 생각해."

은휘가 말없이 고개를 돌리자, 도경은 하윤을 바라보며 다시 말을 이었다.

"EN미디어 송연경이 신휘가 폭행 사건으로 자퇴했다는 기사를 보도하겠다고 협박했대."

"협, 박······?"

"만약 그 사건이 너와 연관 있다는 게 알려지면 네가 다시 난도질당할 거라는 걸 누구보다 신휘가 잘 알고 있었겠지. 사람들은 그 얘기를 들춰내면서 그때부터 무슨 사이였을 거라는 둥 입방아를 찧어댈 거고, 더 심하게는 피 한 방울 안 섞인 남자 셋과 함께 사는 너에 대해 온갖 지저분한 말을 갖다 붙였을 거야."

듣는 것만으로도 불결하고 모욕적인 도경의 말이 과장이 아님은 하윤도 잘 알고 있었다. 이번 일로 사람들이 익명이라는 힘을 빌리면 얼마나 쉽게 막말을 내뱉는지 절실하게 체감했고, 그 기사가 보도되면 얼마나 더한 말들이 쏟아져 나올지 짐작이 갔다.

"십 년이나 지난 얘기를 어떻게 알아냈는지······ 그 세 놈이 꽤 잘나가는 집안 자식들이라 그쪽도 소문나서 좋을 거 없었거든. 아는 사람들 철저하게 입단속 시키고 덮은 건데 이렇게 신휘 발목을 잡네······."

하윤은 귀가 먹먹해져 도경의 말이 잘 들리지 않았다. 신휘의 삶에 놓인 가장 큰 굴곡은 늘 자신으로부터 비롯되었다는 사실을 알고 나니 억장이 무너지는 것 같았다.

'오빠……'

하윤의 두 눈에서 흘러내린 눈물이 손등을 적셨다. 그녀는 한참을 울었다. 은휘와 도경이 아무 말도 건넬 수 없을 만큼 서럽게 울었다. 그러다가 갑자기 자리를 박차고 일어나 밖으로 뛰쳐나갔다.

신휘가 은휘의 전화를 받은 건 광고 촬영 현장에서였다. 은휘로부터 하윤이 다녀갔다는 사실을 전해 들은 그의 얼굴에 그늘이 드리워졌다.

"어떻게 알았대?"

될 수 있으면 그녀가 언제까지고 모르길 바랐지만, 알게 된다고 해도 자신이 옆에 있어줄 수 없을 때일 줄은 미처 알지 못했다. 그는 하윤의 옆에 자신이 없는 장면을 단 한 번도 상상해 본 적이 없었다. 자책할 거란 걸 알기에, 언젠가 하윤이 알게 된다면 너 때문이 아니라 그저 내가 참을 수 없었노라고 설득하고 달래줄 생각이었다. 그런데 하필이면 아무것도 해줄 수 없는 지금 알게 되었다는 게 착잡하고 답답했다. 가슴 한구석이 돌덩이가 짓누르는 것처럼 무겁게 내려앉았다.

[누구한테 들었대.]

"그게 누군데?"

설마 송 회장인가? 신휘는 하윤이 지금까지 모르고 있던 사실을 어떻게 갑자기 알게 되었을까 의문스러웠다.

[경황이 없어서 못 물어봤다.]

듣고, 울고, 뛰쳐나갔으니 경황이 없었다는 은휘의 말은 사실이었다.

"울었어?"

[좀……]

"하아⋯⋯."

신휘는 밤하늘에 대고 깊은 한숨을 토해냈다.

신휘가 은휘와 통화를 하고 있던 그 시각, 민아는 그와 조금 떨어진 곳에서 하윤과 통화 중이었다.

"잠깐 쉬는 중. 금방 다시 촬영 시작할 거야."

지금 뭐 하는 중이냐는 하윤의 질문에 대한 답이었다.

[촬영 어디서 하고 있어요?]

민아는 하윤의 의도를 대번에 알아챘다.

"여기 오려고?"

[네.]

"두 사람 만나면 안 된다며, 괜찮겠어?"

대강의 상황을 알고 있는 민아가 걱정스럽게 물었다.

[멀리서 얼굴만 볼 거예요.]

민아는 하윤의 분위기가 여느 때와 다르다는 것을 직감했다.

잠원 한강공원 주차장에 도착한 하윤은 민아에게 다시 연락할 필요가 없었다. 짙게 내려앉은 어둠 속에서 어느 한 부분만 유달리 빛나고 있었기 때문이었다. 조명이 환하게 켜져 있는 곳으로 이끌리듯 걸어가고 있던 하윤의 앞을 누군가 가로막았다.

"이쪽으로 오시면 안 돼요. 촬영 중입니다."

촬영장 주변을 차단하는 임무를 맡은 스태프였다.

"아, 저는⋯⋯."

갑작스러운 저지에 당황한 하윤이 머뭇거리고 있을 때, 저만치에서 성국이 달려오면서 외쳤다.

"저희 스태프예요!"

성국의 얼굴을 알아본 스태프가 순순히 길을 터주었다.

"누나가 너 올 거라고 해서 기다리고 있었어."

성국을 따라 촬영 현장 가까이 다가간 하윤은 혹시라도 눈에 띌까 싶어 한쪽 구석에 몸을 숨겼다. 그리고 촬영에 몰입하고 있는 신휘를 물끄러미 바라보았다.

'오빠, 나 왔어……'

그냥 잠깐이라도, 그저 먼발치에서라도 그의 얼굴을 보고 가려고 했을 뿐인데 막상 얼굴을 보고 나니 미안하고 괴로운 감정이 복받쳐 올랐다.

'왜 그랬어, 바보같이……'

그녀에게 신휘는 빛이었다. 조명 때문이 아니라 그 자체만으로도 눈부시게 빛나는 존재였다. 하윤은 그런 그에게 자신이 오점을 남긴 것만 같아 마음이 아팠다. 그렇게 한참을 신휘에게서 애틋한 시선을 떼지 못하고 있던 그녀는 감독의 목소리에 정신이 번쩍 들었다.

"컷! 오케이!"

"이동하겠습니다."

하윤은 스태프의 말이 끝나기 무섭게 자신을 향해 성큼성큼 걸어오는 신휘를 보고 당황했다. 당황한 걸로 치면 성국이 더했다. 그는 입술만 달싹이며 그녀에게만 들릴 법한 모깃소리로 물었다.

"형 이쪽으로 오는데, 어떡하지?"

하윤은 침착하게 빠져나갈 구멍을 모색했다. 지금 뒤돌아 도망치기엔 너무 늦었고, 불가항력이라고 체념하자니 할아버지를 기만하는 것 같았다. '秀' 숍에서 벌인 일로 내내 마음이 무거웠기에 더는 눈 가리고 아웅하는 짓을 하고 싶지 않았다. 그녀는 신휘와 마주칠 생각도, 도망치는 뒷모습을 들킬 생각도 없었다. 그렇다면 남은 방법은 한 가지, 숨는 것뿐이었다. 신속한 결정을 내린 하윤이 재빨리 성국의 등 뒤로 몸을 숨기며 속삭였다.

"오빠, 움직이지 말고 가만히 서 계세요."

성국은 옆에서 들리던 목소리가 뒤에서 들려오자 엉겁결에 몸을 비틀었다.

"안 돼요! 차렷!"

하윤이 기겁하며 그의 등을 찔렀다. 그제야 그녀의 계획을 눈치챈 성국이 엉거주춤하게 서 있던 몸을 곧게 폈다.

"오빠, 다리!"

"……다리?"

"다리 붙이세요, 얼른."

성국은 당당하게 어깨너비로 벌리고 있던 다리도 그녀가 시키는 대로 얌전히 모아 붙였다. 제식훈련을 방불케 하는, 절도 있는 동작이 완성되었다. 덕분에 하윤은 머리부터 발끝까지 완벽히 가려져 머리카락 한 올도 보이지 않았다. 그녀의 몸무게보다 두 배도 넘게 나가는 성국이 방패 노릇을 톡톡히 해주었지만, 곧바로 치명적인 단점이 드러났다.

"왜 그렇게 서 있어?"

신휘가 다가오며 눈을 가늘게 떴다. 절도 있을 필요가 없는 상황에서 과하게 절도 있는 동작을 하고 서 있는 성국은 누가 봐도 이상했다. 순발력 없는 성국이 즉답을 못 하고 멀뚱히 서 있는 사이, 그를 스쳐 지나가던 신휘가 다시 물었다.

"안 따라오고 뭐 해?"

하윤은 답답해서 돌아버릴 지경이었다.

"대답이요, 대답."

그녀의 속삭임에 움찔한 성국이 머뭇거리며 대답했다.

"가, 가요, 형……."

어디선가 나타난 민아가 성국의 등 뒤로 고개만 삐죽 내밀고 있는 하윤에게 입 모양과 손짓으로 인사를 하고 신휘의 뒤를 따라 시야에서 사라졌다.

"휴우……."

"후아……."

두 사람은 동시에 안도의 한숨을 내쉬었다.

"잘했어요, 오빠."

물론 성국의 행동은 아주 많이 어색했지만, 하윤은 최선을 다한 사람을 타박할 만큼 도리를 모르는 인간이 아니었다.

"저 그만 갈게요."

"그냥 이렇게 가는 거야?"

"오빠 얼굴 보러 온 거고, 봤으니 가야죠."

성국을 바라보는 하윤의 얼굴에는 해맑은 미소가 걸려 있었다. 그녀는 도경의 말대로 신휘에게 자신이 어떤 존재인지만 생각하기로 했다. 그렇게 생각하니 웃을 수 있었다.

난데없이 나타나 성국의 혼을 쏙 빼놓은 하윤은 그에게 귀신에 홀린 기분만을 남기고 홀연히 사라졌다.

다음 날, 하윤은 예술문화대학 건물 앞으로 잠깐 나와보라는 찬주의 문자를 받았다. 오겠다는 것도 아니고 이미 와 있다는 사람을 그냥 무시할 수가 없어 일단 나가보기로 했다.

"여긴 어쩐 일이세요?"

황당해하는 그녀를 보며 찬주가 능청스럽게 웃었다.

"지나가는 길에 잠깐 들렀어요."

"정말 지나가는 길에 들르신 거예요?"

"하윤 씨 보러 일부러 왔어요."

냉큼 이실직고하는 그에게 하윤이 난색을 표했다.

"제가 학교에 있는지 없는지도 모르시면서 연락도 없이 오시면 어떡해요."

"전시회 준비로 바쁘다면서요? 학교에 있을 줄 알았죠."

"그래도 연락은 하고 오셔야죠."

"온다고 했으면 오지 말라고 했을 거잖아요."

"그거야, 뭐……."

장난기 가득했던 찬주의 얼굴이 돌연 심각해졌다.

"사실은 어제 말실수를 한 것 같아서 내내 신경이 쓰였어요. 하윤 씨도 알고 있을 거라고 생각했는데……. 아무튼, 얼굴 보고 사과하는 게 맞을 것 같아서 왔어요."

"아니에요. 박 이사님이 사과하실 게 뭐가 있어요, 그렇게 생각하시는 게 당연하죠."

상식적으로 한집에 살면서 여태껏 모르고 있었다는 게 더 이상한 일이었다. 하윤은 찬주 덕분에 이제라도 알게 된 게 결과적으로는 다행이라고 생각하고 있었다.

"신휘한테 자세한 얘기는 들었어요?"

찬주가 왠지 모르게 자신의 기색을 살핀다는 느낌이 들어 의아했지만, 하윤은 내색하지 않고 대답했다.

"신휘 오빠한테는 아니지만, 어쨌든 들었어요."

"많이 놀랐을까 봐 걱정했는데 괜찮아 보여서 안심이에요. 바쁜 사람 불러내서 미안해요. 어서 들어가 봐요. 그럼 갑니다."

대답할 시간도 주지 않고 제 할 말만 쏟아낸 찬주는 미련 없이 돌아서서 그대로 가버렸다.

"뭐지……?"

하윤은 찬주의 난데없는 등장과 뜬금없는 퇴장에 얼떨떨했다. 부담스럽다고 느껴질 때쯤 담백하게 사라지니 더 종잡을 수가 없었다. 이래저래 그는 아리송한 캐릭터였다.

정신없는 날들이 지나고 전시회 날이 되었다. 이른 아침부터 전시회 준비로 분주했던 교내 아트 갤러리는 오픈 시간이 다 되어서야 간신히 평온을 되찾았다. 재학생들 외에 다른 외부인들은 거의 눈에 띄지 않았던 오전과 달리, 오후에 접어들면서 전시회 참가자의 가족, 친구, 지인들의 발걸음이 하나둘씩 이어졌다.

온통 새하얀 공간에서 스포트라이트를 받으며 자신이 만든 의상을 장착하고 있는 마네킹을 흐뭇한 표정으로 바라보고 서 있던 하윤의 입에서 감탄사가 터져 나왔다.

"캬! 과감한 슬릿과 강렬한 색채 대비가 인상적인 하이웨이스트 스커트에 심플한 화이트 블라우스를 매치시킨 조화! 기가 막힌다, 기가 막혀!"

"내가 더 기가 막힌다. 그 자화자찬 멘트는 뭐냐?"

오른편에 어깨를 나란히 하고 서 있던 지혜가 제 어깨로 하윤을 툭 치며 툴툴거렸다. 만족감에 도취해 있던 하윤이 지혜를 째려보며 되물었다.

"왜? 자화자찬 좀 하면 안 되냐?"

이번엔 하윤의 왼편에 서 있던 태훈이 나섰다.

"넌 아직 그럴 군번이 아니지. 겸손, 몰라?"

"군번 같은 소리 하고 있네, 미필 주제에."

태훈은 생각지도 못한 아킬레스건을 공격당하고 말문이 막혀 버렸다.

"그래서 주제가 뭐라고?"

"조화라고, 조화! 하모니!"

지혜의 심드렁한 질문에 하윤이 앙칼지게 쏘아붙였다.

"이것들은 오란 말도 안 했는데 굳이 와가지고······."

하윤은 칭찬은커녕 시비를 걸듯 깐족거리는 지혜와 태훈을 번갈아 노려보며 구시렁거리다가, 다시 정면을 바라보며 씩 웃었다.

"내 새끼 내가 안 예뻐해 주면 누가 예뻐해 주겠냐. 난 내 작품이 최고시다."

"오늘 또 누구 와?"

지혜가 말을 돌리며 다른 작품을 향해 걸음을 옮겼다.

"창휘 오빠랑 은휘 오빠."

하윤이 뒤를 따르며 대답하자, 태훈도 슬렁슬렁 따라 움직였다.

"끝?"

"응, 끝."

"할아버지랑 외숙모, 사촌 오빠는?"

"전시회 얘기는 꺼내지도 않았는데?"

"왜?"

지혜가 우뚝 멈춰 서며 의아한 표정을 지었다.

"이런 하찮은 전시회에 어떻게 오시라고 해."

"드디어 네 작품의 하찮음을 인정하는 거냐?"

태훈이 팔꿈치로 툭툭 건들자, 하윤이 있는 힘껏 그의 옆구리를 가격하며 반격했다.

"인정 같은 소리 하네. 정형화된 사회의 객관적 시선에서 봤을 때를 말한 거거든?"

티격태격하며 한 바퀴 돌고 다시 하윤의 작품 앞에 선 지혜는 전문가라도 된 양, 팔짱을 끼고 한참을 관찰한 끝에 입을 열었다.

"그나마 네 작품이 제일 낫네."

"뭐, 그럭저럭."

태훈이 지혜의 포즈를 따라 하며 한마디 얹자, 하윤은 어이없다는 표정으로 헛웃음을 쳤다.

"놀고들 있네."

그 후로도 한참을 깐족거리던 지혜와 태훈이 수업이 있다며 가고 난 뒤, 하윤은 은휘로부터 곧 도착한다는 문자를 받았다. 답장을 하기 위해 손가락을 바삐 놀리고 있던 그녀의 등 뒤에서 익숙한 목소리가 들려왔다.

"하윤 씨."

뒤로 돌아선 하윤은 활짝 웃으며 서 있는 찬주를 보고 당황했다.

'내가 전시회 일정을 말한 적이 있었나? 오라는 말을 했던가?'

아무리 머리를 굴려봐도, 말한 적이 없다는 결론에 도달한 그녀가 어리둥절한 표정으로 물었다.

"어떻게 오셨어요?"

"차 타고 왔어요."

염병……. 하마터면 육성으로 욕이 터질 뻔한 위기를 가까스로 넘긴 하윤은 이미지에 손상이 갈 법한 거친 말을 잘 눌러두고 애써 미소를 머금었다.

"차 타고 여기는 어쩐 일로……?"

"축하해 주려고 왔죠. 자, 우선 이것부터 받으시고."

찬주가 등 뒤에 숨기고 있던 것을 불쑥 내밀었다. 그의 손에 들린 건 색색의 꽃들이 화려함을 뽐내고 있는 풍성한 꽃다발이었다.

"……감사합니다."

주니까 받기는 했지만, 하윤은 여전히 당혹스러웠다.

"근데 전시회가 오늘부터 시작인 건 어떻게 아셨어요?"

"지난번에 하윤 씨 보고 가는 길에 게시판에 붙은 포스터 봤어요."

"아……."

"이게 하윤 씨 작품이에요? 우와! 근사하네요."

찬주가 세기의 작품을 발견한 사람처럼 연신 감탄사를 터뜨리고 있을 때, 하윤에게 또 한 사람이 찾아왔다.

"성하윤 씨 맞으세요?"

목소리가 들려온 쪽으로 고개를 돌린 그녀의 눈에 가장 먼저 들어온 건 커다란 꽃바구니였다. 다른 꽃은 하나도 섞이지 않고 오로지 분홍색 작약만으로 꾸며져 있었다. 시선을 들어 올리자, 이번엔 가슴에 꽃집 상호가 수놓인 조끼를 입은 남자의 모습이 보였다.

"성하윤 씨 아니세요? 저쪽에서 알려줘서 왔는데."

그가 갤러리 입구에서 안내를 도와주고 있는 1학년 학생을 돌아보자, 하윤은 그제야 정신을 차리고 대답했다.

"아! 제가 성하윤 맞아요."

남자는 꽃바구니를 넘겨주고 사인을 받은 다음 돌아갔다. 들고 있기도 무거운 꽃바구니를 바닥에 내려놓은 하윤은 그 앞에 쪼그려 앉아서 화사하고 고운 빛깔의 작약을 말없이 바라보았다. 그러다 어느 순간, 제 옆에 무릎을 굽히고 앉아 있는 찬주의 기척을 느끼고 움찔했다.

"……뭐 하세요?"

찬주는 꽃바구니를 요리조리 살피다가, 결국 보낸 사람의 정체를 확인할 수 있는 어떤 것도 찾지 못하고 하윤을 바라보았다.

"배달 온 사람한테 누가 보낸 건지 물어볼 걸 그랬나 봐요. 카드가 없는데요?"

"누가 보낸 건지 알아요."

하윤이 태연하게 대답하고 몸을 일으켰다. 따라 일어난 찬주가 의아한 듯 물었다.

"알아요? 꽃만 보고?"

"알아요, 꽃만 봐도."

그녀의 의미심장한 미소에 찬주의 고개가 옆으로 기울어졌다.

보면 예쁘고, 받으면 좋은 것. 꽃은 그 정도 의미일 뿐인 하윤에게도 유다른 꽃이 있었으니, 바로 작약이었다. 장미, 칼라, 프리지어 등의 아주 기본적인 꽃을 제외하고는 이름도 거의 알지 못했던 그녀가 작약이 라는 꽃을 알게 된 건 신휘 덕분이었다. 서로의 마음을 확인하고 얼마 지나지 않은 어느 날, 신휘가 난생처음으로 꽃을 사들고 온 적이 있었 다.

"너 닮은 꽃."

그의 말은 그게 다였다. 어디가 어떻게 닮았다는 건지 말해달라고 조 르는 하윤에게 그는 그 이상 아무 말도 하지 않았고, 그녀는 결국 누가 봐도 예쁜 꽃과 닮았다는 사실만으로 만족해야만 했다. 그리고 그날부 터 분홍색 작약은 하윤에게 특별한 의미가 되었다.

"신휘가 보낸 건가 봐요."

분위기를 간파한 찬주가 떠보듯 말을 흘렸고, 하윤은 부인하지 않았 다. 자신이 건넨 꽃다발이 초라해 보인다는 생각에 그의 표정이 미묘하 게 굳었다. 크기 차이가 아니었다. 제대로 보지도 않고 아무런 감정 없 이 안고만 있는 꽃다발과 바닥에 놓여 있음에도 눈을 떼지 못하고 있는 꽃바구니를 대하는 그녀의 태도 차이 때문이었다.

"그만 가야겠어요."

"가시게요?"

하윤은 갑자기 나타났다가 갑자기 가버리는 데 특화된 찬주에게 여 전히 적응하지 못하고 있었다.

"요새 자리 자주 비운다고 회장님 감시가 살벌하거든요. 또 봐요, 하 윤 씨."

빙그레 웃으며 몸을 돌린 그의 얼굴이 순식간에 싸늘하게 굳었다. 하 지만 하윤은 뒷모습밖에 볼 수 없었기에 찬주의 돌변한 표정을 알 수 없었다.

갤러리를 나선 찬주는 들고 있던 브로슈어를 쓰레기통에 처박아 버리고 그대로 계단을 내려갔다. 그 순간, 마침 계단을 걸어 올라오고 있던 은휘가 제 옆을 스쳐 지나간 찬주를 보고 우뚝 걸음을 멈췄다. 나란히 걷고 있던 창휘가 덩달아 멈춰 서며 물었다.

"왜 그래?"

은휘는 찬주가 사라진 곳을 돌아보며 나지막이 대답했다.

"아니, 아는 사람인 것 같아서……."

"아는 사람?"

"근데 누군지 모르겠네. 분명 어디서 본 얼굴인데, 어디서 봤지……?"

고개를 갸웃거리던 은휘는 창휘가 이미 저만치 가 있다는 것을 깨닫고 발걸음을 재촉했다.

창휘와 은휘가 전시회장에 도착했을 무렵, 논현동의 한 카페에서 인터뷰를 준비 중이던 신휘는 문자를 한 통 받았다. 하윤에게 전달된 꽃바구니 사진과 함께 배송이 완료되었다는 내용이었다. 직접 가보지는 못했지만 그렇게라도 제 마음을 전하고 난 신휘는 마음이 조금 가벼워졌다. 보낸 사람을 직접 명시하지 않았어도, 하윤이라면 누가 보낸 건지 한눈에 알아차릴 것이라고 믿어 의심치 않았다.

"하윤이한테 보내신 거예요?"

신휘의 머리를 만져 주고 있던 민아가 그의 어깨 너머로 물었다.

"어."

"장미는 아닌 것 같고, 무슨 꽃이에요?"

"작약."

"작약이 이렇게 생겼구나. 이름만 들어봤지 처음 봤어요. 몽글몽글 귀엽네."

신휘는 자신이 떠올린 이미지가 혼자만의 생각이 아니었다는 걸 확인받고 흐뭇해졌다. 그런 그에게 조금 전 명신일보 문화부 소속이라고 자신을 소개한 여기자가 다가왔다.

"사진 촬영부터 할까 하는데요."

명신일보와는 입대 전, 남우주연상 수상 이래로 두 번째 인터뷰였다. 드라마도 끝났고 아직 새 작품에 들어가기 전이라 이전 같았다면 인터뷰 제안을 거절했겠지만, 명신이라 그럴 수가 없었다. 그래서 어렵게 스케줄을 조정해서 인터뷰에 응한 것이었다.

"그러시죠."

그렇게 사진 촬영이 시작되었다. 카페 안에서 위치를 바꿔가며 몇 컷을 찍고 난 다음, 밖으로 나가 사진기자와 위치를 조율하고 있던 신휘는 조금 떨어진 곳에 서 있던 여기자에게 한 남자가 다가가는 모습을 보았다. 웬만한 모델과 견주어도 뒤지지 않는 늘씬한 키와 몸매뿐만 아니라, 가만히 서 있을 뿐인데도 존재 자체에서 풍기는 카리스마가 눈길을 잡아끄는 남자였다.

'누구지?'

신휘는 그의 정체가 궁금했다.

한편 여기자는 그의 등장이 당혹스러웠다. 특수보도팀 팀장이 문화부 관련 인터뷰 현장에 예고도 없이 나타나는 건 일상적인 일이 아니기 때문이었다.

"선배가 여긴 웬일이세요?"

남자의 정체는 바로 학영이었다. 그는 어리둥절해하고 있는 그녀에게 전후 사정 설명 없이 다짜고짜 본론을 꺼내 들었다.

"인터뷰, 내가 할게."

"선배가요? 왜요?"

"직접 만나보고 싶어서."

사실 신휘와의 인터뷰를 기획한 건 학영이었다. 하지만 인터뷰 진행은 문화부에서 알아서 하게 내버려 둘 생각이었다. 그런데 갑자기 직접 이야기를 나눠보고 싶어졌다.

"설마 팬…… 이세요?"

"인터뷰해 보고 결정하려고. 팬을 할지, 말지."

"……."

여기자는 천하의 지학영 입에서 팬이라는 말이 나온 게 맞는지 다시 한 번 그의 말을 곱씹어야만 했다.

사진 촬영을 마치고 다시 카페 안으로 들어온 신휘에게 여기자가 학영을 소개했다.

"인터뷰 진행해 주실 팀장님이세요."

학영은 명함을 건네기는커녕 본인의 이름 석 자 소개도 없이 불쑥 손을 내밀었다.

"처음 뵙겠습니다."

의아한 건 많았지만, 신휘는 일단 내색하지 않고 그가 내민 손을 맞잡았다.

"잘 부탁드립니다."

기사를 나쁘게 쓸까 봐서도, 명신 덕분에 위기를 모면했다는 고마움 때문도 아니었다. 손을 맞잡은 남자는 조각 같은 외모에 오만하고 도도한 분위기를 풍기고 있었지만 그게 불편하고 싫은 느낌이 아니라 오히려 묘하게 호감을 주었기 때문이었다.

"앉으시죠."

두 남자는 학영의 권유로 마주 앉았다. 여기자와 사진기자, 그리고 민아와 성국은 어느새 저만치 떨어진 자리로 이동해 있었다. 신휘는 질문지나 노트북, 심지어 간단한 필기도구조차도 없이 테이블 위에 녹음기와 휴대폰만을 덜렁 올려놓는 학영을 신기하게 바라보았다.

"녹음을 두 가지로 해도 괜찮을까요?"

그제야 신휘는 녹음기와 휴대폰이 동일한 목적을 가지고 있음을 깨달았다. 이유가 뭘까 궁금했지만, 굳이 따지고 싶은 마음은 없었기에 가볍게 고개를 끄덕이며 답했다.

"상관없습니다."

"그럼 시작하겠습니다."

오늘 같은 인터뷰는 학영에게도 처음이었다. 하지만 작품 홍보를 위한 인터뷰도 아니었고, 딱 꼬집어 해야 할 질문이 있는 것도 아니었다. 그의 배우로서의 삶과 문신휘라는 사람 자체에 초점을 맞춘 인터뷰였기에 여기자가 건네준 질문지를 한번 훑어본 걸로 충분했다.

"우선 드라마 종영을 축하드립니다."

"감사합니다."

형식적인 인사말에 이어 크랭크인을 앞둔 영화에 대한 간략한 소개와 김 감독과의 친분, 작품 선택의 기준과 슬럼프 극복 방법 등의 전형적인 질문과 대답이 오고 갔다. 준비된 질문을 모두 마친 학영이 녹음기를 껐다.

"개인적인 질문 한 가지 해도 되겠습니까? 물론 오프 더 레코드입니다."

신휘에게는 오늘 인터뷰가 굉장히 이례적이었다. 인터뷰는 인터뷰어가 인터뷰이에게 진솔한 대답을 끌어내기 위해 분위기를 부드럽게 만들고 친근하게 대하는 것이 기본 중의 기본인데, 학영은 딱딱하기가 나무토막 같았다. 그래서 그의 입에서 나온 개인적인 질문이라는 말이 더 의외일 수밖에 없었다.

"대답할 수 있는 질문이라면 하겠습니다."

무슨 질문인지 들어보고 싶어진 신휘가 학영의 제안을 수락했다.

"문신휘 씨에게 사랑은 어떤 의미입니까?"

신휘는 예상치 못한 질문에 살짝 당황했다. '대답할 수 있는 질문'이라는 전제를 달았으니 대답할 수 없는 질문이라고 한마디 하면 끝날 일이었다. 그런데 왠지 대답을 하고 싶었다.

"제게 사랑은……."

앞선 질문에도 거짓 없이 솔직하게 대답했지만, 이번 질문은 더욱 진솔하게 대답해야 할 것 같았다.

"태어나면서부터 죽을 때까지 오직 단 한 사람만을 향해 심장이 뛰는 겁니다."

학영이 흥미롭다는 시선으로 신휘를 응시하며 물었다.

"그게 가능한가요? 제 기준에는 기적만큼이나 어려운 일일 것 같은데요?"

"다른 사람에게는 기적일지도 모르는 일이 제게는 아닐 수도 있으니까요."

신휘는 학영의 강렬한 시선을 마주하며 그의 눈빛에 담긴 의미를 해석해 내려 애썼다. 그가 대체 왜 자신을 탐색하듯 보고 있는지 궁금했다.

그때 학영의 목소리가 두 사람 사이의 정적을 깨뜨렸다.

"개인적인 질문에 답해주셔서 감사합니다. 그러고 보니 제가 아직 명함을 안 드렸네요."

슈트 재킷 안주머니에서 명함 케이스를 꺼낸 학영은 명함 한 장을 신휘에게 내밀었다. 명함을 받아 들고 이름을 확인한 신휘의 얼굴에 놀라움이 스쳐 지나갔다.

'특수보도팀 팀장, 지학영……'

시선을 들어 올린 신휘와 눈이 마주친 학영이 여유롭게 입을 열었다.

"하윤이 사촌 오빠, 지학영입니다."

신휘는 그제야 이런 인터뷰 자리와 어울리지 않던 그의 행동이 모두 이해가 되었다. 분위기를 반전시켜 준 기사를 작성한 기자이자, 하윤의 사촌 오빠, 명신일보의 실질적 후계자……. 신휘는 하윤으로부터 전해 들은 그와 관련된 정보들을 떠올리며 자리에서 일어났다. 그리고 정중하게 고개를 숙였다.

"인사가 늦었습니다."

학영은 가볍게 고개를 끄덕이고 의자를 눈짓으로 가리켰다.

"앉아요."

신휘가 도로 자리에 앉자, 학영이 말을 이었다.

"눈치채고 있었겠지만 인터뷰는 원래 내가 아니었어요. 직접 물어보고 싶은 게 있어서 왔습니다."

"말씀하십시오."

"사실 조금 의외라서요. 하윤이가 상의 없이 할아버지를 찾아왔다는 건 알고 있습니다. 하지만 문신휘 씨가 할아버지의 조건을 전해 들었다면 뭔가 다른 행동을 할 거라고 생각했어요. 아무 액션도 취하지 않고 있는 건 그 조건을 받아들인 걸로 봐도 되겠습니까?"

학영을 물끄러미 바라보고 있던 신휘가 반문했다.

"제가 배우 생활을 유지하기 위해 하윤이를 회장님 댁에 있게 하는 거라고 생각하십니까?"

"그게 전부는 아니겠지만, 아예 아니라는 생각도 들지 않는 게 사실입니다."

가만히 있어도 냉기가 도는 인상에 싸늘한 어조까지 더해진 학영은 누구라도 위축시키기 충분했다. 하지만 신휘는 전혀 동요하지 않은 기색으로 차분하게 말했다.

"하윤이보다 제 일이 우선이었다면, 애초에 하윤이가 회장님을 찾아갈 수밖에 없었던 상황까지 가지도 않았을 겁니다. 제가 지금 하윤이를 데려오지 않고 있는 건 회장님과 보낼 시간이 필요하다고 생각하기 때문입니다. 제 마음만 앞세워 하윤이와 회장님 사이를 가로막고 싶지 않습니다."

학영은 아무 일도 없었던 것처럼 왕성한 스케줄을 소화해 내고 있는 신휘를 보며 점점 언짢은 감정이 싹트던 중이었다. 십이 년 동안 안 보고 살아왔던 할아버지를 찾아올 만큼 절박했던 하윤과 달리, 신휘는 그녀를 잊은 듯 보였다. 적어도 제삼자의 시선에서는 그렇게 보였다. 하지만 신휘의 말과 눈빛으로 기우였음을 깨달았다.

"하지만 제가 하윤이와 관련된 일에는 참을성이 많지가 않습니다. 회장님께서 저희 사이 인정해 주지 않으신다고 하염없이 기다릴 만큼 인내심이 깊지도 않습니다. 데려올 겁니다. 지난번보다 더 힘든 상황에 직면한다고 해도 반드시 데려올 겁니다. 그게 지금 당장이 아닐 뿐입니다."

학영은 같은 남자로서, 그가 비겁하거나 비굴하지 않으면서도 사랑하는 사람을 위해 본인의 마음을 잠시 접어둘 수 있는 배려심이 있는 남자라는 걸 인정하지 않을 수 없었다.

"제가 괜한 걱정을 했습니다."

두 사람 사이에 감돌던 팽팽한 긴장감은 어느새 사라지고 없었다.

"하윤이는 잘 있습니까?"

신휘는 형들을 통해 하윤의 소식을 전해 듣고 있으면서도 안심이 되지 않았다. 잘 지낸다는 그녀의 말이 혹시 거짓말은 아닐까 싶어 늘 걱정스러웠다.

"잘 있다고 들었습니다."

학영은 신휘의 의아해하는 눈빛을 보고 덧붙였다.

"저는 따로 나와 살고 있습니다."

"아……."

"어머니 말씀에 의하면 아주 탁월한 적응력을 보여주고 있다고 하니 걱정 안 해도 될 것 같네요. 아직 할아버지와 어색하기는 하지만 처음보다 말도 많이 하고 조금씩 나아지고 있다고 들었습니다."

신휘의 얼굴에 보일 듯 말 듯 한 미소가 떠올랐다. 탁월한 적응력, 하윤에게 참 잘 어울리는 말이었다.

"오늘 인터뷰는 여기까지 하는 걸로 하죠."

학영은 여전히 녹음이 되고 있던 휴대폰을 거둬들여 정지 버튼을 눌렀다.

"녹음기는 저쪽에 넘길 거고, 휴대폰에 녹음된 건 하윤이에게 선물로 줄까 합니다. 물론 문신휘 씨가 반대한다면 이 자리에서 바로 삭제하겠습니다."

왜 따로 녹음을 했는지, 오프 더 레코드라고 말하면서 왜 휴대폰은 놔두고 녹음기만 껐는지 궁금했던 신휘의 모든 의문이 풀렸다.

"하윤이가 좋아했으면 좋겠네요."

"많이 좋아할 것 같은데요?"

학영이 몸을 일으키자, 신휘가 따라 일어섰다.

"다음에 만나면 술 한잔합시다, 그때는 가족으로."

학영은 신휘에게 다시 한 번 악수를 청했다. 이번엔 인터뷰 시작 전의 형식적인 악수와 달랐다. 두 남자가 서로를 가족으로 인정한 순간이었다.

하윤은 계단을 내려오다가, 집 안으로 들어서는 학영을 발견하고 깜짝 놀랐다.

"오빠!"

후다닥 달려 내려오는 그녀를 보며 학영이 피식 웃었다.

"오랜만이지?"

"네! 완전!"

오늘 두 사람은 두 번째로 보는 것이었다. 하윤은 한번 들르라고 하지 않으면 추석이나 설에도 학영의 얼굴을 보기 힘들다는 전 여사의 말을 떠올리며 그에게 물었다.

"외숙모가 오라고 하셨어요?"

"아니, 너 보러 왔는데?"

"저요?"

하윤이 눈을 동그랗게 뜨고 되물었다.

"잠깐, 인사 좀 드리고."

학영이 할아버지가 계신 서재와 부모님이 계신 방에 들어가 인사를 하고 나오는 동안 거실을 서성거리며 기다린 그녀는 그와 함께 2층으로 향했다.

"어때? 지낼 만해?"

"그럼요."

하윤이 문제없다는 듯 어깨를 으쓱해 보였다.

"할아버지랑은 어때?"

"아침에 안녕히 주무셨어요, 학교 갈 때 다녀오겠습니다, 돌아와서 다녀왔습니다, 자기 전에 안녕히 주무세요, 이것만 해도 최소 네 번이죠. 거기에 최소 한 끼는 집에서 먹으니까 그때 또 뵙죠. 하도 자주 봬서 이제 아무렇지도 않아요."

"잘하고 있네."

학영은 그녀의 말이 과장이라는 걸 알면서도 모른 척 맞장구를 쳐 주었다. 그의 말에 고무된 하윤이 능청스럽게 한마디 덧붙였다.

"생각보다 할아버지가 덜 무서워요."

"대단한데? 난 아직도 할아버지 무서워."

그가 짐짓 놀라는 표정을 짓자, 하윤은 너무 나갔나 싶어 슬쩍 꼬리를 내렸다.

"아예 안 무섭다는 게 아니라 생각보다요, 생각보다."

계단을 올라가다 말고 멈춰 선 그녀가 갑자기 주위를 한번 둘러보고서 학영에게 소곤거렸다.

"할아버지요, 늙은 호랑이 같아요……."

"늙은 호랑이?"

"무섭긴 무서운데, 뭔가 짠하기도 하고…… 암튼 그래요."

하윤은 거의 집 밖에 나가는 일 없이, 불편한 몸으로 온종일 서재에만 틀어박혀 있는 할아버지가 내심 안쓰러웠다. 그녀는 요즘 인생무상과 세월의 덧없음을 할아버지에 투영해서 깨우치는 중이었다.

집에만 있으면서도 계열사를 비롯한 명신의 모든 돌아가는 사정을 한눈에 들여다보고 있는 지관명 회장을 감히 짠하다고 표현하는 사람을 눈앞에서 보게 된 학영은 말문이 막혀 버렸다. 그것도 다른 사람도 아니고, 할아버지와 한집에서 살 수 있을까 우려스러웠던 하윤이라니 놀라울 따름이었다.

"빨리 올라가요."

도랑도랑한 말을 꺼내놓을 때는 언제고, 하윤은 뒤늦게 안절부절못하며 걸음을 재촉했다. 그녀는 2층에 도착하고 나서야 조금 전 학영이 했던 말을 기억해 냈다.

"아 참, 저 보러 왔다고 하셨죠?"

"사람 괜찮더라."

뜬금없는 그의 말에 하윤이 멀뚱히 되물었다.

"누구요?"

"문신휘."

예상치 못한 이름에 놀란 하윤의 두 눈이 튀어나올 듯 커졌다.

"신휘 오빠 만나셨어요?"

"어, 오늘 인터뷰했어."

"오빠가요?"

"그래, 내가."

특수보도팀에서 배우의 인터뷰도 하는 건가 의아해하고 있는 하윤에게 학영이 주머니에서 무언가를 꺼내어 내밀었다. 그녀는 그의 손바닥 위에 놓인 작은 물건이 USB라는 것을 알아차리고 고개를 갸웃거렸다.

"이게 뭐예요?"

"오늘 한 인터뷰 녹음 파일. 네가 들으면 좋아할 것 같아서 복사해 왔다."

"꺄악!"

학영은 제 말이 끝나기가 무섭게 터져 나온 환호성에 저도 모르게 주춤 뒷걸음질했다. 더 살필 필요도 없이, 하윤이 좋아했으면 좋겠다는 신휘의 바람은 완벽하게 이루어진 듯 보였다. 하윤은 학영이 당황했다는 사실도 모른 채, 그의 팔에 매달려 연신 기쁨의 외침을 토해냈다.

"대박! 오빠 짱! 최고!"

그녀에게는 새삼스러울 것 없는 자연스러운 행동이었지만, 엄격하고 딱딱한 분위기 속에서 자란 학영에게는 문화 충격이나 다름없었다.

그가 도망치듯 제 방으로 들어가 버리고, 부리나케 방으로 들어온 하윤은 녹음 파일을 들었다. 밤새도록 듣고 또 들었다. 신휘가 무슨 말을 했는지 거의 외울 때가 되어서는 한 문장만 반복해서 듣기 시작했다.

[제게 사랑은, 태어나면서부터 죽을 때까지 오직 단 한 사람만을 향해 심장이 뛰는 겁니다.]

단 한 번도 다른 사람을 향해 뛴 적 없는 심장, 오직 한 사람에게만 반응하는 마음. 하윤도 신휘와 같았다. 두 사람은 지금, 누군가가 기적이라고 부를 만한 것을 하고 있었다. 그리고 그들은 그것을 사랑이라 불렀다.

다음 날 아침, 전 여사는 식사가 끝나고 2층으로 올라가려는 하윤을 불러 소파에 앉혔다. 그녀는 평소에도 다정했지만, 오늘따라 더욱 애정이 묻어나는 손길로 하윤의 머리를 쓰다듬으며 물었다.

"오늘 엄마 생일이지?"

"⋯⋯알고 계셨어요?"

"알지, 아버님이 아가씨 보러 가시는 날이기도 하거든."

"정말요?"

하윤은 깜짝 놀랐다. 막연하게, 할아버지는 엄마를 찾지 않을 거라고 생각하고 있었기 때문이었다. 장례식에서도 눈물은커녕 표정 하나 변하지 않던 분이었으니 달리 생각할 이유가 없었다.

"혹시 엄마 기일에도 가세요?"

"아니, 생일에만 가셔."

하윤은 왜 기일이 아닌 생일일까 궁금했다. 그녀의 생각을 알아챈 전 여사가 나지막하게 말을 이었다.

"아버님 생각을 내가 다 알 수는 없지만, 아직도 아가씨가 죽었다는 사실을 온전히 인정하기 싫으신 게 아닐까 싶기도 해. 아버님은 눈에 넣어도 아프지 않다는 말이 이런 거구나 알 수 있을 만큼 아가씨를 아끼셨어. 그래서 더 배신감이 크셨을 거야. 너도 다 컸으니까 어떤 마음인지 조금은 이해할 수 있지?"

하윤이 작게 고개를 끄덕였다. 그녀도 할아버지의 심경을 아예 이해하지 못하는 건 아니었다. 애지중지 키운 딸이 눈에 차지 않는 남자를 만나고, 집을 나가고, 임신을 한다면 자신은 과연 어떻게 행동했을까 생각해 보면 할아버지와는 다르게 행동했을 거라는 자신이 없었다.

할아버지가 가장 크게 분노한 대상이 아빠였고, 아빠를 꼭 빼닮은 자신에게 그 노여움이 이어졌다는 사실도 이제는 어느 정도 이해가 되었다.

"엄마 생일에는 납골당 안 가니?"

"네, 기일에만 가고 있어요."

처음에는 기일, 생일 할 것 없이 보고 싶을 때마다 수시로 찾아갔었다. 하지만 한 해, 두 해 지날수록 슬픔이 무뎌졌고, 학교생활이 바빴고, 몸이 힘들어졌다. 대부분의 사람들이 그렇듯, 하윤과 삼 형제도 그렇게 살아가고 있었다.

"그래도 오늘은 특별히 할아버지 따라서 다녀오지 않을래?"

하윤은 자애로운 미소를 짓는 전 여사를 바라보며 마른침을 꿀꺽 삼켰다.

"하, 할아버지랑 둘이요⋯⋯?"

아직 한 번도 할아버지와 단둘이 어디를 가본 적이 없었던 그녀에게는 청천벽력과도 같은 말이었다. 벌써부터 긴장감에 몸이 움츠러들었다.

"정 실장님까지 셋이지?"

전혀 위로가 되지 않는 말이었다. 하윤은 정 실장의 존재가 할아버지와의 어색한 분위기를 깨는 데에 조금의 도움도 되지 않으리라고 확신했다. 오히려 어려운 사람이 한 명 더 느는 것이나 마찬가지였다. 하윤은 온몸의 솜털이 쭈뼛 곤두서는 느낌에 몸을 부르르 떨었다.

지 회장은 차 안으로 몸을 디밀다가 흠칫 놀랐다. 운전석 뒷자리를 차지하고 앉아 있던 하윤을 발견했기 때문이었다.

"네가 왜 거기 타고 있는 게냐."

지 회장이 자리에 앉으며 퉁명스럽게 물었다. 하윤은 하얗게 세어버린 그의 눈썹이 꿈틀거리자 순간적으로 움찔했지만, 침착하게 숨을 고르고 또박또박 대답했다.

"할아버지 따라가려고요."

"어딜?"

"지금 엄마한테 가는 길이시잖아요."

"그런데?"

"엄마 생일인데 딸이 가야죠."

하윤은 지금까지 한 번도 안 빼먹고 엄마의 생일을 챙겼던 사람처럼 당당하고도 뻔뻔스럽게 응수했다.

"흠……."

지 회장은 못마땅하다는 듯 헛기침을 하면서도 내리라고 하지는 않았다. 정 실장이 말없이 시동을 걸고 차를 출발시켰다. 하윤의 예상대로 차 안은 어색하다 못해 오싹할 정도로 적막에 잠겼다. 숨 막히는 침묵을 참지 못한 그녀가 슬쩍 운을 띄웠다.

"할아버지, 그거 아세요?"

대답은 없었지만, 할아버지가 제 말에 귀를 기울이고 있다는 느낌을 받은 하윤의 입꼬리가 하늘을 향했다. 회심의 미소를 짓고 있다가 룸미러로 정 실장과 눈이 마주친 그녀는 머쓱한 표정으로 말을 이었다.

"엄마 요리 엄청 못한 거."

하윤은 엄마의 요리를 회상하며 고개를 절레절레 흔들었다.

"다들 자기 엄마가 해주는 건 맛있다던데 전 아니었어요. 아빠가 만드는 게 훨씬 더 맛있었거든요. 전 엄마 닮았나 봐요. 저도 음식 솜씨 별로예요."

지 회장의 시선이 줄곧 창밖을 향해 있든 말든, 정 실장이 묵묵히 운전만 하든 말든 상관없이 하윤은 쉴 새 없이 입을 놀렸다. 그중 대부분은 부모님과의 추억 이야기였다. 아빠에 관한 이야기가 길어지려고 하면 지 회장이 낮게 헛기침을 했고, 그녀는 눈치껏 화제를 돌렸다. 하윤이 일방적으로 말하고 지 회장은 일방적으로 들었지만, 그것은 대화였다. 두 사람은 나름의 소통 방식을 찾아가는 중이었다.

납골당에 도착한 세 사람은 차에서 내렸다. 지팡이에 의지해 한 발한 발 앞으로 나아가는 지 회장을 하윤과 정 실장이 뒤따랐다. 부축하겠다는 말이 얼마나 쓸데없는 말인지 알기에 두 사람은 그저 묵묵히 보폭만 맞출 뿐이었다. 그들은 한참 만에 안치단 앞에 도착했다. 하윤에게는 숨이 흐트러질 새도 없이 짧은 거리였지만, 지 회장의 이마에는 땀이 송골송골 배어나고 있었다. 그가 숨을 고르는 동안, 하윤이 먼저 말문을 열었다.

"엄마, 아빠. 나 오늘은 할아버지랑 같이 왔어."

그녀는 은근슬쩍 지 회장 옆에 붙어 섰다.

"앞으로는 엄마 생일에 할아버지랑 같이 올게."

밑겨야 본전이다 싶어 던진 말에 지 회장이 아무 반응도 보이지 않자, 하윤은 곁눈으로 동태를 살폈다. 할아버지의 눈이 엄마의 사진에 못 박힌 듯 고정되어 있었다. 무슨 생각을 하고 있는지 전혀 읽을 수 없을 만큼 표정에는 변화가 없었다. 이제 입을 다물 때가 되었다는 것을 본능적으로 깨달은 그녀는 부녀지간의 시간을 방해하지 않기 위해 뒤로 한 걸음 물러섰다. 지 회장은 이미 하윤이 무슨 행동을 하고 있는지 의식하지 못할 만큼 상념에 빠져들어 있었다.

'은영아, 애비 왔다……. 네 딸과 함께 왔다. 어렸을 때는 제 애비를 빼다 박은 것 같더니만 지금은 너와 똑 닮았구나…….'

지 회장의 눈은 평소의 냉정함과 서늘함 대신, 자신보다 먼저 세상을 등진 딸에 대한 그리움과 먹먹함을 품고 있었다.

서울로 돌아오는 차 안에서 하윤은 삼 형제의 이야기를 시작했다. 납골당으로 향하며 꺼낸 부모님 이야기에 할아버지의 반응이 나쁘지 않았다고 판단했기 때문이었다.

"기일이 매년 요일이 다르잖아요. 어떤 때는 주말이지만, 어떤 때는 평일이고……. 근데 지금까지 열두 번을 꼬박꼬박 넷이 같이 다녔어요. 오빠들 군대에 있을 때도 포상 휴가를 받든 뭘 하든, 무슨 수를 써서라도 꼭 기일에 맞춰서 나왔거든요. 재판, 장사, 촬영, 수업, 어떤 핑계도 안 통해요. 어쩌다 보니까 이제 빠지는 사람은 배신자가 돼버리는 상황까지 온 거예요. 사실, 일이 있으면 꼭 날짜 안 맞춰도 되잖아요? 다음 날 다녀오든지 시간 날 때 따로 가면 되는데 저희 대체 왜 이러는 걸까요, 할아버지?"

청산유수의 말발을 아낌없이 선보인 하윤이 옆자리로 슬그머니 고개를 돌렸다. 웃고 있지는 않았지만, 지 회장의 표정이 나쁘지는 않아 보였다. 백미러로 힐끔 바라본 정 실장의 얼굴에는 보기 드문 미소까지 떠올라 있었다. 용기를 얻은 하윤은 이제 본격적으로 신휘에 초점을 맞춰보기로 했다. 그의 장점을 어필하다 보면 할아버지도 조금은 너그러운 눈으로 바라봐 주지 않을까 싶어서였다.

"한번은 신휘 오빠가요……."

"조용히 가자."

분위기가 느슨해진 틈을 타 슬그머니 들이밀어 본 그녀의 개수작은 눈치 빠른 지 회장에게 대번에 차단되었다. 하윤은 더 시도했다가는 역효과가 날 것 같아 어깨를 축 늘어뜨리고 입을 꾹 다물었다.

그렇게 적막강산의 시간이 더디게 흐르고, 드디어 하윤의 학교 근방에 다다랐다. 오후 수업이 있었던 그녀는 학교 근처에서 내려달라고 미리 정 실장에게 부탁해 놓은 상태였다.

"정 실장님, 다음다음 신호등에서 세워주세요."

"알겠습니다."

지 회장의 차는 세계 3대 명차로 손꼽히는 브랜드였다. 아무리 외제 차가 흔해졌다지만 외제 차 중에서도 흔히 볼 수 없는 차 중 하나였기에 학교 안까지 들어가게 되면 이목이 쏠릴 게 뻔했다. 그래서 하윤은 학교에서 조금 떨어진 곳에서 내려 걸어 들어갈 생각이었다.

신호등 앞에서 차를 세운 정 실장이 안전띠를 풀려고 하자, 하윤이 다급하게 외쳤다.

"내리지 마세요!"

얼른 차 문을 열고 내린 그녀는 고개만 차 안으로 쑥 들이밀고서 지 회장을 향해 배시시 웃었다.

"할아버지, 들어가세요. 정 실장님, 운전 조심하세요."

그 말을 끝으로 차 문이 닫혔고, 하윤은 총총 뛰어 금세 두 사람의 시야에서 사라져 버렸다.

"은영 아가씨와 참 많이 닮으셨습니다."

정 실장의 나직한 말에 지 회장은 하윤이 사라진 곳을 물끄러미 응시했다. 학교에 데려다줄 때마다 멀찍이 떨어진 곳에서 내리던 모습, 차 문을 열어주려는 정 실장을 한사코 만류하며 냉큼 내리고는 뒤늦게 고개만 들이밀고 해맑게 웃던 모습까지 딸이 살아 돌아온 듯 너무나 닮아 있었다. 보는 것도 아까웠던 딸의 모습이 눈앞에 어른거려, 지 회장은 말없이 눈을 감고 시트에 몸을 기댔다.

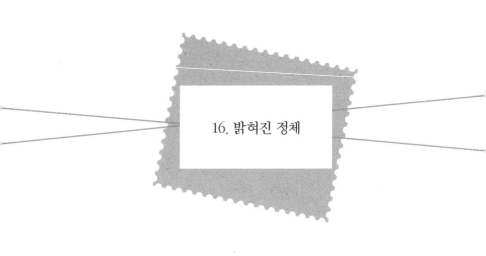

16. 밝혀진 정체

하윤은 오랜만에 외삼촌인 지 사장과 함께 아침 식사를 하게 되었다. 모두가 인정하는 워커홀릭인 그는 같은 집에 사는데도 따로 사는 학영만큼이나 얼굴 보기가 힘들었다. 이제는 오히려 매일매일 얼굴을 보는 할아버지가 덜 불편할 정도로, 하윤에게 외삼촌이라는 존재는 여전히 낯설고 어려웠다. 식사를 마친 지 회장이 자리를 뜨자, 지 사장이 하윤을 향해 무미건조하게 말했다.

"이번 주 일요일 저녁에 참석해야 할 행사가 있다. 준비해라."

"무슨 행……."

물음표를 찍지도 못했는데 지 사장은 자리에서 일어나 나가 버렸다. 그의 뒷모습을 멀뚱히 바라보고 있던 하윤이 전 여사에게로 고개를 돌렸다.

"외숙모, 저 어디 참석해야 해요?"

대한민국 미디어 포럼 이후로도 몇몇 만찬이나 행사에 참석해야 했던 하윤은 이제 정말 그만하고 싶었다. 어른들의 자리는 숨이 막혔고, 또

래들의 자리는 한숨이 나왔다. 어느 집안 아들과 어느 집안 딸이 만나야 시너지 효과를 극대화할 수 있을까 탐색하는 자리에 섞여 있는 것도 지긋지긋했다. 그녀의 마음을 눈치챈 전 여사가 온화한 미소를 지으며 대답했다.

"자선 만찬."

"자선 만찬……."

뭔가 이름이 생소하지도 않고 마음에 들었다. 왠지 지금까지보다 덜 불편한 자리일 것 같은 기대감이 싹튼 하윤의 표정이 슬며시 밝아졌다.

"세계적인 NGO 단체에서 매년 개최하는 건데, 정·재계를 비롯해서 언론, 문화, 예술, 체육계 인사들이 동참하는 꽤 큰 규모의 행사야."

전 여사는 지구촌 곳곳의 이재민들과 난민들에게 도움의 손길을 주는 행사라는 말도 덧붙였다. 그때, 예전의 기억이 뇌리를 스치고 지나간 하윤이 다급하게 물었다.

"혹시 연예인들도 오는 자리예요?"

"그렇지."

어쩐지 들어본 것 같더라니……. 신휘가 군인의 신분일 때를 제외하고는 매년 참석했던 행사였음을 기억해 낸 하윤의 얼굴이 낭패감으로 물들었다. 외삼촌과 함께 있다가 신휘와 마주치기라도 한다면 꼼짝없이 그를 모른 척해야만 했고, 그런 어색하고 껄끄러운 상황만은 피하고 싶었다.

"외숙모, 저 올라갈게요."

2층으로 뛰어 올라간 하윤은 얼른 민아에게 문자를 보냈다.

〈언니, 발리 촬영 갔다가 토요일에 온다고 했죠?〉

토요일에 귀국한다면 특별한 스케줄이 없는 이상, 신휘는 자선 만찬에 참석할 게 분명했다.

"오지 말라고 미리 말해놔야 하나……."

하윤의 고민이 깊어지고 있을 무렵, 민아의 문자가 도착했다.

〈일정이 변경됐어. 월요일 도착.〉

"아, 다행이다……."

하윤은 늘 불만스러웠던 신휘의 해외 촬영이 이번만큼은 진심으로 고마웠다.

　

일요일 저녁, 지 사장 내외와 하윤은 자선 만찬이 개최될 호텔에 도착했다. 행사장으로 가기 위해 로비를 걸어가고 있던 그들 뒤에서 우렁찬 목소리가 들려왔다.

"지 사장님 아니십니까?"

걸음을 멈춘 세 사람은 누가 먼저랄 것도 없이 뒤로 돌아섰다. 훌떡 벗겨진 이마가 인상적인 중년의 남자와 평범한 얼굴의 중년의 여자, 그리고 찬주가 서 있었다. 하윤은 찬주의 얼굴을 보고 나서야 중년의 부부가 찬주의 부모님이자, 세화건설 회장 내외라는 사실을 알아차렸다.

"박 회장님, 안녕하셨습니까."

가만히 서서 인사를 건네는 지 사장과 달리, 찬주의 아버지 박 회장은 아들 못지않은 유들유들함을 뽐내며 그의 손을 덥석 움켜잡았다.

"이렇게 얼굴 보기 힘들어서야, 원. 언제 필드 한번 나갑시다. 아예 오늘 날짜를 잡죠."

쉴 새 없이 너스레를 떨던 박 회장의 관심이 뒤늦게 하윤에게로 쏠렸다.

"소문으로만 듣던 지 사장님 조카! 이름이……?"

"성하윤입니다."

"듣던 대로 참하고 예쁘네요."

참하다는 말은 태어나서 처음 들어본 하윤은 조선 시대의 정숙한 여인이라도 된 양, 성의 없이 늘어져 있던 팔을 다소곳하게 앞으로 모으고 시선을 내리깔았다.

"젊은 사람들은 젊은 사람들끼리 놀게 하고 우린 갑시다."

박 회장이 껄껄 웃으며 지 사장을 재촉해 앞으로 치고 나가자, 하윤과 찬주는 하는 수 없이 뒤로 빠져 나란히 걸었다.

"잘 지냈어요, 하윤 씨?"

두 사람은 전시회 이후 처음 보는 것이었다.

"네, 지난번엔 경황이 없어서 말씀 못 드렸는데 전시회 와주신 거 감사드려요."

"장차 우리나라를 대표할 디자이너가 되실 분의 첫 작품을 감상했으니 오히려 제가 더 감사드려야죠."

찬주의 말을 듣고 언젠가 신휘가 했던 말을 떠올린 하윤이 피식 웃었다.

"장차 패션계에 파란을 일으킬 디자이너가 있다고 했지."

그녀의 웃음이 자신으로 인한 것이라고 착각한 찬주의 얼굴에 흡족한 미소가 걸렸다.

오늘 만찬은 입식과 좌식이 혼재된 파티 형식이었기에 자연스럽게 연령층에 따라 자리가 갈렸다. 나이가 있는 사람들은 테이블에 앉았고, 상대적으로 젊은 사람들은 자유롭게 돌아다니며 분위기를 즐기고 있었다. 지 사장과 박 회장 내외가 앞쪽에 자리 잡은 것을 본 하윤과 찬주는 샴페인을 한 잔씩 손에 들고 행사가 시작되길 기다렸다.

"어머나, 예뻐라."

하윤이 인형처럼 예쁘게 생긴 여자아이가 지나가는 것을 보면서 감탄사를 터뜨리자, 찬주가 천연덕스럽게 받아쳤다.

"하윤 씨가 더 예뻐요."

이 고전적인 멘트는 뭐지? 하지만 예쁘다는데 싫어할 사람은 없듯이, 하윤도 민망하긴 했지만 듣기 싫지는 않았다. 씰룩거리는 입매를 잘 봉인하고 시선을 돌리려는 그녀에게 찬주가 대놓고 툴툴거렸다.

"쳇! 야박하다. 나한테도 빈말이라도 잘생겼다고 한마디 해주면 안 돼요?"

정말로 대답을 바라는 듯 찬주가 빤히 바라보자, 하윤은 곰곰이 생각에 잠겼다. 지극히 평범하게 생긴 그에게 적합한 말을 찾기 위해 애쓰던 그녀가 한참 만에 말문을 열었다.

"인상이 참 좋으세요."

하윤이 자신의 양심과 찬주의 기대를 최대한 조율해서, 심사숙고 끝에 도출한 결과였다.

"아, 실패……. 이래 봬도 성형한 얼굴인데……."

생각지도 못한 말에 그녀의 눈이 휘둥그레졌다.

"정말요? 어디를 하신 건데요?"

"코요."

성형했다는 곳을 찾기 위해 바삐 움직이던 하윤의 눈이 찬주의 코에서 멈췄다.

"수술한 코예요? 자연스러워서 몰랐어요."

"코뼈가 부러졌었거든요. 수술하는 김에 좀 올린 건데 너무 티가 안 나죠? 그때 좀 더 높게 세울걸, 지금 와서 후회하고 있어요."

"코는 왜 부러지신 건데요?"

하윤은 왜냐고 물으면서도 날아오는 야구공에 맞았다거나, 어딘가에 부딪혔다는 대답을 예상했다. 그런데 그의 대답은 의외였다.

"고등학교 때 누구한테 좀 맞았어요."

"왜요? 패싸움…… 뭐 그런 거 하셨어요?"

"아니요. 그냥 일방적으로 맞았어요. 코뼈 내려앉고, 갈비뼈 네 대 나가고……."

"아……."

하윤이 안타까운 탄식을 토해냈다. 왕따였구나……. 제멋대로 결론을 내린 그녀는 이 이상 그의 아픈 과거를 들춰내면 안 될 것 같아 더는 묻지 않기로 했다. 대신 눈빛으로 힘내라는 응원을 보내고 얼른 주위를 둘러보았다. 다른 화제로 말을 돌리기 위해 뭐라도 포착할 심산에서였다. 그런데 그 순간, 하윤의 시야에 결코 마주쳐서는 안 될 이의 얼굴이 들어왔다.

"헉!"

그녀가 외마디 탄성과 함께 몸을 움츠리며 옆으로 돌아섰다.

"왜 그래요?"

못 볼 것을 본 것 같은 하윤의 행동에 찬주가 어리둥절한 얼굴로 고개를 돌렸다.

"어? 신휘네요?"

"조용히 하세요, 좀."

"아, 맞다. 두 사람, 사정이 있어서 안 만난다고 했죠."

하윤은 순간적으로 그의 목소리에서 빈정거린다는 느낌을 받았으나, 깊게 생각할 여유가 없어서 한 귀로 흘려 버렸다.

"오빠 이쪽 보고 있어요?"

"아니요."

찬주의 대답에 안심한 그녀는 슬쩍 고개를 돌려 신휘를 바라보았다. 만약을 위해 영화 링의 '사다코'처럼 긴 머리카락을 커튼 삼아 얼굴을 덮는 것도 잊지 않았다.

신휘는 여느 때와 다름없이 남다른 존재감으로 시선을 압도하고 있었다. 몸에 슬림하게 붙는 감색 슈트에 올 오버 패턴의 셔츠를 입은 그는 말끔하면서도 지적으로 보였다. 하지만 지금은 그의 멋진 모습에 감탄

할 상황이 아니었다.

"발리에 있어야 할 사람이 왜 여기 있는 거야……."

하윤은 난감한 기색이 역력한 얼굴로 혼잣말을 중얼거렸다.

신휘는 행사장에 들어서자마자 하윤의 존재를 알아차렸다. 신경 쓰게 하고 싶지 않아 못 본 척했을 뿐이었다. 그녀를 이곳에서 만난 건 신휘에게도 당혹스러운 일이었다. 이제 어떻게 하는 게 좋을지 고민하고 있던 그에게 누군가 다가와 말을 걸었다.

"신휘야."

고개를 돌린 그의 눈앞에, 크랭크인을 앞둔 김 감독의 영화에 여주인공으로 캐스팅된 유미가 서 있었다.

"아, 누나."

신휘는 그녀의 옆에 난감한 표정으로 서 있는 혜민을 한 박자 늦게 발견했다. 신휘가 온 것을 본 유미가 함께 이야기를 나누고 있던 혜민을 다짜고짜 끌고 인사를 하기 위해 달려온 것이었다. 현욱과의 사이까지 알고 있을 만큼 친한 유미에게도 차마 신휘와의 일을 말하지 못했던 혜민은 어색함을 무릅쓰고 그에게 조심스레 인사를 건넸다.

"와, 왔어……?"

"오늘 참석하는 줄 몰랐네."

"……."

혜민은 그의 건조한 시선을 외면하며 작게 고개만 끄덕거렸다.

신휘가 매정하게 가버린 그날, 서러움에 울다 잠이 든 그녀는 다음 날 맨정신으로 눈을 뜨고서야 자신이 얼마나 무모한 짓을 했는지 깨달았다. 절대 입 밖으로 꺼내서는 안 될 말을 해버린 자신이 한심했고, 신휘와 예전처럼 돌아갈 수 없다는 생각에 심란했다. 그러나 그 무엇보다 가장 걱정스러웠던 건, 신휘가 현욱에게 무슨 말이라도 하지는 않을까 하는 것이었다. 혜민은 신휘에 이어 현욱까지 잃고 싶지 않았다.

그녀의 마음을 읽기라도 한 것처럼 신휘가 기복 없는 어조로 물었다.

"현욱이 다음 주에 휴가 나온다며?"

혜민이 흔들리는 눈빛으로 그를 바라보았다.

"오랜만에 너 본다고 신났더라. 좋은 시간 보내라."

신휘는 현욱에게 아무 말도 할 생각이 없었다. 군대라는 특수한 환경에 있는 그를 힘들게 하고 싶지 않았기 때문이었다.

"응……."

신휘와 눈도 마주치지 못하고 있던 혜민은 인사할 사람이 있다는 핑계를 대고 허겁지겁 자리를 떠났다.

"혜민이 왜 저러지?"

두 사람의 어색한 관계를 알 리 없는 유미가 의아한 표정을 짓고 있다가 신휘에게 물었다.

"오늘 못 온다며? 발리에서 내일 올 거라고 하지 않았어?"

출국 전날 영화 관계자들의 모임에서 만난 신휘와 유미는 이 행사에 관해 이야기를 나눴고, 그래서 그녀는 신휘의 스케줄에 대해 알고 있었다.

신휘는 고개를 돌리다가 얼핏 본, 하윤의 옆에 서 있던 남자의 정체에 대해 고민하느라 유미가 하는 말을 듣지 못했다.

"응?"

그는 대답을 재촉하는 유미의 목소리에 정신이 들었다.

"……네?"

유미가 귀를 가까이 대보라는 듯 까딱까딱 손짓했다. 신휘가 고개를 내려주자, 그녀는 그의 귀에 대고 다시 물었다.

"내일 온다며?"

유미는 신휘가 딴생각에 빠져 있는 줄 모르고, 오케스트라의 공연 때문에 제 목소리가 잘 안 들린다고 착각하고 있었던 것이다.

"촬영이 생각보다 일찍 끝났어요. 알아보니까 비행기 좌석이 두 자리 남아 있길래 저랑 성국이만 하루 먼저 왔어요. 다른 사람들은 그대로 내일 들어올 거예요."

신휘가 지금 이 자리에 있는 이유였다.

"여기서 너 보니까 더 반갑다. 혜민이 빼고는 친한 사람도 없고, 되게 불편했거든."

누가 참석했는지 주변을 둘러보던 유미의 시선이 어딘가에서 멈췄다.

"어? 저 여자 누구지? 처음 보는 얼굴인데?"

"여기 누나가 처음 보는 얼굴 천지 아니에요?"

신휘는 돌아보지도 않으며 피식 웃었다. 행사장 안은 연예인들뿐만 아니라 각계각층을 대표하는 사람들과 일반 참가자들도 많았기 때문에 모르는 얼굴이 훨씬 더 많은 게 당연했다.

"누가 모르나? 우리 쪽 사람 같으니까 하는 말이지."

'우리 쪽 사람'이라는 말이 눈에 띄는 미모의 소유자라는 의미라는 걸 알아들은 신휘는 그제야 유미가 관심을 보이고 있는 여자에 대해 호기심이 일었다.

"대체 누굴 보고……."

고개를 돌리던 그는 유미의 시선이 향해 있는 쪽에 하운이 서 있었다는 사실을 불현듯 깨달았다. 눈이 마주치면 서로 난감해질 거라는 생각이 들었지만 이미 시선을 거둘 타이밍을 놓쳐 버렸다. 그러나 다행히도 하운은 비슷한 또래로 보이는 여자와 이야기를 나누고 있었다. 안도하며 고개를 원래 위치로 돌린 그에게 유미가 물었다.

"블랙 원피스 입은 여자, 봤어?"

"네."

"누군지 알아?"

"알아요."

감질나는 신휘의 대답에 그녀의 어조가 한 옥타브 올라갔다.

"누군데? 신인?"

"연예계 쪽 사람 아니에요."

"아니라고? 그럼 뭐 하는 사람인데? 아는 사이야?"

"네, 잘 아는 사이예요."

스무고개를 하듯 대답을 빙빙 돌리기만 하는 신휘가 못마땅했던 유미의 미간이 좁아졌다.

"대체 누군데?"

"저랑 결혼할 여자요."

그녀의 눈과 입이 동시에 커졌다. 어리벙벙한 얼굴로 눈만 깜빡거리던 유미가 고개를 돌려 하윤을 한번 바라보고 다시 신휘를 올려다보며 물었다.

"너랑 결혼할 여자면…… 혹시 기사에 나온……?"

신휘가 고개를 끄덕였다.

"웬일이니, 대박……."

하윤은 공식적인 기사에 얼굴이 실린 적이 없었다. 개인적 호기심이 왕성한 네티즌 몇몇이 하윤의 사진을 인터넷에 올리기도 했지만, 굳이 검색을 해야 찾을 수 있을 정도였다. 게다가 그마저도 지 회장의 지시를 받은 이들이 수시로 찾아내어 사진이 올라오는 족족 포털 사이트 측에 신고해 블라인드 처리를 하고 있었다. 일주일 넘게 대한민국을 떠들썩하게 만들었지만 정작 노출된 건 거의 없는 그녀를 이런 자리에서 보게 되다니, 유미가 놀라는 것도 무리는 아니었다.

"근데 왜 모르는 사람처럼 이러고 있어? 싸웠어?"

유미는 결혼할 사이라는 두 사람이 왜 멀찍이 떨어져 있는지, 왜 제대로 쳐다보지도 않는 건지 의아했다.

"사정이 있어요."

눈치 빠른 그녀는 더 이상 묻지 말라는 의미임을 깨닫고 자연스럽게 말을 돌렸다.

"와! 문신휘는 좀 다른가 했더니 어쩔 수 없네."

"뭐가요?"

신휘는 실망했다는 눈빛을 보내는 유미를 보며 고개를 갸웃거렸다.

"여자 얼굴 안 본다며?"

"……?"

"나 얼마 전에 네 인터뷰 기사 봤거든?"

그게 뭐가 어떻다는 건지, 그는 여전히 그녀의 말을 이해하지 못하고 있었다.

"그 인터뷰 나오고 나서 역시 문신휘는 뭐가 달라도 다르다고 사람들이 엄청 치켜세워 준 거 아니? 너의 그녀, 꼭꼭 숨겨라. 내놓는 순간 배 터지게 욕먹겠다."

하지만 신휘는 뭐가 문제냐는 듯 어리둥절한 표정을 지을 뿐이었다.

"정말 얼굴 안 봤는데요?"

"아! 얼굴은 안 봤는데 공교롭게도 그녀가 예쁜 거다?"

"네."

유미가 최선을 다해 빈정거렸음에도 불구하고, 그는 제 속에 들어갔다 나온 듯, 한 문장으로 정리해 주는 그녀의 센스에 감탄하느라 알아차리지 못했다.

"그리고 또 뭐? 살짝 배 나온 여자가 좋아?"

"그것도 진짜예요. 밥 먹으면 배만 뽈록 나와서 얼마나 귀여운데요."

밥을 잔뜩 먹고 나서 제 배를 팡팡 두드리던 하윤의 모습을 떠올린 신휘의 얼굴에 흐뭇한 미소가 걸렸다.

"아, 평소에는 쏙 들어가 있다가 그럴 때만 너한테 귀여움 받으려고 뽈록 나오는 거구나?"

그를 어이없다는 듯 바라보던 유미는 다시 한 번 하윤을 보기 위해 고개를 돌렸다.

"근데 너의 그녀랑 같이 있는 남자는 누구야?"

신휘는 아무 대답도 할 수 없었다. 하윤에게 손을 뻗으며 친근하게 무슨 말인가를 건네고 있는 남자가 누구인지, 유미보다 더 궁금한 사람은 바로 그였다.

눈엣가시인 혜민이 사라져 기뻐하고 있던 하윤은 신휘가 유미에게 귀를 대주는 모습을 보고 눈에서 레이저가 나갈 기세로 두 사람을 쏘아보았다.

'떨어져! 떨어지라고!'

반쯤 남아 있던 샴페인을 원샷으로 해치우고 다시 두 사람을 감시하려는 하윤에게 한 여자가 말을 걸어왔다.

"하윤 언니."

뉘 집 딸내미더라……. 언젠가 어떤 모임에서 인사를 나눈 것까지는 기억이 나는데 다른 정보는 백지였다. 하도 단시간에 여러 사람을 만나다 보니 하윤의 기억력은 한계에 도달한 지 오래였다. 여기서 만나니 더 반갑다, 조만간 밥이나 먹자 등의 영양가 하나도 없는 이야기를 줄줄 늘어놓으며 정신 사납게 구는 그녀 때문에 하윤은 신휘에게 집중할 수가 없었다. 그래도 이미지 관리상 성심성의껏 리액션을 해줄 수밖에 없었고, 끝까지 정체를 파악할 수 없었던 수다쟁이는 한참을 떠들다가 다른 목표물을 포착하고 가버렸다. 하윤이 다시 신휘를 향해 눈을 돌리려는 순간, 이번엔 찬주가 끼어들었다.

"한 잔 더 할래요?"

찬주는 그녀의 손에 들려 있던 빈 샴페인 잔을 가져가며 다정하게 물었다.

"아니요."

"샴페인 별로면 와인은 어때요?"

"안 마실래요."

신경 써주는 건 알지만 조금 귀찮아진 하윤은 딱 잘라 말하고 신휘와 유미가 서 있던 곳으로 시선을 돌렸다. 그런데 그 자리는 이미 다른 사람으로 채워져 있었다.

"어?"

허둥지둥 주변을 살폈지만, 신휘의 모습은 보이지 않았다. 물론 유미도 함께 사라지고 없었다.

"신휘는 친한 여배우들이 많은가 봐요."

하윤이 뾰로통하게 답했다.

"친한 여배우 말고 친한 배우라고 해주세요. 오빠가 성격이 워낙 좋아서 남녀 가릴 것 없이 주위에 사람이 많아요."

하지만 찬주는 그녀의 말에 아랑곳하지 않고 하윤을 안쓰럽다는 듯 바라보며 제 할 말에 충실했다.

"하윤 씨가 신경이 많이 쓰이겠어요. 신휘 주변에 워낙 미모가 출중한 여자들만 있어서. 그중에 이혜민 씨랑 제일 친하죠? 신휘가 친한 여배우로 이혜민 씨 언급한 기사 본 적 있는데."

신휘는 혜민의 문자를 받고 달려갔던 날 있었던 일에 대해 하윤에게 아무런 말도 하지 않았다. 다만 앞으로는 결코 같은 일이 없을 거라고 맹세했을 뿐이었다. 그래서 하윤은 신휘와 혜민의 사이가 완전히 어그러졌다는 사실을 모르고 있었다. 혜민의 이름을 들으니 반사적으로 분노가 치밀었지만, 하윤은 일부러 아무렇지 않은 척 빙긋 웃었다.

"친하죠, 친구로."

"풉……."

찬주의 비웃는 듯한 웃음소리에 매끈했던 하윤의 콧등에 주름이 생겼다.

"왜 웃으세요?"

"하윤 씨 너무 순진한 거 아니에요?"

그녀의 눈썹이 격하게 꿈틀거리는 것을 보면서도 그는 여유롭게 말을 이었다.

"남녀 사이에 친구는 없어요. 어느 한쪽이 상대방을 이성으로 느끼는 이상, 그리고 술과 밤이 있는 이상."

"아니거든요!"

하윤이 발끈하며 눈을 부릅뜨자, 항복 자세로 두 손을 든 찬주가 한 발 물러섰다.

"뭐 꼭 신휘랑 이혜민 씨가 그렇다는 말은 아니에요. 보편적으로 그렇다는 거지."

'이럴 땐 실제 사례를 들어주는 게 설득의 기본이지.'

태훈을 떠올린 그녀는 남녀 사이에도 충분히 친구 관계가 성립할 수 있음을 어필하기로 마음먹었다.

"술이 있고 밤이 있어도 전혀 이성의 감정이 싹트지 않는 남자사람친구가 하나 있거든요? 한마디로 불······."

하윤은 말을 하다 말고 황급히 입을 다물었다. 그나마 순발력을 발휘해 입 밖으로 거침없이 튀어 나가려는 '알' 자를 사수한 그녀는 안도하며 얼른 순화된 단어로 바꿔치기했다.

"죽마고우라고 하죠."

잘 수습했다고 생각했지만, 찬주의 얼굴엔 웃음이 가득 들어차 있었다.

'이런 젠장, 오늘도 이미지 관리 실패······.'

민망할 때는 내빼는 게 상책이었다.

"잠깐 화장실 좀……."

하윤은 화장실을 핑계 삼아 후다닥 자리를 벗어났다.

신휘가 하윤의 시야에서 벗어난 건 행사장 안으로 들어서는 정우를 발견했기 때문이었다.

"손정우, 네가 여긴 웬일이냐?"

남들에게는 시비조로 들렸겠지만, 그에게는 나름 반가움의 표현이었다.

"회사 대표로 왔다. 내가 우리 회사 얼굴마담이잖냐."

신휘는 장난스럽게 으스대는 정우를 못마땅한 얼굴로 쏘아보고서, 뒤따라온 유미에게 그를 소개했다.

"이쪽은 네쥬의 얼굴마담……."

"야, 너!"

정우는 장난으로 한 말을 고스란히 전하는 그를 보며 당황했다. 하지만 신휘는 태연하게 제 말을 이어 나갔다.

"……이라고 본인이 주장하는 기획본부장 손정우예요."

웃음을 참는 유미를 본 정우의 얼굴이 민망함에 붉게 달아올랐다.

"손정우라고 합니다."

"안유미예요."

"만나 뵙게 돼서 영광입니다. 팬입니다."

두 사람이 이야기를 나누는 동안 신휘는 벽에 기대 하윤을 응시했다. 기둥 옆, 조명이 닿지 않는 곳이라 안심하고 그녀를 바라볼 수 있었다.

잠시 후 유미가 지인을 만나 자리를 뜨자, 신휘에게 다가온 정우가 옆에 나란히 섰다.

"하윤이도 왔구나. 요새 여기저기 많이 다니는 것 같네."

하윤의 옆으로 시선을 옮긴 정우의 눈이 돌연 가늘어졌다.

"어? 저 새끼……."

그의 말에 화답하듯, 신휘가 나직이 읊조렸다.

"박찬주……."

고작 열두 살이었던 하윤을 상대로 불결한 말을 쏟아냈던 장본인이자, 태어나서 처음으로 이성을 잃게 만들었던 놈……. 찬주와 그의 패거리를 때려눕히고 학교를 떠났던 날을 떠올린 신휘는 뒷목이 뻣뻣해지고 저도 모르게 주먹에 힘이 들어갔다.

"박찬주가 왜 하윤이랑 같이 있어? 둘이 어떻게 아는 사이지?"

같은 고등학교를 나온 정우는 신휘와 찬주의 관계를 누구보다 잘 알고 있었다. 그는 찬주가 신휘에게 어떻게 시비를 걸었는지, 신휘가 왜 자퇴를 해야만 했는지 자초지종을 소상히 알고 있는, 몇 안 되는 사람 중 하나였다.

신휘는 정우가 왜 그 질문을 자신에게 하는지 이해할 수가 없었다. 지금 가장 궁금해서 미칠 것 같은 사람은 다른 누구도 아닌, 바로 그였다.

"친해 보이는데?"

"나도 눈 있어. 굳이 안 알려줘도 돼."

신휘는 애꿎은 정우에게 짜증을 토해냈다.

"까칠하긴."

정우가 옆에서 투덜거리거나 말거나, 신휘의 신경은 온통 하윤에게 쏠려 있었다. 그런데 갑자기 그녀가 몸을 돌리더니 어딘가로 걸음을 옮겼다. 하윤이 사라지고 곧이어 찬주가 그 뒤를 따라 시야에서 벗어났다.

"저 자식, 하윤이 따라가는 거 같은데?"

정우가 신휘를 향해 고개를 돌렸을 때 이미 그는 그 자리에 없었다.

화장실로 향한 하윤은 흐트러진 머리를 대강 정리하고, 언제 다 먹었는지 알 수 없는 립글로스도 입술에 촉촉하게 발라준 다음 화장실을 나왔다. 그런데 화장실 앞에 찬주가 떡하니 서 있었다.

"여기서 뭐 하세요?"

하윤이 당혹스러운 얼굴로 물었다.

"하윤 씨 기다렸어요."

그녀는 대체 왜 나를 화장실 앞에서 기다리고 있는 거냐는 말이 목구멍까지 치밀어 올랐다. 하지만 어른들도 있는 자리에서 분위기가 어색해지면 서로 불편하리라는 걸 알기에, 하고 싶은 말을 꾹 눌러 참고 최대한 담담하게 말했다.

"들어가요."

굳은 표정으로 몸을 돌리다가 갑자기 멈칫한 하윤이 어딘가를 물끄러미 응시했다.

'오빠……'

복도 끝에 서 있는 신휘가 그녀의 동공을 가득 채웠다. 두 사람의 시선이 허공에서 부드럽게 얽혔다. 그 시선을 따라 애타는 마음이 오고 갔다. 하윤은 그에게 한걸음에 달려가 안기고 싶었다. 하지만 눈을 맞추고 마음을 나누면서도 한 발자국도 움직일 수 없는 현실이 안타까웠다. 그녀가 지금 할 수 있는 건, 아니 해야만 하는 건 제멋대로 달려 나갈지도 모를 다리에 힘을 주고 두근대는 마음을 진정시키는 것뿐이었다.

"왜 그래요?"

찬주가 멍하게 서 있는 하윤을 의아하게 바라보며 뒤로 돌아섰다.

'문신휘.'

신휘를 발견하고 짜증스러운 표정을 지은 것도 잠시, 찬주의 입꼬리가 슬쩍 말려 올라갔다. 얼굴에는 야릇한 미소가 드리워졌다.

'잘 봐. 지금 네 여자가 누구랑 함께 있는지.'

그에게 신휘의 등장은 하윤과는 다른 의미로 가슴이 두근대는 일이었다.

하윤과 찬주가 저마다의 생각에 빠져 있을 때, 미동 없이 서 있던 신휘가 움직였다. 하윤은 자신을 향해 똑바로 걸어오는 신휘를 보면서 벅찬 마음을 주체할 수가 없었다. 성큼성큼 다가오는 그의 모습을 눈에, 머리에, 가슴에 새겨 넣었다. 언제까지 떨어져 있어야 할지 모르지만, 그때까지 오늘 그의 모습을 수시로 꺼내어 볼 작정이었다. 그와의 거리가 점점 좁혀질수록 하윤의 심장은 점점 더 빨리 뛰기 시작했다.

'살이 빠졌네……'

신휘는 조금 야위어 보였다. 표정은 딱딱했지만, 그의 눈빛에는 미처 숨기지 못한 애틋한 감정이 고스란히 드러나 있었다. 하윤이 먹먹한 얼굴로 그를 바라보고 있는 사이, 신휘는 어느새 지척까지 다가와 있었다. 조금이라도 가까이에서 볼 수 있기를 바라는 제 마음과 그의 마음이 별반 다르지 않음을 알기에, 그녀는 신휘가 그저 스쳐 지나가는 것만으로도 좋았다.

그런데 그 순간이었다. 하윤을 지나쳐 가던 신휘가 갑자기 팔을 내뻗더니 그녀의 귀부터 뺨까지 무심하게 쓸어내렸다. 예상치 못한 그의 행동에 놀란 하윤은 눈만 둥그렇게 뜬 채로 그대로 굳어버렸다. 하지만 신휘는 아무 일도 없었다는 듯 걸음을 멈추지 않았다.

하윤이 뒤늦게 정신을 차리고 뒤를 돌아보았을 때, 이미 그의 모습은 보이지 않았다. 그녀는 신휘가 사라진 곳을 멍하니 바라보며 그의 손이 닿았던 제 얼굴에 손바닥을 가져다 대었다. 그의 온기가 남아 있는 것만 같았다.

"오빠……"

찬주의 얼굴이 불쾌감으로 일그러졌다. 하지만 그의 존재 자체를 잊고 있던 하윤에게 찬주의 표정이 눈에 들어올 리 없었다.

신휘는 화장실로 들어가는 하윤과 그 앞에서 기다리는 찬주의 모습을 멀찌감치 떨어진 곳에서 지켜보았다. 낮게 가라앉은 눈빛과 굳게 다문 입매가 그의 심경을 대변해 주고 있었다.

'대체 무슨 생각이냐, 박찬주.'

하윤이 따라오라고 했을 리는 없을 텐데, 신휘는 왜 그가 마치 그녀의 연인이라도 된 것처럼 화장실 앞을 지키고 서 있는 건지 이해할 수가 없었다.

잠시 후 화장실에서 나온 하윤이 당황한 기색으로 찬주에게 무슨 말인가를 건넸고, 두 사람은 행사장 방향으로 몸을 틀었다. 그리고 신휘와 하윤의 시선이 마주쳤다. 작정하고 따라온 것은 아니었으나, 신휘는 두 사람이 자신의 존재를 알아차린 마당에 피할 생각은 없었다. 그리고 찬주에게 경고하고 싶었다. 무슨 생각인지는 모르겠지만 내 여자 곁에서 떨어지라고.

신휘는 저벅저벅 앞을 보고 걷기 시작했다. 하윤에게 한 발 한 발 다가갈수록 그녀 이외에 다른 존재는 보이지 않았다. 지금 이 순간, 지금 이 공간에 오롯이 느껴지는 건 오직 그녀 한 사람뿐이었다. 신휘는 지금이라도 당장 하윤의 손을 잡고 이곳을 떠나고 싶었다. 보고 싶었다고, 너를 안고 싶어 미칠 것 같았노라고 말하고 싶었다. 하지만 그럴 수 없었다. 제 마음만 내세워 그녀의 선택을 무의미하게 만들고 싶지 않았기에, 하윤과 할아버지와의 관계에 다시 한 번 재를 뿌리면 안 된다고 스스로를 설득했다.

그렇지만 놀란 듯 눈을 동그랗게 뜨고 있으면서도 제게서 시선을 떼지 않고 있는 하윤을 보니 더는 참을 수가 없었다. 저도 모르게 올라간 손이 그녀의 아기같이 하얀 뺨을 쓸어내렸다. 익숙한 감촉이 손바닥 가득 전해졌다. 여전히 숨 막히도록 부드러웠고, 가슴이 저릿할 만큼 따뜻했다.

그는 이를 악물고 하윤을 그대로 지나쳤다. 등 뒤로 그녀의 움직임이 느껴졌지만 돌아보지 않았다. 하윤을 향한 신휘의 마지막 배려였다.

다시 행사장으로 돌아온 신휘는 정우를 찾기 위해 주변을 쭉 둘러보았다.

"방금 뭐냐?"

뒤쪽에서 들려온 목소리에 몸을 돌린 그의 눈에 인상을 찌푸리고 있는 정우의 얼굴이 들어왔다. 잡아떼 봐야 소용없다는 것을 직감한 신휘는 어깨를 으쓱 올렸다 내리며 천연덕스럽게 반문했다.

"다 본 것 같은데 뭘 물어?"

"아는 척 안 하기로 했다면서? 방금 그건 뭔데?"

얼마 전 술자리에서 신휘로부터 자초지종을 전해 들은 정우도 두 사람이 처한 상황을 대강은 알고 있었다.

"안 했잖아."

"그게 안 한 거라고?"

정우는 신휘의 분위기가 심상치 않아 보여 걱정스러운 마음에 뒤를 따라갔고 모든 것을 지켜보았다. 그러니 그의 대답이 기가 막힐 수밖에 없었다.

"그 순간 갑자기 팔이 올리고 싶었는데 마침 그 위치에 하윤이 얼굴이 있었던 것뿐이야."

신휘는 오늘 하루, 양심의 가책은 묻어두기로 했다.

"아, 그러셨어요?"

그는 빈정거리는 정우의 시선을 피하며 말을 돌렸다.

"나 그만 가려고."

"행사 이제 시작인데 벌써 가게?"

"아무래도 내가 계속 남아 있으면 하윤이가 불편해할 것 같아서."

정우가 고개를 끄덕였다.

"그렇긴 하겠네. 잘 가라."

신휘는 심드렁하게 손짓을 하는 그에게 장난기를 싹 거두고 말했다.

"부탁할 게 있어."

"부탁? 나한테?"

"어, 네가 해줘야 할 게 있어."

신휘의 표정이 사뭇 진지했기에 정우도 더는 농담조로 대응할 수 없었다.

"뭔데?"

은밀한 이야기라는 듯, 신휘가 정우에게 가까이 다가섰다.

"하윤이한테……."

그의 말이 이어질수록 정우의 낯빛은 점점 어두워졌다.

찬주는 주최 측 직원의 전언을 듣고 행사장을 나와 복도 끝에 있는 비상구로 향했다. 철문을 열자마자 벽에 비스듬히 기대어 서 있는 신휘의 모습이 한눈에 들어왔다.

'너일 줄 알았지.'

찬주의 얼굴에 희미한 미소가 떠올랐다가 사라졌다. 그는 이미 누군가 기다린다는 말을 전해 들었을 때부터 신휘임을 짐작하고 있었다. 신휘가 언제 하윤의 곁에 있는 제 존재를 알아차릴지, 어떤 식으로 얼굴을 마주하게 될지 두근거리며 기다렸는데 그 순간이 바로 지금이라고 생각하니 짜릿한 전율마저 일었다. 그러나 찬주는 흥분을 들키고 싶지 않아 짐짓 무미건조한 목소리로 말문을 열었다.

"문신휘, 네가 불렀냐?"

신휘는 대답 대신 벽에서 등을 떼고 찬주의 앞으로 한 걸음 다가와 마주 섰다. 찬주가 빙글빙글 웃으며 다시 입을 뗐다.

"이게 얼마 만이냐? 십 년 만인가?"

"네가 지금 하윤이 옆에서 얼쩡거리는 이유가 내가 생각하는 게 아니길 바란다."

"네가 생각하는 게 뭔지 모르겠지만, 상당히 불쾌한데? 난 얼쩡거리는 게 아니라 순수하게 하윤 씨랑 친하게 지내는 거야."

"반드시 그래야만 할 거야. 그렇지 않으면 이번엔 몇 군데 부러지는 걸로 안 끝날 테니까."

신휘는 빈정거리는 찬주를 향해 나직이 경고했다.

"대체 언제 적 얘기를 끄집어내는 거냐? 십 년이다, 십 년. 너 과대망상증 있냐?"

신휘의 동공이 미세하게 흔들렸다.

'내가 과민하게 반응하는 건가?'

차라리 그편이 나을 것 같기도 했다. 그는 제 생각이 부디 기우이길 바랐다.

"지 회장님께서 날 좋게 보시는 것까지 말릴 수는 없잖아? 회장님께서 하윤 씨랑 친하게 지냈으면 하시는데 낸들 어쩌겠냐."

신휘는 깐족거리는 찬주에게 아무 말도 할 수가 없었다. 노골적인 반대에 부딪힌 자신과는 달리, 찬주는 지 회장의 마음에 들었다는 사실이 씁쓸했다.

"난 그만 들어가 봐야겠다. 언제 기회 되면 술 한잔하자."

찬주는 그 말을 남기고 유유히 비상구를 빠져나갔다.

"후우……."

신휘의 입술 사이로 짙은 한숨이 새어 나왔다. 이 불안함의 실체는 어쩌면 질투일지도 모른다. 하윤의 곁에 자신이 아닌 다른 남자가 있다는 사실에 과하게 반응하고 있는 것일 수도 있었다. 십 년이나 지난 일에 연연하는 건 찬주가 아니라 자신이 아닌가 싶기도 했다. 하지만 질투든 과대망상이든, 아니면 둘 다이든 간에 꺼림칙한 마음을 쉽게 털어낼 수 없다는 것만은 분명했다.

비상구를 나와 다시 행사장으로 돌아가는 찬주의 입가가 씰룩씰룩 움직였다.

"풉……."

결국, 그의 입술 사이로 참지 못한 웃음이 터져 나왔다.

"크크크……."

한번 터진 웃음은 쉽게 잦아들지 않았다. 신휘의 눈빛에 생생하게 묻어나던 하윤에 대한 걱정을 떠올리니 자꾸만 웃음이 나왔다.

찬주가 신휘에게 본격적으로 앙심을 품기 시작한 건, 첫사랑이 신휘를 좋아한다는 사실을 알게 된 이후부터였다.

"헤어지자. 네가 하도 따라다녀서 받아주긴 했는데 더 이상은 안 되겠어. 정말 좋아하는 사람이 생겼어. 너무너무 좋아. 대신 죽어도 좋을 만큼 좋아."

"……그게 누군데?"

"신휘."

물론 그전에도 신휘에게 좋은 감정을 가지고 있었던 건 아니었다. 눈에 띄는 외모는 물론이거니와 전교 1등을 놓치지 않는 성적에 탁월한 운동신경까지, 모든 것이 독보적인 그가 늘 눈에 거슬렸다. 잘난 형에 치이며 살던 찬주는 애꿎은 신휘에게 그 비뚤어진 열등감을 이입했고,

그 감정들이 첫사랑의 그녀가 신휘에게 차이고 외국으로 떠난 뒤 폭발해 버렸다.

우연히 신휘의 가족 관계를 알게 된 그는 가장 졸렬한 방법으로 신휘를 도발했다.

"문신휘, 좋겠다?"

"뭐가?"

"아주 어리고 예쁜 계집애 하나 끼고 산다며? 요새 애들이 발육이 빠르긴 빨라. 제법 여자 티도 난다던데? 혈기 왕성한 남자 셋이서……."

그게 그의 도발의 끝이었다. 아무리 주변을 맴돌면서 시비를 걸어도 꿈쩍도 하지 않던 신휘는 하윤이라는 존재를 건드리자 이성을 잃고 덤벼들었다. 그렇게까지 두드려 맞을 줄은 찬주도 미처 예상치 못한 것이었지만, 어쨌든 결론은 성공이었다. 오점 하나 없던 모범생에게 폭력과 자퇴라는 주홍글씨를 새겨준 건 큰 수확이었다.

그리고 잊고 지냈다. 입원을 할 정도로 얻어맞은 것에 대해 복수를 하고 싶었지만, 그 일로 아버지에게 찍혀서 귀양 가듯 미국으로 떠나야만 했으니 뭘 더 해보려고 해도 할 수 없었다.

몇 달 전, 십여 년 만에 한국에 돌아온 찬주는 연일 올라오는 신휘의 기사를 접하면서 옛 기억을 끄집어냈다. 당시에 아무렇게나 지껄였던 제 말이 생판 거짓말은 아니었다는 생각과 함께 그녀에 대한 호기심이 일었다. 하윤의 뒷조사를 통해 명신일보 외손녀라는 사실을 알게 되었고, 그녀가 본가로 들어가면서 두 사람이 만나지 않고 있다는 보고도 받았다. 가벼운 마음으로 하윤에게 접근한 찬주는 그녀가 제 정체에 대해 전혀 아는 바가 없다는 사실을 알게 되었다. 그래서 들킬 때까지만 놀아보기로 마음먹었다. 하윤이 신휘의 자퇴 이유를 정확히 모르고 있다는 건 상당히 의외였지만, 신휘가 왜 그녀에게 알리지 않았는지는 쉽게 짐작할 수 있었다. 찬주는 하윤의 곁에 자신이 있다는 사실을 신휘가 알게 되었을 때 과연 어떤 반응을 보일지가 궁금했다. 그리고 오늘, 드디어 목적을 이루었다.

"으하하하……."

찬주의 웃음소리가 더욱 커졌다. 지나가는 사람들이 흘끔거렸지만, 그는 십 년 묵은 체증이 내려간 듯한 통쾌함을 만끽하느라 남의 이목을 신경 쓸 겨를이 없었다.

행사장으로 돌아온 찬주는 두리번거리며 하윤을 찾았다. 오늘은 한시도 그녀의 곁에서 떨어지지 말아야겠다는 생각에서였다. 신휘가 돌아가던 길인 줄도 모르고, 하윤과 다정하게 있는 모습을 더 많이 보여줄 속셈이었던 것이다. 누군가와 이야기를 나누고 돌아서는 하윤을 발견한 찬주는 한달음에 그녀에게 다가갔다.

"하윤 씨, 여기 있었네요. 이제 곧 애장품 경매 시작한대요. 우리 저쪽에서 같이 봐요."

하윤은 오늘따라 더욱 유난스럽게 구는 그가 부담스럽고 불편했다.

"이제 좀 앉고 싶어요. 삼촌이랑 외숙모한테……."

그 순간이었다.

"하윤아."

등 뒤에서 누군가 그녀를 불렀다.

"정우 오빠……?"

그의 목소리를 알아들은 하윤이 활짝 웃으며 뒤돌아섰다. 한걸음에 다가온 정우가 장난스러운 눈빛으로 그녀를 위아래로 훑었다.

"이야! 때깔 좋아진 거 봐라. 하마터면 못 알아볼 뻔했는데?"

"내 때깔, 늘 이랬거든?"

정우의 농담에 하윤이 파르르 눈을 흘겼다.

"어라? 그냥 해본 말인데 뭐 찔리는 거 있어?"

키득거리고 있는 정우를 유심히 살피던 찬주가 갑자기 눈을 크게 뜨며 말문을 뗐다.

"손정우?"

찬주와 정우 그리고 신휘까지, 세 사람은 고등학교 2학년 때 같은 반이었다. 전교 1등을 놓친 적 없던 신휘에 비할 바는 아니었지만, 정우도 손가락 안에 꼽히는 수재였고, 나름대로 존재감이 있었기에 찬주도 그를 기억하고 있었다.

"나 박찬주."

분명 친하게 지낸 적이 없었는데도 불구하고 찬주는 십 년 만에 우연히 동창을 만났다는 사실에 괜히 들떴다.

"맞다, 그리고 보니까 둘이 아는 사이겠구나!"

뒤늦게 세 사람의 관계를 깨달은 하윤이 두 사람의 조우를 그들보다 더 기뻐했다. 그제야 정우의 시선이 느릿하게 찬주에게 향했다. 그러나 정우는 반가운 기색이 역력한 찬주를 무심한 눈으로 흘긋 보고 말없이 고개를 돌려 버렸다. 대놓고 무시당한 찬주의 얼굴이 무안함에 일그러졌고, 하윤의 얼굴에도 당황스러움이 들어찼다. 정우는 찬주를 없는 사람 취급하고서 하윤을 향해 나직이 말했다.

"하윤아."

"어, 어⋯⋯?"

정우가 왜 그러는지 알 길 없어 어찌할 바를 몰라 하던 하윤은 두 사람이 별로 친하지 않았다는 결론을 내릴 수밖에 없었다.

"신휘 갔어."

"아, 갔구나⋯⋯."

신휘가 왜 벌써 갔는지는 굳이 묻지 않아도 알 수 있었기에, 하윤은 늘 자신을 먼저 생각해 주는 그의 배려가 고마울 뿐이었다.

"가면서 너한테 전해달라는 말이 있어."

"전해달라는 말? 뭔데?"

"그게…… 그러니까……."

"왜…… 무슨 말인데……?"

하윤의 동공이 불안하게 흔들리자, 머뭇거리던 정우는 떨어지지 않으려 용쓰는 입을 억지로 열어 신휘의 말을 전했다.

"사랑한다."

하윤은 일순간 심장이 멎는 줄 알았다. 정우의 목소리로 들었지만, 신휘의 진심이 고스란히 전해졌기에 그가 눈앞에 있는 듯한 착각마저 일었다. 멍하니 서 있던 그녀는 정우의 투덜거림에 가까스로 정신을 다잡을 수 있었다.

"내가 왜 이런 낯 뜨거운 멘트까지 전해야 하는지 모르겠네. 근데 신휘가 내 눈을 똑바로 보면서 사랑한다고 말하는데 아주 잠깐 설렜다. 나 미친 거지? 미친 거야……. 아무래도 연애를 너무 오래 쉬었나 봐. 누구라도 만나야겠어. 자, 그럼 난 임무 완수했으니 간다."

정우는 하윤이 무슨 말을 하기도 전에 불만과 자책, 더불어 결심의 말까지 쉴 새 없이 쏟아내고서 바람처럼 사라졌다. 그녀는 찬주가 옆에서 있는 것도 잊은 채 정우에게 전해 들은 신휘의 말을 속으로 되뇌었다.

'사랑한다…….'

사실 신휘가 정우에게 부탁한 목적은 찬주를 도발하기 위함이 아니었다. 정우 또한 일부러 하윤이 찬주와 함께 있을 때 전하려던 것은 아니었다. 하지만 공교롭게도 타이밍이 맞아떨어졌고, 결과적으로 찬주는 분노했다.

'지금 나 보라고 이 짓거리를 한 거냐, 문신휘?'

그의 두 눈에 섬뜩한 분노가 배어나고 있었다.

하윤은 찬주에게 무슨 말을 하고 자리까지 왔는지 기억이 나지 않을 만큼, 신휘에 대한 생각에 푹 빠져 있었다. 전 여사는 초점 없는 눈으로 걸어와 제 옆에 앉는 하윤에게 걱정스러운 표정으로 물었다.

"술 많이 마셨니?"

"……네? 아, 아니요. 샴페인 한 잔이요."

"그럼 술이 약한가? 얼굴이 빨간데?"

하윤의 평소 주량은 웬만한 남자 기죽일 정도였고, 얼굴이 빨간 이유는 난데없는 사랑 고백을 받았기 때문이었다. 하지만 둘 다 외숙모 앞에서 할 말은 아닌 것 같아, 수줍은 미소로 답을 대신했다.

신휘는 찬주와의 불쾌한 만남을 뒤로하고 행사장을 빠져나왔다.

"왜 벌써 가세요?"

"피곤해서."

성국의 질문에 짧게 대답하고 밴에 탄 그는 곧바로 정우에게 전화를 걸었다.

[왜?]

정우의 목소리가 꽤나 불통했지만, 신휘는 아랑곳하지 않았다.

"네가 한 가지 더 해줘야 할 게 있어."

[또 뭔데!]

미처 마음의 준비를 하지 못하고 있던 신휘는 혼신의 힘을 다한 정우의 외침에 하마터면 휴대폰을 떨어뜨릴 뻔했다. 휴대폰을 잠시 귀에서 뗐다가 다시 대자, 정우가 속사포처럼 떠들고 있는 게 들렸다.

[팔자에도 없는 아바타가 돼서 남의 여자한테 사랑한다는 말까지 했는데 내가 뭘 또 해줘야 하는 건데? 이상한 거 시킬 거면 아예 말도 꺼

내지 마. 이제 안 해! 두 번은 못 해!]

"이상한 거 아니야."

신휘는 정우가 잠잠해졌다는 것을 확인하고 말을 이었다.

"생각을 좀 해봤는데, 하윤이한테 박찬주······."

[알았어.]

말허리를 자르고 끼어든 정우의 목소리는 잔뜩 흥분했던 방금 전과는 달리 어느새 차분해져 있었다.

[조심하라고 얘기할게. 근데 지금 하윤이 외삼촌이랑 같이 있어. 기회 봐서 할 수 있으면 하고, 못 하게 되면 나중에 전화로 해야 할 것 같다.]

"그래, 부탁한다."

언젠가 하윤이 생각했던 것처럼 신휘도 이것저것 설명하지 않아도 되는 그가 편했다. 하윤에게 들이대지만 않으면 원래부터 괜찮은 녀석이었고, 이제 들이대지도 않으니 더는 날을 세울 필요도 없었다. 정우와 이런 사이가 될 줄은 상상해 본 적도 없었지만, 어찌 됐든 신휘는 자신과 하윤에게 아군임이 틀림없는 그의 존재가 든든했다. 상념에 빠져 있던 그의 귓전으로 정우의 퉁명스러운 목소리가 흘러들었다.

[이 고지식한 것들. 설마 하윤이 할아버지가 사람을 붙여서 감시를 하시겠냐, 통화 기록 조회를 하시겠냐? 요령껏 한 번씩 만나면 되지. 정 찔리면 통화라도 가끔 하든가. 내가 오작교냐? 메신저야?]

신휘는 조용히 듣고 있다가 담담하게 받아쳤다.

"사람을 붙이실 수도 있고, 통화 기록 조회를 하실 수도 있지."

[아무렴 그렇게까지······ 하실 수도 있겠다······.]

정우는 빠르게 수긍했다. 하윤의 할아버지가 보통의 노인이 아니라는 사실에 뒤늦게 생각이 미쳤기 때문이었다.

"그런 거 다 떠나서 약속은 지키라고 있는 거야."

신휘의 말은 정우에게 한 말임과 동시에, 한 번씩 흔들리는 제 마음에 대고 한 말이었다.

[옳은 말씀 잘 들었고요. 그럼 아까 내가 본 건 꿈이었다고 생각하면 되는 거지?]

"……."

신휘는 그의 비웃음에 아무 말도 하지 못하고 입을 다물 수밖에 없었다.

[근데 대체 박찬주는 무슨 생각일까? 네 말 전하러 하윤이한테 갔는데 그놈이랑 같이 있더라고. 여태 가만히 있다가 갑자기 십 년 전에 처맞은 복수를 하겠다는 것도 아닐 테고.]

"회장님께서 둘 사이를 밀고 계시는 것 같다. 물론 본인 말이긴 하지만."

[박찬주가 어떤 놈인지 알고도?]

"알고 계시는지 모르고 계시는지 나야 모르지."

'모르고 계셨으면 좋겠다. 알고도 그런 쓰레기를 하윤이 옆에 두신다면 실망스러울 것 같으니까.'

신휘는 정우에게도 차마 하지 못한 말을 속으로 삼켰다.

자선 만찬을 마치고 집으로 돌아가는 차 안에서 박 회장이 조수석에 앉은 찬주에게 물었다.

"지 회장 외손녀와는 친한 사이냐?"

찬주는 자신이 무슨 대답을 해야 하는지 정확히 알고 있었다.

"네, 친해요."

친하지 않아도 무조건 친하다고 대답해야만 했다. 지금은 주식 증여에 대해 고민하고 있는 아버지에게 무조건 잘 보여야 할 시기였고, 그는 아버지가 호감을 가지고 있는 대상이라면 그게 무엇이라도 물어갈 준비가 되어 있었다.

"걔가 걔 맞지? 문신휘랑 같이 산다고 기사에 났던……."

찬주의 어머니인 김 여사가 새치름한 어조로 끼어들었다.

"헤어졌어요."

뒷자리에 앉은 두 사람은 찬주의 표정을 볼 수 없었지만, 그의 얼굴에는 짜증이 가득했다. 하지만 목소리는 다른 사람의 것을 빌린 것처럼 태연하기 이를 데 없었다.

"기사 내용, 다 믿으시면 안 돼요. 어려서부터 같이 자라서 가족 같은 감정을 잠깐 착각했던 것뿐이지 심각한 사이도 아니었고요, 지 회장님이 반대하시고 성북동으로 들어가면서 자연스럽게 헤어졌어요."

찬주의 입에서 거짓말이 술술 흘러나왔다. 그는 지금 더한 거짓말도 아무 거리낌 없이 할 수 있을 만큼 간절한 상태였다.

아버지의 신임을 한 몸에 받고 있는 형과는 달리, 찬주는 내놓은 자식이나 진배없었다. 사고 몇 번 쳤다고 무려 십 년 가까운 세월을 미국에 처박아둔 아버지에 대한 원망이 쌓일 대로 쌓여 있는 그였지만 겉으로는 전혀 내색하지 않았다. 오히려 사정에 사정을 거듭한 끝에 간신히 한국으로 돌아와 회사에 입성할 수 있었다. 하지만 아버지는 허울뿐인 이사 자리만 적선하듯 던져 주었을 뿐 특별한 일을 맡기지도 않았고, 주식도 전혀 주지 않았다. 반면에 형은 꾸준한 장내 매수와 증여로 이미 10% 가까운 주식을 보유하고 있었다. 이대로 나가다가는 후계 구도는커녕 빈손으로 쫓겨날 수도 있겠다는 불안감이 엄습한 그는 아버지에게 회사 내에서 자신이 어느 정도 입지를 가지고 있어야 형이 어려움에 처했을 때 도움을 줄 수 있으며, 임원 자리를 꿰차고 앉아 있어도 주식이 하나도 없으면 아무도 인정해 주지 않는다고 읍소했다. 그리고 드디어 성공을 목전에 두고 있는 차였다. 물론 단 몇 프로라도 주식을 보유하고 있으면 언젠가 캐스팅보트로라도 제 몸값을 높일 수 있지 않을까 하는 계산이었을 뿐, 형에게 도움을 주고 싶은 마음은 티끌만큼도 없었다.

"근데 네가 그 아이에 대해서 어떻게 그렇게 잘 아냐? 그 정도로 친한 거냐?"

찬주는 쐐기를 박을 순간이 왔음을 직감했다.

"하윤 씨 저랑 좋은 감정으로 만나고 있어요."

"그게 정말이냐?"

"네, 아버지."

"어허허!"

박 회장의 호탕한 웃음소리에 찬주의 입가에도 성공의 미소가 번졌다. 막판까지 망설이고 있는 아버지에게 두둑하게 주식 증여를 받고 나면 그때 헤어졌다고 둘러댈 생각이었다. 지금은 다른 무엇보다도 아버지의 환심을 사는 게 가장 중요했다.

"지 회장님께서도 저를 마음에 들어 하시는 것 같아요."

그런데 이번에도 또 김 여사가 끼어들었다.

"그래도 어려서부터 같이 살았다는 게 난 좀 찜찜하다. 네가 예전에 했던 말도 있고……."

찬주는 십 년 전 신휘에게 맞아서 병원에 입원했을 때, 조금이라도 아버지의 눈 밖에 덜 나기 위해 끝까지 결백을 호소했다. 자신이 없는 말을 악의적으로 지어낸 것이 아니라, 정말 그런 소문이 있어서 그런 줄 알았다고 둘러댔던 것이다. 생판 거짓말은 아니었다. 정말 그런 소문이 있긴 있었다. 자신이 소문의 근원지라는 건 당연히 비밀이었다.

"아니에요! 그거 제가 오해한 거였어요. 믿으셔도 돼요."

찬주가 펄쩍 뛰며 해명하자, 박 회장이 못마땅하다는 듯 김 여사를 나무랐다.

"아니라잖아. 아무리 생각이 없는 놈이어도 그게 정말이었으면 걔를 만나고 있겠어?"

아버지에게 자신의 이미지가 어떤지 다시 한 번 확인한 찬주의 눈가에 미세한 경련이 일었다 사라졌다.

"그 정도 조건, 죽었다 깨어나도 못 찾아. 애 자체도 괜찮아 보이고, 명예에, 재력에, 무엇보다 본인들이 좋다잖아. 뭐 하나 빠지는 게 없는데 뭐가 찜찜하다고 그러는지, 원. 요즘 애들 중에 연애 한 번 안 해본 애가 있기나 하고?"

"그냥 연애가 아니라 동거⋯⋯."

"막말로 동거면 또 어때? 저놈도 미국에서 할 짓 못 할 짓 다 한 거 몰라서 하는 말이야?"

명신가와 사돈을 맺고 싶은 욕심에 사로잡힌 박 회장은 제 아들의 허물을 입에 올리는 데에 거침이 없었다.

"첫째 반만 되는 며느릿감을 데려와도 쌍수를 들고 환영할 판에 첫째와는 비교가 안 되잖아, 여러모로."

찬주는 박 회장의 말이 그렇게 흐뭇할 수가 없었다. 태어나서 처음으로 형을 이긴 듯한 기분이 들었다. 나중에 헤어졌다는 말을 하게 되더라도 아버지의 마음에 쏙 드는 여자와 만났었다는 건 제 이미지에 결코 마이너스는 아닐 터였다.

"당신이 자리 한번 마련해 봐, 되도록 빨리. 어른들이 나서줘야 진도가 팍팍 나가지."

찬주의 등줄기로 식은땀이 흘러내렸다. 아버지의 다혈질적인 성격을 모르는 바는 아니었지만 이렇게까지 서두르는 건 그의 예상에 없던 일이었다.

"알았어요."

어느새 박 회장에게 설득당한 김 여사도 싱긋 웃고 있었다.

집에 돌아온 하윤은 씻고 침대에 누웠다. 생생했던 신휘의 손길과, 비록 정우의 입을 통해 들은 말이긴 했지만 사랑한다는 그의 고백을 떠올리니 또다시 가슴이 뛰었다. 목덜미가 간질간질하고 자꾸만 실없이 웃음이 났다.

"으흐흐……."

정신 나간 여자처럼 웃고 있던 그녀는 걸려온 전화 때문에 현실 세계로 소환되었다.

"이 시간에 누구야."

행복한 시간을 방해받아 심기가 불편해진 하윤이 투덜대면서 일어나 탁자 위에 놓인 휴대폰을 집어 들었다. 다은의 전화였다.

"너 자꾸 나 바쁠 때 전화할래?"

하윤이 다짜고짜 공격을 개시했다.

[뭐 하고 있었는데?]

"그, 그런 게 있어……."

누워 있었다고 하자니 바쁘다는 말과 전혀 어울리지 않았고, 신휘의 생각을 하고 있었다고 하자니 왠지 민망했다. 그래서 대충 얼버무리고 화제를 돌렸다.

"왜 전화했는데?"

두 사람은 다은이 영화 촬영을 시작하게 되면서 얼굴 보기는 힘들어졌지만, 전화 통화는 자주 하는 편이었다.

[따끈따끈한 소식이 있어서.]

"뭔데?"

[신휘 오빠 발리에서 하루 일찍 귀국했대.]

"알아."

[에이, 벌써 들었어?]

김이 팍 새버린 다은에게 하윤이 시큰둥하게 덧붙였다.

"오늘 만났어."

[만났다고?]

깜짝 놀란 다은의 목소리가 갑자기 커졌다.

"만났다기보다는 봤어, 자선 만찬장에서."

[진짜? 너도 거기 초대받았어?]

"내가 뭘로 초대를 받겠냐? 외삼촌이랑 외숙모가 초대받으신 데 꼽사리 끼어 간 거지. 너는 왜 안 왔는데?"

[불러줘야 가지. 거기 각 분야 톱들만 추리고 추려서 초대하는 행사거든?]

"아, 그래?"

[내가 내년에는 꼭 간다. 두 번 간다.]

"두 번 가든 세 번 가든 알아서 하고 그만 자자."

하윤은 조금만 더 통화하자고 징징거리는 다은을 단호하게 잘라내고 전화를 끊었다. 또 누가 방해할까 싶어 아예 휴대폰을 꺼버린 그녀는 다은으로 인해 방해받았던 달콤한 회상을 다시 시작하며 눈을 감았다.

신휘의 부탁을 받은 정우와 박 회장의 거침없는 추진에 사색이 된 찬주가 하윤에게 전화를 걸었을 때, 이미 그녀의 휴대폰은 꺼져 있었다.

다음 날 아침, 하윤은 2층에서 내려와 곧장 부엌으로 향했다. 전 여사는 아침 식사 준비를 위해 부엌에 있을 시간이었다. 집안일을 전담하는 가사도우미가 두 명이나 있었지만, 간을 맞추고 최종 세팅을 하는 건 언제나 그녀의 몫이었다.

"외숙모, 안녕히 주무셨어요?"

등을 보이고 서 있던 전 여사가 하윤의 인사에 몸을 돌렸다.

"일어났니?"

"네, 할아버지께 인사드리고 나올게요."

"잠깐만. 외숙모랑 먼저 얘기 좀 하자."

두 사람은 식탁을 사이에 두고 마주 보고 앉았다.

"오늘 저녁에 특별한 일 없지?"

무슨 말이 나올지 직감한 하윤이 전 여사의 눈치를 살피며 조심스레 물었다.

"없긴 한데…… 왜요……?"

"저녁 약속이 생겼어."

하윤의 눈꼬리가 축 처졌다.

"또 무슨 행사 있어요?"

어제만 해도 자선 만찬에 다녀왔건만 또 어딜 따라가서 참하게 웃어야 한다는 건지, 이제 웬만큼 명신가 사람으로서 눈도장을 찍은 것 같은데 대체 언제까지 적성에 안 맞는 사교계를 드나들어야 하는 건지 한숨이 절로 나왔다.

"무슨 행사예요?"

"공식적인 행사는 아니고, 세화건설 박 회장님이 너랑 밥 한번 먹었으면 한다고 아버님께 직접 전화 넣으셨대. 조금 전에 말씀하시더라."

하윤은 전 여사의 입에서 나온 말을 처음부터 하나씩 되짚어보았다. 세화건설 박 회장님이면 박 이사님의 아버지, 밥 한번 먹자는 건 행사가 아니라 개인적인 식사 자리, 할아버지를 통한 제안……. 대충 윤곽이 잡혔지만, 그래도 혹시 몰라 마지막으로 한 가지 더 확인해 보기로 했다.

"저만…… 은 아니죠?"

"너만 가는 거야."

"할아버지, 외삼촌, 외숙모 아무도 없이 저 혼자요?"

전 여사가 고개를 끄덕이자, 하윤이 눈을 번쩍 떴다.

"왜요?"

어떻게 돌아가는 상황인지 몰라서 물은 건 아니었다. 하지만 그녀는 제 심정을 표현할 방법이 그 말밖에 없었다.

"그쪽에서 널 마음에 들어 하는 눈치야. 아버님께서도 보내겠다고 하신 모양이고."

"할아버지 진짜 너무하시는 거 아니에요?"

분통을 터뜨린 것도 잠시, 하윤은 제 목소리가 서재까지 들리지는 않았을까 싶어 황급히 목소리를 낮췄다.

"이렇게 밀어붙이신다고 제가 오빠랑 헤어지고 박 이사님이랑 잘해볼까 봐서요? 왜요? 아예 정략결혼이라도 시키시……."

마음속에 있던 말을 쏟아내던 그녀는 문득 할아버지라면 그럴 수도 있겠다 싶어 슬그머니 뒷말을 삼켰다.

"박 이사의 할아버지 되시는, 작고하신 회장님하고 아버님의 친분이 두텁기도 하셨고 박 이사가 싹싹하게 구니까 마음에 드시나 봐. 내가 봐도 박 이사가 나쁘진 않더라."

"잘 챙겨주시고 좋은 분인 건 맞지만, 할아버지가 자꾸 다른 쪽으로 끌어다 붙이려고 하시니까 부담스러워요."

울상을 짓는 하윤에게 전 여사가 위로하듯 인자한 미소를 지어 보였다.

"그냥 밥 한 끼 먹고 온다 생각하고 다녀와. 이미 보내겠다고 말씀하셨는데 네가 못 가겠다고 버티면 아버님 면이 안 서실 거야."

못 가겠다고 우긴다 한들 그러라고 내버려 둘 지 회장도 아니었지만, 아직 하윤에게는 못 가겠다고 우길 만한 깡도 없었다.

"네……."

얌전히 대답을 마친 하윤은 어깨를 축 늘어뜨린 채로 일어나 터벅터벅 부엌을 나섰다.

찬주는 초조한 얼굴로 박 회장이 자주 이용하는 고급 한정식집의 복도를 서성이고 있었다. 아버지의 입에서 나온 '되도록 빨리'가 오늘이 되다니, 그에게도 난감하기 그지없는 일이었다. 성질 급한 박 회장은 자선만찬이 끝나고 집에 도착하자마자 지 회장에게 전화를 걸었다. 김 여사를 통해 추진하려던 계획을 접고 본인이 나선 것이었다.

안절부절못하고 있던 찬주는 복도 끝에서 걸어오고 있는 하윤을 발견하고 한달음에 달려갔다.

"하윤 씨!"

안내를 하기 위해 따라붙었던 직원을 보내고 나니, 복도에는 찬주와 하윤, 둘만 남게 되었다.

"연락이 통 안 돼서 걱정했어요."

어제저녁, 찬주는 약속을 잡았다는 아버지의 통보에 부리나케 하윤에게 전화를 걸었다. 그런데 휴대폰이 꺼져 있었다. 미리 해두어야 할 말이 있는데 하루 종일 통화가 되지 않아, 그는 미치기 일보 직전이었다.

"아…… 어젯밤에 휴대폰을 꺼놓고 잤는데 켜야 하는 걸 깜박했네요."

하윤은 가방에서 휴대폰을 꺼내어 전원을 켜면서 대수롭지 않다는 듯 말을 받았다. 신휘와 연락할 일이 없어진 이후부터 자연스럽게 휴대폰을 홀대하게 된 그녀는 어디서 연락이 오지 않으면 몇 시간이고 들여다보지 않는 날도 비일비재했다. 오늘도 별생각 없이 침대 위에 있던 휴대폰을 그냥 가방에 넣고 나왔을 뿐이었다. 여태 꺼져 있었다는 것도 알지 못했다.

"근데 무슨 일 있으세요? 왜 나와 계세요?"

그의 초조함이 하윤에게까지 전해졌다.

"하윤 씨, 부탁이 있어요."

어차피 주식 증여와 관련한 것들은 수일 내에 처리될 거였기에, 찬주는 그동안 그녀와 사귀는 사이가 아니라는 사실을 들킬 가능성은 없다고 생각했다. 그가 과감하게 없는 이야기를 지어낼 수 있었던 이유였다. 그런데 일이 순식간에 진행되어 버리니 찬주 자신도 당혹스러웠다. 시작은 그가 했지만, 상황은 이미 그의 통제를 벗어나 있었다. 찬주에게는 지금 하윤에게 사정하는 것 외에 다른 방법이 없었다.

"부탁이요?"

"우리 부모님이 무슨 말씀을 하셔도 그냥 그러려니 하고 듣기만 해줘요."

하윤이 언짢다는 듯 인상을 찌푸렸다. 그녀는 지금 자신과 신휘의 관계를 뻔히 알면서 이런 자리까지 오게 한 찬주에게 살짝 짜증이 난 상태였다. 본인도 좋아서 나온 건 아니겠지만, 부모님에게 휘둘리고 있는 그가 한심하기도 했다. 본인도 할아버지에게 찍소리 못 하는 주제에, 찬주에게만 엄격한 잣대를 들이밀고 있는 하윤이었다.

"무슨 말씀을 하실 건데요?"

"그냥 뭐든지요. 듣고만 있어주면 돼요. 부탁해요."

뭔지는 몰라도 찬주가 너무나 절박해 보여 모른 척할 수가 없었다.

"······그럴게요."

하윤의 허락에 그의 얼굴이 눈에 띄게 환해졌다.

"고마워요, 하윤 씨. 들어가요."

찬주는 부모님이 기다리고 있는 룸의 문을 힘차게 열었다. 그의 뒤를 따라 안으로 들어간 하윤은 나란히 앉아 있는 박 회장 내외에게 공손하게 허리를 굽혔다.

"늦어서 죄송합니다."

"늦기는, 아직 약속 시각 10분이나 남았는데. 우리가 일찍 도착했어요."

하윤은 김 여사의 사근사근한 말투에 긴장이 조금 풀렸다. 제아무리

낯을 안 가리는 그녀라도 어제 처음으로 인사를 나눈 어른들과의 식사 자리가 불편한 건 당연했다.

"이리 와서 앉아요."

박 회장이 인자한 얼굴로 허허 웃었다. 두 사람이 자리에 앉자, 김 여사가 다짜고짜 물었다.

"올해 몇 살이죠?"

"스물두 살입니다."

"결혼하기 딱 예쁠 때네."

하윤은 흐뭇하게 받아치는 박 회장의 말에 당황했다. 무슨 대답을 해야 할지 몰라 어색하게 웃고 있는 그녀에게 김 여사가 의미심장한 미소를 지으며 말했다.

"웨딩드레스는 한 살이라도 어렸을 때 입어야 예뻐요."

하윤은 신휘에게 결혼하자는 말을 듣기 위해 고군분투할 적에 그에게 했던 말을 고대로 듣고 있으려니 기분이 묘했다. 그러다 갑자기 서글퍼졌다. 계획대로라면 한창 결혼 준비를 하고 있어야 하건만, 왜 자신이 낯선 이들에게 이런 얘기를 듣고 있어야 하는 건가 싶어 심란했다.

'곧 모든 게 제자리로 돌아갈 거야······.'

애써 마음을 추스르고 있는 하윤에게 김 여사가 단도직입적으로 제안했다.

"두 사람 마음만 확실하다면 빨리 진행하는 게 어때요?"

"······네?"

하윤은 김 여사의 입에서 나온 말을 알아들을 수가 없었다. 이 자리가 어떤 목적에서 만들어진 자리인지는 분명히 인지하고 있었지만, '마음만 확실하다면'이라는 말은 뭔가 싶었다.

"우리 찬주랑 하윤 씨, 아직 만난 지 얼마 안 됐다는 건 들었어요. 근데 결혼해서 연애 감정 느끼면서 사는 것도 나쁘지 않아요. 찬주 아빠랑 내가 그랬거든.”

드디어 사태 파악을 마친 하윤이 정지 화면처럼 그대로 굳었다. 대체 이게 무슨 귀신 씻나락 까먹는 소리란 말인가? 정신을 번쩍 차린 그녀는 고개를 돌려 찬주를 바라보았다. 그가 눈빛으로 말하고 있었다.

‘부탁해요.’

말도 안 되는 소리라고 일어나 나가 버릴까 생각도 했지만, 하윤은 찬주가 왜 이런 거짓말을 하고 있는 건지 알 수가 없어 성급하게 행동할 수가 없었다.

“죄송합니다. 잠깐 화장실 좀 다녀오겠습니다.”

하윤에게는 지금, 생각할 시간이 필요했다.

지친 표정으로 본부장실 문을 열고 안으로 들어선 정우는 답답하게 목을 조이는 타이를 느슨하게 풀며 의자에 털썩 주저앉았다. 출근해서부터 저녁 7시가 넘은 지금까지 연이은 임원 회의, 기획 회의, 긴급 팀 회의를 거치느라 하루가 어떻게 지나갔는지 모를 정도로 정신이 없었다.

그런데 그때, 목덜미를 주무르고 있던 그의 뇌리에 번쩍 떠오른 이름이 있었다.

“하윤이!”

까맣게 잊고 있던 신휘의 부탁이 이제야 생각이 났던 것이다. 어젯밤 찬주와 같은 이유로 하윤과 통화를 할 수 없었던 정우는 거의 24시간 만에 제 임무를 기억해 내고 그녀에게 전화를 걸었다.

하윤은 집에 돌아가면 기필코, 할아버지에게 다시는 이런 자리에 나오지 않겠노라고 선언하리라 다짐했다. 이런 식으로 끌려 다닐 수만은 없다는 걸 오늘에서야 확실히 깨달았다. 밑도 끝도 없이 결혼 이야기가 나오다니 황당하고 기가 막혔다. 하지만 지금은 그런 생각으로 허비할 시간이 없었다. 찬주와의 결혼을 기정사실로 하고 있는 박 회장 내외에게 솔직히 말을 하고 일어날 것인지, 아니면 찬주의 부탁대로 그냥 듣고만 있을 것인지 빨리 결정을 내려야만 했다.

룸을 나와 화장실을 향해 걸어가며 생각에 잠겨 있던 하윤은 재킷 주머니에 넣어두었던 휴대폰에서 진동을 느꼈다. 휴대폰을 꺼내어 보니 정우에게서 걸려온 전화였다.

"여보세요."

[뭐 해? 지금 통화 괜찮아?]

"밖에 나와 있어. 잠깐은 괜찮은데, 무슨 할 말 있어?"

[간단한 얘기야. 회사에 복잡한 일이 터져서 당분간 정신이 없을 것 같거든. 잊어버리기 전에 빨리 말하고 끊을게.]

"응, 해."

하윤은 지금 한가하게 통화나 하고 있을 시간이 없다는 것도 잊은 채 그의 말을 기다렸다.

[박찬주에 대해서 네가 알아야 할 게 있어.]

"박 이사님?"

그녀의 고개가 갸우뚱 기울어졌다.

[박 이사인지 뭔지는 내 알 바 아니고, 어제 너랑 같이 있었던 박찬주 말이야.]

정우가 노골적인 적의를 드러내자, 하윤은 뭔가 잘못되었다는 것을 본능적으로 직감했다.

"……뭔데?"

[신휘 자퇴한 진짜 이유, 들었다며?]

"응, 근데 갑자기 그건 왜……."

[그 주동자가 박찬주야.]

뒤통수를 얻어맞은 것처럼 일순간 머릿속이 새하얘진 하윤은 복도

한복판에 우뚝 멈춰 섰다. 도경과 찬주의 말이 머릿속을 파노라마처럼 빠르게 스치고 지나갔다.

"같은 반에 사이 안 좋은 놈들이 몇 있었대. 아니, 사이가 안 좋았다 기보다는 신휘한테 자격지심을 가진 찌질한 놈들이라고 해야겠다. 하루는 그놈들이 작정하고 시비를 걸었다나 봐. 여자애 하나 끼고 살면서 삼 형제가 어쩌고저쩌고, 입에 담기도 더러운 말들……. 그 세 놈, 반쯤 죽여놓고 경찰서에서 조사를 받았어."
"고등학교 때 누구한테 좀 맞았어요. 코뼈 내려앉고, 갈비뼈 네 대 나가고……."

하윤의 먹먹한 귓가에 정우의 목소리가 감겨들었다.
[네가 알고도 박찬주랑 같이 있을 리는 없고, 모르고 있었지?]
"몰랐어……."
하윤은 신휘의 이름을 태연하게 입에 올리던 찬주를 떠올리자 소름이 끼쳤다.
[처음엔 박찬주가 너랑 신휘 관계를 모르고 있는 건가 하는 생각도 했는데…….]
"아니, 알아. 그것도 아주 잘."
하윤이 정우의 말을 단호하게 잘랐다. 그동안 자신과 신휘 사이를 걱정해 주는 척했던 찬주가 가증스러워 손이 부들부들 떨렸다. 그와 함께했던 시간들, 나눴던 대화들, 모든 게 끔찍했다. 그가 곤란해질까 봐 고민할 필요도 없는 문제를 열심히 고민하고 있었던 자신이 한심해서 미칠 것 같았다.
[아무튼, 네가 박찬주랑 같이 있는 것 때문에 신휘가 걱정 많이 하더라.]

하윤은 떨리는 손을 말아 쥐고 애써 침착하게 말했다.

"걱정하지 말라고 전해줘."

[어?]

"신휘 오빠한테 걱정할 거 없다고 전해달라고. 앞으로 그 사람 얼굴 절대 볼 일 없을 테니까."

[그래.]

"그만 끊자. 나 지금 해야 할 일이 있어."

전화를 끊은 하윤은 왔던 길을 되돌아 룸으로 향했다. 굳은 표정으로 문을 열고 들어간 그녀에게 찬주가 의아한 얼굴로 물었다.

"혹시 화장실 어딘지 못 찾았어요?"

하윤은 찬주에게 시선도 돌리지 않고 곧바로 박 회장에게 다가갔다. 화장실에 다녀오겠다고 나간 지 얼마 되지도 않아 심각한 얼굴로 돌아온 그녀를 박 회장과 김 여사가 어리둥절한 눈으로 바라보았다.

"두 분께서 뭔가 오해를 하고 계신 것 같아서 실례를 무릅쓰고 말씀 드리겠습니다."

"하윤 씨."

찬주가 다급하게 불렀지만, 하윤은 돌아보지 않았다.

"……오해?"

박 회장이 되물었다.

"박 이사님께서 저와 사귀는 사이라고 말씀드린 모양인데, 사실이 아닙니다. 왜 그런 거짓말을 하셨는지는 모르겠지만, 박 이사님과 저, 아무 사이 아니에요. 전 결혼을 약속한 사람이 있습니다. 아까 말씀드렸어야 했는데 죄송합니다. 먼저 가보겠습니다."

하윤은 얼떨떨해하는 박 회장 내외에게 마지막까지 깍듯하게 인사를 하고 방을 나왔다. 그들을 대우해서가 아니라, 할아버지를 생각해서 최대한 예의를 갖춘 것이었다. 몇 걸음 걸었을까, 뒤따라 나온 찬주가 그녀의 팔을 움켜쥐고 거칠게 돌려세우며 소리쳤다.

"갑자기 왜 이래요?"

하윤이 잡힌 팔을 뿌리치며 매섭게 쏘아붙였다.

"방금 그쪽 정체를 알아버렸거든요."

그녀는 움찔하는 찬주를 경멸 어린 눈으로 바라보며 헛웃음을 지었다.

"아무것도 모르는 내가 신휘 오빠 얘기할 때 속으로 얼마나 비웃었을까?"

말없이 하윤을 빤히 쳐다보고 있던 찬주가 언제 당황했나 싶게 말끔한 얼굴로 천천히 말문을 뗐다.

"진짜 타이밍 거지 같네. 왜 하필이면 오늘이야……."

하윤은 제 눈과 귀를 의심했다. 그의 눈빛은 어둡게 가라앉아 있었고, 냉랭한 목소리는 처음 본 사람처럼 낯설었다.

"내가 부탁했잖아. 그냥 듣고만 있어달라는데 그것도 못 해줘? 꼭 이렇게 산통을 깨야겠어?"

이제 연기할 필요가 없어진 찬주는 제 본모습을 적나라하게 드러내고 있었다. 적반하장인 그의 태도에 치가 떨릴 만큼 분했지만, 하윤은 그에게 흥분하는 모습을 보이고 싶지 않았다. 그래서 정신을 가다듬고 비웃듯 입꼬리를 비틀어 올렸다.

"그동안 감추고 있느라 힘들었겠어요. 연기 정말 잘하시던데요?"

하윤이 조롱 섞인 말투로 빈정거리자, 갑자기 돌변한 찬주가 버럭 고함을 쳤다.

"내가 뭘 잘못했다고 이러는데? 왜 그런 눈으로 보는 건데? 죽도록 처맞은 건 나야. 내가 피해자라고!"

얼마 떨어지지 않은 곳에 부모님이 있다는 것도 잊은 채 언성을 높이고 있는 그를 감정 없는 눈으로 바라보던 하윤이 입을 열었다.

"피해자? 처맞을 만하니까 처맞은 거야."

높낮이가 없는 차분한 어조였지만 그를 향한 혐오의 감정이 적나라하게 담겨 있었다.

"……뭐라고?"

하윤은 살기가 일렁이는 찬주의 눈을 똑바로 보며 덧붙였다.

"내 눈앞에 다시는 나타나지 마. 소름 끼쳐."

하윤은 곧장 집으로 돌아와 서재 문을 두드렸다. 들어오라는 허락이 떨어지기 무섭게 성큼성큼 걸어 들어가 책상 앞에 선 그녀를 지 회장이 매섭게 올려다보았다.

"왜 벌써 들어온 게냐?"

하윤은 그의 질문에 답하지 않고, 오는 내내 가슴속을 꽉 메우고 있던 말을 쏟아냈다.

"다시는 이런 자리 만들지 마세요. 할아버지가 이러셔도 제 마음, 절대로 달라지지 않아요."

지 회장도 그녀가 한 말에 대한 대답 대신 반문했다.

"안 간 거냐, 갔다가 바로 온 거냐?"

박 회장과의 약속 시각은 7시였고 지금은 8시였으니, 그는 하윤이 안 나갔든지 나가서 인사만 하고 바로 돌아왔든지 둘 중 하나일 거라고 생각했다.

"갔다 왔어요."

"그렇다면 방금 네가 한 말은 적어도 가기 전에 했어야 할 말이다. 갔다가 바로 오는 예의 없는 짓을 하려고 마음을 먹었다면 애초에 나가지 않는 편이 나았다. 박 회장에게 가정교육이 엉망이라는 말을 들어도 할 말이 없……."

"가정교육이요?"

하윤은 지 회장의 냉담한 태도에 분하고 억울한 나머지 감히 그의 말을 잘랐다는 것도 인지하지 못하고 있었다.

"가정교육은 박 회장님께서 신경 쓰셔야 할 문제죠."

그녀의 주먹 쥔 손이 잘게 떨리고 있었다.

"그게 무슨 소리냐?"

하윤은 모든 사실을 털어놓을까 잠시 고민했다. 하지만 입에 올리기도 불쾌했을 뿐만 아니라, 앞으로 찬주와 만날 일도 없을 텐데 이제 와서 옛일을 들춰내고 싶지도 않았다. 그래서 터져 나오려는 말을 꾹 참고, 말을 돌렸다.

"앞으로는 제게 이런 거 강요하지 마세요. 나가보겠습니다."

꾸벅 고개를 숙인 그녀는 뒤돌아 서재를 나갔다. 하윤이 나간 서재 문을 바라보는 지 회장의 미간에 깊게 주름이 새겨졌다.

찬주가 홀로 앉아 술을 들이켜고 있는 곳은 아지트나 다름없는 '클럽 더블케이' 시크릿 룸이었다. 평소라면 당연히 여자가 옆에 있었겠지만, 오늘은 아무도 들이지 말라고 경고해 놓은 상태였다. 술은 마시고 또 마셔도 취하지 않았고, 분노는 삭이고 또 삭여도 끓어올랐다.

"문신휘…… 성하윤……."

이곳에 온 지 만 하루가 다 되도록 그는 줄곧 두 사람의 이름을 씹어 뱉듯 되뇌고 있었다. 부모님 면전에서 제 거짓말을 폭로한 하윤은 물론이거니와, 하필이면 그 순간에 그녀에게 모든 사실을 알린 신휘까지 갈아 마셔도 시원치 않을 만큼 이가 갈렸다. 하윤이 정우의 전화를 받았다는 사실을 알 리 없는 그는 당연히 신휘가 알린 것이라고 굳게 믿고 있었다.

"망신을 줘도 유분수지. 네가 그럴 줄 알았다, 쓸모없는 놈."

식당을 떠나며 한 아버지의 말이 귓가를 떠나지 않았다. 물론 주식 증여는 꿈도 꾸지 말라는 말도 똑똑히 들었다.

"넌 어떻게 그 나이가 돼서도 달라지는 게 없니? 한심하다."

혀를 차던 어머니의 표정도 아버지와 같았다. 가식이든 뭐든 간에 그동안 힘들게 쌓아온 신뢰가 한 방에 무너져 내린 것이다. 그리고 그는 지금 그 모든 책임을 신휘와 하윤, 두 사람에게로 돌리고 있었다.

간간이 욕설을 내뱉으며 이를 갈고 있던 찬주의 얼굴이 갑자기 확 구겨졌다.

"날 그따위 눈으로 쳐다봐?"

하윤의 경멸 어린 시선이 뇌리에 각인된 듯 지워지지 않았다. 곱씹으면 곱씹을수록 화가 치밀어 올라 도저히 참을 수가 없었던 그는 하윤의 번호를 찾아 전화를 걸었다.

"안 받아?"

그녀는 음성 사서함으로 연결될 때까지 전화를 받지 않았다. 다시 걸었지만, 이번에는 곧장 음성 사서함으로 연결되었다.

"빌어먹을!"

십 년 전, 자신이 도발할 때마다 상대할 가치도 없다는 듯 무심한 눈으로 고개를 돌리던 신휘를 떠올린 찬주는 화가 폭발 직전까지 차올랐다.

"무시하고 싶어도 무시할 수 없게 해주지."

그는 다른 번호로 전화를 걸었다. 그리고 통화가 연결되자마자 다짜고짜 말했다.

"내 앞에 데려다 놔야 할 사람이 있어."

그로부터 3시간 후, 룸 안으로 두 남자가 들어섰다. 둘 중 뚱뚱한 남자의 등에는 하윤이 업혀 있었고, 키가 작고 껄렁껄렁한 걸음새를 한 남자는 그녀의 핸드백을 장난스럽게 흔들고 있었다. 찬주가 자리에서 벌떡 일어나며 물었다.

"데려왔어?"

"그럼, 누구 명령인데."

찬주를 향해 능글맞게 웃어 보인 키 작은 남자가 뚱뚱한 남자를 돌아보며 지시했다.

"내려놓고 나가봐."

뚱뚱한 남자는 하윤을 긴 소파에 눕혀놓고 룸을 나갔다. 찬주는 죽은 듯이 누워 있는 그녀를 불안한 시선으로 내려다보며 키 작은 남자에게 물었다.

"죽은 건…… 아니지?"

"내가 죽기 직전까지는 몰라도 죽이지는 않잖아. 알면서 새삼."

남자의 이름은 김동범. 재벌가 자제들에게 돈을 받고 불법적인 일을 도맡아 처리해 주는 인물이었다. 돈만 준다면 납치, 감금, 협박, 폭행까지 안 하는 일이 없기로 정평이 나 있었다.

동범은 제 목 뒤쪽을 가리키며 말을 계속했다.

"여기가 연수라고, 뇌랑 척수를 연결하는 곳인데 여기를 맞으면 기절하거든. 물론 힘 조절을 잘못하면 병신 되거나 골로 가기도 하지만."

겁먹은 찬주를 보며 동범이 재미있다는 듯 낄낄거렸다.

"얼굴 펴. 내가 실수하는 거 봤어? 호흡, 맥박 다 정상이니까 좀 있으면 깨어날 거야."

그제야 찬주의 얼굴에 슬며시 미소가 떠올랐다.

"시끄럽지 않게 데려왔지?"

"거참, 내가 어련히 잘했을까 봐 자꾸 캐물어. 이미 집에 들어갔으면 어쩌나 걱정했는데 다행히 아니더라고. 집 근처 길목을 지키고 있다가 조용히 데려왔지."

싫은 티를 내면서도, 동범은 그의 질문에 성심성의껏 대답했다. 찬주로 인해 많은 고객을 확보하고 있는 처지라 그의 심기를 거스르지 않기 위함이었다.

"부자 동네라 그런가 한적하고 좋던데? 지나다니는 사람도 별로 없고."

동범은 찬주로부터 하윤의 사진과 집, 학교 등의 기본적인 사항들을 들었기에 손쉽게 일을 처리할 수 있었다.

"사람은 없어도 방범 카메라 같은 건 많을 텐데?"

찬주의 눈썹이 신경질적으로 휘었다.

"마주치고 차에 태우는 데까지 30초도 안 걸렸어. 설마 딱 그때 누가 모니터 앞에서 지켜보고 있었겠어?"

"그거야 모르는 거지. 일 처리 그렇게 대강대강 할래?"

"지금까지 아무 일도 안 일어난 걸 보면 아무도 못 본 거야. 그리고 방범 카메라에 찍혔다고 해도 그 순간에 본 거 아니고서야 누가 신고해야 녹화된 걸 뒤지든 말든 할 거 아냐? 너 애 죽일 거 아니잖아. 신고하기 전에 보내줄 거 아니야?"

동범의 말에 일리가 있다고 생각한 찬주의 얼굴에 다시 미소가 돌아왔다.

"당연히 금방 보내줘야지. 신고 못 하게 사진 몇 장만 찍고."

찬주는 하윤을 의미심장한 눈으로 바라보며 덧붙였다.

"감히 명신 외손녀를 죽일 수야 있나……."

찬주를 따라 실실거리고 웃던 동범이 멈칫 굳었다. 그는 찬주의 입에서 나온 '명신'이 제가 아는 그 '명신'이 아니길 빌며 조심스럽게 물었다.

"명신이면 설마…… 명신일보……?"

"맞아."

사는 동네를 보고 부잣집 딸일 거라는 생각은 했지만, 그 정도 집안의 자제일 거라고는 미처 생각지 못했던 동범의 안색이 흙빛이 되었다. 그의 불안을 알아차린 찬주가 은근한 어조로 말했다.

"수고했어. 이따 섭섭지 않게 챙겨줄게."

돈이란 건 불안한 마음도 잠재우는 신비한 효능이 있는 것이었다. 동범이 언제 불안에 떨었나 싶게 히죽거리며 룸을 나가고 나자, 찬주는 하윤을 내려다보며 골똘히 생각에 잠겼다. 욱하는 마음에 눈앞에 데려다 놓기는 했지만 뭘 어떻게 할 건지는 아직 계획이 서지 않았다. 하지만 가장 먼저 해야 할 일이 뭔지는 정확히 알고 있었다. 동범이 테이블 위에 놓고 나간 핸드백을 뒤져 하윤의 휴대폰을 꺼내 든 찬주는 주소록을 뒤지기 시작했다.

그 시각, 신휘는 프레스센터에서의 스케줄을 마치고 주차장으로 내려오는 길이었다.

"형, 전화 오는데요?"

성국이 맡아두고 있던 그의 휴대폰을 내밀었다.

"음……."

진동이 울리고 있는 휴대폰을 받아 든 신휘의 미간이 좁아졌다. 모르는 번호였기에 받을까 말까 고민하는 사이, 엘리베이터가 지하 주차장에 도착했다. 눈을 들어 올린 신휘는 엘리베이터를 기다리고 있던 사람 중에서 학영을 발견하고 얼른 내려 인사를 건넸다.

"안녕하셨습니까."

"어떻게 여기서 보네요."

"스케줄이 있어서 왔습니다."

여긴 어쩐 일이냐고 되물으려던 신휘는 기자가 프레스센터에 오는 건

지극히 자연스러운 일이라는 것을 깨닫고 하려던 말을 삼켰다.

"받아요, 전화 오는 것 같은데."

학영의 시선이 잠시 끊겼다가 다시 울리고 있는 휴대폰을 가리키고 있었다.

"아닙니다. 안 받아도……."

무의식중에 휴대폰을 내려다본 신휘가 멈칫했다. 이번엔 모르는 번호가 아니라 하윤의 번호였던 것이다. 그는 순간적으로 그녀가 전화를 걸어온 이유에 대해 생각했다. 지 회장님의 허락? 보고 싶다는 투정? 뭐가 됐든 하윤이 성북동에 들어가고 나서 처음 걸어온 전화였고, 신휘는 받지 않을 수 없었다.

"죄송합니다. 잠깐 전화 좀 받겠습니다."

학영에게 양해를 구한 신휘는 긴장된 얼굴로 통화 버튼을 눌렀다. 그런데 휴대폰에서 흘러나온 목소리는 하윤의 것이 아니었다.

[어이, 문신휘.]

굳어버린 신휘를 학영과 성국이 의아하다는 듯 바라보았다.

[내 목소리 모르겠어?]

차라리 모르는 게 나을 것 같았다. 신휘는 찬주가 하윤의 휴대폰을 가지고 있다는 사실을 인정하고 싶지 않았다. 불길한 예감이 전신으로 퍼져 나갔다.

"……네가 왜 하윤이 휴대폰을 가지고 있어?"

[왜긴 왜야. 네가 내 전화를 안 받으니까. 너랑 꼭 통화는 해야겠고, 네가 내 전화는 안 받으니 별수 있어?]

신휘는 그제야 조금 전 모르는 번호로 걸려온 전화가 찬주였다는 것을 알았다.

"하윤이 바꿔."

[어디서 이래라저래라야? 닥치고 내 얘기부터 들어.]

신휘는 찬주를 도발하는 것이 이로울 게 없다는 생각에 잠자코 입을 다물었다.

[처음에는 네놈이 어떤 여자를 좋아하는지가 궁금했어. 생각보다 애가 귀엽더라? 그래서 내가 엄청 잘해줬어요. 근데 애가 날 배신했네? 내가 아주 사소한 부탁을 하나 했는데 날 엿 먹였어. 물론 네 탓이 더 크긴 해. 그렇다고 애 잘못이 줄어드는 건 아니야.]

배신은 뭐고, 부탁은 또 뭔지……. 신휘는 두서없이 떠들어대고 있는 찬주의 말을 도통 알아들을 수가 없었다. 그러나 한 가지는 확실했다. 하윤이 지금 위험하다는 것.

[지금 성하윤이 내 눈앞에 있는데 말이야……. 정신을 못 차리고 있네?]

신휘는 온몸의 피가 한꺼번에 빠져나가는 느낌이었다.

"너 지금 어디야! 하윤이 손끝 하나라도 건드리면 가만 안 둬!"

[애를 어떻게 하면 좋을까, 지금 곰곰이 생각 중인데 네 생각은 어때?]

"당장 말해! 지금 어디냐고!"

[내가 알려줄 거라고 생각해서 묻는 건 아니지? 큭큭…….]

조롱 어린 웃음소리와 함께 전화가 끊겼다.

"박찬주!"

신휘는 사색이 된 얼굴로 전화가 끊긴 휴대폰을 멍하니 붙들고 있었다. 뭐부터 해야 할지, 아무런 생각도 나지 않았다. 머릿속이 뒤죽박죽이었다.

옆에서 신휘와 찬주의 통화를 듣고 있던 학영이 말문을 열었다.

"박찬주? 세화건설 둘째?"

"네."

"지금 박찬주가 하윤이를 데리고 있다, 내가 이해한 게 맞습니까?"

신중하게 상황을 정리하는 학영으로 인해 신휘도 가까스로 정신을 가다듬을 수 있었다.

"맞습니다."

미간을 찌푸린 학영이 슈트 재킷 안주머니에서 휴대폰을 꺼내며 말했다.

"박찬주 위치, 알 수 있을 것 같아요."

그의 말은 막막했던 신휘에게 한 줄기 빛이나 다름없었다. 신휘는 어딘가로 전화를 거는 학영을 간절한 눈으로 바라보았다.

"나야. 지금 박찬주한테 누가 붙었어? 전화 끊지 말고 위치 파악해, 지금 바로."

학영은 휴대폰을 귀에 댄 채로 신휘에게 자초지종을 설명했다.

"자세한 건 말할 수 없지만, 지금 취재 중인 아이템이 있어요. 24시간 밀착 감시 중인데, 그중 한 명이 박찬……."

그는 갑자기 하던 말을 끊고서 휴대폰에 대고 되물었다.

"어디? 이태원 더블케이? 알았어."

전화를 끊은 학영이 몸을 돌리며 말했다.

"내 차로 갑시다."

그의 뒤를 따르려는 신휘에게 안절부절못하고 있던 성국이 다급하게 말했다.

"형! 저는……."

"뒤따라와."

신휘가 학영이 사라진 방향으로 달리자, 성국도 밴이 주차되어 있는 곳으로 온 힘을 다해 달렸다.

다행히 도로 상황은 나쁘지 않았다.

"15분 정도면 도착할 수 있겠네요."

학영의 말에 묵묵히 고개를 끄덕이던 신휘가 갑자기 휴대폰을 꺼내

들었다. 그의 의도를 눈치챈 학영이 나직한 어조로 말했다.

"경찰에 신고하려는 거면, 소용없어요."

"……"

"신고해 봐야 뒤 봐주는 경찰이 미리 연락할 겁니다. 만약 경찰이 출동한다고 해도 빠져나가기 어렵지도 않을 거고."

학영의 냉소적인 말에 신휘는 조용히 휴대폰을 내리고 창밖으로 시선을 옮겼다. 하지만 아무것도 눈에 들어오지 않았다. 입이 바짝바짝 마르고 심장이 조여왔다.

"너무 걱정하지 말아요. 아무리 정신 나간 놈이라도 하윤이가 어떻게 되면 본인도 무사하지 못할 거라는 것 정도는 알고 있을 테니까."

지금 신휘에게 그 말은 큰 위로가 되지 않았다. 그는 하윤이 무사할 수만 있다면 영혼이라도 팔겠다고 생각하며 눈을 감았다.

클럽 앞에 도착한 신휘와 학영은 난관에 봉착했다.

"회원이거나 회원과 동행하신 분만 들어가실 수 있습니다."

클럽 입구를 지키고 서 있던 덩치 큰 남자에게 입장을 저지당한 두 사람이 다른 방법을 고심 중이던 그때, 누군가 학영을 불렀다.

"어? 지학영?"

"최경준?"

그는 혜성그룹 아들이자, 학영과 고등학교 동창이었다.

"와, 지학영을 이런 데서 보는 날도 있구나."

신기하다는 듯 눈을 둥그렇게 뜨고 있는 경준에게 학영이 물었다.

"너 여기 회원이냐?"

"그렇긴 한데…… 왜……?"

왠지 모를 불안감을 감지한 경준이 머뭇거리며 반문했다.

"우리 좀 들어가게 해줘."

'우리'라는 말에 그제야 학영과 나란히 서 있던 신휘를 알아본 경준의 얼굴에 의아한 빛이 더욱 짙어졌다.

'지학영에 문신휘까지……. 두 사람이 여기서 뭘 하고 있는 거지?'

놀러 온 것 같은 분위기가 전혀 아니었기에, 경준은 가볍게 대답할 수가 없었다.

"들어가서 뭐 하려고?"

"만나야 할 사람이 있어."

"취재하러 온 건 아니지?"

"아니야."

경준은 학영의 단호한 대답에 의심을 거두었다. 그가 아는 학영은 취재면 취재라고 솔직히 말을 하고 부탁을 할지언정 얍삽하게 거짓말을 할 위인이 아니었기 때문이었다.

"따라와."

경준 덕분에 클럽 안으로 들어오게 된 신휘가 그제야 말문을 열었다.

"프라이빗 룸은 몇 층입니까?"

"2……."

신휘는 경준의 말이 끝나기도 전에 계단을 향해 내달렸다.

"고맙다. 나중에 술 한잔하자."

학영도 신휘의 뒤를 따라 뛰었다. 홀로 남은 경준은 어리둥절한 얼굴로 두 사람이 사라진 곳을 멍하니 바라볼 수밖에 없었다.

"무슨 일이야, 대체……."

2층에 도착한 신휘는 더 이상 앞으로 나아가지 못하고 그 자리에 멈춰 섰다. 2층은 전부 룸으로 이루어져 있었고 그에게는 지금 모든 문을 일일이 열어볼 시간도, 마음의 여유도 없었다. 그런데 그 순간, 웨이터 한 명이 룸에서 나오는 모습이 보였다. 황급히 그에게 다가간 신휘가 거두절미하고 물었다.

"박찬주, 어느 룸에 있습니까?"

"……박찬주요?"

누군지 모르겠다는 듯 웨이터가 고개를 갸웃거리자, 신휘가 다급하게 덧붙였다.

"세화건설."

"아! 박 이사님이요?"

클럽 안에 들어와 있다는 건 검증된 인물이라는 의미였기에, 웨이터는 아무런 의심 없이 손가락으로 어딘가를 가리켰다.

"맨 끝……."

신휘는 다 들을 새도 없이 다시 내달렸다. 복도 끝에 도착한 그는 룸의 문을 벌컥 열어젖혔다. 소파 위에 누워 있는 하윤에게 손을 뻗고 있는 찬주가 눈에 들어왔다. 신휘의 입에서 벽력같은 일갈이 터져 나왔다.

"그 손 치워!"

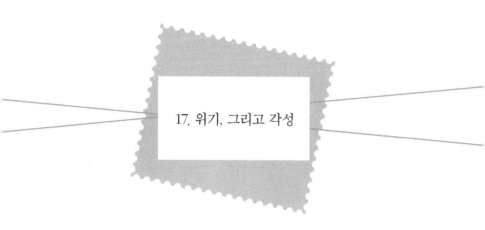

17. 위기, 그리고 각성

찬주가 하윤에게 전화를 건 그 시각, 그녀는 조별 과제 때문에 학교에 남아 있었다. 휴대폰 액정에 뜬 찬주의 전화번호에 하윤의 입에서 나직한 욕설이 흘러나왔다.

"미친놈……."

하윤은 망설임 없이 '끊기' 버튼을 누르고 이어서 '수신 차단'으로 마무리했다. 그녀가 태어나서 처음으로 한 수신 차단의 대상이 바로 찬주였다.

밤 9시가 넘어서야 학교를 나온 하윤은 버스 정류장을 향해 터벅터벅 걸었다. 어제저녁, 찬주의 정체를 알게 된 이후부터 머릿속이 엉망진창이었다. 조금 전까지만 해도 일부러 더 밝게 웃으며 아이디어를 내고 동기들과 의견을 나누었지만, 혼자 남게 되니 기분이 급격하게 가라앉았다.

"보고 싶다, 비숑……."

가뜩이나 주목받고 있는 마당에 갑자기 비싼 외제 차까지 끌고 다니면 입방아에 더 오르내릴 것 같아서 학교에 올 때는 대중교통을 이용하고 있었다. 그런데 오늘은 비슝을 타고 올 걸 그랬다는 후회가 들었다.

한참을 기다려 성북동으로 가는 버스에 올랐다. 사람들 틈을 비집고 들어가 간신히 기둥 옆자리를 차지한 하윤은 기둥을 한 팔로 휘감고 머리를 기댔다. 이렇게 지치고 힘든 날, 신휘가 곁에 있다면 얼마나 좋을까 하는 생각이 절로 들었다. 하지만 현실은 기진맥진한 몸을 지탱해 주는 기둥에 감지덕지해야 할 뿐이었다. 30여 분을 달려 성북동에 도착한 버스에서 내린 그녀의 입에서 볼멘소리가 흘러나왔다.

"이놈의 동네는 어떻게 마을버스도 없어……."

몸과 마음이 피곤한 하윤의 괜한 투정이었다.

보이는 거라고는 높은 담벼락뿐인 휑한 길을 한참 걸어 들어가 집 근처에 거의 다다랐을 무렵이었다. 시동이 켜져 있는 차 옆을 아무 생각 없이 지나쳐 가는데, 차 문이 열리는 소리와 낯선 남자의 음성이 연달아 들려왔다.

"저기요."

뒤로 돌아선 하윤의 눈에 들어온 건 보통 성인 남자에 비해 유난히 키가 작은 남자였다.

"저요?"

"길 좀 물어볼게요."

하윤은 제 얼굴을 뚫어지게 보고 있는 남자의 눈초리가 왠지 모르게 기분이 나빴지만 원래 눈이 찢어진 인상이라 그렇겠지 생각하고 넘겼다.

"제가 이 근처에 살기는 하는데 살게 된 지가 얼마 안 돼서 이 동네를 잘 몰라요. 다른 분께 물어보셔야 할 것 같아요."

과연 걸어서 지나가는 사람이 있을까 싶기도 했지만, 해줄 수 있는 말은 그것뿐이었다. 하윤의 기억은 그 말을 끝으로 돌아선 것까지였다.

그녀는 목덜미에 가해진 극심한 충격에 정신을 잃었다.

[당장 말해! 지금 어디냐고!]

찬주는 신휘의 절박한 목소리가 그렇게 흐뭇할 수가 없었다.

"내가 알려줄 거라고 생각해서 묻는 건 아니지? 큭큭……."

한껏 빈정거리고 전화를 끊은 그는 한참을 정신 나간 사람처럼 낄낄거렸다. 피가 마르는 기분을 맛보고 있을 신휘를 상상하니 울화가 가라앉고 기분이 좋아지며, 짜릿한 통쾌함이 전신으로 퍼져 나갔다. 찬주는 지금까지 신휘가 흥분하는 모습을 딱 두 번 보았다. 십 년 전 그날, 그리고 오늘……. 소기의 목적을 달성했으니 어서 할 일을 마치고 하윤을 보내기로 했다. 동범이 일을 허술하게 처리한 것 같지는 않았지만 그래도 마냥 안심하고 있을 수만은 없어서였다. 경찰이 들이닥친다고 해도 입구에서 시간을 끌어줄 동안 도망갈 수 있는 퇴로는 준비되어 있었으나, 가장 깔끔한 건 귀찮은 일이 벌어지기 전에 마무리하는 것이었다.

"시작해 볼까?"

자리에서 일어나려는 순간, 누군가 문을 두드렸다. 아무도 들어오지 말라고 말해놓았건만 누가 방해를 하는 건지, 찬주는 못내 짜증스러웠다.

"들어와."

그의 불편한 심기를 감지한 듯 조심스럽게 문이 열리더니 클럽 사장이 안으로 들어섰다.

"형, 급하게 상의드릴 게 있는데요."

"나중에 해."

"급한 일이라서요……."

"그럼 빨리하고 나가."

"물건에 문제가 생겼대요. 셋 중 하나가 세관에서 걸렸는데……."

한참 동안 상황 보고를 받은 찬주는 몇 가지 대응책을 일러주며 이야기를 마무리 지었다.

"그렇게 처리하고 아무도 들여보내지 마. 급한 일 있어도 기다려."

"네, 하려던 거 천천히 하세요."

사장은 여전히 정신을 차리지 못하고 있는 하윤을 흘끔 바라보며 의미심장하게 웃고 룸을 나갔다. 하윤에게 다가간 찬주의 눈에는 어느새 야릇한 열기가 피어올라 있었다. 은밀한 공간, 무방비 상태인 여체……. 본능이 전신의 감각을 자극했지만, 찬주는 필사적으로 이성을 붙들어 맸다. 그는 지금까지 이런 상황에서 이성에 따라본 적이 단 한 번도 없었다. 무슨 일을 저질러도 뒷수습이 가능했기 때문이었다. 하지만 하윤은 쉽게 건드릴 수 없었다. 홧김에 여기까지 데려온 것만 해도 선을 넘은 것이나 다름없는데, 그 이상은 아무리 생각해도 무리였다. 찬주는 꿈틀거리는 욕구를 억누르며 입을 열었다.

"이렇게까지 하고 싶지는 않지만 나도 살 길은 만들어놔야지. 네가 할아버지한테 쪼르르 달려가서 이르면 내가 곤란해지거든. 자, 우리 예쁘게 사진 몇 장 찍자."

비릿한 미소를 지은 찬주가 하윤의 블라우스를 향해 손을 뻗은 순간이었다. 쾅 하고 문이 열리는 소리에 이어 분노에 찬 고함이 그의 귓전을 때렸다.

"그 손 치워!"

찬주의 고개가 반사적으로 뒤로 향했다. 하지만 그는 뇌가 무슨 일인지 인지하기도 전에 얼굴을 강타당하고 바닥에 나동그라졌다.

"크헉!"

반격할 새도, 생각할 새도 없었다. 그저 제 얼굴에 꽂히는 신휘의 주먹을 그대로 맞고 있는 것만이 그가 할 수 있는 전부였다. 맞고, 또 맞으며 정신이 혼미해지고 있을 무렵 별안간 고통이 사라졌다. 그리고 찬 바닥에 내던져졌다. 찬주는 바닥에 등을 대고 누운 채로 생각에 잠겼다.

'세 번으로 늘었네……'

십 년 전, 조금 전 전화 통화, 그리고 바로 지금. 그가 신휘의 흥분하는 모습을 세 번째로 본 순간이었다. 찬주는 아직 제 코뼈가 또 부러졌다는 사실을 모르고 있었다.

학영이 뒤늦게 룸에 도착했을 때 찬주는 거의 반실신한 상태였다. 동공에는 초점이 없었고 한쪽 눈두덩은 이미 심각하게 부어올라 있었으며, 코에서는 피가 줄줄 흘러내리고 있는 처참한 모습이었다.

"이제 그만해요."

학영이 달려들어 말렸지만, 신휘는 멈추지 않았다. 그냥 이 자리에서 찬주를 죽여 버려도 시원치 않을 것 같은 심정이었다.

"하윤이 계속 저대로 내버려 둘 겁니까?"

허공을 가르던 신휘의 주먹이 찬주의 코앞에서 멈췄다. 그제야 하윤에게 생각이 미친 신휘는 찬주를 그대로 내팽개치고 그녀에게 다가갔다. 하윤은 미동 없이 눈을 감고 있었다. 떨리는 손을 그녀의 얼굴에 가져다 대니 온기가 느껴졌다. 가슴도 규칙적으로 오르락내리락하며 고른 숨을 쉬고 있었다.

"하아……"

신휘는 참았던 숨을 간신히 토해냈다.

"하윤이 데리고 가요, 여기는 내가 처리할 테니까."

학영의 말에 굽히고 있던 무릎을 펴고 일어난 신휘는 하윤의 목과 무릎 뒤에 팔을 넣어 들어 올렸다. 그리고 뒤로 돌아서서, 신음을 흘리며 꿈틀대고 있는 찬주를 싸늘한 눈으로 한 번 보고는 학영에게 시선을 옮겼다.

"부탁드립니다."

학영은 고개를 끄덕이는 걸로 대답을 대신했다. 신휘가 하윤을 안고 밖으로 나가자, 룸 안에는 학영과 찬주만이 남았다. 가장 은밀한 곳에 위치해 있기도 했고, 찬주가 아무도 들어오지 말라고 못을 박아놓은 덕분에 룸 안에서 벌어진 일은 아직 아무도 모르고 있었다.

이 상황을 가장 먼저 알게 된 건 경준이었다. 클럽 안으로 들어오게 해주긴 했지만, 뒤도 돌아보지 않고 2층을 향해 달리던 신휘와 그 뒤를 따라간 학영의 모습이 아무래도 심상치 않았던 그는 두 사람을 따라왔고, 하윤을 안고 나가는 신휘를 보고 무슨 일이 있었음을 직감했다. 룸에 들어선 경준은 얼굴 전체가 퉁퉁 부어 누군지 식별하기도 힘든 찬주의 모습을 보고 경악을 금치 못했다.

"뭐, 뭐야……? 네가 이런 거야……?"

그의 눈에는 냉담한 얼굴로 찬주를 내려다보고 서 있는 학영이 벌인 짓으로 보일 수밖에 없었다.

"생명에 지장은 없는 것 같으니까 병원이나 데려가라고 해. 치료비 청구하려거든 나한테 하면 된다고 전하고."

경준의 질문에 대한 대답 대신 본인이 해야 할 말을 마친 학영은 멍하게 서 있는 경준을 지나치며 나직이 속삭였다.

"정말로 취재는 아니었어."

클럽 입구 근처를 서성이던 성국은 하윤을 안고서 밖으로 나오는 신휘를 향해 한달음에 달려갔다.

"형!"

최선을 다해 학영의 차를 뒤쫓았음에도 불구하고 한발 늦게 도착한 그는 신휘와 학영이 입구에서 저지당했던 것과 똑같은 상황에 맞닥뜨렸다. 경준과 같은 친구를 만날 가능성이 전무했던 성국은 안으로 들어갈 수 없었고, 하는 수 없이 밖에서 안절부절못하며 기다리고 있었던 것이었다.

"하윤아!"

신휘에게 안겨 축 늘어져 있는 하윤을 뒤늦게 본 성국이 소리쳤다.

"시동 걸어."

신휘의 착 가라앉은 목소리에 정신이 번쩍 든 성국은 밴으로 달려가 문을 열었다. 그는 신휘가 하윤을 조심스럽게 자리에 앉히는 것을 확인한 다음, 문을 닫고 운전석으로 향했다.

"형, 병원으로 갈까요?"

성국의 말을 듣고 나서야 하윤의 상태를 자세히 살피지 못했다는 데 생각이 미친 신휘는 그녀를 다시 한 번 꼼꼼히 훑어보았다. 특별한 외상이 없다는 걸 확인한 그는 그제야 한시름 놓을 수 있었다.

신휘의 안도하는 표정으로 하윤에게 별 이상이 없음을 알아차린 성국이 다시 물었다.

"집으로 갈까요?"

신휘는 곧바로 대답하지 못했다. 형들에게까지 알리고 싶지 않은 일이었기 때문이었다. 망설이고 있는 그에게 성국이 다른 대안을 제시했다.

"회사 오피스텔이 아직 비어 있는데, 그리로 갈까요?"

"그래."

신휘의 허락이 떨어지자, 성국은 기다렸다는 듯 시동을 걸었다.

클럽에서 나온 학영은 주변을 휘둘러보며 누군가에게 전화를 걸었다.

"어디야?"

[선배 기준, 11시 방향이요.]

전화를 끊고 왼쪽으로 걸음을 옮긴 그는 익숙한 차량을 발견하고 거침없이 뒷문을 열어젖혔다. 차 안에는 특수보도팀 팀원 셋이 타고 있었다. 차에 올라타 문을 닫은 그에게 운전석에 앉은 후배 기자가 물었다.

"대체 이게 무슨 일이에요? 문신휘랑 같이 오신 건 뭐고, 문신휘가 여자 하나 안고 나온 건 또 뭐고요."

"그건 우리 일하고 관련 없는 거니까 신경 끄고, 우리 일에 집중해."

"코빼기도 볼 수 없는데 뭘 집중해요. 클럽에 들어간 이후로 만 하루를 꼼짝도 안 하는데요."

그의 볼멘소리를 학영이 단호하게 받아쳤다.

"이제 곧 볼 수 있을 거야. 진호 오라고 해서 여기 맡기고 너는 병원으로 따라붙어. 박찬주 찾아오는 사람 하나도 빼지 말고 다 보고하고."

"갑자기 웬 병원이요?"

"박찬주가 좀 다쳤어. 곧 병원으로 이송될 거야."

"네?"

학영은 제 할 말만 하고 차에서 내렸다. 클럽 안에서 무슨 일이 벌어졌는지 알 리 없는, 차 안의 세 사람은 어리둥절할 뿐이었다. 그리고 그들은 잠시 뒤 도착한 구급차를 보고 학영의 말이 사실임을 알 수 있었다.

오피스텔에 도착한 신휘는 따라 들어오려는 성국에게 돌려 말했다.

"오늘 수고했다."

성국은 그만 가보라는 말임을 알아듣고 그 자리에 멈춰 섰다.

"회사에 있는 형 차는 주차장에 갖다 놓고 갈게요. 저 필요하시면 아무 때나 전화 주세요."

현관문이 닫히는 소리를 들으며 곧장 방으로 걸어 들어간 신휘는 하윤을 침대 위에 눕히고 그 옆에 따라 앉았다. 소중한 추억이 있는 공간에 이런 식으로 다시 오게 될 줄은 미처 몰랐다. 그토록 그리웠던 그녀를 이런 식으로 보게 될 줄은 더더욱 몰랐다. 하윤에게 별일이 없어 다행이다 싶다가도, 그는 이 모든 게 자신으로 인해 비롯된 일이라고 생각하니 심란하기 이를 데 없었다.

신휘가 하윤을 착잡한 표정으로 내려다보고 있던 그때, 그녀의 속눈썹이 움찔 떨렸다. 눈꺼풀에 가려져 있던 동공이 세차게 떨리는가 싶더니 하윤이 스르르 눈을 떴다.

"정신이 들어?"

'꿈이다.'

하윤은 그렇게 생각했다. 그렇지 않고서야 신휘가 눈앞에 있을 리 없었고, 그의 목소리가 들릴 리 없었으니까.

말없이 눈만 느리게 깜빡이고 있는 하윤을 보며 심장이 덜컥 내려앉은 신휘는 뭔가 잘못됐다는 생각을 애써 밀어내며 조심스레 그녀의 이름을 불렀다.

"……하윤아?"

'꿈이 아니다.'

하윤은 그제야 깨달았다. 귓가에 감겨드는 신휘의 감미로운 목소리와 제 뺨을 어루만지는 그의 부드러운 손길이 생생하게 느껴졌다.

"……오, 빠?"

"하아…….""

하윤은 안도의 한숨을 내쉬는 신휘를 보면서 마음대로 움직이지 않는 몸을 억지로 일으켜 앉았다.

"여기…… 오피스텔이네……?"

신휘는 어리둥절해하는 그녀에게 자초지종을 설명해 주었다.

"이게 내가 아는 전부야."

"……."

"어떻게 된 건지 기억나는 데까지 말해줄래?"

하윤은 찬주의 부모님과 만났던 날의 이야기부터 시작했다. 찬주의 부탁과 정우의 전화, 그리고 납치되기 전까지 알고 있는 것 전부를 그에게 털어놓았다. 그녀의 말을 듣는 내내 굳은 표정을 풀지 않고 있던 신휘는 목덜미를 맞았다는 말에 인상을 확 찌푸렸다.

"목은 괜찮아?"

"괜찮…… 악!"

그를 걱정시키지 않으려고 과격하게 목을 돌리던 하윤이 비명을 터뜨렸다. 가만히 있을 때는 잘 몰랐는데 움직이기 힘들 만큼 욱신거렸다.

"지금이라도 병원 가자."

하윤은 자리에서 일어나려는 그의 손을 붙잡았다.

"그 정도는 아니야. 겨우 한 대 맞은 거 가지고 병원은 무슨 병원이야."

"겨우 한 대라니. 너 몇 시간을 정신 못 차리고 기절해 있었어."

"일어났잖아."

신휘는 태연한 하윤의 대답에 말문이 막혀 버렸다. 자신이 보기에도 상태가 심각한 것 같지는 않았기에 더는 병원 이야기를 꺼내지 않았다.

"오빠, 얼굴 좀 펴. 계속 찌푸린 얼굴만 보여줄 거야?"

하윤이 경직된 분위기를 풀기 위해 애썼지만, 그의 표정은 좀처럼 펴지지 않았다. 지금 신휘가 자책하고 있다는 걸 잘 알고 있는 그녀는 더 밝은 목소리로 재잘거렸다.

"나 아무렇지도 않아. 자고 일어나니까 다 끝나 있어서 좋은데?"

"좋을 것도 많다……."

"정말로 기절시켜 줘서 고마운데? 아무것도 기억에 남는 게 없잖아. 눈 감았다가 뜨니까 오빠가 있어서 좋기만 하다, 뭐."

일생일대의 큰일을 겪은 하윤이 제 기분을 맞춰주기 위해 노력하고 있는데, 더는 인상을 쓸 수 없었던 신휘는 억지로 미소를 지으며 그녀의 머리를 쓰다듬어 주었다.

"오빠, 미안해……."

갑자기 고개를 푹 숙인 하윤이 들릴 듯 말 듯 한 목소리로 중얼거렸다.

"뭐가?"

"박찬주랑 같이 있는 모습 보여서……."

신휘가 자책하고 있는 것처럼 하윤도 마찬가지였다. 처음부터 자신이 찬주와 엮이지 않았다면 이런 일까지 벌어지지는 않았을 거라고 생각하니 모든 게 제 잘못인 것만 같아 고개를 들 수가 없었다.

"네 의지가 아니었다는 거 알아."

"전적으로 할아버지 때문이라고 우기고 싶지만 내 잘못이 없다고도 할 수 없어. 오빠랑 고등학교 동창이라는 말에 더 경계하지 않은 것도 있었고, 괜찮은 사람인 줄 알았어. 나, 사람 보는 눈이 없나 봐……."

"그건 그놈이 널 속였기 때문이잖아. 네 잘못 아니야."

"아무튼…… 걱정시켜서 미안해……."

신휘는 다른 말 대신 두 팔을 들어 올리며 빙긋이 웃었다.

"이리 와. 오랜만에 한번 안아보자."

하윤은 망설임 없이 그의 넓은 품으로 파고들었다.

잠자리에 들려던 박 회장은 경호과장으로부터 찬주의 일을 보고받고 격노했다.

"문신휘? 또 그놈이야?"

이어질 질문에 대한 답을 준비하고 있던 경호과장은 박 회장이 아무 말도 하지 않고 분을 못 이겨 부들부들 떨고만 있자, 참지 못하고 먼저 말문을 열었다.

"박 이사님의 상태는 코뼈가 나가고……."

"됐어."

박 회장이 말을 끊었다. 그는 찬주가 어디를 얼마나 다쳤는지 듣고 싶은 마음이 조금도 없었다.

"겁대가리 없는 놈, 감히 두 번씩이나 똑같은 짓을 해? 날 무시해도 유분수지……."

그에게 지금 중요한 건 아들이 다쳤다는 사실이 아니라 자신이 무시당했다는 기분이었다.

"문신휘, 손 좀 봐줘."

박 회장의 지시에 경호과장이 난색을 보이며 제 의견을 피력했다.

"회장님, 문신휘가 아무래도 유명인이다 보니 위험 부담이 좀 있습니다. 그러지 마시고 차라리 다른 쪽으로……."

그가 말을 다 마치기도 전에 박 회장이 끼어들어 벌컥 고함을 쳤다.

"야, 이 새끼야! 내가 너한테 주는 돈이 얼만데 이딴 일 하나 처리 못해서 죽는소리야? 누가 대놓고 하래? 걸리지 않게 하란 말이야, 걸리지 않게."

"……죄송합니다, 회장님. 처리하겠습니다."

경호과장이 머리를 잔뜩 수그린 채로 대답했다.

"사람 봐가면서 행동해야 한다는 거 똑똑히 보여줘."

"네, 회장님."

더 있어봐야 득 될 게 없다는 판단을 한 경호과장은 얼른 자리를 벗어났다.

찬주가 병원으로 이송되는 것을 확인하고 집으로 돌아온 학영은 지 회장이 있는 서재로 직행했다.

"할아버지께서 아셔야 할 일이 있습니다."

어떻게 돌아가는 상황인지 아는 바가 없었던 학영은 하윤을 구하러 가던 차 안에서 신휘에게 하윤과 찬주의 관계에 대해 물었다. 시시콜콜 떠드는 성격이 아닌 신휘로부터 많은 말을 듣지는 못했지만, 찬주가 과거에 저지른 짓에 대해 알기에는 충분했다.

"무슨 일이냐?"

"세화건설 박찬주 얘깁니다."

그 순간, 지 회장의 머릿속에 가장 먼저 떠오른 건 어제 본 하윤의 격앙된 모습이었다. 학영까지 나선 걸 보면 결코 가볍지 않은 일일 터였다. 지 회장이 말없이 고개를 끄덕이자, 학영은 조금 전에 있었던 일을 담담히, 그러나 자세히 말했다. 그의 말을 듣는 내내 지 회장의 주먹 쥔 손은 펴지지 않았다.

"하윤이는 괜찮으냐? 많이 다치지는 않았어?"

지 회장이 입을 떼고 한 첫말은 하윤에 대한 걱정이었다.

"괜찮은 것 같았습니다."

"그래서 지금 하윤이는 어디 있고?"

"신휘가 데리고 나갔습니다. 걱정하지 않으셔도 됩니다."

두 사람이 같이 있다는 말을 듣고도 지 회장은 아무 말도 할 수 없었다. 오히려 신휘가 하윤을 데리고 나갔다니 안심이 되는 마음이 더 컸다.

"박찬주에 대해서 네가 알고 있는 것, 모두 말해봐라."

학영은 신휘와 찬주의 악연에 대해 신휘에게 들은 대로 털어놓았고, 지 회장의 찌푸린 미간은 그의 말이 끝날 때까지 조금도 펴지지 않았다.

"정황상 하윤이에게 일부러 접근한 것 같습니다."

그런 줄도 모르고 둘만의 자리를 마련해 주었을 뿐만 아니라, 박 회장 내외와의 식사 자리에까지 내보냈다니……. 지 회장은 기가 막혀서 헛웃음이 나올 지경이었다.

"할아버지께서 아직 모르시는 게 있습니다."

"……."

"재벌가 자제들의 마약 복용을 취재하다가 박찬주가 공급책 역할까지 하고 있다는 걸 알게 됐습니다. 미국 유학 시절부터 필로폰, 엑스터시, 케타민 할 거 없이 아주 골고루 해온, 몸통 중의 몸통입니다."

"마약까지……."

생각지도 못했던 사실까지 듣게 된 지 회장의 주름진 눈가가 파르르 떨렸다.

"거의 꼬리를 잡았습니다. 그런데 지금 하윤이 일로 처넣어 버리면 지레 겁먹고 다른 놈들까지 숨어버릴까 봐, 일단 그대로 놔뒀습니다. 경찰에 저희 쪽 정보를 제공하면서 공조하고 있는 상황이고, 곧 마무리될 것 같습니다."

학영은 고뇌에 찬 표정으로 생각에 잠겨 있는 지 회장의 하얗게 센 정수리를 내려다보았다. 할아버지가 알고 있어야 할 일이기에 어쩔 수 없이 말을 하긴 했지만, 마음이 편치 않았다.

한참 만에 지 회장이 무거운 침묵을 깨고 입을 열었다.

"박 회장은 알고 있는 게냐?"

그의 목소리는 엄중했다.

"몇 달 전, 한국에 들어온 지 얼마 되지 않아서 마약 파티를 벌였다가 발각된 적이 있습니다. 그때 박 회장이 검찰, 경찰 할 것 없이 손을 써서 그 무리 중 박찬주만 빠져나간 정황을 포착했습니다."

"알고 있었으면서 감히 그런 놈을 하윤이한테 갖다 붙여?"

싸늘하게 혼잣말을 한 지 회장이 예의 매서운 눈빛으로 학영에게 지시를 내렸다.

"더 자세히 조사해라. 모든 라인을 가동해서 알아낼 수 있는 건 다 알아내. 누구의 컨펌도 필요 없다. 모든 건 내게만 단독으로 보고하면 된다."

"알겠습니다."

고개를 숙이고 몸을 돌리려던 학영을 지 회장이 나직한 어조로 불러 세웠다.

"학영아."

"네, 할아버지."

지 회장은 시선을 들어 올리지 않은 채로 조용히 물었다.

"네가 보기에는 문신휘…… 어떻더냐."

"반듯하고 솔직한 사람 같습니다. 하윤이를 생각하는 마음도 부족함이 없어 보였습니다."

"알았다. 그만 나가봐라."

학영은 장정 열을 상대해도 끄떡없을 듯한 할아버지가 오늘따라 유독 늙어 보인다고 생각하며 서재를 나섰다.

신휘는 대문 앞에 서서 물끄러미 자신을 바라보고 있는 하윤을 대신해 초인종을 누르고 뒤로 비켜섰다. 그리고 문이 열렸는데도 미동도 하지 않는 그녀에게 들어가라고 손짓했다.

떨어지지 않는 발걸음을 억지로 떼어 집에 들어선 하윤은 문을 열어준 가사도우미에게 꾸벅 인사를 하고 2층으로 올라갔다. 평소대로라면 할아버지와 외삼촌, 외숙모에게 인사를 하는 게 순서였지만 오늘은 도저히 그럴 기운이 없었다. 그럴 기분도 아니었다.

하윤은 옷만 갈아입고 곧바로 침대에 누웠다. 어제오늘에 걸쳐 벌어진 일들이 꿈처럼 느껴졌다. 꿈이라면 다시는 꾸고 싶지 않은 악몽이었다. 하지만 욱신거리는 목덜미가 현실임을 여실히 느끼게 해주고 있었다. 방금 헤어졌건만 신휘의 목소리가 또 듣고 싶어진 그녀는 그에게 전화를 걸었다. 이러면 안 된다고 생각하면서도 오늘 하루는 너무 힘든 날이었다는 핑계를 대고 있었다. 신호가 몇 번 울리고 나서, 신휘가 깜짝 놀란 목소리로 전화를 받았다.

[왜? 무슨 일 있어?]

"오빠 목소리 듣고 싶어서……."

[하…….]

안도의 한숨 소리에 이어, 그의 부드러운 목소리가 하윤의 귓가에 감겨들었다.

[하윤아.]

"응?"

[나 내일 회장님 뵈러 갈 거야.]

"할아버지를? 왜?"

[너 데려오려고. 이제 더는 안 되겠…….]

그때, 휴대폰 너머로 쾅 하는 소리와 함께 신휘의 말이 끊어졌다. 기겁한 하윤이 벌떡 일어나 앉으며 소리쳤다.

"뭐야? 방금 무슨 소리야?"

[누가 와서 차를 박은 거 같은데…….]

"사고 난 거야?"

[잠깐만.]

영상통화가 아니었기에 보이지는 않았지만, 휴대폰을 귀에 바짝 붙이고 소리에 집중하고 있던 하윤은 누군가 유리창을 두드렸고 신휘가 차문을 열었다는 걸 알 수 있었다. 그 순간이었다. 퍽 하는 둔탁한 소리와 신휘의 낮은 신음이 연달아 들려왔다. 그리고 이내 쥐 죽은 듯이 고요해졌다. 갑작스러운 상황에 하윤은 그대로 굳었다.

"오, 오빠……?"

그를 불러본들 전화는 이미 끊긴 뒤였다. 다시 전화를 걸어보았지만, 휴대폰은 꺼져 있었다. 불안감이 엄습한 하윤의 동공이 갈 곳을 잃고 이리저리 흔들렸다. 무슨 일이 생긴 게 분명한데 뭘 어떻게 해야 하는지 아무 생각도 나지 않았다. 얼빠진 사람처럼 우두커니 앉아 있던 그녀는 퍼뜩 정신을 차리고 1층으로 뛰어 내려가, 그대로 서재 문을 열어젖혔다. 지 회장과 정 실장이 동시에 고개를 돌렸다.

"할아버지…… 오빠가…… 오빠가……."

말을 잇지 못하는 하윤을 보고 큰일이 벌어졌음을 깨달은 두 사람의 표정이 딱딱하게 굳었다.

"무슨 일인지 차분하게 말씀해 보십시오."

정 실장의 침착한 목소리에 그나마 마음이 진정된 하윤은 방금 있었던 일을 더듬더듬 말했다. 오늘 그녀에게 무슨 일이 있었는지 알고 있던 지 회장은 대수롭지 않게 넘길 일이 아님을 직감했다.

"할아버지, 저 지금 뭘 해야 하는 거예요? 경찰에 신고부터 하는 게 맞는 거죠? 휴대폰을 안 가지고 내려왔네……. 정 실장님, 저 휴대폰 좀 빌려주세요."

정신이 반쯤 나가 두서없이 떠들어대는 하윤을 바라보고 있던 지 회장이 입을 열었다.

"이제부터 내가 알아서 할 테니 넌 걱정하지 말고 기다려라."

애절한 하윤의 눈빛에 한마디 덧붙이지 않을 수 없었다.

"아무 일도 없을 게다. 내가 꼭 찾아주마."

정 실장이 아무 말도 하지 못하고 고개만 주억거리고 있는 하윤을 부축해서 서재를 나갔다. 그가 그녀를 방에 데려다주고 돌아오자, 지 회장이 기다렸다는 듯 말문을 뗐다.

"경찰, 검찰에 다 연락해. 학영이한테도."

몇 시간 뒤, 하윤은 학영의 전화를 받았다.

[놀라지 말고 들어.]

하윤은 숨이 턱 막혀왔다. 이어질 그의 말을 듣고 싶지 않았다.

[신휘, 지금 수술실 들어갔다.]

툭.

그녀의 손에서 빠져나온 휴대폰이 바닥에 떨어졌다. 분명 두 다리를 땅에 딛고 있는데 공중에 떠 있는 기분이었다. 정신이 몽롱해졌고 머릿속은 암전된 듯 깜깜해졌다. 벌벌 떨리는 몸으로 간신히 1층으로 내려온 하윤의 눈에 가장 먼저 들어온 건 정 실장이었다. 그는 이미 학영의 연락을 받고 그녀를 기다리고 있었다.

"병원까지 모셔다드리라는 회장님 분부십니다."

하윤은 입술이 떨어지지 않아 힘겹게 고개만 끄덕였다.

병원에 도착한 그녀에게 수술실 앞을 지키고 있던 학영이 자세한 상황을 알려주었다.

"다행히 널 성북동에 내려주고 집으로 돌아가던 길이었다는 단서가 있어서 그나마 쉽게 찾을 수 있었어. 조용히 따라붙다가 한적한 도로에서 접촉 사고를 가장한 것 같다. 차를 세우게 하고 머리를 가격해서 데려간 모양이야. 경찰이 발 빠르게 움직여 준 덕분에 어디로 끌려갔는지는 금방 찾았는데…… 찾았을 때는 이미 정신을 잃은 뒤였어."

두 시간 뒤, 수술을 마치고 나온 집도의가 신휘의 상태에 관해 설명했다.

"전신에 골절이나 타박상이 여러 군데 보입니다만, 가장 심각한 건 두부외상에 의한 경막하출혈입니다. 다량의 급성출혈로 피가 고여 뇌를 압박하고 있는데, 우선 할 수 있는 건 다 했습니다. 이제 경과를 지켜보는 수밖에 없을 것 같습니다."

"설마……."

설마 깨어나지 못하는 건 아니냐고 물어보려던 하윤은 얼른 제 입을 막았다. 입 밖으로 꺼내면 사실이 될까 봐 차마 물을 수가 없었다. 그런 그녀를 학영과 정 실장이 안타까운 눈빛으로 바라보고 있었다.

수술을 마친 신휘는 회복실에 있다가 날이 밝고서야 중환자실로 옮겨졌다. 병원에 찾아온 지 회장은 중환자실 앞 의자에 넋이 나간 얼굴로 우두커니 앉아 있는 하윤의 옆자리에 조용히 앉았다. 걱정하지 말라고, 꼭 찾아주겠다고 단언한 결과가 고작 이거라니⋯⋯. 찾긴 찾았지만 생사가 불투명한 채로 찾았으니 약속을 지켰다고는 할 수 없었다.

얼마쯤 시간이 흐르고, 학영의 연락을 받은 창휘와 은휘가 달려왔다. 두 사람의 얼굴을 본 하윤의 눈에 그제야 초점이 돌아왔다.

"오빠⋯⋯."

그녀의 두 눈에서는 어느새 굵은 눈물방울이 뚝뚝 떨어져 내리고 있었다.

"괜찮아."

"울지 마."

창휘와 은휘가 오열하는 하윤을 다독거려 주는 모습을 물끄러미 바라보고 있던 지 회장의 얼굴에 쓸쓸함이 스치고 지나갔다. 지팡이를 짚고 의자에서 몸을 일으킨 그는 텅 빈 복도를 천천히 걸었다. 정 실장이 한 걸음 떨어져 뒤를 따랐다. 두 사람을 태운 엘리베이터의 문이 닫히고, 나직한 지 회장의 목소리가 엘리베이터 안에 울려 퍼졌다.

"박 회장한테 연락해."

"네, 회장님."

지 회장이 세화건설 회장실에 도착한 지 삼십여 분 만에 박 회장이 설레발을 치며 안으로 들어섰다.

"아이고, 회장님. 오래 기다리셨습니까? 연락받고 곧바로 출발했는데 시간이 이렇게 됐습니다. 어허허!"

그가 등장하자 차분했던 분위기가 삽시간에 어수선해졌다.

"앉으세요."

지 회장은 아무런 감정이 느껴지지 않는 얼굴로, 맞은편 자리를 눈으로 가리켰다. 아침 댓바람부터 찾아오겠다는 연락을 받은 것도 심기가 불편한 마당에 누구의 집무실인지 헷갈릴 만큼 당당한 그의 태도에 불쾌해진 박 회장의 안색이 순간적으로 달라졌다. 하지만 그는 이내 너털웃음을 터뜨리며 소파에 앉았다.

"제가 먼저 찾아뵀어야 했는데 죄송합니다."

지 회장은 몇 해 전 세상을 떠난 박 회장의 부친을 떠올렸다. 호탕하고 무게감 있는 장부였던 부친과 달리 박 회장은 호탕한 듯 보이지만 가볍고 성질이 급해 졸부에 가까운 사내였다. 아무리 하윤과 신휘의 사이를 인정하기 싫었다고는 해도 이런 집안과 연을 맺으려 한 자신의 안일함에 화가 났다.

"그런데 어쩐 일로 보자고 하셨는지요."

이런 식의 만남은 처음이었기에, 박 회장은 지 회장이 무슨 이야기를 할지 내심 긴장하고 있었다.

"지금 병원에서 오는 길입니다."

"병원은 왜……."

"잘 아실 텐데요?"

"글쎄요. 저는 잘……."

지 회장은 말끝을 늘이며 눈치를 살피는 박 회장의 모습에 구역질이 나올 뻔했다.

"문신휘가 많이 다쳤습니다."

"아이고, 어쩌다가 그랬습니까? 많이 안 좋습니까?"

박 회장은 경호과장이 일을 잘 처리했구나 싶어 내심 통쾌했다. 어디를 얼마나 다쳤는지 구체적으로 묻고 싶어 입이 근질거렸다.

지 회장은 무슨 말인지 전혀 모르겠다는 듯한 얼굴을 하는 박 회장을 서늘한 시선으로 바라보며 말했다.

"많이 안 좋습니다. 죽일 생각까지는 없었던 것 같은데 힘 조절을 못하는 놈들을 쓰셨나 봅니다."

박 회장은 순간적으로 움찔했지만, 일단 발뺌을 하며 지 회장의 시선을 슬그머니 피했다.

"당최 무슨 말씀이신지……."

"무슨 말인지는 경호과장에게 직접 물어보시죠. 경호과장의 지시를 받은 깡패 놈들이 일 처리를 어떻게 했는지."

안 그래도 박 회장은 경호과장과 연락이 닿지 않아 무슨 일이 생겼나 궁금해하던 차였다. 그런데 지 회장의 말을 들으니 아무래도 뭔가 잘못된 것 같은 불길한 예감이 들었다.

"아, 경호과장에게 물어보기 곤란하시겠군요."

"……네?"

"지금쯤 그 사건에 연루된 놈들 모두 체포됐을 겁니다. 경호과장까지 포함해서."

경찰이 신속하게 움직인 건 전적으로 지 회장의 힘이었다. 경찰과 검찰의 가장 윗선에게 신속한 수사를 요청한 덕분에, 존재하는 모든 CCTV와 통화 기록을 조회해 어렵지 않게 피의자가 특정되었고 검거까지 일사천리로 이루어졌다.

박 회장은 매우 당황했지만, 최대한 동요하지 않은 척, 어색하게 웃어 보였다.

"아들이 한 번도 아니고 두 번씩이나 한 놈한테 맞았는데 가만히 있는 아비가 어디 있겠습니까? 이해하시지요?"

당신도 문신휘를 싫어하지 않느냐는, 동조를 구하는 어조였다.

"다행입니다. 그렇게 생각하신다면 할아비가 나서는 것도 이해하실 테니."

"그게 무슨……."

"박 회장 아들이 오래전에 내 외손녀에게 입에 담지도 못한 말을 한 것도 모자라서, 감히 버러지만도 못한 짓거리를 또 저질렀는데 내가 가만히 있을 줄 아셨소?"

지 회장의 서릿발 같은 기세에 눌린 박 회장은 식은땀만 흘릴 뿐 아무 말도 할 수가 없었다.

"내가 이 방에서 나가자마자 시작될 겁니다. 내 새끼들 건드리면 어떻게 되는지 지금부터 똑똑히 보여 드리다."

사색이 되어 있는 박 회장에게 엄중한 경고를 하고 자리에서 일어난 지 회장은 문을 향해 천천히 걸음을 옮겼다. 그리고 문가에 다다랐을 무렵, 고개를 반쯤 돌리고 칼날처럼 매서운 목소리로 말했다.

"내가 그 자리에 있었다면 난 당신 아들, 죽였을 거요."

그 말을 끝으로 회장실을 나온 지 회장은 문밖에서 대기하고 있던 정 실장을 향해 지시했다.

"시작해."

"네, 회장님."

정 실장은 기다렸다는 듯 학영에게 전화를 걸었다.

"시작하시랍니다."

18. 모든 것은 제자리로

「세화건설 박용기 회장, 보복 폭행 파문.」
「세화건설 차남, 재벌가 자제들과 상습 마약 파티.」
「마약 수사 무마 대가로 금품 받은 경찰관 구속.」

명신일보의 단독 보도로 인해 촉발된 사태는 실로 어마어마했다. 박 회장은 폭행 교사, 찬주는 상습 마약 투약 혐의로 나란히 검찰 조사를 받게 되었다. 거기에 박 회장이 찬주의 범행을 덮기 위해 매수했던 검경 인사들까지 줄줄이 엮여 기소되었다. 그뿐 아니라, 찬주와 함께 마약을 투약한 이들이 무더기로 검거되면서 재벌가의 자성을 요구하는 목소리가 높아졌다.

여론은 들끓었고, 대중은 분노했으며, 세화건설의 주가는 곤두박질쳤다.

중환자실에 있던 신휘는 삼 일 뒤 일반 병실로 옮겨졌다. 상태가 좋아지고 있다는 주치의의 말이 무색하게 의식은 돌아오지 않았다. 하윤은 그의 곁에서 그가 깨어나기만을 의연하게 기다렸다. 창휘와 은휘는 아침저녁으로 병원에 드나들며 죽은 듯이 누워 있는 신휘와 그 옆을 지키며 점점 해쓱해지는 하윤을 걱정스럽게 지켜보았다.

나흘째 되던 날, 하윤이 좋아하는 음식을 이것저것 사 가지고 병원에 온 은휘는 그녀의 후줄근한 몰골을 더 이상 참지 못하고 벌컥 화를 냈다.

"안 먹고, 안 자고, 안 씻고. 너 진짜 계속 이럴래?"

하윤은 은휘를 쳐다보지도 않고 멍한 얼굴로 신휘의 팔을 주무르고 있었다.

"네가 이러고 있으면 안 깨어날 신휘가 깨어나기라도 한대?"

그제야 그녀의 고개가 은휘에게로 향했다. 말이 씨가 될까 봐, 생각이 현실이 될까 봐, 하윤은 그가 깨어나지 못한다는 생각을 하지 않으려 애썼다. 그런 생각이 들려고 하면 억지로 다른 생각으로 그 자리를 채웠다. 그런 그녀에게 은휘의 말은 절대 용납할 수 없는 것이었다.

"안 깨어나긴 누가 안 깨어나?"

은휘는 하윤의 눈빛과 목소리에 담긴 서늘함에 일순간 움찔했다. 하지만 그냥 물러설 수 없어 일부러 더 강하게 받아쳤다.

"그렇게 믿는 사람이 왜 이러고 있는데? 뭐가 두려워서 신휘 옆에서 꼼짝도 못 하는 건데?"

"못 믿어서가 아니야."

"그럼?"

"오빠가 깨어났을 때 내가 제일 먼저 눈앞에 있어주고 싶어서야."

"……."

"오빠가 그랬던 것처럼⋯⋯."

어느새 하윤의 목소리는 촉촉이 젖어 있었다.

은휘는 십이 년 전 교통사고가 있었던 그날, 신휘도 같은 말을 했었다는 것을 기억해 냈다.

"하윤이 눈 떴을 때 내가 있어줄 거야."

성격은 판이하지만, 서로에 대한 마음만은 너무나 같은 두 사람이 안타깝고 애처로웠다. 하지만 그는 내색하지 않고 일부러 장난스럽게 말을 돌렸다.

"신휘가 눈 떴다가 네 얼굴 보고 도로 눈 감을 것 같은데?"

"⋯⋯나 많이 흉해?"

하윤이 걱정스러운 눈빛으로 되물었다.

"어, 심각해."

"⋯⋯."

"기왕이면 예쁜 얼굴 보여주는 게 어때? 옷 챙겨왔으니까 옷도 좀 갈아입고."

은휘가 노리는 건, 하윤을 잘 구슬려서 씻고 오게 한 다음에 뭐라도 좀 먹여서 재우는 것이었다. 이렇게 막무가내로 버티다가 그녀까지 쓰러질 것 같아 조마조마했다.

"그럼 씻기라도 해야겠다."

그의 말에 설득당한 하윤이 침대 옆 보조 의자에서 몸을 일으켰다. 하지만 줄곧 앉아 있었던 탓에 무릎이 잘 펴지지 않아 곧바로 움직일 수가 없었다.

"하루 종일 앉아만 있으니까 다리가 굳지."

"옷이나 줘."

은휘의 잔소리를 못 들은 척하며 말을 돌린 그녀는 그가 건네준 옷을 품에 안고 뻣뻣한 다리로 화장실을 향해 걸음을 옮겼다.

하윤이 머리를 감고 샤워를 마친 뒤 밖으로 나왔을 때, 은휘는 없었다.

"……어디 갔지?"

수건으로 머리카락의 물기를 꾹꾹 눌러 짜며 침대로 다가가던 그녀는 흠칫 놀랐다. 눈꺼풀에 덮이지 않은 신휘의 깊은 눈동자가 자신을 바라보고 있었기 때문이었다. 하윤은 그가 의식이 없는 동안 이 순간을 수백 번도 넘게 상상했었다. 그런데 막상 현실이 되니 아무 말도 할 수가 없었다. 누가 입을 막고 있는 것도 아닌데 목소리가 나오지 않았다. 할 수 있는 거라고는 떨리는 걸음으로 그에게 다가가는 것뿐이었다. 멍했던 정신이 조금씩 돌아오면서 꿈이 아니라는 것을 깨달은 하윤이 입술을 떼려는 순간, 신휘의 입술이 먼저 열렸다.

"누구…… 세요……?"

그에게로 향하던 하윤의 손이 허공에서 멈췄다. 심장이 발끝까지 떨어지는 기분에 그녀의 얼굴빛이 순식간에 창백해졌다.

"말도 안 돼……."

하윤은 차라리 꿈이길 바랐다. 그녀에게 기억상실이라는 건 드라마나 영화에서만 볼 수 있는 것이지, 결코 현실이 될 수 없는, 되어서는 안 되는 것이었다. 그런데 그때, 넋 나간 얼굴로 우두커니 서 있던 하윤의 귀로 신휘의 갈라진 목소리가 파고들었다.

"하…… 윤아……."

그녀는 그의 입에서 나온 제 이름이 무엇을 의미하는지 곧바로 이해하지 못했다. 신휘가 다시 한 번 힘겹게 입을 움직였다.

"미…… 안……."

하윤은 그제야 어떻게 돌아가는 상황인지 감을 잡았다.

"설마…… 지금 나한테 장난…… 친 거야……?"

"미안…… 잘못…… 했어……."

그녀는 지금 좋아해야 하는 건지 화를 내야 하는 건지 알 수가 없었다. 그가 의식을 되찾았고 자신을 똑똑히 기억하고 있다는 건 좋았지만, 눈을 뜨자마자 이런 장난을 쳤다는 것에는 화를 내는 게 맞았다. 하지만 하윤은 둘 중 어느 것도 할 수 없었다. 맥이 풀려 버린 그녀는 나흘 동안 한 몸이나 마찬가지였던 침대 옆 의자에 털썩 주저앉았다. 그리고 목 놓아 울었다.

"으흑…… 흑흑……."

신휘는 눈을 뜨자마자 병원이라는 걸 알았지만, 나흘 동안이나 의식불명이었다는 사실은 알지 못했다. 괴한들에게 끌려가 구타를 당했던 순간이 어렴풋이 기억나, 조금 다쳤다고 생각한 게 다였다. 그래서 걱정했을 하윤에게 괜찮다는 걸 보여주기 위해 장난을 쳐 본 것뿐인데 그녀가 예상치 못한 오열을 하니 당혹스러웠다.

"울지…… 마……."

하지만 하윤의 울음은 쉽게 그치지 않았다. 사고 소식을 듣고 난 다음부터 그가 깨어날 때까지 참아왔던 설움이 한 번에 폭발한 것처럼 하염없이 눈물을 쏟아냈다. 신휘는 제 옷을 흠뻑 적시고 있는 그녀의 등을 힘겹게 토닥거렸다. 아직 움직임이 여의치 않아 그가 해줄 수 있는 건 그게 전부였다. 그제야 마음대로 움직여지지 않는 몸과 어눌한 말투로 제 상태가 가볍지 않다는 사실을 깨달은 그는 하윤이 왜 이렇게까지 통곡을 하는지 알 수 있었다. 그녀가 감내해야 했던 막막함과 답답함이 고스란히 전해져 가슴 한편이 시큰거렸다.

하윤의 구슬픈 울음소리가 병실 밖까지 울려 퍼지고 있던 그때, 신휘가 깨어났다는 사실을 알리기 위해 달려 나갔던 은휘가 주치의와 간호사를 이끌고 병실로 돌아왔다. 먼저 병실 안으로 뛰어 들어온 은휘는 그 자리에 우뚝 멈춰 섰다. 뒤이어 도착한 이들도 눈앞에 펼쳐진 광경에 동시에 멈칫했다. 나흘 동안 의식이 없었던 환자와 그의 가슴에 얼굴을 묻고 대성통곡하는 보호자……. 그들의 눈에 비친 그 모습은 영락없는 임종의 순간이었다.

"의사 생활 이십 년 가까이 했지만 이렇게 슬프게 우는 보호자는 처음 봅니다."

"죄송합니다……."

주치의의 교묘한 핀잔에 하윤은 죄지은 사람처럼 고개를 푹 숙이고 웅얼거렸다.

"죄송합니다, 선생님."

덩달아 죄인이 된 듯한 기분으로 은휘도 고개를 꾸벅 숙였다. 신휘 역시 염치없는 얼굴을 하고 있었다.

의사와 간호사들이 우르르 병실을 빠져나가고 나자, 하윤은 언제 움츠러들었나 싶게 세모눈을 하고 은휘를 흘겨보았다.

"오빠 때문에 망했어."

"내가 뭐?"

"오빠가 씻으러 가라고 하는 바람에 신휘 오빠 눈뜰 때 나 못 봤잖아. 내가 아니라 오빠 얼굴을 제일 먼저 본 게 말이 돼? 내가 나흘을 꼬박 지키고 있었는데 그 막간을 이용해서 오빠가 내 자리를 채갔어."

어처구니없는 그녀의 타박에 은휘는 실소를 금치 못했다.

"채가긴 뭘 채가? 나 그런 자리 필요 없거든?"

"결론은 그렇게 됐잖아."

은휘도 하윤의 말에 어느 정도 수긍했다. 신휘가 그때 깨어날 줄 알았더라면 하윤이 나서서 씻으러 가겠다고 했어도 말렸을 거였다. 하지만 그는 제 잘못을 순순히 인정할 생각이 없었다.

"어쭈? 지금 누가 누구한테 성질을 내는 건지 모르겠네?"

"내가 오빠한테."

몰라서 물은 게 아니라는 걸 뻔히 알면서 또박또박 받아치는 하윤을 노려보며 은휘가 말을 이었다.

"너 아까 우는 거 보고 내가 얼마나 식겁했는지 아냐?"

"내 잘못 아니니까 오빠 동생한테 뭐라고 해. 오빠 동생이 며칠 만에 깨어나서 제일 처음으로 한 게 나 놀린 거였으니까."

그녀는 이번에도 똑 부러지게 응수했다.

"평소에는 네 남자고 이럴 때만 내 동생이지?"

"응, 오늘은 내 남자 아니야. 내 남자는 이런 철딱서니 없는 장난 안 쳐."

두 사람의 말싸움을 듣고 있으려니, 신휘는 가시방석에 앉아 있는 것만 같았다. 그는 원래 장난을 좋아하는 성격이 아니었다. 그런데 하필이면 오늘 같은 날 장난을 치다니 아무리 생각해도 뭔가 씌었던 게 아닐까 싶기도 했다.

CT실로 내려오라던 주치의의 말도 잊은 채, 은휘와 하윤의 공방은 점점 더 치열해지고 있었다.

일시적으로 신체 기능이 떨어졌던 신휘는 금세 본모습을 되찾았다. 일상적인 움직임도 가능해졌고 어눌했던 말투도 정상으로 돌아왔다. 하지만 재출혈의 가능성도 배제할 수 없다는 주치의의 소견에 따라 당분간 입원한 상태로 경과를 지켜보기로 했다.

"빨리 학교 가."

자신이 누워 있는 동안 하윤이 학교에 나가지 않았다는 사실을 알게 된 신휘가 그녀를 다그쳤다.

"알았어. 내일부터 갈게."

"안 돼. 오늘 수업 있잖아. 얼른 일어나."

그는 하윤이 칭얼거리거나 말거나 단호했다. 물론 신휘도 그녀와 함께 있고 싶었다. 하지만 자신으로 인해 하윤의 삶이 엉망이 되는 것을 더는 두고 볼 수가 없었다.

"갔다가 빨리 와."

"그럼 금방 갔다 올게."

두 시간짜리 강의이기는 해도 오고 가는 시간까지 합하면 네 시간은 족히 떨어져 있어야 한다는 생각에 시무룩해진 그녀를 보며 신휘가 두 팔을 앞으로 내밀었다.

"나 한번 안아주고 가."

침대로 가까이 다가간 하윤은 그를 감싸 제 품으로 끌어당겼다. 그러고는 신휘의 뒷머리를 다정하게 쓰다듬으며 가만가만 말했다.

"우리 오빠는 뒤통수도 멋있네."

"우리 하윤이는 척추도 예쁜데?"

신휘가 하윤의 말을 따라 하며 웃었다. 그의 손은 어느새 그녀의 등허리를 쓸고 있었다. 두 사람은 지금 이 순간이 현실임을 확인하려는 듯 끊임없이 서로를 느끼는 데 여념이 없었다.

신휘는 학교에서 돌아올 하윤을 기다리느라 목이 한 자는 늘어나 있었다. 일부러 딴짓을 하려고 해도 그의 시선은 자꾸만 문으로 향했다.

"올 때가 지난 것 같은데……."

하윤이 깜빡 잊고 휴대폰을 두고 가는 바람에 언제 도착하느냐고 전화를 걸어볼 수도 없었다. 신휘가 연락할 방법이 없어 답답해하고 있던 그때, 병실 문이 벌컥 열리면서 오매불망 기다리던 하윤이 해맑은 미소와 함께 등장했다.

"왜 이렇게 늦…… 그건 뭐야?"

그의 눈이 그녀가 끌고 들어온 트렁크에 고정되었다.

"성북동 들러서 내 짐 좀 챙겨왔어."

"짐?"

"갈아입을 옷이랑 화장품, 뭐 그런 거."

"왜?"

"왜긴 왜야. 매일 똑같은 옷 입고 학교 갈 수는 없잖아."

신휘가 한 질문의 요지는 그게 아니었지만, 하윤이 하도 당당하게 대답하는 바람에 말문이 막혀 버렸다. 그는 하윤이 수업을 마치고 집에 가기 전에 병원에 잠깐 들렀다 가는 정도를 생각하고 있었다. 그런데 그녀는 아예 병원에 눌러 있겠다는 말을 하고 있었다. 하윤은 당황한 신휘를 아랑곳하지 않고서 콧노래를 부르며 빈 옷장에 제 옷을 걸기 시작했다.

하윤은 병원과 학교를 오가며 생활하기 시작했다. 집만큼 편하지는 않았지만, 특별히 잠자리를 가리지 않는 그녀에게는 크게 불편하지도 않았다. 보호자용 침대도 꽤 좋았고, 환자용 외에 추가로 식사를 요청하여 먹는 것도 만족스러웠다. 게다가 창휘와 은휘가 너 나 할 것 없이 먹을 것을 사다 날랐기 때문에 하윤은 오히려 집에 있을 때보다 더 잘 먹고 있었다.

병원이라는 사실도 잊은 채 알콩달콩 행복한 시간들을 보내던 어느 날, 식곤증을 이기지 못하고 저도 모르게 잠이 들었던 하윤은 두런거리는 소리에 눈을 떴다. 멍한 정신을 가다듬은 그녀의 시야에 여러 사람의 모습이 들어왔다. 주치의와 간호사, 그리고 흰 가운을 입은 여러 명의 의사들……. 이 구성원은 분명 회진이었다.

"헉!"

기겁하며 일어나 앉은 하윤에게 모두의 시선이 쏠렸다. 이내 그녀는 또 한 가지 사실을 깨달을 수 있었다. 자신이 환자용 침대에서 일어났다는 것이었다.

"푹 자고 일어나니까 개운하죠?"

"네. 네……?"

주치의의 말을 얼떨결에 수긍하던 하윤이 깜짝 놀라며 잽싸게 침대에서 내려왔다. 주치의는 쥐구멍에라도 숨고 싶은 마음에 안절부절못하고 있는 그녀를 향해 씩 미소 지으며 몸을 돌렸다. 레지던트와 인턴들이 그 뒤를 따라 썰물 빠지듯 병실에서 사라지고, 마지막으로 남은 간호사가 새침한 표정으로 입을 열었다.

"보호자분, 이러시면 안 돼요."

"아, 그게 저는……."

"환자분께서 안정을 취하실 수 있도록 협조 부탁드립니다."

"네……."

겉으로는 얌전하게 대답했지만, 하윤은 속으로 간호사가 신휘의 팬일 거라고 확신했다. 그렇지 않고서야 볼 때마다 못 잡아먹어서 안달하는 표정을 지을 수는 없을 터였다.

"안정은 무슨, 누가 들으면 중환자인 줄 알겠네……."

간호사가 나간 문을 째려보며 중얼거리던 그녀는 신휘의 키득거리는 소리에 고개를 휙 돌렸다.

"웃지 마!"

하지만 그의 웃음소리는 도리어 더 커졌다.

"웃지 말라고! 오빠 때문에 나만 이상한 사람 됐잖아."

하윤의 매서운 기세에 찔끔한 신휘는 웃음을 참기 위해 시선을 바닥으로 떨어뜨려야만 했다.

"회진을 왔으면 깨워야지 그냥 두는 심보는 뭔데?"

"깨웠는데 네가 짜증 냈잖아. 깨우지 말라고."

"내, 내가……?"

하윤은 어렴풋이 떠오르는 기억을 애써 무시하며 말을 넘겼다.

"왜 소파에서 잘 자고 있는 사람을 침대로 데려다 놔서 민망하게 만들어?"

그녀의 마지막 기억은 소파에 누워서 휴대폰을 가지고 놀던 것이었으니, 하윤은 당연히 그가 자신을 침대로 옮겨놓았다고 생각하고 있었다.

"나 아닌데?"

"……응?"

"네가 네 발로 침대 위로 올라온 건데?"

신휘의 말은 사실이었다. 소파에서 잠이 들었다가 잠결에 눈을 뜬 하윤이 본능에 이끌리듯 침대로 올라간 거였다. 신휘가 그녀를 편히 재우기 위해 침대에서 내려와 있지 않았더라면, 많은 이들에게 두 사람이 한 침대에 딱 붙어 있는 구경거리를 제공할 뻔했던 것이다.

신휘는 겸연쩍은 얼굴을 하고 있는 하윤을 위해 화제를 바꿔주었다.

"내일 퇴원하래."

"……그래?"

좋은 일이 분명한데 두 사람의 표정은 그리 밝지 않았다. 퇴원이라는 말이 반갑고 기쁘지 않은 까닭은 지금까지 애써 모른 척하고 있던 현실과 다시금 마주해야 하기 때문이었다.

"오빠 퇴원하면…… 난 어떻게 해야 하는 거야?"

"……."

"나 도로 할아버지네로 가……?"

불안한 기색이 역력한 하윤의 눈망울을 바라보며 신휘가 입을 열려는 순간, 병실 문을 두드리는 소리가 들려왔다. 문으로 시선을 옮긴 두 사람은 흠칫 놀랐다. 병실 안으로 들어선 사람은 바로 지 회장이었다.

"할아버지!"

하윤은 흡사 귀신을 본 사람처럼 기겁하며 그에게 달려갔다.

"여긴 어떻게 오셨어요?"

지 회장은 그녀의 말에 대답하지 않고 신휘에게 시선을 돌렸다.

"안녕하셨습니까, 회장님."

신휘가 정중하게 허리를 숙여 인사했다. 지 회장이 무슨 말인가를 하기 위해 입술을 달싹이는 순간, 하윤이 두 팔을 옆으로 쭉 뻗으며 두 사람 사이를 막아섰다.

"오빠 아직 아파요. 환자예요."

신휘가 다친 날 너무나 경황이 없었던 그녀는 지 회장이 했던 말을 기억하지 못하고 있었다. 신휘에게 아무 일도 없을 거라던 위로의 말도, 그를 꼭 찾아주겠다던 약속의 말도 기억에 남아 있지 않았다. 그저 중환자실 앞에서 지 회장을 잠시 보았던 기억이 전부였다. 하윤은 후속 보도로 정신없이 바쁜 학영에게 아무 말도 듣지 못했기에 할아버지가 박 회장과 찬주의 보도 기사를 진두지휘하고 있다는 사실도 전혀 모르고 있었다. 그래서 지금 그녀에게는 신휘를 지켜야 한다는 일념뿐이었다. 언젠가 한 번은 겪고 넘어가야 할 일이라는 건 알고 있지만, 하윤이 생각하는 그 '언젠가'가 결코 오늘은 아니었다.

"오빠 퇴원할 때까지만 여기 있을게요, 네?"

하윤은 아예 짐까지 싸서 나와 병원에서 지내고 있는 자신을 더는 두고 볼 수 없었던 지 회장이 직접 나선 것이라고 지레짐작하고 있었다.

"나가 있거라."

지 회장은 애원하는 그녀에게 단호한 어조로 말했다.

"할아버지……"

신휘가 다시 한 번 간청하려는 하윤을 말렸다.

"나가 있어."

뒤를 돌아본 그녀는 안심하라는 듯 엷게 웃고 있는 신휘를 보고 체념

한 듯 고개를 끄덕였다. 하윤이 시무룩하게 발걸음을 떼려는 순간, 지 회장의 입이 열렸다.

"맨발로 나갈 참이냐."

"아⋯⋯."

하윤은 제 발로 시선을 내리고서야 조금 전 당황해서 침대에서 뛰어 내린 이후 줄곧 맨발이었다는 사실을 깨달았다. 그녀는 침대 아래 놓여 있던 슬리퍼에 발을 꿰고서 주춤주춤 걸음을 옮겼다. 연신 걱정스러운 표정으로 뒤를 돌아보던 하윤이 병실을 나가고, 문이 닫혔다. 먼저 말문을 연 건 신휘였다.

"앉으십시오."

"앉아라."

신휘는 지 회장이 소파에 앉을 때까지 기다렸다가 그의 맞은편에 앉았다.

"몸은?"

"괜찮습니다."

"회복이 빠르다는 얘기는 들었다. 내일 퇴원해도 된다지?"

"네."

잠시 침묵이 이어졌다. 입을 열지 않고 있는 동안에도 지 회장의 눈은 신휘에게서 떠나지 않았다. 꿰뚫어 보는 듯 강렬한 눈빛임은 분명했지만, 책망하는 시선은 아니었다. 신휘는 겸허한 자세로 지 회장의 다음 말을 기다렸다.

"하윤이 데려가라."

예상치 못한 말을 들은 신휘의 눈이 놀라움으로 커졌다. 오해를 하고 있는 하윤과 달리, 그는 지 회장이 자신을 나무라기 위해 혹은 그녀를 데려가기 위해 온 것이 아니라는 것을 직감하고 있었다. 하지만 데려가라는 말을 들을 거라는 기대는 감히 하지 못했다. 너무나 바랐던 것이 이루어졌지만, 신휘는 얼떨떨하기만 할 뿐 좀처럼 실감이 나지 않았다.

그의 머릿속에 십이 년 전의 일이 주마등처럼 스쳐 지나갔다. 삼 형제에게도 하윤 못지않게 그녀의 할아버지라는 존재는 너무나 갑작스러웠다. 그렇지만 그들은 하윤이 정상적인 가정에서 충분한 사랑과 보살핌을 받으며 살기를 바랐다. 그게 순리라고 생각했고, 그랬기에 그녀를 보낼 마음의 준비를 하고 있었다. 하지만 지 회장은 장례식장에 딱 한 번 왔다 갔을 뿐 더는 모습을 드러내지 않았다. 장례식이 끝나고 나타난 정 실장이 울며불며 안 간다고 버티는 하윤을 반강제로 데려간 이후, 세 사람은 그녀를 데려오기로 결심했다. 여기저기 수소문한 끝에 명신일보 회장 자택을 알아낸 그들은 몇 번이고 문전박대를 당하다가 가까스로 집 안에 발을 들일 수 있었다.

"데려가라."

지 회장의 입에서 그 말이 나왔을 때 느꼈던 안도와 기쁨은 말로 표현할 수 없을 정도였다. 그런데 오늘은 같은 말을 들었음에도 당시와는 기분이 전혀 달랐다. 신휘는 기쁘기보다는 마음이 무거웠다. 자신으로 인해 하윤이 할아버지와의 응어리를 다 풀지 못하고 원점으로 돌아가는 게 아닐까 걱정스러웠던 것이다.

복잡한 감정이 떠올라 있는 그의 얼굴을 물끄러미 바라보고 있던 지 회장이 한마디 덧붙였다.

"퇴원하면 집에 한번 들르고."

신휘는 그제야 지 회장의 허락이 단순히 하윤을 데려가라는 의미가 아닌, 둘 사이를 인정하겠다는 의미임을 깨달았다. 지 회장이 할 말을 마쳤다는 듯 소파에서 몸을 일으키자, 신휘가 황급히 뒤따라 일어났다.

"나올 것 없다."

신휘는 그 자리에 못 박힌 듯 서서 지 회장을 향해 허리를 깊숙이 숙였다.

"감사합니다."

하윤은 병실을 나와서 문을 닫자마자, 그 문에 찰거머리처럼 찰싹 붙어 섰다. 그러고는 안에서 무슨 소리가 들리는지 귀를 곤두세웠다.

"젠장, 이 병원은 뭔 방음이……."

혼잣말을 중얼거리다가 왠지 모를 싸한 느낌에 고개를 돌린 하윤은 움찔했다. 정 실장이 여느 때와 다름없는 무표정한 얼굴로 서 있었기 때문이었다.

"어머, 정 실장님. 거기 계셨네요……."

할아버지가 여기까지 혼자 왔을 리 없다는 걸 알면서도 민망한 마음에 아무 말이나 주절거려 본 것이었다.

"네, 여기 있었습니다."

"혹시 언제부터……."

"회장님께서 안에 들어가시고 쭉 이 자리에 있었습니다."

"아, 네……."

하윤은 어색하게 웃으며 경박스러웠을 것이 분명한 조금 전 제 행동을 되새겼다. 그러나 그것도 잠시, 정 실장의 눈치를 살피는가 싶던 그녀는 어느새 병실 문을 투시하듯 바라보고 있었다. 혹시 안에서 고성이 들리지는 않는지 귀를 쫑긋 세워보았지만 아무 소리도 들리지 않았다. 문에 붙어서도 들리지 않던 소리가 한 걸음 떨어져 있는데 들릴 리가 없음에도 불구하고 하윤은 최선을 다해 온 신경을 귀에 집중했다. 그때, 달칵 하는 소리와 함께 병실 문이 열리며 지 회장이 모습을 드러냈다.

"할아버지!"

반사적으로 그의 어깨 너머로 눈을 돌린 하윤은 우두커니 서 있는 신휘를 보고 울컥했다. 원망 가득한 눈으로 자신을 바라보는 그녀에게 지 회장이 무심하게 한마디 툭 던졌다.

"별말 안 했다."

'말이 아니면 눈으로 하셨겠지.'

지 회장은 눈빛만으로도 상대방을 위축시킬 수 있을 뿐만 아니라 잘못한 게 없어도 왠지 잘못했다고 말해야만 할 것 같은 위압감을 주는 사람이었다. 그렇기에 하윤에게는 별말 안 했다는 그 말이 그다지 놀랍지도 않았다. 그러나 이어진 지 회장의 말은 그녀를 놀라게 하기 충분했다.

"너 데려가라는 말밖에 안 했다."

"네?"

하윤의 눈이 튀어나올 듯 커졌다.

"그런데 말을 잘못한 것 같다."

지 회장은 큰 눈을 송아지처럼 끔벅이고 있는 그녀를 보며 말을 이었다.

"데려가긴 뭘 데려가, 네 발로 따라가면 되지."

"할아버지……."

"퇴원 수속은 정 실장이 처리할 테니 신경 쓸 거 없고, 성북동에 남은 네 짐도 알아서 갖다 줄 게다. 신휘 퇴원하는 길에 곧장 따라가도 된다."

'할아버지가 오빠를 신휘라고 불렀다…….'

하윤에게는 신휘를 따라가라는 허락보다도 훨씬 더 감격스러운 말이었다. 그녀의 눈에 눈물이 그렁그렁 차올랐다.

"할아버지, 감사합니다. 진짜 감사합니다……."

지 회장이 하윤의 등을 투박한 손으로 툭툭 내리쳤다. 그 어색한 손길에 가까스로 참고 있던 눈물이 왈칵 터져 버린 하윤은 그의 가슴에 얼굴을 묻고 오열했다.

"우어어엉……!"

지 회장은 병원 복도를 쩌렁쩌렁 울리는 대성통곡에 당황했다.

"다 큰 녀석이."

VIP 병동은 일반 병동과 다르게 인적이 드물고 조용한 곳이었다. 복도를 지나갈 때도 한두 사람 마주치기가 힘들 정도였다. 그런데 난데없는 울음소리가 복도를 울리니, 의사들과 간호사들은 물론이거니와 입원해 있던 환자들과 보호자들까지 무슨 일인가 싶어 나와 기웃거리기 시작했다.

"우어…… 으허억……."

'이건 짐승의 소리인가…….'

살아생전 처음 들어보는 소리에 당혹스러워하고 있던 지 회장을 구해 준 건 신휘였다.

"데리고 들어가겠습니다."

등 뒤에서 들려온 신휘의 목소리에 지 회장이 반색했다.

"그래, 데리고 들어가라."

"으흑…… 하, 할…… 아버지……."

하윤이 숨을 할딱거리며 신휘의 손에 이끌려 병실 안으로 들어가자, 정 실장이 기다렸다는 듯 급하게 문을 닫았다. 평소에는 지 회장 못지 않게 무표정하기 그지없는 그의 얼굴에도 당황한 빛이 역력했다. 조금 전 하윤이 했던 말처럼 방음이 훌륭한 병원이라 복도는 이내 고요함을 되찾았다.

"후……."

지 회장은 기운 넘치는 하윤을 감당하기에는 자신이 너무 늙었다는 생각을 하며 모두숨을 쉬었다.

병실로 들어온 신휘가 하윤을 부드럽게 나무랐다.

"회장님 놀라셨겠다."

그에게는 꺼이꺼이 목 놓아 우는 그녀의 모습이 그다지 생소하지 않았지만, 처음 본 사람은 충분히 당황하고도 남을 만하다는 사실을 잘 알고 있기 때문이었다. 울음보는 멈췄지만 쉽게 진정이 되지 않았던 하윤은 가쁜 숨을 몰아쉬었다. 신휘는 그녀를 소파에 앉히고 침대 옆 탁자로 걸어가 물 한 잔과 휴지 한 장을 가지고 돌아왔다.

"코 나왔다."

하윤은 신휘가 건네준 휴지로 팽 소리 나게 코를 풀었다.

"한 모금씩 끊어 마셔."

신휘는 유독 물 마시다가 사레들리는 일이 잦은 그녀에게 미리 주의를 시켰다. 하윤은 그가 손에 쥐여준 물컵을 얌전히 받아 말 잘 듣는 아이처럼 조금씩 나눠 마셨다. 그제야 고른 숨을 내쉬는 그녀를 보며 신휘가 소리 없이 빙긋 웃었다.

"다행이다."

"뭐가?"

"널 어떻게 해야 하나 생각이 많았거든."

"날 뭐?"

"이제 널 다시 보낼 수가 없는데…… 네가 가겠다고 해도 이제 내가 안 되겠는데…… 어떻게 하는 게 맞는 걸까 고민했지."

하윤이 신휘의 심연처럼 깊은 눈에서 시선을 떼지 못하고 있는 사이, 그가 말을 이었다.

"네가 짐 싸서 병원에 온 날, 뭐라고 했지만, 진심이 아니었어. 자기 합리화라는 거 아는데…… 병원에 있는 동안은 회장님도 이해해 주실 거다, 그렇게 믿고 싶었어. 그래서 퇴원하고 싶지가 않았어, 널 보내야 할까 봐."

하윤은 신휘에게 바짝 다가가 그의 품에 안겼다.

"고마워, 내가 할아버지한테 허락받을 때까지 기다려 줘서. 오빠가 그냥 돌아오라고 했으면 나 아마 돌아갔을 거야. 그러면 할아버지랑 영영 보지 못했을지도 몰라."

"처음이자 마지막이었어. 이제 이런 일 생기면 안 기다려."

하윤이 신휘의 품속에서 입술을 삐죽거렸다.

"치…… 정말 안 기다려 줄 거야?"

"어, 안 기다려 줄 거야. 처음부터 못 가게 할 거니까. 이제 잠시도 안 돼. 내가 죽을 것 같아서 더는 안 되겠어."

신휘는 이제 다시는 어디에도 보내지 않겠다는 듯 그녀를 힘껏 끌어안았다.

다음 날, 신휘의 퇴원을 위해 병원을 찾은 은휘는 병실 문가에 서서 신휘와 하윤을 물끄러미 바라보았다. 신휘는 이미 옷을 갈아입고 침대 위에 걸터앉아 있었고, 하윤은 병실 안을 부산스럽게 왔다 갔다 하며 가방을 싸고 있었다. 냉장고에서 두 손 가득 음료수를 꺼내는 그녀를 신휘가 점잖게 타일렀다.

"그거 원래 여기 있던 거잖아."

순간적으로 멈칫했지만, 하윤은 이내 태연한 얼굴로 가방 안에 음료수를 찔러 넣었다.

"여기 하루 입원비가 얼만데. 이런 거 다 포함된 금액이거든? 놓고 가면 좀 깎아준대?"

알뜰일까 궁상일까 골똘히 생각에 잠겨 있던 신휘는 그제야 은휘의 인기척을 느끼고 고개를 돌렸다.

"형, 왔어?"

하윤은 곁눈질로 은휘를 한번 쳐다보고는 별말 없이 다시 제 일에 집중했다.

"어떻게 된 거야?"

은휘의 밑도 끝도 없는 질문에, 신휘가 고개를 갸웃거리며 되물었다.

"뭐가?"

"나보고 하고 오라면서? 퇴원 수속 다 끝났던데?"

"그게 무슨 소리야?"

"이미 다 되어 있더라고. 물론 병원비도 완납 처리됐고. 너희 둘 중 한 명이 한 거 아니야?"

"아닌데? 우리가 할 거였으면 형한테 부탁도 안 했지."

신휘의 입원 소식이 언론에 떠들썩하게 보도되자마자, 병원은 모여든 기자들로 북새통이 되었다. 하지만 외부인으로부터 철저하게 격리된 VIP 병동은 아무나 드나들 수 없었다. 그래서 기자들은 신휘가 퇴원하는 날만을 노리고 있는 형편이었다. 이러한 상황을 누구보다 잘 알고 있는 신휘는 어제 퇴원이 결정되고 곧바로 은휘에게 퇴원 수속을 부탁했다. VIP 병실이 있는 19층과 20층에는 바깥으로 통하는 전용 엘리베이터가 있어서 퇴원 수속만 마치면 병원을 조용히 빠져나갈 수 있는 구조이기 때문이었다.

"대체 누가……."

신휘 자신은 물론이거니와 하윤도 오늘 아침 병실을 나간 적이 없었으니 그가 어리둥절해하는 것도 무리는 아니었다. 그때 두 사람의 대화를 듣고만 있던 하윤이 지나가는 말처럼 말했다.

"할아버지가 계산하셨을걸?"

은휘와 신휘의 시선이 느껴졌지만, 그녀는 가방 지퍼를 야무지게 채우고서야 고개를 들었다.

"정확히 말하면 정 실장님이 하셨겠지? 할아버지가 퇴원 수속은 정 실장님이 알아서 처리하실 거라고 신경 쓰지 말라고 하셨어."

"병원비 한두 푼도 아닌데……."

괜한 폐를 끼친 것 같아 마음이 무거워진 신휘가 난감한 듯 말끝을 흐렸다.

"주시는 건 감사합니다, 하고 받는 거야. 없는 형편에 무리해서 내주신 것도 아닌데, 뭐."

"아 참!"

뭔가 생각났다는 듯한 은휘의 목소리에 신휘와 하윤의 시선이 그에게로 향했다.

"어제 성북동에서 네 짐 보내왔던데?"

"벌써?"

"드디어 방출된 거야?"

"아니거든?"

하윤이 눈을 치켜뜨고 은휘를 노려보았다.

"그럼 축출된 거야?"

"아니라고! 할아버지가 나 집에 돌아가도 된다고 허락하신 거라고!"

은휘의 장난에 말려든 하윤이 억울한 마음에 빽 소리를 질렀다.

"알았다고. 가자고."

그녀의 말투를 따라 한 은휘가 가방을 집어 들고 먼저 병실을 나서자, 신휘는 씩씩거리고 있는 하윤의 관자놀이에 가볍게 입을 맞추며 속삭였다.

"가자, 우리 집에."

한동안 떠나 있던 집에 돌아온 하윤이 처음 느낀 감정은 기쁨이 아니었다.

"아, 자괴감이 폭풍처럼 밀려온다……."

거실 한가운데 서서 혼잣말을 중얼거리는 그녀를 보고 있던 은휘가 시큰둥하게 입을 열었다.

"대체 어느 포인트에서 자괴감이 드는지 들어나 보자."

"집안의 유일한 여자가 한 달 넘게 집을 비웠는데 어쩜 이래?"

"뭐가?"

"너무 깨끗한 거 아니야? 어떻게 내가 있을 때보다 더 깨끗한 거 같지? 어떻게 남자 셋이 살았던 집이 이럴 수가 있어?"

하윤이 따지듯 목소리를 높였다.

"그건 평소에 집안일을 열심히 한 사람에게만 허용된 멘트라고 보는데?"

"내가 알기로는 집안의 유일한 여자가 집안일에 별 관심이 없대."

은휘와 신휘가 말을 주고받으며 그녀를 놀렸다. 두 사람을 떨떠름한 얼굴로 흘겨본 하윤의 얼굴에 갑자기 미소가 두둥실 떠올랐다.

"홋! 이런 식으로 나오면 후회할 텐데? 사람이 어디까지 지저분해질 수 있는지 보여주고 싶은 의욕이 막 샘솟는단 말이지?"

하윤이 마음만 먹으면 그 어떤 것도 해낼 수 있다는 사실을 잘 알고 있는 그들은 실수했음을 깨닫고 얌전히 입을 다물었다.

샤워를 하고 방으로 돌아온 하윤은 문가에서 걸음을 멈추고 방 안을 천천히 둘러보았다.

"우리 집…… 내 방……."

창휘가 사 준 책상과 책장, 은휘와 함께 가서 고른 커튼, 신휘가 해외 촬영을 갈 때마다 잊지 않고 사다 주는 도자기 인형까지, 그녀에게는 무엇 하나 추억이 담기지 않은 게 없었다. 한참을 감회에 젖어 있던 하윤은 신휘의 목소리에 정신을 차렸다.

"여기 서서 뭐 해?"

"그냥……."

신휘는 그녀의 등을 부드럽게 떠밀어 앞으로 보내고 방 안으로 따라 들어갔다. 달칵, 문이 닫히는 소리에 멈칫한 하윤이 입술을 달싹였다.

"얼른 가서 자……."

"그래, 얼른 가서 자자."

신휘가 태연하게 받아치며 불을 꺼버리자, 하윤은 저도 모르게 마른 침을 꿀꺽 삼켰다. 하지만 그녀는 이성을 가진 인간답게 제 본능을 잘 다독이고, 욕망의 화신이 된 그를 어떻게 하면 진정시킬 수 있을지를 생각했다. 자신을 뒤에서 끌어안고 침대로 가는 신휘에게 하윤이 주저하며 말했다.

"오빠, 지금은 좀 그래……."

"뭐가 그래?"

신휘가 의아하다는 듯 되물으며 그녀를 침대에 앉혔다.

"창휘 오빠 아직 안 들어왔잖아. 언제 들어올지 모르는데……."

"형이 들어오면 뭐 어때서?"

침대가 출렁이며 그의 무게가 더해지자, 하윤은 수줍게 시선을 내리깔며 웅얼거렸다.

"들키면 부끄럽잖아……."

"들키면 부끄러울 짓 안 할 거니까 걱정하지 마. 딱 잠만 잘 거야."

슬그머니 고개를 들어 올린 그녀는 담담한 신휘의 눈을 마주하고 정작 욕망의 화신은 자신이었음을 깨달았다. 헛물 켰다는 생각에 민망한 것도 잠시, 뒤늦게 그의 말을 곱씹은 하윤이 미간을 찌푸렸다.

"딱 잠만 잔다고?"

"어."

"아무것도 안 하고?"

"그래."

점점 퉁명스러워지는 하윤의 질문에도 신휘는 여유롭게 고개를 끄덕였다.

"진짜?"

"그렇다니까?"

하윤은 그의 의지가 확고하다는 걸 인정하지 않을 수 없었다.

'아무것도 안 할 건 또 뭐야? 할 수 있는 게 얼마나 많은데?'

신휘는 그녀의 뾰로통한 표정을 모른 척하며 먼저 침대에 누웠다. 그러고는 팔을 옆으로 길게 뻗으며 하윤에게 눈짓했다.

"이제 자자, 졸리다."

"난 안 졸린데? 졸린 사람이나 주무시든가."

"그럼 옆에 누워만 있어. 나 잠들 때까지."

신휘는 새치름하게 앉아 있는 하윤의 팔을 끌어당겨 제 옆에 억지로 눕혔다. 살짝 토라지긴 했지만, 그의 품이 싫을 리 없는 그녀도 못 이기는 척 얌전히 몸을 맡겼다.

"오늘은 푹 잘 수 있겠다……."

신휘는 병원에 있는 동안 하윤에게 가벼운 포옹과 입맞춤 외에 그 어떤 진한 스킨십도 시도하지 않았다. 시도 때도 없이 드나드는 의사와 간호사들 때문에 이렇게 그녀를 안고 잠든다는 건 꿈도 못 꿀 일이었다. 보호자용 침대가 바로 옆에 있다고는 해도 침대가 다르니 그녀가 옆에 있는 것 같지 않았고, 자꾸만 자다가 일어나서 하윤이 잘 자고 있는지 살피느라 그는 결국 입원해 있는 동안 단 하루도 푹 자본 적이 없었다.

"그럼 병원에서는 못 잤다는 말이야?"

하윤은 신휘가 의식을 되찾은 이후, 며칠 밤을 뜬눈으로 새운 것을 보상받기라도 하려는 듯 눕기만 하면 깊은 잠에 빠져들었다. 그래서 그가 제 걱정에 잠을 이루지 못했다는 사실을 알지 못했다.

"나는 엄청 잘 잤는데……."

명색이 환자 보호자가 너무 편하게 지내다 온 것 같아 민망해진 하윤이 멋쩍게 말끝을 흐렸다.

"그럼 됐어. 이제부터는 내가 잘 잘 테니까 협조 좀 해."

"어떻게 협조하면 돼?"

"이렇게."

신휘는 그녀를 빈틈없이 끌어안고 눈을 감았다. 그러나 이내 잘못된 판단이었음을 깨달았다. 잠을 자기 위해서는 하윤을 곁에 두면 안 되는 거였다. 향긋한 체취만으로도 정신 못 차리게 좋은 마당에, 자세가 불편한지 품 안에서 꼼지락거리기까지 하는 그녀 때문에 그의 자제력은 점점 바닥을 드러내고 있었다.

"아, 진짜 아무것도 안 하고 잠만 자려고 했는데 도움을 안 주네……."

"내가? 내가 뭘 어쨌다고? 나 그냥 누워만 있었는데?"

하윤이 억울하다는 듯 시선을 들어 신휘를 바라보았다.

"가만히만 있어도 미치겠는데 누워 있기까지 하면 게임 끝났지. 뭘 더 할 게 남았어?"

신휘는 눈을 동그랗게 뜨고 모로 누워 있는 하윤을 똑바로 눕혔다. 그리고 제 팔로 상체를 지지한 채 그녀를 그윽한 눈길로 내려다보며 속삭였다.

"내가 얘기 안 한 게 있는데……."

어느새 그의 손가락은 하윤의 입술을 느릿하게 쓸고 있었다.

"창휘 형 전화 왔었어. 오늘 못 들어온대."

은휘는 가게에 나갔으니 결국 이 집에 두 사람을 방해할 사람은 아무도 없다는 의미였다.

'으흐, 진작 말하지.'

하윤은 점점 가까이 다가오는 그의 얼굴을 보며 두 눈을 꼭 감았다.

그런데 아무리 기다려도 다음 행동이 없었다.

'뭐야? 나 또 헛물켠 거야?'

보이는 게 없어 답답해진 하윤이 결국 참지 못하고 게슴츠레 실눈을 떴다. 자신을 가만히 응시하고 있는 신휘가 보였다.

"······뭐 해?"

"네가 이렇게 내 옆에 있다는 게 믿기지가 않아서."

"나 이제 어디 안 가."

"이제 안 보내."

하윤은 신휘의 나른한 목소리를 들으며 다시 눈을 감았다. 곧이어 그의 뜨거운 숨결이 밀려들었다.

"일어나."

잠결에 창휘의 목소리를 들은 하윤이 반사적으로 대답했다.

"오늘 수업 없어······."

"그만 일어나지?"

이번엔 은휘의 목소리였다. 수업이 없다는데 왜 둘이 번갈아 깨우고 난리인지, 슬슬 짜증이 올라오기 시작한 하윤이 베개에 얼굴을 묻으며 구시렁거렸다.

"학교 안 가도 된다고······."

그때였다.

"문신휘. 성하윤."

신휘와 하윤은 이름을 불린 것뿐인데 본능적으로 뭔가 잘못되었음을 깨달았다.

"3초 내로 일어난다. 하나, 둘······."

동시에 눈을 번쩍 뜬 두 사람은 나란히 팔짱을 끼고 서서 위협적인 눈빛을 보내고 있는 창휘와 은휘를 보고 움찔했다. 그러고는 누가 먼저

랄 것도 없이 벌떡 일어나 앉았다.

"어디서 결혼도 안 한 것들이 한 침대를 쓰고 있어."

"둘만 사는 집이냐?"

창휘가 시작했고 은휘가 거들었다.

"우리 아무것도 안 하고 잠만 잤어."

하윤이 볼멘소리로 항변했다. 사실 아무것도 하지 않은 건 아니었다. 하지만 간밤의 격정적인 키스까지 스스로 까발릴 필요는 없을 것 같아 살포시 묻어두기로 했다.

"시끄러워. 그래도 안 돼. 결혼할 때까지 같은 침대에서 자지 마."

"둘이 같이 자는 거 눈에 띄면 문짝을 확 뜯어버리는 수가 있다?"

창휘와 은휘가 차례로 경고했지만, 신휘와 하윤 중 어느 누구도 대답하지 않았다. 두 사람의 침묵에 창휘의 미간이 찌푸려졌다.

"대답 안 하겠다 이거지? 전동 드라이버 가져와, 지금 뜯어버리게."

"아예 하윤이를 성북동으로 보내 버리는 건 어때?"

"좋은 생각이네."

그제야 신휘가 멋쩍게 입을 열었다.

"앞으로는 이런 일 없도록 할게."

신휘에게 확답을 받은 두 사람이 방을 나가자, 하윤이 참았던 불만을 터뜨렸다.

"우씨, 뭐라도 했으면 억울하지나 않지."

"나도 좀 억울한데 지금이라도 뭐 좀 해볼까?"

농담으로 받아친 신휘의 말에 그녀는 심각한 표정으로 고개를 절레절레 흔들었다.

"오빠들 성격 몰라? 진짜 문짝 뜯어버리고도 남을걸? 나 문 없는 방에서 지내고 싶지는 않아."

"결혼 서두르자. 그래야 이런 구박 안 받지. 아니다, 확 혼인신고부터 해버릴까?"

하윤은 제 머리를 쓰다듬으며 웃고 있는 그에게 심드렁하게 답했다.

"서류에 도장 찍는 게 무슨 소용이라고."

"소용이 왜 없어? 공식적으로 인정받는 게 얼마나 큰 건데. 낙장불입."

"요즘 세상에 낙장불입이 어디 있어. 이혼하면 끝……."

입에서 나오는 대로 떠들던 그녀는 신휘의 표정이 점점 구겨지는 것을 보고 아차 싶어 말끝을 흐렸다.

'성대야, 너 지금 뭐라고 씨불인 거니……'

"이혼?"

"아니, 내 말은…… 우리가 이혼할 수도 있다는 말이 아니라 일반적인 세태……."

"누가 해주기는 한대?"

하윤의 다급한 해명은 신휘에 의해 가로막히고 말았다.

"차라리 사별이 더 빠를 거야. 너와 나 사이에 이혼은 없어."

무서우리만치 단호한 그의 말에 사색이 된 하윤이 신휘의 품으로 파고들며 울먹거렸다.

"그런 무서운 말 하지 마. 이혼도 싫고 사별은 더 싫어."

신휘는 제 품에서 도리질하는 하윤을 달래듯 안아주며 나직하게 속삭였다.

"사랑하는 사람보다 딱 하루만 더 살고 싶다는 말, 나 솔직히 공감하지 못했거든? 근데 이제 내 마음이 그래. 너보다 하루만 더 살았으면 좋겠어. 그래서 너 편히 보내고 뒤따라가고 싶다."

벅찬 감동에 젖어 있던 하윤이 조심스레 말을 꺼냈다.

"오빠…… 있잖아……."

"응?"

"나 오빠보다 여섯 살이나 어린데?"

신휘는 그게 뭐 어떻다는 건지 알아듣지 못하고 고개를 갸웃거리며 되물었다.

"근데?"

"오빠가 나보다 더 오래 살려고?"

오늘도 그는 예상치 못한 하윤의 반격에 할 말을 잃었다.

창휘는 옷만 갈아입고 바로 집을 나갔고, 은휘는 시끄럽게 굴지 말라는 말을 남기고 방으로 들어갔다. 커피를 한 잔씩 손에 들고 발코니로 향한 신휘와 하윤은 2인용 의자에 나란히 붙어 앉아 비가 내리는 아침의 고즈넉한 정취를 즐겼다. 이렇듯 조용하고 평화로운 순간이 얼마 만인지, 그들은 새삼 감회가 새로웠다. 두 사람은 아무 말 없이 손을 꼭 잡고 창밖을 응시했다. 특별히 어떤 말을 하지 않아도 서로의 마음이 느껴졌다. 신휘가 한참 만에 말문을 열었다.

"하윤아."

"응?"

"성북동에 한번 갔으면 하는데."

"……성북동?"

하윤의 동공에 긴장감이 일렁였다. 그녀는 아직 할아버지에게 허락을 받았다는 사실을 완전히 실감하지 못하고 있었다. 혹시 할아버지가 마음이 바뀌어 그를 문전박대 하시면 어쩌나, 상처 주는 말을 하시지는 않을까 오만 가지 생각이 다 들었다. 할아버지와 신휘가 함께 있는 모습을 상상하는 것만으로도 가슴이 떨렸다.

"회장님께서 퇴원하면 들르라고 하셨어. 외숙부님, 외숙모님께 아직 인사도 못 드렸고."

"할아버지가 정말 그러셨어?"

"그래, 병실에서 그렇게 말씀하셨어."

신휘는 하윤의 불안한 시선이 안정될 때까지 기다렸다가 말을 이었다.

"가서 회장님께 결혼 허락받고 오자."

"음, 그건 별로 좋은 생각이 아닌 것 같아."

"왜?"

"할아버지가 우리 만나는 거 허락해 주시긴 했어도 결혼까지 허락해 주실지는 장담 못 하는 거 아니야? 나 아직 어리다고 몇 년 후에 하라고 하시면 어떡해?"

하윤은 간신히 나아진 상황을 도로 악화시키고 싶지 않았다. 지금 결혼 이야기를 꺼내면 할아버지가 노발대발하며 교제의 허락까지 없었던 일로 하겠다고 할까 봐 두려웠다.

"그래도 결혼 날짜 다 잡고 저희 이날 결혼합니다, 이럴 수는 없잖아."

"그렇긴 하지만……."

"우리 마음 잘 말씀드리고, 그래도 반대하시면 회장님 뜻에 따르는 게 도리라고 생각해."

"……."

하윤은 그의 말이 구구절절 다 맞다는 걸 알면서도 흔쾌히 그러자는 말이 나오지 않았다. 머뭇거리는 그녀에게 신휘가 다시 한 번 힘주어 말했다.

"우선 부딪쳐 보자."

달리 선택의 여지가 없었던 하윤은 고개를 끄덕일 수밖에 없었다.

다음 날 저녁, 신휘와 하윤은 성북동을 찾았다. 어젯밤에 하윤으로부터 미리 연락을 받았던 전 여사가 두 사람을 반갑게 맞아주었다.

"어서 와요."

"너무 늦게 찾아봬서 죄송합니다."

신휘의 정중한 인사에 전 여사는 온화한 미소로 답했다.

"기다리고 계세요. 들어와요."

거실에는 지 회장이 이미 자리를 잡고 앉아 있었다.

"아버님, 애들 왔어요."

"앉아라."

전 여사는 신휘와 하윤이 지 회장의 맞은편 소파에 앉는 것을 보고 다과를 내오기 위해 부엌으로 사라졌다. 오는 내내 자신이 분위기를 풀어야 한다는 강박에 시달린 하윤은 눈망울을 또르르 굴리고 있다가 이때다 싶어 넙죽 끼어들었다.

"할아버지, 그동안 별일 없으셨죠?"

고작 이틀 만에 다시 본 것이었지만, 그녀는 그런 것까지 생각할 겨를이 없었다.

"외삼촌 출장 가신 줄도 모르고 저희가 날을 잘못 잡았어요. 외숙모가 오늘도 오고 외삼촌 돌아오시면 또 오라고 하셔서 그냥 오긴 왔는데, 그래도 외삼촌도 계실 때 올 걸 그랬죠? 어? 정 실장님은 안 보이시네요? 어디 가셨어요?"

두서없이 이 말, 저 말 떠들어대고 있는 하윤을 무표정하게 바라보고 있던 지 회장이 조용히 한마디 던졌다.

"시끄럽다."

분위기 파악 못 하고 나불대던 하윤의 입이 조용히 다물어졌다. 그제야 지 회장이 신휘에게로 시선을 옮겼다.

"그래, 몸은 괜찮고?"

"네, 회장님. 괜찮습니다."

갑자기 지 회장이 미간을 찌푸리자, 신휘는 대답을 잘못했나 싶어 당황했다. 지 회장은 그의 흔들리는 시선을 똑바로 마주한 채로 말했다.

"언제까지 회장님이라고 부를 게냐."

신휘는 비로소 지 회장에게 인정받은 기분이 들었다. 분명 같은 사람이건만, 명신일보의 회장이 아닌 하윤의 외조부라고 생각하는 것만으로도 가까워진 것 같았다.

"네, 할아버님."

하윤은 지 회장의 얼굴에 희미한 미소가 스쳐 지나간 것을 놓치지 않았다. 긴장감에 딱딱하게 굳어 있던 몸이 그제야 조금 편안해지나 싶었던 그녀는 이어진 신휘의 말에 다시 굳어버렸다.

"하윤이와 결혼하고 싶습니다. 허락해 주십시오."

하윤은 조금 더 분위기가 화기애애해진 다음에 하면 좋았을 말을 급하게 꺼낸 그가 못마땅했다. 결혼은 무슨 결혼이냐는 꾸지람이 떨어질까 봐 어깨가 잔뜩 움츠러들었다. 하지만 지 회장은 무슨 생각을 하는지 알 수 없는 얼굴로 신휘를 빤히 쳐다보고 있을 뿐이었다. 그때 거실로 나오던 전 여사가 부드러운 어조로 경직된 분위기를 풀어주었다.

"어머, 언제? 하윤이 졸업하면?"

"허락해 주신다면 가능한 한 빨리하고 싶습니다."

신휘와 하윤의 시선이 전 여사에게 쏠려 있는 와중에 지 회장이 말문을 열었다.

"서로 확신만 있다면 굳이 졸업할 때까지 기다릴 필요 없지."

지 회장을 제외한 세 사람의 눈이 동시에 커졌다. 하윤과 전 여사뿐만 아니라 정작 허락을 구한 당사자인 신휘조차도 놀란 기색을 감출 수 없었다.

하윤은 지 회장과 신휘가 정치와 경제를 비롯한 사회의 전반적인 이슈에 관해 대화를 나누기 시작하면서 급격히 지루해졌다. 바쁜 와중에도 늘 뉴스와 신문을 챙겨 보는 신휘는 지 회장과 제법 말이 통했지만, 하윤에게는 그저 따분한 주제일 뿐이었다. 그녀를 그 자리에서 탈출시켜 준 건 전 여사였다.

"하윤아, 외숙모 저녁 준비 좀 도와줄래?"

전 여사는 냉큼 부엌으로 따라 들어온 하윤을 식탁 의자에 앉히고 그 옆에 따라 앉았다. 그녀는 비로소 제자리를 찾은 하윤에게 든든한 힘이 되어주고 싶은 마음에 다정하게 말을 건넸다.

"결혼해 보면 알겠지만, 친정이 있고 없고가 많이 달라. 친정이 든든하면 기도 살고, 남편이 속을 썩이려다가도 친정 남자들이 떡하니 버티고 있으면 함부로 못 하거든. 외숙모는 네가 언제나 네 편이 되어줄 친정이 있다는 거 항상 명심하고 살았으면 좋겠어."

하윤은 머릿속으로 전 여사가 말한 '친정 남자들'을 한 명씩 꼽아보았다.

'할아버지, 외삼촌, 학영 오빠, 무영 오빠……'

누구 한 사람, 만만한 인물이 없었다. 전 여사로부터 무영도 세 남자 못지않은 포스를 지녔다는 말을 들은 바 있던 하윤은 넷이 힘을 합치면 전쟁도 가능하지 않을까 생각했다. 골똘한 생각에 빠져 있다가, 전 여사가 자신을 물끄러미 바라보고 있다는 사실을 깨달은 그녀는 눈꼬리가 휘게 웃으며 대답했다.

"근데요, 외숙모. 물론 여기가 제 친정은 맞지만, 창휘 오빠랑 은휘 오빠도 저한테는 친정이나 마찬가지예요."

카리스마 폭발하는 남자 둘을 추가해서 총 여섯, 가히 '어벤져스' 급이었다.

"그럼, 알지."

전 여사가 온화한 미소를 지으며 고개를 끄덕였다.

"제가 속을 썩이면 썩였지 신휘 오빠가 제 속 썩일 일도 없겠지만, 혹시 뭐 하나 잘못하기라도 하면 아마 두 형한테 먼저 뼈도 못 추릴 거예요. 걱정하지 마세요."

괜히 해본 말이 아니라, 하윤은 진심으로 그렇게 확신하고 있었다.

성북동에 다녀온 신휘와 하윤은 창휘와 은휘를 한자리에 불러다 앉혔다.

"우리 결혼 날짜 잡고 왔어."

신휘의 선언에 창휘와 은휘의 눈이 휘둥그레졌다. 이렇게 속전속결로 진행될 줄은 미처 예상하지 못했기 때문이었다.

"할아버님께서 언제쯤 할 생각이냐고 물으시길래 되도록 빨리하고 싶다고 말씀드렸더니 그러라고 하시더라고. 어쩌다 보니 날짜까지 잡고 오게 됐네."

"설마 다음 주, 뭐 이러는 거 아니지?"

창휘의 질문에 얌전히 앉아 듣고만 있던 하윤이 불쑥 끼어들었다.

"결혼이 무슨 애들 장난이야? 그렇게 빨리하게?"

그녀의 타박에 머쓱해진 창휘가 다시 물었다.

"그럼 언젠데?"

"다음다음 주 토요일."

"애들 장난은 아니네, 어른 장난이지."

의기양양한 하윤의 대답에 창휘가 어이없다는 듯 고개를 가로저었고, 이어서 은휘가 퉁명스럽게 쏘아붙였다.

"무슨 결혼을 말 꺼내고 이 주 만에 하는데?"

"못할 건 또 뭔데? 하려고 마음만 먹으면 다음 주에는 못 할까 봐?"

"하기야 넌 내일이라도 할 수 있는 녀석이지."

"알면서."

화자인 은휘는 칭찬으로 한 말이 아니었으나, 청자인 하윤은 칭찬으로 알아듣고 흡족한 미소를 지어 보였다.

"이미 결정 난 거니까 형들이 이해 좀 해줘."

창휘와 은휘가 체념한 듯 고개를 끄덕였다. 겉으로는 툴툴거리면서도, 두 사람은 신휘와 하윤이 결혼 허락을 받았다는 사실에 안도하고 있었다. 교제까지는 몰라도, 보수적인 지 회장이 나이도 어린 그들의 결혼을 쉽게 허락해 줄 거라고는 기대하지 않았기 때문이었다. 이 주밖에 남지 않은 결혼 날짜가 당혹스럽긴 했지만, 신휘와 하윤이 더 이상 힘들어 하지 않아도 된다는 것만으로도 마음이 놓였다. 두 사람이 신휘와 하윤을 같은 마음, 같은 시선으로 바라보았다. 네 사람은 어떤 말을 하지 않아도 충분히 서로 교감하고 있었다. 잠시 침묵이 흐르고, 하윤이 입을 열었다.

"할아버지가 오빠들 한번 봤으면 하셔. 이번 주 주말, 시간 어때?"

"괜찮아."

"일 있어도 당연히 맞춰야지."

창휘와 은휘가 연달아 답했다.

"말로만 듣던 상견례를 해보게 생겼네. 그것도 제일 어린 두 녀석 덕분에."

은휘가 피식 웃으며 한 말에 하윤의 눈이 동그래졌다.

"상견례?"

"결혼 관련한 말씀 하실 거 아냐. 그게 상견례지."

"아, 그렇구나……."

한번 보자는 지 회장의 말에 특별한 의미를 두지 않았던 하윤은 상견례라는 말이 어색하고 낯설었다. 비로소 결혼이 목전에 다가왔음을 실감한 하윤이 멍하게 있는 사이, 창휘가 걱정스러운 표정으로 신휘에게 물었다.

"신혼집 마련하는 데 이 주는 너무 촉박하지 않아? 알아보는 것만으로도 시간이 꽤 걸릴 텐데."

"안 그래도 형들한테 오늘 상의하려고 했어."

"뭘?"

"우리 결혼하면 여기서 살까 해."

"누구 생각이야? 너야, 하윤이야?"

"하윤이가 제안했고, 나는 동의했고."

창휘가 천천히 고개를 가로저었다.

"따로 나가서 사는 게 좋을 것 같다."

"나도 형 말에 적극 찬성."

은휘가 끼어들어 창휘의 말에 힘을 싣자, 이번엔 하윤이 나섰다.

"싫어, 우리 여기서 살 거니까 오빠들이 결혼해서 분가해."

"분가라는 말, 일반적으로 부모가 자식한테 하는 말 아니냐? 어디서 콩알만 한 게 분가를 운운하고 있어."

은휘의 타박에 하윤이 인상을 찌푸리며 말을 받았다.

"알았어, 그럼 다시 말할게. 그럼 오빠들이 결혼하면 나가 사세요, 우리는 여기서 살 거니까."

사실 하윤이 이 집에서 계속 살겠다고 하는 이유는 창휘와 은휘가 허전해하지는 않을까 걱정스러운 마음에서였다. 어처구니없게도 그녀는 결혼 날짜를 잡은 순간부터 늙은 노부모를 두고 결혼을 마음먹은 매정한 딸이 된 듯한 기분이 들고 있었다.

"지금 그게 분가라는 말하고 뭐가 다른 거냐? 한자를 풀어서 말한 게 다잖아."

"알아들었으면 그냥 좀 넘어가지, 트집은……."

입술을 삐죽거리는 그녀에게 창휘가 물었다.

"여기서 살겠다는 이유가 뭔데?"

"나 예민해서 환경 바뀌면 잠도 잘 못 자고 힘들어하는 거 알잖아."

하윤은 신휘에게 사귀자고 할 때 막 던졌던 '결벽증'에 이어, 그녀를 아는 사람이라면 씨알도 먹히지 않을 '예민'이라는 말을 들먹이면서도 아무런 거리낌이 없었다.

"뭐야, 그 표정들? 몰랐던 사람들처럼 왜 이래?"

그녀는 한술 더 떠서, 어이없다는 표정을 짓고 있는 삼 형제를 바라보며 이해할 수 없다는 듯 눈을 크게 떴다.

"쟤, 예민이라는 뜻을 아는 애야?"

"아무 데나 머리만 닿으면 자는 게 예민은 무슨."

"하윤아, 그건 좀 아닌 것 같다."

은휘를 시작으로 창휘, 신휘까지 그 어느 때보다 단호한 태도를 취했다. 하지만 그대로 꼬리 내릴 하윤이 아니었다.

"어머? 다들 몰랐구나? 그럼 지금부터 잘 기억해 둬. 나 완전 예민한 여자야."

"그럼 성북동에는 어떻게 있었는데?"

은휘의 날카로운 질문에 순간 멈칫했지만, 하윤은 이내 어깨를 축 늘어뜨리고 시선을 내리깔았다.

"많이 힘들었어……."

제 눈으로 본 게 아니라 반박할 수 없었던 은휘가 다른 쪽을 공략했다.

"그럼 병원에서는?"

하윤의 얼굴에 낭패감이 어리자, 그는 기회는 이때다 싶어 더 몰아붙였다.

"꿀잠 자는 거 내가 본 것만 몇 번이더라?"

얼토당토않은 이유를 들어 제 주장을 관철하려던 그녀는 천적인 은휘에게 저지당하고 입을 다물 수밖에 없었다.

신휘의 호출에 헐레벌떡 달려온 남수는 집에 들어서자마자 투덜거렸다.

"바쁜 사람 왜 오라 가라야?"

"할 말이 있어서."

신휘는 말버릇 같은 남수의 투정을 들은 척도 하지 않고 소파로 걸어가 앉았다. 그는 뒤따라온 남수와 하윤이 자리에 앉기를 기다렸다가 단도직입적으로 용건을 꺼냈다.

"형, 나 결혼해."

"그러냐?"

남수가 대수롭지 않다는 얼굴로 말을 받자 신휘가 미간을 좁히고 그를 노려보았다.

"그 시큰둥한 반응은 뭐지?"

"두 번째 듣는 거다. 뭘 더 어떻게 반응해야 하는 거냐?"

"백 번을 들어도 그 아무 감흥 없다는 반응은 좀 아닌 거 같은데?"

"하윤이도 돌아왔고, 이제 슬슬 결혼 얘기 나오겠구나 예상하고 있었다고. 그리고 결혼이 유세냐? 남들 다 하는 결혼 한 번 하면서 유난 떨기는."

남수의 핀잔에 신휘가 불퉁한 표정으로 받아쳤다.

"남들 다 하는 결혼, 못 하신 분께서 하실 말씀은 아닌 거 같은데요?"

약점을 찔린 남수는 할 말을 잃었다. 그는 지금까지 결혼은커녕 변변한 연애도 제대로 해보지 못한 남자였다.

"……그래서 언제 할 건데?"

"다음다음 주 토요일."

신휘는 창휘와 은휘에게 했던 것과 같은 대답을 했고, 두 사람이 지었던 것과 같은 표정을 남수에게서 보았다. 멍하게 날짜 계산을 해보던 남수가 돌연 성질을 벌컥 냈다.

"이 주 후에 하는 결혼이 어디 있어!"

"여기."

신휘는 그의 반응을 예상했기에 전혀 당황하지 않았다.

"번갯불에 콩 구워 먹는 것처럼 하면 속도위반이네, 어쩌네 하면서 또 떠든다고!"

"열 달 후에 출산 안 하면 오해했구나 생각하겠지, 뭐."

막힘없는 신휘의 대답에 남수는 다시 한 번 말문이 막혀 버렸다.

"내 결혼인데, 날짜도 내가 마음대로 못 정해?"

"그래도 명색이 내가 소속사 대표인데 나랑 상의도 안 하고 이러기야?"

남수는 신휘가 하는 말이 다 맞다는 걸 알면서도 갑작스러운 결혼 날짜 통보에 왠지 모르게 섭섭한 마음이 들었다. 그래서 괜한 트집을 잡는 중이었다.

"나 입원하기 전에 잡혔던 것 말고는 새로운 스케줄 없잖아. 영화 촬영은 어차피 다음 달부터 시작하기로 했으니까 상관없고, 결혼식까지 아직 이 주 넘게 남았으니까 그동안 밀린 스케줄 처리하면 되는 거 아니야? 내가 그 정도 생각도 안 하고 날짜 잡았을까 봐?"

"그래, 너 잘났다……."

신휘는 이제 대놓고 삐친 티를 내는 남수를 조용히 다독였다.

"상의 못 하고 날짜 잡은 거 미안해. 나도 이렇게 빨리 진행될 줄은 몰라서 미처 말할 시간이 없었어."

그제야 유치하게 굴었다는 것을 깨달은 남수가 머쓱한 얼굴로 말을 돌렸다.

"이 주면 광고 몇 개 더 찍을 수 있겠다. 우선 급한 광고 스케줄부터 빠짝 당겨서 해치우고…… 신혼여행에서 돌아오면 곧바로 찍을 수 있는 광고도 좀 골라놔야겠네."

언제 투덜거렸나 싶게 열심히 계획을 짜고 있는 남수를 신휘가 못마땅한 눈으로 노려보며 빈정거렸다.

"소속 배우와 상의 안 하십니까, 대표님?"

"안 해. 넌 그냥 내가 잡아주는 거 하면 돼."

신휘가 헛웃음을 치며 하윤에게 시선을 옮겼다.

"들었지? 완전 악덕 고용주라니까? 뼛속까지 사업가."

"남수 오빠 그렇게 안 봤는데 퇴원한 지 겨우 삼 일밖에 안 된 사람한테 너무하신다."

가자미눈으로 남수를 흘깃 흘겨본 하윤이 신휘를 향해 단호하게 말했다.

"노동 착취로 고소하자."

남수는 두 사람의 합동 공세에 기가 막혔다. 그는 대쪽 같은 신휘 대신 그나마 말이 통할 것 같은 하윤의 설득에 나섰다.

"저놈이야 지금 결혼에 환장한 놈이니까 제쳐 두고, 하윤이 너까지 이럴 거야? 넌 이성을 잃으면 안 되지."

하윤은 이성을 잃지 않았기 때문에 지금 결혼에 환장한 건 신휘가 아니라 자신이라는 사실을 아주 잘 알고 있었다. 남수가 한 말은 두 사람이 어떻게 사귀기 시작했는지, 하윤이 신휘와 결혼하기 위해 얼마나 고군분투했는지 전혀 모르고 있기에 할 수 있는 말이었다. 차마 이실직고할 수 없었던 그녀는 은근슬쩍 남수의 시선을 외면했다.

"형, 나 아직 환자야. 주치의가 무리하지 말라고 했어."

곤경에 빠진 하윤을 위해 신휘가 나서서 남수의 이목을 끌어가 주었다.

"다 나은 거 아는데 자꾸 엄살떨 거야?"

"형 걱정할까 봐 일부러 아무렇지 않아 한다는 생각은 안 해봤어?"

"안 해봤어. 네 얼굴 보면 하고 싶어도 할 수가 없어. 아주 얼굴에 윤이 나는데 어디서 약을 팔아."

"……."

괜한 말을 꺼낸 신휘는 본전도 찾지 못했다.

🦋

삼 형제와 하윤은 전 여사가 미리 알려준 전통 한정식집에 30분 먼저 도착해서 여유롭게 어른들을 기다렸다. 약속 시각까지 10분가량 남았을 때 지 회장과 지 사장, 그리고 전 여사가 당도했다.

"좀 더 일찍 자리를 마련했어야 했는데 너무 늦었습니다."

자리에 앉으며 지 회장이 말문을 열었다.

"저희가 먼저 찾아뵙지 못해서 죄송합니다. 그리고 말씀 낮추십시오."

"사돈지간에 그럴 수는 없지요."

지 회장은 신휘를 손녀사위로 편하게 대하고 있는 것과 별개로 창휘와 은휘에게 사돈으로서의 깍듯함을 잊지 않았다.

형식적인 소개와 인사를 마치고 본격적으로 결혼에 관한 이야기가 시작되었다. 지 회장이 먼저 운을 뗐다.

"아이들 신혼집에 관해서 의논할 게 있습니다."

"할아버지, 저희 지금 사는 집에서……."

하윤이 냉큼 선수를 치자, 창휘가 그녀의 말허리를 자르고 끼어들었다.

"따로 내보낼 생각입니다."

다른 의견을 내놓은 창휘와 하윤을 번갈아 바라본 지 회장이 입을 열었다.

"내게 다른 생각이 있습니다만."

여섯 쌍의 눈이 지 회장에게로 향했다. 하윤과 삼 형제는 물론이거니와 지 사장과 전 여사도 지 회장의 '다른 생각'이 무엇인지 모르고 있었다.

"말씀하십시오."

창휘의 말이 떨어지기 무섭게 지 회장이 말을 이었다.

"바로 입주 가능한 빌라가 있습니다. 거기에서 신접살림을 시작하면 어떨까 싶은데……."

"두 사람만 좋다고 한다면 저희는 아무 상관 없습니다."

"두 사람도 합의를 해줘야 하는 문제입니다."

창휘가 말한 '두 사람'은 당연히 신휘와 하윤이었지만, 지 회장은 '두 사람'이라고 말하면서 창휘와 은휘를 번갈아 바라보았다. 창휘가 무슨 의미인지 고심하고 있는 사이 지 회장이 덧붙였다.

"한 동이 3층인데, 각각 1층씩 사용하면 어떻겠습니까?"

지 회장은 맞은편에 앉은 네 사람의 눈이 동시에 커지는 걸 보며 말을 이어 나갔다.

"다들 결혼 적령기인데 곧 결혼도 해야 할 테고, 두 사람도 당분간 거기서 지내다가 결혼하면서 바로 신접살림을 차려도 괜찮을 것 같습니다."

창휘는 생각도 해보지 않고 거절하는 건 예의가 아닐 것 같아 잠시 뜸을 들인 다음 답했다.

"말씀은 감사하지만, 너무 과분한 것 같습니다."

"저 아이, 예쁘게 키워준 보답이라고 생각해 주면 어떻겠습니까. 밝고 구김살 없이 자라게 해줘서 진심으로 고맙게 생각하고 있습니다."

"저희는 아무것도 한 게 없습니다. 하윤이의 타고난 성정이라고 생각합니다."

말을 하는 창휘도, 그 말을 듣고 있는 은휘와 신휘도 하윤에게는 어느 정도의 구김이 필요하지 않을까 하는 생각을 하고 있었다.

"늙은이의 성의, 사양하지 말고 받아주길 바랍니다."

지 회장이 자신이 내뱉은 말을 거둘 사람이 아님을 한눈에 간파한 창휘는 신중한 고민 끝에 결단을 내렸다.

"회장님의 뜻에 따르겠습니다."

하윤과 삼 형제는 상견례를 마치고 곧바로 다음 장소로 이동했다. 그들이 도착한 곳은 대통령과 고위 공직자를 비롯한 연예인, 스포츠 스타 등의 유명 인사들이 찾는 맞춤양복점이었다. 수백 종은 족히 되어 보이는 원단들이 켜켜이 쌓여 있고, 중간중간 슈트를 빼입은 마네킹들이 서 있는 매장 안은 엄숙함마저 느껴졌다. 맞춤양복점은 처음인 데다가 분위기에 압도당한 하윤이 쭈뼛거리며 주위를 둘러보는 사이, 다가온 점원이 공손하게 말을 건넸다.

"사모님 연락받고 기다리고 있었습니다."

그가 말한 사모님은 하윤의 외숙모인 전 여사였고, 이곳은 이십 년 넘게 명신가 남자들이 단골로 드나든 곳이었다.

"내가 양복 한 벌씩 맞춰주고 싶어요. 바쁜 사람들이 언제 또 시간을 낼 수 있을까 싶기도 하고, 오늘 다른 약속을 잡았을 것 같지도 않아서 내가 마음대로 예약 잡아놨어요."

전 여사의 말은 더할 나위 없이 정확했고, 삼 형제는 그녀의 적극적인 제안을 거절하지 못했다.

"대표님께서 곧 나오실 테니 잠시만 기다려 주세요."

점원은 그들에게 의자에 앉으라고 권한 다음 부리나케 내실로 사라졌다. 그리고 잠시 뒤, 칠십대 정도로 보이는 나이 지긋한 남자가 모습을 드러냈다. 그는 자신과 명신가의 오래된 인연에 대해 장황하게 설명하고는 삼 형제를 한 명씩 천천히 훑어보며 감탄했다.

"부모님이 아주 뿌듯하시겠어요, 이렇게 근사한 아드님을 셋이나 두셨으니."

"네."

당사자들은 가만히 있는데 하윤이 불쑥 나서서 대답했다. 굳이 말로 하지 않아도 그녀의 얼굴에는 '뿌듯해요'라는 뒷말이 쓰여 있었다. 본인이 그들의 부모라도 된 양, 자랑스러운 표정을 짓고 있는 하윤을 보며 삼 형제는 떨떠름한 표정을 감출 수 없었다.

"원단 선택은 나중에 하고 우선 치수부터 재겠습니다. 어느 분 먼저 하실까요?"

"이분께서 먼저 하시겠답니다."

하윤은 가장 떨떠름한 표정을 짓고 있는 은휘의 등을 떠밀며 말했다.

"이쪽으로 오시죠."

얼떨결에 하윤에게 밀려 한 걸음 앞으로 나간 은휘가 치수를 재는 동안, 세 사람은 테이블에 앉아서 기다렸다. 호기심 어린 시선으로 여기저기 둘러보던 하윤의 눈에 테이블 한쪽에 놓여 있던 패션 잡지가 들어왔다. 관심 분야를 그냥 지나칠 수 없었던 그녀는 잡지를 끌어와 뒤적이기 시작했다.

"오, 이거 특이하다. 와우, 멋진데?"

혼자서 연신 탄성을 터뜨리던 하윤이 갑자기 고개를 치켜들었다. 그리고 맞은편에 앉은 창휘와 신휘를 바라보며 의미심장한 미소를 지어 보였다.

"오빠들 파격적인 시도 한번 해볼래?"

"어떤 시도?"

"눈 돌아갈 만큼 완전 화려한 원색 슈트로……."

"이런 거 보지 마."

창휘가 팔을 쭉 뻗어 하윤이 보고 있던 잡지를 뺏어서 덮어버렸다. 그는 하윤의 파격적인 호기심을 충족시켜 줄 생각이 조금도 없었다.

"상상도 하지 마."

창휘는 하윤이 눈망울을 또르르 굴리는 것을 보고 재차 경고했다. 하지만 이미 그녀의 머릿속에는 빨간색, 노란색, 초록색 슈트를 입은 삼형제의 모습이 떠오른 뒤였다.

다음 날, 하윤은 전 여사와 함께 지 회장이 말한 빌라에 도착했다. 일이 바쁜 삼 형제는 나중에 따로 보기로 하고 우선 대표로 그녀만 나선 것이었다.

"우와……."

하윤은 벌어진 입을 다물 수가 없었다. 사람들이 일반적으로 생각하는 빌라의 수준이 아닐 거라는 짐작은 하고 있었지만, 그녀의 예상을 훨씬 웃도는 고급 빌라였다. 세 개의 동으로 이루어진 그곳은 한 동에 세 가구가 전부였고, 다시 말해서 한 동을 통째로 하윤과 삼 형제가 쓰게 된다는 의미였다.

"외숙모, 여기 완전 좋아요……."

건축 문외한인 하윤에게도 설계며 자재, 심지어 조경 하나하나까지 상당한 공을 들였음이 여실히 느껴졌다. 게다가 현재 살고 있는 아파트보다 사생활 보호가 더 철저한 것도 마음에 들었다.

"아버님이 뭔가를 상의하시는 분이 아니라 나도 이런 걸 준비하셨는지 미처 몰랐네. 위치도 좋고 집도 잘 빠졌는데?"

두 사람은 1층부터 3층까지 차례로 둘러보며 사야 할 가구와 가전 등을 의논했다.

"다른 건 욕심 없는데 TV는 큰 거 사고 싶어요. 지금 집에 있는 게 60인치짜리인데 좀 아쉬워요."

"뭐가 아쉬워?"

"오빠 얼굴 더 크게 못 보는 게요."

전 여사는 저리도 좋을까 하는 얼굴로 하윤을 보며 웃다가 갑자기 멈칫했다.

"아 참, 잊을 뻔했네."

그녀는 가방을 뒤적여 뭔가를 꺼낸 다음 하윤의 손에 쥐여주었다.

"사야 할 것들, 이걸로 사."

전 여사가 건네준 건 결제 한도에 제한이 없는 블랙카드였다. 깜짝 놀란 하윤이 멀어지는 전 여사의 손을 덥석 부여잡았다.

"안 그래도 외숙모께서 신경 쓰실 것 같아서 말씀드리려던 참이었어요. 오빠가 집 마련해 주신 것만으로도 과분하다고 다른 준비는 둘이 알아서 하재요."

전 여사는 하윤이 내미는 카드를 받는 대신, 그녀의 손등을 다정하게 토닥거렸다.

"아무리 세상이 달라졌어도 살림 채우는 건 여자 쪽에서 하는 거야."

"그건 남자가 집 해오고, 여자가 살림 채우는 게 당연시되던 때 얘기잖아요. 엄밀히 따지면 제가 집 해가는 건데, 그럼 반대가 되는 게 맞죠."

하윤의 반박은 상당히 논리 정연했다.

말문이 막힌 전 여사가 난감한 표정을 짓자, 하윤이 배시시 웃으며 한마디 덧붙였다.

"오빠 돈 많아요. 부자예요."

번데기 앞에서 주름잡는 것도 참 잘하는 하윤이었다.

신휘와 하윤은 전 여사의 일사불란한 지휘 덕분에 이 주라는 촉박한 시간에도 큰 문제 없이 결혼 준비를 해 나갈 수 있었다. 집은 당장에라도 입주가 가능했으니 그 안에 채워 넣을 것들을 고르는 것만으로 충분했다. 다만, 다른 예비부부들의 준비와 조금 다른 게 있다면 세 집의 가전과 가구를 사야 한다는 것이었다. 시간이 없는 창휘와 흥미가 없는 은휘를 대신해 그들이 들어갈 집의 살림살이를 구비하는 것까지 도맡게 된 하윤은 두 사람의 취향까지 고려해야 했기에 아주 바쁜 나날들을 보내야만 했다.

침대와 소파를 고르고 매장을 나오는 길에 신휘가 말했다.

"너 매트리스 설명 듣고 있을 때 심기호 선생님 전화 왔었어."

"아, 심 선생님 전화였구나."

"선생님이 오늘 시간 괜찮으면 숍에 들렀다 가라고 하시네."

"갔다 와. 숍이 어디지? 나 여기서 전철 타고 갈까?"

신휘는 전철역이 어디쯤 있나 주위를 두리번거리는 하윤의 정수리를 손바닥으로 누르며 그녀의 부산스러운 움직임을 저지했다.

"너랑 같이 오라고 하셨어."

"나도?"

"드레스랑 턱시도, 선물해 주고 싶으시대."

"진짜?"

하윤의 눈이 휘둥그레졌다.

두 사람은 그 길로 곧장 기호에게 향했다. 숍에 들어서는 신휘와 하윤을 본 기호가 반색하며 한달음에 달려왔다.

"어서 와. 어서 와요."

신휘는 미소로 인사를 대신했고, 하윤은 긴장된 표정으로 고개를 꾸벅 숙였다.

"안녕하세요, 선생님."

"우리 한 번 봤죠? 패션쇼에서 신휘 씨 스태프로 따라왔던 걸로 기억하는데?"

패션계의 거장을 마주한 하윤이 평소와 달리 위축되어 있음을 눈치챈 신휘가 나서서 기호의 말을 받았다.

"어? 그걸 기억하세요?"

"내가 원래 사람을 잘 기억하는 편이 아닌데 희한하게 기억에 남았어. 예쁜 아가씨다 생각했는데 우리 신휘 씨 피앙세였네."

기호는 하윤을 향해 친근하게 미소 지었다.

"의상디자인 공부한다면서요? 패션계에 한 획을 그을 디자이너라고 신휘 씨가 칭찬이 자자해요."

하윤은 기호가 보고 있다는 것도 잊은 채 신휘를 죽일 듯이 노려보았다. 네쥬 한국 지사장에게는 패션계에 파란을 일으킬 디자이너가 있다고 했다더니, 기호에게는 패션계에 한 획을 그을 디자이너라고 떠벌렸을 줄이야……. 그녀는 쥐구멍에라도 숨고 싶었다.

하윤의 매서운 시선에도 신휘는 전혀 미안해하지 않았다. 뭐가 문제냐는 듯 그녀의 시선을 똑바로 마주한 채로 버텼다. 하윤은 신휘가 진심으로 그렇게 믿고 있다는 걸 알기에, 그가 헛소리한 게 되지 않게끔 반드시 성공하고야 말겠다는 다짐을 마음 깊이 새길 수밖에 없었다. 그렇게 다짐하면서도, 그녀는 눈싸움이라도 하듯 신휘를 째려보고 있었다.

"결혼 축하해요."

기호의 존재를 잠시 잊고 있었던 하윤이 황급히 고개를 돌렸다.

"아, 감사합니다."

"내가 예전부터 신휘 씨 결혼할 때 꼭 하고 싶은 선물이 있었어요. 이렇게 갑작스럽게 하게 될 줄은 몰라서 좀 당황하긴 했지만…… 어쨌든 내가 드레스랑 턱시도 해주고 싶은데 입어줄 거죠?"

"입어주다니요! 영광입니다, 선생님!"

황송하다는 듯 어쩔 줄 몰라 하는 하윤에게 기호가 한마디 덧붙였다.

"오해할까 봐 미리 말해두는 건데, 본식용 아니에요."

신휘가 의아하다는 얼굴로 물었다.

"본식용이 아니면요?"

"웨딩 촬영할 때 입어."

"선생님이 만들어주시는 건데 어떻게 웨딩 촬영 때만 입고 말아요, 아깝게. 본식 때 입을게요."

"안 돼."

신휘는 너무나 단호한 기호의 대답에 당황했다.

"……왜요?"

"그럴 이유가 있어."

신휘와 하윤은 기호가 말한 '그럴 이유'를 삼 일 뒤에야 알 수 있었다.

두 사람은 턱시도와 드레스가 완성됐다는 연락을 받고 숍을 다시 찾았다.

"벌써 완성이 된 거예요?"

기호는 놀라워하는 신휘에게 어깨를 으쓱거리고는 하윤에게 시선을 옮겼다.

"신랑 턱시도는 나중에 입어보기로 하고 우선 신부부터 피팅룸으로 오세요."

하윤과 기호가 함께 사라지고 홀로 남은 신휘는 소파에 앉았다. 처음 몇 분은 매장도 한번 훑어보고 잡지도 뒤적여 보고 휴대폰도 만지작거렸지만, 이내 모든 것에 흥미를 잃었다. 결국, 그가 찾은 마지막 행동은 가만히 있는 것이었다. 미동 없이 앉아 있던 그의 눈꺼풀이 조금씩 내려 앉기 시작했다. 광고 촬영과 결혼 준비를 병행하다 보니 요 며칠 잠이 부족했던 것이다. 하윤은 사소한 건 혼자 해도 된다고 말렸지만, 신휘는 악착같이 모든 쇼핑에 따라다니는 중이었다. 그에게 있어서 결혼 준비는 신랑 신부가 함께하는 것이었다.

신휘는 깜빡 잠이 들려다가 대리석 바닥을 울리는 경쾌한 구두 소리를 듣고 정신을 차렸다. 천천히 눈을 들어 올린 그는 제 앞에 다소곳이 서 있는 하윤을 보고 자세를 고쳐 앉았다. 신휘의 눈이 반사적으로 그녀가 입고 있는 드레스를 위아래로 훑었다. 위는 가녀린 어깨선을 고스란히 드러낸 튜브 톱이었고, 아래는 앞트임 사이로 쭉 뻗은 다리가 아찔하게 드러나는 랩 스타일이었다. 핑크색 드레스가 그녀의 사랑스러움을 한층 더 부각시켜주고 있었다. 풍성한 드레스 자락을 손수 펴주며 기호가 너스레를 떨었다.

"거봐. 본식에 입을 수 없는 이유가 있다고 했잖아. 어른들 혈압은 지켜 드려야지."

들은 건지 못 들은 건지, 신휘는 아무런 말도 없이 하윤을 빤히 쳐다보고만 있었다.

"신부는 마음에 든다고 했어. 신랑이 보기엔 어때?"

신휘의 반응에 불안해진 기호의 목소리가 한결 조심스러워졌다. 그제야 하윤에게서 시선을 뗀 신휘가 자리에서 몸을 일으켰다.

"선생님, 전 우리 하윤이 노출 있는 옷 입는 거 정말 싫어하거든요."

"조, 조금…… 과했나……?"

당황한 기호가 말을 더듬었다. 그도 내심 노출이 꽤 있다고 인정하고 있기 때문이었다.

"그럼 어떻게…… 볼레로라도 입혀볼까……?"

그 순간, 진지했던 신휘의 얼굴에 미소가 피어올랐다.

"정말 싫어하는데…… 싫다는 말이 안 나올 만큼 예뻐요."

기호는 그제야 안도의 한숨을 몰아쉬었다. 혹시 두 사람이 마음에 들어 하지 않으면 어쩌나 걱정스러웠던 마음이 비로소 편안해졌다.

"시간 여유만 있었으면 더 근사하게 뽑을 수 있었는데 아쉬워. 그래도 우리 직원들 전부 다 야근해 가면서 최선을 다한 거야."

"이것보다 어떻게 더 근사할 수가 있어요, 선생님. 정말 최고예요!"

하윤이 치켜든 엄지손가락에 기호의 얼굴에 흐뭇한 미소가 번졌다.

웨딩 촬영은 기태가 맡았다.

"신휘 씨, 나 실망했어요."

"……네?"

신휘는 얼굴을 보자마자 다짜고짜 정색하는 기태 때문에 당황했다.

"왜 나한테 웨딩 촬영 부탁 안 해요? 내가 먼저 찍어주겠다고 말을 꺼내야 하는 거예요?"

그의 불만이 뭔지 알게 된 신휘가 피식 웃음을 터뜨렸다.

"어떻게 작가님한테 웨딩 사진을 찍어달라고 부탁드려요."

기호에 이어 기태까지, 각 분야의 대가로 손꼽히는 그들이 누군가의 결혼을 위해 발 벗고 나서는 건 흔한 일이 아니었다. 신휘의 결혼이 아니라면 있을 수 없는 일이나 다름없었다. 더 놀라운 건 신휘가 부탁한 게 아니라 그들이 제안한 것이라는 데 있었다. 그나마 기호는 신휘가 먼저 결혼한다는 소식을 알렸지만, 기태는 그가 결혼한다는 소식을 알음알음 전해 듣고 연락을 해온 것이었다.

"사진 찍는 게 업인 사람한테 사진 찍어달라는 게 뭐 어때서?"

투덜거리는 기태를 달래듯 신휘가 넉살 좋게 웃었다.

"예쁘게 찍어주세요."

"신부가 와야 예쁘게 찍어주든 말든 하죠. 언제 와요, 신부?"

신휘는 스케줄을 마치고 곧장 스튜디오로 왔고, 하윤은 학교에서 출발했다. 조금 전 거의 다 와 간다는 연락을 받은 상태였다.

"지금 수업 끝나고 달려오고 있어요. 금방 도착할 거예요."

"아, 맞다. 신부가 대학생이랬죠? 궁금하네, 신휘 씨가 어떤 사람이랑 결혼하는지."

"작가님도 아는 사람이에요."

"내가 아는 사람?"

의미심장한 미소를 짓고 있는 신휘를 보며 기태가 고개를 갸우뚱 기울였다. 그때, 스튜디오의 문이 벌컥 열렸다. 그리고 모습을 드러낸 하윤이 두 사람을 향해 달려오며 외쳤다.

"늦어서 죄송합니다!"

하윤을 알아본 기태가 눈을 부릅떴다.

"어디서부터 뛰어온 거야?"

"허, 헉…… 버스…… 정류…… 장……."

숨을 헐떡이는 하윤과 그런 그녀의 등을 자연스럽게 쓸어주는 신휘를 번갈아 바라보던 기태가 놀란 마음을 추스르고 입을 열었다.

"이름이 뭐였더라…… 하……."

"하윤이요."

가쁜 숨을 내쉬고 있는 하윤을 대신해 신휘가 대답했다.

"그래, 하윤 씨. 신부가 하윤 씨였어요?"

신휘가 씩 웃으며 고개를 끄덕였다.

"세상에……."

기태는 지난번 청바지 화보 촬영을 마치고 신휘가 광고주에게 인센티브를 더 요구하라고 했던 말의 의미를 오늘에서야 알게 되었다.

"그럼 지난번 촬영할 때도 이미 연인 사이였다는 거죠?"

"네."

"그래서 그랬구나……."

기태가 의문이 풀렸다는 듯 혼잣말을 중얼거렸다.

"뭐가요?"

"적당히 하면 될 걸, 왜 그렇게 필사적으로 하윤 씨 얼굴 안 나오게 하려고 철벽 방어를 하나 했거든요. 이런 이유가 있었네."

기태는 겸연쩍은 미소를 짓고 있는 신휘를 향해 한마디 덧붙였다.

"어쩐지 케미가 남다르다 했어……."

호흡이 정상으로 돌아온 하윤이 기태에게 뒤늦은 인사를 건넸다.

"작가님, 안녕하셨어요."

"잘 지냈어요? 또 봐서 반갑고, 신휘 씨 신부라서 더 반가워요."

"오늘 촬영, 잘 부탁드립니다."

"설마 오늘도 얼굴 안 나오게 찍어야 하는 거 아니죠?"

기태의 농담에 하윤은 빙긋 웃었고, 신휘는 농담으로 받아쳤다.

"최초로 시도해 볼까요? 신부 얼굴, 완벽하게 가린 웨딩 사진."

"어림도 없어요. 지난번에 못 찍은 하윤 씨 얼굴, 아주 원 없이 찍을 거예요."

기태는 키득거리고 있는 신휘에게 다짐을 받듯 물었다.

"오늘은 무슨 포즈를 시켜도 다 할 수 있는 거죠?"

"그때도 다 시키셨으면서요, 뭘."

기태가 못 들은 척 말을 돌렸다.

"자, 시작할까요? 지난번 화보 촬영 때 못다 푼 한을 오늘 풉시다."

정작 신휘와 하윤은 못 푼 한이 전혀 없었지만, 기태의 의욕을 꺾기가 뭐해서 조용히 입을 다물었다. 촬영 중간중간, 웨딩 사진이라고는 볼 수 없는 도발적이다 못해 퇴폐적인 포즈를 요구해서 두 사람을 당황하게 한 기태는 비공개 컷만을 따로 모아 앨범을 제작해서 결혼 선물로 내밀었다. 두 사람의 특별한 추억이 또 하나 사진으로 남게 되었다.

❦

광고 촬영장에 가기 위해 방을 나온 신휘는 거실에 펼쳐진 광경에 놀라 주춤 뒷걸음질 쳤다. 하윤과 지혜, 태훈이 얼굴에 캐릭터 마스크 팩을 하나씩 붙이고 소파 아래 카펫에 나란히 누워 있었다.

"동물의 왕국이야, 뭐야······."

신휘가 돼지, 용, 판다를 차례로 훑어보며 혼잣말로 중얼거리자, 그의 기척을 알아차린 하윤이 누운 자세 그대로 입만 열었다.

"오빠, 지금 나가?"

"어이, 돼지. 턱 쪽에 팩 접혔다."

신휘의 말에 하윤이 자연스럽게 태훈을 지목했다.

"변태, 너 팩 접혔대."

"내가 돼지라고? 허지혜 아니야? 나 용 골랐어."

"성하윤, 네가 돼지잖아. 난 판다야."

"나라고?"

꼼짝도 하지 않고 누워서 입만 나불대고 있는 세 사람을 어이없는 얼굴로 내려다보던 신휘가 해결 방안을 제시했다.

"누구 하나 일어나서 보면 간단할 텐데?"

"아······."

그제야 하윤이 고개만 빼꼼 치켜들고 태훈과 지혜의 캐릭터를 살폈다.

"변태가 용이고, 지혜가 판다면······ 내가 돼지네······."

"돼지, 오빠 간다."

신휘는 그 말만 남기고 휙 몸을 돌려 나가 버렸다.

"이 꿀꿀한 기분은 뭐지……?"

다시 철퍼덕 드러누우며 투덜거리던 하윤이 괜히 지혜와 태훈에게 시비를 걸었다.

"왜 내가 피부 관리하는데 너희들이 따라 하고 있는 건데?"

"너보다 우리가 더 필요한 거 모르겠냐?"

태훈이 받아친 말에 하윤이 황당하다는 듯 구시렁거렸다.

"결혼 앞둔 내가 더 필요하지, 그게 뭔 소리야……."

"넌 이제 짝을 찾았지만 우린 이제부터 찾아야 할 거 아니야. 피부 관리라도 해야 하지 않겠니?"

지혜가 합심해서 공격하자, 하윤의 목소리가 은근해졌다.

"내가 예전부터 생각한 건데 너희 둘, 은근 잘 어울려. 지금도 봐. 쿵짝이 아주……."

"닥쳐."

"죽여 버린다?"

지혜와 태훈의 위협에 찔끔한 하윤은 그만 입을 다물기로 했다. 두 사람의 목소리에서 진정한 살기를 느꼈기 때문이었다. 얌전히 누워서 눈알만 굴리고 있던 하윤에게 지혜가 물었다.

"신혼여행은 어디로 갈지 결정했어?"

"예전부터 신혼여행지로 점찍어둔 데가 있지."

"어딘데?"

"아프리카."

태훈이 벌떡 일어나 앉으며 되물었다.

"아프리카?"

부릅뜬 눈 때문에 흡사 용이 눈으로 불을 뿜고 있는 듯한 모습이었다.

"네가 생각하는 그런 아프리카 아니고, 모리셔스라는 휴양지야."

"……모리셔스?"

태훈이 네 글자를 곱씹고 있는 사이, 지혜가 끼어들었다.

"아프리카면 되게 먼 데 아니야?"

"응, 멀어. 홍콩 경유해서 갈 건데 한 열일곱 시간쯤 걸린대."

"난 이름도 처음 듣는데, 거기 뭐가 좋은데?"

"마크 트웨인이 이렇게 말했지. 신은 모리셔스를 창조하고, 그다음에 천국을 만드셨다."

하윤은 흡사 연극 톤으로 손까지 휘저어가며 제 들뜬 마음을 표현했다.

"마크 트웨인? 어디서 많이 들어본 이름인데?"

태훈이 고개를 갸웃갸웃했다. 가만히 있으면 중간이나 갈 것을, 그는 궁금한 건 못 참는 성미였다.

"톰 소여의 모험, 쓴 작가잖아. 이 무식아!"

태훈 덕분에 간신히 위기를 모면한 지혜는 하윤에게 면박을 당하고 있는 그를 모른 척하며, 자신은 원래부터 알고 있었던 것처럼 태연하게 입을 열었다.

"그분이 그렇게 말씀하셨을 정도면 엄청 좋은 덴가 보네."

"장난 아니래. 사진만 봐도 좋더라. 내가 그 말을 알게 된 날, 반드시 모리셔스로 신혼여행을 가겠다고 결심했다는 거 아니냐."

세 사람은 모처럼 화기애애한 분위기 속에서 두런두런 이야기꽃을 피워 나갔다. 하지만 그들의 정상적인 대화는 언제나 그랬듯 오래 지속되지 못했다. 뻔뻔스럽게 신혼여행 선물을 강요하는 용과 판다에게 격분한 돼지가 폭발하면서 난장판이 벌어지고 말았던 것이다.

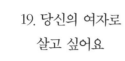

19. 당신의 여자로
살고 싶어요

결혼식 당일, 신휘와 하윤은 '秀' 숍에서 봉수의 진두지휘 아래 준비를 시작했다.

"머리부터 발끝까지 완벽하게 세팅된 상태로 '짠' 하고 만나야지, 준비하는 과정을 보면 극적인 감동이 안 느껴져."

봉수는 탐탁지 않아 하는 두 사람을 각각 1층과 2층에 떨어뜨려 놓고, 헉헉거리며 위아래 층을 오르락내리락했다. 헤어와 메이크업, 예복까지 모든 준비를 마치고 드디어 신랑과 신부가 서로의 모습을 확인할 수 있는 시간이 되었다.

"자, 신부 등장합니다."

2층에서 들려온 봉수의 음성에 1층에 있던 이들의 시선이 다 함께 계단 쪽으로 향했다. 또각거리는 구두 소리에 이어 하윤이 서서히 모습을 드러냈다. 그녀는 사뿐사뿐 계단을 걸어 내려와 다소곳하게 멈춰 섰다. 하윤에게 이끌리듯 다가간 신휘가 감탄 어린 시선으로 그녀를 바라보았다.

"내가 지금까지 본 신부 중에 제일 예쁘다."

하윤이 입은 드레스는 어깨를 살짝 가리는 캡 소매와 잘록한 허리를 강조하면서 그 아래로는 풍성하게 떨어져 내리는 스커트로 발랄함과 청초한 느낌을 동시에 주고 있었다. 톱 부분의 섬세한 아플리케를 제외하고는 전체적으로 심플한 드레스였지만, 티아라와 베일이 더해져 너무 화려하지도, 그렇다고 너무 밋밋해 보이지도 않았다. 그녀가 본식에서 웨딩 촬영과는 달리 클래식한 웨딩드레스를 선택한 건 지 회장의 사회적 지위를 신경 쓰지 않을 수 없어서였다. 하지만 선택의 이유가 뭐였든 간에 드레스는 하윤을 위해 만들어졌다고 해도 과언이 아닐 만큼 그녀에게 잘 어울렸다.

"오빠도 진짜 멋있다."

신휘를 바라보는 하윤의 눈에도 감동이 일렁이고 있었다. 그 역시 그녀와 마찬가지로 블랙 턱시도에 베스트, 보타이로 클래식함을 강조했다. 지극히 평범한 스타일이었지만 그가 입었다는 사실만으로도 더없이 특별한 예복이 되어 있었다. 서로에게 눈을 떼지 못하고 있던 두 사람은 은휘의 퉁명스러운 목소리에 정신을 차렸다.

"제발 그런 말은 둘이 있을 때 할 수 없냐?"

싸한 분위기에 시선을 돌린 신휘와 하윤은 모두가 은휘와 비슷한 표정으로 자신들을 바라보고 있다는 사실을 깨달았다. 두 사람의 애정 표현은 언제나 과했고, 주변 사람들의 표정은 언제나 떨떠름할 수밖에 없었다.

준비를 마친 신랑 신부를 태운 밴이 결혼식장을 향해 출발했다. 성국과 민아, 은휘까지 함께였다. 새벽같이 회사에 나간 창휘는 급한 일을 처리하고 결혼식장으로 바로 오기로 되어 있었다.

"연예란에 오빠 결혼 기사밖에 없는 것 같아요."

민아의 말에, 은휘가 픽 웃음을 터뜨렸다.

"너는 군대 갈 때도 입대하는 당일에 보도 자료 돌려, 결혼할 때도 결혼식 당일에 보도 자료 돌려, 남들이 보면 참 뜬금없다고 하겠다."

보도 자료는 오늘 아침에 돌렸지만, 이미 결혼 준비 과정에서 소문을 듣고 취재 요청을 해온 언론사들도 상당수 있었다. 신휘는 처음 결혼을 결심했을 당시에는 기자 회견을 열어 공식적으로 결혼 소식을 알리려고 했으나, 뜻하지 않은 풍파를 겪으면서 그 생각을 접었다. 그는 어떤 것도 먼저 나서서 알리고 싶지 않았고, 최대한 조용히 진행하고 싶다는 그의 엠바고 부탁을 받아들인 기자들이 당일까지 참아주었던 것이다.

"팬 사이트에는 어젯밤에 먼저 알렸어. 이제 다들 그러려니 하던데? 오히려 심심한 일상에 자극이 돼서 좋다는 말도 많아."

EN미디어의 왜곡 보도에 등을 돌렸던 팬들은 다시 제자리를 찾았다. 오히려 전보다 더 맹목적으로 그를 지지하면서 심지어 하윤과의 관계에 열렬한 응원을 보내기까지 했다. 내일 결혼한다는 황당하리만치 갑작스러운 소식에도 대부분 진심으로 축하해 주었다. 잠시 바닥을 쳤지만, 신휘의 위치는 모든 면에서 이전보다 더욱 공고해졌다.

신부보다 먼저 도착해서 신부 대기실을 점령하고 있던 지혜와 태훈이 하윤을 보자마자 동시에 입을 떡 벌렸다.

"진짜 예쁘다……."

"말도 안 되게 예쁜데?"

지혜의 감탄에 태훈이 맞장구를 쳤다. 평소라면 어림도 없었을 두 사람의 극찬에도 불구하고 하윤의 눈썹이 신경질적으로 꿈틀거렸다.

"이것들이 확 그냥! 얼굴 안 보지?"

지혜와 태훈의 눈은 드레스에 고정되어 있었다. 그들이 예쁘다고 한 건 하윤이 아니라 하윤이 입고 있는 드레스였다.

"나 신부 화장 곱게 하고 왔거든? 예뻐야 할 건 드레스가 아니라 나 거든?"

"예쁘네."

"예쁘다."

하윤의 도끼눈을 목격한 두 사람은 연달아 기계적인 리액션을 내놓고 딴청을 부렸다. 하윤이 입술을 삐죽거리며 신부 의자에 앉자, 지혜가 얼른 말을 돌렸다.

"이게 네가 말한 작약이냐?"

그녀의 손끝은 부케를 가리키고 있었다.

"응, 예쁘지?"

"신휘 오빠가 너 닮은 꽃이라고 했다고?"

지혜가 고개를 갸웃거리며 묻자, 태훈이 도무지 이해할 수 없다는 듯한 표정으로 끼어들어 깐족거렸다.

"왜? 대체 왜?"

하윤이 태훈을 노려보며 되물었다.

"딱 보면 모르겠냐?"

"내가 무당이냐? 딱 보면 알게?"

"예쁘잖아."

염치없는 하윤의 대답에 태훈의 얼굴이 볼썽사납게 구겨졌다. 때와 장소를 가리지 않는 두 사람이 결혼식 날까지 한판 붙을 기미를 보이자, 지혜가 먼저 끼어들었다.

"꽃말은 뭔데?"

"수줍음, 부끄러움이래."

하윤이 전투태세를 풀고 배시시 웃었다.

"어쩜 이렇게 내 캐릭터를 완벽하게 파악했는지 몰라."

덧붙인 그녀의 말에 지혜가 헛웃음을 터뜨렸다.

"진심 아니지?"

"쟤 표정 봐. 진심이야. 사람이 이렇게까지 자기 자신을 모를 수도 있는 거냐? 내 생각에는 형이 너한테 하고 싶은 말은 이거 같다. 부끄러운 줄 알고 살아라."

"그거네, 그거!"

생전 가야 태훈의 말에 동의해 주는 일이 없던 지혜가 무릎을 탁 치며 목소리를 높였다. 결혼식이고 뭐고, 이런 말 같지도 않은 말을 그냥 참고 넘겨줄 아량 따위 그녀에게는 없었다.

하윤은 말문이 막혀 아무런 반박도 하지 못했다. 인정하고 싶지는 않았지만 그럴싸한 추리라는 걸 부인할 수 없었다. 결혼식 당일, 웨딩드레스를 곱게 차려입은 신부의 얼굴에 결코 떠올라서는 안 될 똥 씹은 표정이 들어찼다. 신휘가 애초부터 작약의 꽃말 같은 건 관심도 없었고, 알지도 못했다는 사실은 모른 채 세 사람의 추리는 애먼 데까지 뻗어 나가고 있었다.

삼 형제는 식장 입구에 나란히 서서 하객을 맞았다. 부모님이 살아 계셨다면 서 계셔야 할 자리를 창휘와 은휘가 대신 채우고 있었다. 하객이 뜸해진 틈을 타서 은휘가 신휘를 빤히 쳐다보며 중얼거렸다.

"분명 피 섞인 친동생은 저 자식인데 왜 이렇게 꼴 보기 싫지? 곱게 키운 딸 훔쳐 가는 도둑놈 같다, 형."

은휘의 고개가 창휘에게로 향했을 때, 창휘는 이미 신휘를 노려보고 있었다.

"지금이라도 이 결혼 엎어버릴까?"

두 사람의 어이없는 대화에 신휘가 미간을 찌푸리며 구시렁거렸다.

"내가 뭘 어쨌다고 이래."

"넌 뭘 어쩌지 않아도 상관없어. 하윤이랑 결혼하는 놈이라는 사실에는 변함이 없으니까."

"하윤이 속 썩이면 가만 안 둔다."

신휘는 창휘와 은휘의 적개심 가득한 말을 들으며 고개를 절레절레 흔들었다.

"아, 장인이 둘이나 생긴 기분이야……."

버진 로드 입장을 앞두고 대기하고 있던 하윤은 크게 숨을 들이마셨다 내쉬며 뛰는 가슴을 진정시켰다.

"아, 떨려……."

그녀의 앞에 서 있던 신휘가 뒤를 돌아보며 피식 웃었다.

"떨리긴 뭐가 떨려."

"드레스 밟고 넘어지면 어쩌지?"

"할아버님 팔 잘 붙들고 조심조심 걸어."

그 순간, 사회를 맡은 정우가 신랑 입장을 외쳤다.

"먼저 가 있을게. 넘어지지 말고 잘 걸어와."

신휘는 지 회장을 향해 정중히 고개를 숙이고 몸을 돌렸다. 그리고 버진 로드를 따라 씩씩하게 걸음을 옮겼다. 하윤은 성큼성큼 걸어가는 그를 잠시 바라보고 있다가, 지 회장에게 고개를 돌렸다.

"할아버지, 우리 천천히 걸어가요."

지 회장은 결혼식을 삼 일 앞두고 하윤이 성북동으로 찾아왔던 날을 떠올렸다.

"결혼식 날, 할아버지가 제 손 잡아주세요."

"외삼촌한테 얘기해라."

"할아버지랑 들어갈래요."

"난 걸음도 불편하고, 이래저래 모양새가 좋지 않을 게다."

"그럼 그냥 저 혼자 걸어 들어갈게요."

결국 그는 하윤의 고집을 꺾지 못했고, 하윤의 손을 잡고 버진 로드에 서게 된 것이었다. 지 회장은 두 사람을 갈라놓으려 했던 자신이 과연 이 자리에 서도 되는 건가 하는 마음도 있었지만, 솔직한 심정으로는 기쁜 마음이 더 컸다.

"저 높은 굽 신어서 빨리 걸으면 넘어질지도 몰라요."

그는 하윤이 자신을 배려하는 것임을 모를 만큼 눈치 없는 사람이 아니었다.

"하윤아."

지금까지 단 한 번도 지 회장의 입에서 제 이름이 나오는 걸 들어본 적이 없었던 그녀의 눈이 놀라움으로 휘둥그레졌다. 놀란 것도 잠시, 하윤은 눈물이 핑 돌아 일부러 시선을 다른 데로 돌렸다. 할아버지의 얼굴을 보면 눈물이 왈칵 터질 것 같아서였다.

"네 어미를 키우면서, 언젠가 그 아이가 내 손을 잡고 이 길을 걸어 들어가는 모습을 상상해 보곤 했었다. 비록 은영이 손을 잡고 들어가지는 못했지만, 은영이가 남겨준 네 손을 잡고 들어가게 되는구나. 고맙다."

신부 입장이 시작되자, 하윤은 할아버지와 천천히 한 걸음씩 내디뎠다. 절뚝거리는 할아버지를 오히려 그녀가 부축해야 했지만, 그런 건 아무래도 상관없었다. 할아버지와 조금 더 가까워졌고, 함께 엄마를 추억할 수 있다는 사실만으로도 하윤은 충분히 행복했다.

결혼식을 마친 두 사람은 곧바로 비행기에 몸을 실었다. 경유지인 홍콩을 거쳐 모리셔스에 도착한 그들을 맞은 건 아프리카의 강렬한 태양이었다. 겨울을 떠나와 여름 한복판에 들어서니 비로소 다른 나라에 와 있다는 실감이 나기 시작했다. 몰디브, 세이셸과 함께 인도양 3대 휴양지로 불리는 모리셔스는 지상낙원이라는 말이 잘 어울리는 곳이었다. 높고 푸른 하늘은 눈부셨고, 에메랄드빛 바다는 보석처럼 빛났다. 현지 가이드의 안내로 리조트에 들어선 신휘와 하윤은 모던하면서도 이국적인 분위기에 다시 한 번 감탄했다. 어디를 둘러보아도 감동하지 않을 수 없는 곳이었다. 본격적인 투어 일정은 내일부터였기에 두 사람은 옷을 갈아입고 해변 산책에 나섰다.

"뜨거운데 부드러워."

하윤은 쪼그리고 앉아 모래를 한 움큼 쥐었다가 바람결에 날려 보냈다. 햇살을 받아 달궈진 모래는 뜨거우면서도 부드럽게 손가락 사이로 빠져나갔다. 그녀는 아예 샌들을 벗어 손에 들고, 맨발로 모래를 밟았다. 신휘는 하윤의 손을 꼭 잡고 걸으며 자유로움을 만끽했다. 이제 부부가 되었으니 남의 이목을 신경 쓸 필요가 없다고는 해도, 아무래도 한국에 돌아가면 지금만큼 자유롭게 다닐 수는 없을 터였다. 그는 사람들의 시선이 익숙할 뿐만 아니라 당연히 감수해야 한다고 생각하지만, 하윤에게까지 이목이 쏠리게 하고 싶지는 않았다. 그래서 결혼식도 비공개로 진행했고, 신부의 얼굴도 일절 공개하지 않았던 것이었다. 신휘가 잠시 딴생각에 빠져 있는 사이, 하윤은 어느새 물 만난 강아지처럼 여기저기 뛰어다니고 있었다.

"이리 와봐."

그의 손짓에 하윤이 쪼르르 달려왔다.

"왜?"

신휘는 말똥말똥한 눈으로 자신을 올려다보는 하윤의 얼굴을 잡고 그녀의 입술에 제 입술을 진하게 눌렀다 뗐다. 화들짝 놀란 하윤이 튀어나올 듯 커진 눈으로 사방을 두리번거렸다.

"누가 보면 어쩌려고."

"여기 한국 아니야. 그리고 우리 부부거든? 누가 보면 어때?"

"아, 우리 결혼했구나."

그녀는 아직도 결혼했다는 사실이 잘 와 닿지 않았다.

"그래, 우리 부부지…… 밖에서 뽀뽀해도 남들이 뭐라고 하지 않는 부부!"

혼잣말을 중얼거리는가 싶던 하윤의 목소리에 어느새 신바람이 묻어났다.

"여러분! 우리 결혼했어요!"

손나발을 하고 바다를 향해 목청껏 외치는 그녀를 바라보는 신휘의 얼굴에 환한 미소가 걸려 있었다.

하윤은 저녁을 먹고 객실에 들어오자마자 곧장 샤워실로 향했다.

"오빠, 나 먼저 씻을게."

그녀가 샤워를 마친 다음 씻으러 들어간 신휘가 나왔을 때 하윤은 이미 침대에 누워 있었다. 신휘는 순간적으로 신랑을 유혹하는 신부를 떠올리며 기대에 부풀었지만, 이내 그게 아니라는 사실을 깨달았다. 유혹은커녕 하윤의 눈은 이미 반쯤 감겨 있었다. 그나마 완전히 곯아떨어지지 않았다는 사실을 위안으로 삼으며 침대로 다가간 신휘가 그녀를 깨웠다.

"안 돼, 자지 마."

하윤이 눈을 끔벅거리며 힘없이 중얼거렸다.

"졸려……."

"어림없어, 졸려도 참아."

그녀가 쏟아지는 잠을 필사적으로 밀어내며 버틴 건 그의 얼굴을 보고 잠들기 위해서였다. 그런데 졸려 죽을 것 같은 사람을 앞에 두고 졸려도 참으라니, 불과 몇 분 전까지만 해도 다정하고 또 다정했던 그가 맞는지 의심스러울 만큼 야속했다.

"으으응……."

"안 돼."

하윤이 칭얼거리거나 말거나 신휘는 단호했다. 그는 경유지인 홍콩에서 1박을 하면서 결혼식에 완전히 지쳐 버린 그녀가 안쓰러워 아무것도 하지 않고 그냥 재웠다. 하지만 오늘은 결코 봐줄 생각이 없었다. 그의 인내심은 이미 한계에 다다른 지 오래였다.

"왜 안 되는데……. 나 졸리다고……."

"눈 좀 떠봐."

하윤은 무거운 눈꺼풀을 들어 올려 신휘를 바라보았다. 그의 눈동자는 이미 주체할 수 없는 열기로 짙게 가라앉아 있었다.

"아직도 졸려?"

그녀는 그가 원하는 게 무엇인지, 왜 자지 말라고 하는 건지 알고 나니 신기하게도 잠이 싹 달아났다.

"아니, 안 졸려……."

하윤의 수줍은 대답에 신휘의 얼굴에 아찔한 미소가 스치고 지나갔다. 곧이어 두 사람의 입술이 포개어졌다. 가볍게 시작한 키스는 점점 더 깊어졌고 두 사람은 서로에게 녹아들었다. 하윤의 눈에는 그의 열기가 감도는 얼굴만 보였고, 귀에는 그의 거친 호흡만 들렸다.

두 사람은 그날 밤, 몸과 마음으로 완벽하게 교감했다.

쿼드바이크 일정을 끝내고 리조트로 돌아온 하윤의 얼굴에는 못마땅한 기색이 역력했다. 그녀는 아랫입술을 쭉 내밀고 연신 투덜거렸다.

"이렇게 거지꼴로 돌아올 줄 알았으면 안 가는 거였어."

하윤의 말대로 두 사람의 몰골은 추레하기 이를 데 없었다. 나란히 맞춰 입은 흰색 티셔츠는 본래의 색을 잃고 꾀죄죄했고, 검정색 반바지에는 먼지가 잔뜩 묻어 있었다.

"동물 구경 갔다가 모래만 배 터지게 먹고 왔네."

객실에 들어서자마자 거울로 달려가 제 모습을 비춰본 하윤이 망연자실한 얼굴로 중얼거렸다.

"나…… 전쟁고아 같은데……?"

하윤은 뒤로 돌아 신휘를 바라보았다. 분명 지저분한 건 같았지만, 그는 마치 전쟁에 참가한 특전사 같았다. 흐트러진 머리카락까지도 멋스러움이 배어 나오고 있었다. 그녀는 시무룩한 표정으로 다시 거울을 향해 뒤돌아섰다. 일단 헝클어진 머리카락이라도 수습해 보려 했지만, 모래바람을 뒤집어쓴 머리카락은 와삭거리기만 할 뿐 손가락도 잘 들어가지 않았다. 하윤은 하는 수 없이 터덜터덜 샤워실로 걸음을 옮겼다.

"아, 피곤해……. 조금만 덜 더러웠어도 안 씻고 그냥 잤다."

"씻기 귀찮아?"

"응, 손가락도 까딱하기 싫어."

하윤이 울상을 지으며 고개를 끄덕이자, 그는 기회는 이때다 싶어 얼른 말을 받았다.

"그럼 내가 씻겨줄게."

"……뭐, 뭘 씻겨줘?"

뜨악한 표정의 하윤과 달리 신휘의 눈은 생기 넘치게 반짝이고 있었다.

"넌 가만히 있으라고. 내가 씻겨줄 테니까."

"미, 미쳤나 봐……."

반사적으로 그가 씻겨주는 상상을 해버린 하윤의 얼굴이 화끈 달아올랐다. 그녀는 머릿속에 떠오른 잔상을 지우려 애쓰며 허둥지둥 걸음을 재촉했다. 하윤이 샤워실 문을 닫으려는 순간이었다.

"안 미쳤어."

어느새 뒤따라온 신휘가 그녀의 등을 떠밀며 샤워실로 들어가 문을
닫아버렸다.

"꺄악!"

하윤의 비명이 몇 번 이어지는가 싶더니 이내 잠잠해졌다. 곧이어 물
소리와 뒤섞여 간지러움을 참는 그녀의 웃음소리가 들려왔고, 두 사람
은 오랜 시간 그 안에서 나오지 않았다.

🦋

하윤은 나중에 주겠다는데도 굳이 선물을 받아가야겠다며 집으로
쳐들어온 지혜와 태훈에게 문을 열어주며 투덜거렸다.

"우리 신혼여행에서 오늘 왔다, 오늘. 집에 도착한 지 한 시간도 안
됐다고. 안 사와도 그만인 선물 기껏 생각해서 사왔더니, 뭐 빚 받으러
왔냐?"

"심심해서."

태훈의 간단명료한 대답에 순간적으로 말문이 막힌 그녀에게 지혜가
그나마 정상적인 대답을 내놓았다.

"집 구경도 할 겸."

"정식으로 집들이할 거라니까?"

하윤의 응수에 지혜가 결국 본심을 털어놓았다.

"오늘 우리가 많이 심심했다."

화낼 의욕조차 없어진 하윤은 조용히 몸을 돌렸다. 하윤의 뒤를 따
라 거실로 걸어간 지혜와 태훈의 눈에 소파에 기대앉아 있는 신휘가 보
였다. 고갯짓으로 인사를 대신하는 그에게 지혜가 물었다.

"오빠 어디 아프세요?"

지혜가 하윤에게 시선을 돌리며 고개를 갸웃거렸다.

"이제 보니까 너도 퀭하네. 둘 다 왜 이래?"

소금에 절인 배추처럼 축 늘어져 있는 두 사람을 그제야 알아본 태훈이 맞장구를 쳤다.

"신혼여행 다녀온 사람들이 아니라 어디 새우잡이 배에 끌려갔다가 온 사람들 같은데?"

"우리 극기훈련 하고 왔어."

방문객에 대한 최소한의 예의를 갖추느라 잠시 앉아 있었던 신휘가 다시 소파에 드러누우며 대답했다.

"형, 거기 휴양지라면서요?"

"휴양지이면서 수상 스포츠의 천국이지. 카누, 카약, 윈드서핑, 세일링, 수상스키, 스노클링, 스쿠버다이빙, 집라인, 트래킹까지 몸으로 할 수 있는 건 다하고 온 것 같다."

"으흐흐…… 몸으로 할 수 있는 거……?"

지혜는 능글맞게 웃고 있는 태훈을 한심하게 바라보다가 하윤에게 시선을 옮겼다. 멍하니 서 있는 그녀는 썩은 동태눈을 하고 있었다.

"야, 너 눈 풀렸어."

지혜의 말에 하윤이 눈에 바짝 힘을 주며 아무렇지도 않음을 어필하려 애썼다.

"허니문을 즐기고 왔어야지, 그런 건 왜 죄다 섭렵하고 왔는데?"

"언제 또 해보겠나 싶어서. 기회는 왔을 때 잡는 거야."

"너무 무리하게 잡은 거 같은데?"

"괜찮아, 추억이야."

떼꾼한 눈으로 씩 웃고 있는 하윤을 바라보며 지혜와 태훈은 같은 생각을 했다.

'남들과 같은 길을 가면 성하윤이 아니지…….'

본격적인 신혼 생활이 시작된 지 며칠이 지났다.

"오빠, 나 좀 씻고 나올게."

욕실로 걸어가는 하윤을 보는 신휘의 얼굴에 갑자기 화색이 돌기 시작했다.

"머리 감을 거야?"

"응, 머리도 감을 건데 왜?"

"머리는 내가 감겨줄게."

하윤이 움찔하며 그 자리에 멈춰 섰다.

"사랑하는 사람이 있어요. 나중에 그 사람 머리를 직접 감겨줘 볼까 해요. 얼마나 좋은 느낌인지 알려주고 싶어요."

그녀는 신휘와 떨어져 있어야만 했던 시기에 '秀' 숍에서 그가 했던 말을 생생하게 기억하고 있었지만, 설마 정말로 실행에 옮기겠다고 할 줄은 몰랐기에 당혹스러웠다.

"우, 우리 집엔 샴푸 의자도 없는데……?"

"내가 잘해볼게."

하윤은 어떻게 잘해볼 건지 물어볼까 하다가 의욕에 불타오르고 있는 그의 표정을 보고 말을 삼켰다. 잘 해보겠다니 잘 해보라고 하는 수밖에 없을 것 같았다.

신휘는 하윤보다 먼저 욕실에 들어가 어딘가를 당당하게 가리켰다.

"여기에 목을 대고 누워봐."

그가 말한 '여기'라 함은 딱딱한 욕조 가장자리를 말하는 것이었다. 하윤의 눈동자가 불안감을 감추지 못하고 이리저리 흔들렸다.

"……나 목 부러질 거 같은데?"

"음……."

잠시 고민한 신휘는 그녀의 말이 일리가 있다는 생각에 다른 방법을 제시했다.

"그럼 앞으로 숙여봐."

하윤은 신휘의 로망을 실현시켜 주기 위해 하는 수 없이 바닥에 쪼그려 앉아 머리를 앞으로 숙였다. 낭만과는 거리가 먼, 궁상맞기 이를 데 없는 자세가 완성되었다. 신휘는 고분고분 제 말을 따르는 그녀를 기특하다는 듯 바라보며 하윤의 머리 위에서 샤워기 물을 틀었다.

"꺄!"

샤워기 각도 조절에 실패하여, 하윤의 머리 쪽으로 쏟아져야 할 물이 그녀의 등줄기를 타고 시원하게 흘러내려 갔다.

"미, 미안……."

하윤은 어쩔 줄 몰라 하는 신휘를 배려하고자 이를 악물고 참았다.

"……괜찮아."

'秀' 숍에서 제 실수로 옷에 물을 튀겼을 때 신휘가 보여주었던 매너에 대한 보답이었다.

신휘는 심기일전한 끝에 하윤의 머리카락에 물을 적시고 샴푸를 문혀 거품을 내는 것까지 성공했다. 거품을 헹구는 일만 남게 되자, 그는 자기도 모르게 긴장을 늦추었다. 일이 벌어진 건 그 순간이었다.

"꺅!"

신휘가 정신을 차렸을 땐 이미 샴푸 거품이 하윤의 귀에서 턱, 그리고 목까지 줄줄 흘러내리고 있었다.

"……미안."

온몸이 엉망진창이 되어버린 하윤은 어금니를 꽉 깨물며 살기 가득한 목소리로 말했다.

"나가."

그녀는 머뭇거리고 있는 신휘에게 나직이 덧붙였다.

"당장."

"그, 그래……."

그는 손에 묻은 거품을 닦지도 못한 채 허둥지둥 욕실을 빠져나갔다. 오늘 신휘는 이상과 현실의 간극을 뼈저리게 실감했다.

그날 밤, 하윤은 하루 종일 제 눈치를 살피느라 고생한 신휘에게 깜짝 이벤트를 선사해 주기로 마음먹었다. 그녀는 신휘가 씻는 동안 그의 흰색 와이셔츠를 입고 대기했다. 씻고 나온 그는 하윤의 모습에 놀라기는커녕 의미심장하게 웃었다. 그녀가 자신을 유혹하려는 것임을 한눈에 간파했기 때문이었다.

"와이셔츠는 왜 입고 있어? 어차피 벗길 건데."

"이제 시작인데 벗기긴 뭘 벗겨."

하윤이 정색하며 와이셔츠의 앞섶을 틀어쥐자, 신휘의 미소가 더 짙어졌다.

"뭐가 시작인데? 난 그거 벗어야 할 수 있는 거 시작할 건데?"

그의 노골적인 말에 얼굴이 순식간에 새빨갛게 달아오른 하윤은 당황한 기색을 애써 감추고 담담한 척 입을 열었다.

"다른 거 할 게 있어."

"뭔데?"

"보면 알아. 우선 거기 앉아."

침대를 눈으로 가리킨 하윤은 형광등을 끄고 붉은빛이 도는 무드 등을 켰다. 그제야 그녀의 계획을 눈치챈 신휘가 피식 웃으며 침대 가장자리에 걸터앉았다. 하윤은 그가 앉는 것을 확인하고 미리 준비해 둔 노래를 틀었다. 신휘에게 사랑 고백을 했던 날 췄던 섹시 댄스의 배경 음악이었다. 그녀는 그날과 똑같이 뒤돌아 자세를 잡으며 그가 했던 말을 떠올렸다.

"딴 데 가서 하는 건 안 되지만, 내 앞에서는 해도 돼. 아니, 꼭 해."

하윤은 오늘 그가 원했던 것을 들어줄 작정이었다. 하지만 똑같은 걸 다시 보여주고 싶지는 않았다. 그래서 그의 말을 들으면서 결심했던 대로 전체 관람가가 아닌 19금으로 수위를 올려볼 생각이었다. 언제나 참신함을 추구하는 하윤은 준비 자세부터 섹시하고 요염했다. 그녀는 무대에서 췄던 것과 백팔십도 다른, 아주 끈적하고 문란한 춤을 선보이며 그를 안달하게 만들었고, 신휘는 결국 노래가 다 끝나기도 전에 자리를 박차고 일어날 수밖에 없었다.

🦋

영화가 크랭크인 하면서 바빠진 신휘와 달리, 겨울방학을 맞은 하윤은 한가해졌다. 덕분에 그녀는 신혼 생활을 제대로 만끽하며 조신한 신부 역할을 시작했다. 신휘에게 아침밥을 차려주고, 하루에 한 가지씩 요리를 만들고, 촬영 현장에 직접 싼 도시락을 보내기도 하며 바쁜 나날들을 보냈다. 하지만 원래 아침을 먹지 않던 신휘에게 아침밥은 그리 반가운 것이 아니었다. 촬영을 마치고 피곤한 몸으로 집에 돌아오면 음식 솜씨가 매우 별로인 하윤의 요리가 기다리고 있어서 난처했으며, 그녀의 도시락을 억지로 먹고서 맛있다고 말해주는 스태프들에게 미안하기까지 했다. 버거운 나날의 연속이었지만 신휘는 절대 겉으로 내색하지 않았다. 오히려 칭찬과 격려를 아낌없이 퍼부어주었다. 하다 보면 언젠가는 늘겠지 하는 위안 반, 늘지 않아도 하는 수 없다는 체념 반이 그의 진심이었다. 결국, 조신한 신부 역할은 하윤의 자기만족이었을 뿐, 그녀를 제외한 이들의 삶의 만족도는 현저히 떨어지고 있었던 것이다.

그렇게 알콩달콩한 신혼을 보내던 어느 날이었다. 침대에 누웠다가 일어나 앉기를 반복하던 하윤이 휴대폰을 덥석 집어 들었다. 그녀는 전화가 연결되자마자 다급하게 외쳤다.

"지혜야!"

지혜는 하윤의 초조한 심경을 대번에 간파했다.

[왜? 너 또 뭔 사고 쳤냐?]

"사고라고 말하기는 좀 그런데, 또 아니라고 하기도 좀……."

하윤이 쭈뼛거리며 말끝을 흐리자, 지혜가 답답하다는 듯 쏘아붙였다.

[그게 뭔 소린데?]

"있잖아……."

[어, 나 여기 있어. 얼른 말해.]

하윤은 잠시 주저하다가 입안을 맴돌고 있던 말을 조심스레 꺼내놓았다.

"나 이번 달에 해야 할 걸 안 해……."

전화를 끊고 곧바로 달려온 지혜가 하윤의 얼굴을 보자마자 물었다.

"임신한 거야?"

"그런가 봐."

"그런가 봐는 뭐야, 남의 일이냐?"

"나도 아직 확실히 모른단 말이다."

하윤은 인상을 찌푸리고 있는 지혜를 뒤로하고 거실로 터덜터덜 걸음을 옮겼다.

"임신 테스트기 아직 안 해봤어?"

"좀 전에 테스트기 사러 약국 앞까지 갔다가 못 들어가고 돌아왔어."

소파에 앉아 쿠션을 가슴에 끌어안은 하윤이 시무룩하게 답했다.

"왜?"

"민망해⋯⋯."

"결혼한 여자가 뭐가 민망해?"

지혜가 나무라는 어조로 받아치자, 하윤이 볼멘소리를 중얼거렸다.

"임신 테스트기 달라고 못 하겠단 말이야. 약사는 내가 유부녀인 거 모르잖아. 어린 게 사고 쳤다고 생각하면 어떡해."

"결혼했다고 말하면 되지."

"임신 테스트기 달라는 사람한테 혹시 결혼하셨어요? 이러겠냐? 물어보지도 않는데 내가 먼저 결혼했다고 말해?"

지혜는 공감하지 못하고 있었지만, 하윤에게는 나름 심각한 문제였다.

"너는 정작 부끄러워해야 할 때는 안 하고, 쓸데없는 데 부끄러워한다?"

지혜의 반응을 이해 못 하는 것도 아니라, 하윤은 아랫입술을 쭉 내밀고 소리 없이 구시렁거렸다.

"그건 그렇다 치고, 갑자기 뭔데? 아기는 몇 년 후에 갖겠다고 하지 않았냐?"

"그래서 내가 지금 당황하고 있는 거 아니겠니?"

임신은 전혀 계획에 없던 일이었다. 하윤과 신휘는 신중한 의논 끝에 최소한 그녀가 졸업이라도 한 이후에 아기를 갖기로 합의했다. 4학년은 졸업 작품전이며 취업 준비까지 매우 바쁜 시기였을 뿐만 아니라, 아직 스물세 살밖에 되지 않은 하윤에게 출산과 육아는 전혀 시급한 문제가 아니라는 데 두 사람 모두 동의했기 때문이었다. 그래서 두 사람은 피임을 철저하게 하기로 결정했고, 그렇게 했다. 딱 한 번만 빼고.

여태껏 할 말 못할 말 다 하고 지낸 사이였지만, 차마 결혼도 안 한 지혜에게 피임 관련한 말까지는 하기가 멋쩍던 하윤은 거기까지만 말하고 입을 다물었다.

"오빠는 알아?"

"아직 몰라. 뭔가 확인을 하고 말을 해도 해야 할 것 같아서 말 못 했어. 만에 하나 아닐지도 모르는데 무턱대고 말부터 꺼낼 수는 없잖아. 너한테 제일 먼저 말한 거야."

하윤의 표정은 진지했지만, 지혜는 재미있다는 듯 픽 웃음을 터뜨렸다.

"결혼하더니 이제야 철이 좀 든 거 같네."

"뭐가?"

"네가 언제부터 앞뒤 다 따지고 말을 했냐? 그냥 씨불이고 봤지."

"내, 내가 언제!"

하윤은 일단 반사적으로 부인했다.

"잘 생각해 봐. 넌 늘 무턱대고 말부터 꺼냈어."

"⋯⋯."

굳이 잘 생각해 볼 필요도 없이 잘 아는 사실이었다. 하윤이 슬쩍 시선을 피하자, 지혜가 한껏 거만해진 투로 말했다.

"쓸데없는 데 부끄러워하는 널 위해 이 언니가 나서주마."

지혜는 자리에 앉을 새도 없이 잠깐 어디를 다녀오겠다며 가버렸다. 그리고 두 시간 후, 의기양양한 기세로 나갔던 그녀는 지친 얼굴로 돌아왔다.

"어디 갔다 와? 너 뭔가 되게 피곤해 보여."

"언니한테 등짝 몇 대 맞고, 욕 좀 들어서 그래. 괜찮아."

지혜는 별로 안 괜찮아 보이는 표정으로 괜찮다고 말하고 있었다.

"간다는 데가 언니네였어? 거기는 갑자기 왜 갔고, 왜 맞았고, 왜 욕 먹었는데?"

하윤은 뜬금없는 지혜의 행동이 의아할 뿐이었다. '왜'라는 말밖에 할 말이 없었다.

"임신 테스트기 못 사겠다며? 내가 사다 줄까 했는데 나야말로 좀 민망하더라고. 넌 결혼이라도 했지만 난 그것도 아니잖아. 혹시 결혼했느냐고 물으면 했다고 거짓말하기도 그렇고, 안 했다고 하자니 그건 그거대로 또 이상하고……. 그래서 언니네 집에 가서 훔쳐 주려고 했지."

지혜에게는 터울이 많이 지는 결혼한 언니가 있었고, 몇 달 전 출산한 언니네 놀러 갔다가 화장실에 있던 임신 테스트기를 본 기억이 났던 것이다. 그제야 상황 파악을 마친 하윤이 안타깝다는 눈으로 지혜를 바라보았다.

"훔치다가 걸렸구나?"

"그러하다……."

지혜가 힘없이 고개를 끄덕였다.

"나한테 그게 왜 필요하냐면서 난리가 났는데 끝까지 묵비권을 행사했지. 그래서 더 맞았다……."

언니에게 맞은 등짝은 아직도 얼얼했고, 언니의 고성이 강타한 귀는 여전히 먹먹했다.

"예담이가 적절한 타이밍에 깨서 울어준 덕분에 도망쳤다."

"네가 아니라 나한테 필요한 거라고 말하지, 묵비권 행사는 왜 했는데?"

하윤이 이해할 수 없다는 표정을 짓자, 지혜의 미간이 급격히 좁아졌다.

"죽을래? 네가 아무한테도 말하지 말라며? 그새 잊었냐?"

"언니한테는 말해도 상관없지. 내가 말한 '아무'는 변태와 우리 오빠들, 뭐 그쯤이었단 말이야. 쓸데없는 데 의리 지키고 난리……."

하윤은 쓸데없는 데 부끄러워했고, 지혜는 쓸데없는 데 의리를 지켰다. 두 사람은 쓸데없는 짓을 참 잘했다.

"내가 태교에 안 좋을까 봐 참는다."

지혜는 치밀어 오르는 욕을 참기 위해 심호흡으로 마음을 다스렸다.

"이 시점에서 이런 말, 해도 될지 모르겠다만……."

머뭇거리며 제 눈치를 살피고 있는 하윤에게 지혜가 퉁명스럽게 말했다.

"하지 말란다고 안 할 거 아니잖아. 빨리 해."

"너 가고 나서 내가 검색을 좀 해봤거든?"

"근데?"

"근데…… 임신 테스트기…… 인터넷에서 주문 가능하다는구나……."

결국, 지혜는 안 해도 될 일을 나서서 하는 바람에 언니에게 의심을 사고, 맞고, 욕을 먹었다는 의미였다. 하윤은 차마 그녀의 눈을 똑바로 보지 못하고 시선을 내리깔았다.

"이런 씨……."

지혜가 나지막이 욕을 내뱉었다. 이미 하윤의 태교 따위 그녀의 안중에 없었다.

다음 날 아침, 하윤은 신휘가 나가고 난 다음에 테스트기를 사용했다. 그리고 그가 돌아올 때까지 안절부절못하며 기다렸다.

"오늘은 하루 종일 뭐 했어?"

신휘는 결혼한 이후로 나갔다 들어오면 가장 먼저 하윤의 일과를 물었다. 전화에 문자까지 수시로 하는데도 불구하고, 그는 그녀의 생기 넘치는 얼굴을 보면서 이야기를 듣는 걸 좋아했다.

"별거 안 하고 그냥 있었어."

하윤은 옷을 갈아입는 신휘의 옆에 서서 건성으로 대답했다. 지금 그녀의 머릿속에는 어떻게 말을 꺼내야 할지, 듣고 그가 얼마나 놀랄지에 대한 생각뿐이었다. 복잡한 하윤의 심경을 알 리 없는 신휘가 또 물었다.

"오늘은 무슨 요리 했어?"

"오늘은 아무것도 안 했어."

신휘는 그제야 하윤이 평소와 다르다는 것을 알아차렸다. 기계적으로 대답은 하고 있었지만, 생각은 딴 데 가 있는 기색이 역력했다.

"왜 그래? 무슨 일 있었어?"

하윤은 신휘의 근심 가득한 얼굴을 보면서 천천히 고개를 끄덕였다.

"무슨 일이야?"

"오빠, 나……."

신휘는 그녀가 머뭇거리며 말을 잇지 못하는 몇 초 동안 심장이 오그라드는 것 같았다. 긴장감으로 온몸의 근육이 딱딱하게 굳었다.

"……아기 가진 것 같아."

어렵사리 꺼내놓은 하윤의 말에 신휘의 불안하게 흔들리던 눈동자의 움직임이 그대로 멎었다. 그는 마치 시간이 멈춘 것처럼 미동도 하지 않았다. 그의 얼굴에서 눈을 떼지 않고 표정 변화를 살피던 하윤의 얼굴에 실망감이 어렸다.

'그래, 당황스럽긴 하겠지…….'

그의 반응을 이해 못 하는 건 아니었다. 하지만 야속한 마음은 별개였다. 하윤은 여자들이 임신 사실을 남편이나 애인에게 말했을 때, 그들이 보이는 0.1초의 망설임에도 상처를 받는다는 말이 무엇인지 지금 이 순간 완벽히 실감할 수 있었다. 하지만 이런 일로 다투고 싶지 않아 최대한 침착하게 말문을 열었다.

"오빠가 얼마나 당황했을지는 알아, 아는데……."

그녀는 격해지려는 감정을 잘 다독이고 다시 말을 이었다.

"이게 나 혼자 벌인 일도 아니고, 굳이 따지자면 쌍방 과실……."

하윤이 하려던 나머지 말은 신휘가 다짜고짜 달려들어 키스를 퍼붓는 바람에 세상 빛을 보지 못하고 사라졌다. 숨이 막힌 그녀가 신휘의 가슴팍을 몇 번 치고서야 그는 입술을 떼고 뒤로 물러났다.

"후아…… 갑자기 왜 이러는데?"

하윤이 가쁜 숨을 몰아쉬며 눈을 흘겼다.

"미안, 너무 좋아서."

그녀는 한마디 더 쏘아주려다가 멈칫했다. 이 난데없는 반응은 뭔가 싶었다.

"……좋다고?"

"그럼 좋지, 안 좋아?"

오히려 신휘가 황당하다는 듯 되물었다.

"우리, 아기는 천천히 갖기로 했잖아. 그 말 먼저 꺼낸 사람, 오빠 데?"

하윤은 신휘가 결혼식을 며칠 앞두고 그 이야기를 꺼냈을 때, 겉으로는 그의 말에 동의하면서도 속으로는 왠지 모르게 섭섭했다. 딱히 아기를 갖고 싶은 마음은 없었지만, 그가 아기를 빨리 갖자고 안달하는 모습에 로망이 있었던 그녀로서는 허탈할 수밖에 없었다. 그런데 그 말을 먼저 꺼낸 사람이 계획에 없던 임신을 너무 좋아하니 얼떨떨할 뿐이었다. 하윤은 그가 진심으로 하는 말인지, 제 기분을 맞춰주기 위해 연기를 하는 것인지 한눈에 알 수 있었다. 그는 분명 진심이었다.

"우리 아기가 들어. 그런 말 하는 거 아니야."

신휘는 제 손바닥으로 하윤의 입을 막으며 고개를 저었다. 하윤이 고개를 끄덕이자 손을 내린 그는 그녀의 두 손을 감싸 쥐고 진지하게 제 마음을 털어놓았다.

"나는 너랑 결혼을 결심한 그 순간부터 우리 아기 갖고 싶었어. 널 닮으면 얼마나 예쁠까, 우리 둘 다 골고루 닮으면 좋겠다, 하루에도 여러 번 생각했어. 물론 지금도 마찬가지고."

하윤은 그가 그런 생각을 하고 있는 줄도 모르고 섭섭한 마음을 가졌던 제 옹졸함을 반성하며 그의 말을 조용히 들었다.

"하지만 나는 결혼으로 인해 네가 그 어떤 것도 포기하는 게 싫었어. 그래서 당분간, 우선 졸업할 때까지만이라도 미루자고 했던 거야."

그의 모든 행동은 언제나 그녀를 위해서였다. 잠시 그 사실을 잊고 있었던 하윤은 다시 한 번 그의 배려에 감동했다.

"좋아해도 되는 건지는 모르겠지만, 좋다. 그리고 미안해……."

"뭐가 미안해?"

하윤이 고개를 갸웃거리며 되물었다.

"……우리 아기가 언제 생겼는지 알 것 같아서."

설마 하고 대수롭지 않게 생각했던 단 한 번이 이런 결과를 가져올 줄은 꿈에도 생각지 못했던 신휘는 모든 게 제 잘못이라는 생각에 그녀에게 면목이 없었다.

"미안하긴 뭐가 미안해. 나도 오케이 했는걸, 뭐……."

신휘는 하윤을 품에 안고 그녀의 뒷머리를 부드럽게 어루만졌다.

"고맙고, 미안해. 그리고 사랑한다."

하윤은 그가 너무 좋아하니 슬슬 걱정이 되기 시작했다.

"오빠, 아직 확실한 거 아니야. 임신 테스트기만 해본 거라 병원 가봐야 해."

자신 없는 그녀와 달리 신휘는 단호했다.

"확실히 임신 맞아."

'방금 내 입으로 들은 사람이 무슨 근거로 확신을 하시나이까…….'

어이가 없었지만, 하윤은 그의 감동에 초를 치고 싶지 않아 속으로만 생각했다.

"병원은 내일 오전에 갈까? 내일 오후 스케줄밖에 없어. 이것 봐. 요새 오전 스케줄 빈 적 한 번도 없었는데 뭔가 딱딱 맞아떨어지잖아."

"그, 그래……."

하윤은 평소와 달리 호들갑을 떨어대는 신휘가 낯설었다. 이렇게까지 좋아할 줄은 꿈에도 생각지 못했던 것이기에 당혹스럽기까지 했다. 덕분에 그녀는 임신 테스트기가 불량이었으면 어쩌나 하는 생각으로 밤새 잠을 설쳐야만 했다.

다음 날, 아침 일찍 병원을 찾은 신휘와 하윤은 초음파로 아기집을 확인하고 임신 5주 차 진단을 받았다. 그리고 그날 밤, 두 사람은 창휘와 은휘를 소집했다.

"나 아빠 된대."

신휘의 우쭐거리는 얼굴을 바라보며 창휘와 은휘가 동시에 입을 떡 벌렸다.

"하윤이 임신했어. 오전에 병원 가서 확인했는데 5주래."

"결혼식도 날짜 잡고 이 주 만에 하더니, 이번엔 결혼한 지 두 달 갓 넘기고 임신까지…… 놀랍다, 놀라워."

하윤은 황당해하는 은휘를 흘겨보며 입을 열었다.

"아주버님."

"아, 아주…… 버님……?"

그녀의 입에서 나온 생소한 호칭에 은휘의 눈이 휘둥그레졌다.

"일단 놀라는 건 나중에 하고 축하부터 먼저 하시는 게 어떨까요, 아. 주. 버. 님?"

하윤은 스타카토로 마지막 네 글자에 힘을 주었다.

"닭살 돋게 아주버님은 뭐야."

못 들을 말을 들었다는 듯 제 팔을 쓸어내리는 은휘에게 신휘가 나직이 일러주었다.

"뭐긴 뭐야, 형. 지금 우리 마누라 삐쳤다는 말이지."

은휘는 그제야 자신이 축하 대신 잔소리를 먼저 했다는 사실을 인지

했다. 조용히 돌아가는 사정을 지켜보고 있던 창휘는 축하부터 하라는 그녀의 말을 충실히 따랐다.

"축하한다, 하윤아."

"오빠도 축하해. 삼촌 되는 거."

하윤의 말은 상당히 뻔뻔스러웠지만, 창휘는 삼촌이라는 말이 나쁘지 않았다. 특별히 기대한 적 없던 조카의 존재가 갑자기 기대되기 시작했다.

"나도 축하한다. 신기하게 애가 애를 가졌네."

은휘가 한 말에 하윤의 눈꼬리가 다시 하늘로 치켜 올라갔다.

"애라니? 옛날엔 결혼 안 한 사람이 애였어. 결혼도 안 한 사람이 누굴 보고 애래?"

"이십대 초반 꼬꼬마 주제에 어디 삼십대한테 애래?"

"임신부한테 그런 굴욕적인 말은 삼가줬으면 좋겠는데?"

창휘는 말싸움과 눈싸움을 동시에 하고 있는 두 사람을 한심하게 바라보고 있다가 화제를 돌렸다.

"그러면 학교는? 졸업에 지장은 없겠어?"

"구월에 있을 졸업 패션쇼만 잘 마무리하면 크게 문제 될 건 없어."

호언장담했지만, 하윤은 사실 만삭의 몸으로 패션쇼 준비가 가능한 건지는 가늠이 되지 않았다. 출산 직전까지 회사에 다니는 직장 여성들을 떠올리며 막연하게 가능하리라고 생각한 것이었다. 그녀는 건강에 관한 한 누구에게도 지지 않을 자신이 있었고, 그래서 크게 걱정하지 않았다.

창휘와 은휘가 각각 2층과 3층으로 올라가고, 하윤은 욕실로 향했다. 씻고 나와 침실로 가보니 신휘는 이미 자고 있었다. 불을 끄고 침대로 다가간 그녀는 신휘의 옆자리에 조심스럽게 누웠다. 그 순간, 잠든

줄 알았던 신휘가 눈을 번쩍 뜨더니 모로 누웠던 그녀의 어깨를 잡고 똑바로 눕혔다.

"안 잤어?"

"너 기다렸어."

신휘가 감미로운 미소를 지으며 천천히 얼굴을 내리자, 하윤이 다급하게 그의 입술을 손바닥으로 막았다.

"키스만 할 거지?"

"아닌데?"

"그럼 여기서 스톱."

신휘가 말도 안 되는 말을 들었다는 표정으로 눈을 부릅떴다.

"스톱이라니, 왜?"

"12주까지 조심하래."

"아……."

그의 입에서 탄식이 흘러나왔다.

"뭘 그렇게 아쉬워하고 그래?"

"그럼 아쉽지 안 아쉬워?"

"삼십 년 가까이 잘만 참던 사람이 새삼 왜 이래?"

하윤이 툴툴거리는 신휘를 바라보며 키득거렸다.

"고기도 먹어본 놈이 먹는다는 말, 못 들어봤어?"

"내가 고기야?"

졸지에 고기가 되어버린 하윤이 언제 웃었나 싶게 빽 소리를 질렀다.

"아니, 말이 그렇다는 거지……."

신휘가 시무룩한 얼굴로 한마디 덧붙였다.

"12주까지 내가 과연 살아 있을 수 있을까? 벌써 죽을 것 같은데?"

"걱정하지 마. 그런 걸로 안 죽어, 오빠."

하윤은 갑자기 아이가 되어버린 듯한 그의 어깨를 어른스럽게 토닥여 주었다.

❦

촬영을 마치고 회사에 잠깐 들른 신휘는 집으로 출발하기 전에 하윤에게 전화를 걸었다.

"뭐 먹고 싶은 거 없어?"

[없는데?]

"잘 생각해 봐. 하나쯤은 있겠지."

[없어. 나 밥 먹은 지 얼마 안 돼서 배불러.]

"나도 임신한 와이프 먹고 싶다는 거 사다 주고 싶다. 왜 다른 여자들이 하는 거 넌 안 하는데?"

[다른 남자들은 그런 거 귀찮아 한다던데 오빠는 왜 그러는데?]

불퉁한 표정으로 전화를 끊은 신휘를 그보다 더 불퉁한 표정으로 쳐다보고 있는 사람이 있었다. 바로 남수였다.

"이것저것 사다 달라고 안 하면 감사합니다, 해야지 넌 뭐냐?"

"난 사다 주고 싶다고. 주위에 결혼한 사람들 보면 임신한 와이프들이 이것저것 사다 달라고 막 시키던데 하윤이는 왜 이러지? 먹고 싶은 거 없는 건 둘째 치고, 다른 여자들은 잠이 막 쏟아지고 피곤하다던데 그것도 없어. 속이 메스껍지도 않대."

"복에 겨워서 별 투정을 다 하고 있네……."

남수가 오만상을 찌푸리며 구시렁거렸다. 신휘에게는 중요한 문제였지만, 남수에게는 어이없는 투정일 뿐이었다.

❦

아무 증세도 없이 건강한 하윤을 보고 주변 사람들은 아기가 벌써부터 효도를 한다고 입을 모아 칭찬했다. 하지만 시련은 뜻하지 않게 찾아왔다. 임신 6주 차에 접어든 어느 날, 언제나 그렇듯 촬영이 끝나고 하윤에게 전화를 건 신휘는 청천벽력과도 같은 말을 들었다.

[오빠, 나 입원했어.]

헐레벌떡 병원으로 달려간 그는 환자복을 입고 누워 있는 하윤을 보고 심장이 내려앉는 기분이었다.

"이, 이게 대체…… 무슨 일이야……?"

"나 절박유산 진단받았어."

"……절박유산?"

"유산이 됐다는 게 아니라, 가능성이 크다는 의미래. 우리 아기 아직 잘……."

하윤은 목이 메어 잠시 말을 멈춰야만 했다. 신휘가 놀라지 않도록 담담하게 잘 말하겠다고 몇 번이고 다짐을 했건만 자꾸만 울컥 슬픔이 복받쳐 올랐다.

"……아니, 계속 잘 있을 거야. 그러니까…… 걱정하지 마……."

억지로 쥐어짜 낸 말을 마친 하윤이 결국 눈물을 쏟아냈다. 신휘는 파르르 떨고 있는 그녀를 꽉 안아주었다. 혼자서 얼마나 무서웠을지 생각하니 마음이 찢어지는 것 같았다.

"걱정 안 해. 우리 아기, 엄마 닮아서 씩씩하게 잘 있을 거야. 그러니까 우리 걱정하지 말자……. 그러자, 하윤아……."

한참을 신휘의 품에서 울다가 간신히 진정된 하윤은 그제야 그에게 자초지종을 설명했다.

"어제저녁부터 피가 비쳤어. 별것도 아닌 일로 호들갑 떨기 싫어서 오빠한테 말 안 하고 병원에 온 건데 자궁에 피가 많이 고여 있대. 유산 방지 주사 맞았고, 일단 입원하는 게 좋겠다고 하셔서 바로 입원했어."

사실 그녀도 병원에 올 때까지 입원을 할 정도로 큰일이라고 생각하지 않았다. 심각하게 생각했다면 혼자 올 생각도 하지 않았을 거였다.

"나 잠깐 의사 선생님 좀 뵙고 올게."

"오빠!"

나가려는 신휘를 하윤이 불러 세웠다.

"내가 얘기 다 들었어. 선생님은 이따 회진 돌 때 보면 되잖아."

"선생님이 뭐래? 이제 뭘 어떻게 하래?"

"무조건 누워 있어야 한대. 화장실 갈 때 빼고는 침대에서 일어나지 말라고 하셨어."

하윤은 수심이 더 깊어진 그의 얼굴을 보며 씩씩하게 외쳤다.

"거참, 걱정하지 말라니까. 몰라? 나 성하윤이야."

신휘는 여전히 눈가에 눈물이 고여 있으면서도 밝은 척을 하려고 애쓰는 그녀의 앞머리를 부드럽게 흩뜨렸다.

"알아, 우리 마누라 성하윤인 거."

그는 지금 가장 괴롭고 힘든 사람이 그녀라는 걸 잘 알았다. 하윤이 하자는 대로 맞춰주는 게 지금 그가 할 수 있는 전부였기에, 신휘는 심란함을 감추고 밝은 미소를 지어 보였다.

🦋

이 주간의 입원으로 고인 피는 많이 흡수됐지만, 절대 안정을 취해야 한다는 주치의의 소견에 따라 하윤은 20주까지 모든 움직임을 포기하고 거의 시체처럼 누워만 지냈다. 학교도 휴학할 수밖에 없었다. 절박유산은 조산을 동반할 가능성이 크기에, 그녀는 출산이 임박할 때까지 극도로 조심해야만 했고 그런 상황에서 학교에 다닌다는 건 불가능했다.

24주에 조산기가 있긴 했지만 잘 버텨, 37주에 접어든 어느 날이었다. 성국은 신휘가 마지막 신 촬영을 마치자마자 그에게 헐레벌떡 달려가 휴대폰을 내밀었다.

"형, 빨리 병원에 가보셔야겠어요. 하윤이 진통 시작됐대요."

"언제부터?"

"아, 그게…… 진통이 시작된 지는 몇 시간 됐고요, 병원에 입원한 지는 두 시간쯤 됐다나 봐요."

우물쭈물하고 있는 성국에게 신휘가 날카롭게 되물었다.

"두 시간?"

"그게 하윤이가 촬영 다 끝날 때까지 형한테 절대 말하지 말라고…… 어차피 진통 시작하고 바로 낳는 거 아니라면서……."

신휘는 임신 기간 내내 자신을 배려하기 위해 늘 웃는 얼굴만 보였던 하윤이 출산을 목전에 둔 순간조차 제 일을 방해하지 않기 위해 진통이 시작되었다는 사실을 쉬쉬했다는 게 못내 가슴이 아팠다. 곧장 병원으로 달려간 신휘는 성국과 민아를 내일 다시 오라고 돌려보내고 하윤이 있는 병실로 들어갔다. 그녀를 병원에 데리고 와서 내내 곁을 지키고 있던 은휘가 신휘를 보고 자리를 피해주었다.

"괜찮아? 많이 아파?"

하윤은 걱정 가득한 그를 향해 엷게 미소를 지어 보였다.

"아직 그렇게 많이 아프지 않아. 낳으려면 멀었대."

신휘는 그녀의 곁을 떠나지 않고 진통이 올 때마다 손을 꼭 잡아주었다. 시간이 지날수록 진통의 간격은 점점 짧아졌고, 고통은 점점 강해졌다.

"아기 머리가 보이네요. 분만실로 옮기겠습니다."

진통이 시작된 지 열일곱 시간 만이었다.

"나 갔다 올게……."

하윤은 밀려드는 고통에 침대 시트를 말아 쥐면서도 그를 바라보며 애써 웃었다.

"옆에서 같이 아파해 주지는 못하지만 내가 바로 문밖에 있다는 거 잊지 마."

신휘는 출산을 하는 동안 분만실에 함께 있기를 원했지만, 분만 과정을 보면서 충격을 받는 남자들이 있다는 말을 들은 하윤이 결사반대했고, 그는 분만실 밖에서 기다릴 수밖에 없었다. 하윤은 분만실로 들어가고 30여 분만에 3.3㎏의 여아를 출산했다. 아기의 이름은 그들이 미리 지어놓은 대로 '지유'가 되었다.

병실에서 하윤을 기다리고 있던 신휘는 그녀의 초췌한 얼굴을 보자 울컥했다.

"오빠, 우리 지유 봤어?"

"봤어."

"누구 닮았어?"

"글쎄, 외숙모님은 눈은 너 닮고 코랑 입은 나 닮았다고 하시는데 난 잘 모르겠어."

그는 다정한 손길로 땀에 젖은 하윤의 머리카락을 쓸어 넘겨주며 말을 이었다.

"고생했어. 너 혼자만 힘들게 해서 미안하고."

"나 혼자만 힘들었던 거 같지 않은데?"

장난스럽게 말은 했지만, 신휘의 마음고생을 곁에서 지켜봐 온 하윤은 그의 핼쑥한 얼굴에 마음이 아팠다. 그녀가 떨리는 손을 들어 그의 뺨을 어루만졌다.

"오빠도 고생 많았어."

신휘는 항상 하윤의 몸 상태에 촉각을 곤두세우고 있었을 뿐만 아니라, 촬영을 마치고 기진맥진한 상태로 집에 돌아와도 늘 하윤의 배 마사지에 동화책 읽어주기까지 챙겨 하며 태교에 조금도 소홀하지 않았다. 그녀는 그가 더없이 좋은 남편, 좋은 아빠라는 사실을 단언할 수 있었다.

신휘는 하윤의 작은 손을 제 두 손으로 감싸고 그녀의 손가락에 자잘하게 입을 맞췄다.

"우리 지유, 건강하게 낳아줘서 고마워. 무엇보다 네가 건강해서 그게 제일 고마워."

그의 나직한 목소리를 듣고 있노라니, 하윤은 그제야 긴장이 풀리면서 눈물이 왈칵 솟아올랐다. 모든 부모의 마음이 그렇겠지만, 그녀도 혹시 아기에게 무슨 이상이 있지는 않을까 걱정을 떨쳐 버릴 수가 없었던 것이다. 하윤은 건강하고 예쁜 공주님이라는 간호사의 말을 듣고서야 비로소 안도했고, 엄마가 되었다는 사실을 실감했다.

"왜 울어, 오늘같이 기쁜 날."

덩달아 목이 메어왔지만, 신휘는 내색하지 않으며 빙긋 웃었다.

"오빠……."

"응?"

"난 말이야……."

하윤은 떨리는 목소리로 지금 꼭 하고 싶고, 지금이 아니면 할 수 없을 것 같은 말을 시작했다.

"오빠의 여자가 되고 싶었고…… 됐어……."

그는 가만히 듣기만 했다. 그녀의 벅찬 마음이 고스란히 느껴져 아무 말도 할 수가 없었다.

"내 남은 바람은…… 죽는 날까지 오빠의 여자로 사는 거……."

신휘는 하윤의 두 뺨에 흐르는 눈물을 닦아주며 다정하게 속삭였다.

"다시 태어나도, 나한테 여자는 너뿐이야."

그 말을 끝으로, 그는 그녀의 입술에 제 입술을 포갰다. 두 사람은 앞으로도 영원히, 그녀는 그의 여자로, 그는 그녀의 남자로 살아갈 것임을 하늘에, 바람에, 별에 맹세했다.

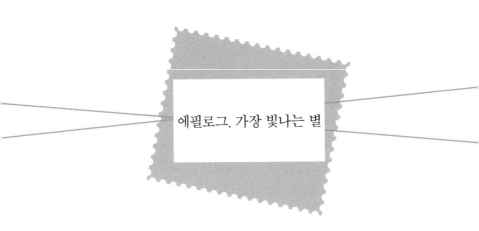

에필로그. 가장 빛나는 별

하윤은 운전을 하고 있는 신휘를 향해 몸을 틀고 앉아 심각한 표정으로 입을 열었다.

"오빠, 진지하게 고민해 볼 시기가 온 것 같아."

"뭘 고민해 볼까?"

피식 웃음을 터뜨린 신휘가 핸들 위에 있던 한 손을 떼어 하윤의 뺨을 톡톡 두드렸다.

"이제 남수 오빠랑 갈라설 때가 됐어."

"동감."

"아니, 어떻게 오늘 같은 날 촬영을 잡을 수가 있어? 이게 말이 된다고 생각해?"

"내 말이."

"이제 홀로서기를 하는 거야."

"그럴까?"

"아, 쫌!"

그의 영혼 없는 맞장구에 하윤이 참지 못하고 버럭 성질을 냈다.

"형 지금 죄인 모드야. 어제는 너 좋아하는 초코케이크 사겠다고 일부러 이태원까지 갔다 온 거라니까? 나한테 너 기분 풀어주라고 얼마나 신신당부를 했는데. 이제 그만 봐주자."

신휘도 지금 남수에게 삐쳐 있는 상태이긴 했지만, 누가 뭐라고 하지 않아도 이미 충분히 괴로워하고 있는 그가 안쓰럽기도 했다.

"내가 무슨 애야? 초코케이크로 기분이 풀리게?"

신휘는 그녀의 날 선 반응에 차마 초코케이크 한 판을 그 자리에서 다 먹어 치운 사람이 누구냐는 말을 할 수가 없었다.

"내가 몇 번이나 졸업 패션쇼 날짜를 말해줬는데 그걸 착각하고 홀랑 스케줄을 잡아? 아니지, 착각인지 뭔지 알게 뭐야? 일부러 그런 거 아니야?"

이 년간의 휴학 후 4학년으로 복학한 하윤은 졸업 패션쇼에서 남성복 파트에 지원했다. 사실 가장 만들고 싶었고, 가장 잘 만들 수 있는 건 여성복이었다. 하지만 그녀는 졸업 패션쇼라는 의미 있는 자리에서, 자신이 처음 만든 남자 옷을 신휘가 입어주길 바라는 오직 그 마음 하나로 남성복을 만들기로 결심했다. 그래서 에이전시를 통해 섭외한 모델과 작업하는 다른 학생들과 다르게 따로 교수의 허락을 구했고, 그녀의 지도 교수는 신휘를 모델로 세우는 것을 흔쾌히 허락해 주었다.

그렇게 착착 진행되어 가던 하윤의 계획에 찬물을 끼얹은 건 남수였다. 1차, 2차, 최종 피팅 중 2차 피팅까지 마친 시점에서 남수가 패션쇼 날짜를 착각하는 바람에 다른 스케줄을 잡았다는 말을 털어놓았고, 하윤은 부랴부랴 다른 모델을 섭외해야만 했다. 처음부터 신휘의 체형과 이미지에 맞게 제작된 옷이었기에 그와 비슷한 모델을 찾느라 애를 먹기까지 했으니 그녀가 분노하는 건 지극히 당연한 일이었다.

"형이 왜 일부러 그랬겠어? 정말 다음 주라고 생각했대."

하윤은 남수의 편을 들고 있는 신휘를 새치름하게 흘겨보았다.

"인생에 한 번밖에 없는 날인데, 정말 미안해. 3학년 때 했던 전시회도 못 갔는데 졸업 패션쇼까지 못 가게 될 줄은 몰랐네……."

사실 속상한 걸로 치자면 그도 그녀 못지않았다. 신휘는 지 회장의 반대로 떨어져 있어야만 했던 시기라서 가지 못했던 하윤의 첫 전시회를 떠올리면 아직도 안타까웠다. 하지만 누가 잘못했든 간에 이미 일은 벌어졌고, 어떻게든지 스케줄 조정을 해보려고 애썼지만 잘 되지 않았다. 그로서는 더 이상 어떻게 할 수 있는 게 없었다.

"오빠 잘못인가, 뭐. 오빠는 나중에 영상으로 봐."

두 사람의 패턴은 예나 지금이나 한결같았다. 하윤이 성질을 내고 신휘가 사과를 하면, 그녀는 금세 화를 풀고 모든 것을 이해해 주었다. 물론 그의 사과가 진심이라서 가능한 수순이었다.

두 사람이 탄 차는 어느새 패션쇼가 열릴 삼성동 코엑스에 도착했다.

"안 데려다줘도 된다니까…… 조금이라도 더 자지……."

다 와서 할 말은 아니었지만, 하윤은 그에게 미안한 마음을 그렇게 표현했다. 빽빽한 스케줄로 잠잘 시간도 부족한 그가 여기까지 데려다준 것만으로도 고마운데, 오는 내내 투덜대기만 한 것 같아 뒤늦게 미안해졌던 것이다. 안전띠를 풀고 있던 그녀의 귓가에 신휘의 감미로운 목소리가 감겨들었다.

"오늘 잘하고."

하윤은 그의 입술에 가볍게 뽀뽀를 하고, 묻어난 립글로스를 닦아주며 해맑게 웃었다.

"데려다줘서 고마워. 오빠도 촬영 잘해."

하윤은 의상과 헤어, 메이크업까지 완벽하게 갖추고 음악에 맞춰 동선을 체크하는 최종 리허설을 마치고 나서야 한시름 놓을 수 있었다.

"나 잠깐 화장실 좀 갔다 올게."

그녀는 헬퍼를 맡은 후배에게 넌지시 목적지를 알리고 화장실로 향했다. 조금 전까지만 해도 분명 아무렇지도 않았는데 모든 준비를 끝내고 나니 갑자기 떨리기 시작했다. 4년간의 학업의 정수를 보여주는 자리인 만큼 긴장하지 않을 수가 없었다. 입은 바짝바짝 마르는데 손바닥에는 땀이 맺혔다. 그녀는 차가운 물에 손을 씻고 마음을 진정시킨 다음, 전 여사에게 전화를 걸었다.

"외숙모, 저예요. 지유는 안 울고 잘 놀아요?"

언제나 그렇듯 잘 놀고 있다는 전 여사의 대답을 들은 하윤의 얼굴에 긴장 대신 환한 미소가 들어찼다. 낳기 전까지 모두를 걱정시켰던 지유는 순하고 무던하게 자라주었다. 하윤이 복학을 결심할 수 있었던 건 잘 울지도 않고 칭얼대지도 않으며 누구의 손에서도 잘 지내주는 지유 덕분이었다. 전 여사는 적극적으로 나서서 지유를 맡아주었고, 지 회장은 느지막이 본 증손녀를 돌보는 낙에 푹 빠져 있었다. 오늘도 아침 일찍 성북동에 지유를 맡기고 온 것이었다.

"네? 할아버지가요? 여길 오신다고요?"

지 회장이 패션쇼장으로 출발했다는 말을 들은 하윤의 눈이 튀어나올 듯 커졌다. 전 여사는 일하는 사람의 손에 지유를 맡길 수 없어서 자신은 동행하지 못했다는 말을 덧붙였다. 하윤은 전 여사와의 전화를 끊고 지 회장의 단축 번호를 눌렀다. 두 사람은 이제 전화 통화까지 하는 사이였다.

"할아버지, 지금 여기 오고 계시다면서요?"

[그래.]

물론 지 회장의 무뚝뚝한 성격은 여전했다. 하지만 그녀는 전혀 위축되지 않았다.

"무슨 홀에서 하는지도 모르시잖아요?"

[가보면 알겠지.]

반박할 말을 찾지 못한 하윤은 어디로 오면 되는지 정 실장에게 문자를 보내놓겠다는 말을 남기고 전화를 끊었다. 다시 백스테이지로 걸음을 옮긴 그녀의 눈에 저만치에서 모델과 후배가 무언가 이야기를 나누고 있는 게 보였다. 그런데 후배의 표정이 심상치가 않았다. 못 볼 것을 본 것처럼 눈을 둥그렇게 뜨고 있었다.

"왜 저러지……?"

모델의 얼굴로 시선을 옮긴 하윤은 후배와 똑같은 표정이 되었다. 그녀가 만든 옷을 입고 서 있는 사람은, 모델이 아닌 신휘였다. 순간적으로 머릿속이 멍해진 하윤은 그 자리에 우뚝 멈춰 섰다. 분명 눈앞에 있는 건 그가 맞는데, 이게 무슨 상황인지 도통 알 수가 없었다.

"우리 마누라 놀랐네."

성큼 다가온 신휘가 하윤의 손을 잡아 제 얼굴에 가져다 대면서 현실임을 알려주었다.

"남편 왔어."

하윤은 그제야 정신이 번쩍 들었다.

"오빠가 어떻게 여기 있어? 촬영은 어쩌고?"

분명 한 시간 전에 통화할 때만 해도 촬영장이라고 했던 그였다.

"어떻게 하다가 네 얘기가 나왔는데, 감독님이 다른 모델 단독 컷부터 찍고 계시겠다면서 다녀오라고 하셨어. 딱 두 시간 주겠다고 하셨으니까 나 한 시간 있으면 출발해야 해. 무대에 설 시간은 충분하겠지?"

"응, 충분하긴 한데……."

신휘는 곤란한 기색을 보이며 말끝을 늘이는 그녀의 생각을 대번에 파악했다.

"모델 하기로 하신 분한테는 내가 양해 구했어. 이해해 주시겠대."

"아, 정말?"

신휘에게 옷을 내주고 어느새 다른 옷을 입고 있던 모델이 눈을 찡긋거리며 문제없다는 듯 엄지손가락을 치켜들었다. 무언가 부탁을 할 때 말로 때우는 법이 없는 신휘는 이미 모델에게 기호를 소개해 주겠다고 말해놓았고, 신인 모델로서는 대학교 졸업 패션쇼 무대보다 그게 훨씬 더 남는 장사였다. 그리고 결정적으로 그가 신휘의 팬이기도 했기에 무대를 양보함에 주저함이 없었던 것이다.

밝아졌던 하윤의 표정이 갑자기 다시 어두워졌다.

"근데 오빠, 리허설 한 번도 안 하고 갑자기 무대에 어떻게 서려고. 동선 체크도 안 했잖아."

촬영을 하다 말고 달려와 준 그가 고맙긴 했지만 아무 준비도 없이 무대에 세울 수는 없는 노릇이었다. 하지만 신휘는 태연했다.

"들어오는데 최종 리허설 하고 있길래 봤어."

"본 걸로 돼?"

"어, 돼."

하윤은 자신 있게 고개를 끄덕이는 그에게 떨떠름한 표정으로 다시 물었다.

"정말 돼?"

"지금 나 의심하는 거야? 내가 이래 봬도 모델 경력, 십 년도 넘은 사람이야."

신휘가 어이없다는 듯 항변하자, 하윤이 혼잣말처럼 구시렁거렸다.

"일 년에 런웨이 몇 번이나 선다고……."

"그럼 나 그냥 가?"

"아니, 못 가."

불안해서 해본 말일 뿐이지, 하윤은 이제 그가 가겠다고 해도 보내줄 생각이 없었다. 이루어질 수 없다고 생각했던 바람이 이루어지려 하는데 이 기회를 그냥 놓칠 그녀가 아니었다.

"그럼 나 이대로 무대 서?"

"……응?"

그제야 신휘가 의상만 갖추었을 뿐이라는 걸 알아차린 하윤이 얼른 헤어와 메이크업 스태프들을 불렀다.

"두 번 일하시게 해서 죄송합니다."

신휘의 깍듯한 인사에 스태프들의 눈이 감동으로 빛났다. 그들은 그의 얼굴과 머리카락에 손을 댈 수 있다는 것만으로도 영광이라는 듯 황송해하며 치장을 시작했다. 그가 등장했다는 소식을 전해 들은 다른 졸업생들과 모델, 스태프들까지 열 일을 제쳐 두고 모여들었다. 신휘가 하윤의 남편이라는 사실은 이미 유명했지만, 그가 그녀를 학교에 데려다주거나 데려갈 때 잠깐씩 보았을 뿐이고 이렇게 가까이에서 그를 본 적은 없었던 학생들은 모두 흥분해 있었다. 두 사람의 관계를 알지 못했던 모델이나 스태프들이 놀란 건 두말할 필요도 없었다. 신휘는 결국 수십 명의 인파에 둘러싸여 헤어와 메이크업을 받아야만 했다.

모든 준비를 마치고 쇼가 시작되기 직전, 하윤은 신휘에게 격려의 말을 건넸다.

"떨지 말고 잘해."

하지만 그건 그에게 필요한 말이 아니었다. 지금 떨고 있는 건 신휘가 아니라 하윤이었다.

"나 뭐래니……. 나 떨지 않고 있을게, 잘하고 와."

그의 여유로운 얼굴을 보고 쓸데없는 말을 했다는 걸 깨달은 하윤이 제 말을 정정했다.

"그동안 수고 많았어."

하윤의 어깨를 다독거려 준 신휘는 발걸음을 떼기 전에 한마디 덧붙였다.

"넌 최고야."

하윤은 런웨이를 향해 걸어가는 그의 뒷모습을 물끄러미 바라보았다. 그의 말을 곱씹을수록 코끝이 찡해지고 가슴이 뭉클해졌다. 입에 발린 말이라 할지라도 그의 칭찬 한마디에 그동안의 모든 피로가 사라지는 것 같았다. 아무리 도와주는 사람이 많아도 아내로서, 엄마로서, 학생으로서, 1인 3역을 해내야만 했던 그녀는 항상 무언가에 쫓기는 기분이었고, 어느 것 하나에도 온전히 집중할 수•없어서 마음이 불편했다. 동기들이 졸업을 하고 사회에 나가 활발한 활동을 하는 동안 임신과 출산 그리고 육아에 매달려 한 남자의 아내, 한 아이의 엄마로 사는 게 언제나 기쁘고 즐겁지만은 않았다. 하윤은 제 존재가 점점 사라져가는 느낌이 들 때마다 심란했고 자신만 뒤처지고 있는 현실에 좌절했다. 얻는 게 있으면 잃는 게 있는 법이라는 걸 알면서도, 신휘와 지유의 존재로도 채워지는 않는 갈증과 무기력함에 울적하기도 했다. 누구에게도 털어놓지 못하고 혼자 감내해야만 했기에 더욱 힘들었다. 그런데 오늘, 지금 이 순간, 하윤은 그간의 모든 노력을 보상받았다. 자신이 기울인 최선의 노력과 그에게 들은 최고라는 말, 하윤은 그걸로 충분했다.

신휘는 남성복 파트 중 일곱 번째로 런웨이에 나섰다. 아무리 국내 최대 규모의 대학 졸업 패션쇼라고는 해도 그가 등장할 거라는 예상을 한 사람은 없었고, 사람들은 강하게 올려 세운 헤어스타일과 스모키 화장 때문에 한눈에 그를 알아보지 못했다. 몇 걸음 걷고서야 하나둘씩 신휘를 알아보는 사람들이 나타나기 시작했다. 앞쪽에서 시작된 웅성거림은 서서히 뒤쪽까지 번져 나갔다. 그가 이런 아마추어들의 패션쇼에서 뭘 하는 건지 어리둥절해하면서도 좌중은 넋을 잃고 신휘를 바라보았다.

하윤이 만들고 신휘가 입은 옷은 클래식한 블랙 슈트에 소매와 칼라를 러플로 장식해 남성미와 여성미, 예술성과 실용성을 동시에 추구한 스타일이었다. 강하면서도 부드러운 그의 이미지와 잘 맞아떨어졌다. 사람들은 가장 먼저 그의 얼굴에 시선을 집중했고, 이내 그가 입은 옷에 감탄했으며, 마지막으로 그와 옷의 조화에 매료되었다.

✣

하윤의 졸업 패션쇼가 끝나고 두 달이 지났다. 신휘가 촬영을 마치고 집에 돌아온 건 자정이 넘어서였다. 그는 아무도 없는 거실을 지나 안방으로 걸음을 옮겼다. 조심스럽게 문을 밀고 안으로 들어간 신휘는 침대 아래 놓인 범퍼 침대에 나란히 누워 잠들어 있는 두 여자를 보고 조용히 방을 나왔다. 그가 씻고 욕실을 나왔을 때, 하윤은 어느새 거실에 나와 그를 기다리고 있었다.

"조용히 한다고 했는데, 나 때문에 깼구나?"

"아니야, 물 마시러 나왔다가 오빠 온 줄 알았어. 안 자고 기다리려고 했는데 지유 재우면서 깜빡 잠들었네."

"기다리지 말고 제발 자고 있어."

사정하는 그의 말에 하윤이 눈꼬리를 축 늘어뜨리며 칭얼거렸다.

"오빠 얼굴 안 보면 잠이 안 온단 말이야."

"아까 보니까 세상모르고 자고 있던데?"

하윤은 눈망울을 또르르 굴리며 딴청을 부렸다. 세월이 흘러도 아무 말이나 던지고 보는 건 여전했다.

신휘가 소파로 다가가 앉자, 그녀는 기다렸다는 듯 그의 허리를 덥석 끌어안았다. 그는 하윤의 머리에 입을 맞추며 그녀의 등을 부드럽게 쓰다듬었다.

"오빠, 내일 꼭 상 받았으면 좋겠다."

내일은 청룡영화상이 열리는 날이었다. 최근 연예계 최대의 관심사는 김 감독과 함께한 네 번째 영화 '톨레랑스'로 백상예술대상의 영화 대상과 대종상의 남우주연상을 차지한 신휘가 청룡영화상까지 석권할 수 있을지에 관한 것이었다. 그는 이미 입대 전, 김 감독과의 두 번째 영화로 영화제 세 곳을 휩쓴 기염을 토한 바 있었기에 그의 수상 여부에 더더욱 이목이 집중되고 있었다.

"너무 기대하고 있지 마."

수상을 하면 좋겠지만, 모든 일이 뜻대로 되지는 않는다는 걸 알기에 신휘는 하윤의 기대가 걱정스러웠다.

"싫어, 나 완전 기대하고 있을 거야."

"기대했다가 못 받으면 실망스럽잖아."

"내 촉을 믿어봐. 느낌이 좋아."

좋은 꿈은 떠벌리면 안 된다는 말을 어디서 주워들은 그녀는 간밤에 좋은 꿈을 꿨다는 말은 차마 하지 못하고 의미심장한 미소만 지어 보였다. 하윤은 신휘의 수상을 확신하고 있었다.

🦋

청룡영화상 현장은 남우주연상 발표를 앞두고 쥐 죽은 듯 고요해졌다. 카메라가 남우주연상 후보 네 사람을 함께 비추며 긴장감을 고조시켰고, 모두의 시선은 시상자의 입에 집중되었다.

"청룡영화상 남우주연상⋯⋯."

신휘는 잠시 숨을 멈췄다.

"톨레랑스의 문신휘 씨! 축하드립니다!"

그리고 제 이름이 호명된 순간 참았던 숨을 뱉었다. 그는 이로써 한 해에 백상예술대상과 대종상, 청룡영화상 전부를 석권하는 기록을 두 번이나 남긴 최연소 배우라는 타이틀을 거머쥐게 된 것이었다. 선후배,

동료 배우들의 축하를 받으며 무대에 오른 신휘는 트로피를 받고 스탠드 마이크 앞에 섰다. 격해진 감정을 진정시키기 위해 눈을 지그시 감았다 뜬 그는 차분하게 수상 소감을 시작했다.

"두 번째 받은 이 상이 처음보다 더 무겁게 느껴집니다. 무겁게 받아들이고, 힘 빼고 연기하겠습니다."

관객들은 박수로 그의 다짐을 격려해 주었다.

"연기만 잘하는 배우가 되지 않겠습니다. 연기도 잘하는 배우가 되겠습니다. 배우로서, 사람으로서, 한 여자의 남편이자 한 아이의 아빠로서, 제가 사랑하는 모든 사람들에게 부끄럽지 않게 살겠습니다. 감사합니다."

그의 말은 진중했고, 그의 미소는 눈부셨다. 오늘 신휘는 그 어느 때보다 더 찬란하게 빛나고 있었다.

별들의 축제에서 그는 가장 빛나는 별이 되었다.

〈The End〉